城与人

风景这边独好

第一届
城市文学排行榜
作品精选

青年文学杂志社——编

中国青年出版社

出版说明

城市的核心是城市中的人。顾名思义，城市文学就是记录人与城市的相遇，反映人在城市中的生活。改革开放以来，中国的城市化进程取得了举世瞩目的成就。城市的生产空间、生活空间和生态空间，必然进入城市书写之中，并将绽放璀璨之花朵，捧结累累之硕果。与之相应，中国文学也来到了一个划时代的节点。

随着八〇后以及更年轻作家的涌现和成长，城市文学俨然开始成为文学叙事的主体。这既是文学领域内的一次自我生长和更迭，也与中国的现代转型、中国人精神的现代化和日常生活的重新建构等诸多大问题息息相关。城市作为一种独特文本，也会呼唤越来越多的漫游者、记录者和观察者，加入到这场文化的盛宴中。

城市文学之蔚为壮观，已然呼之欲出。

青年文学杂志社自一九八二年创刊以来，就密切关注现实生活，关注在中国城市化进程中所发生的生活遭际和内心触动。从二〇一八年开始，《青年文学》推出“城市文学”排行榜，每年邀请国内知名文学刊物举荐作品，再由两轮评委选出榜单作品，共同打造城市文学这一顺时应势的创作高地。

这些打上新时代烙印的中短篇小说佳作，值得一读、再读。

目　录
CONTENTS

香蜜湖漏了

邓一光

蓝八从香港来，我陪了她半天。那天是“玛娃”登陆的日子。

“玛娃”的情况是这样。六月十二日，马来西亚的鸽子“苗柏”扑腾着从大鹏半岛正面登陆；七月三十日，柬埔寨的捕鱼者“纳沙”擦着深圳东扬长而去；十二天前，日本的“天鸽”声势浩大地造访了深圳和香港；四天后，从老挝游来一条名叫“帕卡”的鱼，动静也不小；时过一周，“玛娃”又到了。

据说“玛娃”是一朵玫瑰。用玫瑰比喻凶巴巴的台风，脑洞够大。

总之，整整一个月，空气中充满了湿漉漉的水汽，路上行人个个吸足了，不敢乱打喷嚏，怕喷嚏传染，大伙儿都打起来，淹了街道就不好了。

这就是蓝八过境来那天晚上的情况。

蓝八是我前女友。也未必。记不清哪一年，香港书展最后一天，我带了只空轮包过境去淘书。乌泱泱人头中，一位女子撞了我一下，我俩怀里的书散落一地。女子说，哎呀，对不起啊对不起。我说，没关系吧没关系。我俩础开人群蹲下捡书，地上居然散落着两套一模一样的《1+0》。我不禁莞尔，隔着晃来晃去的腿柱子看那女子。女子也看我，咬着下唇，努力不笑出声，目光闪烁有趣。她穿黑白条纹吸烟装，衣襟在人群中挤得稍许凌乱，活脱脱《闩》中女子欲抽身却不能的纠缠模样。我猜她也是这么想，把我当作那位欲行山川相缪的男子，剩下的，就是抢门闩的游戏了。

八册漫画，乘以二，一共十六册，一会儿就捡完了。我请女子选一套。她请我先选。我说不如我们去喝点什么。她说好。

说“好”的女子是蓝八。

以后，我俩每年见两面，她来深圳，或者我去香港。不是特意，顺便，人到了，留条信息，要是另一个在，就见一面，等于彼此是一种存在，证明世界不真孤独到环顾四野唯有自己。她原来用 WhatsApp 和 Facebook，我俩在地上捡过漫画后，她加了企鹅。她中文不好，繁体字也不怎么样，好在我下载了翻译狗，我俩从不长篇大论，仅限于：“在吗？”“在。”“呀，对不起，在厄立特里亚。”能对付。

有一年，我被人追债，逃去黔东南山区躲债，在山里闲得无聊，忽悠老乡办了个生态农庄，种茶油、腌火腿、晒党参，一来二去迷上了田园生活，在农庄待了一年多。

第二年，蓝八参加 IUCN 组织全球红树林考察计划，去孟加拉和伊朗工作了一年。

那两年，我俩没见。以后再联系上，已经没有弗拉贡纳尔笔下两个人物在强光里偷情时惊鸿一瞥的感觉了。

我没打听过蓝八的事，她到底是谁，除了类似“大都市水源地可持续保护”之类的计划外，还做什么，有没有配偶，这些事情，我一次也没问过。蓝八也没有打听过我的情况。我俩没谈论过这个话题。

我俩哪一年遇到的，记不住了，第一届香港书展到现在，二十八年了吧，折中算，十四年，我们没谈过这个。

我请蓝八在香蜜湖“1979”吃饭。那是我的地盘。不全是。大部分不是。

我在产业园有一点股份，它让我在这座城市打拼了二十多年后，笃笃地做了纳税人。我已经过气了，再过十五年献血的资格都没有了。如果靠谱点，好好守住这份产业，不再让人追杀，个人历史就完整了。

服务生拿来菜单。我为蓝八点了烟熏鲑鱼，配圣美伦甜酒。蓝八喜欢樱花木味道，我喜欢因纽特人，他们相信万物有灵，生肉不是生肉，是信仰。

鲑鱼切大片，配西柚、水萝卜、荠菜苗和鲑鱼子，吃的时候尽可能张大嘴，想象自己能吞下整座海洋那种，鱼肉整块入嘴，慢慢合上海洋盖子，野生鱼子在齿舌间一粒粒爆开，一种让人特别绝望的深海气息立刻弥漫整个感知系统。

蓝八嘴大，做得到。

饭后，我们去了会所旁的 Maan Coffee，打算喝杯咖啡，说会儿话，然后离开。

这样，我们就不必请代驾了。

Maan Coffee 一楼座无隙地。看来，没有人在意气象局发布的橙色预警。台风让人们上了瘾，就像连续玩了十五次《龙神契约》，你会兴奋地和臭味相投的人待在一起，期待第十六次狂热体验，大概是这种情况。

我对 3D 手游和台风同样充满警惕。空间计算技术是个大骗局，它的原理就是让人以为自己不光是自己，还可能是别的什么。能是什么呢？台风也是，它带来丰沛的雨水，可是，等它离开后，雨水很快就消失得无影无踪，这是怎么回事？

我不打算和热爱台风的瘾君子们凑在一起，带蓝八去了人少的第三层。

经过二层时，见一个女人坐在近楼梯口位置，一个人，背对这边，看不见脸，一袭宽大的远山蓝麻布裙，在纷乱的吧堂灯光下，有种水洁水清的单纯的安静。

我是这么想的，人总有耗尽的一天，就像台风，别指望风樯阵马的激情会永远相随，那个不可靠，彰显常青的最好方法是举重若轻的淡泊，这个，孤立的“远山蓝”做到了。

之所以这么说，是我去酒店接蓝八时，她使用了晚装最后通牒手段。大牌刺绣和蕾丝使她像一棵常青植物，“浅吻”牌子的耳环、项链和手链球果般下垂，让人眼累。她是反智阵线的人，言必绿色主义，好像地球真的有若干种隐藏起来的面目，是我等俗人看不清楚的。我不反感主义，只是觉得，周末是休闲时间，绝对不应当刺激人的感官，那样反倒刻意。

我和蓝八找座位坐下。我们在工业时代的铁器和农耕时代的木器混搭的装置中坐下。

我点了山多士现磨，希望咖啡在烫嘴的时候送来，这样，我会稍稍原谅 Maan Coffee 设计师的拙劣前卫。

蓝八瘦得像棵悬铃木，我猜她可能会点森林野梅。果然，她中了我的推测，点了花式。

我们坐的位置，正好能看到二楼的楼梯口。

我又看到那袭安静的“远山蓝”。

这一次，我看清楚了，是位相貌姣好的中年女子。我猜测，她之所以选择楼梯口，是不想深入，离开时方便。另外，我觉得工业时代也好，农耕时代也罢，都不如命运来得那么直接。

我做出一副沉思的样子，玩了会儿纸巾，等蓝八从洗手间补妆回来，礼貌地告诉她，我可能遇到一位熟人，要离开一会儿，她可以使用店里的免费网，泡会儿环保圈，等我回来。

我下到二楼，来到中年女子面前。

中年女子娇俏的短发荡漾了半圈，扬头看我，眉眼间干净，然后绽开成熟如花瓣的唇角。

“是你呀。”我说。

“是。”她说。

“怎么会？”我说。

“你还好吗？”她说，“你俩上楼时我就看到了，挺舒服的一对，没想到是你。”

“不兴这么虚伪。”我说，“本来想说气焰嚣张吧？”

中年女人叫秋千儿，如果她没有改掉姓名的话。

现在人们不大使用父母取的姓名，大家都躲躲闪闪的，想割裂又做不到，改不改的，意义不大。

我和秋千儿，我俩过去是老乡，兼过一段时间同事。可能比这个关系密切一点。但也很难说，要看秋千儿怎么定义。她样子似乎没变，一定要说的话，比过去多了点烟火气。过去她是仙女般的小姑娘，在狼群中很容易被吃掉那种，幸亏认识了阿茶，她才幸运地活了下来。

事情是这样的，香蜜湖一带过去有几家新兴企业，我们那时候二十出头，或者不到二十，刚离开学校，跑到这座城市来，想成为新兴企业的员工。那时候它们不像现在，人模人样的五十强，那时候它们刚刚出生，或者出生了一阵子，举步维艰，或者快倒闭了，没有什么架子。时代这种东西，就像陆地向海洋过渡的潮间带，看起来河湖满地，可有人能繁衍往生成红树林，有人却板结掉了，只能完蛋；我们也一样，有的能出息，有的不能。

我们十三个来自不同省份的年轻人，三个中学或中学肄业，三个专科，六个本科，一个硕士。我和秋千儿年龄最小，19 岁，年龄最大的是中科大少年班的吴硕士，22.7 岁。我们在香梅村合租了一套三居两厅。

那个时候，没的说，我们都是燃情“中二”，一听黄家驹的《光辉岁月》就落泪。

……

可否不分肤色的界限

愿这土地里

不分你我高低

缤纷色彩闪出美丽

是因它没有

分开每种色彩

……

吴天才最先找到工作，在岗厦街道管流动人口登记，天天和人吵架，挨主管的骂。干了两个月，他觉得和襟江带湖的城中村气场不合，决定回学校考博，上个台阶再卷土重来，辞职收拾行李走了。

秋千儿第二个找到工作，在香蜜湖发展势头最好的G企业当整理工。剩下我们十一个，大多三个月到第二年才搵（找）上工。不是吴天才一个人有气场不对的感觉，但都咬着牙没离开。九个男的坚持下来，部分原因和秋千儿有关。

三个月以后搵上工的是我。我也进了G企业，和秋千儿在一层楼上班。我上班那座大楼原址就在我们现在坐着的地方，它那时候提倡时间就是生命，现在提倡慢生活。

第一次看见秋千儿，她在三居室的厨房里做四川小面，我拖着脏兮兮的行李进门。印象中，她骨骼完美，一副山野菊的娉婷模样，这样的人待在红油辣椒、花椒碎、榨菜粒和姜汁蒜蓉水的刺鼻气味里很不合适。大概是这个原因，很长一段时间，我总是不好意思，不敢正眼看她。三年后我才知道，她下颏上有一颗朱砂痣，那个时候已经晚了，她已经做了别人的姑娘。

我没法装作不喜欢秋千儿，除非真的不喜欢。为了戒掉喜欢秋千儿的毒瘾，我想了很多办法，比如在工装裤兜里塞一只穿了半个月的袜子，想她时，袜子掏出来凑在鼻子下。可是，接下来的情况更糟糕，我开始对脚臭上瘾。

我只是暗地里喜欢秋千儿的人当中的一个，自己较劲，完全没有希望那种。在波光潋滟的秋千儿面前，我和天知道还有多少喜欢她的人，我们就像一块块未经挑选，角度钝圆的石头，在湖面勉强跳跃几下就沉入水底。我这么说，是我和秋千儿，我俩的确在香蜜湖边玩过打水漂游戏。现实情况更糟，我连石头都不是，只是一团匆忙捏成的雪球，秋千儿她在那里一碧万顷着，我这只雪球在她的湖面上没来由地奔走，下场好不了。

五年后，G企业进入本土五十强，去别的地方买地盖大楼了，我也在公司新的用人机制中败给蜂拥而至的名牌大学本科生和硕博们，丢了饭碗。我就是利用那个时候，戒掉了秋千儿的毒，离开工业体制，闯进腥风血雨的市场天地。

下雨了。雨点密集地打在落地窗上，不断晃过的车灯让雨丝显现出来，使夜晚愈发支离破碎。晚上八点左右，正是生活舞台的角色换场时间，一些人来，一些人走，事情就是这样。

“怎么啦？”我发现秋千儿在看我，问她。

“她很漂亮。”秋千儿朝楼上扬了扬下颏。

“哦。”我说，“没办法，我只能和漂亮女人来往，不然越来越没有勇气。”

“她不是你妻子。”她抿着嘴笑了笑，冲我皱巴巴的衣领努了努嘴，“衣裳没熨烫。”

“怎么说呢，我只配有前妻。”我尴尬地笑。

我是说贠小荷，13使徒之一，多年前，她和秋千儿等四个女的，她们占去香梅村那套房子的三分之一套间。

但我在撒谎。贠小荷不算我前妻。法律上不算。

我和贠小荷，我们都想出人头地，为打拼一个说得过去的前程狼突豕窜，和一切挡道的东西较劲，也和自己较劲，不肯拿时间出来办手续。等我们都站在那个被叫作前程的地方，热情已樯倾楫摧，内心满是沧桑，连吹动空气的欲望都没剩下，俩人在一起十一年后，索然无味地分了手。

我还是撒了谎。不是力比多的事。人越成熟，越不敢走到一起。你觉得，清澈见底的人生，非得赖上另外一个人活下去，这种事情靠谱吗？

我问秋千儿成家了没有。当然，她说。她早做了人妻，先生是丹麦人，麦肯锡国际管理咨询公司驻华代表。他们有一儿一女，暂时没有回格陵兰的打算。她说这件事情时口气月朗风清，让人觉得她若笑出来，会有幸福的小花朵跳进面前的烛光中舞蹈。

事实上，她是对的，时光不会倒转，我们都无法回到过去，哪怕我的小腿肚子仍然弹性十足，胳膊也有力，但我已经老到风平浪静，没法让鼓起的勇气再回到六块腹肌时代，这是事实。

我在想，如果那会儿我追上她。这当然不可能，但假使这样，我算不算雁归湖滨？台风带来的雨水会不会无缘无故消失？

我开始想象那个来自地球上最大岛屿的冰地男人，他怎么做到让她为他生下一儿一女，眉眼间仍然不经意流露出干净的喜悦。

“艾伯特会为我办理丧事。”秋千儿似乎猜到我在想什么，突然扬了扬眉毛说。

这个答案我没料到，有点意外。

“我们谈论过这个问题。”

“你是说……”

“就是你想的那样。”

“什么？”

“我有点担心。”

“他比你先死？”

“他比我大九岁，身体很棒，会坚持下去。说不定我走之后，他还能回格陵兰岛猎几头海豹，守着祖上留下的木屋度过一段美丽的极夜。”她莞尔一笑，烛光晃动了一下，“我不想再看到谁在我眼前粉碎掉。”

哦，原来这样。

阿茶是暴毙。一辆泥头车从后面撵上来，从他驾驶的福特650皮卡上碾过，再出色的皮卡经典也没能保护住他。据说那是最后一批获准在市区行驶的泥头车中的一辆，新大威，自重加载重二十吨，警察用了好大力气才撬开福特650完全变形的车壳。那个场面，光是看一眼就让人瘫了。

阿茶是客家土著，凭国家政策押地先富，注册了一家文化公司，到处收购老围屋，办耕读农庄、建宗氏民俗博物馆，公司一项重要业务，就是阻止G企业买下香蜜湖的地皮。

香蜜湖畔有几栋客家围屋，几百年历史了，阿茶要连同周边土地买回去。

阿茶的做法伤害了北佬。企业买不下地，就不能扩张，不能扩张，源源不断南下的新北佬就没有工作，没有工作，新北佬就不能源源不断到来，城市就不能发展，据说G企业就是这么离开香蜜湖，去了别的地方。

没有任何证据证明那场惨烈的车祸出自预谋。后八轮自卸车碾过皮卡，司机不认识阿茶，只是没喝“东鹏特饮”，太困，撞上路边花坛才从睡梦中醒来，完全不知道垫得高高的车轮下有什么。

我扭头看窗外。

视野可及的夜幕后，曾经顽固地生存着一家蛎蚝混养的养殖场。养殖场占据了一片水鸟横飞的湿地，湿地里间或生长着瘦骨嶙峋的桐花树，一群群海鸟从深圳湾方向飞来，落在开满白花的老鼠簕灌木丛中，灌木下是再也回不到海洋里的惊慌的海龟草。湿地中间是马鞍状湖泊，湖泊很大，能佐证每年十几个台风源源不断到来理由的那种，它叫香蜜湖。

离开 G 企业以后，我在养殖场里做过一段小工，整场、投石和播苗。我常常躲开老板气吞湖海的伤感目光，躺进湖畔边干草丛中，惊得一片海鸟起飞；我要打个盹，海鸟才能飞到湖对面正在搬迁的 G 企业厂区，在那里落下。

也就是在香蜜湖畔的养殖场里，我知道仙女般的秋千儿正在海鸟飞去的那个地方，从制式女工的一员变成制式女干部的一员，越来越成熟，越来越优秀，越来越不像从家乡出来时，在火车上给晕车男童唱《星语心愿》的那个她。

我不太确定，我有没有在心里祝福过骨骼完美的秋千儿。但我在水软山温的香蜜湖畔徜徉过多少个傍晚和黎明啊！

阿茶和 G 企业，他们谁都没赢，养殖场后来卖给了比他和它更魁梧的国资委，湿地变成了水上乐园，湖畔快速生长出钢铁焊接的“红树林”，高大的结构架像还没出生就死去的巨人骨骼，远不如尸体新鲜时那么生动。

再后来，香蜜湖畔成了地产大拿的必战之地，不断冒出一座座高档度假村、漂亮住宅小区、神秘名人俱乐部，香蜜湖湖面越来越小，海鸟再也不来了。

离开养殖场以后，我做了一些和湖泊没有关系的事情。什么都做过。事业起起落落，生活也起起落落。有段时间我很郁闷，觉得什么地方出了问题。我认为是那座湖出了问题，它越来越小，越来越不像湖。

再再后来，我回到这里，寻找失踪的湖泊。

我有个奇怪的念头，我认为香蜜湖在漏。它的某处地方与地心连接着，地心里藏着一个偷窃土地血液的大家伙，湖水被不断吸食到它肚子里，这就是香蜜湖越来越小的原因。

关于不断变小的湖泊，我能说什么？

我决定不走了。我决定螳臂挡车。我把赚来的钱都投入“1979”。我和这片曾经有过无数海鸟和我初恋的地方较上了劲。我觉得自己很无聊。我猜是为了某种纪念。

“怎么会在这儿？”我问秋千儿。

“就是在这儿。”秋千儿说。

“约了人？”

“没有。随便坐坐。明天早上的航班。”

明白了，她是路过这里。这就对了。城市变化很大，但和她这个来过又走了的人无关。她熟悉香蜜湖这个地方，等航班的时候，来这儿怀怀旧，她的意思是这个。

但也不完全是。她和其他等航班的旅人不同，曾经是这座城市的一分子，人们把这类人叫作奋斗者。那个时候，这座城市朝气蓬勃，是人人羡慕的青铜乐园，你往大街上丢块石头，不是砸中运输建筑材料的泥头车，就是砸中奋斗者。现在，你再丢块石头，不是砸中成功人士，就是砸中穿制服的执法者。

我和秋千儿，我俩上一次见面是十多年前的事情。十二三年吧，就是阿茶出事那次，她从四川赶来参加阿茶的葬礼。再往前一年，她离开了他。

秋千儿突然从我们当中消失掉，以后听说她和阿茶吹了。这是惊天大事，让我们这些曾经年轻过的 13-1 使徒不知所措而感到愤怒。我们觉得这座城市没有什么意思，时间和金钱都没有什么意思。

秋千儿离开以后，我们没精打采地议论来了又走了的秋千儿，我们都不知道发生了什么事情。很长一段时间，关于来了又走了，是我们唯一愿意谈论的事情。

有人提议大家聚一聚，请秋千儿吃顿饭，几顿也行。贠小荷在 QQ 里开骂，什么意思啊，伤口上撒盐，男人太没劲了。大家觉得贠小荷话难听，往深里一想，的确有点没意思，吃饭的事情也就作罢。

13 使徒中的九个男人，八个没有参加阿茶的葬礼，我去了。

我认识阿茶。

怎么能不认识，他是香蜜湖的名人，他把家里押地分得的几千万砸进去，把家族亲戚的几个亿砸进去，干出了多大的阵仗啊！何况，我在他的养殖场当过小工。

我也理解没有参加阿茶葬礼的那八个人。

大家没地可押，不会抵制什么，可大家没有被一台过了报废期的泥头车碾成肉饼，对这个结果，谁都心怀一种胜利者的伤感。

相反，是阿茶，他傻，明明知道没有什么可以阻拦住，他就是要阻拦；明明知道不想长大也得长大，一直做无忧无虑少年的可能性根本没有，难道他想做新时代的嘎达梅林？他当然不是城市进程的对手，他还不如识时务，学学潮汕商帮，做新时代的犹太人，在海外扩张疆土，再杀回来，把祖先的热土买回来。

世上的葬礼大同小异，没有什么好说的。

葬礼结束后，秋千儿返回四川，却没走成。她晕倒在候机厅，一位好心人把她搀扶到椅子上，为她买来一瓶水，顺便偷走了她的小包。别的还好，身份证和护照丢了。那时候不兴异地办，大家推荐我出面，解决这件事情。

我找人借了辆车，开车送秋千儿回四川老家。一千八百公里，两夜三昼，秋千儿在车上一直昏睡不醒。我说，你何必。我说，你是你，他是他，你俩吹了，死去活来的用不着，就算用得着，他被历史的车轮碾扁了，活不过来了。秋千儿听着，一句话也没说。她在昏睡，我说也是白说，我是说给自己听。

车在沪蓉高速公路检查站被拦下，防暴警察如临大敌，把困极了的我拖下车，我的脸冲地被踩在硬邦邦的军警靴下，微冲顶住脑袋，车里车外检查了个遍，底盘都没放过，撬杆弄坏了好几处地方。

后来才知道，高速公路管理方监看渝湘线检查站视频，怀疑有人用迷魂药劫持人质，通知警方采取行动，我倒了霉。

我说过，我没想回家乡，我是正大光明送人回乡，不是做贼；而且，车不是我的，我离财务自由还差十年。警察真是害人。

起风了，不是通常的风，比那个大许多，停车场前面的大王椰团结一致向一边斜，窗户上密密麻麻贴着一层雨点，汇聚的水珠把夜色中的一切放大到不真实。就是说，“玛娃”的马仔先到了。

几个穿衬衣挂铭牌的售楼生从一楼上来，从我们身边过去，说着高尔夫公园改建的事。

香蜜湖再次涌入大笔来路神秘的热钱，它的再一次生育高峰到来了，这一次，不知道会发生什么新鲜故事。

我和秋千儿都没有说话。她安静地盯着桌上的烛光，耳廓在烛光摇曳下透着隐约的洁润，看得出，她没有什么可操心的，或者说，她已经应付裕如，是她自己的主人了。我不觉得这有什么好，这里的人可不喜欢卧云对雨的从容生活，那可不怎么妙。

我想，我该回楼上。咖啡肯定送来了，喝完咖啡，把蓝八带去罗湖公寓，她明天从那儿出境，比从观澜走快得多。我这么想，打算告辞，可是，秋千儿开了口。

“我来看他，想知道他在不在。”她说。

有一刻，我没明白她的话，但很快，我知道她指的是什么。

她指的是阿茶。她说来看他，想知道他在不在，就是那么回事。

他在不在，他在不在，我在心里问自己。

接下来，我从秋千儿那里知道，她每年一次从四川返回这座城市，什么地方也不去，就在香蜜湖，在附近找一处不被打扰的地方，坐上几小时，然后返回机场。去年是 De Post，今年换成 Maan Coffee。

“想等他一会儿。”她说，“我知道他不会出现。但我会等一会儿。”

“等什么？”话出口，我才醒悟，可是已经收不回来了。

“没什么。”她说。

“但那是什么？”我索性问下去，索性把失控赖到台风综合征身上。

“我说不清楚。”

“哦。”

我在想华灯繁炽的城市，此时有多少人停下来，收起抻得过长的思绪和欲望，回过头去，慢慢沿着来路返回。我不相信人与幸福的距离只隔着一杯咖啡，有时候，它隔着一堆碎掉的水晶。

一群十六七岁的少年男女叽叽喳喳拥上楼来，楼梯发出乱糟糟的声音。唉，他们应该悠着点，放慢脚步，好好体会身边的叽叽喳喳。

这是我的经验。在青春消逝之前，人们看不到人生尽头，不知道自己拥有它，多少情感如水赴壑，等看到尽头时，楼梯上只剩下自己了。

过些年，他们再下楼时，身边已经没有了叽叽喳喳，铸铁扶栏上只剩下缭绕的叹息。

我想到那个叫艾伯特的格陵兰男人，他和他那些海上马车夫的祖先一样，基因中有和冰雪打交道的苷酸信息，但他们和他却走得够远。他最好严肃一点，听她的话，让她走在他前面，等她走了，他回到北部地区，把水分子凝结回不会流动的冰块，待在那儿，就算她不在了，和他离开家乡时两手空空一样，他什么也没有失去，不用台风帮忙，不用承担雨水。

问题是，人们到底想要流动的雨水，还是不流动的冰原？

一大团白雾急匆匆地穿过夜幕，撞在落地窗上。是暴雨。紧跟着又是一片，这回气势汹汹，不再间断了。“玛娃”来了。

停车场那边，一个穿着怀旧制服的导泊员护着脑袋朝这边跑来。一个四五岁的孩子兴高采烈把什么东西丢进水洼，她年轻的父亲站在一旁看她被大风刮得东倒西歪，哈哈大笑。

二楼西北角，一群穿白衬衫和制服裤的年轻人开始大声唱着什么歌。屋外风雨声大作，听不清他们唱什么。在此之前，比比金的阴魂一直在楼下徘徊不去。

我有建议权吗？他们应该唱黄家驹。

我问秋千儿，想不想知道她离开以后发生了什么。

秋千儿不置可否。没有关系。黑暗在 Maan Coffee 之外包裹着我们，那里是台风的世界，我确信那里有某种光亮应该被人们记住。

吴天才杀回来了，这回是吴博士。他还是觉得和这座城市是水过鸭背的关系，找不到感觉，他又不能反复离开再杀回来，于是彻底离开，以后听说他在海外某个寺庙剃度出家，做了和尚，我们没去看他。伍振林去了海防做房地产，他给自己买了高额保险，在圈里发文，悲壮地说，再见了。贺雷办特殊人才去了香港，中学肄业的他成了香港特区政府优秀人才入境计划第一批受惠者，这个结果谁也没有想到。

我们剩下的 13-4 使徒偶尔有来往。就我所知，大家不必为分期付款、公司上位机会、互联网社区关系、前女友或前男友骚扰、怀不上孩子或意外怀孕操心，混得说得过去。但是，人到中年，离死还有一段路，大家还得和长大的子女、争夺学位房名额、配偶强迫症、岳父母或公婆矛盾、渐衰的性事、越来越多的谎言、越来越少的激情、衰竭的民族主义和日益迷信的保命秘籍斗争。

就是说，台风还在继续，它们念念不断，在某个大洋深处形成，一个个接着来。只是，台风不像人，不像自然生成的潮间带，不像潮间带中的湖泊，来也是白来，雨下得再大又有什么用？来那么多又有什么用？

还有一件事。我们坐着的地方，背对北方，秋千儿在这里的时候，北方叫“关外”，那是绝大多数人家乡的方向。那里有个二线关，在地图上看，像一条长达八十三点五公里，在一个水上关口、十六个陆路关口和二十三个耕作口打结的蚯蚓，现在，它的结全拆了，蚯蚓也没有了。

我是说，如今秋千儿已经回到家乡，但每年还是有那么一两天，会念念不忘地来这里坐坐，等着谁出现，或者知道没有人出现，但她还是会来，会等，那颗心，到底没有死绝吧。

我那么说，秋千儿一直安静地看我，微笑着，等我说完，她才开口。

“你呢，你怎么样？”她第一次问到我，完全没有接我刚才的那些话。

既然问到，我就说了。如今大家都离开了香蜜湖，13 使徒走掉 12 个，留在这里的只有我。我嘛，打算通过走门路，正当的不正当的门路，用得上用不上的门路，竞选湖长。这当然不可能，但我怎么也舍弃不了这个念头，舍弃不掉当上香蜜湖湖长的念头。我主要是说香蜜湖的秘密。我和它碰上了，和自己碰上了。

“为什么？”

“它一直在漏。”

“漏什么？”

“没什么。”

我说的是实话。香蜜湖在漏。所有的湖泊都在漏。我们这些人，我们都在漏掉元气，成为一个个皮囊人，满世界招摇，只能看，不能碰。

秋千儿在烛光中看着我。我不清楚，只是感觉。我没有看她，就像我俩从来不认识。她不再是原来的她，我也一样，但我们仍有某种东西牵连着，比如光合作用，比如成长基因，因为这个，我觉得，我们都是台风携带的雨水，既然来了，就该做点什么，不能什么也不做。于是，我坐直身子，打起精神，像二十多年之前一样，挥动手臂，自顾自地唱起来：

……

年月把拥有变作失去

疲倦的双眼带着期望

今天只有残留的躯壳

迎接光辉岁月

风雨中抱紧自由

一生经过彷徨的挣扎

自信可改变未来

问谁又能做到

除了秋千儿，没有人注意到我，我唱完了，没有人鼓掌。秋千儿坐在那儿，相当安静，目光在风雨交加的落地窗外，极有可能，连她也没有注意到我在唱歌，抑或是，我是在自己的想象中唱了这首老而又老的歌。

Maan Coffee外面风雨晦暝，雨水在台风的裹挟下正式登场了，它们会有一些动静，但不会停留太久，最多十来个小时以后，它们会搭乘台风的航班离去。想不出来还有什么可说，我起身离开二楼，踩着镂空的工业时代楼梯，慢慢向三楼走去。

我没有对秋千儿说再见，用不着。

对于香蜜湖，秋千儿是候鸟，我是小叶榕；她季节性地出现在这儿，我得气根盘桓，干云蔽日，我们不是为了同一目的活在这个世界上，用不着告别。

回到三楼，蓝八已经走了。查看留在桌上的手机，她留了私信：

“谢谢款待。突然想去一个地方，去那儿坐坐，一个人。”

这就对了。我想，这就对了。

我端起冷掉的咖啡，喝了一口，靠在座位上，让自己放松下来，一直噙在眼眶中的一颗泪水，这时才掉落下来。我看不见自己，但我猜我在微笑。我是说，我在想，萎缩掉的湖泊，此刻一定悠悠烟云，水趣盎然。台风就和人一样，在时光中来了，去了，再大的动静也会消停。不知道雨水走后，湖水会留下多少，湖水漏光后，湖泊是不是要改名；如果不改，以湖命名的地方，只是个传说，对以后的人们，有湖泊是祖先时候的事情了。

这么说，我也是祖先。

（原载《花城》2018年第4期）

兄弟

徐则臣

寻找孪生兄弟的少年从两军对垒的中间地带走过，在杀声震天之前，对左右两队人马各看了一眼。月光正好，我躲在人群里，看见他转向我们一边时，梦幻般地笑了一下。

一个星期以前，他从南方某个城市来到北京，下火车，背着双肩包，走走停停，最终落脚到我们隔壁的院子，和几个江西来的卖盗版光盘的住在了一起。本来他想跟我们合租。宝来被打成傻子回了花街，两张高低床就空出一个床位，但行健和米萝借口最近有老乡要来，没答应。哪有什么老乡，他俩就是看他不放心，聊完后就把人家打发走了。

“你看他那眼神，”行健对着我半眯一双眼，“迷离吗？”我点点头。“像个神经病吗？”米萝问我。我也点头。必须承认，行健学得很像，他的大眼睛阖上一半，立马山远水远，恍恍惚惚如在梦中。

他们断定这家伙有毛病。想想也是，正常人谁会到北京来找另一个自己。开始他跟我们说，还有一个叫戴山川的人活在这世上，就在北京。我们说，当然，只要不是稀奇古怪的名字，两千多万人里肯定能抓到几个同名的。不，戴山川纠正我们，不仅同名同姓，他跟我是同一个人。我、行健和米萝三人后背上的寒毛瞬间竖了起来。同一个人！戴山川眯起了眼，目光幽幽地放出去，像一只翅膀无限延长的乌鸦飞过城市的上空，从北京西郊一直飞到了朝阳区，再往前，飞到了通州。当时我们坐在屋顶上，这是我们能够给客人提供的最高礼遇。我们希望他能睡到宝来的那张空床上，这样就可以把每个人的房租从三分之一降低到四分之一。

“看，这就是北京。”行健在屋顶上对着浩瀚的城市宏伟地一挥手，“在这一带，你找不到比这更好的房子了。爬上屋顶，你可以看见整个首都。”

戴山川慢悠悠地点头，“嗯，我一定能在这里找到戴山川。”

“你确定要找的是戴山川？”我问。

“不是戴山河？”行健问。

“或者戴山水？”米萝说。

“不是。”戴山川自信地笑了笑。后来我们一致认为，不管从哪个角度看，他笑得都有点诡异阴森。戴山川一边笑一边说：“我要找的就是另一个自己。”

接下来他坐在屋顶上我们唯一的一把竹椅子里，跟我们讲他要找的那个戴山川。他是看着那个戴山川的照片长大的。他从口袋摸出一张揉皱了的五寸照片，一个白白胖胖的男孩咧着嘴傻笑，可能一岁都不到，顶着一头稀疏柔软的黄毛。“戴山川。”他说。然后从另一个口袋又摸出一张照片，十岁左右的男孩，人五人六地穿着一身花格子小西装，双手掐腰继续傻笑，为拍照临时梳了一个三七开的分头。他说："我。"

"戴山川。"我说。那个不到一岁的小东西八九年后变成了花格子西装，又过了六七年，小西装和我们一起坐在了黄昏时分北京的屋顶上。不会错，看得出来的。

"我。"

"你就是戴山川。"行健说。

"他是他，我是我。"

"戴山川就是你。"米萝说。

"我是另一个他，他是另一个我。"

有点乱。

行健先觉得问题不对的，他指着飞过头顶的一群鸽子说："狗日的打下来一只吃吃。"

我和米萝一起追着鸽子看。但戴山川的目光依然像乌鸦一样宽阔地滑翔，鸽群不在他眼里。他坚持要跟我们说说另一个戴山川的事。

事情其实很简单，我们可能都经历过。小时候不听话，父母就会说，早知道不要你了，要另外一个了。另外哪一个呢？另外一个"我"，或者我的"兄弟"或"姐妹"。在父母的叙述中，那个"我"或者我的"兄弟姐妹"，因为养不起，因为不听话，因为某些其他原因，送人了。现在他们后悔了，因为我们让他们很头疼。必须承认，这一招挺好使，年少时我们的小神经都绷不住，担心真有个谁掉头杀回来，穿上我们的衣服，戴上我们的帽子和手套，端了我们的茶杯和饭碗，抢了父母给我们的爱，代替我们活在这世上，于是乖乖地做回个好孩子。这种玩笑式的骗局也就管用那么几年，大一点再怎么编排我们都不信了。大人肯定也觉得编下去很无聊，又转回到最好使的方法上：简单粗暴型责骂。但是戴山川跟我们不一样，他是家里独子，爷爷奶奶、外公外婆、爸爸妈妈、叔叔阿姨、舅舅姑妈，一大群人供着这么一个宝贝疙瘩，哪舍得动粗的，连假想敌都舍不得给他树立成别人。这个世界上，能与他竞争的只有他自己。一岁不到，他不好好吃饭，爷爷奶奶指着一张镶在精美相框里的大照片（就是他掏给我们看的五寸照片的放大版）说：

“认识吗，这是谁？”

戴山川指指自己。

爷爷奶奶摇摇头，“不是这里的你，是在北京的你。”

戴山川晃晃悠悠走到穿衣镜前，要钻进镜子里把自己找出来。

他不好好睡觉，爸爸妈妈也指那张大照片给他看。“再不睡，咱们换了那个戴山川回来吧。”

戴山川赶紧闭上眼。

只要家里人往相框里一指，戴山川立马老实。戴山川说，很多年里，他最怕的人不是父母，不是老师，也不是班上抽烟打架的男同学和马路上游手好闲的流氓阿飞，而是墙上的那个自己。他怕到了恨的程度。那个远在北京的自己，他是他最大的敌人。那张照片拍得很立体，不管从哪个角度看，两只眼睛都在盯着你。小小的戴山川用眼睛余光扫一下相框，在北京的那个自己就警醒地注意到了，搞得年幼的戴山川被迫成了整个小区最听话的孩子。进了学校，他也是好学生典型，老师一次次要求大家向他看齐。

他想过把照片给毁掉，不敢明目张胆地下手，装作不小心碰掉了相框，玻璃碎了。母亲倒没怎么批评他，拿去装潢店重新镶了一个更漂亮的相框，还挂在原处。父亲说："别再乱碰了啊。"

后来，他终于长大到明白镜框里的那个小孩不过是父母管教和要挟他的借口，因为那个戴山川一直停留在不到一岁的模样，而他一天天长大了。但他发现自己已经离不开他了。这么多年，他只有他自己这一个朋友。没有兄弟姐妹，从学校回家，同龄的玩伴都没有，家里人怕他被人欺负，怕他出去跟孩子们疯玩影响学习，怕跑步摔倒了，怕他跟别人争执时打架。他只能跟墙上的自己玩。他跟相框里的戴山川说：

"戴山川，你好。"

他又代戴山川回答："你也好，戴山川。"

"戴山川你吃了吗？"

他再自己答："我吃了，戴山川。你呢？"

"我也吃了。你知道《登鹳雀楼》这首诗吗？"

"我还会背呢。白日依山尽，黄河入海流。欲穷千里目，更上一层楼。"

"爸妈今天早上吵架了，你知道为什么吗？"

"天热了呗。"

"晚上又吵了。"

"因为空调没修好。"

"老师下午批评我了，说我不团结同学。"

"那是因为你有我这样的朋友。"

"没错，你说得对。"

没错，相框里的戴山川成了戴山川的朋友。他喜欢跟他说话，他也习惯了想象一个也叫戴山川的自己，如何在一个陌生但十分有名的城市生活。他是最好的朋友，也是唯一的朋友。他一个人在家，从不觉得孤独；或者说，学会和另一个自己交流以后，就不再觉得孤独了。

“没准你真有个双胞胎兄弟呢？”我提醒他。

“要是有个双胞胎兄弟，”行健说，“这事我倒还能理解一点。但另一个自己，咳咳，听着都瘆得慌。”

“除非你有精神分裂症。”米萝说。

“我也想过，”戴山川坐在我们的屋顶上，把那张五寸旧照片翻来覆去地看，“但我爸妈说，他们只生了我一个孩子。一个人在世上，会不会真有自己的分身呢？”他从兜里又掏出一张照片，显然是他刚拍的，“比如，你们在北京见过一个长得像这样的人吗？”

行健打了个哆嗦，撇撇嘴。“不行了，憋得不行。我得上厕所了。”

他要从屋顶上下来。米萝也跟着下，我也站起来。北京是个大地方，的确什么稀奇古怪的事都可能发生，但这事可能性很小。

“我还没说完呢。”戴山川说。

“不用说完了。”行健已经下到了地上，“空床位暂时不租了，这几天我们老乡要来借住，是不是啊你们俩？”

我和米萝说：“嗯，是。”

事情就这么结束了。我把戴山川送出门，朝隔壁努努嘴，“那边应该还有空床位，你去试试？”

第二天早上我头疼病犯了，在街巷里跑步，经过隔壁敞开的院门，听见有人含混地嗨了一声。我停下，伸头往里看，戴山川蹲在水龙头边刷牙，满嘴泡沫地对我摆摆手。

那段时间我们的活儿都停了，小广告不能再贴了。那是“城市牛皮癣”，警察见了抓，城管见了也抓，环卫工人见了也要追着你跑。其他游街串巷的小商贩，开三轮车卖水果的，摆摊卖盗版光盘的，办假证的，地铁口卖唱的，推小车街头巷口摊煎饼果子、炸火腿肠、卖切糕、卖豆浆稀饭包子盒饭的，四处游荡卖笛子、二胡、葫芦丝的，也都老老实实地蹲在出租屋里了。没有人说不许出去，但你要出去那就是找死。全北京都在整顿。听说要开重要会议。

忙着挣钱时，大家相安无事，有矛盾有竞争也没时间掰扯；现在闲下来，有问题解决问题，没事的也相互找个碴，吵嘴的吵嘴，打架的打架，反正都不能让光阴虚度了。开始还是单挑，谁有矛盾谁解决，文的武的都行；后来就乱了，以武为主，谁有矛盾一大群人都上。一个篱笆三个桩，谁还没有几个哥们儿朋友。当然，事情开始也可能只是起因于一两个人间的冲突，后来雪球越滚越大，逐渐分出了派别。反正我差不多看明白的时候，已经每天都有一两场群架了。一个地方的老乡结成伙，职业相近的一群也拉成帮；今天上午我找你的事，晚上就变成了你寻我的麻烦。刚开始都还节制，只用拳头和身体，后来逐渐抄上了家伙，棍棒、铲煤的铁锨、通炉子的火钳，还有年轻人防身的匕首和九节鞭，有的菜刀和炒菜铲子也拿出来了。家伙都挺亮眼，在月亮地里闪闪发光，但真打起来，大家还是知道深浅的。开战之前，双方的带头大哥都提醒自己的队伍：出门在外，都悠着点，一家老小都眼巴巴地看着咱们呢。所以，尽管西郊那段时间事情不断，也伤了几个，但基本都没走原则，打群架更像是个集体游戏，成了清闲无聊时日里的调剂。不得不承认，打架还是挺激动人心的，每天早上醒来，我们一帮游手好闲的家伙都像打了鸡血。

行健和米萝块头大，一身的火气都憋成了脸上紫红的青春痘，这种事肯定不会错过。每天他俩出征前，轮番把房东家里的各种能充当武器的家伙都操练一遍，然后像打虎的武松那样提着出门。我胆小，偶尔跟在江浙一派的队伍里起起哄，充其量是个啦啦队队员；真打起来，很惭愧，我就躲到墙角和树根下了，整个人哆嗦成一团。关键是那时候头疼。神经衰弱面对那种场面会突然爆发，我跟自己的脑袋作斗争的精力都跟不上。这种时候，我最常干的就是撒开腿就跑。不是逃跑，是长跑，只有跑步才能振奋我衰弱的神经。

那天晚上，戴山川从两军对垒之间梦游般地穿过，我躲在老乡们的后面。战斗一触即发，我听见脑袋里有一种明晃晃的声音从远处蛇行而至，头疼马上要开始。我拍着脑袋对行健说：

“不行了，我得跑。”

“跑吧跑吧，”行健握着房东留下来的一根油漆剥落的棒球棍，已然进入一级战备状态。“就没指望过你。”

我敲打着太阳穴，后退，像个逃兵，跑步穿过月光下的巷子。跑到“花川广场”咖啡馆那条巷子，遇上戴山川。他借着月光和路灯光看每一家店铺的橱窗和广告牌。我停下来，我都听得出来自己声音里的嘲讽：

“还在找你自己？”

“我就转转。”戴山川一点都不像在开玩笑，“如果真有另一个我生活在北京，那我得把这个城市好好看清楚。”

还不在频道上。“你就没想过你爸妈从小就在骗你？”

“我知道。那又有什么关系？”他笑眯眯地把盯着橱窗的目光转向我，“我们需要另外一个自己。你想想，如果还有另一个你，想象出他的一整套完整的生活，多有意思！我从小就想，那一个我，我一定要看看他是怎么生活的。”

不在一个频道上。我又问：“你不是瞒着家人逃学来北京的吧？”

“我爸妈知道。他们说，好吧，出门看看也好。”

好吧。这一家人都不在频道上。

“你就没想过，这世界上还会有另一个自己？或者，你还有一个孪生兄弟？而你和你的孪生兄弟正好被互换了名字，你其实是作为你的孪生兄弟生活在这里，而你，现在正由你的孪生兄弟代替着生活在另外一个地方。”

有点绕。跑了两条街刚刚缓解一点的头疼又加重了。我脑子有问题，他比我的还严重。“我没兄弟，只有一个姐姐。”

“如果有呢？”他很认真地提醒我，“再想想。”

没有如果，我对他摆摆手。跑步是治疗神经衰弱的唯一方法，别的只能加重病情。他还要提醒，我已经跑到了“花川广场”的另一边。

“如果有呢？”他提醒鸭蛋，“再想想，你爸妈没说过？”

鸭蛋抱着小腮帮子歪着头想。“有！”他开心地拍着巴掌，“我妈妈说，我要再哭，她就把所有好吃的都给我弟弟。”

“你妈妈说过你弟弟在哪儿了吗？”

鸭蛋撇撇嘴，“没有，我妈妈就说，长得跟我差不多。”

他把鸭蛋从小板凳上拉起来，“走，我带你去看看你弟弟长什么样。”

我站在屋顶上，看见戴山川牵着鸭蛋的小手出了隔壁的院子。

鸭蛋四岁，河南人老乔的儿子。乔什么不知道，他和老婆带着鸭蛋在北京卖鸡蛋灌饼，每天一大早推着车子到地铁口或者公交站台边，一个鸡蛋灌饼两块五毛钱，多要一个鸡蛋就再加一块。上班的年轻人来来往往，一个早上能卖几百个灌饼。顺带还卖杯装的稀饭和豆浆。两口子一个在平底锅上加热头一天晚上做好的饼、煎出一个个焦黄的鸡蛋，一个卖豆浆、稀饭连带收钱。鸭蛋早上起不来，被锁在家里，不必早早出门的房客顺便帮着照应一下。

老乔一家住在戴山川租住的院子里。区别在于，戴山川和几个卖盗版碟的挤在正房里，老乔一家租住的是院子里单盖的一间屋。西郊租户多，是个房子就走俏，很多房东都在院子里搭建简易房。单砖跑到顶，楼板封盖，再苫上石棉瓦，风雨不怕，就是冬冷夏热。就这样也抢手，便宜，一家人单独租一间，倒也清静。老乔就租了隔壁院子里唯一的一间简易房。

鸭蛋不叫鸭蛋，因为脑袋长出了鸭蛋形，老乔两口子又卖鸡蛋灌饼，大家就叫他鸭蛋。叫多了，老乔两口子也跟着叫鸭蛋，本来的名字大家就给忘了。鸭蛋肯定是独生子，这我敢肯定。老乔说过，能养活一个就不错了，再超生二胎，这几年的鸡蛋灌饼就白卖了，也凑不上那罚款。

老乔带老婆一早推着车子出门了，想找个安全的地方。远点无所谓，整天闲着做不了生意，他们心里急。鸭蛋留在家里跟一帮闲人玩。现在，戴山川把鸭蛋带出了院子。

我在屋顶的太阳底下打了个瞌睡，也就二十分钟，戴山川和鸭蛋回来了。鸭蛋手里举着一张大照片对我喊：

“木鱼哥哥，你看，我弟弟！”

什么弟弟，就是鸭蛋自己。这个戴山川是真能忽悠，带鸭蛋去了趟照相馆，就给他捡来个弟弟。那张照片拍得还算讲究，摄影师给鸭蛋换了身时髦的小衣服，衬衫、领结，还有件挂着怀表的小马甲，鸭蛋装成弟弟，两只手有模有样地插在裤兜里。

我走到屋顶边缘，跟戴山川说：“你这不是祸害鸭蛋嘛。”

“怎么是祸害？”戴山川说，“鸭蛋多孤单，整天一个人锁家里，咱们得给他找个伴儿。”

听得我倒是心头一热。小时候我出疹子，不能见风，又怕传染别人，父母就把我锁在屋里，无聊得我跟闹钟和暖水瓶都聊起了天。我就问鸭蛋：

“鸭蛋，那你告诉哥哥，你弟弟叫什么名字？”

“鸡蛋！”鸭蛋自豪地说，“我叫鸭蛋，我弟弟叫鸡蛋！”

好吧。千万别再给他找个哥哥，要不鸡鸭鹅齐了。“鸭蛋，你弟弟跟你长得真像啊。”

“那当然，”鸭蛋举着照片对我挥动，“鸡蛋是我弟弟嘛。”

必须说，鸡蛋对鸭蛋起到了效果。这是戴山川跟我说的，老乔两口子请他吃了两个鸡蛋灌饼，外加一杯绿豆粥。那段时间绿豆粥价钱上去了。有专家说，绿豆包治百病，超市里的绿豆价翻了三番还是供不应求。老乔说，鸡蛋太好使了，只要一指贴在墙上的鸡蛋，鸭蛋立马听话，该吃时吃，该喝时喝，该睡觉睡觉。一个人待着也不吵不闹，脸对脸跟鸡蛋说话，弟弟长弟弟短，那个亲热劲儿，搞得他老婆都想再生一个娃了。

此言应该不虚，那段时间老乔和他老婆的确没找我帮过忙，要在过去，隔三岔五早上我都得跑过去，看看鸭蛋睡醒了没有。

出大事了。没擦枪也会走火，出了人命。周六下午又有一场大战，双方人数都过了三十，抄着家伙，那场面有点壮观。械斗之前照例是舌战。两边对骂时，一辆货车开过来，嘀嘀嘀喇叭声摁得急，大家本能地就紧急往后退。前面的挤后面，后面的继续往后挤。有人被推倒了，侧身倒在一把锄头上。锄头是房东过去在院子里开荒种菜时用的，房子租出去后，锄头就放在杂物间里，被打群架的搜了出来。为了让武器更具有威慑力，持锄头的家伙特地把锄头打磨了一番，明晃晃亮闪闪，能当镜子照，锋利自不必说。寸就寸在，当时持锄人拄着锄柄，锄刃自然就朝上，倒下的胖崔脖子直直就撞了上去，动脉和气管一起切断了。一群人围上来，眼见着胖崔像上了岸的鱼一挺再挺，脖子底下直往外冒血泡，呼噜呼噜只有出气没有进气的声音把大家吓坏了，搓着手干着急。有胆大的上来捂住他伤口，旁边的人赶紧打120。120到时，胖崔已经死了。

那天我没在现场。戴山川带着鸭蛋爬上了我们的屋顶，一个跟我讲另一个戴山川，一个跟我讲鸡蛋。戴山川说，他游走在人群里，看着一张张千差万别的脸，觉得这世界真是神奇。既然有那么多不同的脸，一定也会有一张跟他一样的脸，他相信长着那张脸的戴山川一定也会在茫茫人海里寻找他。这么一想，他就觉得他跟这个世界有了无穷多的联系，对面走过来的每一个人，都可能是另一个自己。他觉得自己像一环不可或缺的扣，被织进了一张大网里。

“你确信真有另一个自己？”

“这样的感觉不好吗？”他说，“鸭蛋都喜欢上了他的弟弟。”

“嗯，我天天跟弟弟说话。”鸭蛋真是给戴山川长脸，他手舞足蹈地说，“我弟弟可乖了，给他糖都不吃，还要给我大白兔。”

我对戴山川说：“恭喜你，这么快就找到传人了。”

戴山川对我挤着眼笑。这时候行健和米萝跌跌撞撞跑回来了。进了门米萝就朝屋顶上喊：

“你崔哥去了——”

“哪个崔哥？”我问。

“胖崔！”行健喊起来。

“去做臭鳜鱼了？”我真没想到米萝还能这么文雅地称呼死亡。我能想到的崔哥就是那个安徽来的胖厨子，做一手好菜，尤其臭鳜鱼。自备的料，在他的出租屋里做，吃得我舌头差点咽进肚子里。

“死啦！”行健的声音都变了。他亲眼看见崔哥血尽气绝，他被吓着了。

在人海里找到一个跟自己长得一模一样的人不容易，一个人说死就死也同样不容易啊，但胖崔的确死了。行健和米萝一屁股坐在院子里，我坐在屋顶上一时半会儿也站不起来。我们都吃过崔哥的臭鳜鱼，喝过他熬的母鸡汤。他说，徽菜的特点就七个字：

盐重，腐败，有点黄。“腐败”的是臭鳜鱼，“有点黄”的是老母鸡汤。他那么认真的一个人，说到“有点黄”脸都红了。

问题是，胖崔跟谁都没有过节，他只是碰巧那天休息，被同宿舍练摊儿给手机贴膜的老乡拉过来凑数的。

出了人命大家就清醒了，原来这么玩下去也很危险，几支队伍没人招呼就自动解散了。但事情才刚刚开始。一直想整顿城乡接合部的社会治安和闲杂人等，这回逮到了机会。先是半夜三更突击检查暂住证，无证游民一律遣送回老家；接着清查周边的旧房危房和违章建筑，安全设施不达标者一律不得出租，限期加固整改或拆除。以安全的名义，又解决了一部分不安定因素，因为外来者的租住环境多半都有问题。真有深仇大恨的人也打不起来了，没那个心思：被遣送的遣送，被驱赶的驱赶，想留下的赶紧找门路，剩下的烧香拜佛，自求多福。

我们三个半夜被砸开门，手电筒直接照到被窝里。我穿着背心裤衩从箱子里摸出暂住证。米萝记错了地方，箱子里找不到翻包，包里没摸着又去掏衣服口袋，最后在床头柜里翻出来，找到了还被踹了一脚，说他浪费时间太多。

在我们找暂住证的同时，隔壁院子里鸭蛋在哭。另一拨人进了老乔的门，鸭蛋被半夜三更闯进来的陌生人吓哭了。老乔应该是和他们发生了争执，为此还得罪了那些人。我们听见老乔老婆穿着拖鞋噼里啪啦地往外跑，跟在他们后面说：

“你们千万别生气，他真不是那个意思。”

“哪个意思也没用！”一个硬邦邦的男声说，“跟房东说，最迟后天中午。没得商量。”

这个最后通牒指的啥，我们都没深究，没时间。天不亮周围就乱了，收拾的收拾，搬家的搬家，有门路的赶紧投亲靠友。那两天不断有人过来告别。听那些资深的北漂前辈说，好几年没见过这么大规模的清查了。到了“后天”，推土机轰隆隆开到西郊，我们才明白通牒要干什么：强行拆除违建房。从西边的巷子一家家往这边推。每一间违建房都推倒，他们知道指不上房东，谁舍得对自己的摇钱树下手。老乔第二天一早就跟房东打电话，房东咬着舌头说，雷声大雨点儿小，哥们儿啥场面没见过，小 case 啦，放一万个心住。但推土机开进了路西的巷子，老乔两口子扛不住了，开始收拾家当。还没收拾完，推土机就从宽阔的院门开进来了。

推房子是大事，我们都去看热闹。戴山川和那群卖盗版碟的也都在，没事干，都猫在家里。那天晚上戴山川差点挨了揍，他算一个刚来不久的观光客，火车票可以做证，但他跟纠察队说明来京理由时，把一个队员给惹毛了。我是纠察队我也毛，什么叫“找另一个自己”？这小子分明在耍他，那队员警棍都举起来了。戴山川发现跟他们讲不清，只好说，来北京是找一个失散多年的兄弟。纠察队说，早他妈这么说不就结了？还找“另一个自己”，跟老子转什么鸟文。拆房队的队长一挥手，推土机直接开到老乔的东山墙下。老乔老婆说，还有几样东西，再给五分钟。队长竖起右手食指和中指：两分钟。然后盯着手表看。

老乔两口子这才真正慌起来，穿着拖鞋往房间里跑，出来的时候拖拖拉拉抱了一大堆，抓到手里的全往外扔，恨不得把床也抢救出来。队长弯下食指和中指，对推土机的司机示意，时间到，开始。推土机司机加了一下油门。鸭蛋突然大叫：

“鸡蛋！鸡蛋！”

在场的都蒙了，鸭蛋叫唤什么鸡蛋？反正我是一下子没反应过来。

鸭蛋哭喊起来：“鸡蛋！我要鸡蛋！我要鸡蛋弟弟！”

他说的是贴在床头的照片。我想冲进去，但推土机的黑烟已经冒出来，开始怒吼着往前推了，我赶紧收住脚。一个人冲进房间，是戴山川。滞后没超过三秒，推土机已经杵到墙上。司机没看见有人进去，因为嘭嘭嘭嘭巨大的机器噪声，他听清楚我们大喊停下和有人时，踩刹车已经来不及了。我们看见老乔一家住的简易房子在左右晃动几秒之后，轰隆隆倒塌了。

连司机都傻眼了。除了鸭蛋还在哭叫他的弟弟鸡蛋，所有人都呆若木鸡。戴山川没出来。

那一段时间的确很长，相当之长。尘烟拔地而起。很多人的下巴都挂在胸前，迟迟没能合上。我们就看着那一堆废墟。一间简陋的房子，连废墟都单薄，石棉瓦、楼板和碎砖头纠缠堆积在一起。司机吓得推土机也憋熄了火。院子里只剩下鸭蛋的哭喊和风声。我确信时间是有声音的，我几乎能够听见时间正以秒针的速度咔嚓咔嚓在走。废墟寂静。然后，寂静的废墟突然发出了一点声响，我们中间谁叫了一声。尘烟稀薄，我们都看见碎砖头哗啦又响一声，一只手从砖头缝里一点点拱出来，一张皱巴巴的照片出现在废墟上。

鸭蛋挣脱母亲，边跑边喊：“弟弟！”

（原载《大家》2018 年第 3 期）

唯有大海不悲伤

邱华栋

就是那一阵突如其来的水流把孩子带走的。就是那一股你在海水里根本看不见的水，突然就出现了。那是透明的水中之水，狂暴而蛮横，居心叵测，仿佛有着预谋，带着强大的力量，这水流来了，一下子就把儿子往深海里带去了。

是的，就是那么一个瞬间，人就不见了。就是那样的。

后来，有懂得海水脾性的人告诉他，那种水流叫作直流。是近岸非常凶猛的漩流，往往会对在海边浅水区里游泳的人发动突袭。这直流隐蔽、迅捷、粗犷，从深海里像是一条水蟒一样游过来，把近岸游泳的人捕获，然后猛地一下卷走，又像一条水里的鞭子一样，裹着猎获物，就直接回到深海里去了。

那一刻，胡石磊也感觉到那股直流冲击到了他的身上。是一股水的蛮力，他看不见它，因为那是水中透明的野兽，把他狠狠地打了一下。他猛地呛了一口水，感觉到不妙了。

是的，就在那一刻，强力的回流水流，将人带向海水的深处。

他听见儿子叫了他一声，也许这是他的幻觉，事后他是这么回忆的。但没有人注意到这一点。巴厘岛的这片海域表面看着很平静，可暗流汹涌，暗礁密布，海况很复杂。当时海边有很多人，就只有他带着儿子往海里游了五十米。就五十米远，当一些人察觉不对劲儿，开始往岸上快速游动的时候，直流已经来了，接着，又走了。

就是这样的。等到他发现孩子不见了，已经是几分钟之后的事情了。“冬冬，冬冬！”他大叫着，在水里寻找。

巴厘岛海滨度假区的救生员赶紧唤来了快艇，艇上还有潜水员和救生设备，立即前去寻找孩子的踪迹。找了好几个小时，也没有发现什么。

到了第二天，他们继续寻找，还是没有结果。当地的一个华裔搜救员告诉他：“去年，也是在这里，一个穿婚纱拍照的中国女人，她的婚纱被水打湿了，很重，跑不动，结果就被大浪给卷走了。好在后来在几海里外的珊瑚礁那里找到了她，找到的时候，人已经死了。真可惜，她是来这里举行婚礼的啊。”

胡石磊一听他这么说，更着急了。儿子，你在哪里？我活要见人，死要见尸！可是，一连找了七天，孩子还是无影无踪，在大海里失踪了。那片海域后来大浪滔滔，他每天面对着大海，欲哭无泪。他十岁的儿子冬冬就这么被大海带走了。

不用再描述这悲伤的时刻了。本来，他们一家三口是高高兴兴到巴厘岛游玩的，一家人都很开心，可忽然之间，胡石磊和汪雁就坠入了深渊。

作为父亲，胡石磊非常内疚、悔恨和悲伤。孩子的死和他有没有关系？当然有，因为就在他的身边，孩子不见了，被死亡直流带走了。而他的水性还那么好。

“你为什么不看好孩子，为什么不看他？为什么，你不抓住他，为什么你——”几天下来，妻子汪雁的眼神已经痴呆呆了，她迷离而愤怒地看着丈夫，她声音嘶哑了。孩子无影无踪，让她崩溃，让她也一同坠入了黑暗里。

“为什么？为什么——你——”汪雁嘶哑了，她哭了，她无法再说话了。

他看着她的眼神，忽然读到了一种令他不寒而栗的东西。那就是，她的眼神到后来似乎在说：为什么海水带走的，不是你，而是儿子？为什么不是你！

胡石磊这一刻对妻子有了一种恐惧感。女人的那种歇斯底里，最终将导致所有牢固的东西都崩溃。尤其是，汪雁现在还怀着他们的二胎——已经三个多月了。她正准备再生一个孩子，他们的宝宝正在她的肚子里孕育着，可是现在，失去了大儿子，胡石磊有一种不祥的感觉——蛋打了，鸡也会飞。不过，天无绝人之路，我不会这么悲剧吧？不会吧？他欲哭无泪。

会的，命运在戏弄一个人的时候，往往是下狠手，不是一招置敌于死地，就是接连打击到让你毫无还手之力。这就是命运的真相。好的时候一切都是风平浪静的，坏的时候，就是那一股海洋直流——一下子就把你带到海水的深深处，让你在暗黑的地方窒息。

痛啊！痛，痛，痛！那种失去骨肉的痛感，在他和她的心里弥漫。失去了长子，二胎政策才出来就抓紧怀孕的汪雁精神恍惚，深度抑郁袭来，情绪波动大，不久，肚子里的胎儿就流产了。

这样的变化会导致更多的连锁变化。胎儿流产之后，她要求分居。又过了一段时间，她提出来和他离婚。一股生活中的直流就这样也出现了，一下带走了所有的风平浪静，让胡石磊陷入绝境里。然后，汪雁离开了他，胡石磊变成了一个人。

他成了孤家寡人，孤苦伶仃地在大地上行走，在海边安静地站着。凝视着大海，他在想，那股直流，到底是怎么回事？怎么一下就把我的生活彻底摧毁了呢？站在大海边上，看着波涛一道道地涌过来，带着喧响和白色的浪花，碎裂在他的脚下，他想，自己的水性这么好，又从小生长在海边，儿子冬冬却被海水带走了。

大海啊，你让万物充满了生机，让世界不断生长，可你又以暗黑的力量造就了死亡。你让我的儿子还没怎么展开他的生命旅程，就死在了你的怀抱里，你让我掉进了悲伤的深海！他泪流满面，悲愤满怀。

谁说的唯有大海不悲伤？大海最会制造悲伤了，对不对？

到了第二年的春天，那件事情虽然已经过去大半年了，可胡石磊的状态始终是消沉的。屋子里到处都是酒瓶子、烟蒂，以及混乱不堪的衣服和杂物。公司的事让别人在打理，他不知道自己是怎么过来的。

汪雁离开他以后，辞职去了别的城市，换了电话号码，换了工作，远远地离开了他。她的性格本来就是柔弱的，很容易悲戚，她没有办法再接受他了。他理解她——远离他，就是远离他们无法摆脱的痛苦记忆，那是一块压着他们的沉重的巨石。两个人相爱相处了十多年，现在，天各一方了。

他宽慰地想，她离开他是对的，要不然两个人怎么互相面对？接连失去了两个孩子——儿子和腹中胎儿，他和她的纽带就彻底断了。

胡石磊瘦了十几斤。痛啊！痛啊！胸口的巨石无法搬走，内心的抑郁像毒药一样熏染着他的思维。他常常呆坐着，看着电视。所有频道的节目都无法触动他。他觉得那些古装、情感、悬疑、枪战、科幻、恐怖片，都很傻很可笑。电视上，所有的相亲节目、益智节目、竞赛节目、体育节目、相声小品节目，都不能让他笑出来了。

然后，他看到了一部纪录片。这是一部关于大海的纪录片，大海是这部片子的主角。是的，是大海，那让胡石磊又恨又爱、想拥抱又拒斥的大海。大海！你还我的儿子，你击碎了我的生活，我拿什么来面对你？

但这部纪录片渐渐吸引了他。他追着这个系列片看，一集又一集。某个片段，讲的是在一片海底的珊瑚礁边是大洋洋流的汇聚之处，有一群革鳞鲔要产卵。革鳞鲔这种海鱼，从美国南部的佛罗里达外海一直到加勒比海的群岛，比如古巴和海地岛，再往南，一直到巴西东面的西太平洋地区，都有着广泛的分布。它体长可以达到一米，长得有点呆萌，胸鳍、背鳍和尾鳍就像是刺猬的刺那样支棱着，黑白相间，地包天的嘴巴显得笨拙憨厚，褐色的身体上都是白色的斑点。大批革鳞鲔聚集在海底一片珊瑚礁边，雄性的，雌性的都有，在默默等待一个仪式。而在这片海水的中上方，浮动着一些黑色的阴影——来了很多鲨鱼。它们似乎在等待着什么。

胡石磊睁大了眼睛，观察着接下来的情节。海底世界被水下摄影师拍得那么清晰：美丽的珊瑚礁，飘摇的水草，发亮的水流，还有革鳞鲐的尾鳍、胸鳍摆动的漂亮姿势。是的，革鳞鲐是在等待着一个机会。它们耐心地等着，来回慢吞吞地游弋着，一点都不着急。雄性革鳞鲐靠近一条条雌性革鳞鲐，互相盘旋，微微摆动，在跳着求爱的舞蹈。雌性革鳞鲐比较娇小，它们在雄性革鳞鲐的追求下游动，纷纷做着某种呼应。忽然，一条雌性革鳞鲐猛地上浮，就像一支箭一样蹿了上去，排出了一股白色的鱼卵。接着，雄性革鳞鲐也猛地上浮，排出了一股精子，给那些卵子授精。繁殖仪式开始了，刹那之间，海水里安静的画面立即变得鲜活了，一条条雌性的革鳞鲐射箭般上浮排卵，一条条雄性的革鳞鲐追随着上浮去授精。伴随着它们的上浮，那些早就埋伏在一边的黑鲨，斜刺里冲过来袭击排卵射精的革鳞鲐，一嘴一条，迅疾地撕碎了刚刚还在产卵授精的革鳞鲐。

胡石磊睁大了眼睛。大战开始了！为了下一代，排卵啊！授精啊！革鳞鲐，加油啊！为了生存下去，黑鲨们，袭击啊！拦截啊！厮杀啊！这一场面的生死较量和繁衍下一代的战斗，在电视画面上持续了很久。雌性革鳞鲐的卵子和雄性革鳞鲐的精子很快让海水变得黏稠了，白花花一片，而黑鲨的袭击和捕猎又让革鳞鲐的血液染黑了这一片半透明的海水。从海底往上看，到处都是一片混沌，就犹如最初的天地开创，而此时此刻，诞生和繁衍，生存和死亡，在大海里显得那么真实，残酷，而又天然地具有合理性和一种生命逻辑。

胡石磊站了起来。他觉得自己其实不懂得大海，也不了解大海里的那些动物，那些陌生的鱼。可能冬冬已经变成了这样的一条鱼，正在深海里游走着。他必须要去会会那些深海里的鱼。他和儿子的灵魂，也要在大海重新相遇。

胡石磊后来通过网络，认识了一批喜欢潜水的朋友，他们都参加了一个由世界各地的潜水爱好者组成的自由潜水组织。其中，有个叫大卫·霍克尼的美国南加州人，成了他接下来几年里的潜水好友。大卫·霍克尼在世界各地潜水已经有十多年了。在网上胡石磊发现，原来喜欢潜水的有这么多很专业的人。

胡石磊让朋友帮忙，购置了所有的潜水设备。这些装备并不复杂，有长短脚蹼、潜水衣、面镜和呼吸管，能让他潜入到几十米深的海水里，去和那里的动物互动。在几十米深的海水里，能够看到海里的那么多动物，这是多么美好的一件事！多么令人愉快和兴奋！他阴沉的内心里渐渐燃烧起了一簇火星，这是一点点的希望。在大海的深处，去和儿子的面影相遇，一点点地将内心的悲伤祛除。你只有先医治你自己，才可能去面对整个世界的明丽。

在朋友们的帮助下，胡石磊很快学会了自由潜水。他水性本来就好，这对他一点都不难。自由潜水，指的是不戴氧气瓶和水肺一类的辅助潜水设施，而是靠一口气——是的，就靠人的一口气，把肺里的氧气充满，然后一猛子扎下去，直接向大海的内部潜泳，一直扎下去，在瞬间变化的水压的影响之下，调整耳朵受压的感受，平衡生理反应和内心的波动，在一吸一呼之间，去靠近那些自由摇曳的海生物。一般能在水下待三五分钟，然后，再上浮。

自由潜水分为绳潜、无脚蹼潜水和戴脚蹼潜水三种。绳潜，顾名思义就是顺着绳子往下潜，无脚蹼潜水和戴脚蹼潜水的感觉也不一样。而戴着氧气瓶或者水肺潜水，固然能让人在水中多待一会儿，但会冒出很多气泡，这些泡泡在上升的过程中明明灭灭，会发出爆响，就像爆米花在毕剥炸响，海鱼听着声音很大，它们会非常惊恐，就会远离你，你就无法接触到它们。

到了夏天，胡石磊已经做了很多的练习，也做了充分的准备。他飞到了美国加州的海滨，和大卫·霍克尼会面。

大卫·霍克尼是一个高个子小伙子，三十出头，在网上他们已经交流了几个月了。大卫·霍克尼知道他的故事：儿子被淹死、胎儿流产、妻子离开，他的公司交给了助手打理……一切糟糕透顶，然后，开始了学习潜水。每个伤心的人，都有自己的伤心故事。这没有什么，他告诉胡石磊，在一次争吵中，他父亲开枪打死母亲，然后自杀。父母双亡那一年，他才七岁。

“我是我姑姑带大的。我是个孤儿，从小就觉得我应该到大海里，变成一条鱼。这陆地上人的生活不适合我。我很理解你现在的心情——喜欢大海里的那些鱼，可能你儿子藏身其间，你想接触到它们，对不对？”

“是的，大卫。我就想去了解大海里的那些鱼。”

“那么，你来吧！我们一起去太平洋的几个潜水点，好好地和大海约会。”

环绕着整个太平洋潜水？这太吸引人了。胡石磊兴奋了。他展开地图，看到了在中国和美国，还有澳大利亚和南太平洋的小岛国之间，有那么大的一片海域，这就是整个太平洋。在这个广袤的大洋上，从中国、日本到菲律宾、印尼，再到澳大利亚、斐济、汤加、库克群岛，还有南极的北面，一大片的海域里，有着星星点点的、被自由潜水组织标明的最佳潜水点。这些地方，他都想去探寻。

胡石磊的眼眶有些湿润，他知道，自己寻找的一种新生活，就要开始了。

儿子，我来了。他想着，然后深深地吸一口气，憋住，往海水下面扎，摆动着脚蹼，就像一条漂亮的大鱼摆动尾鳍。大海是透明的，海水的蓝色是假象，那是对天空的映射。浅海里什么都很清晰，阳光照射着多彩斑斓的珊瑚礁，黄海葵那么鲜艳，隐藏在珊瑚礁洞穴里的海鳗像一条阴险的蛇那样伸出了脑袋，龇着牙，一伸一缩地看着他。

他继续下潜，沿着这片海域的浅坡下潜，进入到更深的海域。他见到了鲸。是的，大海里最大的动物，鲸，就在眼前。那是好几头抹香鲸，不知道从哪里来的，缓慢地在水中浮动。第一次这么近，他惊呆了。是的，抹香鲸就像潜水艇一样游过来，还有一头小抹香鲸，紧紧地依靠在妈妈的白色肚皮下面，在母亲身体一侧安全地游动。

抹香鲸出现在这片海域，是因为这里有它喜欢的食物。每年，从阿拉斯加过来的洋流沿着西海岸流动，会带来大量的浮游生物和小鱼小虾，比如磷虾，闪光的、非常密集的磷虾，是抹香鲸的最爱。这个时候，抹香鲸只需张开大嘴，把有着各类浮游生物、小鱼小虾的海水全部吞进去，然后用鳃把海水再过滤出来，这一吞一吐之间，浮游生物和小鱼小虾就都在它的肚子里了。

眼下，这么大的身躯，在胡石磊的眼前游过。“不要怕，看到抹香鲸，你慢慢地游过去，保持和它一个节奏，让它感觉不到你有威胁，让它觉得你就是一条鱼而已。它是很温和的动物，对你这样一条人鱼没有兴趣。你既构不成威胁，也没有什么吃的价值，这样你就能靠近它。所以，你的动作一定要慢，要温柔。对待它，你的缓慢是最好的态度，让它感受到友善。你就这么靠近它，瞅准机会，用手去摸摸它，试着和它交流。它一定会很喜欢你的触摸。鲸和人类孩童一样，都喜欢被触摸。”下水之前，大卫·霍克尼曾经叮嘱他。

他受到了鼓励。这一次，他的内心燃烧起了火焰，这是从灰暗到鲜红的火焰的过程，他产生了交流的愿望。和一条大鲸交流，是的，就是这样的。他缓慢地，和大鲸一个节奏在游动，他看到抹香鲸的身体就像一座小山，把附近海域的光线都挡住了。

抹香鲸很奇特，它有一颗大脑袋，几乎占了它身体的一半，这个大脑袋不知在想啥。那条小鲸羞涩而紧张地游到了妈妈的另一侧，也许是为了躲开胡石磊的观察和贴近。看到了那条小鲸，胡石磊的内心一紧，他从它的身上看到了儿子冬冬的影子，心里难过了。

这一刻是那么奇妙，他和抹香鲸伴游，和它越靠越近，然后，他伸出了手，摸到了它的腹部。大鲸腹部的皮肤很粗糙，疙里疙瘩的，寄生了一些藤壶。皮肤是凉的，似乎比人的体温低。这头抹香鲸的侧鳍和尾鳍都很巨大，尤其是身体一侧的鱼鳍。胡石磊跟在抹香鲸的右后侧缓慢地游着，一口气用完了，他就上浮到水面，再吸一口气，继续下潜。

他太喜欢这对母子了。靠近了才发现，抹香鲸是人类非常喜欢的温顺的海洋动物。他想，鲸是哺乳类动物，海洋里最大的鱼是鲸鲨，鲸鲨是用鳃来呼吸的。

忽然，那头小鲸似乎对胡石磊产生了兴趣，从母亲的身上游过来，要和他打个招呼。它好奇地在他的身边转了一个圈，用它那清澈的眼睛看他，发出了清脆而好听的声音。然后，它仿佛是引路一般，在他的前面缓慢地游着。

看到此情此景，胡石磊又想起了他的儿子，冬冬在海里游泳的时候也是这样的，也喜欢游在他的前面，我的儿子！冬冬！他的眼前出现了幻影，他似乎又看到了冬冬。他的喉头哽咽了一下，面镜模糊了，这在水里是十分危险的，必须控制住情绪。

他看到，抹香鲸母亲在不远处安静地看着他和小鲸玩耍，很安详宁静，也很警惕。它要是想攻击他，那是不费吹灰之力的。就是这头小鲸也比他大很多。它的年龄不到一岁，但已经有三四米长了。它肯定每天都要吃母鲸的奶。他又伸出手，摸到了小鲸身体一侧的皮肤。啊，那种感觉怪怪的。是的，它的体温不高，凉凉的，坑坑洼洼的，但有一种油脂般的光滑感，像是滑石粉或者泥子以及胶水混合在一起，涂抹在它身上一样。他的手摸在它身上，它一定也很舒服，它翻了一个身儿，似乎是想和他继续亲近。他发现有一小群丑鱼，在它腹部帮助清理寄生的微生物。

它能感觉到胡石磊在摸它。它不能确定这有没有威胁，等到小鲸不想和他玩儿了，就奔向了母鲸。大鲸挥动了一下鱼鳍，一下子把水流搅动开了，看不见的水流裹过来，让他感受到一股巨大的冲击力，他被水流推开了。

大鲸向旁边优雅从容地漂移过去，用它巨大的鳍和尾巴扇动水流，带着小鲸，渐渐消逝在海水里，看不见了。

他的心里有点空落，就像看到了冬冬，可冬冬又再度远离了他。

完成了这次美妙的自由潜水，胡石磊感到自己就像一条海鱼了。他想，假如人是从海水中来的，那么，自由潜水就是人复归大海。大海也将重新接纳我，大海是人类的母亲，这个母亲不会讨厌人的返回的。尤其是，胡石磊想，我的儿子也在大海母亲的怀抱里了。

“我的记录是自由潜水一百一十米。”大卫·霍克尼告诉他，“在这个潜水深度，能够看到掠食类的大白鲨。不过，我们去的加州海域里，鲨鱼个头都比较小，一般不袭击人类。”

“真厉害，你的肺活量可够大。那自由潜水的世界纪录是多少？”胡石磊问他。在加州海滨的一家海鲜餐厅里，他们一边吃着龙虾和红鲍，一边聊着天。

“绳潜的纪录是一百二十四米，而戴脚蹼潜水的纪录，是一百二十八米。不过，像你潜到三十到四十米深的时候，看到的海生物最多，这个深度，珊瑚礁可以广泛地吸取阳光的能量，而珊瑚礁边有各种鱼，都很漂亮。你会发现绝大多数鱼类都喜欢群居在一起。就像革鳞鮨一样，为了繁殖，不断喷射精液和卵子，它们的繁殖过程给别的海生物也提供了食物，虽然会遭到袭击，最终有一部分鱼卵能够繁殖成功。你还能看到海豚和海獭，它们在浅海里追逐鱼类。海狗潜水会更深一些。如果潜水深度超过了六十米，运气好的话，你还能看见鲸鲨。”

胡石磊见过鲸鲨，它的身形非常美丽，黑色的身体上有很多白色圆点，沿着身体的流线分布。那些圆点从大到小，很有规律，这使鲸鲨看上去不那么吓人，毕竟，它那庞大的身体在水里看上去是个巨兽。

“在水深一百米的地方，人的肺部会难受，在那一刻，有经验的潜水员一定要把自己的肺部调整好。因为海水的压力很大，人的耳膜会受到鼓动，这一刻假如调整不好的话，肺部会非常憋闷，容易有意外。有的自由潜水者就这么呛水而死了，在水里昏迷，永远变成了一条鱼。”大卫·霍克尼说。他的嘴里咬着金枪鱼的肉，看着胡石磊，“有机会我带你去抓金枪鱼，我带你进行海底狩猎。”

胡石磊摇了摇头，幽然地说：“我不想杀害任何一条海鱼。在海水里，我会产生幻觉，看到那些大鱼，我会看到我的儿子的身影。”他告诉大卫·霍克尼，看到那头小抹香鲸之后想起儿子的情景。

大卫·霍克尼拍了拍他的肩膀：“我懂了，胡。明天，我们启程去墨西哥湾那边的科塔博尼亚群岛，跟着这股洋流走，你就会看到最好的海底风景。”

他们来到了墨西哥巴亚尔塔港，从那里前往玛丽埃塔群岛。大卫·霍克尼查看了天气和地形，觉得选择玛丽埃塔群岛中的一个小岛下潜，那里会有很好的海底风景。

胡石磊潜入到珊瑚礁附近时，看到有很多黑斑石斑鱼在礁石边互相追逐，似乎在做着求偶的游戏。而一些大大小小的隆头鹦哥鱼，则在快速地上下浮动，这种鱼长得很有喜感，后脑勺是隆起的，长相又很像鹦鹉，最大的能到一米多长。他还看到了鳕鱼正在一对对地谈着恋爱，而它们的繁殖活动也像革鳞鮨那样，排卵、射精、受孕，动作迅捷，上下翻飞，就像是快闪族一样。

第二次下潜，海水里波光闪动。在礁石中，胡石磊看到了白斑乌贼在产卵，附近的海底沙地上，一群小灰三齿鲨在白天里睡觉，身子一晃一晃，十分惬意。

胡石磊朝附近一片暗影游过去，看到了大量的水藻和海带构成了海底森林。靠近这样的海底森林，他有点紧张。这时，水下的光线暗淡了，他游进海带丛，仿佛进入了一个暗黑的世界。他看到那些飘动的巨型海带，就像是一棵棵树那样枝繁叶茂。他没有想到，海带能有这么大。而海藻就像是海底的灌木丛林，也像是云杉和松树林，把一整片海域都占据了。

这片海藻和海带森林，是很多担惊受怕、外形非常漂亮的海鱼的避难所、隐身地和觅食场。几乎每一片海底森林里，都有不同的鱼群在轻快地游动，互相追逐着。

他看见一条花斑海鳗像蛇一样，摆动着身体游走了。一些小丑鱼很难看但却很机警。一只大海龟匍匐在一片沙地上一动不动。也许，它是想去抓捕在海沙里隐藏的海肠子？鳐鱼则像是海底的巫师一样，忽闪着身体两侧的斗篷，拖带着长长的尾巴，俯冲下去，在海底的沙地上捕捉食物。

如果运气好，还能碰上儒艮这种海生物，能听到它们在一片海底的水草和沙地上掠食而过的声响。它们是属于扫荡类型的。

儒艮是很温和的动物，它们不是猛兽，就像是憨厚的猪和熊猫的结合体。没错，从性情上来说像熊猫，从进食的状态上来说，简直就是猪。

胡石磊碰见的是一家三口，两大一小，三只儒艮在咣叽咣叽地用它们的大嘴扫荡，瞬间就把很多贝壳、鱼虾都吞到肚子里，吐出来泥沙和海水。儒艮在海底掠食而过，连海草都吃光了。儒艮让胡石磊看到了海生物可爱的一面，这让胡石磊瞬间想到了汪雁，不知道她现在怎么样了。

他的心口一疼，赶紧上浮。

自从开始了自由潜水，又有了几个同伴之后，胡石磊感觉到自己的生命力在逐渐恢复。丧子和离婚之后，有好长时间他都没有办法说话，也不想说话。他会流泪，但他没有和人交流的任何愿望。他把自己完全封闭起来了。那件事情发生一年了，现在，只要是潜入大海，在海水中，他的心境就会好起来。他常常能在那些大鱼身上看到儿子的身影。冬冬，你在大海里，是的你就在大海里。我来了我也在大海里，但我找不到你。你不在，你似乎又无处不在。他阴暗的心情被海水之蓝逐渐地浸染着。

这个夏天的潜水经历，最让胡石磊感到震撼的，是他目睹了抹香鲸和大王乌贼的一场恶斗。

那是在太平洋中部的汤加王国的一座海岛边。夏天时节，这片大大小小的海域里分布了很多小岛，和相距不远的岛国斐济一样，都是自由潜水者的天堂。

胡石磊和大卫·霍克尼分手一个多月之后，他回国办理了签证手续，又在斐济和大卫·霍克尼碰面了。这次还有几个自由潜水组织的朋友都来了，像俄罗斯姑娘雅辛娜、日本人西村京太郎，都是网络上认识的朋友。他们见面之后显得很热络。大家来来去去，每年都有自己的计划，就像候鸟一样，在这里那里的潜水点相遇和分手。雅辛娜是个漂亮的姑娘，二十多岁，是一家俄罗斯媒体的记者，酷爱潜水。但她的左腿受伤了，走路有点小瘸。这让胡石磊有点诧异。

大卫·霍克尼告诉胡石磊："她的父亲是俄罗斯的一个著名记者，早些年报道过寡头的丑闻，被枪手袭击导致下肢残疾。她在爸爸身边，同时被子弹打伤了一条腿。现在，她长大了，也当了一名记者，继续在和俄罗斯权贵缠斗。她爸爸说，他行动不便，就让女儿去帮他看到最奇特的大海风景吧。"

日本人西村京太郎五十多岁，脸部就像被刀削斧砍过一样沟壑纵横。"至于西村这家伙的经历，也很复杂。最起码，他和你一样没有老婆。"大卫告诉胡石磊。

胡石磊默然了，看来，人人都有自己的隐秘的生活痛点。

从汤加王国首都努库阿洛法出发，向东几十公里的外海下面，就是著名的汤加海沟。海沟最深的地方超过了一万米，深度仅次于太平洋最深的马里亚纳海沟。有了这条海沟的存在，附近的洋流流速很快。伴随着洋流而来的鱼虾、微生物很丰富，也引来了鲸群。汤加海沟的深不可测，对于潜水员来说，既是地狱般的存在，想想都会感到不寒而栗，同时那里也是探险的乐园。

他们在汤加外海的小海岛上安营扎寨。在整个夏天里，这里都能看到鲸。每年的夏天，抹香鲸都要经过那里，然后在这片海域做短暂的休整和停留。这片海域的鱼类很多，是抹香鲸、鲨鱼捕猎进食的最好水域。

头天晚上，胡石磊告诉大卫·霍克尼，抹香鲸在中国古代就很有名，抹香鲸的鲸脑油和胃里积累下来的龙涎香，是名贵的中药，只有中国古代皇帝才能得到。

说到抹香鲸，大卫·霍克尼就活跃起来了，他说：

"我有一次在海边，看到过一具抹香鲸的尸体，巨大的尸体被海水冲到了岸边，已经开始腐烂了。抹香鲸的肚子膨胀起来，需要人给尸体放气，要不然会发生抹香鲸爆炸。砰的一下炸了，就像大炸弹一样，能炸死很多人的。所以，那具尸体是我去放的气。可真是臭极了。"

"你用什么东西给抹香鲸尸体放气？"雅辛娜很好奇，"不会是一把小刀吧？"

"当然不是，"大卫·霍克尼骄傲地说，"用的是一把很大的电锯。那种能锯断大树的电锯，去给死鲸开膛。我是全副武装，戴着防毒面具。扑哧一下子，鲸的肚里的臭气出来了，一下子把我给打倒了。后来，我的衣服洗了很多遍，还是臭。谁都离我远远的，因为我是个臭人！"大家都笑起来了。

天亮了。他们几个人很早就乘船出发，向东驶去，来到了汤加海沟所在的海域。从这里，看不到海面之下那条著名的海沟。很快，胡石磊就看到了一条巨大的抹香鲸，长达几十米，它游过来游过去，像是在寻找什么。它浮上水面，呼吸了新鲜的氧气，然后一个猛子扎下去，在海水里就不见了。啊，几个人惊呼着。他们都很羡慕这自由潜水的真正高手——只要是吸一口气，它就能潜入水中待上好几个小时。

西村驾驶机船，他们三个潜水。他们找到了一片珊瑚礁水域，开始潜水。潜入珊瑚礁，大卫·霍克尼在水中示意，附近就是那条很深的海沟。洋流速度很快，胡石磊跟在大卫·霍克尼的后面，摆动脚蹼，很悠闲地去摘取礁石缝隙里长的鲍鱼。

这里的鲍鱼个儿大，非常肥美。忽然，他们都听到了来自海沟深处的声响，就像是有巨兽在打斗一样，传来了一阵震雷和闷锣声。水波的涌动也变得剧烈了。很快，就在他们的视线里，有一团纠缠不清还在激烈缠斗的巨大黑影，迅速地上浮起来了！

他们都吓傻了，赶紧浮到海面。幸亏他们上浮快，而那团黑影也在距离他们几十米外的地方发出了砰然一声巨响，跳出了海面。

是的，胡石磊和大卫·霍克尼、雅辛娜，还有船上的西村京太郎，都看到了那团黑影冲出了海面，啊！那一刻胡石磊摘下面镜，惊呆了！他们看到了两只巨大的海生物，一头是几十米长的抹香鲸——可能就是他们刚才看见下潜的那一头，正在和一条与它差不多大小的大王乌贼纠缠在一起，在进行殊死搏斗。

大王乌贼是深海动物，一般不到浅海来活动，巨型的长达几十米，它既是抹香鲸的猎物，也是抹香鲸的对手。它们缠斗的过程中，不是抹香鲸咬死大王乌贼，就是大王乌贼堵住抹香鲸的排气孔，使它窒息而死，反而成了大王乌贼的猎物。这时，海面沸腾了，水波激烈地涌动，抹香鲸在翻转身体，掀起了层层大浪，溅起了激烈的水花。

这可是千载难逢的好时机，大王乌贼只存在于书籍里，是深海里的怪兽，很少有人能亲眼看见活着的大王乌贼。他们看到的这只乌贼，肯定是藏身在那深海沟中，被抹香鲸一嘴擒获了。这是一场殊死搏斗，抹香鲸力大无穷，乌贼王诡计多端。它们从海沟里一路打斗着上浮到海面，抹香鲸显然是为了呼吸一口新鲜空气。在海面上翻滚的过程中，乌贼的触手会滑落，抹香鲸会得到机会。大王乌贼的触手上有很多吸盘，就像巨大的鞭子一样在挥舞着，抽打着抹香鲸和海面，而抹香鲸紧紧咬住了大王乌贼的身体要害，不断地翻滚和冲撞着。它们激烈地战斗了十几分钟，忽然，抹香鲸发出了尖厉的声音，它带着缠绕和裹挟着它的身体的大王乌贼，像一块巨石那样向海水深处坠落。

西村京太郎驾驶小船，胡石磊、大卫·霍克尼和雅辛娜戴上面镜，深吸一口气，让氧气充满整个肺部，血氧含量达到最高值，立即下潜，摆动脚上的脚蹼，跟着那团轰隆隆滚动着、向那无尽而黑暗的海沟掉落的抹香鲸和大王乌贼的影子。

他们也许是不要命了，可是机会难得。胡石磊听到了闷雷般的回声在越来越暗的海沟里回荡。抹香鲸和大王乌贼还在缠斗，到底会鹿死谁手？谁都可能打败对方，这一次是胜负难料。胡石磊的心悬着，他想不到抹香鲸会这么厉害，大王乌贼这么巨大。这巨大的史前动物之间的生存斗争，会这么激烈。海沟里，缠斗的声音在持续，这一刻无比漫长，又无比短暂。忽然，那类似巨石滚落的声音没有了。然后，胡石磊看见黑色的乌贼墨汁涌了上来，把海水都染黑了。这是大王乌贼的重要手段，喷射墨汁妨碍对手视线，然后趁机逃脱。

他们又浮上海面，上了机船，在船上瞭望着那片海域。乌贼喷吐出来的墨汁把一小片海面染黑了。只是不见抹香鲸的影子，也看不见大王乌贼的影子。

他们等了好久，也看不到结果，墨汁很快也被洋流带走了。

到了第二天，他们来到这片海域，仍旧看不到那场大战的结果。胡石磊的心悬着。他看到了在附近海面有游弋的鲨鱼，那是一群大白鲨，它们那利剑一样的背鳍浮出水面，像是无声的示威和警告。

第三天，他们驾驶机船又来到这片海域，看到了大批的鲣鸟正在海面上聚集，和那些闻腥而动的大白鲨在抢着什么。他们的船开过去，看到了一些乌贼触手的残肢在水面漂浮。这场战斗的结果出来了：乌贼输了，它成了抹香鲸的猎物。海面上，乌贼触手上的吸盘个个有脸盆大小，已经失去了颜色，变得苍白软弱。这场大战，大王乌贼败了，而那只抹香鲸吃饱喝足，估计早就踏上了继续洄游的旅程了。

这个夏天结束之后，胡石磊回到了国内，继续打理自己的公司业务。手下的人都干得很好，并不用让他操太多心。

他还听到了汪雁的消息——她在南方一座城市再婚了。这对他是个安慰，也让他忧伤。他们的距离远了，形同陌路。晚上，躺在喧闹城市里的一张床上，他心情郁闷，无法缓解，格外想念那些潜水的日子。

他盼望着冬天赶紧过去，开春之后他就要出发了。他和大卫·霍克尼约好了，明年夏天，他们再去太平洋上那些美丽得如同珠串和项链的岛国潜水。

第三年的春夏之交，胡石磊飞到了斐济。他和大卫·霍克尼约好在这里潜水，观察鲸，并进行海底狩猎。这片广袤的南太平洋海域，一直是大洋中的各种鲸洄游的必经之地。鲸跟着洋流，随着季节，沿着某条从古到今的觅食路线，依照太阳的方位进行定位，在几个大洋之间洄游。去年，在汤加海沟看到了一场抹香鲸和大王乌贼的决斗，今年夏天，会有什么样的惊喜等着他?

大卫·霍克尼比他早到两天，他是从澳大利亚飞过来的。经过了一个秋天和冬天，大卫·霍克尼养得很壮实。他们碰面后都很兴奋，大卫·霍克尼说："今年你能听到座头鲸的歌声，昨天我出海发现，在斐济群岛的座头鲸群很多，三三两两的，到处都是。"

"座头鲸会唱歌？"胡石磊很惊奇，"我还真没有听过。"

"我手机里有录音，等下给你放。不过，明天你在海里能亲耳听到，很独特的歌声，你会迷惑的。好了，咱们先去吃饭。今年雅辛娜不来了，西村到阿拉斯加找因纽特女人去了。我告诉你一个秘密，西村原先有一个因纽特人老婆，后来她死了。今年，他想去找个因纽特女人做老婆。你们东亚人呢，现在的活法越来越多了。比方说，过去可没什么中国人喜欢自由潜水。"

看来今年夏天，在斐济潜水的熟人，就是胡石磊和大卫·霍克尼了。

"那是，现在的中国人全世界到处都是，活法也很多样。不过，我的确想看看座头鲸，听它唱歌。"胡石磊说。

"听见了鲸唱歌，你就会有艳遇的。"大卫·霍克尼神秘地说。

胡石磊淡淡一笑，“但愿。可你呢？你又怎样？”

座头鲸又叫大翅鲸，因为它长着一对巨大的侧鳍，就像是长了一双翅膀。它块头很大，灰黑色的身体，肚腹是白色的，上面一般会寄生海贝之类的东西。座头鲸的特点是喜欢成双入对地活动。它们也是深潜的高手，一旦深潜，你几个小时都不会看到它的踪迹。座头鲸的叫声，非常像人唱歌。鲸的叫声各有不同，大卫·霍克尼给胡石磊放了几种不同的鲸叫声的录音。他说：

“现在最让座头鲸烦恼的，是我们人类的远洋运输船。这样的船，小的有几万吨，大的有十几、几十万吨。在海洋上走，轮船发动机在水下发出的声音就像是巨雷，会干扰和破坏座头鲸的声呐系统，使座头鲸无法准确定位。严重的话，座头鲸会迷失方向，被远洋运输船撞伤，甚至撞死。可即便如此，座头鲸还是要唱歌的。”

胡石磊头一次在大卫·霍克尼的手机录音机里，听到了座头鲸的歌唱，他还以为是某个乐手的演奏呢。座头鲸的歌声，有旋律和节奏，时而低沉，时而尖厉，音调很高，人的耳朵会受不了。几头座头鲸互相呼应，彼此呼唤，这时就构成了交响乐，高音低音，回旋往复，欢快酣畅，美妙生动。

一早他们就出发去斐济外海的一处小岛边潜水。

下水后，他就看到在水面之下有一只座头鲸正在畅快地浮游。说浮游，是很生动的描述。那只座头鲸悠然自得地游动，不时上浮到半潜的状态，呼吸一下。

他游过去，慢慢地靠近它，和它近在咫尺。是的，这一刻必须慢。他伸出了右手，摸到了它的尾巴。它的尾巴就像是一把巨大的棕梧桐树叶一样散开来，缓慢地左右摇摆。他缓慢地抓住了它的尾巴，它并不吃惊，而是继续摇摆着前行。因为有过和鲸接触的经验，这一次他很自得。他摆动了一下脚蹼，长长的脚蹼助力他向前游动，他和它并排在游动了。

此时，在遥远的海面传来了打雷般的轰隆声。那声音由远及近，越来越响，在水底下听着，真是震耳欲聋。声响惊动了这只座头鲸，它发出了急促的声音，这声音让胡石磊感觉就如同近处爆响的炸雷，十分刺耳。他的脑袋都快被这声音刺穿了。紧接着，座头鲸加快了游泳的速度，不到半分钟，就消失在海水里，不见了踪迹。

胡石磊浮出了海面，他看到一艘远洋货轮，正在海平面上行驶，身影越来越大，往斐济港口开去。鲸害怕远洋货轮，要躲着走。鲸不是人类制造物的对手，这一点，他亲眼看到了。

胡石磊向机船所在之处游了过去。大卫·霍克尼在船上摄影呢。他发现了一群路过的海豚。有不远处游船上的游客在尖叫。

远处的海面上，一些海豚正在飞跃起来，画出一道道漂亮的弧线。海豚是大海里最聪明的动物，它们还非常顽皮，喜欢和人类互动。它们知道友善的人会给它们喂食小鱼，这样的馈赠不要白不要。

在斐济海岛，大卫·霍克尼要教会他进行海底狩猎。这一天，他们收拾停当，戴好了护面和水下呼吸器，然后潜水。海水非常清澈透明。太平洋的海水数这里最透亮了，真是名不虚传。下潜之后，胡石磊看见大卫·霍克尼手里拿着水气枪在渔猎。他在水下寻找着金枪鱼，或者是凶猛的梭鱼，缓慢地摆动着脚蹼。

在一片珊瑚礁旁，胡石磊看到了一个蓝鳍金枪鱼群。这群有着蓝色的鳍、像猪那么大的鱼游来游去，它们一点都不怕他。金枪鱼喜欢扎堆，它的胸鳍、侧鳍和尾鳍都很漂亮。过去，他吃过金枪鱼做的生鱼片，现在，这活鱼就在眼前，该不该一把抓住它呢？他靠近过去。可蓝鳍金枪鱼没有那么好惹，它们是吃鱼的鱼，十分凶猛。此外，还有黄鳍金枪鱼也在游弋。黄鳍金枪鱼的鳍是黄色的，就像锋利的弯刀形状。

忽然，眼前几条梭鱼一闪而过。梭鱼的体形像是一把笨重的铡刀，又宽、又长、又厚，长相也很凶恶，眼睛很大，圆睁着，下巴长长的，往前伸出来，露出了锋利的牙齿。在浅海的珊瑚礁地带，只要是看到了小鱼和小螃蟹、小龙虾，梭鱼一口就咬住，然后，它那锋利的牙齿就像是齿轮一样把猎获物给吞下去。

大卫·霍克尼拿着水枪，在水中来回逡巡。海底狩猎有时候也很危险。大卫·霍克尼告诉过他，有一次，大卫在加州海域的潜水狩猎当中，射中一条很大的金枪鱼，结果，刺枪线镖击中了金枪鱼，金枪鱼猛然一抖，情急之下赶紧逃命，就往深海里猛跑，拽着大卫·霍克尼就向深海而去。

“那一瞬间非常可怕。对金枪鱼来说，它是为了逃生。它中枪了，刺枪连带着鱼线。可我却反应不及，一下子就被那条两米多长的金枪鱼给带到深海里了。耳压和水压瞬间发生变化，我就晕眩了。”大卫·霍克尼沉默了，感到后怕。

“那你是怎么脱险的？”胡石磊问。他后来当然是脱险了。

“我只能放弃啊，亲爱的兄弟，那一刻，我成了金枪鱼的猎物，它要把我带到地狱里去，所以，在几秒的时间里我做出了正确的选择——松开了手里的鱼枪，任凭它把鱼枪带到深海里去了，而我，则快速上浮。当时，我的胸憋闷得都要爆炸了，体内的血氧含量迅速降低，必须回到海面我才能活下来。那一刻无比漫长啊，是我生命的极限了。我像剑鱼一样从水下猛地跳出来，啊，白花花的阳光和扑面而来的空气覆盖了我的脸，我猛地吸了几口，这一下，我活过来了。没有成为我猎物的猎物，真是太幸运了。”

这是大卫·霍克尼的渔猎故事。所以，对付海里的那些大鱼，可要小心一些。“海洋是它们的地盘，是它们的天地，在这里，人类不过是些客人，最好不要把自己想象成一个主人。”大卫·霍克尼最后总结说。

胡石磊知道自己是个新手，当然要很小心，潜水狩猎对于他来说，还是一个新课题。他不喜欢去招惹金枪鱼，他还没到大卫·霍克尼那个段位。

他最喜欢干的，是到珊瑚礁旁摸贝类和鲍鱼。鲍鱼长在礁石上，要用潜水刀割下来。也就是说，作为一个初级海碰子，他最大的成就是随便捡点东西带上来就很好了。

在水深超过二百米的海域，胡石磊更喜欢绳潜。沿着一条垂挂到海底的绳子，一下子潜下去，可以感觉到水深的不断变化，由明到暗，这一刻是那么美，那么匪夷所思。

一眨眼，所有海里的生物都展现在你眼前了，所有的东西构成了一个鲜活的世界，摇曳的水草，五彩斑斓的珊瑚礁，各种颜色鲜亮的海鱼、龙虾、海鳗和螃蟹，都在水里，还有如同海妖一样摇动身体的海藻和海带。啊，这样的海底世界太丰富而美丽了，只有在自由潜水的时候才能收揽到眼睛里。

这就是大海，大海以她那无比宽阔的胸怀，吸纳了他的悲伤，瓦解他内心里的痛苦和忧郁。大海能够让他内心里积郁的、由儿子死亡带来的黑暗——那种东西很难形容——就像乌贼逃跑时吐出来的一团黑乎乎的墨汁，在湛蓝透明的海水里逐渐地被稀释，然后，世界重新变得透亮起来。

他感觉他的心正在变得轻起来。这就是大海的能力。他的丧子之痛、之沉重，在大海里得到了缓解。在海水中，一天天，他看到儿子的影子在变得模糊，有时候就看不见了，在缓慢消逝了。

有时候，在潜水时，胡石磊下潜到一定深度，就停下来了。他仰躺着，悬浮在水中间一动不动，静静地内视自己的生命，外视海里的景观。他在舔舐内心的创痛。儿子的死对于他来说是最大的创伤，这也是为什么他看到了抹香鲸母子会十分动情，这场景能让他想到儿子。儿子被大海带走了，如今，他也在大海里，以这样的方式和儿子靠近。可儿子在哪里？

像这样仰躺着悬浮在海水中，停下来，短短的一两分钟，不靠水肺呼吸，没有氧气瓶，只有面镜和脚蹼，这时的他就是一只海生物。那些身边的海鱼来来往往，热闹非凡，但它们也把他看成一条鱼，一条无害的大鱼。他在那里平静地摊开身体，睁开眼睛，看着这海中的全世界。海藻、海带构成的森林在繁茂生长，珊瑚礁在阳光的映照下显得艳丽和斑斓，洋流带来了微生物，海鱼在欢乐地追逐、捕猎、繁衍和死亡，这些海生物都是生机勃勃的，即使危机四伏，也顽强生存。

他感受到了什么？在海水的中央，上方的光亮打下来，照射在他身上，那个时候，他感觉到自己回到了母体。

是的，就像是躺在母亲的腹腔里，有着羊水给他提供营养，让他生长。这大海让他像一个胎儿那样复归母体，在海水里安静地思念自己的前世今生。他就那么安静地待在海水中间冥思。他知道，有人在沙漠的中央冥思，那里的天空和星星无比简单和繁盛，没有人世的喧嚷。

在海水中，他冥思着，作为胎儿回到了大海母亲的怀抱里。他感觉好多了，这一次真的好多了。因为他的儿子和他一样，早就复归于大海母亲的子宫里了。

碰到郭娜是在第四年的夏天，地点是在夏威夷。那一年，胡石磊和不少自由潜水爱好者来到了夏威夷。从那里往东，就是浩瀚的东太平洋。

夏威夷群岛在所有的季节里都适合旅游潜水，它的纬度决定了这一点。当时，胡石磊和大卫·霍克尼刚刚碰面，一个自由潜水组织的朋友说，有一个叫郭娜的人，也想加入到他们的队列里，她已经有些潜水经历了。在自由潜水者组织的夏季活动里，到处都是他们的人。

胡石磊看到郭娜了，她是一个加拿大籍华人，有着小麦色的皮肤，一看就知道她经常在海边待着。她长着一双细细的眼睛，虽然不大但很亲切。鸭蛋形的脸，肩膀不宽，臀部浑圆。她的胸部丰满，中等个儿，说话的声音很好听：“胡石磊，一看就知道你是一个南方人。”

“为什么？我是浙江宁波人。”胡石磊说，“知道宁波吗？”

“因为你很精干。我知道宁波，上海人有一半都是宁波籍贯。”

认识之后，她告诉他，在六岁的时候，她就由父母亲带到加拿大了。她在多伦多长大，大学毕业后去美国南方的佛罗里达生活了一段时间。她的中文名字叫郭娜，英文名字叫郭安娜。她的中文不错，和胡石磊交流没有任何障碍。

他觉得认识她很高兴。这个姑娘和他一点违和感都没有。

他们就去夏威夷的外岛去潜水。这里的潜水生手和跛脚鸭很多，在夏威夷，教授潜水是一门很好的生意，因为从全世界来了很多人，他们大部分都是闲人，都想学习潜水，于是，这里最好的生意就是教他们学潜水。不过，让这些家伙学习自由潜水还是不行的，保险大部分会给呛死。

郭娜是一家美国迈阿密人开办的公司的潜水教练，和他们一起来的。听说了大卫·霍克尼和胡石磊在这几年环绕着太平洋进行自由潜水，她很兴奋：“我想和你们一起行动了。我讨厌那些娇气的就喜欢尖叫的笨蛋潜水爱好者。”

“你都来了一个星期了。今年在夏威夷潜水，我们能看到什么？”大卫·霍克尼问她。

“鲨鱼和鲸，海豚，龙虾，海鳗，螃蟹，环纹海蛇，蝠鲼。”郭娜说。

“蝠鲼？这里会出现蝠鲼？”胡石磊很感兴趣。

“是的，蝠鲼有很多，在这个季节，它们到这里来吃洋流里的浮游生物。这家伙就像是披着黑斗篷、拖着长尾巴的巫师一样。它们会张开大嘴巴吞咽海水，海水进去，从鳃那里流出去，小鱼小虾米留下来吞进肚子。”

胡石磊说：“蝠鲼的样子的确是很奇葩，像是黑蝙蝠、黑武士，又像是大巫师。”

“我们还会见到海马。在这个时候，正是它们繁殖的好季节。”郭娜说。

他们几个在一片珊瑚礁茂盛的地方下潜了。那里的能见度非常好，是一片浅海区域。水下也有很多海藻和海带，形成了一片海底的森林系统，海生物很多。

他们扎下去，郭娜游在胡石磊的前面，她的身体凸凹有致，就像一条性感美人鱼。她的翘臀在潜水服包裹下，在海水水流的冲击下，加上脚蹼的上下摆动，显得更加美妙性感，胡石磊想，必须要承认这一点。

胡石磊惊奇于在丧子三年之后，他对一个女人开始有了一点好奇心。这就像是在春天里，有什么东西发芽了。要小心守护这春芽，因为，内心的黑风暴总会突如其来地摧毁一个人所有的美好期待。

他跟在郭娜的后面，靠近了一片珊瑚礁。啊，那片珊瑚礁是红色的。

大卫·霍克尼示意他们仔细观察那些红色的珊瑚礁。他们靠近，看到在这片珊瑚礁下，有很多红色的小海马在那里一弹一跳的。这东西虽然叫海马，但最大的也就三十厘米长。大部分只有几厘米大小，它的脑袋和身体弯曲的样子，很像是一匹马，所以叫海马。不过，也许叫海马虾更合适？这些海马在干什么呢？郭娜和胡石磊仔细地看，原来它们在产卵、孵卵，生孩子。

是的，海马们都在育儿，红色珊瑚礁的那些枝杈上，一个个隐藏着却不得不活动的海马都在跳跃。它们突出了自己的肚子，肚子上有一个育儿袋，从海马的育儿袋里不断往外跳着刚刚成活的海马幼儿。那么多的红色小海马，在一片能迷惑敌人的红色珊瑚礁繁衍生息，它们很聪明。一个个、一股股小海马从大海马的育儿袋里跳出来，弹开来，一蹦一跳地在珊瑚礁之间寻找着安身之所。它们从此进入到一个充满了残酷竞争的大海里。这么多海马都在生育产崽，实际上只有百分之十的海马，能够活到成年。

他们不停地上浮，又下潜，就是为了观察这海马繁衍的奇观。

那一天，胡石磊和郭娜看到了生命诞生的美好景象。是的，他和她，一个男人和一个女人，一起透过面镜在水下交流。他们在微笑，用手势在水下沟通，他们要换气，他们继续下潜，看到大量的海马幼鱼在游泳，奔向了无尽的海底森林。对于那些刚刚离开育儿袋的小海马来说，世界是全新的。但立即就有海鱼过来吞噬和捕捉它们。不少小海马刚刚出生几分钟，就被其他鱼类吃掉了。可更多的海马还在继续诞生。

这一生物的繁殖和生存景象，深深地震撼了他。他对失去儿子的痛苦，有了更深的了悟：作为一个父亲，儿子其实迟早要和他告别。

—

“你知道吗，那些有育儿袋的海马都是公的。是公海马在育儿。这一点和人类不一样。”在夏威夷的傍晚，郭娜和胡石磊躺在椰子树下的吊床上，相隔不远，一边喝着鲜椰子水，一边在聊天说话。

他们已经很亲密了。

他假装感到吃惊，“育儿的都是雄性海马？那看来，我们男人要做的事情有很多了。空间还大着呢。”他笑了。

“最好是男人也能怀孕生娃，这样就公平了。”郭娜说。

他感觉和她在靠近。夏威夷的傍晚，太阳在大海上沉落，满世界一片金黄。海风十分温暖宜人，这季节里来到夏威夷的人很多。他和安娜躺在吊床上，觉得这一刻十分美好。然后，他们一起走向喧嚷的海滩，那里有酒吧和餐厅，他们都饿了。

在餐厅里，吃着虾和墨鱼饭，郭娜看着他，“大卫·霍克尼告诉过我，你离婚了之后，就开始在太平洋潜水了。我也是离过婚的。我离婚，是因为——”

那天晚上，郭娜告诉了胡石磊她自己的故事。

她的故事并不复杂，她后来嫁给了一个美国小伙子，两个人在大学里就认识。他们一起去了佛罗里达，在那里生活，因为小伙子的父母在那里，他们喜欢佛州的海岸线。她和丈夫生了一个孩子，是一个女孩子。

“有一天，我带着她出去玩儿。我到一家超市买东西。没有注意到她怎么就一下子跑到外面的马路上了，她才三岁，当然没有任何防范意识，然后，一辆红色的跑车飞快地拐弯，一下子就把她——就把她压倒了。”郭娜哽咽了一下，眼睛里都是泪光。

这件事发生在五年以前。后来，她丈夫为这事一直在责怪她。她很内疚，为没有照顾好这个女儿，为她的死内疚不已。她想再生一个，为了他们俩，但她就是无法再怀孕。

“很奇怪的事情。我检查了身体，没有问题，可就是无法怀孕了。然后，就是他后来和我离婚了。有个屁股很大的姑娘吸引了他，他走了。我也走了。”

“你去了哪里？”胡石磊摸着她的手。她的手很柔软。

“我回到多伦多待了两年，那里很乏味，不如美东地区有活力，可是我在那里度过了少女时代。我的父母亲回过中国，这些年中国发展得很好，他们回到了老家，打算在那里住下来。我呢，就开始到处当潜水教练。我发现自由潜水能够给我带来由衷的快乐，给我带来最大的满足，抚平我内心里的孤独和忧伤。”

原来，这世界上不只是他有丧子之痛。他们是同病相怜的。

那一天晚上，他也告诉了她自己的故事。还有他这三年来的潜水，到过哪些地方。面对她，他有了倾诉的欲望，他什么都告诉她了，郭娜的眼睛闪闪发亮。

“下一步，你想去哪里？”她问他，“你们总是喜欢去不同的海域，很快你们就要换地方了。我知道的，大卫都告诉我了。”

“我们——想去南极看看那边的冰山，进行一次冰潜。那是一个很大的挑战。”他说，“在冰山下潜水，那种感觉——”

“肯定很棒！”郭娜兴奋了起来，“我去过一次南极，不过，我是坐邮轮去的。我知道每年的夏天，有很多蓝鲸去那里吃磷虾。蓝鲸很大很大，喷出来的水柱子很高，我见过蓝鲸喷水的时候，就像是火车鸣笛一样响。还有企鹅，很多企鹅都不怕人。”

忽然，大卫·霍克尼不知道从哪里冒出来了，他赶过来是为了告诉胡石磊一个好消息：

“兄弟，我们可以去南极了。我找到了一个瑞典人，在智利他有一艘帆船。我们不能坐大邮轮去，只有坐帆船靠着季风去那里，才会有意思。但往南极走，要必经安德鲁海峡，那里的风非常大，会有很大的危险。我决定了，要和那个瑞典人一起坐帆船去南极，胡石磊，还有安娜郭，你们愿意去吗？”

“太好了！我可以。”胡石磊很兴奋。他看着郭娜，目光里有着期待。

她挽起胡石磊的胳膊，点了点头，“大卫，我也去。我和你们一起去。”

他们在夏威夷继续做着准备，再过一些天，在这个夏天的末尾，他们就要启程前往南极。在南极，会有更壮观的风景，那美丽的海上世界和海水下面的世界等待着他们去探索。

胡石磊和郭娜拥抱在一起。胡石磊感觉到内心里有一种雄海马育儿的心情了。是的，他也是一只雄海马，有着自己的育儿袋。他和郭娜抱在一起，在睡梦中，革鳞鲔的排卵和授精大战在进行，海马的育儿在进行，海洋里所有的生命都在繁衍生息，生生不息。在睡梦中，他已经到了南极，看到了巨大的蓝鲸像一艘船那样从远处游过来，它的鼻孔喷出了高达十米的水柱，还发出了列车经过般的呼啸声。在南极水域，到处都是红色的磷虾。各种大鲸纷纷到达南极，座头鲸、抹香鲸、灰鲸，连狡诈的虎鲸也来了，都在进食磷虾。

唯有大海不悲伤，他终于把悲伤交给了大海。大海接纳了他，他的儿子已经幻化成海生物，隐入海水不见了。他的悲伤也像大鲸消失在海沟里一样，不见了，而他和郭娜、大卫·霍克尼还要继续启程，在海上向着南极远行。

他还梦见了南极的冰山。冰山在底部不断遭到海水洋流的侵蚀，渐渐地变得头重脚轻了。然后，一下子就翻转过来大头冲下。那一刻天崩地裂，十分壮观，声音震耳欲聋，就像创世记一样令人震撼。

（原载《人民文学》2018 年第 5 期）

美弟

林那北

一

玉茗养好几只狗。狗不可能万寿无疆，所以从第一只小泰迪美月到来开始，家中狗的序列并不是一成不变，已经死去三只，她马上又补充进来。都不是刻意的，某天走在路上，看到瘸腿的、癞痢毛的、奄奄一息的，她瞄一眼，脚就走不动了。

她住一套七十八平方米的房子，房子在一层楼，下面还有间七平方米的杂物间，都是前夫吴鼐平留下的。

四年前离婚时吴鼐平对她说："房子留给你吧。"玉茗没推辞。总之婚是吴鼐平主动离的，房子是吴鼐平主动送的，她都没花什么力气。办好离婚手续出来，她没有马上回家，而是把时间留给吴鼐平。衣服、鞋子、书，这些东西毕竟得拿走。至于其他，爱怎么搬就搬呗。沙发、电视、冰箱都原封不动，但玉茗回来时还是觉得家一下子大了几圈，像一件宽松大袍笼罩下来。她坐到地上，怔了半天，觉得无论如何都该哭一哭，结果却连气都没叹一声就靠墙睡着了。

第二天她就碰到美月。

美月是深褐色的，浑身毛发卷卷，有两撮耷拉下来覆在眼睛上，项圈上挂着两个红铃铛。从毛色与体格来看，肯定是出自家道殷实的富主，得宠过，有过好日子。最初玉茗以为是谁家走失的。她去离家百来米外的公园散步，沿着鹅卵石小道走一圈，看到有只狗坐在路边，仰着头，眼睛藏在长毛下隐约闪动。又走了几圈，它还那样一动不动。玉茗停下，又蹲下，与它对视几秒，没看出什么。她站起，继续打圈，结果听到后面传来铃铛声，狗跟来了。太主动的东西都令人生疑，当初吴鼐平追她就非常主动，事实已经证明没有下好场。她开始在树丛中穿来穿去，觉得挺好玩的，像地下党抛特务，又像明星甩狗仔队，很有游戏感。但等她回到家，正掏出钥匙开门，铃铛又响了，从楼梯上响来，然后眨眼间狗就到了脚下，钻进微微推开的门缝。太意外了，这到底算什么缘分？她把狗抱回公园，放到原处。旁边椅子上坐着一个中年男人，狐疑地打量她，又打量狗。玉茗连忙说："不是我家的。"男人又看她一眼，似乎在信与不信之间犹豫了一下，说："这只狗眼半瞎了，已经被人丢在这里好几天。我刚才来没看到它，以为它死了。"玉茗怔了片刻，把狗放下，然后转身离去。当时她是这样想的，谁喜欢残疾呢？我也不喜欢，但如果它再次跟上，那又另说了，也许是自己前世欠它，这一世寻上门来讨债。

果然就跟上了，一路铃铛声哗哗哗不绝于耳，一直跟到家门口。

玉茗掏出钥匙时，低头瞄了一眼，狗也正仰头往上看，看不出眼已半瞎，眸子很黑很大，闪着一层玻璃光，光得那么无邪，似乎与玉茗已经熟悉一百年。那么来吧，请进。是只母狗，取名美月。这就是一个开始，之后城里各处落拓的狗好像都得到消息，走投无路时就想尽办法往这里跑。但它们估计大多半途就夭折，成了别人锅里的肉，即使见到了玉茗，也并非都得救。病了，病得很重，或者到龄了，又老又病，死也是难免的。无论如何，只要遇上了，玉茗都尽力救，救不了是另一回事。

有一天手机响了，是吴鏞平打来问："听说你养狗了，你为什么养那么多狗？"玉茗说："我为什么不能养这么多狗？"没有等吴鏞平再问下去，她就把电话搁下了。她正用木梳子给美月梳毛，美月挺乐意的，在她双膝间工整躺着，微闭住眼，急等玉茗下手。一只眼睛不好使的美月，需要每天保持良好形象来支撑内心的脆弱。与美月的美貌相比，玉茗觉得吴鏞平的电话根本无关紧要。这楼里的人多次跟物业闹，物业就找上门，说狗臭，狗吵。她觉得奇怪，明明狗跟她同一屋子，哪里臭和吵了？别人隔着厚厚的楼板和墙，怎么却说三道四呢？所以吴鏞平得到消息也正常。吴鏞平在这里住过，户主原先就是他。

二

玉茗和吴鏞平是师专同学，两人同岁，一个学中文一个学历史，毕业时学历史的吴鏞平去了市委宣传部，而玉茗则进了区教师进修学校。房子是宣传部的集资房，两室一厅，不大，但在玉茗看来已经不小了。她跟吴鏞平最大的分歧总是体现在这些细微的方面。吴鼐平很快当上部长的秘书，写文件、写发言稿，部长不下班他也不会离开办公室；部长走了，他一般也要再留下把第二天的事先处理掉一些。而她，竞争上岗，不去；评职称要论文，不写。二十七岁结婚，三十四岁离婚，整整七年，玉茗怀孕过两次，都流产了。离婚后人更涣散，每天坐办公室发发呆，去不去都无所谓。一个单位可去可不去的人，就等于可有可无的人。玉茗就这样渐渐退出众人的视线，她觉得挺好的，真是太好了。而吴鼐平这几年变化却很大，已经是市广电集团副董事长，离董事长只是半步之遥，再往上升是迟早的事。另外吴鼐平再婚了，娶了电视台主持人。

这几年玉茗跟吴鼐平几乎没联系，但楼上楼下住的都是吴鼐平以前的同事及家属，时不时地就会有吴鼐平消息传进耳朵。很好啊，就如同看着这座城市的楼房越建越多、越建越高档一样，玉茗既没高兴，也没不舒服。

玉茗个子不高，小头小脸，年轻时靠南方女孩特有的清秀感，倒没觉得哪里不好，过了三十岁，该来的气质没来，胶原蛋白又开始流失，皮肉就有几分松垮了，脸色发青，腮帮往里凹，背微驼，整个人显出枯萎相。至少这四年她都没穿过新衣服，齐肩的直发也是自己随意剪的，本来就很少笑，现在更少了，总是寡淡着眉眼匆匆地来去，见到熟人也爱理不理的……虽然狗让邻居烦，但毕竟还是有人觉得她可怜，偶尔碰面，也会主动跟她搭讪：“玉茗老师你得再找个伴啊，老是这样，连说话的人都没有。”玉茗脸上的皮一点动静都没有，但她肚子里连笑几声。美月、美汝才天天眼巴巴盼着有个伴哩。有了美月后，她后悔自己之前浪费了太多好时光，生活中有没有狗，真是大不一样啊。接下去家里又来了美汝、美那、美五、美六、美次、美弟……对，全是美字辈的，真的美，它们哪只都不丑。玉茗想，同情她的人有多傻啊，如果她愿意说，单一只美弟就可以让她讲上三天三夜。

美弟是只米黄色的拉布拉多，据说产地是英国，却跟那里的人不一样，眼睛不是蓝的，很黑，还有一个心形的黑鼻子，老是哈着嘴，把长舌头斜斜地伸出来，吊在嘴角卖萌。在玉茗养的所有狗里，美弟是唯一没有任何毛病的，不仅健康，还特别尊贵过。虽也是被遗弃的，但它被弃得别具一格，因为丁菲怀孕了。

丁菲就是市电视台那个女主持，吴鼐平的新老婆。据说丁菲并不担心狗害了自己肚子里的胎儿，她牵狗出门都带着纸巾，随时给流哈喇子的狗擦嘴，傍晚出来遛时，则带着湿纸巾，狗拉了屎，屁股一定得擦一擦。

玉茗听着就咧嘴一笑，这样看来丁菲是把狗当儿子养了。母亲怎么会怕子女害自己呢？担心的人其实是吴鼐平。吴鼐平快四十岁，马上就老男人了，终于将迎来第一个孩子，这在他是大事。吴鼐平牵着丁菲的狗找玉茗，是他离婚后的第一次故地重游。屋里跟以前已大不一样，虽然冰箱、沙发、电视还是原来那个，甚至连位置都没有挪动过，但原先空白的墙上却花花绿绿了，贴的全是美月、美汝它们的照片，反正来一只，就拍几张，拿到街上冲洗放大装框，再挂上墙。墙变了，屋里的风格霎时也变。玉茗只是特地买了高像素的手机，这样即使带它们走在路上，也随时可拍。歪头的，张嘴的，奔跑的，瞌睡的，耍闹的，清晰度就不能挑剔了，但每个瞬间都呆萌有趣。吴鼐平肯定也很意外，他在照片前一张张仔细看过，如同看哪位大师的影展。吴鼐平说："帮我养两年，等孩子大点就领回。"玉茗问："它叫什么名字？"吴鼐平说："拉斐尔。"玉茗想了想说："养可以，但改个名，叫它美弟吧。"

美弟的来历如此与众不同，就注定有更多的故事。但玉茗并没跟任何人说过。没什么可说的。

三

美弟来时，美月已经死了。之前玉茗从未跟狗打过交道，不知道狗的寿命只有十余年，有病的狗命更短。狗的一年等于人的七年，这是她从网上看来的，不知是否属实，反正美月养着养着，忽然开始暴瘦，不吃不喝，接着便血。说肾衰竭，挂了两天药，还是走了。玉茗陪在医院，装在铁笼子里的美月已经虚得站不稳了，看到她，还是用力歪歪扭扭挺起身子，两眼泪汪汪地盯着她。玉茗哭了好几场，当时想，亲爹亲妈死了，她可能都不会这么难过吧。再难过也没用，美月还是救不活。埋了美月后她回到家，吴鼐平恰好就带着美弟来了。

按先来后到排序，美弟应该算老四，也就是说美弟进门时，玉茗家里还有三条狗，美汝、美那、美次，分别是博美、柴犬、吉娃娃，三只体重合起来，也抵不上美弟。吴鼐平不是空着手来的，他进来后，又转身出门。玉茗从窗户往下看，看到楼道外停着一辆黑色的小车，吴鼐平从后备厢搬下几包东西，一会儿抱进屋，放到沙发边上，然后直起身子，拍了拍手说："这是从法国进口的狗粮，拉斐尔……"

玉茗打断他："美弟！"

吴鼐平一怔，说："噢，美弟。它是公的，男孩子长身体需要营养，一天得两顿，早上一个蛋一包牛奶，晚上吃狗粮。它很挑食，一直只吃这个牌子的狗粮……"

玉茗挥了挥手，用力说："不行！"

吴鼐平说："它的吃用我负责送来……"

玉茗说："不用！"

吴鼐平眉头皱起，看了看表。玉茗往他手腕上瞥一眼，表有点眼熟。想了想，想起刚结婚不久，有天两人逛街逛进劳力士专卖店。吴鼐平趴到玻璃柜上看，店员过来说："这是经典款，需要拿出来看吗？"吴鼐平摇头，他们没钱。玉茗记得出来后吴鼐平说过一句话："总有一天我要买下它。"现在果然买了，戴在手上。

吴鼐平说："它洗澡、修指甲都得去宠物店，沐浴露的牌子也是固定的……"

玉茗说："不行！"

吴鼐平像是被噎住了，片刻后轻轻一笑，低头找美弟。进门时美弟脖子上系着铁链，还没来得及解掉，它就跟围上来的美汝、美那、美次混到一起了，吠也吠，脊背上的毛从脖子到屁股也装模作样长蛇般支棱起来，但很快就追着人家屁股嗅，铁链拖在地上嘎嘎地响。吴鼐平踩住链子，俯下身把铁链抓住，往回拉美弟。玉茗看出他的担心，说："只有一只母的，已经阉了。"吴鼐平含义不明地嗯嗯两声，还是紧紧攥住美弟。玉茗说："你想清楚了，在这儿就得跟它们一起玩，不能搞特殊化。"这一点吴鼐平接受了，他抓链子的手慢慢松开，美弟又一下子冲出去，又蹦又跳。吴鼐平打圆场说：“拉布拉多都这样，不认生，比较憨……”玉茗忽然想到一个问题，为什么丁菲竟肯把狗往这里送？吴鼐平说：“我只跟丁菲说寄在一个可靠的朋友家里，没告诉她具体是谁。”玉茗抿了抿嘴，可靠？她有点意外。

这时吴鼐平补充了一句，他说：“主要是离得近——我家在对面那个小区。我老婆……她喜欢那里的房子。”

玉茗眼光穿过窗户，对面是新建的别墅群，它紧挨着公园，尖尖的洋式屋顶从浓密的绿树中参差露出来。喜欢？喜欢很自然。每幢听说都七八百万，虽都是环公园，但她住的这房子建得早，从外观到内部都远不在一个档次。这几年老听说有房地产商看上这块地，但不是原拆原迁，楼里的住户就不愿意。房子这东西也是会老的，别墅往周围一建，被衬得更老了，八层楼高，又没电梯，很多人就陆续买了其他新房搬走了，但这里仍不卖，出租了，留着等增值。玉茗没搬，想都没想过搬。公园对她很重要，以前为了自己散步，现在为了带狗散步。另外，附近医院、大型超市齐全，买菜和看病匆匆来去都很方便。玉茗忙，离不了家，离了这几只狗怎么办？眼睁睁看着美月断气时，她曾心一横，觉得无论如何不能再往下养狗了，一辈子要增加这么多生离死别，她承受不起啊。但回家时，几只狗都高兴得快晕过去，拿舌头往她脸上舔，竭力往上跳，呵呵呵上气不接下气地喘。尤其是小博美美汝，眼里含着泪，抱起来时，在玉茗手里一直战栗。它们不是演员，装是装不出来的。玉茗往自己脸上甩了一巴掌，她怎么能不养它们？

接下去又多出美弟。

这几年吴鼒平老了很多，主要是胖，一胖肚子就外鼓，肚子一鼓就显老了。玉茗知道自己也青春不再，这个年纪的女人怎么折腾都挡不住衰败，何况她什么保养都懒得做。她老就老了，可吴鼒平似乎不应该啊，四十男人一枝花，怎么也不该这样啊。也许并没有想象的那么春风得意？玉茗没问，问了他也不会说。当了几年秘书，他学得最到家的就是守口如瓶。玉茗说："我会对美弟尽力的，但也不能绝对。刚死了一只哩，很难说不会再死。"

如果怕，吴鼒平应该把美弟带走。玉茗并不欢迎美弟，但最后吴鼒平走了，美弟还是留下。临出门前，他又说："添麻烦了……"声音压得很低，生怕被美弟听到似的。

美弟当时可能玩累了，正趴在地上，伸着舌头，目光游移地喘气，既没有依恋，也没有惜别。

四

白天一堆狗事忙不过来，到晚上，一般玉茗会看会儿电视。在电视和沙发之间，铺了一块简易的化纤地毯，狗一队排开，卧在上面。它们不看电视，看的是玉茗，仰着头，目不转睛，后面两只腿压身子下，前面两条腿工整地往前伸，一副随时准备一跃而起的样子。这种阵势没养过狗的人是享受不到的。最初不记得是哪只领的头，其他的也有样学样了，连美弟都很快加入，张着嘴，吊着舌头，傻乎乎地看着她。

多出一只美弟，家里并没有变吵。越大的狗越有自信，有了美弟，连动不动就神经质喊叫的美汝也安静了很多。

玉茗调出本市电视台综艺节目，然后把美弟身子搬起来，掉了个头，让它脑袋对着屏幕。丁菲怀孕了，但肚子还没大到显形，也可能节目是之前录的，总之肉眼是看不出来的。她高个子，骨架挺大，粗胳膊粗腿，一看就是北方的种，但五官不错，大眼，眼梢向上吊，嘴角有两颗米粒大的小酒窝，语速非常快，动不动就笑。一个人有没有酒窝差别很大，酒窝像两束永远闪烁不完的烟花，笑起来总是特别容易感染人，整个节目被调动得花里胡哨。玉茗不喜欢这种热闹，隔着一块屏幕，她都觉得怪怪的。吴鼒平她睡过，完全不是这种路数的人啊。母亲曾问玉茗，吴鼒平为什么要离婚，玉茗摇头。吴鼒平肯定说过，但她忘了。她老是忘事，吴鼒平却像部内存极大的电脑，凡事都纹丝不乱。好记忆据说是秘书的基本功。她其实没想到会有离婚的一天，吴鼒平对她一直很好，彼此脸都没红过，但还是离了。世事真是无常，转身吴鼒平娶了这个嘻嘻哈哈的主持人也匪夷所思。

玉茗拍拍美弟的脑门，说："快看你妈！"

美弟眼睛并不往屏幕上聚焦，它好像对玉茗的做法很不满，玉茗手一松，它就立即站起来，重新把身子掉过来，趴下。虽然有过锦衣玉食的日子，但美弟并不摆架子，从进门的第一刻起，就是一副这也可以那也可以的屌丝样。没有牛奶没有蛋，狗粮也是国内杂牌的，美弟完全不介意，头插到脸盆里和其他狗拼命抢食。至于洗澡，自然也不可能送去宠物店，沐浴液是淘宝上买的，把它牵进卫生间，开了热水器冲洗，它也挺配合的，在淋浴蓬头下安静得像个美男子。网上有一种"什么人养什么狗"的说法，无论真假，反正因为美弟，玉茗对丁菲忽然有了好感。

吴鼐平一开始每天打几个电话问怎么样，玉茗答：“很好，比你好。”当然美弟也不是什么都好，闲下来时它有啃东西的毛病。玉茗问：“美弟多大了？”吴鼐平说：“九个月。”玉茗就释然了。长牙齿难受，得磨牙嘛，哪一只狗不这样呢？只是无论美月还是美汝、美次，因为个子小，啃咬起来都没美弟这么摧枯拉朽。沙发腿、床脚、地板的踢脚线，但凡美弟嘴力所及，很快就坑坑洼洼。吴鼐平再来时，玉茗一一指着上面让他看。吴鼐平笑了笑，没觉得怎么样。转身从包里取出一个笔记本，翻开，递到玉茗眼皮底下。玉茗见上面是一串阿拉伯数字，有点眼熟，一时却想不起来是什么。吴鼐平说：“你这张银行卡还在用吗？”玉茗噢了一声，原来是她的工资卡，一直在用呀，号码从来没换过。吴鼐平什么时候存下卡号的？

吴鼐平说：“在用就好。”

玉茗一时不知道有什么好。她的注意力放在另一个问题上，她觉得吴鼐平没必要再来这里，他来或不来，她都一样对待美弟。她问：“你老婆怎么样了？”

吴鼐平脸有点涩涩地笑了笑。玉茗这才意识到“你老婆”这个说法有点古怪。她也曾是“你老婆”，确实不太合适这么问。但既然已经问了，也无所谓。“你老婆怎么样了？”她又问了一句，负负得正，说不定也就把尴尬抵消掉了。吴鼐平果然就轻松了点，他说：“哭了几天，一直打听拉斐尔寄养哪里了，想去看看……当然不行，我首先不会告诉她拉斐尔在哪里。”

玉茗又纠正道：“美弟！”

吴鼐平说：“对，美弟。”

在一旁正跟美次抢一只皮球的美弟耳朵一支棱，立即跑过来，尾巴风车般三百六十度打转。它以为是在喊它。玉茗和吴鼐平面对面站着，中间有两米多的距离，美弟贴近的是玉茗的腿而不是吴鼐平。玉茗摸摸它脑袋，低着头，像是对它说话。她说："以后你还是别来了，你往那一站，屋里都是发霉的旧味道。"

吴鼐平可能没想到她会这么说，眼闭了几秒，睁开后他说："你这样过日子其实也挺好的啊！"玉茗以为听错了。她自己当然觉得好，只是没想到吴鼐平也认为好。

五

几天后，出了一件怪事：玉茗银行卡里突然多出钱。手机短信连续响了两次，她点开一看，倒吸了一口气。一笔二十万，一笔三十万，没有署名是谁打来的。玉茗坐下，喘着气想了想，她相信不会是别人。拿起手机，她找出吴鼐平的号码，正想拨出去，猛地又松掉手。离婚后吴鼐平的号码她一直没删，却也一直没拨打过。所有事一荒废，就生疏了，突然再做，自己都习惯不了。先这样吧，总会弄清楚的。

她起身，去了公园。

送美弟来的那一天，吴鼐平特地交代以后不要去公园遛美弟，免得碰到丁菲。之前玉茗天天去公园，哪一次碰到丁菲了？吴鼐平说："那是以前，现在不一样了。"玉茗想想也对，以前她傍晚去公园，跳舞的，舞剑的，疾走的，人多得跟赶集似的。物质前所未有地富足后，人也就前所未有地怕死了。平时丁菲肯定不会赶在这时候去人挤人，但现在怀孕了嘛，得常走动，大概就顾不得其他了，戴个墨镜和草帽别人也不见得能认出来。好在不只是公园才有空地，楼下也有一块，虽不大，狗们跑一跑还是够的。现在她却空着手独自去公园，没带上美弟，美汝它们也不带。没别的，就是要碰一碰丁菲。她不会贸然告诉丁菲钱的事，但她得问一问吴鼐平钱的事。

一连去了三天公园，没有丁菲，也没有吴鼐平。她就转身去银行，查了那两笔钱的来路，都是通过 ATM 机打的，打的人是个叫方金的人，不是吴鼐平。

玉茗不认识方金，她生活里从来没出现过方金。她不相信世上有方金。

第四天玉茗再去公园时，把美弟也带上了。一路上美弟紧贴着玉茗行走，永远只超出玉茗身子一个头的位置，一看就知道它曾受过严格的随行训练。但到了公园，美弟猛地一兴奋，四脚加快了频率，身子竭力向旁歪斜去，试图挣脱玉茗揪在手里的链子。玉茗一怔，抓链子的手就稍微松了松。美弟匆匆向前，美弟跑，她也跑。丁菲、吴鼐平就在附近?

美弟终于停在花圃的尽头，那里种着一排齐腰高的木槿，零星开着粉色的花。玉茗左右看看，没有丁菲没有吴鼐平，连个人影都没有。再看美弟，它俯着头，忙碌地用鼻子嗅来嗅去，然后快速转几圈，屁股往后一蹲，臭味跟着就飘来了。找了半天，美弟只是为了与自己的一泡旧屎相逢。

没想到回家时，家门外站着吴鼐平。六月，玉茗穿短 T 恤都满头大汗了，他却穿长袖长裤，腋下夹着黑皮手包，帽子、墨镜俱全，一副明星模样。美弟很高兴，举起前腿搭到他肚子上，尾巴都快摇断了。吴肃平只快速地摸摸它，敷衍，潦草。门一开，他就抢在玉茗之前急急进去。关上门，玉茗问：“谁叫方金？”吴肃平似乎没听到，仍夹着包匆匆往卧室里去。玉茗没有跟进，无所谓啊，她的卧室吴肃平又不是没进去过。她还得忙着给美弟解链子、擦脚。没有狗不想出门的，但她刚才只带着美弟出去，其余的留在家里，看样子都一肚子嫉恨，一下子围过来，身子贴住玉茗的腿，蹭来蹭去。玉茗往它们平时用的盆子里添水时，吴肃平从卧室出来，包不见了。玉茗没有急着问，她相信吴肃平会说的。吴肃平果然说了：“包寄你这里一阵。”

玉茗“嗯”了一声，问：“方金是谁？”

吴肃平说：“我司机。”看样子他没打算在这里待下去，话一出口转身就往外走，走到门后停下，扭头看过来。

玉茗说：“你为什么给我打钱？养美弟不需要这么多钱。”

吴肃平头扳直了，脸对着门一会儿，然后转过身，慢慢走近。“我要跟丁菲离婚了。”

玉茗脑子嗡的一声，谈不上高兴或者不高兴，只是很意外。她犹豫着该不该问为什么，吴肃平已经走了，他在开门前说的最后一句话是：“包你暂时不必打开……”

玉茗想，离婚几年，两人毕竟生疏了。换以前吴肃平肯定知道这个吩咐很多余，她不会打开，她没有打开的好奇。

另外，他并没有回答为什么给她打钱。

六

玉茗不用微信，她不需要跟谁沟通，也不想知道别人在做什么。当初从农村考进大学，家里上下都以为以后可以靠她发财。她给他们寄钱，老家房子也盖起了，但还是不够，一直不够。问为什么呢？哥哥指着邻居家的房子说："你看看，比他们差。"她就摇头，说："我也比李嘉诚差哩。"父母兄弟各来过城里几次，来了倒没事，关键是他们除了打算长期住下去，还让玉茗帮忙找工作。以前玉茗说房子是吴鼐平的，后来什么都不用说，进了门美月它们就围上来。玉茗努努嘴，意思是她得养它们。这样大家就淡了，各过各的，相安无事。

所以那天夜里有人敲门，玉茗很意外。拉开门，更意外，她一下子就愣住了。铁门外还有一道铝合金栏杆防盗门，居然站着丁菲。丁菲穿着宽大的蕾丝连衣裙，腆起的肚子没被遮住，果真怀孕了。

其实是玉茗忽略了，美弟很早就有反应，打转，蹦跳，吼叫，越来越兴奋，直至敲门声响起，它冲过去，立起，前爪扒在门上使劲挠着。

隔着防盗门，丁菲眯着眼盯美弟看了片刻，手托着肚子，喃喃道："它这么兴奋……"

玉茗明白了，揪住美弟的皮项圈，用力往里拖。美弟抵抗着，屁股坠到地面，最终还是被关进卧室。无论如何，孩子要紧，万一伤着，玉茗也消受不起。

丁菲比玉茗高一个头，但站在眼前时，即使大着肚子，人有点虚胖，还是明显比电视里瘦小一圈。她进来，关上门，在沙发上坐下，一切都很自然，然后看着玉茗，职业性地笑了笑。她说：“我相信你认得我。”玉茗点点头，丁菲的声音没电视里那么脆亮。丁菲把双掌往上翻了翻，手是空的，然后她左右看看，往旁边的桌面一指，那里搁着玉茗的手机。丁菲说：“那个……你把它先藏起来。”

玉茗不太明白她要干吗，但直觉让她顺从了。她把手机拿进厨房，扣到锅里，盖好，然后重新走出来。一切都突如其来，很新鲜，她心跳有点急。接下来会是什么？她想给丁菲倒水，丁菲说：“不用，我要尽快走。你坐下。”

玉茗就坐下了。

“就不绕圈子了，吴鼐平出事了……”

玉茗看着丁菲，她脑子在“出事”二字上停留了片刻。所谓出事不就是又离婚了吗？作为前任，她不便对丁菲说什么。

丁菲右手向前举了举，这是她在节目里常使用的手势。“他最近来过这里？我知道他来过，有人告诉我的。来看看拉斐尔也对。他跟你说过什么吗？”

玉茗脑子嗡嗡嗡的，嘴张了张，又闭紧了。完全下意识地，她觉得自己现在什么都不能说，也不知道该怎么说。屋里只剩下狗吠声，美弟关在卧室里烦躁地嘶鸣，倒没大喊大叫，但那种拖腔拖调的委屈呜咽，听起来更瘆人。有一瞬，玉茗几乎想把它放出来，她都已经站起来，马上回过神来又坐下。有比美弟更重要的事正摆在眼前，这件事跟她无关，但也不是一点关系都没有。“你跟他离婚了？”这个问题玉茗还是有点好奇。

丁菲鼻翼吸了吸，她可能没想到玉茗会这么问。“不是我要离，是他要……疯了一样，非要逼我提出离婚，马上离。”

玉茗不懂：“你提？”

丁菲低头看了看自己的肚子，手在上面轻轻抚着。她说：“孕期，有规定他提离婚不行……”

玉茗叹了口气，胸口有什么东西堵在那里。“然后呢，离了吗？”

丁菲眼望着墙，那里挂着美弟照片，是张十六吋头像大特写，眼亮晶晶，仿佛正注视着她们。这一刻，丁菲脸上明显有点转暖，但也仅一瞬，马上又重新黯然了。“没，我不同意离。可是……他不见了……”

玉茗没听明白，定定地看着她。

丁菲又叹了一口气，压低声音说：“从昨天到现在，电话是通的，但……没接。”

玉茗脑中蹦出“方金”二字，她说：“问问他司机。”

丁菲说：“问了，小方说昨天早上把他从家里接到单位，明明看着他走进集团大门……”

玉茗说：“然后呢？”

丁菲说：“然后中午没见他去食堂吃饭，傍晚下班也不见他。去他办公室找，里面比平时整洁，却是空的。打他手机，手机居然在小方车上，塞在座位下方。”

故意的？玉茗的第一个反应。吴鼐平从来没丢过东西，至少跟玉茗婚姻期间没有。那么缜密的人，丢什么都不至于丢手机啊。

丁菲说：“办公桌上放着一封辞职信……”

玉茗又一怔。这个她更没想到。她认识的吴鼐平，恨不得再生出四条腿在仕途上猛跑。顺风顺水的，怎么会辞职？“发生了什么？”

丁菲摇头，说：“我……真的不知道。早上从家里走时好好的，还说晚上回来想吃面。”

玉茗想起卡里的钱，说：“他……”

丁菲警觉地直了直身子。

玉茗说：“经济……有问题吗？”

“不会，他曾偷偷说这辈子至少要副部级，不能因小失大。家里钱够，我能挣。”

玉茗张了张嘴，马上又闭拢了。至少现在，她还不能提卡里的钱。

丁菲问：“他没跟你说什么？一句都没说？”

玉茗摇头。

丁菲说：“我预感很不好……要是你知道什么，别瞒着，告诉我。”

玉茗还是摇头。

丁菲站起，一脸柔弱无助。这时候她和综艺节目里那个闹腾的主持人完全两回事。“我走了。”她喘几口气，小声说。走两步她停下来，转过头看着玉茗，“你恨他吗？”

玉茗嘴角上翘，有点想笑。

丁菲说：“如果他有什么事，无论你多恨他，都不要捅刀好吗？”

玉茗嘴唇动了动。捅刀？捅什么刀？

门很柔软地咚的一声，丁菲出去了，带上门的动作又轻又缓。玉茗看着她勾住门边沿的那双手，纤细，白净，灵秀。这手真好看。

这天夜里玉茗一秒钟都没睡着，她躺在床上，如同躺在一汪涨潮的江水里，恍恍惚惚，漂漂荡荡。床一直没换，四年前吴鼐平也曾躺在上面。

几天后她去公园，正有人围着说吴鼐平。那天上班路上，吴鼐平把手机调成静音，塞在车座位底下。进办公楼时他还一路有说有笑打招呼，谁知却突然辞职了，目前下落不明。

玉茗转身回家，关好门。这几天她都没遛狗，无论美弟还是美汝它们，居然一下子都变得逆来顺受，大小便能憋就憋，实在憋不住了，就拉到阳台上。看见玉茗从外面回来，也不吵闹，老实迎上前，摇着尾巴，低调讨好。

玉茗看看黏过来的美弟，摸摸它的头。丁菲来的那天晚上，美弟被关进卧室。等丁菲走后，玉茗打开卧室门时，看到地上躺着黑色手包。包是吴鼐平的，吴鼐平说寄在这里一阵。玉茗不知道吴鼐平把包藏在卧室哪里，她已经忘了这事，却被美弟拖了出来。玉茗把包抓起，很轻，打开来，里头放着那块劳力士经典款。再找，找到一封信。信是写给玉茗的，很简短："不解释。表给你，钱为丁菲备着，先别给她。她奢靡惯了，有多少花多少。万一哪天她手头紧了，应个急。谢谢！"

信已经没了，反复看几遍后，玉茗当即把它撕碎，扔进马桶冲掉。为什么这么做？她说不清，反正已经做了。官当得好好的，孩子又快来了，吴鼐平究竟怎么了？这事不会太简单，只是不知谜底在哪里。她叹口气看着美弟，美弟也直直看着她。

（原载《人民文学》2018 年第 9 期）

换肾记

任晓雯

前一日，梁真宝喝多了水。

妻子陈佩佩曾用一片口香糖哄他，“多嚼嚼，就不渴了。”他背着她，把口香糖粘在桌板底部，又跑去厨房，灌下两杯白开水。他感觉自己像个突然获释的重刑犯，不安与期待，胀住整个胸膛，须得放纵一下不可。

他捏着空水杯，感觉身体里的水，沿了胫骨，汇至双脚。脚掌宛如胀满的皮囊，沉甸甸的，一摁一坑，久久不褪。他用抹布擦干杯子，放回原处。拖着两条腿，坐到方桌前，戴起棉纱手套，搔挠身上的痒处。日渐灰黄的皮肤，像是覆了一层尿色。背部、腿臂、胸脯，长满小红疙瘩，一个都不能抓破。他挠得专心谨慎，仿佛在从事什么精密工作。其间，他数次起身，把体重秤从大橱底下踢出来。陈佩佩闻声过来，给秤归了零，扶他站好，又跪在地上看刻度，“怎么长了一斤。”

最难忍受的，是入暮时分。窗户对面的高楼，在金红色夕阳里，回光返照般亮起来，继而转淡，轮廓模糊，最终消匿于黑暗。梁真宝感觉自己将赴刑场。夜晚要来了，当他躺在床上，身体里的水分，会从脚底返流而上，均匀摊平，仿佛他是一只被放倒的闷罐子。周身似有无数小虫蠕爬。他每次都叫醒妻子，诉苦、哭泣、咒骂，让她陪自己失眠。“我感觉马上要死了。”他会说。

这种时候，陈佩佩总要逼问，是否偷偷喝水了，或者吃了她藏在顶柜里的水果。他否认再三，又承认下来。陈佩佩拿指甲弹叩他的脑门，用教育儿童的口气说：“快三十岁了，还管不住自己。”

“透析室的老刘，经常吃方便面，十几年过去，还好好的。”

“你的目标不是十几年，是四十年，五十年。只要坚持透析，保持良好生活习惯，不会有大问题。”她每次如此说，流利得犹如背书。他每次都像第一次听，捏牢她的手，说一句，摁一记。

听罢，他会说：“有个肾就好了。”

“求求严素芬去。”

“求过了。”

“再去求求。”

话头便转到严素芬身上，说着说着骂起来。困到骂不动了，才作罢。

是夜，他们没有谈及严素芬。陈佩佩甚至不逼问丈夫，是否偷吃偷喝了，也不指责或安慰他。只说：“熬一熬就好，明天就好。”

梁真宝在黑暗中点头：“明天就好了，明天肯定会好吧。”

“睡好了，就会好。”陈佩佩拉扯被子，调整姿势。

梁真宝意犹未尽，想多聊几句：“上个礼拜看到你吃橘子，香是香得来。我馋不过，偷吃两瓣。心悸了好几天，浑身没力道。

不敢告诉你。”

“你以为我不晓得吗？买回来的东西，我都算过只数的。”

“真的假的呀。”

陈佩佩不答，旋而起了鼾。鼾声过分响亮，犹如一匹奔跑过后的马，在张着鼻孔喷气。他疑心她假睡，等了等。将被子堆给她，下床走去北房间。

梁真宝在房外站立片刻，打开一道门缝，探入脑袋。他闻到老年人气味，宛若隔夜肉食一般，微微腐朽的气味。没有鼾声，没有腹鸣声，甚至没有呼吸声。唯有一台老式“三五”座钟，咔嗒咔嗒，每秒都似有一把小铡刀落下。有那么一秒，梁真宝以为母亲不在房内。他经常梦见母亲消失，半夜惊醒了，便要过来张一张。

“妈，妈。”梁真宝轻唤，将门缝推大，又摸摸索索开了灯。床上无人，枕头歪斜，褥子凹出一个短小的人形。梁真宝捽住门框，又喊：“妈。”

“阿宝，”他听见母亲在身后，“我没有逃跑，我去厕所间了。”

梁真宝抹抹眼睛，扭过头去。

“我晓得你不放心，经常夜里厢过来监视我。”

“不是的，我半夜困不着，随便晃晃。”

“房门锁死了，能跑到哪里去。再不放心，用手铐铐牢我算了。”

“不怪我，不是我的意思。”

“阿宝阿宝，你是啥意思，我也拎得清。这许多日脚，你跟我讲过贴心话没有。永远是同一句话，翻来覆去千百遍。现在你满意了，总算不来烦我。”

过去三年多，梁真宝见了严素芬，便叨念："妈，我想要个肾。"口气仿佛在说，我要一个铅笔盒，或者，我要一个新手机。严素芬自小在每件事上满足他，除了这一件："不行，我没有。""你有的，你有两个。""我会死掉的。"

有那么几次，梁真宝透析归来，双腿抽搐不已。严素芬用毛巾为他热敷，将他双腿搂在怀中按摩。陈佩佩道："妈，他只要一个肾。"严素芬涕泪齐流："不行，我会死的。"

陈佩佩从网上打印了资料，论证人类少一个肾，照样活蹦乱跳。严素芬戴了老花镜，认真研读。梁真宝道："妈，我想要个肾。"严素芬收拢眼镜，挂在围兜上，饺子皮似的招风耳，在脑袋两侧微微一颤："我生你的辰光差点死掉，还想我为你死一次吗。"

"不会死的，怎么会死，"陈佩佩拿出自己的配型报告，插到婆婆面前，一页页地翻，"我跟你儿子没啥血缘关系，都想送他个肾，可惜老天爷不给机会。"严素芬咬了嘴唇，憋红了脖颈，面孔躲来躲去。陈佩佩睃她几眼，拍着那沓纸，跌足道："哪个当妈的有你自私，看到儿子吃苦头，不肯出手帮一帮。"她号得胸腔起回音，身体一抽一抽的。严素芬擦擦她飞溅过来的泪水，也哭起来。陈佩佩见状，反倒眼泪一收，抹了面，对丈夫道："你妈再不讲理，我就跟你离婚。"

梁真宝道："妈，佩佩要跟我离婚。"

严素芬道："她不会离的。结婚的辰光，梁家送过三十万礼金，他们陈家还不起。再说她的上海户口，还是我们给的呢。"

梁真宝嚅嚅嘴，不说话。

陈佩佩的眼睛，抽缩成倒三角："难道我是你家用钱买来的吗？

上海户口了不起啊。老太婆，一只脚踏进棺材了，还越活越来劲。人总要死的，难道不死吗？真宝他爸怎就瞎眼娶了你，怪不得被你早早气死。真宝，你说是吧。”

梁真宝眼眶濡湿了，叹气道：“我不晓得，我要死了。”拖着两只脚，走去卧室，关上门。门外，婆媳越发喧起来，一来一往，调门攀高，彼此碾压，在梁真宝耳中嗡成一片噪声。继而疲沓下来，趋于安静。有人打开电视机。电视里，又有男女争吵哭泣，间杂了哀乐似的插曲。厨房里砰一记，似有碗盏跌碎。哔唧唧挪动桌椅。梁真宝感觉有一道黑幕，垂落在自己与整个世界间。又仿佛自己退缩成了婴儿，所有响动听起来不可理喻。

约莫半年前，严素芬出走过，住去女儿家。陈佩佩携了梁真宝，上门将她讨要回来。严素芬对女儿说：“他们想把我绑到医院，挖掉我的腰子，你也不肯救救我。”梁带娣说：“你从来心里只有儿子，出了事体才想到我。或者你让一步，去医院做个检查，费用终归我来出。别太担心了，换肾是有讲究的，亲生的也未必配得上。你老住在我这里，不是个办法。我房间小，搭了折叠床，转身都没地方。”

严素芬哭一场，跟了儿子回家。等待检查的日子里，陈佩佩天天为她买鸽子。严素芬说胃口差，吃不下。

陈佩佩道：“你不是最爱吃鸽子吗，常说一鸽胜九鸡。”

严素芬道：“我又不是猪，喂得肥肥的，好送去杀了是吧。”

陈佩佩忍了火气，不与她争。严素芬半夜起床，摸到厨房，吃掉早已冷却的鸽子，喝光凝了油脂的汤，用草纸裹起筋骨皮杂，扔出窗户。翌日，她赶了早，到玉佛寺烧香求签。三次都是上上签。

她定下心来。

检查过后，等了十五天。陈佩佩一早去领报告。严素芬在家看看电视，敲敲胆经，又温习广场舞。梁真宝道："妈，你晃来晃去，晃得我头昏。"

"啥人叫你看牢我，做你自己的事体去。"

"我能做啥事体。佩佩不许我打游戏，电脑手机都没收了。"

"好了好了，我也是心里烦躁，随便寻点事体做做。等一歇帮你揩身。"

"我不要，皮肤痒。"

"晓得你皮肤痒，我特地求了个中药方子，揩了就不痒了。"

"我没心情。"

"别瞎想八想了，老天爷会帮我们，我去庙里烧过香的。"

严素芬用苦参、防风、当归煎了水，往浴缸里灌。手机铃声响。她擦干手，往北房间去。梁真宝赶在她前面，吼道："快接快接，肯定是佩佩。"严素芬从五斗橱的第三格抽屉里，取出她的翻盖机，接了，听得那厢轻微啜泣。"佩佩吗？还在医院吗？报告哪能讲？没事的，好好讲，别太难过了。"

"妈，谢谢你，拜托你。"

"啥意思。"

"你能配上五个点。医生说，真宝以后排异反应会很小。喂喂，在听吗？让真宝接电话。"

梁真宝夺过电话，不及言说，哽咽起来。小夫妻对哭一晌，梁真宝道："你快回来，打的回来，今朝不要舍不得钞票。"放下手机，不见了严素芬，便"妈，妈"地喊，到处找。

严素芬在卫生间，靠着浴缸，木木然盯住半缸淡黄的水。水面腾起一股子药味，熏得梁真宝打喷嚏。“我要去带娣家，”严素芬一字一顿道，“这里待不下去。”

梁真宝掩了卫生间的门，后背压住门板。

严素芬又道：“国家法律规定了的，必须自愿捐肾，你们不能强迫我。”

“你不自愿吗，那干吗检查，花掉两万多块钱。”

“是你们逼我检查。”

“是你自己同意的。”

“我们两个都会死在手术台上。”

“不会的，我们找最好的医生。佩佩以前有个学生家长，是肾内科主任，留过洋的，全国有名。佩佩早就联系上，人家愿意帮忙。一直就只缺个肾。”

“我就晓得是陈佩佩。阿宝，别听她挑唆。很多人换了肾，反倒活不过一两年。我年纪也大了，身体里拿掉一件大家生，还哪能过日脚。你爸死得早，我养大你和带娣，吃了多少苦。好不容易熬出头，宝贝儿子却望我翘辫子。”

梁真宝无言以对，捂住后腰，缩矮下去，“我要死了，我要死了。”

严素芬撑几撑，站起来，想绕过儿子，去拉卫生间的门。左挪右让，绕不过去，便坐到马桶盖上，也捂住后腰，仿佛那里头的肾，已被拿走了似的。

母子对峙到陈佩佩回家。严素芬做好吵架准备。陈佩佩没有吵，冲进北房间，抄走严素芬的手机、存折、身份证、户口簿、房产证。严素芬揪她头发，抓她手，用两只松软的拳头捶她。陈佩佩将她推到床上，关了门，在球形门锁芯里，插一根拉直的回形针，拽了梁真宝回南房间。

梁真宝道："你忒凶了吧，她毕竟是我妈。"

陈佩佩道："是啊，你妈最亲。从你生了毛病，她出过多少力啦。就我整天围着你转，转到啥时候去。"

"佩佩，我晓得你受苦。以前我不懂事体，整天打游戏。以后身体好起来了，一定弥补你。帮你做家务，给你买漂亮衣服，和你去欧洲旅游。"

"我还要生个孩子。"

"那就生个女儿，更体贴父母。"

"我们年轻，生活没开始呢。不像那老太婆，啥都经历过，现在就是吃饭拉屎，天天等死。我早猜她会反悔。从不拜菩萨的，突然跑到玉佛寺。我才不怕呢，我去静安寺烧过三次香，还在功德箱里捐了五千块。静安寺比玉佛寺灵验，我又那么心诚，舍得花钱，菩萨肯定保佑我们。你看，果然配型配上了。"

"配上了也没用。"

"那就关着她，关到有用为止。"

"不大好吧，阿姐那里哪能交代。"

"梁带娣巴不得老太婆消失。老太婆每次找她，都是问她要钱。"

梁真宝不言语，坐到桌前，顾自搔起痒来。陈佩佩出去买了把链子锁，绕在自焊的铁门上。用蜡线穿起钥匙，挂在脖颈里。这才拔了锁芯里的回形针，放出严素芬。

严素芬早已哭得满面发红，提了一袋替换衣裤，径直往外走。

开防盗门，开铁门，见了链子锁，拉扯几下，对陈佩佩道："啥意思，当我劳改犯吗？我要喊救命了。"

陈佩佩将她捽进屋，门一关："死老太婆，没人救你。"

严素芬跑去阳台，喊"救命，救命"。楼下围了人，纷纷价往上张望。有邻居来敲门抱怨，陈佩佩道了歉，送几只土鸡蛋。

严素芬闹过一时辰，嗓子痛哑，便拿一把扫帚，在阳台上挥舞。天色暗了，看客陆续散去。陈佩佩和梁真宝吃过晚餐。陈佩佩盛一碗饭菜，放到北房间。收拾过碗盏，给梁真宝服了叶酸片和乳酸亚铁片。正蹲在卫生间擦浴缸，听得外头砰砰响。跑出去，见严素芬把饭菜扔在客厅，还将电视机推下地来。陈佩佩将擦浴缸的抹布，甩在她脸上。严素芬扑来撕打。陈佩佩抓住她两只手，几欲将她提起。梁真宝站远了，劝道："好好说话，好好说话。"

有人按门铃，是个民警，"有群众反映，你家从早吵到晚。"陈佩佩抢在前头哭诉。梁真宝在旁垂了脸，哎呀呀叹气。民警说："这是当妈的不对，哪能不管儿子死活。小伙子真作孽，背也塌了，腰也弯了，缩了两只肩胛，好像七老八十岁。"严素芬嗄哑道："我的命不是命吗？"民警道："你已经老了。"严素芬吃瘪。陈佩佩给了民警一百元："麻烦师傅了，本想送你点香烟抽抽，家里也没备着，你自己买了抽吧。"民警笑了："以后有啥事体，直接寻我好喽。"

陈佩佩收拾了狼藉，打开电视机调试，见没有摔坏，便抱到南房间。又出门去，在楼里上下跑一遍，逐户打招呼，"我家婆婆老年痴呆，吵到你们了，实在对不起。"

回了家，严素芬抵住铁门，不让她进。陈佩佩开锁推门，一掌将严素芬甩得趔趄，“就你这小身材，还想拗过我。”她故意放慢动作，将链子锁丁零当啷锁好，把钥匙挂回脖子上。

严素芬哭得满手鼻涕，躲进北房间，把门关严。陈佩佩帮梁真宝清洁了身体，扶他上床。说一晌话，将睡不睡的，听得脚步声。是严素芬进来，搦了把杀鱼剪刀，尖口压在手腕上：“你们逼我死，我就死给你们看。”

陈佩佩道：“死一个看看啊，算你有本事。”

严素芬一怔，又道：“我就死在这里。让警察抓你坐牢，让你房间里阴魂不散，再也不能住。”

陈佩佩被子一抖，躺下道：“少废话，要死快点死，别妨碍我睡觉。”

严素芬站在床尾，又闹了片刻，退出门去。

梁真宝道：“不要紧吧，她不会想不开吧。”

陈佩佩道：“她连肾都不肯捐，哪里肯死啊。”

梁真宝不说话了。稍后，仍不放心，走到北房间。隔着门板，听见严素芬的放屁声，跟吹长笛似的。“阿宝，是你吗？”她喊。他蹑足回了房，重新躺到床上。

严素芬安静下来。仿佛自知不敌，接受了现实。每次陈佩佩外出，她都盯住儿子唠叨：“阿宝，你是从我肚皮里出来的，我俩才是血连血的亲人。别理那陈佩佩，一门心思刮走我家财产。你想想，要是你我死在手术台上，我们的房子就落到她手里。她算盘啪啦啦，不要打得太快哦，逼我们做手术，又把房产证藏起来。还不如把房子过给带娣呢，带娣好歹也姓梁。”

梁真宝听不得，躲进卫生间。严素芬贴着门板说。他假装睡觉，她便站在床边说。一次，梁真宝道：“我在透析室认识个朋友，跟我差不多大，姓张。平常能说能笑的一人，前几日脑子出血，瞳孔都散了，鼻子出不得气，要插呼吸机。医生说是吃药透析十几年的并发症。他有个妹妹，配型配上了，婆家不准她捐肾。小张蛮作孽的，即使抢救回来，都成植物人，还不如死了好。你要不要看看他照片。叫张什么来着的，一下想不起来。”梁真宝作势从枕下取物。严素芬往后躲：“我不要看，不要看。”自此不与儿子多言。

逢到小夫妻出门透析，严素芬瞬即活络了，满屋兜转，搜寻钥匙、证件、财物。她打开大小柜子，逐样摸捏，还把折叠的衣服，一件件抽出来，摊开了，里外正反地检查。南房间大衣柜里，有只上锁的抽屉。她忌惮陈佩佩，迟迟不动。某日，忍不住了，用螺丝刀撬开。都是梁真宝的证件，学生证、毕业证、结婚证、绘画比赛奖状、职业培训证书……还有一本粘贴式相册。

严素芬捧在手里，逐页翻看。眼见梁真宝在照片里，一点点幼齿下去，面孔渐次圆短。童年的几张，是黑白的，边角发黄了。有一张是尚未去世的丈夫梁栋德，抱着两岁半的梁真宝。梁栋德头路三七分，面孔滴刮四方，像台电视机。两只女人样的吊梢眼，乜斜着严素芬。一件带帽滑雪衫，把他整个人鼓囊囊撑起来。她记得那时他已患病，衣服底下，肋骨毕现。梁真宝或是不喜父亲身上的药味，捏了小拳头，试图挣脱出去。他胸前的白饭兜，是三角形的，脑袋上头发根根直立，嘴边滋出一泡涎沫。

严素芬的食指肚，在照片上滑移。时而摁住梁栋德，时而摁住梁真宝。他们的面孔那么小，似要从她指间漏出去。不知多久，听得链子锁当啷响。她跳起来，把相册塞回抽屉，推几下，合不拢。身后起了呵斥声：“进我们房间干吗？”陈佩佩的语气，仿佛老电影里的女八路说：别动，举起手来。

严素芬想从气焰上压倒她，挺了挺背。感觉有一脉筋，硬邦邦勒在肉里。无数说辞在脑中浮动，却都稍纵即逝，抓握不住。她转过身，见儿子儿媳一边一个，堵住房门。梁真宝缩着脖子，显得比陈佩佩还矮，面色像在太平间里冻过一晚。陈佩佩逼近严素芬：“你偷什么了？”严素芬后退一步，脱口道：“好吧好吧，我自愿了。”

梁真宝晓得，母亲只是一闪念。她几乎是被陈佩佩架着，一径办理亲属证明、协议公证、医院手续的。等待手术的三个月里，严素芬变得沉默。这是从没有过的。陈佩佩曾说：“你妈是世间第一唠叨。有时真想抓一脬屎，塞在她嘴巴里。”现在她不再抱怨，每天为婆婆买鸽子。严素芬毫不客气，整只搛到碗里，咂咂地啃，嘶嘶地吮。

梁真宝成日躲在卧室，避免与母亲照面。她面皮紧绷的模样，足足老了十岁。手术日期将至，她又多话起来，总想逮住梁真宝诉说。梁真宝或应付几句，或假作不闻。仿佛她的话里有陷阱，稍不留神，就会被她套牢受死。

这个夜半，空气黏潮，灯光缟白。严素芬看起来，像一条即将消遁的影子，唯独剩了张嘴，不停开阖，变化形状：“阿宝阿宝，你是啥意思，我也拎得清。这许多日脚，你跟我讲过贴心话没有。永远是同一句话，翻来覆去千百遍。现在你满意了，总算不来烦我。”

梁真宝拖了两只涨水的脚，退往客厅。她跟过来，继续道：“在你眼睛里，我不过是只活腰子。”他撇着头，无法集中精力回话。幸而陈佩佩冲出来：“明天都要住院的，还不睡觉。”拉了梁真宝回房。

陈佩佩为丈夫掖好被子，摸摸他额头，责备他不该乱走。梁真宝一夜无眠。天色微亮时，浅盹片刻，即被唤醒。他起床，称了体重，吃了鸡蛋红薯，坐了半小时马桶，又称了体重。陈佩佩为他备好饼干面包、替换衣裤。带刻度的水瓶，不多不少，灌一百毫升白开水。又打开急救箱，数点退烧贴、血压计、电子体温计、红外线治疗仪，加添了酒精棉和一次性口罩。

陈佩佩帮梁真宝脱掉睡裤，检查大腿根部的透析导管，再帮他穿上阔腿裤。当她拿出长袖T恤，他咕哝道：“这么热的天，还穿长袖。”乖乖由她摆弄。经年的透析，使得他的手臂血管，犹如老树根一般，盘盘匝匝凸起。陈佩佩替他捋下袖管，理了理衣衽。

严素芬也妆扮完毕。染过的头发往后梳成髻，掩住头顶一涡新白。又抹了头油，头发黏成一簇簇，贴住头皮。两只招风耳越发醒目了。她穿黄绿小花的乔其纱短袖衬衫。黑色牛奶丝跳舞长裤，裤缝镶了两道金边。脚上的磨砂皮船鞋，还是全新的，姜黄姜黄，鞋头有个小蝴蝶结。再戴上金耳环和珍珠项链。珍珠跟蔫掉的玉米粒似的，大小不一，凸凹错落，盘在细颈子上。

陈佩佩啊呀笑了：“妈不是去住院的，是去跑亲戚的。”

严素芬道：“最后一趟了，总要体面些。”

陈佩佩皱皱眉头，转问：“给你煮的鸡蛋，怎么不吃？”

“现在不饿，等一歇饿了，路上找地方吃。”

“住院东西准备好了吗？”

严素芬提出一只尼龙购物袋，隔了袋壁，摸摸捏捏：“牙刷、香皂、草纸，都拿了。”

梁真宝随了严素芬，站到走廊上。陈佩佩关灯、闭窗、检查煤气，各房间看一遍，解了链子锁，放在茶几上，这才出门来。三人一串地下楼。严素芬道：“你们一前一后，押犯人吗？”陈佩佩讪讪不语，搀住梁真宝。严素芬沿了绿化带的边角走，尚未出小区，便喊起饿来。

陈佩佩道：“面包吃不吃？”

“太干了，早上要吃点湿的，暖和的。”

“公交站那里有豆浆摊。”

“我要坐下来，安安稳稳地吃。”

“那路上看看。”

他们过了马路，坐公交车，在第三站下来换车。严素芬抱住街边梧桐树，说：“我饿得前胸贴后背，要昏过去了。”

陈佩佩说：“这里没有吃的，索性去医院附近吃。”

严素芬将那树搂得更紧了，反复道：“我要饿昏了，我要饿昏了。”

梁真宝道：“往前面走走吧，反正时间还早。”

陈佩佩叹口气，胳膊一挥：“走吧。”

严素芬这才松手，顺了上街沿走。十字路口，有人施工，路面被一径翻开，围起黄色警示牌。严素芬道：“做手术的辰光，我身上皮肉也是这样翻开吧。”无人搭理。

沿途的美发店、扦脚店、贴膜店、服装店、小吃店，统统没有开门。梁真宝越走越慢，张了嘴巴呼吸。陈佩佩道：“妈，往回走吧，真宝吃不消了。”

“好像前面有家饭店，我看到了。”

“哪里？”

“那里。”严素芬随手一指。

走到她指的地方，是一家房产中介。严素芬故作吃惊道：“哪能一桩事体，明明在这里的，老大一家餐馆。我以前来过的，二十四小时营业。”

陈佩佩咬紧嘴唇，鼻翼猛烈张翕。

梁真宝拍拍她手，轻声道：“算了，小事体，依着她吧。”

严素芬继续往前。小夫妻跟住她。过两个路口，拐弯，总算发现一家。黄底红字招牌，写“刘阿婆小菜”。严素芬推店门，推不开，站在原地犹豫。店内身影晃动，一个花白头发的胖女人开了门，又反身进去。

严素芬回头嚷道：“我说有一家的吧，哪能会记错。”头颈一缩，从塑料空调帘子间钻入。

店堂约莫十来平方米，四张方桌，八条板凳。严素芬选中靠里一桌，捻了捻桌面，挥赶几下苍蝇：“老板娘呢？”胖女人从后头转出来。梁真宝夫妇也进门坐定。陈佩佩取了餐巾纸，为丈夫擦汗。

严素芬睃着墙上彩图菜单，大声说：“我要梅菜扣肉。”

“肉还没买呢，啥人老清老早吃这个。”

“我平常也不吃的，今朝必须吃好点。等一歇到医院，啥都没的吃。老板娘，你晓得吧，我要做手术了，割一只腰子给儿子。

看看，你们还有葱炒蚕豆，我三年没吃蚕豆。看到蚕豆，就想到腰子，心里不适意。”

陈佩佩道：“妈，少说点，吃了就走。”

老板娘道：“吃烧卖豆浆吧，早上不卖炒菜的。”

严素芬道：“那来两笼烧卖，一份豆浆。帮忙开开空调，热死了。”

陈佩佩道：“真宝会感冒的。”

“你们坐到门口头去，别对着吹就好。”

老板娘打开空调，回到后间。俄顷，端来食物，铺在桌上。又抱来小孙子，孵在空调边，看严素芬吃。

严素芬道：“你是刘阿婆吗？真福气，抱孙子了。孙子叫啥啊？”

“叫洋洋。”

“哦哟，你叫洋洋啊，乖不乖啊，洋洋。”严素芬戳着筷头，朝孩子哇哇几声，把孩子逗哭了。这才心满意足，搛起烧卖来吃。一边吃，一边说话，糯米渣从嘴角里喷溅出来：“刘阿姨啊，羡慕煞你。我儿子腰子坏掉了，不会生小囡了。我辛苦一辈子，从没做过坏事体，老天爷却让我断子绝孙。”

陈佩佩道：“妈，我们赶时间。”

“不要催，急赤拉吼的，倒被你唬住。我问你，做啥要住院。住院费介么贵，又不能报销，白白里被斩一刀。明朝再去医院，直接做手术好喽。”

“真宝还要透析一次，医生指定今天住院。”

严素芬扭头对老板娘道：“我儿子每个礼拜透析三趟，钞票刺刺叫出去。媳妇本来是小学老师。现在的小学老师，你晓得的，给学生子开开小灶，外快哗啦啦进来。她嫌鄙忒辛苦，老师不当了，整天在家晃了两只手，啥都不做。治病开销都是我女儿来。”

梁真宝道：“妈，佩佩是为了照顾我。”

陈佩佩道：“跟她说什么，我做啥她都看不惯。”

严素芬恍若不闻，继续对老板娘道：“我女儿忒辛苦了，一直相帮她阿弟。换个肾，三十多万块呢，她在外面借了债的。我都想把房子留给她。我有套两室一厅，在内环里，靠近地铁站。十几年前买的，老房子拆迁费，加上所有积蓄。算是送给儿子的婚房，也是我自己的养老本钿。”

老板娘道：“房价涨得快，买房的都发财了。”

“发财有啥用，生不带来，死不带去。吃了一辈子苦头，早就想穿了。刘阿姨，你不晓得，我老公死得早，我为了两个小囡，再也没寻男人。又是屋里厢，又是厂里厢，忙得我两脚扛在肩胛上。我工作起来也是最卖力的，当年在翻砂车间，跟男同志做一样生活。每年评到三八红旗手。领导把我照片贴在厂门口，人进人出，全都看得到。厂长每趟开会表扬我，讲我觉悟高，凡事以集体为先，对国家贡献重大。阿宝，姆妈的光荣事迹，从没跟你讲过。你说啥人比我高尚，啥人有资格批评我。瞎掉你们的狗眼乌珠。我要算是自私，雷锋叔叔都不敢夸自己无私。我今朝要把腰子送给儿子了。我为了儿子，一条老命搭进去。”

老板娘搂紧孙子，不言语。

陈佩佩道：“老板娘，我先结账。”

严素芬道：“没吃完呢，急啥，我跟刘阿姨投缘，多啰唆几句。啥人晓得过了今朝，有没有明朝。我有个小姐妹，叫翠珍，老早厂里跟我最要好的，每年到桂林白相。女婿给她买包，巴巴里（即巴宝莉）的，还在桂林给她买了一套房。我本来想等儿子讨了老婆，有人照顾了，我就跟翠珍一道旅游。我从没去过桂林，桂林山水甲天下，我再也没机会去桂林了。”

“妈，你说这些，人家听了不舒服。”

“刘阿姨，你看看，这就是外地媳妇。没大没小，当了别人指责长辈，真是要不得。我跟我家阿宝讲，外地人看中你的房子户口，不是看中你的人。阿宝吃死爱死，不肯听，我也没办法。反正我两脚一蹬，一分洋钿都不会留给她。留给她做啥，她跟我啥关系。我一辈子为别人活，也没捞到个好。命苦啊，没人关心我，都不把我当人看……”严素芬哼哼唧唧，一口豆浆呛进喉咙。顿时又咳嗽，又喷嚏，鼻孔嘴巴齐射，搞得满桌涕泪浆沫。

老板娘怀中孩子又哭起来。老板娘道：“先结账吧。”

陈佩佩结了账，赶着严素芬走。严素芬磨磨蹭蹭出店，又不肯动。

陈佩佩跺脚道：“你到底想怎样？”

“我想先小个便，医院里脏，没法小便。”

“那你小在那棵树边。”

“有人看见。”

“哪有人？”

“我腰子不舒服，有点酸。刚刚吃豆浆时酸起来的。”

“少来。”

“手术钱能退吗，改天行不行？”

陈佩佩道：“肏你妈，死老太婆，我忍了你一早上。”揸开手指来抓她。严素芬退开，将尼龙购物袋奋力甩向她，转身朝马路上跑。她跑起步来，仍像在走路。双脚磨着地面，往前拖滑。皮鞋在脚跟上一步一甩。微热的晨风卷过她，头发、衬衫、跳舞裤，都颤动回应，似要将她往风的方向上带。她果真顺了风向，斜斜跑到路当中。在浅灰沥青路面上，在黄白标线间，她的背影窄短，宛若中学生。陈佩佩走向她，仿佛高大自信的猫，走向一只老鼠。

有公交车驶来，陈佩佩停步等待。绵长的车身，遮挡了视线。她没有发现那辆奇瑞QQ，是何时冲过转角的。她听见梁真宝尖叫，便回头看他。又听见急刹车，便又循声转过脑袋。公交车过去了，严素芬趴手趴脚，伏在地上。奇瑞QQ僵在旁边，仿佛犹豫着，究竟倒车逃跑，还是往前补轧一记。草绿色车身，贴满了卡通图案。它小得犹如玩具，不像是一辆能够撞人的真车。

空荡荡的路面，瞬间堆起了人。他们像是凭空从地底钻出来的。拎着小菜篮头，端着痰盂罐头，提着塑料面盆，牵着遛狗绳子，拿着蒲扇、茶缸、鸟笼，将严素芬层层包围。唯有一磨砂皮船鞋，逃脱看客的视线，飞在半米外，碾扁着，黄里沾了灰，像只破碎的肾。

写于二〇一七年五月六日星期六

（原载《当代》2018年第3期）

照夜白

蔡东

有些气味，只有下雨的时候闻得到。跟阳光晒出来的气味不同，晒出来的气味蓬松温热，就像夏日傍晚时分的树林，弥漫着的是暖烘烘的木香。雨天里的气味不那么热烈，却更悠长一些，从一道道细缝中婉转地泄漏出来，若有若无地浮动在空气里，久久不散。

一间小教室，白墙，黑板，日光灯，十几排桌椅。窗外，雨一遍遍洗着植物，叶子内部浓绿的汁液似要挣破薄薄的表皮，随着雨水四下流淌。

同事们按顺序走上讲台，打开自己的课件，微笑，演示，讲解，做手势。谢梦锦抬头望着讲台，笔拿在手里，本子摊开着，都是做做样子。她正秘密跟踪那股气味，玄远飘忽的气味，像禅机和隐喻。她先是听见，听见衬衣的布料在呼吸，一呼一吸间，气味被带了出来。接着她辨认出，气味并无内核与主干，是麝香、柑橘、茉莉和檀香木的混合香气，香气从她上衣的纹理中迂缓地散发出来，停一停，往更远的地方飘散。这味道属于白色衣物洗衣液，洗衣液还剩小半瓶，在搁架的最右边。同样的瓶子，搁架上放了一长排，细看起来标签并不一样，牛仔布洗衣液，羊绒洗涤剂，深色衣物洗涤剂，丝织品洗衣液，运动衣物洗涤剂……

散会的时候，赵燕朵走到教室后排跟她打招呼，看见最亲近的同事走过来，她一时忘了，燕朵。发出声音的一刹那，惊觉不妙，“朵”这个音在卷起的舌头上愣了一下，勉强趔趄到嘴边，本该沿着噘起的舌尖滑行而出的音节，僵直了，破碎了，碎片落满一地。汗一下子冒出来，凉意顺着脊背往下走。她低头收拾桌上的笔、本子和水杯，使劲儿往包里塞。

应该没人听见吧。一个完全走了样的舌尖音、合口呼，像随身听电池快耗尽时发出的声音，扁扁的，扭拧，怪异。

多喝水，少说话。燕朵说。

她点点头，指着喉咙，皱着眉，跟燕朵示意，表示自己无法发出声音。

燕朵挽起她的胳膊下楼。外头雨还没停，树下薄薄一层落叶，刚被风雨吹落下来，颜色还翠绿翠绿的。撑起一把伞，两人沿着青色花砖铺就的人行道往车棚走。这条路不知走过多少遍了，两株桃树、三棵缅栀子，接着一排石榴，就到了路的尽头。

才是中午，雨云在半空中一层叠着一层，天色昏暗得像是暮晚。走过桃树和缅栀子，眼前忽地明亮了起来。石榴花开了，刚开的第一茬，本来就热闹的大红色，经了雨水，更加明艳。她俩停住，立在伞下，静静地看着跟前这株石榴。

石榴花上落满雨珠，雨珠像被花瓣吸住一样，一动不动。

她们听见了彼此的呼吸声。

这一排都是花石榴，不结果实的，就算偶尔结几个果也没法吃。燕朵说。她手指拂过石榴花，雨珠簌簌掉下来。

我知道，在我老家不叫花石榴，叫“看石榴”。不结果也没什么，结果子不是很重要的事，反而，只有看石榴才能把花开得这样动人。

按照今天的设置，她不能发出声音，这番话只是在心里默默说了一遍。她想起家里的柜子抽屉里，放满了杯壶碗碟，几年也用不上一回的，就是为了看看，看着喜欢。她从小喜欢的，好像都是些中看不中用的东西。

她打开车门坐到驾驶位上，燕朵的车先开出来了，燕朵摇下车窗对她说，小谢，我倒宁愿嗓子发炎的人是我，就不用上那个台了。

话语涌上来，真正想说的话一波一波地上涌，在喉头凝结了，哽住了。她多想跟燕朵说说话。很快她听见燕朵又一次嘱咐她多喝水，她赶紧点点头，隔着玻璃怕燕朵看不见，干脆开了车门，一只脚着地，侧着身子伸出头去，让燕朵看见她点头的样子。燕朵挥挥手，开车走了。

燕朵，六年了，头一回我没上去讲，那些话，我是一句也不想说了。她坐在车里自言自语，把想跟燕朵说的话说了一遍。提眉毛，放松下巴，口腔打开，头腔也打开，她像在播报重要信息，每个字的声母和韵母都交代得很清楚，没有一个含混不清被吞下去的音，平上去入，也都到位了。回家的路上，这些完满的音节还停驻在车厢里，叮叮当当，或站或坐，陪了她一路。

每次把一批东西清出去，她就感觉生活堵住的地方又畅通了。

定期理一理，算是个好习惯吧。隔一阵子，把衣橱、书柜、冰箱、储物架整理一遍，就算没扔东西，细细梳理一番，排放收拾好，心里便清爽多了。

搁架上放着一排洗衣液，她当然知道一个人不需要也用不完这么多洗涤用品。她只是没法抗拒“认真”二字。第一次走进这家洗护用品店，她见到了创始人在洗衣服这件小事上的痴心，世上就是有这样认真的人，把每根纤维都当回事儿，努力不让白衣服变黄，不让羊毛的天然油脂随污渍一起被洗掉。看多了糊弄和粗制滥造，没法不珍惜眼前所见，也知道眼前一切绝非必然。她心想，既然遇到了，还不买简直就是犯罪，便把能买的都买回家了。一共九瓶，在搁架上排好的一刻，正在过的日子莫名地有了尊严。

那天晚上，她整理书柜，同系列的书找齐了放在一起，又按年代和作者规整完十几个书格。收拾的时候，发现几本书里夹着往年的课表，取出课表放在一边，书排好了，便把课表揉揉扔进了纸篓。

扔掉课表，忽然想到，工作也可以理一理。她打开电脑，把这些年的教学任务书找出来理了一遍。一共上过四门课，两门校必修，一门院系必修，一门选修，课时的准确数字也在任务书上。她一学期一学期地加，加到最后，计算器显示屏上出现一个数字。

她又加了一遍，还是那个数字。

第二天有个会，期末的例会，每个人上去谈谈教学体会，几分钟时间，对当老师的人来说比较轻松，也不用专门准备，就是头天晚上心里肯定是有桩事的，总归是一桩事。也没什么好抱怨的，都习惯了，所谓日常，不就是由许多个不轻不重、可以忍受的小折磨组合而成的吗？

一大早，她来找季焕中，主管教学的副院长。她左手捂着喉咙，勉力发出声音，一个字，一颗沙砾，一个字，一颗沙砾，越往后面她的表情越痛苦，声带似已无法振动，发不出真声，基本是气声了。

季焕中在电脑上改着什么东西。办公室里到处堆满书，有的摞太高已经从中间倒了。墙上没有“惠风和畅”的字画，柜子里也没有树脂工艺品，唯一的装饰是几只猫头鹰，陶瓷的，草编的，铸铁的，或挂墙面，或摆桌角。有人问起来，他总是会说，我这个鸮如何如何。他的用词，他认真的样子，都透出几分孩子气来。

好，知道知道。别说话了，听着就难受。他说，生病发短信就行，还跑一趟干吗？

再用气声回答吗？绷着的劲儿泄了，勇气也消散了，她不想再把自己调动到演出的状态。瞥见桌上的便笺纸，撕一张，写下一句话，递给季焕中。

没别的，也不发烧，就是喉咙疼。

季焕中看一眼，嗯一声，继续看电脑。她又加上一行字，谢谢季院长。

她起身离开，正赶上小木屋形状的钟表整点报时，木屋尖顶下面的一扇窗子弹开，什么东西从里面飞出来，她这才发现，原来里面还藏着一只鸮。

一边往外走，一边目送着鸮推窗飞出，又合上翅膀缓缓隐身于小木屋里。

好像是工作以来第一次吧，在应该张嘴说话时，她没说话。

她坐在教室最后一排，听到衣服的面料在呼吸，闻到经过漂洗和日晒后依然活着的一缕香气，看到窗外雨洗的树叶，雨水里平而薄的叶子看起来不一样了，叶子表面的翠色有了形状，简直是一块块凸起来了，看上去，这绿色真沉呀，往下坠人的眼睛。

昨晚她没有准备发言，她练习了一晚上怎样让自己听起来喉咙不适。声带紧张起来，声音尽量往下走，含住一个音节，嘴里多闷一会儿，再蜿蜒着往外挤。

隔着十几排桌椅，她看见燕朵走上讲台，手是微微发抖的，空气中像有一道铜线将这电击般的颤抖向她传导，她拿着笔的手也跟着颤动起来。燕朵工作十几年了，看上去很老练，脸上没有丝毫的畏怯，说话时语调平稳而有变化，既不显得毛躁，也不会让人感觉沉闷。可她就是看到了，燕朵的手抖了一小会儿。

接下来的两周很容易度过，课程已结束，再完成一些例行工作，从开学之初就秘密支撑着每个人的假期便真要来了。对谢梦锦来说，这两周跟往年有些不同。咽喉炎加重，间歇式失声，她坚持不说话，询问和关心渐渐稀落了。

她真不用说话了。

六年的时间，上了四千一百二十八节课。这个数字出现时，她的第一反应是算错了。

现在，她秘密享受着失声带来的快乐。学期末多有聚餐，电话里，她用气声说，不行，还是不行，去不了。她已经掌握了怎样把气声发得缥缈一些，再缥缈一些。她逃过了发言，躲过了数场社交活动，不用满心后悔地赴约，不用再受废话和讪笑之苦，每天都因游离在外而暗自窃喜。

办公室在七楼，步入电梯，她算了算，只剩四天了，最后这几天下学期的课会排出来。

她走进办公室，见燕朵也在，正对着电脑登学生成绩呢。学期的尾声，办公室不像以往那样人来人往了，她想走过去跟燕朵说几句话。走几步，见后面卡座内有人，心里一踌躇，脚步已拐到自己座位上。

拉开抽屉，拿出纸笔，她把想说的话写在一张信纸上。

> 燕朵，上课的时候，一定要用麦克风，麦克风坏了就让现场办马上换。即使有麦克风，还是要多用假嗓子。我知道你是认真用心的人，但也不要把自己累坏了。比如说，提问后多等一会儿，歇一歇，这没什么的。

她默读两遍，又加上称呼、署名和日期，看起来真像一封信了。

一直记得，两年前九月的一个下午，她的U盘落在教室，回教学楼取回U盘，经过走廊时，一间教室里传出熟悉的声音，她踮起脚来透过玻璃往里看，果然是燕朵。那天下午，她站在走廊中央听燕朵讲课。燕朵平时说话柔声细语的，一讲课却全身发力，特别投入。听了一会儿，她感觉到，讲话的这个人，气明显不足了，发出的声音周身布满毛刺儿，轻轻刮擦着空气和她的耳道。快下课时，教室有些乱，燕朵升高音调，试图控制些什么，隔着墙，她还是能听出来，这声音在多么吃力地爬坡，她听得心一抖一抖的，听着听着，就想掉泪了。

燕朵不知道她在外面，她从没跟燕朵提起过此事。

趁燕朵出去，她把信纸反扣过来，放在燕朵的办公桌上。

清理完这学期的杂物，她准备回家，抬起头来，正迎上燕朵的目光，她站在隔断的旁边。燕朵说，走，去三楼的甜品店喝杯果汁。

跟着燕朵走出办公室，燕朵在前面走，她跟着，来到走道尽头一个僻静的角落，四下无人。燕朵转过身来，说，想个办法。

她点点头。千言万语，好像都不用再说出口了。

晚上，燕朵来电话的时候，她正站在阳台上感叹，今晚的月亮真低，就停在不远处的山脊之上。

很久没看到信纸了。燕朵说。

把话写出来，是另外一种感觉。她说。

她很自然地跟燕朵对话，不用解释说明，更无须疾风骤雨地诉说。她俩都羞于以太过浓烈的方式跟人相处。

一到夜里，小山就躺下了，月亮安静地挨着山脊，是一小半月亮，敷着一层新融掉的淡金。纱窗筛落月色，地上，影子搂紧了影子。此刻，不像在用手机通话，燕朵似乎就在她身边，在很近很近的地方，燕朵的气息也尾随着夜色逶迤而来。燕朵是两个孩子的母亲，小儿子只有两岁，长期贫血让她脸色发黄，但并非干枯晦暗的颜色，当光线柔和时，她的脸会泛起玉的光泽，像一块温润的黄色玉石。

想个办法。燕朵不探问什么，也不规劝什么，一句多余的话都没有。

别不好意思，拿着病历去找季焕中。燕朵接着说。

好，我去。

病历，病历有了吗？可以找老陆。燕朵说。老陆是她丈夫，在市二院财务科工作。

不用，有办法的。她说，放心吧，燕朵。

下午，她来到校园，先在湖边的长椅上坐着，快到整点时才往办公楼里走。

木窗打开，鸮飞出，一只漂亮的鸮，羽毛闪耀着金属的光亮，圆眼睛，神情是落拓中混杂着几分狂傲，好像随时准备仰天大笑。她不想再用气声说话，把病历放在桌角，随后递给季焕中一张便笺纸，上面写的是用嗓过度声带小结可致失声云云。

慢性职业病，身上，心上，都是难免的。季焕中说。他面庞有些浮肿，头发像个鸟窝，也许又躲在办公室看了一夜的书。

假期好好休养，不然还能怎样呢，我们吃这碗饭的。他说话的时候没有抬头看她。

她既然决定这么做了，就不会在乎别人怎么看待她。她面对窗户坐在椅子上，她心里有底，支撑她的，是多年来的储存。她暗自盘点着这些储存：温和，隐忍，合群，识趣，不哭不闹，看淡荣誉和利益，等等，等等。这些年的表现证明，她不是一个麻烦难缠的人，不是一个寻衅滋事的人。她既不精明，也不愚蠢，进退合度，叫人放心。

他连说几句打发她的话，她跟没听见一样，坚定地、毫无愧色地坐在椅子上，作为失声人士，她的沉默是正当的，并不携带情绪和敌意。过了一会儿，她偷觑到，他迅速观察了她一眼。

压力在他那边，她适时地把便笺纸往他跟前推一推。窗外，鸟振翅掠过，在天空中一闪而逝。

除非你愿意上社会类课程，一般排在晚上或周末，没人愿意上，好在课时量不多，内容也有自由度，空间比较大。

适合你。他加了一句。

阳光不那么强烈了，她来到湖边，在树荫里坐下，望着办公楼，望见方才她跟季焕中对坐的一幕，心里充满感激。那一幕蕴藏着美妙的含混性。从进去到离开，病历始终没有被翻开，从头到尾，他没有动用“规定”这个词，她能感觉到他对这个词的排斥，作为一个有能力尤其是具备情感能力的领导，显然他不愿意使用过于冷硬的词语。

湖面上落满阳光，湖对岸是她和燕朵走过的人行路，隔着宽阔的湖面，石榴花开得正盛，涌动的红色，红得让人看着看着，心里竟有些隐隐作痛。她想，石榴花肯定是热爱说话的，老远的，就能听到它们在交谈，声音高亢响亮。

站在讲台上，她最先看到的是坐在后排的那个人。他穿一件蓝衬衣，一点儿也不犹豫的蓝色，单纯而准确的蓝色。他小臂放在桌面，能看见袖口一排纽扣，每粒都待在扣眼里。过了很久，一次课后闲聊的时候她才知道，那叫克莱因蓝，绝对之蓝。

第一次课只来了二十几个人，她知道接下来会更少，这样想着，心情一下子轻松了。她的风格本来就适合上小课。小班上课有特别的感觉，声音响起，却不会冲散静谧，站在讲台上，仿若通灵般的独白，却广有共鸣，交流的深入往往超越语言所能，在一个更奥妙的层面上进行。小课堂上，她拿出来的是私房，小课堂上，她也更容易将多年萃取之物送达听众，也送达不在场的更多的人。

夜晚的小课堂还会产生某些神秘的东西，难以复制，但每来必让人心醉神迷。她会猛然发现，一直梗在心底说不出的那句话，不经意间自己出来了，浑圆完整，本来如此，看不到丝毫人力的痕迹。

几周后，固定下来的学员总共是七个。有一次课间的时候，他走上来询问一幅图画，两人交谈起来，她这才知道，蓝衣男士是陈乐。他一开口，她就听出来他音质独特，等到报完名字，她马上意识到他是谁了，对，就是陈乐，陈乐呀。听汽车广播的人都熟悉这个名字，交通台早晨七点半的节目，一个充满活力的声音回荡在行进的车中，陪伴着上班路上的人们。他的声音浸透着阳光，友善，轻快，这声音让人觉得世界总有希望。

她问，电台主持也来上这种课？他的回答让她一下子愣在原地，她没有立刻做出回应，她一直在避免戏剧性，即使是浑然天成的戏剧性，但从那以后，她心里没再把他当成学员。

他说，我不想说话了，我只想听听别人说话。

他真年轻，人跟声音一样年轻。他皮肤的颜色很深，是长年坚持户外运动才能拥有的健康肤色。一道长而挺的鼻梁从人中延伸到眉心，眉心那里能看到明显的突起。

她上课用的包是一个挺括的布包，很能装东西，布面上印着一幅古画。陈乐问起这幅画，她告诉他，这幅画叫《照夜白》，照夜白是一匹马的名字，一匹白色的唐朝骏马，它的主人是玄宗李隆基。她说，照夜白被拴在木桩上，你看，画面里它是想飞起来的样子呢。

要给它画上一对翅膀，或者，陈乐做出舞剑的动作，说，用一把剑把木桩砍断。

他接着说，照夜白，三个字连在一起，骤然一亮，有一种光明感。她明白他的意思。她想起早晨拉开窗帘，白昼毫无保留扑进来的一瞬。

很长一段时间了，她不参与任何聚会，也婉拒了所有的外出授课邀约。她说，扁桃体发炎；她说，肠胃不舒服。这些可爱的小恙庇护了她，再后来，她不再求助它们，而是坦然回复，不去了。很简单，不去了。一个伴随她多年的伙伴，正渐渐从意念中抽离，那个伙伴，叫挣扎。电话里，母亲仍问长问短，警示她不要不知足，刺探她有没有多跟人联系交往，她让母亲多注意血压。有时在学校餐厅遇见燕朵，燕朵笑她，又不是让你上沙场，她说，我还真有临阵脱逃的感觉。回想起那一个个夜晚，在灯带的照耀下谈论不感兴趣的话题，看着关系普通的两个人却非要表现得比实际情况亲密些，回到车里再回到家里，扭头一看，看到一大片滞重的空白站在已逝的几个钟头里傻笑。复又端详镜中的自己，好像变丑了，两团潮红徒劳又懊丧地浮在脸颊。不过是一个个毫无自由意志的公共的夜晚，不是我的，也不是你的。

幸运的时候，课堂会是自己的。这节课讲小津安二郎的电影。她说，适合假期，适合在家里看，能看到世界和人本来的样子，寻寻常常中，原来有惊人的美。屏幕里出现云的时候，我就按暂停，看一会儿云，做点别的事情，有时忘了，云就停在屋里，一停就是一下午。

说到这个场景，她眼神失焦了，短暂的出神，置身于无名的幽境，什么也不想，什么也看不见，再走出来时，从里到外都是湿漉漉的清凉。

学期过半，电影的部分还没讲完，课堂上有些不对劲儿了。这方面她是足够敏锐的，她感知到，一股不安的气息在加速挥发，越来越浓重。

坐在第二排的女学员余家欣，一脸不耐烦，身体动来动去，一副完全坐不住的样子，这对授课是重大打击。杂念全涌上来了，她不停地搜检之前哪句话说错了，而之后要说的每句话都变得寡淡无味，讲述的热情一沉到底，相似的糟糕经验争相浮现，这一切多让人厌倦和灰心。

她的声音遍布皱纹、长满白发，一瞬间老了。

提着心，机械地发声，时不时用眼神安抚余家欣，像安抚一个焦躁的儿童。她生怕余家欣按捺不住从座位上站起，头也不回地离开课堂。

她站在一座高高的纸桥上，纸糊的桥下面是拉长的时间之河。她被放入一个热瓦煲内，小火熬煮，辗转反侧。总算熬到下课，她走出教室，推开走廊尽头的窗户，长呼出一口气。接着，回到讲台，眼神找到余家欣，鼓励地看着余家欣，发出交流的讯号。她需要掌握情况，需要知道发生了什么。

过了几分钟，她等到了她。余家欣走过来，手肘支在台面上，双手握在一起，说，谢老师，跟你聊几句啊。我记得这门课叫“你的口才价值百万”，是应用类的课程。

竟然叫这种名字，谁起的？她拧着眉头。

我报名上课是觉得这门课实用性强，速成班，立竿见影的那一种。

她理解余家欣的心情。余家欣在家居商城卖家具，说生意一般，就靠节假日冲量，平时没顾客也要从早到晚守着，想到这姑娘每天在店里吸毒气，她就觉得太不容易了。她还记得，余家欣说打算去万象城一家名品店应征导购，卖精美的皮具珠宝，说的时候一脸神往，她也盼着余家欣能尽快换份自己喜欢的工作。

我们是人文通识课，口才和表达不仅是技巧层面的东西，跟基本的艺术修养、审美都是联系在一起的。声音低低的，她觉得自己的话并无说服力。

可是太空洞了，一点儿也不吸引人，也没什么操作性。

后面会有专门的讲解和练习。她只好说。她黯然跟小津安二郎作别，还有没来得及出现的巴尔蒂斯、贾科梅蒂和《后赤壁赋》。跟前作相比，她始终觉得《后赤壁赋》因孤寂而更接近神灵，读一遍，宛若转世一回。

接下来的一次课，她走进教室，放下包，看看下面，还是那几个学员，余家欣坐在老位置上。她有些心神不宁，惴惴地等着铃响。她害怕所有这一切，进门，上台，开腔，当众说话，哪怕是重复了上万次，她还是害怕，她知道一走进去，自己就跟还没想清楚的、并未完全认同的一些东西合为一体了。

口才是成功最重要的因素。成功这个词总是自带重读强调效果。这节课我们一起探究说话的艺术。说话术。人是群体性动物，每个人都想在群体中受到大家的欢迎。大家是谁？每个人也都要掌握沟通和交际的技巧。诱导操纵。

说起来，这些玩意儿是最好讲的，以石井裕之和雷克·科斯纳为底本，列举大量案例，掺和着读心、微表情等时髦秘术，再让学员演练演练，教室里洋溢着学到真东西的满足欢快的气氛，一节课很快过去了。但昨天晚上，讲稿找出来，她一眼也不想看，磨蹭到很晚还是没看，躺在床上，她想，明天早到教室二十分钟，课前熟悉熟悉吧。不到最后的时刻，她一眼也不想看。

铃响后，她做出一副急匆匆的样子来，快速把东西收拾好，几步走到门口，忍不住回一下头，看到陈乐站起来又坐下，她转头离开，离开前犹豫了半秒。

一路上她车开得很快，急切地想把刚才的夜晚甩到身后。再转一个弯就到小区了，每次先看到的都是裙楼的鲜花店，她把车速降下来。店里的灯还亮着，她停下车，看着店员把摆放在门口的花盆一一搬进店内，透过落地玻璃，能看到不大的空间里布满鲜花。当初花店刚开的时候，她担心花店生意清淡，万一哪天关门就可惜了，她是第一批办储值卡的人。毕竟，楼下开间花店，住户的日常里就有了点高于生活的东西。

店员关掉靠窗的一排射灯，她下车走进花店。店员说这么晚还买花呀，她点点头，指着角落里的一束花，说，要这束铃兰。

花大都仰着往上开，残败了不好看了，花朵才无奈地耷拉下来。只有铃兰在盛年的时候向下绽放，是主动和自愿，我要低头俯瞰，我要把花开向地面。

她听见自己的心跳声，如果是做噩梦就好了，闭上眼睛再睁开，不是噩梦，程督导现身了。他端坐在教室前排，每个表情似乎都是有含义的，需要解读的，他无须礼节性地问好，你也知道他来了。他攥紧手中的笔，随时准备记录的样子，白色表格平铺在桌面上，非常显眼。

她脑子里飞快转了几个念头。课前几分钟，每个经验丰富的教师都能根据白色表格上的评价标准，结合督导的喜好，调整讲授次序，讲最恰当的内容，揣摩、判断、选择，一切都是电光石火间的快速反应。同时，抖擞精神，笑容满面，站立在台上，像某一类陈旧又浮夸的修辞。

她当然也有预案。

然而，演完了呢，那是最沮丧的时刻。先觉得丢脸，接着，就是难过了。一个人在台上一惊一乍，卖力地表现，身不由己地迎合，窘迫感渐渐在空气里弥漫，谁都知道发生了什么事情，连坐在最后排的学生也会抬起头来看她两眼，她提醒自己不要敏感，在难以遏制的惯性中继续沉沦。

演够了。

全程没有紧张地观其颜色，也没有顾盼着舒羽开屏，平平常常地讲完一堂课，她拿起杯子，去走廊上接热水。

一转身，看见跟出来的程督导。面对面站着，她发现程督导的脸上没有愤怒也没有茫然，他巧妙使用的，是怜悯的表情。

他说话的时候一直晃着头，似笑非笑。

你年纪也不大，怎么就落伍了呢。你这个讲法，跟不上时代了。

我没想跟。她说。

程督导用力看她一眼，目光像凿子，凿一下，又旋了一圈。他说，太平淡了，不带劲儿，不勾人。顿了顿，他解释道，我的意思是不抓人。应该重视互动，风趣一些，讲讲笑话，班上就不这么死气沉沉了。

我再也不想讲笑话了。她说。她以前也热衷讲笑话的，没人笑就自己笑。她也会花式上课，珠翠绫罗，花哨极了。

有空去听听管院老师的公开课，那师德，那人格魅力，其乐融融，打成一片。

开始用大词儿了。她不觉惶恐，反而想笑。提到管院的课，更是难忘的体验。她慕名去学习过，台上的人激情澎湃，两片薄唇上下翻飞后总用一个夸张的圆圆的O来结束。听了一半，她多想提醒一句，小声一点，可以小声一点。接近尾声时，讲演者频繁换气，一口气撑不住两句话，再看未免残忍，她低下头不看了，脸上发烧，只盼赶紧结束，耳朵里已经太满了。

督导没注意到她的表情，继续大度地指导，先打成一片，有了感情学生就愿意接受你，配合你，打成一片就好说了。

说出这个词的人，她都避而远之，而督导在几分钟内连说三遍，是他的宝贝吗，得有多喜爱这个词呀。她忽然想起季焕中，季焕中的语言洁癖此刻显得格外可贵。

她在心里估算了一下，通识课是合班上课，粗略算算，这些年要跟几千人打成一片，她笑出声来。没什么好说的了，只能发笑。

见多识广的程督导怔怔地看着她。她听见自己的笑声，心里并不好受。这老人家整日坐在教室，扮作权威，使用正大但失去活力的语言做指导，走不得不走的过场，也真是难为他了。

程督导黑着脸回教室收拾好表格，一边下楼一边说，你这个态度，神经病，神经病。

她对着他的背影说，程老师你听我好几次课了，就这次最正常。

最低等级是D，还是F？

刚说完，听见陈乐的声音从身后传过来。陈乐接着问，头一回吧。

常规的做法是一下课就赶紧走过去，主动聆听教诲，不管说什么都点头，都表态改进。她说。

怎么不点头了？

想清楚了，想清楚了就不会再点头。

会有什么后果，不考虑代价什么的？

点头的代价更大。

校园依山而建，两人沿着行山路往上走。半山腰有一片栎树林，枝叶扶疏，路灯晕黄的光漏到林中的石椅上，石头闪现出了铜的光泽。

她说，坐一会儿吧。此刻，她感觉很平静，平静像夜色一般充盈在树林的每个角落，从头到脚把她裹进去了。

两人一起待着，话上很俭省，都没有强烈的表达愿望，可说可不说的，一般就不说了。也从不专门找话题，到哪里算哪里。今晚也是如此。

凉凉的石椅坐暖和了。在听到陈乐的话音儿前，她先听到长长的叹息声。

人总有不想说话的时候，到点儿必须说，要是带个按钮就好了。人哪，都带按钮就好了，不是说话，也有别的。

她转头看着他，他的声音变得很陌生，缓慢，低沉，不像广播里那么青春明快了，这声音更适合夜间节目。

她说，我一直有个愿望，或者说幻想。有一天我到了教室，坐下来，不说话，学生也不说话，大家就这样一起沉默，一分钟，两分钟，四十分钟，四十五分钟，铃响了，所有的人一言不发，寂然散去。

没等他接话，她马上说，想想罢了，怎么可能，一大群人呢。说不说话，从来不是自己能决定的事。

她想象这个情景，坐在讲台上，一句话也不说，人们先是奇怪，等不了一会儿便开始鼓噪，场面失控，嘈嘈杂杂，大家盯着她看，用各种方法迫使她讲话，她往外跑，跑着跑着扭头一看，没跑全，还剩一套发音器官悬浮在空气里，一荡一荡的。她打了个冷战，连声说不可能不可能。

他说，想想就挺疯狂的。

是呀，疯狂。但每天都在想，走进教室前的一秒钟还在想。

应该想，哪能连想想都不行呢？不过，你擅长说话，你的课上得很老到，游刃有余。

她想起自己游刃有余的样子，那好像是另外一个人了，那个人或者说任何游刃有余之人的模样里，似乎都带着点无耻的意味。她点点头，又摇摇头，不知该回答些什么。看着山下校园星星点点的灯光，眼皮发沉，一阵困倦，疲惫感袭来，窸窸窣窣地在全身蔓延。

回到家里，她躺倒在床上，想起陈乐的评价，只有苦笑。

当然，我擅长说话。一接近教学楼，该说的话就围拢过来，都往跟前挤，我伸出手来驱赶，让它们走远，它们不走，跟着进电梯出电梯，铃声一响，它们就兴奋地蹦蹦跳跳，把嘴顶开，翻滚而出。怎样活跃气氛，怎样拉近距离，哪里自嘲一下，哪里抛出符合年轻人趣味的笑点，以及如何应付出言不逊之人，如何化解突发情况，我太擅长了。我能调整出不同的面貌，在向学的班级上是个容易接近的形象，明朗可亲，授业解惑，到了某些班级，一脸漠然，习惯失望，不带感情仅止于完成任务地讲述，语流中时有问题抛出，然后是自问自答根本无须回应的态度，这态度预先避免了冷场的尴尬和挫败，是习得的自保。冬季的下午，座位上趴倒一片，因自尊而发怒全无必要，到了节点就提醒一句，旋即沉默数秒，既是威慑，亦是等待，甚至哪堂课需要发一次脾气、说几句狠话，以期恢复对课堂的掌控，都有着精妙的把控。我深谙此道。

那快乐的部分呢？是从什么时候开始变了味？

说着说着，她还是会动情，动情的一刹那，忽然觉出来，太熟悉了。她怕自己再也感受不到动情的真正滋味了。她的陶醉和愉悦，都透着一股油滑。

程督导最后离开时脸上肌肉抽搐了一下。那抽搐像一道定格的闪电，明晃晃地照过来。一个非职业化的表情，多么真实和动人。什么东西裂开了，他分离了出来。

也许，她可以叫上陈乐，跟余家欣一起坐下来聊聊，她可以跟余家欣诚恳地说，课堂上讲的，是我能知道的、能理解的、能确定的最好的东西。

至少可以试一试。

下小雨，一道道纤细的水流沿着车窗玻璃淌下来。岭南的十一月份，天气并不冷，雨下得细密轻柔，倒有个秋雨的样子。这雨让她想起燕朵来。燕朵跟人说话，会看着对方的眼睛。燕朵对人的好，是一滴一滴地落在人身上，先濡湿一层皮儿，再缓缓地、绵绵不尽地往下渗润。

这周是傍晚的课，到了学校，时间还早。她先在校园里走了走，走到湖中心的亭子，坐下来，看着雨静静地落在湖面，看了一会儿，觉得很安心。

手机闹钟响了，看看表，快到点了。她这才想起，课前很少有这样的闲情逸致，总是急匆匆的，定不住神。她起身往教学楼方向走，远远地，看见陈乐在楼门口站着，他又穿那件蓝衬衣了。黄昏细雨，衣服的颜色看上去不像白天那么鲜明，她有些恍惚，早间节目里他妙语连珠，让人听着听着嘴角就浮现出笑意，课堂上，他是最沉默的蓝。

他迎上来，这节课，这节课你不用说话。

什么意思，谁来讲呢？

你不是有个愿望嘛。

她停住脚步，说，不可能实现的那个？

谁说不可能，就这么几位同学。他眼睛亮闪闪的，他说，我一个一个找他们谈的。

怎么谈的？

他笑了，没使用技巧，你教的说话技巧，一点儿也没使用。我就照实说。

她愣住了，不可能。

怎么不可能？你给我们上十几周课了，要有信心啊，一堂课一堂课讲下来，多少能领悟一点儿的。

她心里一热，她从没想过改变谁，她只是希望，照耀过她的光也能照到别人身上。

他看着她，继续说，当然，有两位同学说不通，我答应补听课费。

余家欣呢？她问。

余家欣不让我补钱，就是嘟囔了几句，说沉什么默，在家沉默不行吗？来这里沉默。

快到教室时，他忽然想起什么，说，很惊险，教室里有个新面孔，可能觉得快结课了要来听一次，把我急坏了。

那怎么办啊？

我告诉他，谢老师生病，课暂停一次。我不放心，看着他走的。

一时间，她不知道该怎样步入教室了，不敢进去，怯怯地站在门口。他说，我提醒过，不要过分关注你，就像做游戏嘛，成年人最该有自己的游戏了，我们一起完成一个游戏。

起先，她有点不自在，往下瞄了两眼，大家都低着头，忙自己的事情，没有人注视她。看看窗外，夜色混着秋雨，迷迷蒙蒙，再看看室内，灯光下一片缄默，跟自习室的安静不一样，这安静源自于众人会意的专门的仪式。她手臂垂落，放慢呼吸，凝视着这个既奇幻又真切无比的场景，看见场景里的自己手臂垂落，放慢了呼吸。

寂静一点点加深，一点点伸展开去，深得看不见底，宽广得看不见边沿。紧绷的身体渐渐舒张，弦一根一根地松了，身体里冻僵的地方，袅袅升起热气，心底经年枯槁之处，正潺潺流过溪水，坚硬和瘀滞，软和了，散开了。她渐渐失去形迹，化进了深广无边的寂静里。

她想起有一年，在花店里遇到两枝雪柳，褐色的枝条上开着稀疏清丽的小白花。店主说只有这几天才有，她犹犹豫豫，不知怎的，没有买。第二天再去，插雪柳的瓶子空了。后来，她再没见过雪柳。此刻坐在讲台上，她真心诚意地想念两枝雪柳。

耳朵里空了，彻底空了。稍后，乐声从辽远的地方响起来。一首再熟悉不过的乐曲，她听了一遍，又听了一遍，怎么有风的声音？她细细地听，原来乐曲的末尾，有风吹过，一直都有风吹过。

两个劣质盆涎皮赖脸地现身，是买烟机时赠送的，不知不觉地，稀里糊涂地，用了好多年了。她想，每天用的东西呀，怎么就将就下去了呢。她决定明天就去买新的，质地厚实一些的，面目朴素一些的，别锃亮锃亮的跟镜子一样。

她看见寒冬天气砂锅里炖着玉竹、莲子和山药，她坐在灶台边看书，就像在煤球炉子边坐着一样。书上写什么不记得了，只记得火跟砂锅低声说了一下午心事。

无边无际的静默中，传来马的嘶叫声。照夜白的鬃毛根根直立，雪白的马身子从泛黄的纸页上隆起，肌肉在毛皮下一弹一弹的，接着马头一仰，前腿探出画纸，凌空一挣，四蹄腾空，朝着远处飞驰而去。再看看纸上，什么都没有了。

（原载《十月》2018 年第 1 期）

琢光

计文君

一叠　司望舒之风园

一

三年前，艾薇第一次来风园。

青灰色水磨石砖墙上开出一道小小的朱漆园门，门额上用金文题着园名，艾薇笑对司望舒，“这名字不打自招——念出来，不就是‘疯人院’嘛！”

司望舒浅笑着轻拍她一下。那天望舒心灵生活馆开业，近旁都是应邀来贺的嘉宾，人家听见也装没听见，艾薇低头愧悔唐突，有些歉意地挽住司望舒的胳膊晃了晃——她也只在司望舒面前这么口无遮拦。

艾薇与司望舒相识于一九九〇年。

两个来自不同地市的高二女生，分获全省中学生作文竞赛的冠亚军。

拿了亚军的林爱东，一年后顺理成章去读了中文系，上世纪九十年代靠着书写青春的爱与哀愁，成为深受文摘杂志青睐的美女作家艾薇，接着南下深圳做了几年的时尚杂志主笔，二〇〇九年来北京，涉足新媒体，她的“临水照花人”成为最早红起来的几个公号之一，拿到投资后有了盛世薇光文化传媒，每日推送的文章和每周三十分钟的视频“薇语”，使艾薇一年半之后坐拥五百万自称“薇蜜”的粉丝，独角戏“薇语”升级为“群英荟萃”的网络综艺谈话节目“艾薇女士的客厅”，过亿的流量带来了微格基金的 B 轮投资，二〇一六年“出道”APP 上线，以 UGC（用户生产内容）为基础，规模化筛选、包装、推广有“脱口秀”才华的素人，艾薇俨然已是语言类视频节目的一代宗师。

当年得到冠军的司望舒，却是个理科生，本科毕业后考上了北京医科大学，硕博连读精神病与精神卫生专业，二〇〇三年她毕业时，北医已经成为北京大学医学部，司望舒成为北大六院的临床医生，司望舒后来放弃临床，一把年纪重考 GRE，去斯坦福大学心理学系文化与情绪实验室又读了个博士学位，二〇一二年才又回到北京，在中国中医药大学当起了老师。

二十七年来，艾薇与司望舒这对好友，除了读大学时在郑州、最近几年在北京之外，大部分时间分隔两地，联系也不算频繁，但艾薇从未觉得那份亲近少过分毫。艾薇偶然想起，会生出一丝困惑——她无论如何算不上性子好，司望舒特立独行，也不是个随圆就方的人，她俩就一件事产生相同甚至类似看法的概率，约等于小行星撞上地球……她曾经问过司望舒，司望舒笑笑说，缘分。

若是别人在艾薇由衷抒情时，还她一句“缘分”的淡话，定会被判定敷衍，艾薇多半就恼羞成怒了。偏司望舒看着她的眼睛、嘴角噙笑说了，艾薇的心里就掠过一阵空茫的命运感，隐隐还生出了莫名的侥幸与感激来。

艾薇的性子，玉要镶金翠要珠围锦上还得添花，司望舒简洁朴素到近乎枯寂的地步。住着学校提供的过渡性房子，不虑后不着急，坐地铁吃食堂，一年到头青灰黑白。只是司望舒基因太好，北京这种地方，她就靠着一罐神奇油膏皮肤四季静好——其实那就是化妆品添加配方前的基础液，来自业内研究所实验室。司望舒却无一丝寒碜之气，贵重得像她贴身戴的那块外祖母留下的羊脂比目佩。

无欲无求的司望舒忽然有了个愿望，想要个能接纳病人的地方。艾薇自然理解为私立医院，立刻说：“太好啦！你也该挣点儿钱了。我做过一期关于网瘾戒断的节目，采访过几家这样的医院，都说是中西医结合治疗各种精神心理疾病，中国人信这个。我给你找投资，大概什么规模，你给我个概念。”

司望舒摇头，“临床医护人员的心上是要生茧的，医院就像人间开向地狱的小口，不知道哪一眼就看见了锥心刺眼的惨相——”

艾薇笑问：“你成天读佛经，不该普度众生吗？你不入地狱，谁入地狱？”

司望舒说：“你成天胡说！佛经于我，只是有字的书……”

如今还常有人找到司望舒求助，无论在学校还是在家，司望舒问一问情况，根据病情推荐相关医生，她甚至一句治疗建议都不会给。司望舒行事严谨——拥有医生执业资格，在非医疗场所治疗病人，依然是非法行医；这还是次要的，司望舒说，针对精神心理疾患的治疗，其复杂精密程度超过大型心脑外科手术，面对面聊十几分钟，她不敢给任何建议。

艾薇笑说：“也不知道有几个不幸中大幸的病人，碰上你这圣手捏金针——比起拎菜刀、抡板斧的，能碰上个拿正经手术刀的大夫就不错了！”

司望舒说也不全是为别人，目前她的研究需要相关的实例支撑，她希望有个地方能有选择地接收病人。艾薇问她目前在研究什么，司望舒说，讲清楚太复杂——艾薇又不喜欢听“黑话”。

不听也知道，都是以人心为业的人。只是艾薇在给人心做按摩，让人在酸麻痒痛舒服爽之后，拿出香花金银来供奉，而司望舒是在给人心做解剖，一番辛苦不过得到几页满篇学术“黑话”的论文。

就连这些论文，落到艾薇手里，都能变成钱。艾薇偶然发现，司望舒对奢侈品牌了解之深入，是她这个资深时尚从业者都望尘莫及的。司望舒说她曾做过奢侈品牌文化建构与病态消费心理诱发机制的专题研究。艾薇逼着她找出论文，找人翻译了，妥妥地做了两期收视颇佳的节目。艾薇说司望舒简直就是个金矿，随便刨刨都能卖钱。司望舒收下了盛世薇光转来的十万元版权费，便再无后话了。

人心，是最能赚钱的路径。就算不办医院——怕看见地狱嘛，心理辅导、生命修养之类的也能做呀，咱给晦暗人间透点儿光，给滚滚红尘散点儿清凉，不也很好嘛！司望舒是中西方学术范式下出来的双料博士，放开了嘚瑟也有谱儿。装神弄鬼招摇撞骗的“身心灵导师”有多少啊。“艾薇女士的客厅”第一季收官那集请的主嘉宾就是刚出了畅销书《生长丰盛》的身心灵导师胡馨月，艾薇还请了权威的心理专家、宗教人士和社会学者，虽然有艾薇这位善于控场的女主人用香茶鸡汤勉强维持着对谈的气氛，那期节目最后还是变成了对胡馨月的“围剿”和“屠杀”。胡馨月的修为也只把“道不同不相为谋”的淡定维持到录像完成，铁青着脸掉头就走，艾薇冷冷地看着工作人员追在后面去取她戴在身上的话筒。艾薇自己也被别人骂贩售“毒鸡汤”，但她理直气壮地认为，可乐和可卡因之间的区别，那可不是五十步笑百步。

司望舒从不和艾薇说什么玄虚灵异的话，虽然艾薇认为她过得跟修行也差不多，就是不知道在修什么。艾薇说，真担心哪天司望舒悟了，悬崖撒手，抛下她出家去了。司望舒就叫她不要胡说。

艾薇胡说过后年余，司望舒有了风园。艾薇兴高采烈地祝贺她有了私（司）家“道场”。艾薇没想到，三年后她会在司望舒的道场里，渡劫转世。

二〇一六年十二月，事先毫无征兆、事后无法解释的夫妻冲突，演变成了丈夫侯绍祖对艾薇的“施暴”。这场莫名其妙的家暴带给艾薇的伤害远非只有身体，一旦泄露给媒体，贩售婚姻智慧和幸福鸡汤起家的艾薇人设崩塌，盛世薇光将面临一场不大不小的公关危机。

艾薇处理着伤口，想着当晚泄密的最大风险，就是侄女林晓筱叫来帮忙的那个闺密酱紫。林晓筱住在海淀，艾薇给她的求救电话拨通没说完话，就被侯绍祖抢过去摔掉了。林晓筱在朝北六环赶的路上，给闺密酱紫打了电话。酱紫离艾薇工作室所在的别墅小区很近，她过来护住了受伤倒地的艾薇。艾薇的助理和公司别的人陆续赶到，架走了候绍祖。艾薇意识稍微清醒时，发现最早到现场的是酱紫，心里咯噔了一下。酱紫经营着一个入不敷出的公号“后真相时代”，再小也是新媒体同行啊——如今天降猛料到她怀里……

无论如何，再叮嘱一下吧，艾薇催林晓筱打电话，林晓筱正为艾薇不肯去医院噙着泪噘着嘴，艾薇扭头看见助理一脸惶恐地握着手机——十分钟前，注册名为“风行天下”的微博，已经爆出了艾薇被家暴的消息。

艾薇张嘴刚要说话，扯动受伤的嘴角，血淌下来，她自己迅速拿纱布摁住裂开的伤口，含混不清地说：“通知开会……”

讨论危机公关方案的视频会议进行了一个多小时，艾薇接连否决了三个蠢不可及的方案——用谎言遮掩谎言，连希拉里都做不到——你以为自己高明周密，十之八九只会变得更狼狈更难堪……

“如果不知道该怎么做，那就什么也不做——事缓则圆！”

艾薇望着从天而降的司望舒，扭头瞪林晓筱，司望舒过来抓起她的手腕，说：“你不要怪晓筱，你现在心跳很快，体温也不正常……这种应激状态持续，即使外伤不严重，你也会出大问题。”

司望舒带来的那两个身穿蓝衫的女孩子，把艾薇“劫”上了一辆改装了医护设备的奔驰威霆。人是被焦灼和疼痛包裹的火山，可艾薇觉得自己的头脑依然如山顶堰塞湖里的水，清澈冷静，无数念头鱼跃其中……量血压时，她还抢着给助理发了条语音：公关方案必须由她亲自批准，任何人都不准擅自表态……

直到被推进风园酒店的房间，输液的针头刺进静脉，艾薇还觉得有事情没有交代完，司望舒握着艾薇的右手，艾薇几次睁眼要说话，她就轻轻嘘一声……终于，艾薇被药物包裹进了云一样清凉柔软的睡眠里，没有梦，没有疼痛，有乐声远远被风吹过来……

二

艾薇再次睁开眼睛的时候，司望舒还坐在床边椅子上，只是屋里的灯光换成了日光，薄薄的纱帘挡着，并不刺眼，乐声在她睁眼的瞬间消失了，她含混地问："你们一直在放维瓦尔第吗？"

司望舒笑了，"你再躺一会儿。"

闭上眼睛，疼痛在安静中浮上来，艾薇的意识真正清晰起来，她忽地坐了起来，"几点了？我手机呢？"

司望舒默默将床头柜上的手机递给艾薇，艾薇打开蹙眉刷看消息，看不到一分钟，将手机丢向床脚，颓然倒在枕上，"那个酱紫，进屋后偷拍了视频——"艾薇又忽地坐起来，"晓筱会气疯的！"

她挣扎着抓到手机，打给林晓筱，"……不哭了，晓筱不哭——小姑姑理解，你们十四年的闺密……听小姑姑的话，不要再和酱紫发生任何冲突——对，这才是聪明孩子，不制造更多的话题——望舒姑姑在旁边呢……乖，不哭了啊……"

艾薇挂了电话，习惯性抿嘴，扯痛了嘴角，抬头碰到司望舒心疼的目光，她揽住站在床边的司望舒，把脸贴在她怀里，司望舒的手轻轻地摩挲着她的背——艾薇脑子里灵光一闪，突然推开司望舒，"我知道怎么办了！"

司望舒又气又笑地看着她，"你呀——"

艾薇摆拍了一张正在输液的照片，发上微博，一个字也没说。她用微信下达指示：三天内不做任何回应——三天后，盛世薇光董事会因接到艾薇的辞呈而发文向艾薇个人道歉、挽留，道歉文案草稿做完发她，由艾薇亲自定稿。艾薇的人设就此转换成被同行妒忌伤害、被资本胁迫作伪、被不幸婚姻长久折磨、多愁善感软弱无用的文艺女青年——艾薇带着丝得意问："这个谎还算圆吧？"

司望舒点头，"很圆——我都不觉得你是在撒谎。"

三天后的清晨，艾薇坐在自助餐厅落地玻璃窗前，对着餐桌上的手提电脑，发稿前再审一遍文案。她端起手边的咖啡喝了一口，立刻皱着眉头放下了，司望舒的声音在耳边响起，"难喝？"

艾薇抬头，"咖啡豆像受潮了，酸——"这时她的电话响了，助理急火火提醒她赶快看酱紫凌晨推出的"后真相时代"特别节目《艾薇女士客厅暴力事件》。艾薇立刻在电脑上搜出视频拉司望舒一起看。看着看着，那杯没喝进嘴里的咖啡，直接倒进了艾薇心里。

司望舒倒看笑了，"这丫头编的故事，逻辑、人设和你的方案一样，立场和角度比你的还好——你该谢谢她。"

艾薇盯着屏幕上的酱紫，不说话。

一种无力感从骨头缝里往外渗——司望舒的话不错。艾薇就是用脚后跟思考，也不会相信酱紫偷拍是为她留作司法证据，更不会相信她公布偷录视频是在消息泄露后还艾薇以清白——证明并不存在网上所谓"捉奸引发暴力事件"，但这不重要。优秀的危机公关方案不是为了澄清事实——其实也没谁真正关心事实，而是把公众的注意力和情绪引到有利于自己的方向，更高明些的还能化危为机，引发公众的同情、肯定等正面情感。酱紫做到了。用本格推理严密铺展事件过程，极度抒情的说理分析，尤其是她含泪对几百万“薇蜜”的锥心一问：面对艾薇的“真实与谎言”，只有人设的消费者，才会觉得上当欺骗；真正的闺密，只会心疼她的不得已——你们是谁？

“真像你呀！”司望舒感慨道。

艾薇费力地嗽了一下喉咙，哑声说：“比我厉害。”

司望舒笑说：“也是。制造幻觉且沉溺幻觉的能力，比你还强大——你努力把虚构说成真实，而她，把真实的自己，活成了虚构本身。”

“不就是撒谎撒得自己都信了——说得那么文艺？！”艾薇白了司望舒一眼。司望舒推她，她闷着不说话——假装被司望舒惹到了，遮掩着酱紫带给她的巨大挫败感——酱紫跟着林晓筱第一次出现在艾薇面前，是艰难困苦中无比上进的孤女姜丽丽，十七岁女孩子的眼睛，底里如此幽深晦暗，两簇难以描述的、火苗似的光闪闪烁烁，仿佛有什么东西在她脑子里燃烧……十四年后，面对镜头，那光还在，更加灼灼逼人……戈壁荒漠一样的生存境况，老天给了一场雨，她就开出了惊艳世人的花……想想自己的晓筱，艾薇的挫败，竟是双重的了。

落地窗外，浓重的雾霾从天上垂进了庭院，远远看去，青灰色砖墙间的红色园门都晦暗起来。不知道的人会以为那道小门通往的是酒店建筑内部，进去才知道别有天地。心里的酸苦泛上来，喉头、唇舌都被那味道蜇得微微发麻，艾薇取了片西瓜放进嘴里，反季节水果，没什么味道，只稍稍缓和了那份难过。

“好了，别假装生气了。穿上大衣，咱们去园子里走走。”司望舒笑说。

艾薇也就开业那天来过一次风园。来之前，听司望舒在电话里约略说，是一处附有高档酒店的室内园林，艾薇想多半是缩小版中国风的“威尼斯人”。那天艾薇跟着司望舒从小小的园门进去，看到插天的石头假山，植被蓊郁，水流潺潺，山中有狭道容人通过，忍不住低声笑，“这儿缺一石碑，上书‘曲径通幽处’。”

艾薇嘲笑“开门见山”的俗套设计，司望舒只是笑笑，没有回应。从两边夹持的山中狭道出来，艾薇呆住了。眼前的园子与她设想的亭台楼榭游廊拱桥的园林迥然不同，两岸莽莽苍苍的芦苇，一道白水缓缓流淌，几只木船湾在岸边，众人上船，沿河而下，沿途有两处河汊，三水分流，船不曾转弯，顺水直下，两岸或是乔木森森藤萝累累，或是平原开阔阡陌纵横，拂面的风带着初夏的温热和氤氲的植物气息，进入成熟期的小麦在田里微微摇曳，间或能看到藏在林木之间的建筑一角，随行的工作人员介绍说那些建筑是习修室，共十五座。

艾薇暗忖自己也算见过些世面，却还是颇为意外。她抬头，晴天丽日，几丝流云——她知道天顶是屏幕，看到的“天”是影像，只是这影像太真了，就连那投下的光线都如真的初夏阳光，有些刺眼，温度也是一样的真实，艾薇有了些汗意，前面那条船上有位女嘉宾可能忘了是在室内，从包里拿出伞来撑开。满耳鸟声啁啾，水边的金线菖蒲长出了肉色的花穗，艾薇忍不住伸手去采，惊起了藏在叶底的一只拳头大小的蟾蜍，扑通一声跳进水里游走了。

艾薇也被它惊得收回了手，手上沾的菖蒲香气，缭绕了一日。

湾船的码头后面是一片竹林，森森碧绿中掩映一座小楼，颜色从淡黄到浅金渐变，越往上外装的颜色材质就越轻薄透明，艾薇低头看台阶和一楼延伸出的平台，色如玉琮，遍布鳞、羽两种图案连缀的暗纹，楼顶则是略加变形的金色飞檐，翎毛一般迎着光，盈盈欲飞。艾薇站在台阶上，仰头看门额上“如琢如磨”四个字，心下更是确定，问了司望舒，策划人果然是受了《十五国风地理之图》的启发，艾薇好奇是何方高人。

司望舒伸手，拉着艾薇上了台阶，“你的故人——左后卫。”

艾薇一愣，“影视集团那位诗人？”

左后卫不仅写诗，还画油画，搞摄影——艾薇当时在省报编副刊，发过他的作品，记忆中那个九十年代末还留着八十年代先锋长发的左后卫依然是诗人，司望舒是经由艾薇认识的左后卫，艾薇跟着她往里走，低头想着，笑了，“快二十年了，你们一直还有联系……”

司望舒那天似乎没有回应，艾薇随即也就丢开不提了。

今日进风园，自然是满目冬景。穿过山间夹道，大片芦苇在寒风中萧萧瑟瑟起起伏伏，残存的芦花已然是灰色，被天幕晴空投下的日光，镶了道亮银的边。

这几天司望舒没问过她一句“家暴”始末，艾薇忽然想起来，觉得不交代一下似乎有些奇怪，她搜罗着措辞，“你说过，侯绍祖早晚会失控……”

司望舒毫不客气地打断她，“算了，别难为自己了。”

艾薇说：“为什么不跟我谈这件事？我也有心理创伤……”

司望舒说："你创伤的是软组织——至于心理，更像是场肿瘤摘除手术。没有必要翻着刀口分析肌理——不要跟任何人谈，也不跟自己谈，切下来的都是医疗垃圾，碰都不碰，让别人处理，把自己养好——你都记不清是怎么回事了吧？"

艾薇蹙眉，"好像先是抢钥匙，后来又抢我手机……"她呆呆地看着司望舒，无比真诚地问，"哎，你说我是不是不太正常？"

司望舒哧地笑了，"别想了，你的心，启动了短路保护。"

艾薇笑着，忽然闻到一丝清冽的香气，抬头四顾。司望舒引着她从河岸迤逦走上一道高坡，翻过去，坡下低凹处，十几株梅花，累累地满枝缀着紧紧的花苞，只有矮矮的一株宫粉开了。

艾薇回头看司望舒，"终南何有，有条有梅——还有钱！"艾薇深吸一口梅花香气，心下估算着运营成本，于是问这里的收益如何。

司望舒微微一笑，"这个账算起来有些复杂——单看风园，一年赔两三千万，酒店是赚钱的，生活馆略有盈余——真是煞风景，对着梅花啊！"

艾薇也就看风景了。

梅林对面的建筑是连在一起几个大小不一的立方形，主体是青砖，嵌入了巨大原木，墙很大面积是透明的，仿佛把一座旧式的砖木房屋切开摊给人看似的。艾薇透过透明的墙体，看到二层的一个房间里，四五个穿白绸裤褂的人跟着一个穿蓝衫的年轻女子在练一种姿势古怪的功，司望舒告诉她说那就是五禽戏。

艾薇看得有趣。天色突然暗了，仰头，天幕飘来一片片乌云，越来越浓，云色从灰暗里生出了红色，风反倒小了。很快，簌簌的雪子落下来，艾薇伸手去接，雪子触手化了，渐渐撒盐成了飘絮，越下越大。突如其来的一场大雪，引得房内练五禽戏的人都停下了，站在落地玻璃窗前看雪。艾薇回头看司望舒，她似乎有些不安地望着远处。

越下越紧的雪中，出现一个魁伟的人影，大步走着，敞着的风衣衣摆和长到衣摆的红色围巾在身侧飘举，他远远就冲艾薇伸开双臂，艾薇愣了一下，那人到了跟前，一下把艾薇拥入了怀里。艾薇随即就感到自己的双脚离开了地面，他抱着她旋转一圈，艾薇的裙式大衣转成了雀尾，旋开旋闭。

“左老师，这场‘风雪故人来’的戏码，费用单算，我可不替你买单。”司望舒淡淡的口吻里，有着不悦的底色。

左后卫笑答：“放心，主席买单。一会儿他带领导来踏雪寻梅，中午在敞轩吃饭。昨天我们去做了二期策划案汇报，领导没有当场表态，说今天来看看……”

司望舒这时接到了董事局秘书的电话，她去忙了。左后卫引着艾薇往园子深处走，走累了，两人站在岗上，隔水能看到“淇澳”的竹林，一时两个人都没了话，左后卫拍拍身侧高大繁茂的松树，松枝上薄薄的积雪簌簌落了他一身，“这种乔松，据说能长到七十米……”

艾薇被“乔松”两字引得特意看了看那树，又看看左后卫，扑哧笑了。

离开风园时，艾薇已把身上的淤青看作转世带来的胎记……幻术带来的大雪，雪夜乔松后的茅屋，兽皮地毯上的意外春光——旖旎，如梦，权做碗孟婆汤……

三

艾薇从风园回来，先去见了徐老师。

徐老师，不是老师，是微格基金的总裁。这个一脸憨厚笑容的小老头儿，是业内屡创风投神话的传奇人物。最早投盛世薇光的天使，就是徐老师，某种意义上，他也是艾薇的老师。去年APP“出道”上线，生是用钱砸出来一个“死亡黑洞”——艾薇觉得做错了，而徐老师却说，不是做错，只是没做好。

徐老师呵呵笑着安慰艾薇，“公关危机”不算事儿，盛世薇光生死存亡的关键在高管团队，留给艾薇除旧布新涅槃重生的时间顶多半年而已。艾薇无奈地对徐老师说，她只能等着一位身披金甲圣衣，脚踩七彩祥云的盖世英雄来拯救了。

徐老师说陆离愿意来。艾薇惊喜之余有些不解——陆离这样的业内大神，为什么愿意屈就来盛世薇光？盘子本就不大，此刻生死未卜，还只是做职业经理人？徐老师笑着说：“他会说的，会说的……”

陆离说了，个人原因，跟没说一样。艾薇对陆离本人了解有限，但她信任徐老师。陆离来的当天，艾薇就把公司丢给了人还没认全的他，带着林晓筱，奔袭六百多公里，去见生死未卜的父亲——做银行行长的大哥，林晓筱的爸爸被带走调查，一辈子官声人缘极好的老父亲听到大儿子的事当时就心梗倒下了。

艾薇坐在医院走廊的椅子上，怀里趴着带着泪痕睡去的林晓筱。手机闪啊闪地提示艾薇有未读的信息，艾薇不想再看了，全是公司几位创业元老对陆离的不满……离开了一周，北京和盛世薇光变得遥远且不大真实，ICU里的父亲，怀里的林晓筱，才是真的，艾薇的手指拂过林晓筱额头柔细的碎发，如今三十二岁、已有一儿一女的林晓筱，在亲爱的小姑姑怀里，还是个孩子……而酱紫……艾薇眼前浮现出酱紫签约盛世薇光时的情景——举止带着几分表示恭敬的怯意，但签下那份协议时笔触流畅决绝，她抬眼看艾薇，眼里闪动的竟有泪光，艾薇不知道那眼泪真正的意涵：逆袭者的骄傲，还是百感交集的激动？

收揽酱紫进入盛世薇光，艾薇这点儿判断力和心胸还是有的。但陆离要用酱紫的“后真相时代”接档“艾薇女士的客厅”作为年初公司主推的原创，艾薇还是感到了一种莫名的刺痛。艾薇没有表态，至少此刻，她还可以不表态……

回到北京后，艾薇依然没有表态，但采纳了陆离的建议：补录一期“艾薇女士的客厅”特别节目，请酱紫做嘉宾。本季收官那期已经按时播出，但那是出事之前录的，艾薇总要有一次公开露面，顺带也给酱紫的新节目暖一暖场。

看台本时，艾薇惊到了——出生两天被卖掉，童年被养父母虐待，十五岁被中学老师性侵，自己供自己读完大学，初恋“被小三儿”遭正房暴打……倒实在不辜负这期节目的题目：想不到你是“酱紫”的酱紫。

“有必要这么拼吗？”艾薇在会上问酱紫。

酱紫略显愕然地看着艾薇，“我没有——拼……就是，这样……”她见艾薇沉吟，忙说，“艾薇老师，您要是觉得不合适，我可以改……”

艾薇笑了笑，“你倒不必改，”她扭脸对着与会的编导团队，

“你们这是准备把我塑造成央视主持人啊——有人罹难，还把话筒举过去问人家亲属心情如何，酱紫十四年没回过家，我得多蠢才会问她想不想爸爸妈妈？！”

艾薇起初只是有些不悦，语带嘲讽，没人敢接话，会议室里一片安静，她心里腾地升起了怒火，摔了台本起身走了。回到办公室，艾薇对自己的失态，有些懊悔也有些惊讶——真正惹恼她的是什么？她心烦意乱地给司望舒打电话。

司望舒听完笑了——大概也只有艾薇不看表情能从鼻息的变化听出她无声的笑，“你太在意了，都忘了自己的看家本事——她讲故事，你上价值啊！”

艾薇叹了口气，说：“酱紫的故事五毒俱全，想熬出鸡汤来，难！”

司望舒宽慰她，“难，更显出你熬汤的本事嘛！”

艾薇亲自带队重新整理台本。酱紫务实，艾薇务虚，酱紫的“实”火辣劲爆，伦理梗色情梗暴力梗满铺，但口吻佻达，自黑成碳，偶尔沉重一下，随即用自嘲来解构，艾薇的“虚”一不小心就会显得“假”和“傻”，所以艾薇不碰她的“实”，保持距离，不惊讶不喟叹，酱紫讲到某片叶子，艾薇就指给人看古今中外长满类似叶子的森林。艾薇几次大胆让话头落地——酱紫的故事太过沉重时，艾薇就不说话，默默等着她情绪转换过来。一个勇敢坦诚不抱怨，一个朗风霁月不煽情，两人眼中什么事儿都不是事儿，但酱紫是说经历，显得她天性豁达年轻无畏，而艾薇是谈见识，那就是眼界开阔胸襟包容了。

“殿堂级鸡汤婆”的名头也不是白来的，艾薇不仅熬出了鸡汤，还是香而不腻非常应景的清汤——世相纷繁，人心幽微，很多时候，我们以为自己得到的是真相，其实只是得到我们的选择——你可以选择丑陋，残酷，不堪，卑微……也可以选择美好，善良，深情，高贵……酱紫，命运给了她太多的挫折与不幸，但她，无论在何种情境下，始终都做出了朝向光亮的选择……

艾薇控制自己的鼻息——给泪腺施压，恰到好处的盈盈泪光泛了出来，镜头推进，给特写，一颗泪珠刚刚溢出眼眶……音乐起，她牵起酱紫的手，走到“客厅”中间，“这是酱紫，就这样子。”

虽然第二天有公号文章以“绿茶心机婊与殿堂级鸡汤婆令人作呕的表演”为题开骂，但这期节目浏览量破千万，也足以让公司上下精神一振。开着弹幕几乎看不到艾薇和酱紫的脸，艾薇的那颗眼泪，被很多人提到——没有这颗泪，艾薇会显得过于理性，有了，她此前的表现、包括那几次沉默“留白”，则会被解读为克制和深情。陆离在录制结束之后朝艾薇竖起了大拇指，“姜还是老的辣！”

酱紫也被这颗泪珠打动了，她摘下话筒后，走到艾薇身边说：“我很想说说晓筱，她和您，对我很重要，可是您不让……”

艾薇笑笑，“这就是做节目。你好好准备吧。”

艾薇到底表态了。艾薇和综合办主任大年初一去公司慰问值班员工，机房和公号团队要维护APP运行以及正常推送，线上商城“薇店”也正常营业，有人值班正常，艾薇愕然发现陆离、酱紫还有两位新入职的编导也在加班。过年话加场面话说了一车，酱紫和另外两个女孩子都嚷着要红包——因为一直忙，公司群里老板的红包一个都没抢到。艾薇拿出手机连发了八个“过年加班专抢”红包。酱紫想是抢到了一个，叫了一声跳起来，然后冲艾薇甜甜一笑，“真幸福！这是您第二次给我压岁钱！”

艾薇不知道酱紫是心无城府还是居心叵测，当着公司人说这种“我和老板背后有故事”的话——那年除夕，林晓筱把一个人留在宿舍里的还叫姜丽丽的酱紫带回了家，小姑姑发的压岁钱也就有了她一份……艾薇笑笑，离开了公司。从除夕夜开始，一股难言的悲凉就在心里缭绕，酱紫这话像是豆浆里点进了卤水，那点儿悲凉就凝结成了实实在在的难过。

初二上午，林晓筱带着两个孩子和丈夫金天来给小姑姑拜年。金天在楼下玩手机，林晓筱带着孩子在二楼花房苗圃里玩。艾薇去厨房看了看家政阿姨准备的菜——看见林晓筱，脑子里想的全是酱紫——艾薇决定上楼去和晓筱聊聊酱紫，她要破掉自己的心魔。

林晓筱靠着玻璃花房门站着，低声一个人说话，不全是自言自语，那情形仿佛是在和身边一个看不见的人争执，激动到面部抽搐……站在楼梯口的艾薇吓出了一身汗。她没惊动晓筱，下楼来问金天。金天皱眉说她有时候会这样，他也才知道，晓筱可能患了产后抑郁症……

艾薇怒极反笑，“可能患了——这叫什么话？！”

金天吃惊且不悦地看着艾薇，“这是北大六院专家的话。晓筱告诉我的，她自己去看过病，那时候小女儿都一岁了，人家只能推断——我又不是大夫！”

金天与林晓筱同岁，红白微胖的脸，嘟嘟的厚嘴唇，浓黑的眉头常常无缘无故地蹙着，也许是想用深沉些的表情遮掩掉那份与年纪越来越不相称的稚气，却弄得更像一个被宠溺惯的孩子，一脸不耐烦地等着别人拿来糖果或者玩具，下一秒钟他就要发脾气了——那神情，俨然侯绍祖附体一般，艾薇不觉心下一凛。

金天可能被艾薇的眼神盯得不舒服了，仰着脖子冲楼上喊，“林晓筱，我们走吧，还得去三叔家呢。”

林晓筱带着两个孩子下来了，在苗圃里挖土正挖在兴头儿上的小女儿不情不愿地在林晓筱怀里挣扎着，林晓筱把孩子塞给丈夫，“你不是说吃完饭再去吗？”

金天说：“说的是去三叔家吃饭！”

艾薇有一瞬间认为刚才是自己出现了幻觉——林晓筱看起来如此平静、正常，她蹲下给儿子穿好鸭绒服，走到艾薇面前，“小姑姑，过两天我再来陪你。他们家过年事儿多，他又特别神经质——”

艾薇哽在喉头的话，只能咽下去了。目送他们一家四口离开，艾薇扭脸看到家政阿姨瘪着嘴站在厨房门口，“做了这么多菜——”

艾薇说：“咱们自己吃。”

事实上她什么也没吃，都让阿姨打包带回家去了。艾薇拿起电话打给司望舒，电话无人接听。算算时间，坎昆是凌晨一点多。司望舒去墨西哥度假了——每年一次的旅行，是司望舒唯一让艾薇觉得她暂时不会出家的证明。艾薇犹豫着要不要再打。这点儿犹豫，让她忽然意识到，那丝生分竟然还在……

风园第四天的早餐，艾薇破例给咖啡加了糖，味道依然不好，伤口结痂的嘴角却有了丝笑，司望舒照例过来餐厅看她，坐下说，“左后卫，一早走了。”

艾薇不介意左后卫的不告而别，春梦，就该无痕，她嘴角的笑延展开，看了眼司望舒，才发现她脸色略有些沉。气氛瞬间尴尬了。艾薇能想到的可能性无非是狗血情节剧，她低头自嘲地笑笑，扭头望向窗外，“给你讲个晓筱和酱紫的故事吧，体育系一个男生先和酱紫好了，后来丢开酱紫去追晓筱……”

司望舒打断了她，“艾薇，你我之间还需要话术吗？”

艾薇心下的尴尬更重了，加了几分羞恼，她就一直扭头看着窗外。

司望舒叹了口气，“算了，反正你也不知道怎么疼爱自己。扭过来吧——脖子不疼吗？”

艾薇回头，发现桌上多了一套比利时咖啡壶，服务员点上酒精灯离开，司望舒说：“我从酒店 A 区咖啡厅特意给你要来的，这世上能愉悦你的东西也不多，又能娇惯你几次呢？”

艾薇呼吸着咖啡暖暖的香气，抿嘴笑了。

这是她们俩之间第一次生嫌隙——好像是说开了，又好像是摁下了……艾薇忖着那丝生分，犹豫了一两分钟，司望舒把电话打了过来。隔着半个地球，墨西哥的鼓声、琴声和人声传进了艾薇的耳朵里，她忽然有些说不出自己的艰难、焦灼与恐惧了，司望舒的声音渐渐清晰起来——她从酒吧走到了海滩上，切切地叫着艾薇的名字……

四

艾薇听到楼下家政阿姨开门，知道是司望舒，她从机场直接来的。

艾薇一个人呆呆地坐着，告诉司望舒，林晓筱不愿意跟司望舒聊——她自己看过医生也在吃药，她有两个孩子要管，她情绪没问题，精神更没有问题，心理医生的辅导跟她妈唠叨的内容差不多——不用麻烦望舒姑姑再来跟她讲人生道理，她什么都懂……说完，丢下艾薇，冲出门去。

司望舒面色凝重，艾薇忽然意识到自己满脸是泪，她匆忙起身，从茶几上抽了几张面巾纸，捂着自己的脸，靠着花房的玻璃门，努力将哭声吞咽下去，一哽一噎的……司望舒轻拍她的后背，"哭吧。"

艾薇扶着门框，放声大哭。

不管在文字里还是镜头前，艾薇的眼泪召之即来，但她在生活中极少失控地流泪——上一次这样哭，是八年前母亲去世……哭到最后，佝偻着腰不停干呕，司望舒拉起她的手，掐着她的合谷，轻声说："慢慢呼——吸……"

司望舒牵着艾薇的手，坐到那张美人榻上。艾薇的呼吸慢慢平顺起来，"我一直以为晓筱就算不努力，不成功，至少生活得还算轻松，没想到，她这么……"

司望舒说："既然晓筱不肯配合，我就来配合她吧。"

每周四上午司望舒在中医药大学上课，下课后就去林晓筱上班的出版社找她，她握着艾薇的手，"相信我的专业能力。"

司望舒的手是暖的，目光却透着理性的清凉——也许有人天生就该是精神科医生，艾薇的焦灼被镇住了。

接下来的几个月，艾薇一面协同律师打离婚战争——家庭财产不是重点，作为盛世薇光最大的自然人股东，艾薇股份的分割将给公司带来莫测的风险，出于对投资人负责，艾薇只能寸步不让；一面应对监管部门对视频网站和直播平台越来越频繁和严格的检查审核——“出道”是没有播出资质先上的车，必须马上补票。以股份置换的形式并购具有播出资质的快鱼，是陆离提出的方案。公司“元老团”听到消息后围着艾薇苦谏：播出资质买就好啦！明码标价的。陆离在“快鱼”名义上没有股份，但谁都知道，“快鱼”的董事长余菲菲是陆离的情人，并购无异于合伙打劫——艾薇，你是不是真傻呀？！

艾薇看着自私狭隘到不顾公司死活的伙伴，觉得无话可说。此时司望舒打来电话：三周没有见到林晓筱了——此前她们每周都在出版社楼下的咖啡厅见。

林晓筱前两周接电话说感冒了没上班，今天连电话都不接了。司望舒找到她的办公室，出版社的人说林晓筱老公来给林晓筱请了一个月的病假，做个小手术。艾薇听后，那股焦灼的火焰腾地又烧了上来，她挂了电话对元老们说：“下周董事会讨论并购方案，会上说吧。”

艾薇直接杀到了林晓筱家，保姆来应门，林晓筱窝在沙发上举着手机在玩“连连看”，看见艾薇懵瞪着坐起来，“小姑姑……”

艾薇下意识用手摁在了胸口，好像不摁住那颗心就会破体而出，她走到林晓筱身边坐下，握住林晓筱的手，“晓筱，跟小姑姑走，好吗？你病了，你得去望舒姑姑那里，那里很好，你不要怕……”

艾薇前所未有地慌乱，软弱，无能为力，她央求地望着林晓筱，找不出什么既不刺激她又能说动她的话，只能这么可怜巴巴地望着她——林晓筱低下了头，执拗地不动，也不说话。

门开了，金天抱着女儿牵着儿子说笑着进来，他看见艾薇愣了一下，还是打了招呼，“小姑姑来了。”

爸爸一松手，男孩就在玄关处踢掉了鞋，跑向沙发上的林晓筱，举着从幼儿园得来的星星，“妈妈，看——我是 superstar！”

林晓筱搂住儿子，儿子在妈妈的怀里有些不舒服，挣着，“妈妈，太紧了。”

艾薇和金天脸对着脸。明知是徒劳，她还是得和这个手握晓筱命运的男人谈谈——司望舒的判断，晓筱幻听和迫害妄想都有，可能是抑郁症，但也不能排除精神分裂。谈话自然无效且双方不快。艾薇沉着脸坐上车，大嫂打来了电话。金天正告岳母，希望小姑姑以后不要对林晓筱施加负面影响，干扰他的家庭生活。

大嫂连哭带埋怨——晓筱爸爸现在这样，晓筱除了老公孩子还能指望什么？！你过成了“片儿孙”，你有本事，我们晓筱没你的本事，你别管她行吗？要是咱妈还活着，还有人能管你，我管不了你，我求求你……

艾薇在嫂子未尽的哭声中挂了电话。

“片儿孙”——艾薇咂摸着这个豫东方言词，它不只描述了破碎，还有难言的不堪，污浊，晦暗，卑微……沉到底，就是泥淖一般、不见光明的深渊所在……艾薇心底嘭地炸出一团火焰。

艾薇去见了徐老师，一周后召开临时股东大会，“快鱼”并购方案通过，艾薇只担任董事长，陆离继任 CEO，高管团队除首席财务官留任，其余全体解职，公司架构调整后由陆离重新任命，报董事会通过。陆离履新的会，气氛肃杀，艾薇象征性地和陆离握手，跟大家说了几句“不忘初心、方得始终”之类的场面话，就离开了公司。

艾薇带着一身兵气再次杀向林晓筱和金天的家。

她在路上打林晓筱的电话，接电话的却是金天。

林晓筱住进了北大六院，确诊为精神分裂。出事那天她差点儿伤了孩子，闹得派出所人都来了。金天向艾薇道歉，说应该早听小姑姑的话，不过现在晓筱的状况已经稳定了，请小姑姑不必担心。

金天语调平和得体，措辞也很有分寸，没有夸张晓筱发病时的情形，艾薇却感受到了溢于言表的傲慢——他没有必要给她解释什么。只是艾薇此刻没心思理会这个男人，她需要立刻见到林晓筱。幸好是周四，司望舒在学校上课，艾薇给她打电话，司望舒下课后午饭都没吃，直奔北大六院，艾薇早就等在那里了。司望舒很快找到了人，领着她去了林晓筱的病房。

司望舒和林晓筱的主治大夫在病房外轻声交谈，用药后的林晓筱像一只乖顺的小兔子一样缩在病床上，手指窸窸窣窣地抠着床单，看见艾薇第一件事就是要手机。艾薇佯作平和地从包里拿出另一只手机递给她，林晓筱拿过来熟门熟路地在应用商店里找游戏，下载登录开始玩。艾薇强忍难过，转身出了病房。

艾薇要带林晓筱走。主治大夫看看司望舒，笑着说：“有司老师在，当然没问题。办一下手续就行。司老师知道规定，谁送谁接——艾薇老师您比我们懂，免责文化嘛——出事儿太多，我也怕！”

大夫笑着请她们去办公室坐，护崽母狼般焦灼的艾薇一把抓住了司望舒的胳膊，司望舒安慰地拍拍她的手，对大夫说：“还是先给家属打电话吧。”

过了一会儿，大夫和司望舒一起回来了。

艾薇一看司望舒表情，劈头就问：“他不同意？”

司望舒笑笑，“他希望晓筱能够得到正规的治疗——也是为晓筱好。”

艾薇：“不行！晓筱一分钟一秒钟都不能在这儿待下去……”

司望舒抓住艾薇的胳膊，“你冷静点儿！别放纵你那过分文艺的想象力。这是国家三级甲等专科医院，不是维多利亚时代的疯人院——我会常过来，你放心。你去和晓筱的丈夫好好谈谈吧。”

艾薇看看一边满脸堆笑的主治大夫，深吸了一口气，没再说什么。司望舒和大夫客气道别，艾薇跟着往外走，脑子里风暴盘旋，一位护士小姐拿着她的手机追出来，艾薇站下，说：“给晓筱留下吧。”

司望舒在旁边伸手接过来，说：“谢谢。”

护士小姐从身后拿出本艾薇的书，吐了一下舌头，说：“艾薇老师，您能给我签个名吗？”

艾薇叹了口气，问了护士的名字，写了句祝福的话，递回去，说了句：“拜托了。”

回去的路上，司望舒反复叮嘱艾薇不要急躁冲动，都是为晓筱好，应该能谈通。艾薇只是应着。她根本没去谈，而是找了圈内信任多年的一位段位很高的“狗仔”，拜托了件事情。数周后，艾薇把几十张照片发给了金天——林晓筱结婚五年生了两个孩子，金天这位新锐导演五年虽然只拍出了部短片，但他有情人是大概率事件。艾薇只是通知他，第二天上午九点去给林晓筱办转院手续。

金天准时来了，签完字要走人，艾薇叫住他，让他签了一份给艾薇的委托授权书，然后让女助理跟他回家收拾林晓筱的东西，复印一些需要的证件。金天戴上墨镜，嘴角挑着丝嘲讽的笑，“没问题，您派人去把我家抄了都行。”

五

艾薇以为把林晓筱抢过来交给司望舒，自己会放心。

望舒心灵生活馆手续严格、烦琐，总台的小姑娘笑容甜美，效率极高，迅速完成信息登记、表格打印，审核、复印金天的授权书和所有相关人的证件，艾薇在一堆表格上签字签得头晕眼花的时候，两个清秀纤瘦的蓝衫女孩子过来陪着林晓筱。晓筱还是低头玩游戏，不愿意和人说话。

总台的小姑娘拿出印刷精美的浅蓝色档案袋，将那一堆表格附上监护人授权书以及林晓筱、艾薇和金天的身份证复印件和结婚证复印件装进去，然后抬头，笑对艾薇说预付款最低是十万，刷卡支票都可以。艾薇对这里的费用有心理准备，但还是愣了一下，摇头笑笑，从包里拿出信用卡递过去。跟着信用卡一起递回来的，是另一个档案袋，里面装有各种回执、探视门卡、锦面封皮细绢折页的心灵生活馆介绍，后面还印有机构和从业人员的相关资质证书、收费标准。

望舒心灵生活馆申领了普通精神专科医院的全部证照，食宿费用是五星级酒店的水准……艾薇粗粗扫了一眼，就扣上了档案袋，两个陪着林晓筱的女孩子过来跟艾薇说话，自我介绍她们一个也姓林，另一个姓夏，是林晓筱的陪修，她们给了艾薇自己的手机号码，工作微信——艾薇可以随时来探视，也可以联系她们，她们会每天给艾薇发送林晓筱的情况，图片视频都有。

细致周到至此，小林和小夏带着林晓筱去房间的时候，艾薇心里仍是空空地疼了一下——她知道自己是糊涂心思，把晓筱一直搂在怀里，就对她好吗？

艾薇跟心里的那点儿难受斗争着，被人引去了司望舒在酒店五楼的办公室。司望舒让艾薇在沙发上坐下，沙发有些软，艾薇闪了一下，心里忽地一慌，挺了挺后背，挪了挪身子，不知道怎么，总有一种坐不踏实的感觉。

司望舒说："生活馆接收的是客人，不是病人，至少我们不这样表述……"

艾薇看着她，"你我之间还需要话术吗？"

司望舒笑了，"我这不是话术——"她翻着手里的病历，"六院的诊断依据充分：幻听是阳性症状，急性发作时意识混乱有自我伤害和伤害他人的行为，脑电图发现异常波、脑部 CT 发现额叶血流量减少……"

艾薇急了，"你直接说。"

直接说，就是艾薇面临选择：继续六院的治疗方案，目前主要是注射氟哌啶醇针剂，急性发作期过后，根据病程辅助以心理治疗；停止强干预性药物，采用司望舒的"延展心灵修复"，她会在"修复"过程中根据需要辅助性用药……司望舒解释完，递给了艾薇一张需要监护人签字的治疗方案意见书。

艾薇站了起来，居高临下地盯着司望舒：“你让我选？我能怎么选？我只有一个选择，就是晓筱好起来。”

司望舒没有动，没有说话，凝固的空气开始一点一点碎裂，无声地落下去，让人窒息的真空中，艾薇发出一声近乎抽泣的喘息……

司望舒叹了口气，也站了起来，“那，我选——停药。”

艾薇指着司望舒，“你保证！”

“你真是——霸道！”司望舒握住了艾薇剑一样逼过来的右手食指。

艾薇那霸道的手指战抖着诉说着心里的无助和恐惧，司望舒慢慢蜷起她的食指，双手捂着她的拳头，“晓筱的丈夫，还有母亲，你要把情况如实告诉他们，征求他们的意见——你不能对谁都瞎霸道。”

艾薇含混地“嗯”了一声，随即意识到这一声“嗯”等于不打自招——司望舒太了解她。金天出轨的事，只能说了。艾薇端午节往家里打电话，大嫂说大哥的案子已经判了，从看守所走的那天见了一面，脸青黑，他的肝不好……父亲出院在家，不知道保养还成天发脾气，护工再能忍也没忍过一个月的，幸好家里的阿姨跟了十几年，如今就是她和阿姨在过了，院子里的那棵大樱桃，摘过一次，剩下的都被鸟啄吃了，烂了，摘了也没人吃，也不想送邻居——不愿意见市委大院的任何人……大嫂泣不成声，林晓筱住院的事情，艾薇根本不敢提了。

“和缓些说，还是要说……”司望舒盯着艾薇说。

艾薇回去纠结了一周，才给大嫂打电话。大嫂第二天就到了北京。艾薇看到憔悴衰老脱了相的大嫂，心底一阵酸楚。艾薇还是没敢全部说——只说了风园条件很好，司望舒是留美博士国内顶尖的专家。艾薇心底未尝不曾想过，司望舒其实是在风园圈了一群“小白鼠”来实验她的“延展心灵修复”，但她用对司望舒多年的信任，拼命压住了这种可怕的念头……

艾薇和大嫂先去看晓筱。停药后的晓筱，神色活泛了，妈妈问话，也肯应一两句了，艾薇心下稍安。大嫂抹着泪用力抓了抓小姑艾薇的手，接下去自然要问晓筱的丈夫金天和孩子，艾薇犹豫了一下，对嫂子说了实话。回北京的路上，大嫂一言不发。

车下了高速，大嫂忽然说：“她小姑，不去你那儿了，我想去看看孩子舅舅。”

艾薇问了地址，让司机导航，把大嫂送到了她弟弟家。

大嫂第二天晚上离开了北京，上了车才给艾薇打电话，哽咽着说晓筱有小姑姑照顾，她放心……艾薇却从那声放心里听出了无法度量的无奈与担忧——大嫂原是老家人说的那种“麦秸火脾气”，一点就着——虽说江山易改本性难移，只是如今的处境，什么脾气也得变成没脾气……

艾薇在自家信箱里看到了海淀法院的传票，才知道自己错了。

金天向林晓筱提起了离婚诉讼，对自己的岳母提起了民事赔偿诉讼——他被岳母带人打成了轻微伤。

艾薇捏着传票，无法抑制的悲哀与无语的荒唐可笑混杂在一起，隐隐还有种失控的恐惧与无措……她努力稳住心神，走回屋内，手机突然响起，她激灵一下，不安爬满了她的身体。

司望舒在电话里告诉她晓筱溺水了，不过及时被救起，人没事，但还是要她来一趟。艾薇飞快地换上衣服，把传票塞进了包里，一边锁门一边打电话给司机。司机堵在路口，艾薇告诉他不用费劲过来，掉转车头他们去风园。

艾薇飞跑了将近一公里，气喘吁吁地上了车。幸好是出城方向，还算好走，一个小时之后，她看到了额头带着青红伤痕的林晓筱，安睡在房间床上。

艾薇跟着司望舒去了办公室，司望舒从电脑里调出监控录像给艾薇看。清晨六点多钟出的事。小夏陪着林晓筱进的园子，开始沿着河岸走，七月的芦苇仿佛怀着乔木的幻觉向天生长，在岸上都过了人头，她们渐渐走到了一条窄窄的河堤上，郁郁青青中林晓筱穿的玫红晨褛很醒目，忽然就看不见了。小夏和她不过几步的距离，小夏一边叫着晓筱，一边开始打电话。

司望舒立刻用鼠标放大屏幕上角另一处刚亮起的画面，解释说："芦苇挡住了虚室的这个侧门，晓筱进去了，小夏打电话问了中控室，很快就跟进去了。"

录像中，林晓筱有些诧异地环顾冰室雪屋一般的所在，中间有一个圆形池子，池中有圆台，她沿着窄窄的通道从池边走上了圆台，盯着脚下波光粼粼的水面，人栽了进去……小夏冲进来的时间不超过三分钟，她用力把林晓筱拖出水面，安保和医护跟着也就到了。

艾薇扭身抓住司望舒，"她要自杀？"

司望舒说："也许是出现了某种幻觉，现在还很难说——"

艾薇松开了司望舒的手，软嗒嗒的胳膊落在自己身上，她毫无感觉，司望舒挪开电脑屏幕，艾薇脑子里忽然划过一道闪电，"每个修习室，都……”

司望舒说：“每个，全天候。包括C区的特护房间——部分客人情况特殊，不能不全天候监控，也为了少起纠纷，不过因为涉及客人隐私，启动房间监控和查看录像都有严格的权限管理……”

一盆雪水从头顶浇下来，艾薇瞬间冻住了，成了冰雕，有一点滚烫的愧悔从心底烧起来，慢慢烧过了肺腑，喉头，烧到了脸上——那晚茅屋内……

司望舒的手放在她肩上，低声说：“你放心。”

艾薇捏着自己的包——那张法院传票还是得去处理……一次又一次抿紧嘴唇，最后只说出句，“我晚上再过来……”

艾薇走到门口的时候，司望舒叫了她一声，艾薇回头，司望舒又说了一句：“你放心。”

艾薇艰难地笑了一下，“我知道。”

菩萨畏因，众生畏果——不知道为什么会想起这句话，艾薇是真的害怕了，她害怕此刻心里任何的起心动念，害怕自己发出的任何一点力量，不知道经由何等吊诡的路径，再催生出无法担承的结果……艾薇竭尽全力吸了口气，再怕也要往前走，周遭的人和事，不会因你的恐惧稍作停留……

艾薇约了金天的母亲——长辈与长辈，谈谈孩子。

艾薇这些年也只见过林晓筱的这位婆婆大人数面，印象颇为深刻，年过花甲依旧娇滴滴的，嘴角永远噙着说不清道不明的微笑，不管什么话题，兜兜转转都能落到她的旗人出身上。

如今再见，依然如此。艾薇把两张传票放在了茶几上，正招呼保姆倒茶的金天母亲从茶几旁的藤制书报架上拿起那副带珠链的玳瑁眼镜，约略看了，皱眉微笑着说：“胡闹！真是胡闹！她小姑姑，您放心，我骂他——让他马上去撤诉。这成什么了？！天下无不是的父母！别说他也有错，就是没错，打了也就打了！”

保姆斟了一杯红酽酽的茶递给艾薇。金天母亲说：“这是大吉岭红茶，她小姑姑还喝得惯吧？要不要加糖？我额聂只喝花茶，阿玛倒很洋派……”

艾薇含混敷衍地笑笑，端起茶啜了口，香气刺鼻满口生涩，忍着咽了，把话题从“大清国”拉了回来，“您这么通情达理，我很感动。打人总是不对，长辈错了也是错。在晓筱治疗期间，不该再激化俩人的矛盾。是否离婚，我想等晓筱好转了，让她和金天两个人自己决定吧。”

“我们家不会闹出离婚这种事——”金天母亲也喝了口茶，淡然一笑，“晓筱是我们金家的长孙媳妇，是我一双孙男娣女的亲娘，她病了，天天比谁都着急。那个望舒什么馆的，我也托人打听了，花钱倒在其次，别让歪门邪道把孩子的病给耽误了。她小姑姑，您是为晓筱好，只是如今人心坏得很，杀熟也不是什么新鲜事——我让天天去把晓筱接回来……”

“不可能！”艾薇脱口而出——这位“旗人格格”耗尽了艾薇对她原本就有限的隐忍。调到振动的手机，焦灼地在包里嗡嗡着，艾薇站起身，“抱歉，有时间咱们再聊，我得走了。”

艾薇出门接起陆离的电话：“后真相时代”被勒令停播、节目下架，“出道”暂停运营、全面整改——她的盛世薇光，也“溺水”了。

二叠　酱紫之兔子洞

一

坠落，晕眩……

温厚的床垫，托住了酱紫的躯体，坠落却仿佛还在继续，眩晕中她抚摸着身下顺滑的织物，猜度着它们的颜色……身体变得如此柔软，软如春泥——那是时光从大地最深处呵出一口热气，透过层层的岩石沙砾，蒸腾软了的泥，痒痒的有透明的东西穿过春泥一样的肌肤在长出来，复杂的香气氤氲起来……酱紫嘤咛一声，把那颗正在抽条开花的心，抱住了……

熏风吹过原野，拔节的麦苗随风摇曳，远远的村庄，藏在树荫背后，繁枝茂叶的大树，所有的树叶在风和阳光中抖动，风铃一样的叶声，一点斑驳的红衣，渐渐看出那是蜷缩在树枝上的小女孩，黑色短发，黑色大眼睛，微微嘟起的小嘴，似有所思，似有所盼，望着田野中那条蜿蜒的路，白绒绒的一团，跳跃着，那是只不知从哪里跑出来的白兔，小女孩滑下树来，追着那只白兔奔跑……

村庄田野飞速后退，一张巨大的白纸从天边垂下来，旋转的无法辨识的文字瀑布般倾泻，可以辨认的只有标点，女孩跟着白兔跳过不断飞快撞上来的逗号，句号，问号，叹号……最后跟着白兔跌进省略号的某个黑点中去了——摩天大楼一样的植物摇曳着五彩斑斓的叶片和花朵，密密麻麻西装革履的大蚂蚁在枝条上奔忙，黑壳千足虫在藤蔓上奔跑，红色火烈鸟在头顶飞过，蓝色的毛毛虫冲小女孩喷出烟雾，小女孩在烟雾中变成了黑衣长发的纤瘦少女，惊魂未定的她被浩浩荡荡的皇家仪仗队撞倒在地，那只白色的兔子，却在离她脑袋不远的地方，拿着白手套擦汗……

黑衣少女爬起来，白兔继续跑，她继续追，景物越来越奇幻：疯癫的魔术师撒着绿色钞票，红桃皇后大叫砍头砍头，扑克牌士兵慌乱地撞在一起，林中跳舞的仙女，被生着血红舌头的猪笼草一口吞下，满脸黄色虬髯的矮人挖倒了大树，鸟儿惊飞，尘土飞扬，一脸贪婪的渔夫站在草地上撒网，从空中捞出满网的金币，恋爱中的牧羊人和粉衣女孩儿浑然不觉在他脚下接吻……

白兔撞上了一棵无花果树，黑衣少女捧起瘫软的白兔，白兔在她手中化作一根仙女棒，喷出闪光的银色烟雾，黑衣少女则如被仙女施咒的辛德蕾拉，旋转变身丰盈曼妙的女神，花钿满头霓裳飘举……幻境中所有的人物都目瞪口呆，看着她不断上升，上升……

四十八秒的动画片头，定格。

定格的画面，舞美做成了门——节目开始，门打开，画面分离，服饰绚烂造型夸张的酱紫手执那枝“仙女棒”出现——穿越现实的幻境，找到属于你的真相……酱紫伏在床上低低地笑——有了幻境，谁还要寻找真相?

卧室门打开，一道光扫进黑暗，逆光站着的，是她的疯帽匠，约翰·尼德普版的疯帽匠，不，是她的刘易斯·卡罗尔，创造爱丽丝和幻境的男人，抑或，此刻，是她的猎人，她知道自己像一头蜷卧仰头的小兽，春草茵茵，皮毛油亮，即使此刻他拿出利刃，她也会亮出柔软的肚腹……

他会猝不及防地拔出吹毫断发的利刃，初见陆离，酱紫就有这种感觉。

那是她第一次参加盛世薇光的工作会议——“后真相时代”节目片头设计方案的乙方汇报。酱紫来之前不知道自己的节目还会有动画片头——后来发现连主持会议的 CCO（首席内容官）事先也不知道，正在那儿发牢骚。

陆离推门进来，冲着 CCO 一点头，“开始吧。”

汇报人是设计公司合伙人提迪斯，方案主题是“爱丽丝与幻境”，提迪斯是创造票房奇迹的国产动画《逍遥游》的原画主创，这个名字就足以让酱紫心跳加速，更不要说他还生了张宛若年轻版金城武的脸，酱紫完全忽略了会议室里的诡异气氛，自顾自地开始犯花痴了。

提迪斯汇报完草案，CCO 劈头一句：“我们是儿童节目吗？”

提迪斯也算江湖成名人物，听见这话啪地扣上电脑，拔掉数据线，“您要这么理解，那就没必要谈了。”

投影成了一片尬尴的死蓝，酱紫则想冲过去打人。

“年轻人要宽容，要怀抱理解之同情，关心、帮助我们这些七〇、八〇后的老人家。”陆离开口，表情严肃，语调平缓，口吻认真。

提迪斯被陆离的话逗笑了，将数据线接上，画面恢复。

“我来说说吧，”陆离的目光掠过会议室里一片耷拉着的脑袋，也毫无感觉地掠过坐在对面角落里无比期待的酱紫的脸，回到了投影幕布上，“‘后真相时代’，就是有舞美灯光，明星之间的‘真心话大冒险'，游戏感有，不够！信息，符号，情绪，情感，情节，四十八秒里你要给足！我说个老词儿，你是清华美院的硕士，应该听老家伙们逼逼过——能指的狂欢。你够狂，看的人才够欢！放心，我们这些退行性半文盲不懂，有人懂。你就是曹雪芹，弹幕里也埋伏着十万脂砚斋……"

CCO 冷冷地说："'后真相时代'的定位，艾薇总的意见应该不是这样吧？"

"艾薇总的意见，我的意见，你的意见，都不重要——这是数据的意见！"陆离起身说，"散会！会议记录整理好，发给艾薇总一份。酱紫，你要参与乙方的修改。提迪斯，见见你的爱丽丝！"

酱紫突然被叫到，反应太大，起身时带倒了椅子，弯腰扶椅子的时候，提迪斯走过来，含笑看她，酱紫的脸颊热起来，鼻尖冒了汗。与会者散去，都没能惊动酱紫，她陷在提迪斯那黏稠若蜜的目光里，动弹不得。设计团队的另一个男孩举着相机要拍酱紫的照片做资料。提迪斯给她对光线，示范姿势，用手轻轻调整她下颌的角度，掠去她额头的散发……拍完照，酱紫和提迪斯他们互加微信，告别，回去拿自己的东西，愕然发现陆离竟然没有离开会议室，隐身人似的坐在后面一排，他起身把一片纸巾拍在酱紫的手里，表情依然温和严肃，用近乎耳语的声音说："擦擦口水。"

陆离起身走了，酱紫前心后背四肢肌肤上忽然有利刃游过的感觉，微微的麻，微微的凉……这世上还有一种令人愉悦战栗的冒犯……

"女频爽文玛丽苏小说吗？霸道总裁爱上我？！"乌迪夹着烟的手点着酱紫。

酱紫跳开，抖掉落在新裙子上的烟灰，乌迪伸手揪住白底金色图案的裙摆，翻起来看，“Versace——陆离那孙子送的？”

酱紫躲，拽开她的手，“不是——他帮忙挑的，赞助商礼物。”

去年酱紫辞职做公号后，认识了江湖前辈乌迪。乌迪的公号“羊驼牧场”虽然没赶上最好的时候，但她靠大胆和毒舌撕出了一条生路。当时酱紫一心想着盛世薇光这个豪门，就没有接受乌迪的招揽，但两个人却越走越近。改变酱紫命运的那期“艾薇女士客厅暴力事件”，乌迪是幕后英雄。不知不觉乌迪替代了曾经的林晓筱，成为酱紫分享一切秘密的人——签约那天在艾薇的工作室见过林晓筱一面，酱紫已经好几个月没见过林晓筱了……

乌迪捏她的下巴，“瞧这忧伤的小眼神儿……”

酱紫打掉她的手——和惯常中性打扮的乌迪在一起，举止亲密总会招来异样的眼光。两个人在中国大饭店外吸烟区站着说话，乌迪和一位大投资人约了十五分钟的时间，酱紫等她谈完两个人一起去吃日料，为酱紫庆祝。

酱紫这半年值得庆祝的事太多了——签约盛世薇光，“后真相时代”卖给公司后拿到钱，去交了顺义新楼盘的首付，为自己买下了一套九十七平米可以拎包入住的精装房，新节目开局不错，试用期结束直接升职进入管理层——酱紫和原 CCO 的观念之战，直接导致 CCO 换人……酱紫真觉得自己是掉进兔子洞的爱丽丝，看着地铁站广告牌上自己都认不出的自己：她竖起食指挡在嘟起的红唇前——千万别对我说谎……大红一字领小香风无袖连衣裙，短不及膝，十五公分的大红高跟鞋，中间是目测两米亮白笔直的长腿……她的腿没那么长那么白那么直，裙子和鞋子其实都是黑色的……陆离否决了前几稿方案中的黑白两色，改成烈焰般灼灼的红——不要是非分明，要煽风点火！

酱紫想到陆离，撩了下头发，嘴边带出一丝微笑。

乌迪摁灭烟头，扭头看她，“花痴！”抓起酱紫的右手，“爱情线长出来了？”

酱紫夺回手，“我不是没长爱情线，是爱情线和事业线重叠了。”

乌迪笑起来，“陆离给你看手相时说的吧？用这么老土的招儿撩妹——暴露年龄！你别瞎浪，陆离没那么简单——你不觉得余菲菲的存在很奇怪吗？”

盛世薇光调整后的架构大幅度消减了层级，除了总裁办和基本职能部门，下面就是独立核算的业务矩阵：陆离把赢利能力最强的线上商城分给了“元老团”，缓和矛盾；“快鱼”和“出道”团队合并运营，陆离从腾讯 OMG 挖了个八九年的技术数据派大男生来掌舵；原创网综，新任 CCO 是陆离此前合作打造过爆款网综的总编辑。余菲菲作为“快鱼”的董事长兼总经理，并购后进入盛世薇光出任副总，但分管的却是职能部门，基本处于“赋闲”状态。

余陆做局的传言满公司都是，酱紫关心的重点在别处——男未婚，女未嫁，盛世薇光也没有禁止办公室恋情的规定，陆离和余菲菲为什么要把关系悬置在尽人猜疑的状态？

酱紫曾经在微信里假装鲁莽地试探过陆离：“他们说，余总是您女朋友……”

陆离回：“我找他们和余总确认后，给你份报告。”

酱紫不知道这算是否认还是某种程度的承认，只能装傻：“哦，好吧。”

酱紫在大堂等乌迪的时候，意外收到一条陆离发来的微信：“回头”。

酱紫带着被捉弄的担心，慢慢转身——陆离真的在她身后。那颗浆果一样被揉搓了几个月的心，最后这一下，汁水四溅地裂开了……

二

只发了条“有事先走，回家解释”的微信，酱紫把乌迪一个人丢在了中国大饭店。她给乌迪解释的时候，已经是第二天下班之后了。

酱紫在回龙观分租的那间卧室到期了，买的新房明年才能下来，乌迪就说：“来跟我付费同居吧。”酱紫回到和乌迪同居的家，客厅落地飘窗前的榻榻米上，乌迪敲着电脑，扭头看了她一眼，没说话。

酱紫乖乖地坐在了她对面，乌迪开始骂她色坯、花痴，撩汉子狂魔，重色轻友，色令智昏……乌迪停下来，喘口气，酱紫作可爱状，“晚上我们吃什么呀？”乌迪丢下一句“厚颜无耻”，起身去做晚饭。

酱紫趴在开放式厨房的岛台上啃苹果，看着乌迪把要焗的蔬菜摆进烤盘，蒙上锡纸。乌迪房租的一半是每月九千，这够酱紫此前租半年的房——忍不住还会这样算，带着刺刺的快感去算。

乌迪在房东极简风的装修基础上，按照“侘寂”原则进行装饰，酱紫捧着盛米饭的碗，领悟到“侘寂”的本质就是看上去不起眼却贵得吓人。吃米饭用美浓烧，从波斯珐琅盒里拿牙签，赤脚去踩北投蔺草编……习惯起来比想象的要容易；被热爱美食擅长烹饪的处女座乌迪严厉“伺候”，习惯起来也比想象的要容易……酱紫感觉如同蛇蜕一般，与旧生活彻底剥离了。

她甚至觉得伏在岛台上的身子都柔软起来，乌迪关上烤箱，抬眼看她，酱紫有点儿不好意思，直起身笑。乌迪顺手拿起抹布，擦干操作台上的几滴水，“宝贝儿，你开心一下就好，别认真蹚他们的浑水！”

乌迪转身去搅火上的汤锅，牛肉的香气中酱紫听到匪夷所思的一句话：“陆离和余菲菲，连他们自己都未必知道，彼此是情人，还是仇人！”

乌迪盖上汤锅，转身看着酱紫，“五年前，余菲菲艳照逼宫，陆离怀着二胎的妻子自杀，一尸两命，遗产继承的事闹了两年，陆离已在申请IPO的公司弄到破产清算，人也一蹶不振，余菲菲卖了豪宅，帮助陆离东山再起，这才有了‘快鱼’——恩怨情仇，狗血四溅。”

酱紫听得心惊肉跳，烤箱“叮”的一声，吓得她啃了一半的苹果差点儿扔了。乌迪皱眉说：“我真他妈有点儿受不了——白雪公主范儿哎，恶不恶心？你是见过惨淡人生淋漓鲜血的呀？装嫩也是哥特萝莉，不是傻白甜！”

酱紫笑着继续啃苹果，“见过也忘了！不忘留着灌血肠过年吗？天天有人问候我，生于一九八五年的中年妇女装萝莉，你的良心不疼吗？——不疼！”

乌迪戴着隔热手套，端出烤盘，“你的微博、公号谁在弄？”

酱紫说：“维护团队在做——‘出道’上所有签约主播都是他们做。”

“烂泥般的往事里长出你这么朵白莲花？”乌迪从岛台下的柜子里拿出餐垫和盘子，递给酱紫，“你的形象维护方案有问题——洗得越白，黑得越快！”

酱紫说：“对了，这几天一直有人给我发私信，说我亲妈在找我！”

乌迪说：“有人跟进吗？是真的，还是有人想蹭热度？”

酱紫说：“跟了——发过来时间地点，不见不散。五道营一家希腊餐厅，看来我亲妈对文青集散地挺熟。退一万步，就算是真的，我也不理。老家的爸妈这半年也一直给我打电话，要钱给他们儿子在县城买房子，我就不理。”

乌迪摇头，“你得向公司报备，你的私事是盛世薇光的公事——想想艾薇！”

提及艾薇，酱紫想起件事，期期艾艾地说：“那个——端午节，我得去艾薇家过——半年没见林晓筱了，她约我——对不起——对不起！”

乌迪似笑不笑地看着她，“旧爱新欢摆不平了吧？闺密尚且如此，将心比心，想想陆离和余菲菲——过去，没那么容易过去！”

酱紫很想反驳乌迪——自己的过去，真的就过去了，现在就算认真去回想，都不大能想清楚，像玻璃上的霜花，一碰就成了模糊一片……她为丢下乌迪一个人过节有些抱歉，也就咧嘴一笑，算了。

酱紫从艾薇那里回来时，心里揣了块又沉又冷的石头。她滚在榻榻米上，枕着乌迪的腿，乌迪问，她不肯说——仿佛说出来，就成了无法改变的事实，不说，这件事就会过去……

酱紫去风园看林晓筱，先见到司望舒。这不是她们第一次见面，但司望舒没让酱紫多讲那次意义重大的初见，直接嘱咐酱紫该如何应对病中的林晓筱：不惊讶，不纠正，全面配合。林晓筱看见酱紫，热情而客气地笑了，从床头柜里摸出几个青中泛黄的杏子给她，说这是闺密姜丽丽从老家仰韶带来的响铃杏，熟透的杏子摇动时，杏仁会在杏核里响……

虽然有心理准备，但酱紫看着摇动杏子认真去听的林晓筱，还是浑身掠过一阵疼痛和恐惧的战栗，她接过杏子咬了一口，酸得眼泪出来了，还是笑着咽下去了。她每周两次去风园看林晓筱，再忙也去，一次明知道晚了，林晓筱睡了，她跑去在房间门口站了一会儿——仿佛在遵守奇怪的仪轨……可是，第四次来，她听到林晓筱和幻觉中的姜丽丽说话时，情绪失控了。司望舒及时出现，带走了她。酱紫被内疚和负罪感压垮了，她把胳膊掐出了血都止不住浑身的战抖，哆嗦着等司望舒宣判她有罪。

司望舒平和却斩钉截铁地否定了酱紫对晓筱病因“自作多情的文艺想象”，酱紫在她清凉如水的目光中安定下来，司望舒笑着说：“太自恋了会生病的。”

酱紫略带羞愧地笑了。

从风园出来，酱紫接到 CCO 的电话，让她立刻回公司。酱紫挂了电话才发现自己的助理刚刚发了个直播的链接过来。酱紫在出租车上打开链接——多年不见的养父母和主播坐在一起，同座的还有一个陌生的五十岁左右的女人——从主播的介绍中知道，那个女人是酱紫的亲生母亲。

直播接近尾声，题目是：女儿，你会不会来？

原来那个“不见不散”的私信不是恶作剧，而是陷阱。酱紫那一刻感觉胸口要爆裂开——乌迪的电话打进了，中断了直播，酱紫接起电话时，整个人都在哆嗦。乌迪问她在哪儿……酱紫在公司楼下下车，乌迪站在楼前的吸烟区抽烟。酱紫看着乌迪，想起她的话——沙尘暴一样的过往，呼啸着刮过空旷荒凉的心底，看不清一切，呼吸困难……乌迪看见她，熄灭了烟头，大步走过来，伸手把她搂进了怀里，轻拍着后背，让浑身战抖的她平静下来。

雪亮的车灯扫过来，车门打开，陆离从车上下来，扭头看到她们，站住了，“换个时间地点再抒情，好吗？酱紫你先去我办公室——”

乌迪安慰地拍拍酱紫，转向陆离，“我马上走！再流氓我他妈也有底线，不会什么便宜都占！”

陆离笑着说：“乌迪老师，我不知道该替多少人庆幸，你这会儿手里没刀！”

乌迪头也不回地接着他的话：“先算上你自己！”

陆离办公室的外间是个小会议室，他关上通过外间的门，“给我说实话，你对养父母还有这个找过来的亲妈，一直不理，是赌气，还是真的不愿意再有联系？”

酱紫仰头看着陆离，她的脑子根本不转。

陆离有些急躁，“你别猜我的态度——我没态度！你要是爱恨交织，咱就给亲情留点儿余地；你要是想斩断过往，我就彻底帮你解决问题，不留后患。”

酱紫说：“我选第二个。”

外面的会议室陆续有人进来，陆离示意酱紫听着就好，他也出去了。直播还没结束，陆离就通过人脉联系上了捣鼓这件事的公司——三个年轻人的创业公司，主播就是老总，见到“爱豆”陆离颇有些激动。

一拍即合的事儿，自然好谈。养父母夫妇，看到小老板的空头支票在大老板这儿变成了五万现金，做完节目还有十五万，先激动起来，满口答应，亲妈没表态，但没人把那沉默误会成拒绝。总裁办秘书、综合办职员、会计、出纳、法务助理各色人进进出出，商讨条款，签协议，给钱……小会议室呈现出一派工地开工农家过年般的热火朝天欢欢喜喜的气氛。

酱紫从开着的那条门缝后走开，哆嗦着给乌迪发微信：你能回来接我吗?

乌迪秒回：我没走，不放心。

酱紫一下哭了。

她抹了把泪，从衣架上抓了陆离打高尔夫的球帽戴上——很大，帽檐的阴影遮住了整个脸，她如入无人之境快步穿过会议室。陆离追了出来，在走廊上，酱紫摘下帽子塞给他，哑声说：“节目台本准备好，发我就行。”

“酱紫身世”上热搜的当天，盛世薇光推出了噱头十足的特别节目预告：“真相女王的真相”——直播酱紫和养母、亲妈见面：是否亲生为何送养，是父母予取予求情感勒索还是女儿无情无义怨念深重，见面后亲妈有何故事养母如何解释酱紫又作何反应，是尽释前嫌抱头痛哭还是恨海难填不欢而散……预计大概率会出现场面失控，于是请善于控场的艾薇亲自主持……

酱紫的态度是节目的悬念，她除了照例溜去风园看了林晓筱外，其余时间都待在家里。待在家里的酱紫开始在网上搜司望舒的著作，酱紫的英文水平不够读懂那些链接，中文链接都和大学课程、讲座和学术会议报道相关，顽强地搜了好久，终于看到有本中文书《延展心灵》，点开看是家专门卖佛教书籍的网店，是旧书，酱紫还是当即买下了。没想到给送书的快递开了楼道门，跟着上来的还有媒体，幸亏乌迪那天回家早，毫不客气地给哄走了。酱紫这期直播的广告招商拍出了八位数，舆论越发沸沸扬扬，敬业的媒体自然也越发下功夫。

“这帮傻鸟！”乌迪在厨房岛台上做寿司，“刚才还在小区门口拦我的车——我要是爆料还轮得到他们？”

酱紫沉默半天，说：“比起你，我对不起艾薇，更对不起晓筱——最初爆料的那个风行天下，就是我……”

乌迪用力摁着寿司帘子，“瞎矫情！艾薇就是知道，她也无所谓——”乌迪抬头，愣了——酱紫在哭。

酱紫哭着说：“艾薇知道！她告诉我的，但晓筱不知道……”

乌迪抽出寿司帘，铺上紫菜，从电饭锅里挖出一勺米饭，开始做下一卷，“你到底在哭什么？”

酱紫被乌迪问愣了——心里糨糊般黏稠混沌的一团难过，究竟是什么？

乌迪卷着寿司继续说：“为艾薇，大可不必。我们就是干这个的，人为刀俎我为鱼肉，或者我为刀俎人为鱼肉，都不能简单做道德判断——你要是眼泪富余，顺便为这条挪威三文鱼哭上两秒，我们的晚餐是以它的痛苦牺牲为代价的。”

酱紫含泪啐乌迪，乌迪伸手把她拉进怀里，用纸巾给她擦泪，“至于林晓筱，我不清楚你们之间究竟是怎么回事——我只能告诉你：不轻易判断任何人——这个任何人里，包括自己……”

酱紫趴在乌迪的怀里，闻到她新换的香水 CKfree，干燥木质的香气很好闻，像初秋晴日的树林，暖暖的……乌迪拍拍她的背，“吃完饭我帮你看台本。”

台本中最让酱紫不舒服的地方，就是宣布亲子鉴定的结果——她不愿意去测 DNA，但还是答应了明天去鉴定中心拍采样的镜头。不做，节目怎么做？前戏了半天，你穿上衣服走了，观众干吗？！这是陆离的原话——再说，卖奶的金主也不干呀，那首好奶如亲娘的 MV 就要在悬念揭晓前放……

乌迪：“不会换个姿势吗？！哎，陆离在床上也挺乏味的吧？”

酱紫认真想了想，“还好，我内心戏足。”

两人同时大笑。乌迪拿起台本，大删大改起来。酱紫虽然觉得好，还是担心 CCO 会介意，没想到拿到公司获得交口称赞。

一期所有人都以为会泪雨倾盆的节目，开场后欢声笑语。虽然事先助理告诉酱紫，她那位年过七十的养母直播过后能成网红，在休息室候场的酱紫还是被养母久遭埋没的综艺天赋惊呆了。台本要求就是坦率要钱，那一套套合撤押韵的农村大道理纯属个人才华——什么家鸡打得团团转，野鸡不打满天飞，什么鸡皮热，鸭皮凉，鸡皮贴不到鸭身上；什么生恩深似海，养恩比海深；什么“情”的孩子典的地，早晚都是一场气……高声大嗓，理直气壮，抚掌拍腿，还跟现场观众年岁大些的互动：她姨她婶儿你想想，养她十七年，总值县城一套房……观众又是笑又是嘘又是鼓掌。

亲妈摆的是青衣范儿，演的是苦情戏，说到未婚生女万般无奈只能送人，凄婉的二胡声一起，观众哄堂大笑，主持人艾薇故作一脸无奈地说："正常情况下，这里是泪点，不是笑点。"

养母一脸认真地插话说："不是送，我给过你三千块钱——你得说实话！"

观众越发大笑，鼓掌，亲妈的尴尬是真实的，艾薇摁住养母，宽慰亲妈，"情非得已，生活所迫。"艾薇略带夸张地撩撩头发，一语双关地说："这般盛世美颜，遇上个把渣男，有什么可奇怪的呢？"

观众鼓掌，有人吹口哨，艾薇笑道："我也豁出去了！受伤无助时，喝口好奶——"笑声和尖叫压住了艾薇的广告口播，艾薇带笑念完，开始播放亲子鉴定中心采样时的VCR。导演在门口出现，"酱紫，三分钟倒计时，艾薇路上一分钟，广告一分钟三十秒，三十秒你一个人在房间的镜头，然后艾薇进门……"

摄像已经进门，酱紫整理情绪，好在她的戏份很轻，几分钟和艾薇的对话，含蓄表达坚强外表之下的困惑、怀疑、悲伤与渴望，继续推悬念——亲子鉴定的结果是什么？

亲妈会从装鉴定结果的信封里抽出一张白纸，那时酱紫早已离开休息室，直播画面是空镜头，酱紫的座位上放着一个白信封——那才是等待揭晓的秘密……

三

黑场，音乐起，追光次第亮起。

妈妈，今天是我的生日，十岁生日，我第一次给你写信。以后每年生日，我都会给你写一封信。我不知道你在什么地方，所以不能寄给你……

十岁的小姑娘，红袄黑裤赤脚，站在麦秸垛的背景前读信。

妈妈，今天我十七岁了，我来郑州读大学了，你会为我高兴吧……

白衫蓝裙马尾辫的女大学生，站在校园的背景前读信。

妈妈，今天我二十一岁，我发表了一篇小说，很短……

身穿印染服务员制服的女子，站在餐馆的背景前读信。

妈妈，今年我三十岁了，还是一个人，一个人在北京，从地铁站走回来，很累，很冷，妈妈，你把我生在了冬天，难道我的人生是永远过不完的冬天……

仔裤鸭绒袄和短靴，裹着大围巾的女孩子，在都市夜的背景前读信。

观众席掌声如雷，有人开始喊“酱紫，加油！我们爱你……”灯光亮起，前排几位五十多岁的老阿姨哭得稀里哗啦，亲妈哭得从椅子滑到地上，养母抹着泪去拉她……那首实为乳品广告的抒情 MV 播放了将近五分钟，画面回到现场，酱紫的“与母书”已经收集整齐，放在了艾薇面前，镜头推近，没有一封信纸是一样的，十岁那封用的纸是从作业本上撕下来的，还经过磨损做旧——道具师真是业界良心。

酱紫留下的白信封已经被工作人员递到了艾薇的手里，艾薇打开，里面装着一张信用卡——给养父母的钱，还有一封留给亲妈的信，艾薇打开读这“最新”的“与母书”：……重逢，不是故事结局，而是故事开篇，我更愿意用憨憨的信任、暖暖的情感而不是冷冷的生物学鉴定，开始我和妈妈的故事……生命是场修行，不管我们曾经多糟，我们都有机会变好，只要我们愿意学习，学着去了解，学着去爱，学着去成为好的母亲，好的女儿，好的自己……

片刻安静之后，低低的惊呼声，掌声起，泪眼婆娑的艾薇，继续说，“我们不要忘了，还有好的奶……”不少观众破涕为笑了，“虽然这会儿念广告，显得特别不是人，不是人就不是人吧……”观众开始鼓掌起哄，艾薇喊着念完的广告口播——艾薇也很拼……酱紫关掉了直播，在回家的车上闭上眼睛。

盛世薇光今年的日子不好过，陆离似乎也回天乏术……隐隐觉得有些什么事情在发生，她肯定忽略掉了什么，是什么呢？

酱紫郁郁地进了家门，乌迪的声音从厨房传出来，“先去洗澡，有好吃的。”

酱紫洗完澡出来，看到冰桶里放着香槟，“庆祝什么？”

“情绪不高嘛！”乌迪倒显得兴致勃勃，她递给酱紫杯子，砰地打开酒，“庆祝我们的节目成功——”她用手势阻止酱紫反驳，“关键词，我们的——宝贝儿，对即将成为你老板的人，不需要阿谀奉承一下吗？”

香槟泡沫淌到了手上，酱紫只顾盯着乌迪问，乌迪一边解释一边给她擦手，又蹲下擦干净地板——乌迪准备接下余菲菲的股份，加入盛世薇光。

酱紫本能地觉得和余菲菲相关的一切都有问题。

乌迪笑了，“余菲菲的确一句话十八个坑，我认识她也不是一天两天了。盛世薇光如果不是遇到了大问题，她也不舍得走——老鼠要离开将沉的船了。”

酱紫不解地看着乌迪，乌迪摸摸她的头发，“你在船上，我得去救你呀！”随即一笑，“我有数——微格基金的钱撑到年底，‘出道’肯定能熬成爆款。”

酱紫和她碰杯，喝了口酒，“我对这些事，没能力做判断——只是担心。”

酱紫的担心，第二天就变成了现实。

陆离请酱紫吃午饭——在家里，叫外卖，他们的约会模式，第一次是例外。

陆离的家，有种洞府幽深的感觉。顶楼复式，朝南的落地大窗，采光应该是很好的，银灰窗帘后的遮光布总是拉着，若没有乳浊色地毯上那道明亮日影的提示，进到室内，就从正午进入了夜晚。

陆离叫了湘菜，就着最喜欢的那道白辣椒炒鸡胗吃了两份米饭。酱紫才察觉自己的舌头被乌迪的厨艺惯刁了，满嘴咸辣油腻，吃不下几口，只在那里喝水。陆离一推外卖餐盒，端着茶杯去了客厅。

陆离瘫在沙发上，胡噜着自己的脑袋，“余菲菲的股份可能要转给乌迪——我听艾薇的助理说了这么一句，余菲菲先跟艾薇打招呼，怕她不同意。艾薇就是再讨厌乌迪，这时候也不会不同意的。微格基金今年也不顺，钱紧，想让盛世薇光第三季度按照原价赎回相应股份，双方都合适。趁着还有几档节目撑门面，‘出道’赔钱赚吆喝好歹还热闹，艾薇赶快找接盘侠。撑到年底，按照和微格基金的对赌协议，溢价百分之十赎回——盛世薇光就没有明年了。我手机忘在会议室，余菲菲拿了还我的。艾薇和我在微信里讨论过这事儿——余菲菲套现走人，肯定是看了我手机，解锁密码我从未换过——对了，这事儿你不能告诉乌迪。”

酱紫听得半边身子都木了，耳朵里嗡嗡直响，“那你为什么告诉我？！”

陆离看着她，“不是你、我，是我们——余菲菲走，乌迪来，对我们是好事。”

酱紫低头说：“余菲菲套现走人，乌迪跳进一个坑——她的钱是借的。”

“谁的钱不是借的？乌迪加盟盛世薇光，还陪嫁了个羊驼牧场，对融资是利好，对业务是助力，尤其是对你——不是哪家公司都像盛世薇光这样，拿你当心肝宝贝！乌迪是老江湖，要你这个傻孩子替人家操心？！”

陆离的手隔着沙发扶手伸过来抚摸她，酱紫下意识退了一下，再想掩饰却也来不及了，那只手就撤回去了。酱紫瞬间想哭，但生生把那股泪意憋了回去。酱紫浑身僵直地坐着。陆离清了一下喉咙，先打破了沉默，他站起身，“你那堆爹妈，公司留有他们签约拿钱时的录像和协议，他们也难再用舆论勒索你——想缓和关系随你，你要是不想搭理——就不搭理吧！”

酱紫准备自己叫车，陆离说：“算了，今天一起走吧。”

两人一起回了公司，各自去忙。晚上七点多钟时乌迪打过来一次电话，酱紫说加班。十点离开公司时，酱紫提出请大家去附近的“南岛”喝一杯，别人都说有事，只有助理跟她去了。

一杯长岛冰茶喝了半个小时，助理小姑娘一直在回微信，酱紫就让她先走。助理环顾，酱紫说卸了妆没人认识她。助理跳起来，没出酒吧就开始打电话。酱紫也起身，坐到吧台去，看留着两撇小胡子的调酒师为她调马提尼。

酱紫一下一下戳着酒里的橄榄——乌迪会游泳，会潜水，就算沉到水底，说不定还有个天堂般的新世界……用你替人家操心？！酱紫一砖一瓦填塞着千疮百孔的心理防线，抹上道自怜的水泥，也就固若金汤了。

近午夜，南岛乐队那位不知是菲律宾还是印尼口音的歌手，开始晃着身子唱爵士风的 *I Am So Lucky so and so*，生生把英文唱出了西班牙文的感觉，酱紫的酒也换成了莫吉托——冰和薄荷，丝毫压不住胃里的烧灼。吧台前的人多起来，酱紫被人一碰，差点儿从高高的吧台椅上掉下来——她是醉了。

醉眼蒙眬都有了幻觉，酱紫看到了乌迪生气的脸，直到下巴狠狠被捏疼了，酱紫才知道真是乌迪，“电话不接，微信不回——到家再跟你算账！”

乌迪买完单，伸胳膊揽住酱紫，不留神胳膊肘撞到了身后一个女孩的胸。那女孩一声尖叫，骂了句脏话。乌迪扭头，松开酱紫，让她站好，转身盯着女孩，一个人高马大的男生晃着车钥匙进来，见状把那女孩拉到身后，伸手推搡乌迪，酱紫都没看清楚是怎么回事，那个男生就躺在了地板上。周围响起了口哨声和嘘声，保安立刻出现了，酱紫拽着乌迪离开，那女孩尖厉的骂声传过来，“死变态！百合了不起啊……”

乌迪扭身要回去，被酱紫死命拉住。夜风一吹，酱紫摇摇晃晃有些站不住，只是拉着乌迪，不撒手，不肯先上车。乌迪拖着她站在路边抽完一支烟，把她塞进副驾驶，发动车时冒出句：“你这个助理得换！”

酱紫摸索拉扯，半天没有系上安全带，“我让她走的。”

“你让她走她就走？！”乌迪的火还是没压住，“出事儿算谁的？”

酱紫说：“我又不会跟人打架！”

乌迪一脚急刹车，“我他妈多余，是吗？！”

酱紫被甩向前又摔回座椅，她揉着被撞得生疼的胸口，血冲进了大脑，脸滚烫起来，开始朝乌迪吼回去，语速快到没有地方加标点，一口气将陆离今天和她的对话全盘托出。说完她才用力喘气，以至于呛咳起来。

乌迪火气下去了，脸色凝重，伸手把她拉进怀里，摩挲着她的后背，“不会有事儿的……”乌迪放开酱紫，给她系好安全带，“我先送你回家。”

半个小时后，酱紫歪在余菲菲堆满毛绒玩具和印花抱枕的布艺沙发里——酱紫死命也要跟来，她不知道乌迪要干出什么。酱紫一身酒气，乌迪站着抽烟，余菲菲开窗户，开香薰喷雾，托着个咖啡碟追着乌迪转，怕她乱掉烟灰。

乌迪夺过碟子，让余菲菲安定，把一切都摊开说了，余菲菲愣了一下，“等等，让我捋捋——陆离告诉酱紫，我套现让你入坑，不让酱紫告诉你，可是酱紫告诉了你……”她笑起来，“我十九岁在阿里做前台时认识陆离，跟他跟到三十七，陆离什么人我清楚。最高级的谎言，所有的细节都是真实的。他忘手机是真的，解锁密码没有换也是真的——他女儿生日！我看了他的手机也是真的，但艾薇和他商量找人接盘，我没看到。我告诉你，如果微格基金退出是真的，他不可能告诉酱紫，君不密则失臣臣不密则失身，这是他教导过我的话。告诉酱紫，就是让她告诉你——她这么一朵重情重义的白莲花，哪受得了这个？不可能不说！陆离就是要你毁约，就是要把我困在盛世薇光继续折磨我！”

余菲菲的雄辩似乎让乌迪愣了，歪在沙发里的酱紫听完也糊涂了，觉得又悲哀又可笑胃里又难受，发出一阵吭哧吭哧的声音，余菲菲紧张地凑过来，“你是在笑，还是想吐？”

乌迪把烟头摁灭在咖啡碟里，“我不蹚你们的浑水，占小便宜吃大亏，既然没这事儿，盛世薇光前途无量，你自己留着或者再找别人也不难，保证金退我！”

余菲菲丢开酱紫，坐进单人沙发，“我拿去付律师和会计师的费用了。”

乌迪手斜眼看她，“还没估值，你就花了两百万？——我不是不讲理，我毁约，前期费用我认——”

余菲菲笑着说：“既然是你毁约，保证金我也可以不退——”

茶几上，玻璃水果盘上几只青色牛角酥的缝隙间露出一枚鲜红的刀柄，乌迪在咖啡碟里摁灭了烟头，伸手抽出了水果刀，“跟我耍横——你才认识我吗？！”

酱紫不知道自己闯下了什么祸——只知道自己闯祸了。乌迪抄起刀的时候，酱紫感觉心脏停了一下，接下来就是一阵狂跳，也不知道为什么傻到用手去抓，手掌抓到了刀刃，血顺着胳膊流下来……乌迪忙撒手，水果刀当啷掉在地上。

余菲菲手忙脚乱地拉开抽屉，棉签、纱布、碘伏、创可贴堆了一茶几。

“傻丫头，真是傻丫头！她吓唬我呢！”余菲菲抱怨里有无比真实的疼惜，“先缠紧止血，去医院处理一下，破伤风也要打……头晕吗？”

血流得吓人，伤口其实不深，也不怎么疼，酱紫伏在沙发肘上，沙发背后，香薰器喷出的乳白水雾缭绕过来，清甜的香气，让人想起洋槐开花的晚上……

余菲菲的神情恳切到了悲怆，“乌迪，我绝对没有骗你——如果不是受够了，死心了，我也不会走……”说到最后，她哭了。

乌迪架着东倒西歪的酱紫，又操心不要碰到她受伤的手，扭头说：“你慢慢哭——我先送酱紫去医院。”

余菲菲跟到门口，“楼道黑，你们小心点儿……”

余菲菲住在一栋连电梯都没有的老楼里，从粉红嫩白明亮清甜的房间出来，幽暗肮脏的楼道里全是灰尘、过夜的垃圾和宠物尿液的味道，踩着满地落叶般的外卖广告走下来，酱紫觉得自己陷在一个癫狂的幻梦里……

缠着雪白纱布的右手，搁在梳妆台上，乌迪用化妆棉蘸着卸妆水小心地替酱紫擦去眼影腮红唇膏……酱紫一直盯着自己的手，那些被她忽略的疑惑的碎片翻飞着落下来，像被吸引的铁屑，渐渐勾勒出那隐形磁石的轮廓……

“余菲菲这下该放心了……”酱紫喃喃自语。

乌迪的手顿住了，酱紫笑了一下，“余菲菲的戏真好，你的不好……”

乌迪笑了，“还真是柯南！我也是没办法才陪他们演这狗血剧，投资那么难找，好不容易逮着个机会——那天在中国大饭店，你要不是跟陆离走了，我和投资人谈完，出来就会告诉你——后来陆离警告我不能告诉你，余菲菲试探过你几次，幸亏你不知道，不然你肯定露马脚。他还让一个 HRBP（人力资源业务合作伙伴）提出辞职，在和分管副总余菲菲进行离职谈话时，透露猎头公司的内部消息，陆离已经在找下家了。他不走，余菲菲也不会走——陆离被这个多疑偏执的女疯子缠了这么多年，弄得家破人亡负债累累，也是桃花劫……”

酱紫晕眩得有些恶心，伏在自己胳膊上，乌迪说什么她已经听不大清楚了。那种坠落的晕眩，开始终日纠缠酱紫。坠到底，哪怕在破碎和疼痛中醒过来，趴在冰冷的现实上，也会好受些……

长富宫日料“樱”，乌迪翻着菜单，笑着对酱紫说：“这里的海胆可以吃……”

房间纸门被拉开，陆离进来，酱紫低了头——自那顿不甚愉快的午餐后，两人再没说过话。酱紫缠着纱布的手搁在桌边，陆离忙问怎么了。

乌迪边点菜边说：“我要手刃余菲菲，阿紫姑娘宅心仁厚，空手夺白刃——怨我，戏有点儿过！”

“咱们家酱紫真是难得啊！”陆离笑说，“在这个随时都会图穷匕首见的无情世界里，还怀揣一份不惮受伤的温厚与深情！”

酱紫抬起头来，点菜的和服女孩近乎耳语地低声问着乌迪什么，乌迪说：“当然。”她笑着合上菜单，看着酱紫说：“生死与共了，酒还是要喝一杯的。”

陆离笑道：“我听说估值都估出白菜价了？”

乌迪说：“烂白菜价！你和艾薇怎么谢我？”

陆离不只甩掉了如附骨之疽的余菲菲，还利用随之而来的恐慌心态扫荡了盛世薇光的“创业元老团”，顺带解决了艾薇的离婚困局——“负资产”估值让对方律师放弃了公司股份要求，艾薇成功协议离婚……

榻榻米椅的后背略带弹性，酱紫靠上去晃了两晃，晕眩又起来了，落地窗外的山水庭院，游廊空无一人，檐下灯笼初亮，暮霭中光色昏黄——是梦境，一重梦坠到底，落进了另一重梦里……在这个梦里，酱紫的心空了……陆离身后半人高的落地竹灯笼，灯纱上缤纷的落樱在光影里飘了出来，一只毛茸茸的猫满屋追着蝴蝶一样的落花，酱紫恍惚地想，这个兔子洞到底有多深啊……

三叠　艾薇之水中央

一

“暗红尘霎时雪亮，热春光一阵冰凉，清白人会算糊涂账……”

风园北面，有一道半真半假的长城，前半段是园区景观，有垛口城墙，拾阶而上，高处的烽火台是可以望尽全园的观景台，蜿蜒两段之后的部分，就是围墙上做出的画面了。城下几棵龙爪槐，三五个穿蓝衫的陪修女孩子，看着一个灰衣女子槐荫下唱戏。昆腔入耳，城墙上的艾薇不由得停下听，然后摇头赞叹：“女子唱生末，如此浑厚苍凉，这声笑，做得更难得……”

司望舒知道艾薇的感慨不在声腔——前两个月，艾薇以移星换斗的本事，同时完成了盛世薇光和自己人生的重置重启，烈火烹油热锅撒盐地炒自己旗下的几个小网红，没想到炒锅起火，不仅折了锅里的酱紫，连带着厨子陆离都烧伤了，一纸禁令彻底冷了她的灶。亏得陆离颇有先祖陆贾的本事，主管部门也算通情达理体贴下情，盛世薇光认罪态度良好整改方案全面，酱紫草根出身诚实坦荡也颇有几期可证清白的正能量节目，加上还楚楚可怜地晕倒在了冷气充足的会议室里，一周后“出道”就恢复了正常运营。只是下架节目赞助商那里的天价违约金还在协商处理方案，起火烧新灶的钱也不是小数，被逼出来化缘的艾薇，听见这几句唱词，难免有些刺心。司望舒拉她继续走了。

昆腔在她们身后遥遥延宕，“……重来访，但是桃花误处，问俺渔郎……”

见中海集团的董事局主席，本是艾薇提出来的，有枣没枣打一竿子，司望舒略费了些心思，给安排成了主席要见艾薇——但司望舒没有告诉艾薇。以司望舒对这位主席和艾薇的了解，各自带着这样的心理预期，才有可能完成“亲切友好”的会谈。

从“长城”下来，走进片杂树林，远远听见酱紫在喊：“林晓筱，停下来！”

接连几次晕倒又查不出任何器质性问题，酱紫在艾薇的建议下来咨询司望舒，问题不大，但林晓筱不肯让她走——林晓筱依然没有把现实中的酱紫和自己幻觉中的姜丽丽“缝合”为一个人，但对酱紫的接受程度比一般人高，而酱紫留下，是因为不想回到和乌迪“同居”的那个家。

“后真相时代”停播、下架的原因是过度炒作明星私生活，主播酱紫本人负面新闻频出，造成不良社会影响。所有的负面新闻中最让酱紫不堪的，既不是性侵过她的高中老师对那段充满同情和善意的“师生婚外恋”的朴实讲述，在媒体报道中不无“援交”色彩，也不是被深挖出当年是“做小三”而非“被小三”的黑历史，而是与乌迪的疑似女同关系——从对面楼上伸出的神奇镜头捕捉到了乌迪与酱紫在厨房相拥的“非日常生活场景”。酱紫这个十五岁失贞、性倾向复杂的“荡妇”，自然人人得而诛之。“键盘侠”们在虚拟世界里“泼粪泼尿泼硫酸”，击倒了现实世界中的酱紫。

司望舒对艾薇说：“你快一个月没见晓筱了吧？”

林中空地上有一架秋千，林晓筱和酱紫面对面站在秋千上，林晓筱双腿用力屈伸，秋千越荡越高，酱紫紧紧抓着秋千绳，闭着眼睛喊着停下来。司望舒警告地叫了声晓筱，林晓筱不再用力，秋千荡着荡着慢下来，陪修小夏上去扶住秋千绳，林晓筱几乎是跳下来的，笑着跑过来，“望舒姑姑！小姑姑！”

司望舒知道艾薇戏剧化的情绪要出来，拍了她一下，艾薇忙点头示意明白，司望舒对林晓筱笑道：“衣服都湿透了！人家酱紫本来就不舒服……”

酱紫拽着秋千绳，坐在秋千上，在她的陪修搀扶下，艰难下地，面对艾薇三个人，满脸羞惭。司望舒说：“我知道你的眩晕还没好，是为了让林晓筱高兴。以后你不要事事都依着她——你越惯她，她越欺负你！跟她小姑姑一样！”

艾薇拉着有说有笑的林晓筱舍不得撒手，司望舒回头见酱紫也出神地看她们，拍拍她说：“羡慕了很多年，是吗？”

酱紫叹了口气，司望舒低声说：“不必羡慕，都是有代价的。”她叫艾薇，“走吧，不能让资本家等我们。”

艾薇勉强维持着淡定，一出杂树林，抓住司望舒的胳膊，“你真是神通广大，这才几周——晓筱那么抗拒——她说什么了？她为什么病？怎么好起来的？”

司望舒笑着抽出胳膊，“好啦！找时间跟你细说，办你的正经事要紧。”

盛夏温度，艾薇抱怨走得妆都花了，说话间进了片竹林，凉意森森，汗很快就下去了，艾薇站下，拿出粉盒补妆，环顾四周说：“这儿倒凉快——屋顶挡住真的天，弄出一片假天空，造风造雨，还要调出不同的温度来，图什么？！”

司望舒笑笑，艾薇这话，其实是在喟叹风雨凉热背后不菲的费用。艾薇的粉扑停在脖子上，沉脸看司望舒：“你笑什么？”

司望舒知道艾薇在缓解上阵前的紧张。她穿了那套宝蓝底子纳纱绣喜相逢团花的高定裙子，据说设计师为这条裙子几次去故宫看服饰展，团花不在胸前，在斜裁的裙摆处，图案中的几痕明黄纹路与颈间的金璎珞相呼应，仿佛一条见首不见尾的金龙钻进裙子，缠出了玲珑腰身——战袍金甲，她果然是来打仗的。

司望舒叹了口气，上去拿开她的手，从脖子上摘了那套金饰，放进艾薇的手包里，摘下她别在头发间的那颗鸡油黄的蜜蜡发饰，卡在斜开的襟前，口中提醒她，今天主席请的陪客是中海旅游和中海地产的两位总裁。旅游和地产是中海集团盘子最小的两个子公司，旅游去年股票表现不好，地产还没有上市，嚷嚷了几年的“文化+”，加来加去总会掉下来，司望舒拉起艾薇的手，“现在，文化她老人家本人，来了！”

艾薇笑了。两人一起走进竹林深处的敞轩，完成介绍寒暄，司望舒就退场了，自己不在，艾薇会更挥洒自如——那点儿莫名的羞，来自艾薇内心深处，但她总歪派司望舒影响她，司望舒也就笑笑。

除了自己，司望舒观察最为长久细致的另一个人就是艾薇。看着她赤足在荆棘丛中奔跑，看了这么多年，看着她解完一重困再破一重局，仿佛有用不完的聪明，看着她面对岁月，不肯退让分毫的美丽——你以为她要凋败了，展眼再看，她又光艳如初了……只是这一切，不会无缘无故……油尽灯枯的黯然结局到来时，以艾薇的心性来说，太难接受……此刻思之无用，司望舒走出竹林的时候，就让那点儿忧虑，散在了迎面而来的热风里。

艾薇带着薄醉午宴归来。司望舒的办公室隔壁就是她住的套房，绕过办公桌后的屏风遮挡的门，可以直接过去。艾薇进带卫生间的主卧卸完妆、换好衣服出来到套房的小客厅，酒店A区的服务生送来了一杯咖啡，还有未拆包装的高尔夫球服、鞋和帽子，司望舒也从办公室进来坐下。

艾薇端起咖啡来喝，含混说："约好三点去打球。"

司望舒端详艾薇，"看来很顺利。怎么显得有点儿歉疚……"

艾薇放下咖啡杯，"很歉疚——没想到，我搅了你的清净道场！"

"望舒心灵生活馆"这种天然"政治不正确"的地方，存在了三四年，已是难得的因缘，能由艾薇来收尾，也算是难得的因缘……司望舒觉得心里一松。

艾薇带着不安和慌乱摇晃她的胳膊，司望舒回过神儿来，忙笑了，"不是你我的事儿——风园的地，政府批的是文化用地，还给了一部分配套投资，现在的定位，很难摆脱高档会所的嫌疑，开放、转型是必然的事情。二期的雅园、颂园的方案，本来上一任主管领导已经同意了，没来得及签字他出事儿了，继任领导来风园考察了一次，回去否决了雅园和颂园的方案，施工证办不下来，配套用地上的商品房和综合体也动不了工——你是来帮忙的，不是来捣乱的。"

艾薇松了口气，随即埋怨，"你早告诉我，我还能再加点儿价！"

"现在也不晚。对于中海来说，董事局主席不会花一顿饭外加一场球的时间，只跟你谈‘孙子公司’下面的一个小项目的。”司望舒说。

艾薇端起咖啡一口气喝完，开始打工作电话。

司望舒站起来，指着主卧，对正打电话的艾薇说：“不用看我也知道会乱成什么样子，去打球之前，把战场清理干净！”

司望舒有个两点钟的单人课程，约课的客人，就是上午唱昆腔的灰衣女子。她已经是巩固阶段，相对比较轻松，下课时司望舒告诉她不必再约课了。司望舒走回办公室，发现套房的屋门开着，朝里看了一眼——她也没指望艾薇真会清理战场，虽然艾薇答应时拼命点头——司望舒呆住了。小客厅沙发上摊着四五套罩着防尘袋的裙子，地上一堆鞋盒子，茶几上还放着个三层的螺钿首饰盒，一个玫红的无纺布收纳盒，艾薇的助理从卧室里掬着要扔的球服球鞋的包装盒出来，不好意思地说：“司老师对不起，艾薇总要换衣服……”

活得如交响乐般浩大，艾薇啊……司望舒不想让艾薇的助理尴尬慌乱，立刻退了出来，回到办公室去做自己的事了。

司望舒在电脑上填完刚才那女子的记录，点结束课程，工作流程系统会通知客服中心，协调安排离开的时间和方式，减少刺激平稳过渡……最后一个蓝色的未完标志消失了，屏幕上一片灰白……

有人轻敲开着的办公室门，司望舒闻声抬头，门口那人拎着三个大购物袋抱着一大捧花，朝司望舒笑着伸出手，自我介绍，“司老师好，乌迪。”

司望舒忙把她让到隔壁套房，乌迪环顾小客厅，笑道：“侵略者来了！”

二

盛世薇光团队，当天就“进驻”了风园。

艾薇再次出现在司望舒办公室的时候，换了条抹茶色的真丝无袖长裙，松松地系着秋香色手编腰带，她近乎是冲进来的，腰带的流苏穗子飘起，挂在了瘿瘤木茶海不规则的边缘上，只得停下小心地去解那团丝线。

司望舒扣上了电脑，“干吗？慌张成这样！”

艾薇说：“惹你不高兴，被扫地出门，急着过来道歉呀！”

乌迪是被艾薇叫来开会的。她提前买了食材，向司望舒提出了个“不情之请”——借用厨房。司望舒让服务生拉了辆行李车上来，装上艾薇的各色行头首饰化妆箱，先拉去了开给她们的客房，再带乌迪拉着食材去风园里的小厨房——主席今晚没客人要招待，跟那里的主厨对接一下，乌迪就可以用了。司望舒让助理通知艾薇，打完球回来直接去房间洗澡换衣服、化妆，然后去吃午饭的地方吃晚饭，司望舒开始整理自己的资料，没想到艾薇又跑了过来。她嘴里说着是来“道歉”，司望舒知道她实际上是来“报喜”的。

艾薇走到她身边，依着桌边，低头摩挲着胳膊上缠的一长串细小的冰种黄翡珠子，说得颇为矜持含蓄，最后爱娇地推推司望舒，“陆离晚上带团队过来，明天一早开始谈判，给我个小会议室呗。”

司望舒拿起艾薇的胳膊，一圈一圈地解下那串珠子，莹润透明，触手生凉，司望舒摩挲着珠子，看着艾薇，“我安排好了和你们对接的负责人，心灵馆的收尾一周之内应该能完成……”

艾薇愣了，“你未卜先知？”

司望舒笑说，“先知谈不上，的确也未卜，五月份我就开始在做结束的准备了。”她把那串珠子拍在艾薇手上，“走吧，咱们去鉴赏乌迪的厨艺。”

艾薇挽着司望舒朝风园走，“我真不喜欢这个乌迪……”

司望舒说：“也不能勉强你喜欢，今天我见了，还算正的一个人。”

艾薇站下了，“你不知道她有多恶毒、刻薄、阴暗——骂我龙团凤饼婊！她还正？弯弯肠子不要太多！她这次和陆离一起设计余菲菲——余菲菲最后拿到的钱，买不回当初卖掉的那套房……”

司望舒叹了口气，“你比谁都明白她的真假邪正，可你还是心里不舒服！”

艾薇笑了，挽起她的胳膊继续走，“你好可怕！”

那片竹林是从淇澳竹林蔓延过来的，里面藏着那个小小的竹栏敞轩，敞轩内的餐桌已经布置好，乌迪带来的花插满了敞口玻璃花缸，怒放的深红色重瓣雏菊，衬着暗绿色的桌布，朱碧两色浓郁得像在流淌，音乐一般溢出了物的边界，那是遥远异族民歌里听不懂原委的甜蜜忧伤……

花下是伏在桌边发呆的酱紫——像是感觉到了司望舒凝视的目光，回过神来，对着她们一笑，“晓筱非要回去换掉绿T恤，她不能忍自己和餐桌撞衫。”

艾薇笑着看司望舒，央告地晃晃司望舒的胳膊。司望舒知道她还是想问晓筱如何好起来的，故意笑着说：“你这一路撒娇，还没够？酱紫看着呢！”

敞轩和小厨房之间有一条廊子连着，两个服务生一个推着放凉菜的餐车，一个抱着装酒的冰桶沿着廊子走过来，乌迪端着杯白葡萄酒跟着后面，她喝了一口，环顾四周，“在这儿做档美食类真人秀吧，厨房很漂亮，也好用！”

艾薇笑着说：“你也考虑一下司老师的感受，这么肆无忌惮！”

乌迪走过来，“司老师已经用笑脸欢迎侵略者了！”

乌迪在桌边放下酒杯，对冲着花发呆的酱紫说：“贝加罗雏菊，漂亮吧……”她的目光落在酱紫搁在桌边的手上，愈合后的伤口留下了很淡很细的一条疤痕，有些惊讶地笑着说：“哎，有爱情线嘞！”

酱紫跟着被拉起的手站了起来，随即又软软地倒了下去，乌迪一把抱住她，司望舒绕过桌子，掐住酱紫的人中，和乌迪一起托着她坐回椅子上，很快酱紫就苏醒过来，趴在桌边，林晓筱换完衣服回来，跑到她跟前，“你又晕了？”

酱紫羞惭地说：“我真扫兴……”

乌迪走到了敞轩的边缘，拿出支烟，司望舒抬头说：“进来抽，敞轩里监控拍不到——来这儿的客人常有抽烟的，这里装了排风系统。”

乌迪默默抽完烟，又进厨房去看热菜，司望舒等在厨房门外，等乌迪出来，悄悄告诉她一会儿如何玩游戏，乌迪起初有些吃惊，听完一下把司望舒抱起来转了一圈放下。桌边的人都在看，等她们过来，艾薇瞪着司望舒，“你跟她说什么？”

乌迪笑道：“司老师说她对我一见钟情，我说 Me too！”

大家都笑，只有艾薇木着脸抿抿嘴，没搭理乌迪。司望舒不管艾薇，招呼大家开餐，服务生倒酒，桌边除了司望舒、艾薇、林晓筱、酱紫、乌迪，酱紫和艾薇各自的助理，还有司望舒叫来的林晓筱的陪修小林、小夏，九个女子团团坐了一桌，司望舒先敬乌迪，赞美乌迪的厨艺惊才绝艳，众人纷纷附和。服务生给司望舒拿来了色盅，司望舒说咱们来玩“KISSKISS”吧。

酱紫的助理倒吸一口气，“司老师也太潮太酷了吧？！”

艾薇被助理科普游戏规则，立刻反对：“疯了吧？你我跟她们玩夜店游戏？！”

司望舒说：“你闭嘴！举手表决——哎，你们不想看高贵冷艳的艾薇总 Kissing 吗？——少数服从多数！”

艾薇看着齐刷刷举起来的手哀叹：“民主是最可怕的人类游戏！”

游戏规则很简单，掷色子，掷对点儿的两个人喝酒、互吻，可以吻额头、脸颊、嘴唇和脖子，酱紫的助理和小夏就吻嘴唇和吻脖子的意义发生分歧，激烈的学术碰撞被司望舒打断了，“流派不同，咱们搁置争议，各吻各的意思！”

从司望舒开始，大家轮流掷，艾薇和小夏先对了点儿，喝了杯酒，互相亲了脸颊，小夏亲艾薇的时候，让小林帮她拍照片，性命担保不发朋友圈。几圈下来，四瓶白葡萄酒消失了，有一轮是乌迪吻了小林的嘴唇，几个女孩子尖叫着拍桌子，酱紫的助理抗议乌迪为什么只吻她额头，乌迪回答说：“把你脑壳里的松子儿吻成花生仁儿，至少不会再把酱紫一个人丢在夜店里了！”

两轮后，酱紫和自己的助理掷对了点儿，她们俩嘟起嘴唇接吻，还举着手机自拍——林晓筱就过去给她们捣乱，三个人笑着滚在一起。闹完了继续玩儿，酱紫掷了个六点，司望舒胡乱掷了一下，起身走走，隔了四个人是乌迪，乌迪掷完，走到她身后的司望舒伸手摁住了色盅，揭开一半，抬头笑说六点。

乌迪走到酱紫身边，酱紫也站了起来，两人碰杯，乌迪让酱紫选“姿势”，小林小夏开始“污污污”的拍桌子起哄，酱紫竟然吻了乌迪的脖子，乌迪夸张地靠着敞轩的栏杆，说晕，多巴胺瞬间分泌太多处理不了……

敞轩里灯初亮时，已经近八点，艾薇的助理告诉艾薇，陆离他们半个小时后到。只有乌迪和艾薇去开会，司望舒陪她们去会议室，艾薇笑着说：“折腾我们一晚上，就为给酱紫实施‘脱敏’疗法？”

司望舒说：“不是，主要是为了看你羞羞答答被小姑娘调戏！”

艾薇笑着啐司望舒，忽然正色，“你们的会议室不会也——”

司望舒说：“只有风园和C区特护房间装有监控，会议室和所有工作人员的办公室以及酒店其余房间，都没有，公共区域才有。放心密谋，明天见。”

把艾薇的人关在了门外，走进卧室，艾薇残留的香水气依旧浓烈，仿佛她又跟了进来。艾薇最近几年专用一款Bijan的香水，非得说是木香龙涎的味道。司望舒意识到自己有些隐约的焦躁，她开始检查原因。

似乎和酱紫有关。今晚充满性暗示和性炫耀的游戏营造的场景，酱紫的初步反应是积极的，说明自己对她“心灵场”能量文化符码的辨认和引入符码的选择，都是对的，接下去的治疗相对就容易——不管用什么能量维持了“心灵场”的正常阈值，就是“修复”成功。司望舒不会用文艺的眼光分辨什么残酷温暖阴暗光明，更不要说道德眼光里的高尚卑下自私无私了……不然积累下来这三百多例不同程度“生效”的实验对象，足够挑战司望舒自己的心灵场阈值了。

为了这场颇具规模的实验，司望舒的确挑战了自己的现世规则。望舒心灵生活馆里一部分客人是实验对象，有一部分是选择常规治疗方案的普通客人，另外则是“金主”，他们的无聊空虚维持了生活馆的运营——弄些“冥想”“正念”包括催眠之类的小机巧，对司望舒来说不是难事，佛禅中医、显宗密宗，她也拿来做手段营销课程营了。只是她做得克制，谨慎，隐秘——事实上，除了她自己，谁也不知道那些客人有什么质的区别。当然，遇到不能承受费用的理想实验对象，司望舒就代为支付费用——这几年，她在客人和陪修们眼里，越来越像菩萨了。

这场实验能推出的结论，就像那块暗绿玻璃碟子的香茅艾草皂一样，触手可及，只是手伸过去，却感到了森森的阴冷之气……司望舒察觉到自己内心在抗拒，立刻告诉自己，那就多退一步——放弃这个显而易见的结论，回到实验素材本身，重新研判——压力消除，诸多蠢蠢欲动的浮念随之消停，洗漱上床，略自调息，也就安眠了。

急急的敲门声和外屋办公室的电话铃声同时在响，司望舒刚醒时还有些疑惑自己在做梦——她到无梦深眠的状态已经有几年了——自己对风园的执念如此之重，竟有了这样的梦境？也就一念，她随即清醒了，起身去开门。乌迪穿着件大T恤，光着腿，头发还是湿淋淋的，脸色凝重，合上手机，进门随手关上了门，递给司望舒一个信封，里面有一个优盘和一张打印出来的纸条：退出风园项目，否则后果自负。

乌迪说："艾薇，我，陆离三个人房间里有，公司其他人确认过，没有。这里面，是视频——是艾薇……"

司望舒蒙了一下，随即冷静下来，打断乌迪，"不必说了——艾薇怎么样？"说着就往外走，乌迪跟在她后面说，艾薇就说了一句去找司望舒，再也不肯说话了……司望舒走得太急，踩到裙摆踉跄一下差点摔倒，她随即扶墙站稳了……

三

艾薇眼皮渐渐停止了抖动，她在药物的强迫下睡着了。司望舒从艾薇的手里轻轻抽出自己的手，离开房间，轻敲对面乌迪的房门。

房间里不只乌迪和陆离，还有酱紫，酱紫正在盯着电脑屏幕，不断用鼠标调整，细看那段录像。乌迪忙解释："司老师，酱紫心很细……"

酱紫定格一帧画面，仰头说："这不是监控录像，是有人拿手机对着显示屏录下来的——放大画面，仔细看，屏幕上那人的影子……"

司望舒略松了口气。心灵生活馆与酒店的监控是分离的，主控界面只有在她办公室的电脑上才能打开登录，无论是调看、复制、删除都只能由她来做。中控室只能看到公共区域的画面，但是风园属于公共区域。那晚她打开电脑，本来是要拷贝单人课程的录像资料，打开公共区域界面随便看了一眼，深夜时分，一片黯淡的园内只有乔松区域的画面是亮的，说明有人在，她点开放大画面，看到了乔松岗下茅屋内的艾薇和左后卫……

司望舒愣了一下，迅速退出画面，登录主控界面，输入口令关闭了乔松区域的监控，然后调出录像进行彻底删除，退出登录，关闭电脑，一路急走到中控室，敲门进去发现值班的两个安保人员，一个略显尴尬地朝她笑笑，叫了声司老师，另一个则假装在看一墙的监视屏，听到她的声音，才扭头示意。

司望舒认出了笑的那个人，是左后卫的表弟，沾表哥的光才有的这份工作，那位表弟抢先说："司老师您放心，我们不会乱说。"

看来事情就出在这个"不会乱说"的表弟身上。司望舒拿起房间的电话，打给总台，果然——左后卫今天入住了，司望舒问了房间号。放下电话，司望舒对着酱紫说："回去睡吧，你别跟着熬了。"

酱紫站起身，认真说："我觉得这段录像根本没么威胁，尺度也就到Kiss……"

乌迪哼了声，"真是有代沟——大人说话，小孩儿不要听，快回去睡觉！"

酱紫乖乖地走了，司望舒简单说了左后卫的身份以及其中的利害关系。风园一期策划案原来的定位是传统文化与中医养生，在寻求技术支持时左后卫在中医药大学碰上了司望舒，这才有了后来的望舒心灵生活馆。左后卫团队做了五年的二期雅园颂园方案被否定，他还在紧急修改——显然今天知道自己出局了。

陆离说：“这个左后卫倒不可怕——我去谈。只是消息透得这么快，说明我们要蹚的这潭水够深够浑。司老师，您千万得给我们保驾护航啊！”

司望舒笑笑，留在乌迪房间和她一起等陆离谈的结果。

乌迪捏着那张纸条，说：“这个操蛋的世界啊！就躲不开这种拙劣又狗血的剧情！”她点烟，顺便用火机烧掉了那张纸条，“没指望活成史诗，活成篇有点儿思想逻辑的小说行不行？混到四十大几，连装逼资格都快混没了！”

司望舒颇有意趣地看着乌迪，“乌迪老师还想过要活成史诗？”

乌迪笑着说：“不是抓过理想主义的尾巴嘛！咱们是同龄人——你看陆离，无情无义唯利是图一混蛋吧？还想跃迁到移动互联世界继续办《新青年》呢！”乌迪熄灭了烟，颇有些郑重，“司老师，我是个俗人，不敢说劝您，学一句舌：粉墨登场笙管浓，谁知槛外雪花重——您下凡帮帮我们……”

司望舒摆手，“什么槛内槛外，这话我不配……”她意识到自己的急切会被误解成矫情，放缓了语气，“乌迪，咱就不老师老师瞎客气了。我知道自己——”

乌迪说：“你至少得帮艾薇过道坎儿——不是今天这事儿，这是意外……”

陆离回来打断了她们的谈话，显然事情得到了圆满的解决。陆离敲门进去，态度强硬，直接告诉左后卫他们公司要报警，敲诈勒索是刑事犯罪，如果他们这些业余侦探不到半个小时就能找到他面前，警察破案会更容易吧。硬的来完来软的，陆离替左后卫感到遗憾，和艾薇有这份情谊，何苦被人当枪使——因为接下来他合作的甲方，不是现在透露消息给他的人，而是艾薇。盛世薇光要与中海文旅地产板块整体合作。艾薇是念旧重情的人，希望左后卫能明白。左后卫最后几乎是感激涕零了，不仅当场删掉了手机里的视频，还竹筒倒豆一般把自己知道的中海内部人事关系说了够。陆离笑着说："一个很天真的老人家。"

那段视频是他表弟录了发到他手机上的，原本是开玩笑，左后卫当时没看见，后来也吓了一跳，他表弟说司老师处理过了，他才放心，逼着表弟删了录像，他自己却没舍得删——今天听到消息，脑子一抽就想出这么个昏着儿。

这样的昏着儿，是左后卫大脑皮层的化学电信号与周遭充斥着拙劣狗血剧情弥散出的信息场能量交换的结果……艾薇永远跟这些不堪的人和事纠缠不清……

司望舒回到卧室，斜依着床头，艾薇的香水味还在——艾薇怎么就闯进自己的世界还赖在那里不走了？

不知道自己为什么厌烦透顶还会大冷天在雁栖湖边陪她到半夜，听她为一段庸俗肤浅的情感喋喋不休，不知道为什么接到她一个含混不清的电话，就闯进酒吧从一群说不清是艺术家还是流氓的家伙手里把嗑了药的艾薇抢出来，伺候她吐了一夜，第二天等她醒来，扇了她一耳光……

与其说不知道，不如说不想承认——黑暗中那股味道幻化出了艾薇，翩然如蝴蝶般轻轻落在她身边，她甚至能感觉到那股所谓木香龙涎里肌肤的温热……司望舒跌落时很清楚自己没有睡着——她摔得很实在，半天没能从地板上起来——颠倒梦想……

司望舒慢慢起身，深吸一口气，左肋下有一处隐隐作痛。她走到小客厅，烧水给自己泡了一壶菊花，玻璃壶里慢慢舒展开的金丝线菊，一朵就占满了小巧的壶身，水与玻璃都分有了花的颜色……

次日一早，司望舒去敲艾薇的门，没人应门，她找服务员打开房门，艾薇醒着，手里握着手机，躺在床上，看见她进来，丢了手机，一下缩进被子里去了。司望舒拿起滑落的手机，手机还停留在微信界面，陆离把事情结果告知艾薇，说早餐碰面时，有些想法要请示。司望舒把手机放在床头柜上，笑说："知道晓筱是怎么好起来的吗？我们俩一起读《红楼梦》，她就好了。"

艾薇掀被子坐起来，"你瞎说八道。"

司望舒说："你要相信科学。我们才读到第二十五回——"魇魔法叔嫂逢五鬼，通灵玉蒙蔽遇双真"。"

艾薇歪头看着司望舒，似乎在辨析她是在开玩笑还是认真的，司望舒笑起来，"快起来，不还得打扮半天吗？今天，我陪你参加会议。"

艾薇出现在西餐厅，那点儿郁郁的情绪被白粉绿黛遮得严严实实，只有司望舒注意到了她不断抿起来以至于破坏了唇线的嘴角。陆离完全在用汇报的语气和措辞谈自己的想法，艾薇默默地听着，喝着咖啡，乌迪起身给她端了一碟甜点一碟水果，艾薇吃了颗葡萄。陆离和乌迪都是聪明剔透的人，态度自然要越发恭敬。

司望舒也就参加了第一天上午的会，下午给酱紫做了一次完整的"心灵修复"，完成林晓筱的出院报告，至于别的客人离开的事情，酌情协调就是。

三天后，关于风园项目的合作协议签署。虽然协议内容还是酒店公司以购买服务的方式委托盛世薇光团队完成风园一期的内容转型和二期的内容建设，但在当晚的晚宴上，已经有人在讨论呼之欲出的“中海薇光文旅集团”了。

司望舒去露了一面，心灵生活馆完成历史使命，司望舒与中海方面彼此表达感谢。回到办公室，全部资料备份已经装箱，贴着封条，电脑已经彻底格式化，自己的东西有限……有人敲门，门外站着不好意思的酱紫，“司老师，您有时间吗？我想和您——聊聊。”

捧着司望舒给她沏的菊花茶，酱紫说她读了《延展心灵》，“读不太懂，稀里糊涂地看，好多术语，上网查了解释还是不懂……”

司望舒笑了，“以我昏昏，怎使你昭昭？师妹要做项目，她翻的中文，心理学术语就这样，比喻、借用，还有生造的，很难弄——这种书，你不必看的。”

酱紫说：“我还是觉得很神奇——心灵不是以人的皮肤为界的，也不是以身体为容器的，人的认知是神经系统、身体与环境之间动态交互的自组织过程。我，是一种‘场’式的存在，心头一念，可能是被千里之外百年之前某个故事中的某句话牵引控制，也许自己都不知道那句话……如果‘我’，是因果耦合变动不居的能量交换‘场’，是不是不断引入好的能量，‘我’就会变好一点点？”

司望舒笑了，“延展心灵观只是一种假说——其实，人类目前对‘心灵’，认知、意识的了解非常有限，没有共识。不过作为生活中的人，笛卡尔主义那种‘我思故我在’的主体性观念，是思考的基础——不需要知道就会这样做，人很难接受一个不独立的自我——你的想象很有趣，有点儿像做环保，多种一棵树，少开一天车，就多一点儿蓝天……”

酱紫也笑了。

司望舒给酱紫续茶，“自然生态也没这么简单，既然是耦合，就不会遵循线性因果论——延展心灵观基本的问题都没有解决，只是启发了我的思路，至于我所谓的‘修复’，那只是比喻……”

“第一次见到您，您给我讲过化城喻……”酱紫捧起茶杯，“我现在才知道，那时候，您事实上已经给我做过一次心灵修复。”

化城喻，是司望舒经常用来宽慰人的佛教故事——虚幻的城，却能提供真实的庇护和憩息——需要这个故事宽慰的人太多了，包括司望舒自己。拿着无形的手术刀去拨弄、切割、缝合那些“人心”久了，她需要这样的故事来抵御不知来处却浩大无边的虚无……这场谈话从有趣走向了危险，司望舒想结束它。

“书读多了心思多。”司望舒笑着说，“你这样会把自己绕糊涂的。你不能拿概念检查自己的心，就像你不能查着百度百科，给自己看病一样，会出事儿的。”

酱紫也笑了，放下茶杯，“我小时候——年轻的时候，身边都是很糟糕的事和人，我就觉得自己跟他们不是一国的，我属于一个更好的地方，属于更好的一群人——现在，我曾经以为更好的那群人，和我以为很糟糕的那群人一样，没有更坏，也没有更好，真没意思——人活着总该变得更好……”

“别忘了这个念头，去做想做的事——Follow your heart！”司望舒起身抬手，做出拿那句英文当口头禅的脱口秀演员的经典手势。

酱紫又惊又笑，“您也看这个？！”她也站起来，“您是我见过的最完美的人。”

四

镜子里，笑凝固在脸上，司望舒用力搓了搓脸，才让略显怪异的笑脸消失了。酱紫离开了，但她那些子弹一样的问题却留在了司望舒的身体里，司望舒像迟钝的无痛症患者一样，低头看见伤处才知道——司望舒立刻盘腿坐在地板上，调整呼吸，收摄心神……

“So？”耳边响起那人的声音。

六年前，桑耶寺廊下，他和她并排坐着，看暮色中看着低头走过的僧人手里不停转动的转经筒，司望舒低声说：“都是徒劳……”

他扭头看她，“So？”

司望舒没有应他。徒劳又怎样？不怎么样——司望舒何尝不知道自己穷其一生做的事，也是一场徒劳。

十二岁之前司望舒的人生基本设定是这样的：远在新疆的父母，死于一场车祸，一岁的司望舒被舅舅抱回来，交给了姥姥。小学毕业那年的暑假，舅妈和舅舅打架，被打伤的舅妈吼叫着早晚我也学你妹妹，杀了你。听到这句话的司望舒只问了一句，我妈杀了我爸之后呢？舅舅扭头冲出了家门，舅妈搂着她哭——司望舒的妈妈疯了，至少司法鉴定是这样，更荒唐的是，跟着舅舅回到老家的疯妈妈，第二年竟然在家门口丢了——大家猜测多半是被拐卖了。

司望舒的世界和这个世界中的自己，就像一面巨大的镜子，无声无息地碎了。当然，另一重世界景象和另一个自己，也随之出现——但是十二岁的她，凝视着，摸一摸，瞧一瞧，疑心那是另一重镜子……她不曾与任何人谈论这种疑惑，她也不愿意清理掉那些碎片，她以与年龄不相称的耐心与审慎，花了很长时间去辨析那些碎片……填报高考志愿时，一贯温顺听话的她，谁的意见也不听，坚持选择了将来要被分到精神病院的专业——这是不能商量的。司望舒进入专业领域之后，才知道自己所要解决的疑惑，是一项浩大到注定无法完成的工程——但她还是眼也不眨地把二十七年投了进去。

司望舒使用过几乎人类现有的所有心理学方法对自己进行认识和分析，她的情绪和心理状态在科学管理下基本是恒温恒湿的，今天竟然被一个懵懂女孩子的问题弄得寒热往来——即便问的人懵懂，问题还是问题，司望舒被那问题逼得一路东拉西扯找遁词，最后竟表演起来——她羞愧得头脸发烧，吸进去的那口气竟也变得滚烫直扑左肋，她疼得一下歪倒在地板上——足足等了两三分钟，才慢慢试着起来。看来前几天跌得比以为的严重——有过旧伤，司望舒判断可能又骨裂了，她慢慢呼吸，平躺在床上——掩埋在记忆深处的一个场景翻腾出来……

也是六年前，和那人进西藏之前，陪他去看望一位老师。司望舒甚至都不记得这位老师的姓名。她当时有了“延展心灵修复”的初步设计，尝试过一两次，没什么效果。那晚的谈话她基本没有参与，那位老师似乎是怕太过冷落她，问了她，司望舒就说了，老师听了，问了她一句话，为什么要做这个？司望舒很自然地回答，做研究。老师说，等到生效了，发心就重要了……她当时没有听懂这句话，轻轻放过了。

静静地躺了一夜，司望舒明白自己错过了什么……翻出电话簿，算算时差，拨通了那人的电话……

清晨五点十分，司望舒拿着收拾好的简单的行李到楼下上车，给艾薇发微信说明去向，一个小时之后，她已经在登机口候机，耐心地听完艾薇在电话那头的叫喊，两个半小时之后，她在四川双流机场上了一辆出租车——午后一点，司望舒已经在大佛禅院，面对着莫先生，吃下一碗素面……

司望舒今天才知道，老师姓莫。莫先生住在这里整理自己的文稿，每天佛学院的研究生过来帮先生打稿子——不熟悉佛教典籍的打字员打不了先生的稿子。司望舒当天下午就把自己变成了打字员。莫先生看她打稿子，笑着说，读了这么多经啊。司望舒说，都白读了。莫先生说，不白读。

两个多月后，司望舒收到乌迪的一条微信：望舒先生台鉴，蔷薇无花，光怪陆离——自执金戈自执矛，自相屠戮自张罗。先生但将窗外清凉，分半点与这热恼人间，慈悲慈悲，救我于水火！

司望舒看后一笑，她也正要回去，学校开学两周了，好在她带的研究生节后才开始上课。走前闲谈，听莫先生讲，同在禅院住的那个辟谷养生班，有个学员前一晚饿得睡不着，出来瞎转，先生见他可怜，就给了他一包苏打饼干，他转瞬吃完，看着空袋子说，花八万块钱修行得来的道理，葱油苏打真好吃。

司望舒咯咯地笑。莫先生笑着说，我本来还担心他会后悔偷吃——破了功，没想到，他竟然悟了！司望舒越发笑起来，莫先生看着她说，听见你的笑声了。刚来那几天，你的笑没有声音——

看来伤是好了……

司望舒眼眶有些热，什么话也没说。

北京落地，来接机的不是司机，而是乌迪、酱紫和林晓筱。上车后乌迪笑着说：“艾薇吃醋生气呢——说她打电话求你都不回来，我一条微信你就回来了。”

司望舒笑着摸摸林晓筱的头，“你怎么样？”

林晓筱说：“我辞职了。现在的老板是酱紫。”

司望舒对酱紫说：“那你这个老板做得一定很辛苦。”

酱紫笑着说：“再辛苦也比乌迪好受点儿……”

林晓筱插嘴说：“小姑姑都朝陆离脸上扔投影笔了，乌迪凌空接住，哇哦，好精彩！”

艾薇竟然一改戏路，司望舒又是惊讶又是好笑——她问林晓筱：“陆离怎么惹你小姑姑了？”

“艾薇女士的客厅”第五季策划案大改了三回，为了给陆离施压，第三次艾薇亲自讲的 PPT。乌迪说她都怂了——那就再做一季吧。陆离偏就杠上了，花钱费力招人骂，我是有多贱？！

艾薇当场就爆掉了。过后自然是陆离道歉，但他还是不肯让步——因为他要对董事长和公司负责。道歉成了辩论：只要流量不讲格调不顾底线，惹的麻烦还小？！这是对公司负责吗？——什么都是假的，只有流量是真的！饿死的都是不识时务的假清高！艾薇一个“滚”字，终结了这场新媒体观念之争，自此乌迪就如婆媳矛盾中受夹板气的儿子，两边看脸，水深火热，连和中海旅游谈判这样的大事，都因为两个人的态度拖慢了节奏。

“陆离不是觉得策划案不好，而是想彻底停掉艾薇的节目吧？”司望舒问。

乌迪开着车，“真人面前我就不说假话了，是。那次我说让您帮艾薇过一个坎儿，指的是这事儿。咱们去风园——明天‘风之子’录半决赛和决赛，艾薇决赛要颁奖——不知道您看没看，节目上得仓促，效果还不错……”

林晓筱说：“我们可火了！是今年暑假最火最火的真人秀！”

“有什么可炫耀的？几个流量鲜肉拉着嫩模小花，穿着不伦不类的假汉服满园子乱跑，能说清楚‘关关雎鸠’，就是集美貌与才华于一身的‘风之子’——反正中海的钱，砸呗！”艾薇幽怨地看着司望舒，“回来你先跟我说节目？！”

司望舒看看十人台的包间里只坐着艾薇、林晓筱她们三个，乌迪与酱紫都有事要忙——不忙她们也要躲，“既然说了，就说到底，”她夹了一筷子姜汁西芹，“撤吧，当盘被人嫌弃的菜，还不如不上桌。”

“不管曾经多受欢迎，下一秒就可能被嫌弃，这是做内容的命——我接受。十几个人弄一百个公号，不是人在写，机器抓取内容，算法来判断推送，编辑不要脑子，就像工业化后纺织工厂的女工，来来回回看着机器就行——有点儿想法和创造力的编辑都辞职了。我不接受这个！优质的原创内容，才是新媒体的本命。”艾薇说到最后动了气，扭头看见林晓筱在弄手机，“林晓筱，好好吃饭！”

林晓筱默默放下手机，开始喝刚上桌的泉水松茸汤。

司望舒一笑，“真是太阳底下无新事——中国有纺织厂快两百年了吧，缂丝云锦纳纱绣，没了吗？过去宫里的娘娘穿，琏二奶奶林姑娘穿，现在您老人家还在穿——不做无谓之争了，你也不是认真气这个。”

林晓筱喝完汤，胡乱吃了两口凉菜，就匆匆忙忙跑了。

艾薇用青瓷小勺搅着汤，“连晓筱都是能躲就躲着我了——真成惹人厌的老女人喽……”她抬眼看司望舒，“我知道——抱怨才是衰老的标志……”

司望舒笑起来，“别搅了，鸡汤凉了不好喝。”

艾薇丢了汤勺，“听这银铃般的笑声——上了趟峨眉山，菩萨变妖精啦！哎，我说白素贞，别笑了——”艾薇忽然不说话了。

刚绕过挡门屏风走进来的陆离，开口说：“听见司老师笑，我就放心了。”

五

艾薇与陆离的这场闹，半真半假。艾薇不肯低头退场，陆离坚决要停掉节目，这是真的。陆离人情练达，何苦正面硬杠？继续拖着就好了——反正也拖了大半年。艾薇多大的委屈都能忍，根本不会在正事儿上使气任性，这样的两个人偏就当着全世界打作一团，外人也许能信，司望舒却觉得太过“抓马”。就连两个人所谓的观念之争，多少都有些台词的色彩——陆离的文青心思，一点儿不比艾薇少，艾薇的现实考量，只怕比陆离还多。

司望舒在禅院看了两期“风之子”，还和莫先生讨论过。莫先生听后说，做的人有心。节目设计得糙，但构成十五国风队的队员，那些通过“出道”选上来的素人，展现了遴选者独到的眼光——都不是通常所谓的综艺咖，也不像艾薇鄙薄的那样无脑，给选手发挥的空间很开阔，有个选手就一首《蒹葭》，《毛诗序》如何说，朱熹如何讲，王国维怎么评，钱钟书如何分析，琼瑶如何改，我如何理解……口若悬河十三分钟，节目组一秒未剪，现场一片惊呼，满屏弹幕都是“不明觉厉”。陆离无疑在用一种挑战的姿态来规训观众的口味。不过他也没有冒险，当红“鲜肉”和嫩模来做领队，芒果台请来的主持团队，收视保证还是有的。

第一季刚播四期，第二季的海选已经在“出道”上如火如荼地开始了。借着中海给的这桶水，活了“出道”这条大鲤鱼，一季“风之子”，鲤鱼跳过了龙门，谈判桌这边盛世薇光的身价，早不复当初了。

这才是艾薇和陆离敢闹敢拖的真实原因。

司望舒尽职尽责地当好了台阶，那两位也都款款下来了。三个人吃完饭出来走到大堂，值班经理跑出来给陆离道歉，折腾半天也没调出来房间——A区顶层的总统套都被粉丝团包了去，节目组的工作人员全住在附近的快捷酒店。

艾薇忍着笑，故作淡然地说：“要不，我让晓筱跟我挤挤？”

陆离笑着说：“艾薇总，做人要厚道！”

陆离走了。艾薇挽起司望舒，笑出来，“听我八卦啊，余菲菲这阵子都在微博上撞天屈告地状，陆离不仅骗了她十八年青春，还设局骗她损失了以千万计的财产，乌迪、酱紫是帮凶，有录音有照片，协议文件银行记录，铁证如山……我也是才知道陆离跟酱紫还——奇怪，这次她倒跟没事人似的。”

司望舒微笑着说：“不止吧？她应该会力挺陆离。”

“真是！”艾薇笑着说，“酱紫在微博上把余菲菲骂她的话一句一句撑回去。有一句很精彩——用自己女儿生日做手机密码，十八年没有改过的男人，变成了渣，只因为遇上了余菲菲这个人性粉碎机！比喻清奇，逻辑也让人无语——对了，陆离的女儿真是好，明天你能见到——”

第二天司望舒被艾薇强拉到主看台——看陆离的女儿，更看陆离的表演。

陆离参与的是所有选秀比赛必不可少的煽情环节——亲友祝福，他站在女儿的对面，“看着我的小仙女，我自惭形秽——对不起，爸爸今天丢你人了。昨天跟摄像大哥还有我们的崔导挤在速 8 的一张大床上过了一夜，麻烦摄像给崔导个镜头，大家看到了，比我还丰满——但我骄傲，为什么？节目太火，方圆五百里都没房间了。上午中海逼着开会，金主啊，那是我爸爸！不得听话吗？也没时间去捯饬，刚才想让化妆师给抹点儿粉吧，才发现胡子都没刮——忽然觉得这样也好，一个不堪、狼狈的中年男人，不算油腻，但也不够体面，甚至不够——干净，”陆离压着哽咽狠狠地说出“干净”两个字，满是笑声的现场安静下来，“但他够坚强，够努力，只因为有你！宝贝，爱你！”他朝女儿张开胳膊，女儿轻轻地伏在他怀里，他搂着女儿，面对观众说，“感谢女儿，给我机会让我爱她——虽然我给出的爱不完整，破碎，千疮百孔。莱昂纳德·科恩说过一句我很喜欢的话：万物皆有裂痕，那是光照进来的地方。”

“多会演！”折腾完全部流程，艾薇拎着礼服的裙摆，被安保护着刚出风园的门，扭头就对司望舒说，“多会演！那件不合身的皱巴西服，专门找的！”

司望舒扑哧笑了，“戏是假的，情是真的。就算情也是假的，理是真的。”

艾薇突然抿紧了嘴唇。餐厅落地窗前的水池上，金天正领着两个孩子在看水里的锦鲤，林晓筱站在一边打电话，她挂了电话，对金天说了句什么，匆匆往风园门这儿走，顶头撞见她们，她对司望舒说：“望舒姑姑，看好我小姑姑，别把金天吃了——吃了我俩孩子就没爹了！”

艾薇气结，司望舒强拉她走了。第一季杀青的庆功宴艾薇都没去慰问示恩，脱了礼服，穿着衬裙窝在床上生气，司望舒就坐着陪她。

“你说理是真的，好！裂痕还不多吗？都成筛子了！光呢？怎么不照进来呀？！”艾薇捶着床，眼泪滚了下来。

艾薇的假睫毛掉了，粘在脸上，司望舒伸手替她捏下来，又难过又好笑地低声说：“裂痕，又不会发光。”伸手把纸巾盒递给艾薇，“给你讲个我的故事吧。”

艾薇一下坐起来，擦了擦泪，顺便把那边的假睫毛也拽了，瞪着眼看着司望舒。司望舒笑了一下，学着艾薇文章的调子开始讲：“……她强悍霸道拽着我，没让我自以为是地坠进冰冷的虚无里去。我很感激，那个十五岁走过来跟我说话的她，也很感激，四十四岁还像少女一样撒娇要我哄的她……”

“呸！我是熬鸡汤的祖奶奶！用不着你给我灌！”艾薇嘴上这样说，情绪还是好了很多，翻身下床，“看在你大抒情的分上，起来！”

艾薇走进浴室，一会儿探出满是卸妆油的脸，“哎，怎么觉得你变了？”

司望舒嘴角噙着笑，“骨头都摔出了裂缝，才透进来这么点儿光……”

春节前，司望舒来给艾薇告别，艾薇以为她又要去旅行，司望舒笑着说可能会久一些。有一个人，是她在斯坦福的同学，正在用司望舒“延展心灵修复”的实验资料建模型——他邀请司望舒去工作。这个人，六年来都和司望舒相约旅行，如果司望舒过去，也许他们可以试一试共同生活超过两周会发生什么，虽然两人都不是很有信心，但冒一次险吧……

“司望舒！”艾薇尖叫起来，“你还有多少秘密？！黄种人？白种人？黑种人？比你大？比你小——是男人吧？”

司望舒笑道：“肯定是人类，常识判断是男性，医学角度就难说了……”

艾薇笑着笑着呛咳似的哭出来，立刻不好意思地抽纸巾擦泪，掩饰地拿起司望舒带来的档案袋，“这是什么？”

司望舒说：“拜托你转交给酱紫，作为委托人，我请她帮我寻找母亲。”

艾薇蒙了，“你要上‘名侦探酱紫’，一档网综节目帮你找母亲——你母亲不是你很小就去世……这是想治愈她，还是什么心理实验……”说着要开袋子。

司望舒阻止了她，“我走了你再看吧，是我能找到的所有关于我妈妈的材料，还有我写的事情原委……虽然知道会是徒劳，但还是拜托她去找……”

艾薇一直送到小区门口，她还要跟到地铁站，被司望舒拦住了。走过马路，司望舒回头，看到艾薇依然站在原处，浅白色石子漫铺的小广场空空荡荡，一阵携着尘土纸屑的旋风扑过来，艾薇侧身低头，裹紧大衣，越发显得伶仃……宛若那晚在风园虚室，她与司望舒站在林晓筱曾经倒下的那汪水前，一起朝下看，池底全是重重叠叠密密麻麻的各色异形石头，中间是亮的，周围是暗的，水波里光影动荡，只觉得幽森诡谲，龙蛇变幻……司望舒陡然心惊，挪开了目光，艾薇却执拗地走到了池中间的圆台上，低头，笑着说："该从这儿看，这儿打着光，看上去好漂亮……"

艾薇低头站在水中央，司望舒无意间抬头，穹顶上是天心明月——她知道那是影像，但又如何？穹顶之外，有真的天空……

二〇一七年十一月九日　枫舍

（原载《收获》2018 年第 1 期）

基本美

周嘉宁

致远得知洲的消息时，离洲过世已过去了一段时间。傍晚，致远与单位的年轻人打完一场篮球，接着他们兴致勃勃要去烧烤摊喝一顿。致远推辞说要工作，像往常一样继续待在办公室里。过去的几年里，他待在夜晚的办公室，要说都在做什么，可能只是制造了一些空白的从属物。这所国营单位陈旧到了肃穆，玻璃柜，文件，春联，水房里的锅炉，在白天象征着迟滞的权力，夜晚却唤起稳定和深邃的气氛。

“以前住的地方有社区游泳池，夏天暴晒，蹚过消毒水池子往泳池走，漂白水味道很重，地砖烫到不行，踮脚踩在上面一路跳过去，却可以感觉到宇宙中有些是永恒。”洲曾经有一首歌关于旧社区里的游泳池。

便是这种类似的永恒。

每天，致远在深夜的单位游荡，穿过走廊，仿佛漫步在废弃的舱体，听到近似宽慰的衰老心跳。这是被幸免或者幸存下来的宁谧。然而幸免或者幸存，如今这两者边界模糊，也很难确切描述。然后他坐回办公室的隔间，重新打开那条隐匿在信息流中的布告。

据说是洲的家人用他的社交账号发布的，修辞手法严肃过时，没有透露出私人痕迹和他过世的原因，仿佛在与这位家庭成员赌气。配合着洲的头像，一只反戴棒球帽的表情诧异的狮子，有种讥讽和伤感的效果。致远曾经从洲偶尔的描述中推测，他出身于香港一个普通的知识分子家庭。父亲早年是作家，年轻时得过重要的文学奖，但出于愤世嫉俗的性格早早便抛弃了写作。中年时做过很多意想不到的事情，家里破产过一次，把家人搞得团团转。现在借款办了一所培训学校，洲的妈妈和姐姐帮着一起料理学校的事情。只有洲没有参与家庭的事业，性格也没有得到遗传，父亲暴躁无常，洲从青年时代起便很懂得自律的好处。

致远迅速浏览下面的评论，过滤掉大量谩骂。如今的年轻人习惯使用简陋的讥讽和粗糙的重复来发泄情绪。暴戾，野蛮，简直令人恐惧。致远非常肯定他们从没听过洲早期的歌，要不然就是他们根本不曾有过年轻的心。也有更多哀悼和猜测。再链接到其他篇幅不一的回忆，来自他的朋友、同事以及跟随他多年的歌迷。这样拼凑出笼统的信息。

洲没有死在香港——不是唱过，“死也要死在我美丽的香港”吗——而是在柏林。虽然是异国他乡，却是一个从字面意义上来说缺乏想象力的地方。结果媒体的报道也千篇一律地乏味和充满恶意，仿佛暗示着故意隐藏的真相。毒品。抑郁症。桃色新闻。财产和版权纠纷。

不是这样的！即便人们借口说他人的内心世界是幽深到不可

被探知的黑暗，致远也清晰地知道，不是这样的！一想到自己曾经是这个行业链条的一部分，即便是一颗从未被拧紧的螺帽，他也感觉自己不能被原谅。连同对无能为力、不遂心愿的维护和辩解都不能被原谅。

二〇〇三年，致远来到北京参加单位培训，是他第一次离开中部小城。清晨从长途车站出来，在单位安排的招待所放下东西以后，就按照约定从上地坐了两个小时公交车来到香山附近的摇滚音乐学校，和高中同学见面。秋天，车上挤满去参加音乐节的年轻人，车窗全部开着，气氛出奇热烈。那天是音乐节的第三天，人群有种狂欢接近尾声的疲惫和伤感。他自己也很累，却没有能够在说好的时间找到同学，看到食堂的师傅在门口卖六块钱一份的盒饭，便买了一份捧在手里往里面走——惊呆了，小小的广场上大概有一万个年轻人。

致远待在人群的外围，但是风很大，把舞台上的声音也吹得东倒西歪，他不自觉地往人群里走。中间被突然疯狂起来的人撞倒了一次，又很快被拉起来。人们都很友善，烟递来递去，递到他这里，他没有抽，又继续递了下去。远远地有人把成箱成箱的啤酒运进来，阵势仿佛在运送洪水时的救灾物资。女孩们都很好看，发着光，怎么会有那么多好看的女孩。世界真好啊——致远几乎已经产生这样的想法，倒不是说以前没有过，然而那种漂浮般的强烈开心确实是头一遭，空气里的荷尔蒙都是致幻剂。

洲的乐队出场时夜幕刚刚降临，灯却还没有亮起来。这支香港乐队第一次演出，只是作为暖场，没有人听说过他们，所有人都在等待后台最后登场的压轴乐队。疲惫的年轻人暂时安静下来，坐在泥地上，养精蓄锐。说实话，如今致远根本想不起第一次看到洲演出时的具体情景。他表现得羞怯谨慎，声音都被贝斯掩盖，走调严重，唱的是粤语，没人听得懂。但是他有种冷静的自信，即便被漠视，也确定自己在做正确的事情，并且理应得到尊重——致远回想时才意识到，很少有人能够在那么年轻的时候就拥有这种品质。洲从当时便决定了自己人生的基调，包括发型和穿着，他只穿牛仔裤，网球鞋，深色的 T 恤或者衬衫，连帽运动衫和一件跟随他多年的飞行员夹克。后来在北京的雪天，他也只穿这件夹克，像个精神抖擞的士兵。到了事业的巅峰阶段，他更加严苛地遵循自己的规则，只在一次颁奖礼上穿了西装。

洲和乐队的演出刚刚结束，正往舞台下面走，舞台上所有的顶灯都亮了起来，夜晚真正的主角登场，小广场沸腾。致远被人群裹挟着站起来，拥到这里，拥到那里。灯光太强烈了，接着是声浪和荷尔蒙的袭击，人们往舞台上挤，后面的人托着前面的人的屁股。致远突然浑身冒冷汗，快要昏倒。他后悔没有在洲演出的时候离开，现在则无法挪动，只好求救问旁边的人讨水喝，他们递给他一瓶燕京，温的，他咕咚咕咚地喝完了。这是他记忆中第一次喝酒。

“谢谢啊！”他不得不扯着嗓子喊。

“这是共产主义！”那边的一个男孩也扯着嗓子喊。

“啊？”他也不知道自己听清楚没有。

演出持续到深夜，周围没有居民区，旁边是高速公路的入口，加油站，工厂。这里是一座荒岛乐园。散场以后致远才意识到他没有办法回到市区。高中同学说他和电影学院的几个朋友租了香山近郊的农民房子，很多人都这样做，连住三天。但是他的手机早就没电了，没有办法找到他们。他要去厕所，厕所全部堵住了，情况很糟，他和其他男孩一起站在外面撒尿。然后又回到广场，人群渐渐散开的广场变成了垃圾场，他尿完又渴得不行，在垃圾里找到一个几乎没有动过的矿泉水瓶子，还是满的，打开喝了起来。突然有工作人员跑过来说可以去大厅睡觉，于是致远又跟着其他人往舞台后面走，来到背面的储藏室和排练室。已经有很多人席地而坐。他找了一个合适的位置坐下来，然后侧身把头枕在双肩包上，听周围的人讲话。他们在谈论音乐，学校，西方世界，马克思主义。

致远睡着了一会儿，又冻醒。环顾四周，周围像一个不可思议的梦。他看到自己非常喜欢的吉他手在不远处和其他人聊天，旁边的男孩打着呼，手里握着《灿烂涅槃》。但是北京的秋天凉得太快，外面刮着大风。他只穿着短裤和衬衫，冷，而且饿得不行，不得不离开这里。

外面，工作人员已经完成了清扫，他穿过一堆堆黑色的垃圾袋，像走在陌生的黑色小丘间。

致远走了很远的路，穿过一整片荒地，一段铁轨，找到通宵营业的网吧，里面很臭，但是暖和，而且有食物。他吃了泡面和鸡蛋。在打游戏的间歇，不断刷新论坛页面，阅读各种人写的音乐节流水账。摇滚，爱，和平。感动。相约下一个未来的年。

接近清晨的时候，他看到洲的 ID，打开以后，是一份明快的清单，认真地给主办方提意见，列举了音乐节有待改进的地方，都来自他的亲身经历或者观察。比如说应该多安排流动厕所，帐篷区域增设一些过滤水龙头，场地里禁止玻璃瓶装的啤酒，晚上和早晨都设置往返市区的摆渡巴士，安排一些站点，可以适当收费。等等。最后一条他写的是，“希望明年场地上空可以飞一个飞艇！”

哈哈哈哈。致远笑着，却从心里感觉到随之而来的强烈热情。这份清单礼貌得恰到好处，能体会到执笔人的一些不满和委屈，却一点不生气，有种少见的开朗劲头。字里行间因为饱满的自信和认真而闪闪发光。从白天到夜晚，致远感觉到飘浮的自由，美好和振奋的一切即将发生，但同时他又感到疑虑，他和小广场上的年轻人是一样的吗？他们所渴望的未来是同一个未来吗？他信任他们所创造的那个未来吗？他是否也会参与其中。但是洲写下的这份清单里却有种清晰确凿的东西，是自由的主动性——好想和他成为朋友啊！

致远想起大学里思政课本上的一句话：“青年在改造客观世界的过程中，也改造了自己。”致远把这句写在站内信里发给了洲，打字的时候同样相信着，此刻自己的热诚，对方也一定可以感受得到。一分钟以后致远便收到回应，洲在信件里面表达了第一次与大陆年轻人交谈的振奋，并且询问了大陆到底有多大。虽然无法回忆起更为具体的内容，致远却记得繁体字所带来的陌生感，以及开头第一行写着，“朋友，你好！”

接下来的一年，致远依然居住在小城，在一所中等规模的国营书店负责音像产品的宣传。实体唱片行业正在急剧缩水，所以致远的工作成为衰亡的见证。然而他并没有感觉自己的年轻正被无意义所消耗磨损。相反，他穿过办公楼过道，推开通往仓库的门，想象自己正走在一段寂静的实体化的历史中。同龄的朋友或者同事都积极地生活着，像迁徙中的鱼群，涌向某片庞大而不明确的流域。致远却不为所动。他不清楚自己要做什么，或者成为什么，又似乎相当清楚，在每天重复到被质疑和瞧不起的生活中搭建着什么坚固的东西。

意外的事情有两件。第一件是和洲成为某种意义上的朋友。他们论坛里交换过几次站内信之后，这种情况竟然出人意料地持续了下去。两个人喜欢差不多的乐队，却没有像平常的歌迷一样交换心得，大概双方都觉得音乐观念是比感情观念更私人的东西。倒是定期交流着最近在玩的游戏。PSP 刚刚在香港发售的时候，洲凌晨就去排队了。之后致远也买到了一台二手的 PS2。两个人都喜欢平井一夫，约定有朝一日去索尼发布会的现场。

“如果乐队做得好的话，或许可以去日本的音乐节，这样终有一日平井一夫会邀请我去演出吧。不知道为什么总觉得他会喜欢我的音乐哎。哈哈哈。”这样的愿望，之后被洲写成一首歌。

确实不是什么不可能的事情。音乐节之后不久，洲在香港发行了第一张唱片，封面上是一个穿着毛衣坐在书桌前认真吃鸡蛋的女生，名叫艾瑞卡。很多没有听过歌的人以为这是来自香港的女生乐团。连洲自己都没有想到，这张唱片很快在大陆的一片有限范围内红了起来。可能是因为本地青年的原创精神普遍野心勃勃，营造出表面颓丧，实际积极和紧张的氛围，却猝不及防地在洲的音乐里遭遇一个暑假，每个人都踮脚走在晒到发烫的游泳池边的地砖上，消毒水，冷饮，穿泳衣的女生，感觉到宇宙中的永恒。

大部分人都听不懂粤语，却能立刻被洲近乎严肃的轻盈打动。

致远工作的书店也进了一些唱片，为数不多。起初他把它们摆在显眼的位置，希望它们卖得好些，过了一段时间有顾客特意来买，致远又把唱片挪到了不容易被发现的地方，希望它们不要突然被那么多人知道。现在回想起来，这么多年里，虽然不知道平井一夫是否听到过洲的音乐，洲却去日本参加过富士音乐节，也曾经在红磡体育馆演出和领奖，穿了正儿八经的西装。

谩骂自此没有停过。洲的弱点在于音乐做得过分简陋，没有唱功可言。和大部分从大学里开始做乐团的人一样，一旦发行专辑，不专业性就被无穷放大。对此洲也没有反驳，认真地接受了下来，却丝毫没有在这方面表现出任何上进心。当时在北京的音乐节上同台演出过的乐队都看不起他，认为他既没有对音乐的尊重，也没有对世界的愤怒和担当。然而致远的想法却和他们截然相反。这张唱片撼动了他，将他固有的一些标准击碎。虽然洲唱的也是中文，写的也是中文，却始终像是在使用另外一种语言，描述另外一个世界。不排他，不污浊，不愤怒，不傲慢，有着青年身上少见的对外界的参与感，以及置身其中的热烈的同情心。

这样的人为什么会想和自己成为朋友——当时的致远常常怀有这样的疑虑。

洲的唱片发行以后，搬到南丫岛居住，只有排练的时候才和乐队的朋友见面。他在站内信里描述最近家里楼下新开的比萨店。去参加的漫画家见面会。游戏攻略。据说快要发行的新游戏。详细介绍西红柿罗勒烤鸡腿的做法，并且附上了一张配着米饭的照片。猫的近况。演出旅行中的见闻，和乐队成员去东北滑雪，结果滑雪场里的雪靴都是湿着捂干的，臭得不行。

好想去洲所在的那个香港啊。不是电影里面的，也不是 TVB 连续剧里面的。好想和洲一起去吃一次吉野家的双拼饭。南丫岛是一个岛吗？能看得到海吗？对于从未坐过地铁的致远来说，这是想象之外的青年生活，却又非常重要。

致远的站内信则更抒情一些。他故意避开日常生活的部分，说起自己久未谋面的爸。爸起初是常年驻扎在深山里的科研人员，山里有座火力发电站，早年的信件中，爸描述过深夜山里爆破的场景，山是最深的绿，天是最墨的蓝，坐在控制室里，看着外面一朵一朵爆破的烟雾，是在与宇宙最深处的秘密交谈，又或者是感知最深沉的召唤。他也描述大陆的生活，并非都是他所经历，他找到有趣的新闻，年轻人的小说，加上他自己大胆的评论，大段大段地发送出去。在这种描述中，大陆变成一个浪漫的词语，是一片未知的庞大的新世界。

这样做不是为了确定洲的友谊，致远只是更喜欢站内信里的自我。寂静，酷。像一个旧世界的诗人，或者大陆尽头的一部分。而他很清楚他本人不是这样的，他希望这些东西能够通过文字返回投射到自己身上。

第二件意外的事情更加重大。致远妈终于结束了实质已经不存在的婚姻。她没有和家里其他人商量，坐长途车与致远爸会合，办理了离婚手续。然而她的前半辈子并没有不幸，相反，她性格天真热烈，也因此而始终得到善意，各种人以不同的方式爱她，帮助她。原本致远以为她在了结了这桩事情之后会回到家里，和照顾他们家里很多年的叔叔搬到一起，或者结婚也不是没有可能，尽管致远自己并不希望当下母子俩稳固的结构被破坏，但他已经做好了这样的思想准备，也愿意接纳家庭的第三位成员。却无论如何也没有想到，妈没有回家，而是带着为数不多的积蓄，和两个小姐妹去了西南部的小城市做传销。自此以后，与除了致远外的整个大家族切断了联系。

这件事情带给致远意想不到的剧烈震荡，不是因为钱或者信任的问题，虽然亲人们都认为妈陷入了骗局，致远却并不担心这个。她和同龄人不一样，他也是，他俩却都以自己的方式平凡地生活。而她突然破坏了与世界之间的隔断，让他觉得人生好似一场永无止尽的抉择和愚蠢的难以避免的力争上游。而且他没有办法救她。她对他也同样无能为力。

“要不就趁此机会来北京吧！”洲在听说他的遭遇以后这样说。紧接着又发来两张照片。一张照片是他在南丫岛上的家，一间朴素的小屋子，拉着窗帘的缘故，依然无法判断外面是否是海。另外一张是政府要拆除服务多年的天星码头时，市民上街游行的照片。洲和朋友们在一起，坐在天桥上，背后是防暴警察。那一年天星码头还是如期拆除，搬至中环。之后不久，洲来到北京。

“之前几次来北京都觉得这里的气氛让人震撼，讲不定是可以伸展的地方。而且也是因为你的缘故，可以看看你所说的这片大陆。”

“哎，别这么想。我始终在说的大陆风景大概也是虚构，别让你失望了。”

“不要紧。至少北京有种庞大的美。作为渺小的族群，想要看一看。你不这样想吗？”

“我和你不一样哎。渺小的我在北京讲不定活不下去。”

“有什么不一样。你比我更讨厌世界吗？”

不不不，不讨厌世界，为什么会给洲留下了讨厌世界的印象。致远想。这个世界再污糟也没有讨厌，相反觉得四处都是有趣的地方，甚至觉得为了维护这个世界的可爱之处，无论如何都要努力才行。只是讨厌自己罢了。不知道该把这样一个毫无用处的自己置身于什么样的地方才是对的。

说这些话的时候两个人正在游戏里一起找灯塔，翻过山头时看到一片粗粝的海滩，低像素的灯塔在远处闪着光。即便是在游戏里，也觉得美好。然后洲打出一行字——“朋友，今天就到此为止吧。这座灯塔呢，我们明天再来解决。现在把盾牌放下，让我们站在山顶吹吹风。”

二〇〇五年，致远在北京找到一个工作，在一间普通的音像社，一切都顺利得惊人，没有遇见任何阻碍。其实在此之前洲提议过几次工作机会，尽其所能地鼓励致远，其中有一份工作是在他俩最爱的游戏网站，几乎是理想中的理想了！致远却始终无法克服一种退缩的情绪——“那里的门槛很高，工作人员表面看起来都是宅在家里的废柴，其实文理皆通。”——也很难说最终说服他的是什么，可能只是这间平凡的音像社正好出现在他脆弱的某一瞬间。

致远到北京之后不久，洲从香港排练回来，两个人讲好在三里屯见面。这是致远第一次去三里屯。初来乍到的那段时间里，他快速熟悉了各种地铁路线，去鼓楼看了一次演出。对他来说，庞大的城市生活并不复杂，不过是对电影、小说以及歌词的复刻。他即将去的新公司在三里屯的背面，却是一片普通的居民小区。他先去那里熟悉了一下环境，找到一间居民小馆吃了水饺喝了汽水，然后绕过嘈杂的酒吧街。每间酒吧靠窗都摆着五颜六色的水烟，涌出污浊的音乐。然而他穿着干净的牛仔裤和球鞋，双肩包里还带着给洲的礼物，一顶棒球帽，感觉既振奋又紧张，是来到北京以后最好的一天。

到了约定的地点，站在路口等了一会儿，不一会儿洲便出现了，穿着深蓝色 T 恤，戴着眼镜，有点害羞地低着头。他比致远印象中矮小一些，有种因为户外运动而造成的好看的黝黑，行动矫健，果断。和杂志照片看起来差不多，但很不好认，大概也很少会在马路上被认出来。没有感觉他是一个主唱或者明星，却像大学里面聪明并且体育好的高年级同学。致远心里涌动着对友谊的强烈渴望，也因此而敏感地察觉到，比起字面的交流来，洲本人有种复杂的坚决和严肃。

两个人认真地握了手，接着却彼此都不知道如何破冰，洲说刚刚在旁边的碟片店里碰到了几个朋友，所以现在大家都在一起喝酒，希望致远不要介意。“都是非常友善的人。”他完全知道致远的心思，立刻补充了这句话，试图打消致远的担心。所以尽管致远并没有做好要交其他朋友的打算，此刻也没了办法。

他跟在洲身后，经过几间墨西哥小饭馆和粉红色发廊，拐进一条脏兮兮的小巷。小巷是一间酒吧的后街，外面支着一些小桌子，挤得满满的。很多外国人站着，握着啤酒瓶。夏夜的空气干净好闻。洲很快把致远领到一张小桌前，四五个人围坐着，跟前堆了花生和啤酒，黑漆漆的。洲拖了把凳子过来让他坐下来，并没有互相介绍，但在座的其他人给他一种感觉，仿佛他始终置身其中。

洲坐在致远旁边解释说，有个朋友住的地方因为违章搭建可能会被拆除，所以大家正在替她想办法。并且提议致远试一下这里全北京也可能是全世界最便宜的金汤力。

遇见麻烦的女孩叫小马，在纽约待了很多年，但是她看起来年纪很小，既不像是在美国出生，出国念大学的话年龄上也有点讲不过去，不知道是哪里人，也不清楚为什么来到北京。致远很快注意到这里的人都难以归类。他们交叉使用英语和普通话，好像这是同一种语言，因为彼此很熟悉的关系，有时候用对方的家乡话打岔。除了小马外，还有一个美国人，一个白族男孩，一个东北口音的女孩。他们都住在故宫以北，最远不超过东直门的一个正方形区域内。因为再往外，就是不断繁殖的规模小区和商圈。这里是旧城与当代世界的交界处。

小马继续讲，洲则断断续续为致远补充。

先是美国人老冯租下了大杂院里的一间，老冯是位厨师，正在筹备自己的馆子。小马看到他的屋顶有片空地，便和房东商量说能不能在那里搭建一个小小的蒙古包，绝不会占用很大面积，厕所与老冯合用。她可以付一点钱。房东爽快地答应了，还热心肠地帮忙一起做了屋顶的修整工作。旁边正好挨着一棵香椿树，所以刚刚过去的春天吃了不少香椿炒蛋，香椿豆腐，凉拌香椿。

蒙古包是从呼和浩特联系了厂家运过来的，真的草原蒙古包，不是钢筋铁皮搭起来的冒牌货。里面用木架做成网状支撑，围毛毡，再覆盖结实保暖的外皮。顶上有个天窗。门往东南方向开，既是避寒，又是吉利。工厂专门派了工人从呼和浩特过来安装。照理里面可以放火炉，小马放了取暖器，设置了无线网络，即便是暴风雪的天气也能安然度过。

“怪我不该把媒体的朋友带过来玩。最近城管和记者在胡同里到处找蒙古包，也很为难。”

“但是北京城中心出现一个蒙古包怎么样都会成为奇观的。”

“反正她自己也得意扬扬地拍了下雪天在蒙古包里烤橘子的照片，放在博客上。”

“冬天烤橘子可真香啊。”

“可不是嘛！”

“警察是怎么讲的？”

“来了几拨，没有为难我，对蒙古包也都很好奇，里里外外问了好些问题。但是蒙古包小小的，确实没有妨碍到其他人，之前隔壁邻居担心我每天爬上爬下可以看到他们家的院子，我在屋顶装了一个栅栏，这样互相都看不见。警察倒是好心提醒我当心小偷和歹徒。不过违章是肯定的，到底要怎么做他们也很为难，肯定从来没有遇见过这样的情况。怎么说呢，我真是给警察添了不少麻烦吧。”

“我刚到北京的时候在大杂院里租一间小屋子，带独立厕所，虽然是茅坑，但可以冲水，七百块，老家的朋友还觉得贵得不可思议。现在这样的也得一千多吧。”

“再早几年，我有朋友在香山脚下租了一个农民大院，只要三百块。”

“我们也可以搬去香山哎。小马可以把蒙古包安在香山脚下。”

“长城脚下也可以。”

“如果拆掉的话，我不会再把它留在城里了。我最近常常在想，讲不定它就应该待在属于它的地方。草原啊森林啊。原始，peace。但是我又不能跟着它走，归根到底，我还是在借用城市带来的微小的轻松。”说到这里，她取出一张小相片递给致远，给这位新朋友看一下蒙古包的模样。

小小的，用绳子绑得结结实实，顶上盖着一层白雪，旁边屋顶同样盖着白雪的瓦片，一棵柿子树，一棵香椿树。

“可能应该像游牧民族那样干脆些。”致远不知道为什么自己脱口而出了这样的话。明明想说些别的。冬天自己家里的老人也会烤橘子。还有他这几天傍晚总是看到在头顶无序乱飞的乌鸦。

“欸？”小马疑虑地看着他，像是在思索游牧民族的处事方式是否能用干脆来形容。她长得像古典油画里面的小男孩，蓬松的头发扎成一大把，穿着男生的衬衫，看起来不太好打交道的模样，一开口却天真和诚实得叫人吃惊。其他人也是。好像从来没有遇见过挫折，也没有受过任何形式的威胁，因此外部环境再严苛都没有愁容。

洲没有喝酒，也没有抽烟，专心地喝着可乐。整个晚上他没有怎么说话，却轻松自在，似乎天然是中心，给人一种只要他在，谈话便能得以继续的感觉。用他们的话来说，很peace。而致远则不知不觉地要了第三杯金汤力，并不是喜欢酒，但紧张消退了，他反而感觉清醒。在他们的谈话间，他在这一个星期里复刻的经验全部作废，以及之前所有字面理解中的城市，青年，革命，创造，意义，自由。他被全新的东西震动。意识到这是自己第一次在酒吧喝酒，也意识到这里有一种他不曾拥有的天真。

此时外面的大街上起了骚动，人群开始往一个方向拥，但是挤在小马路上喝酒的人似乎浑然不知，流动着一种天塌了也没有关系的人为欢乐。一会儿陆陆续续传来消息说马路两头拉起了警戒线，那段时间是治理时期，警察经常在三里屯检查违禁品和经营许可。小桌边的人不为所动，反而因为暂时谁也无法离开，而心安理得地继续交谈。

但是警察进来以后拉掉了音乐。致远之前并没有意识到这里播放着噪声般的音乐，瞬间的寂静显得非常古怪。后来致远回想起来，如果不是因为古怪的寂静，暴戾的意识可能不会醒来。两三个警察挨桌检查身份证，有些例行的疲倦和冷漠，但没有粗鲁失当之处。先是老冯和洲没有带护照，然后小马没有带身份证，其实他们都住在附近，解释一下回去拿也很正常。但是洲却突然站起来，把手腕朝上并拢起来，向站在他跟前的警察伸过去。

“我没有身份证。怎么样，你们抓我回去吗？”洲既像是失控，又像是突然站在舞台上表演了一个开场。他的愤怒很冷静，仿佛是计划或者排练之后，是一种漠然的练习。

“抓我们回去啊。走吧。”老冯跟上。

那是位中年警察，致远看着他露出吃惊和疑惑的表情，继而转为厌恶的愤怒。微妙的转换让致远的情绪也涌了上来。但是在场所有人在那个瞬间都没法决定接下来要怎么办，静止着，仿佛都指望依靠对方的反应做出下一步的判断。致远的身份证已经揣在了口袋里，当他得知要检查以后便自然地从钱包里把身份证拿了出来，但现在他为自己的下意识的举动感觉羞愧，仿佛出卖朋友。

接着那个瞬间过去了，紧随着的是混乱的争执。两个年轻的警察在大吼，洲语速飞快地讲粤语，老冯激动地来来回回走。致远做了很坏的打算，但其实也没有坏到哪里去，可能会罚款，或者去拘留所过夜，如果和他们在一起便没有什么可担心的，他甚至有点期待。身处这个小小的结实的群体让他产生奇妙的安全感。这时候对面的小马走到警察面前大声说："为什么要这样，大家都是人啊。我们也是人啊。"中年警察吃惊地看着她，然后小马哭了，巨大的泪珠涌出来，小孩般的脸皱在一起。致远的心被震动，是什么情感那么强烈，他感觉到，却无法理解，有点委屈，简直也要哭起来。

"你在说什么啊，我们也是人啊。"中年警察突然泄气了。这句话说出来以后不知怎么的产生了一种滑稽的效果，出现了一个新的寂静的瞬间，然后气氛松弛下来，两位年轻警察继续检查，旁边的人也都重新变得配合温顺。和洲相熟的酒吧老板把他拉到旁边说话，其他人都坐下来等待警戒的结束。感觉甚至有些温柔，直到对面的酒吧重新放起了音乐，警察离开了，这件事情作为一个插曲而终结，周围和外面的一切缓慢有序地恢复了机能。大家却静默地坐在桌子旁边，仿佛在继续等待什么郑重时刻的到来。

"想起来一件事情。"致远略带着迟疑说起来。

"一九九七年香港回归之前，我在老家念高中二年级，住宿生。学校接到省里面的任务要为七月一日的庆典做准备，派我们年级所有住宿生参加庆典的排练。从三月初到六月底，每天下午在省体育场排练两个小时。因为学校偏远，路上来回需要花费三个多小时，所以下午几乎没有办法上课。所谓的排练其实就是队形转换，但是要求绝对整齐，专门派了部队的教官来训练我们。起初很开心啊，不用上课，每天还能领到饮料和面包。后来天热起来，每天却都在重复同样的动作，非常枯燥。我们在庆典上的表演是通过变换队形和手里面举着的彩色纸板，排列出不同的字母和图案，地上画了各种标识，我们要反复记住，在规定的时间走到规定的地方，直到变成身体记忆，没有误差。

“正式演出的那天，学校里面的考试还没有结束，但我们不用参加考试，还领到了新的白衬衫，西装裤。早晨四点半在操场集合，坐大巴去了新建成的大体育场。尽管之前的一个星期都在这里最后彩排，但是那天的一切却崭新到离奇，像一个建立在虚构上的平行世界。我们在准备区域等了两个小时，等到上场时，锣鼓声和音乐带来奇妙的真实感，能够感觉到有庞大到不能描述的东西或者事件正在发生，我们则过分渺小，方阵中的微粒。然而要细想的话，这个瞬间已经结束了。

“回程的大巴上没人说话，所有人都又累又伤心。而且得知噩耗说接下来的暑假都要用来补课。有一位老师坐在我前面，她转过头来说，以后的人生还会遇见更多这样的时刻，但不再会有一个集体和你一起经历。类似于这样的话。但这到底是一个什么样的时刻呢，恐怕连她自己也不清楚。

“我们直到高中毕业时才看到了当时的录像。在礼堂里播放的，很热闹。镜头扫过我们所处的那个方阵，住宿生就开始起哄和鼓掌。这是我们第一次明白当时自己在做什么，那些彩色纸板和走位连成的是什么图案。在俯瞰的镜头里，只有我们自己知道自己在那里。那天的礼堂里有种复杂的情绪。因为高二荒废的整个学期，不少人高考失败。但也很难把高考失败就归结为这一个原因，至少我们当时谁都没有真的这样想。相反，就认为这是命运嘛，就应该这样接受下来。我们通过嘻嘻哈哈的方式打消着彼此的疑虑。我接下来也要去很糟的大学。也不是沮丧，而是这样荒谬的伤感。”

小桌边的人陷入更郑重和古怪的寂静，但音乐响着，致远看看洲，洲先是注视着他，然后扭头看往其他地方。致远在那个瞬间能够解释洲身上不合时宜的坚决和严肃，他的音乐里面不为人知的愤怒和迷惘。但是那个瞬间也很快就过去了，他不得不闭上了嘴。

之后大家纷纷告别，致远和洲一同往东四十条方向的地铁站走。现在 peace 的感觉又回来了，但是变得复杂和不稳定。他们经过一个竖立着雕塑的小广场，雕塑是一只奇怪的狼，两个人绕着转了一圈，然后终于找到一个便利店买了两瓶水。可能是因为那只狼，致远感觉到令人心安的虚构感重新降临，他们仿佛行走于电子游戏中的北京地图。

“我感觉自己说了不少蠢话。”

“你说得不蠢。这会是一个很难忘记的夜晚。”

“其实我想问你一个问题。刚刚警察并没有对我们做什么，为什么你会那样。”

“我也不知道。但是对我来说这可能是一种时刻都准备着的情绪，虽然不确定，却在心里练习过太多次。好像是把在香港时的失望转变成了其他什么。所以一有行动的机会，就想实践。像条件反射一样，往往是判断错误的。不过简单说起来，大概就是乐队主唱人格上身，扮演星斗市民。”

“什么市民？”

“粤语里面的讲法。就是像星斗一样平凡的你我他。”

经过街心花园的时候，洲跳上单杠玩了一会儿，致远也跳上去翻了几个跟头。

“你是不是体育生？”

“田径队的。但是后来没有在比赛里得过什么值得一提的名次。考试也没有得过优惠。不过我小的时候一直希望自己以后成为足球运动员。”

“我们竟然从没聊过足球。我虽然是曼联的球迷，最喜欢的球星却是梅西。”

“我不是真正的球迷啊。但中学时期正好是全国足球联赛最火的时候，我看得最多的也不过是电视转播的省队比赛而已。不过有一个很喜欢的运动员，踢前锋的位置，八分之一俄罗斯血统，球风又直接又细腻，还不到二十岁。我们为香港回归的庆典排练的场地，正好也是省队训练的场地。所以最大的福利就是每天排练完，等待大巴接我们回去的半个小时里，可以坐在看台上看省队训练。那个球员真的和其他人都不一样，即便是枯燥的基础训练，对我们来说，也好像是在观看他的个人表演。因为自己的体育不错，所以暗暗希望以后可以成为这样的人。那些傍晚也真是好得不得了。排练的时候流了很多汗，但是临近夏天的风介于暖和和清凉之间，非常舒服。喝汽水，吃面包。既不感觉荒谬，也没有忧虑。所以留下这样的记忆，也算是值得？”

“你对值得的期待实在太低。我不礼貌地问一句，你们为什么不抗议？一个学期的排练对你们的人生造成了毁坏。没有人去投诉吗？”

“当时没有人会这样想吧。即便是现在想起来，我也觉得没有区别。高考成绩好一点，或许会是不一样的人生，也或许没有。但不管怎么说，我都觉得没有什么两样，都是要接受的命运。”

“怎么会没有两样呢？那是通往自由的基本路径。”

“是吗？那对我来说大概是比较浅显的自由。而且那是很珍贵的年纪，也是很珍贵的时代。没有人制造怨念。我想你大概不会明白。”

这样他们沉默了一会儿，彼此赌着气，埋头拼命走了一段路。

“我在慢慢明白。怨念是很讨厌的东西。十年前的香港可能还不是这样。电影里也没有不得志的老警察，反社会的杀手，忧心忡忡的新移民。而现在每个人都被固定在自己的位置上，扮演自己的角色。赌彩的好运好像再也不会来临了。没有人尊重彼此的愿望。没有办法描述哎。写了一点在歌里，大概还会继续写一点。但是所有以为自己明白了的时刻都是稍纵即逝的。真是一点也没有办法啊。只好等待着下一个这样的时刻继续降临。”

“刚刚在那条街上。音乐突然被拉掉的时候，对我来说也是这样的时刻啊。”

这样等他们走到地铁站的时候，已经连路灯都熄灭了。洲不死心地跳上台阶往关闭的铁栅栏里面张望，糟糕了！他懊恼起来，因为知道致远借住在高中同学家里，非常远。致远却松了口气，说实在的，他无法想象倒两班地铁回到通州。高中同学在通州的一个科技园区上班，虽然性格慷慨友善，对待具体生活的态度却一团糟。床和写字桌紧紧挨着，有性能极好的台式电脑，键盘和鼠标。他在这两平方米见方的区域内生活，听音乐，打游戏，工作。现在这两平方米旁边的窄道里安置了一张睡袋给致远，是他想象中逃生时的备用。睡袋很潮，也是这间垃圾房的一部分。总之下个星期一定要找好房子了。致远暗暗下了决心——“不如去洗澡吧？”

“洗澡？”

“澡堂。北京没有吗？通宵的公共浴室。”

“好像路过。但我一直以为是流浪汉会去的地方。不过去一下也无妨。”

结果在东四十条附近果然很容易就找到了澡堂，挨着一间水果铺和一间台球房。外面看起来很破，致远不免有些担心里面的情况。走过一段露天走廊，里面却整洁明亮，一派八十年代国营单位的气氛。两个人领了手牌、毛巾和一块肥皂，致远带着洲找到柜子，放好衣服，光脚泡进池子。水温比想象中凉，致远觉得正好，刚刚的酒让他胃里不舒服。很多年以后他才回想起来，在三里屯喝的那种十块钱的金汤力用的一定都是假酒，而在当时他只觉得自己果然不胜酒力。

有很长一段时间，两个人浸在水里，偶尔发出舒服的叹息，谁都没有再讲话。

“哎，你觉得我有没有秃顶。”洲转过头来，认真地问。

“我看看。”致远也认真地打量起他来。

“我爸和我叔叔都是秃顶，可以说父系的男性亲属都是秃头。早晚都要发生的。但还是很担心现在就已经发生了。”

“这样说好像是有一点。”

“唉，糟了糟了。真的假的？”

“嗯，发际线这里。”

“完了完了。哪里有秃顶的乐队主唱。”

“罗大佑！啊，我想起来，你有点像九十年代初期的罗大佑。那时候罗大佑大概三十多岁，但是发际线已经很靠后了。”

“哈哈哈，你不要乱讲。我比罗大佑帅很多啊！”

“但是真的很像。我看过一九九一年一次赈灾演出的录像，罗大佑戴着茶色墨镜，一边唱《皇后大道东》，一边四肢不协调地扭来扭去。非常忘我，真是出乎意料的迷人。很像你在你的一个 MV 里跳的舞啊。你和一个女孩在巴士里，女孩坐着，你就一直在旁边跳舞。”

“我很喜欢一九九一年的那张专辑啦，最后一首歌是《东方之珠》。念书的时候，我爸领着我们全家去看他在香港的演唱会，是我们家里难得的合家欢时刻。不得不说，罗大佑对我来说是真正的大明星，是最后的大时代里野心勃勃的没落英雄。但是跳舞嘛，所有不会跳舞又自说自话的人跳起来都是这样的——艾瑞卡，那个坐着的女孩，就是封面上吃鸡蛋的女孩，认为魔性的舞步也是男孩的性感。”

“很多人问艾瑞卡是不是你女朋友。”

“啊，我以为我告诉过你。我喜欢男人。”

“欸？”致远噗地笑出声来，又疑惑地发出一个叹词，而洲略带吃惊地看着致远，以为他没有听明白，接下来认真解释说，“我喜欢男人。我和男人谈恋爱。这样。”

致远尴尬地收回笑容，一时也不知道视线该停留在哪里，只好不自觉地退回到池子角落里，假装闭起眼睛来享受热腾腾的蒸汽。听到洲若无其事地缩在水里，发出舒服的叹息。过了一会儿他被一块毛巾砸中，听到洲气呼呼地说："我说你这家伙，不用躲得那么远，我有男朋友的。那可是比你自由很多的男孩！"致远大笑着把毛巾扔回去。然后两个人都不再吱声，缩在水里，一起发出舒服的叹息。

便是在这个时刻吧，致远感觉到确凿的友谊。不是站内信，不是虚构，他们成为确确实实的朋友。即便他也立刻清楚这份友谊存在着明确的边界和他不愿再去探讨的地带。之后洲和致远告别。致远则在浴室里租了张躺椅，头顶的窗式空调响个不停，其他夜宿的客人发出起伏的呼声，他却沉沉睡到清晨。从浴室出来，小风清凉，精神抖擞，感觉从此被好运笼罩。

这个夜晚被洲写成两首歌，收入在第二张专辑里面。致远很喜欢有关澡堂的那首，歌词说的是和朋友漫步在北京的夜晚谈论什么是更为高级的自由，之后又在公共澡堂里对朋友出柜，朋友吓坏了——"但是朋友啊，还请和我一起在有限的自由里冒险。"——现在唱起来，致远也要红了眼眶。第二张专辑的发行距离当时已经五年。接下来洲迎来最红的一段时间。去日本音乐节，在红磡体育馆演出都是那之后的事情。而关于这个夜晚，致远当时怀有一种热烈的期待，这样的夜晚会反复出现，但其实并没有。

一方面是因为致远没有能够在故宫以北的正方形区域内租到房子，最终在东五环外找到了合适的室友和住所。这里因为不通地铁，房租很便宜，地理意义上却区别于洲所属于的那个群体，被以版块为界限划入了新的人群。这个庞大的小区里住着的几乎都是贫穷，却对美好生活破釜沉舟的年轻人。起初周围很荒凉，出门以后只有一条笔直的道路。后来这条路上开出很多烧烤店，拉面馆，沙县小吃店。都是只有年轻的身体才能承受的食物。渐渐地，这里形成一种排斥家庭或者任何固定形态的气氛，搬家的货车进进出出，一幅进行中的新世纪图景。

然而工作比预料中好很多。致远当时负责一个风格未被定义的小乐队，成员是三个来自重庆的男孩。致远从音像社一堆被遗弃的小样里发现了他们，被音乐里春游般的轻松和玩世不恭的坏浪漫打动。在致远的说服下，尚存理想主义决心的老板同意投入有限资金，做一些无害的尝试。接下来致远帮助他们策划第一张唱片，并且带他们去内陆城市演出，参加名不见经传的各类音乐节。他们一起坐火车，住卫生情况糟糕的连锁旅馆，却都怀有磨砺自我的决意和快乐。这是致远谈论音乐最密集的一段时间。起初是听他们交谈，之后他也参与进去。他不得不承认自己从交谈中获得了快乐，并且感觉自己在认真地活着，思考，创造。

另外一方面，致远和小马发展了一段外省青年之间的爱情。从三里屯告别之后的一星期，小马给致远打了电话，她告诉致远说那天他回忆起回归庆典的事情带给她一些震动，而她也有一些疑惑想和他聊聊。但是在与洲交换过有关自由的看法之后，致远变得有些小心，不想再谈这件事情。不过他很高兴小马能打来电话。他们聊了一会儿那天晚上见到的朋友们，还有蒙古包的情况。之后每天他们都会打电话聊一会儿。小马出生在南方沿海小城市，小时候因为聪明过人被当成天才学生培养，跳了几级以后作为交换学生去了英国。感觉水土不服，于是自说自话地退学，去了美国。但是她的叙述每次都有些不一样，她会增添或者删除一些细节，致远如果产生疑惑，她却又都能给出合理的解释。其实致远不在乎她是否杜撰了一部分人生，也有可能她对于构成平常生活的重要部分真的不在乎。致远喜欢和她讲电话，主要是听她讲。他没有什么可作为交换的经历，当他们有些害羞地谈到恋爱史的时候，他产生一个模糊的念头，小马大概会成为他的初恋。

之后小马的蒙古包拆了。但是找到了好的买家，现在可能正如愿以偿地在远方的森林里，瀑布边。拆的那天致远去帮忙，他以为会遇见洲，但是只遇见了老冯和再次从呼和浩特赶过来的工人。那天晚上致远和小马在胡同的小饭馆里第一次面对面正经聊天。小马坐在对面喝啤酒，笑嘻嘻的非常专心，给致远留下了比之后在蒙古包废墟上的亲吻更强烈的印象。

小马先在老冯家住了一段时间，作为回报在他的馆子里打杂。尽管她在日常生活中的需求非常微弱，几乎没有消耗，但当时老冯交往了新的女友，她不得不重新找房子。致远帮了不少忙，并且在她需要支付房租的时候借给她一个月的工资。他几乎没有多余的钱，却不由得一再帮助小马，结果给自己造成不小的困扰。而小马并没有觉得这有什么问题。生存让她烦恼，但她从未真正忧虑。因此她觉得致远给她钱，帮她交房租好像并没有什么不对，欣然接受着。而且她确实不像其他女孩一样在物质上有任何花费。她常年穿着朋友剩下来的衣服，一些男孩的夹克和连帽衫，骑一辆朋友母亲淘汰下来的自行车。为了方便和她一起出行，致远也买了一辆自行车。

然而房子又让她不愉快。她离开了大杂院，与另外一个女孩住在团结湖的老式居民小区里，享受着空调和二十四小时热水带来的便利和舒适，因为小区是政府机构的家属楼，冬天的暖气甚至足到必须要开窗。当代同质化的生活使得她陷入近乎罪恶感的焦虑，脸上的痘痘也随之爆炸。

致远把这些事情都作为小马人格的一部分接受下来了，而且有时候确实认为她的反抗是有道理的。她的个子很小，比平常人更加脆弱，也更容易陷入时代的流沙。但令他感觉委屈的是，小马抗拒性行为。在他们恋爱的一年中，虽然进行了所有边缘行为，小马却始终拒绝最后一步。

“你想要睡的不是我，是和我有关的历史，环境，人群，是一个幻觉。就好像这样你可以更了解我，但其实不是的。”小马常常语无伦次地解释。

“扯淡。我想睡的当然就是你。确确定定。”

为什么她不能确定！小马解释说她很讨厌自己的身体，没有把握能够使用好自己的身体。她需要更多的自我认知和确定。这给致远带来的痛苦暂时超越了一切，整个冬天与欲望和孤独的斗争是覆灭性的。然后熬到春天，感觉可以透口气，却遭遇沙尘暴大爆发。小马的痘痘变得非常严重，对好几种药物产生抗药性以后，又试验了放血和针灸的治疗。但是中医诊所的拥挤和缓慢令人绝望。致远去找她，但是她不开门。致远打电话给她，她接了，她说她觉得致远睡了其他人。

致远确实在睡其他人。有一天晚上他做了四次，清晨的那一次感觉只是身体盲目的抽搐而已。起初他认为自己可以解释这件事情，后来觉得没有必要。而且他必须承认，他确实得到了身体上的安慰和非常短暂的轻盈和愉快。并且他意识到小马对他来说绝对不是幻觉，相反，他才是小马意识中一部分的投射。或者更糟糕的是，他连同故宫以北正方形区域外的世界，正是小马强烈排斥的。这样一想，他变得更加伤心。

尽管致远很想找洲倾诉与小马之间的问题，却担心他们之间会发生类似上次那样关于自由的争论。然而这两件事情之间又有什么联系呢，他也没有想清楚。这样时间久了，致远便把这件事情当作秘密，反倒和洲也感觉疏远。

春天还没有结束小马就决定离开北京。致远很长一段时间没有单独见到她，但还是和其他人一起为她送行。她的东西少得令人吃惊，大部分东西都留给老冯，却把自行车留给了致远。大家爽气地说着惜别的话，开玩笑，还真的为什么事情大笑起来。最后他们打算像同志一样潇洒地握手告别，小马却突然抱住他的脖子开始亲吻。于是小马哭，他也哭，边上的人都不吱声。

“傻子，我为什么要两辆自行车啊！”致远这样说着。这永远是他人生中最伤心的一天。之后他把自己的自行车卖了，留下了小马的自行车。

奇怪的是，小马一离开，天气就慢慢好起来，沙尘暴结束了，迎来的是一个干燥凉爽的夏天。

音像社按照计划开始筹办露天音乐节，地点在郊外一座废置了几年的游乐场。致远与老板一起去巡视了几次场地，大部分的游乐设施已经拆除，留下遍地荒草，一面镜子般的湖和漫天飞的白色野鸟，正适合建造一个小小的乌托邦。他们在不同的时间过来，观察天色和光线的变化，最终选择了一小片林中空地。老板热情描述着秋天到来时的场景，他想象白色的帐篷，周围可以搭建高高的看台。致远趁着他兴致高昂的时候建议说安排往返巴士，搭建流动厕所，如果有帐篷区域的话记得增设过滤水龙头，在空中放一个飞艇，以及希望能够邀请洲的乐队参加。老板虽然并不喜欢洲的音乐，称之为温情的伤感，却爽快地答应下来，并且提出邀请更多港台的中文小乐队，他想要陌生化的浪漫和叛逆——这是他理解中的年轻人。然而每次的巡视都有一个不愉快的结尾，他们傍晚离开那个宇宙间最浪漫的荒地，接近进城高速时开始堵车，老板的脾气也随之一落千丈。他变得焦躁，泄气，骂骂咧咧，同时又说一些以“你们年轻人”为起始的观点，仿佛自己置身事外，对未来撒手不管。这让致远觉得他像是完全经不起挫折或者容易放弃。总之他不是一个称职的老板。他喜形于色，怀有落后于时代的理想主义，却又以笨拙本能的努力想要搭上时代的顺风车。然而致远很喜欢他，容忍着他，遏制自己不时对他流露的同情。大概因为他身上有种滑稽的不平衡，和摧毁性的自我质疑，或许是他的同龄人正在丧失的。

没有想到洲断然拒绝了音乐节的邀约——“抱歉真的不能参加。那天是游戏发售日。我本来还想找你一起去电子商城排队。”——态度礼貌坚决，然而搬出这样的理由真让人摸不准他心里是怎么想的，想推进或者反驳也不知从何说起，反而让致远为自己急切想要证明一些意义的态度感觉惭愧。但不管怎么说，想看到洲的演出是真实的热忱的愿望，那将是对某种虚构的印证。于是他撇开音乐节的事情，提议周末一起去荒废的游乐场玩一玩。

两个人约在地铁站见面，坐到终点站，再换乘小巴。路途遥远却并不乏味，甚至见到了难得一见的乡村场景，路过水库边成片的向日葵。

“这也是北京吗？”

“嗯，不赖吧。”

美好的夏日傍晚，游乐场里湖水清澈，水位很高，野鸭子和鹭鸶出没。致远顺势向洲描述即将在这里发生的一切，而洲惊讶于他竟然记得多年前自己发在论坛里的音乐节建议。他们喝完了可乐，洲脱了T恤跳进湖里，致远也跟了过去。湖水出人意料的暖和，干干净净。他们漂浮在水面上，闭着眼睛，小鱼偶尔咬到他们的脚。之后他们爬上岸，在石头和树叶上蹭干净脚上的泥巴，往游乐场的深处走去。在致远从未到达过的地方，他们发现了一处沙地足球场。

“看来不得不再来一次了！”洲拍拍致远的肩膀。

“可能不止一次。”

“九月我从香港带乐队过来，但是有一个要求，音乐节开始前我们在这里踢一场足球比赛。”

“嘿嘿。”

接下来的整个夏天致远都在为音乐节忙碌，往返于公司和工地。洲则带着足球比赛的郑重允诺回到香港和乐队排练。他们每天交换各自的情况，互相提供建议和帮助，是联络最为密集的一段时间。洲凌晨回到家里发来现场排练的小样，致远也坚持着用缓慢的网速断断续续下载，戴着耳机听。感觉好棒！粤语在粗糙的音质下完全听不清楚，却像是跟随着洲穿过了一座座虚构的楼宇和城市。

然而八月底等来的是坏消息，音像社被集团吞并，突然到不容争辩和质疑。得知消息的时候致远正在准备第二天工程队入场，被紧急叫停时还以为是一个误会。接下来两天老板和高层闭门会议，其他人则手足无措，一场台风以后，夏天猝不及防地提前结束。

没有人被辞退，也没有人加薪。音乐节将按照原定日期举行，但是场地转移到市区时髦的小剧场，有专业人士接手。包括洲的乐队和致远负责的重庆乐队在内的六支乐队没有通过最后的演出审查。老板交代致远给他们发礼貌且有分寸的道歉信，告知这场意料之外的变局。没有合同，没有赔偿。致远以为在这样的震荡下所有人都会消沉，但其实只有他自己。老板在安排完过渡期的工作以后立刻休了长假，这是致远到音像社以来第一次见到他休假。就好像他终于决定撒手不管了，也可能他获得了致远所不能理解的平衡。财富和被局限的自由使得他非但不沮丧，还表现出轻快的振奋，令致远不由思索，如果他正在参与的是一种进程，如果他也是进程的一部分，那么通往的究竟是哪里。

之后的一个星期没有人来上班，只有致远试图坚持住某种恒定，每天在寻常的时间过来，坐在自己的位置上处理所有邮件，他一再拖延发给洲的邮件，但其实每天都写一点，又每天都停顿下来。他写了目前碰到的情况，他的歉意，迷惘，疲惫。写到后半截他感觉自己回到过去，如同坐在网吧里通宵的夜晚。于是他放松下来，又想起来把自己和小马之间的问题从头到底写了一遍。

有些瞬间他感觉自己和其他人的未来浮现在跟前，他便也写下来，然后他再想到小马，小马会变成什么样的人，真是一点头绪都没有。他像是从来没有理解过她，也可能从来没有理解过洲。写完邮件，他离开办公室的大院，像发着一场高烧，只能回家大睡一觉。

醒来的时候天色是透明的暗，一时无法分辨是傍晚还是清晨，但时间肯定已经过去了一天，致远没有收到洲的任何回复。接下来的一天，两天，整个星期过去了，都没有来自洲的消息。但是洲确实收到了邮件，因为他停止了排练，博客上只有他在大浪湾学冲浪的照片和记录。

九月的第一个星期六，原定的音乐节前夜，洲终于更新了一条博客。是一张简单好看的演出海报，白色细马赛克的背景上绿色 LED 感觉的繁体字，写着时间和地点，以及一句话——我所理解的大陆。紧接着致远也收到了消息：朋友，明天东单公园相见欢。

欸？原来已经回到北京了。第二天傍晚致远从小剧场的排练现场提前撤退，一路上既担心错过时间，又怀着紧张和复杂的心绪。希望路途更遥远，他只是在路上，永远抵达不了目的地。这样出乎意料地，却在公园门口就遇见了洲，他背着吉他，正站在小卖部旁边喝可乐。

“好久不见！”洲远远看到他，简直乐不可支地打起招呼。

“好久不见。你是在开玩笑吗？”

“本来是认真想在这里演唱几首歌，刚刚打开吉他，就遇见公园管理员。我虽然讲礼貌，却也很难缠，所以管理员又找来几位城管。”

“看你现在这副样子，应该是没有逞能一个人扮演星斗市民。”

“因为我已经接受了被驱赶的命运。哈哈。”

两个人不仅没有主动提起不愉快的事情，还小心翼翼地斟酌着措辞，共同维护着什么对彼此来说重要的东西，却又被某种愉快到荒唐的气氛感染。也可能是因为隔了一个夏天没有见，心情像暑假归来的伙伴，互相打量着，有点不好意思地发现彼此都晒得很黑，也长了体重，哈哈大笑一通之后便感觉自己多出些成年人的郑重。虽然演出泡汤，也打算高高兴兴地去吃顿饺子。

“你知道这个公园怎么回事吗？”走到半途洲突然又笑成一团。

“怎么了？”

“北京的朋友告诉我说那里是同志公园，反正说了一些惊世骇俗的事情。我回香港的时候和朋友去海心公园听老伯们唱歌，想起来就和他们说了一点公园的事情，他们打赌我不敢去那里唱歌。那我肯定得试试看。所以还特意做了浪漫的海报。当然我确实向来很浪漫的。”

“遇见好看男孩了吗？”

“好看的男孩女孩统统没有。就是一个平平静静的小公园！锻炼，下棋，唱京剧。我还跑到小山上转了一圈，大家三三两两站着，也没有人来和我搭讪。反正就是自己把自己搞得疑神疑鬼。”

“怪没劲的啊。讲不定刚碰到治理。”

“后来管理员过来驱赶我之前，有个大伯问我要不要一起去劲松那里唱卡拉 OK，他说他们还有十来个人，大家 AA，一个人三十块钱。”

“什么样的大伯？”

“普普通通的大伯。”

“你有没有看过王小波。这么好奇不如去看看《东宫西宫》。”

“讲的什么？”

“我也不知道，我没看过。”

“我以为你们都喜欢王小波。”

“不好说。讲不定你会喜欢，我也想知道你的看法。毕竟是在不一样的语境下。”

“语境哪里不一样了。繁体字也是一种语境吗？”

他们正穿过吵闹的王府井，往美术馆的方向走。气氛中出现非常短暂的严肃和皱褶，只要不使劲，不触碰，过一会儿便会自动抚平，被新的事物或者心情替代。但是致远的心却在这个停顿间涌起懊恼和悔恨的情绪，他不得不突兀地说：“我真的感觉非常抱歉。”

“是挺可惜。天气真好，本来我们应该在踢球的。”

“踢球随时都可以。你别岔开话题。”

“要凑齐人，要有合适的时间和场地，哪里容易。反倒是你，为什么觉得音乐节那么重要。做成了一次，没有做成一次，又有什么区别。你总在说的什么破釜沉舟的决心，要说我有什么不理解你的地方，可能不理解的就是你的决心。为什么我们要煞有介事地谈论着正经事，以为是成人的一部分，以为在搭建着什么了不起的世界，其实——”

“其实什么。”

“嘘嘘嘘。王菲。”

“哎！你这样没法和你认真讲话。”

“真的是王菲啊。”

致远转过头去。靠，真的是王菲啊！两个人顿时都一动不动。她穿着牛仔裤和格子衬衫，独自从一扇门里走出来，迈着很大的步子，不躲闪，不遮掩，堂堂正正地穿过稀落的人群，轻盈地迅速消失在暗下去的马路上。真美啊，为什么会有这么美的人。像梦一样破坏了短暂的现实，在空气中惊扰起一层奇妙的涟漪。

“天哪。”

“是啊。”

“好正啊。”

然后他们回过神来，却忘记了或者不愿意再接上刚刚没有说完的话，饥肠辘辘，天色未晚，而最喜欢的饺子店已经出现在跟前。

第二天音乐节还是如期举办，结束之后音像社立刻解除了好几份乐队合同，其中也包括致远负责的重庆小乐队，他们共同策划的第一张唱片在失望涣散的情绪下宣告失败和终止，以最好的形态停留在了想象与观念中。主唱小 A 成为致远第一个离开北京的朋友，致远正好请了假，和他一起回到重庆想要透透气。

他们过去的排练房在一幢山坡上的破楼里，楼顶上开着一间火锅店。晚上致远和新认识的朋友在那里吃火锅，破天荒地喝了不少酒，一直到将近天亮。绕城轻轨在视线可及的楼宇间穿梭，还有坡上高高低低的 LED 广告牌，非常魔幻。原本这些场景都会出现在唱片里，火锅，四川话，穿过长江的缆车。谈起这些，大家都沉默。接着小 A 说到洲，“以前第一个乐队叫小绿洲，是因为很喜欢洲的缘故。但是不好意思承认，所以有人问起就只解释说自己是绿洲乐队的粉丝。虽然一边是香港，一边是重庆，却觉得他在音乐里构造了什么没有边界的地址，让我们都可以容身其中。真可惜，原本以为终于要认识他了。”

这是重要的。这是大陆这个词语新的定义。这是被洲忽视的意义。致远在回程的火车上反复想着小A的话，回去就要告诉洲啊，一回去就要告诉洲！他怀着这样愉快的决心看着窗外大片的山地，感觉自己正在穿越不可叙述的庞大。然而等他回到北京时，洲已经去了伦敦，在跟随一名著名DJ学习了半年之后，搬回了香港。他用这种委婉的方式和这里的朋友不告而别。公园里失败的演出和关于王小波的讨论也被洲写成了歌，而致远始终在想，当时他们应该把要讲的话都讲完。

二〇〇九年，致远来到香港出差。事先查好路线，在机场买了一张八达通卡，坐机场快线到中环，再转地铁到达铜锣湾的酒店。路上经过一段隧道，突然看见闪闪发光的大海，是致远人生中第一次看到海，车厢非常安静，冷气很足，仿佛贴着海平面滑行，然后看到山，浓重的绿色植物，山上又有各种房子，也有耸立着的高楼，空气透亮，被阳光照着同样闪闪发光。真美啊，这就是香港了！

那段时间音像社代理了几位选秀明星，获得集团不计成本的资金支持，可以说是赶上了一个小小的浪头，因此用起钱来非常大方，塑造着新产业的形象，出差预订的酒店也在铜锣湾很好的位置。一面的窗户对着城市，办公楼和商场，干净明亮，灰青色的路面刷着黄色的繁体字标识。一面的窗户对着山坡，能望见豪宅的游泳池，远处的高尔夫球场，再远处一点点的海，海边的大片绿地，以及云层底下的高楼。致远在窗前站了很久，注视着天空投下的阴影在地面移动。

他花了一些时间适应外面的闷热和潮湿，很快学会熟练地坐荃湾线往返于港岛和九龙两地。地铁站空空的，街道错综复杂，上坡下坡，很多陌生的树木和花。客户是位长了他将近二十岁的中年人，一头整洁的齐耳长发，戴着金属框的眼镜。但是他礼貌，谦逊，精神，对大陆的年轻人和音乐市场很好奇，问了很多问题。他带致远在茶室喝了早茶，经过重庆大厦的时候特意指给他看，路上出现很多印度人，既忙碌，又自在。其实那部电影并没有给致远留下什么深刻的印象，但他也礼貌地将之作为某种刻板的印象而接受了下来。之后他们一起去黄大仙烧了香，致远觉得很奇怪，但是他依然认真地许了愿望，并在告别之前约定了第二天的会议时间。

致远完成工作以后才给洲发了邮件。自从洲离开北京以后他们极少联络，但是洲在博客和脸书里更新着恒定的内容。普通而美味的食物。游戏和体育比赛评论。海面的风景。日常与不日常的所见所闻。作为旁观者也在这样的恒定中被消解了时代的思虑和不安。这样即便很久没有见，却觉得始终参与着他的生活。洲很快回复，说好第二天早晨见面，一起去海边玩，一会儿又发来一封邮件要他带好泳裤和防晒霜。

致远的双肩包里塞着毛巾和拖鞋，在约定的商场等洲。洲突然从人群中出现，也背着双肩包，穿着网球鞋和短裤，直冲着致远张开双臂说，欢迎来香港。致远有点吃惊，尽管洲看起来和在北京时一样，穿着同样的T恤，却能感觉到有什么地方发生了明显的变化。直观地说起来，他的身上那种不可描述的模糊性消失了。但是惊诧的情绪很快被强烈得多的快乐取代。

太久不见了啊！两个人重重地拍拍彼此的肩膀。

尽管是工作日的早晨，却完全没有堵车，道路井然有序。小巴司机开得飞快，下坡时也完全不减速，致远不得不紧紧地握住把手。洲却很镇定，他坐在前面，抱着双肩包，不时和司机用粤语交谈，大致是在说新闻里面刚刚公布的某项政策。而他们所用的粤语又仿佛和洲唱片里用到的粤语不同。有点聒噪，又有种厌倦的气氛。致远意识到，洲变成了一个清晰的香港青年，以后或许也会变成客户这样整洁礼貌的中年人。但是致远不清楚是因为北京有能力模糊一些定义和边界，还是因为香港过分锐利和确凿。多半和地域并没有关系。致远没有再往下想，反正这种感觉很快被窗外美好的风景冲淡了。

他们在码头下车搭船。船上有几个自己带着冲浪板和装备的年轻人。船也开得飞快，一个个的浪打上来，有经验的乘客都打起了伞。这样，感觉穿过了山穿过了海，等到他们脱光上衣跳进海里时却还不到中午。

是一个非常可爱的小岛，几乎都是本地青年。沙滩上石子很多，零落地搭着帐篷。一群拿着冲浪板的初学者从俱乐部里走出来，欢呼雀跃着奔向大海。致远不禁也想加入他们。洲也换好了冲浪服，从熟识的租赁店拿了两块冲浪板，简单地教了致远一些基本动作，两个人便各自在海里等浪来。致远连吃了数个浪以后找到一些窍门，短暂地站起来一瞬，被一个浪打到了海底，挣扎着浮起来以后又迎头扑来另外一个浪。底下的礁石非常粗糙，致远觉得自己一定已经划伤了小腿，而且海水的温度比想象中低很多，这样他只好拖着冲浪板回到沙滩上，从小摊买了维他豆奶和鱼蛋，坐在躺椅上等洲。有人在旁边石头砌起来的炭炉上烤整条的鱿鱼，锅子里则煮着小螃蟹。香气扑鼻，令人一时搞不清自己在哪里。有时候他远远地看到洲，早晨的阳光把浪上的人都晒成金色。

等致远睡了一觉醒来，洲已经回来了，插着耳机在喝可乐。

“今天的浪不好，又短又急。”

“是吗？再长一点我可能就死了。”

“不过你来的时间正好。前几天挂八号风球，断水断电。风眼经过的时候，我只好收拾了一个包，带着水，躲到了车库里。人类真是脆弱到没劲。”

“你住在这里？”

“我现在住在红磡。透过好几栋楼的间隙能看到维多利亚港和对面的港岛。”

“哇。”

“很破的楼啦。背面对着方方正正的殡仪馆。”

“这样没事吗？我小时候看过很多香港恐怖片，真的很可怕。”

“你好傻，香港恐怖片都很弱智。”

致远哈哈笑着，又去买了两瓶维他奶，递给洲一瓶。

“维他奶真好喝啊。”他发出满足的叹息。

“我还比较想念北京的瓷罐酸奶。早知道你要来应该叫你带来。”

“这里真美，我可以一直待在这里。”

“不会啦。你不会这样想的。相信我。四季如夏让人产生永远年轻的幻觉，但我们都会厌倦的，你和我一样，根本不是会相信幻觉的人。”

“冬天也这么热吗？”

“差不多啦，有一点点变化。”

“那你怎么摆脱幻觉？”

“我出生在这里啊。一整年的海风还是可以感觉到盐度和黏度的不同。”

洲这样说着，致远不由自主地使劲呼吸了一会儿，也想感受风的质地。然后两个人都饿了，归还了冲浪板，找到公用的水龙头冲去了皮肤和头发里面的盐，到附近的排档一人吃了一大碗牛肉粉和一杯连杯子都是冷冻过的咸柠汽水，便搭上了回程的船。洲坐在船舷上提议晚上如果没有安排的话，可以见几个朋友，带他去有趣的地方。致远自然答应了，问他具体要去哪里，他又笑笑不吱声，而且似乎忘记了致远不习惯陌生人，或者是认为致远已经将之视为理所当然。风浪依然很大，船晃得非常厉害，但是致远也感觉到疲惫的坦然。

回到九龙以后，他们坐在吉野家里等洲的朋友过来。致远要了双拼饭和烤青花鱼。

“你怎么还吃得下？”

“我想试试看这里的吉野家和北京的有没有区别。”

“幼稚。”

“我们现在算是言归于好了。”

“你在说什么。”

“离开北京的时候不告而别也算是在赌气吧。”

“那天我们从饺子店出来，我就和你握手告别。我们不会平白无故地握手。”

“你那会儿就想好要走了。不还是在赌气吗？”

“就算当时为了这样那样的事情懊恼，也不是赌气。我非常喜欢北京的，杂乱和生机勃勃的劲头，规则没有闭合，各种形态的年轻人都能找到停留的缝隙。我也像是再历了一次青春期。我这样说不是恋旧，确实黄金时代的香港就是自由自在，机会俯拾皆是，人们自然也没有想到如果不去维护，一切都有消失的那一天。现在才发现成长时期中珍贵的东西都在失去，而且会消失得无影无踪，不仅仅是天星码头这样的实体。奇怪的是我在北京才有了这样觉醒的审视，既看到了美好的东西，又看到了丧失的过程。所以迫不及待地想要回来做些什么，保存些什么，也没错吧。”

“唔。”

“唉，你为什么要逼我讲这些煽情话。你觉得这里的双拼饭怎么样？”

“极好啦。”

致远继续埋头吃饭，洲的手机开始不断振动，他进出了几次打电话，发消息，显出一种少见的焦虑和郑重。致远因为提起这样的话题而感觉悔恨，逼迫朋友做出辩解，本身就是一种破坏。

八点的时候，洲的朋友开来一辆又小又干净的铃木北斗星，等到致远钻进去才发现里面超负荷装载。司机和前座的年轻男人，后面原本已经坐着一对情侣，再加上致远和洲，以及地上和后备厢不大的空隙里堆着一箱箱的饮用水，饼干和泡面之类的盒装食物，应急灯和便携音响装备。

他们用粤语和致远打招呼，致远也用简单的粤语回答。他一落座便立刻感觉到车厢里有种奇怪的肃穆气氛。大家也热忱地交谈，却与白天的小巴司机不同，他们语速飞快，语调坚决，仿佛一桩事件或一个小小时代接近尾声时那样，流露出愈发激烈也愈发厌倦的神态。洲虽然很少说话，身体却绷紧和前倾，是非常陌生的肢体语言。致远几乎听不懂他们在说什么。然而不是陌生的语言，而是其他什么。冷冷的，紧张的东西，将他隔绝在这一边。他们却是那里完整的紧凑的小小世界，用语言的屏障强调着彼此间坚固的情谊。致远没有听清楚他们的名字，而且他们有着相似的精神面貌，极其礼貌，明亮和年轻，同时怀着具有破坏性的固执和天真，使得致远一时很难将他们清晰地区分成个体。

小车行驶在一些窄窄的街道间，然后开上一截高架，能够看到两侧紧紧挨着的旧楼，外墙年久开裂，像是终年被雨水浇灌。车窗开着，冷气也开到了最大，致远感觉他正随着新朋友们来到城市的背面。在片刻安静的间隙，他的目光先与洲交汇，洲的眼睛闪着湿润的热烈的光。然后是身边沉默的女生，她像一头小小的鹿，眼睛也和鹿一样平静温柔。致远被作为外来者的天然戒备心所折磨，却又迫切想要知道，他们要去哪里，他们要做什么。他甚至不由自主地被愈发严肃和躁动的情绪感染，想要怀着捍卫和骄傲的心情成为他们群体中的一员。

小车最终停在了一片不起眼的街心公园旁边。大家利落地自两边下车后，齐心从车里往外搬东西。致远注意到公园外面拉着松散的警戒线，几个警察在聊天，又有几个从对面饭馆里拿着盒饭走出来，一派友善松散的气氛。然后有几个新面孔的年轻人加入进来，大家打着招呼，点头问好，接过水和食物往公园里面走，致远和洲搭手拖着一箱音响设备和电线跟在他们身后。

一小段黑暗的小径之后是一片奇异的景象。

公园小小的草坪上支满野营帐篷，映着路灯、应急灯、手电筒和一点点蜡烛的光。年轻人以各自的帐篷为中心有序地渗透在所有缝隙间。大家在聊天，看书，睡觉，交谈，写作业。每个人都待在自己的位置上，互不打扰地做自己的事情。看起来既不像是静坐，也不像是狂欢。地上拖着电源，有人支着电饭煲煮饭和面条。四周围拢着树木，被湿热的风吹得哗哗响。没有荷尔蒙的气息流动，却有种脱离日常的恍惚和美，是近未来小说里热爱描述的寂静场景。所有人都仿佛已经在这里住了很久，或者向来就住在这里，并且创造出一套只有在这里才能运行的规则。有人持续地搬运水和食物进来，没有组织者，却自然形成秩序，有不同的种类和路线。流动厕所门口排着整齐的队伍，大家都是一副不用担心时间的样子。不时有骑摩托的外卖员送来比萨和炸鸡，人群里便爆发出小小一阵欢呼，外卖员仿佛也受到了极大的鼓舞，真诚热情地对他们说加油啊。致远抬着箱子跟随着洲从帐篷之间穿过，不相识的人也抬头朝他们致意，或者拍拍他们的肩膀，都是亮晶晶的眼睛。

这使得致远想起到北京的第一个夜晚，音乐节上的帐篷和排练房里彻夜无休的人。但是不一样，北京的风干燥凉爽，携带着灰尘的气味，令人想象在遥远的某处，有人正在空旷的野地里焚烧整个夏天落下的枯叶和荒草。而这里的风来自四面八方的大海，无序，陌生，带着大自然的决意。致远的内心受到了无以名状的冲击，以至于无法发问，也无法开口与洲交谈。

然后洲在一个帐篷前面停下来，他们把东西放下。里面的人正在一盏小小的应急灯下面打扑克牌，旁边放着啤酒和三明治。他们看到洲，纷纷探出头来，开心地打招呼，和洲互相拍着肩膀，然后洲说带了一个朋友来帮忙，他们便也拍拍致远的肩膀，用粤语和他打招呼。致远有点感激洲没有介绍他是谁，这样他短暂地认为自己也是这个群体的一部分，他被邀请钻进帐篷里，新的朋友递给他啤酒。帐篷里非常挤，味道也不太愉快，有人伸手打开天窗，然后他们收起扑克，打开电脑，严肃地商量起重要的事情。致远试图跟上他们的语速和节奏，思绪却一再被牵扯到他处，他在想上一次主动置身于集体中是什么时候，或者是否真实存在过。

他们都是附近一个现场演出俱乐部的管理者，乐队成员，常客或者歌迷。俱乐部原本改建自废旧厂区中的一间仓库，当时香港的制造业转移到了内陆城市，很多工业区处于闲置状态。这间俱乐部虽然不是最出名的，却始终庇护刚刚出道的本地小乐队。之后附近的工业区被开发商收购，俱乐部所在地正在规划之中，租约在不知情的情况下被废除了。虽然也有保留俱乐部的可能性，但是租金的上涨难以承受。年轻人一方面希望开发商能够怀有一颗保护本土文化的心，另外一方面也希望政府能够给予政策上的支持。请愿活动已经持续了一段时间，从最初占领的整条马路收缩到街心公园的小小范围，大部分人在失望沮丧中离开，剩下的人大多是乐队和俱乐部的相关人士，或者坚定的浪漫分子。然而临近尾声时人们的心声也自然有了分化。部分人希望温和地结束，认为最重要的是表达立场。另外部分人则寻求确凿可行的出路，不愿意将整件事情浪漫化。剩下的人无法决定，游移在中间。然而身处任何一个部分的人都是快乐的，抱有改变世界的愿望，相信自己有选择的权利，并且能够付诸行动。

令致远感觉意外的是，洲选择站在浪漫的反面。他提出明确和实际的要求，那是比天空中的飞艇更为具体的东西。然而为什么要意外，这曾经是他们友谊的开始，只是之后这份友谊走向了虚构的纵深，几乎遗弃了与现实世界的连接。直到洲在这个夜晚打破了结界。

这时候洲用粤语对致远说了一句什么。他回过神来没有听清。

洲又用普通话讲："你会不会开车？"

清清楚楚，是虚构的终结。

致远能清晰地感觉到周围的空气中有一个微妙的停顿，而更令人几乎感觉羞愧的是，他不得不用普通话回答："我不会开车。"他不属于他们，而且他什么都做不了。于是等到他再次坐回小车，他已经在洲明确的提示下，成为这片小小的公园区域里，唯一的旁观青年。

换了洲开车，致远坐在副驾驶位上，车里只剩下他们两个人。谁都没有讲话，车厢里留存着战斗时热烈的心慌和忧伤的兴奋，却都和致远失去了关系。小车穿行在上坡下坡的单行道间，很多很多的植物在深深的夜晚散发着好闻的香气。然而这里不是低像素的游戏世界，他们也不是并肩在荒原上的哥俩儿。致远很清楚，如果不是伙伴，那便是对立面。边界没有办法被模糊，而旁观是可耻的。旁观者向来从属于庞大的被反对的部分。但是在他内心的某一部分，既委屈又愤怒，他在责怪洲。他认为洲破坏了友情的协定，放纵出一片茫茫的灰色区域。

洲把车停在一片工厂区域的路边，距离公园的直线距离并不远。然后他熄了火，告诉致远说不要离开，在车里等他回来。之后致远回想起来时才意识到，洲在当时或许是打算独自去做一些比天上的飞艇更重大也更切实的事情。他应该问问洲的计划，是否需要帮忙，他应该选择始终站在洲的这一边。但是他没有，他近乎赌气地保持着沉默。

于是洲拍拍他的肩膀，依然是郑重其事的。之后消失在破落的楼宇间。

这是最漫长的夜晚。致远独自坐在车里，不知道洲的去向，会发生什么，他是否回来。隔开几条马路，能听见从公园里传来的轻轻的音乐声和笑声，也或许是幻觉。他从仪表盘下面的储物盒里找到洲的唱片，于是转动钥匙打开了引擎，把唱片塞进 CD 槽口。熟悉的歌，几乎每首他都可以跟着哼，他从这里学会最初的几句粤语。但是直到现在他才略微能理解一点点置身其中的同情与失望。而今天也是永恒，现在他平静下来，湿热的风吹过来，毛孔稍稍收紧，他的皮肤和头发里还有白日大海的味道。到底哪种快乐是悬浮或者幻觉，他也非常疑虑。只是这种或者那种快乐都是脆弱的。而他和洲不一样的是，在此之前，他从未有过对于快乐终将被毁灭的接受，以及反复的练习。

马路对面缓慢地走过来一小队警察，他们停下来，对讲机发出断断续续的电流声和指示声。然后其中一个朝小车走过来。致远摇下车窗，思索着应该和他说什么，他并没有发慌，却有一种荒谬的愿望，想和他交谈，问他一些问题。但是当警察停下来的时候，耳边传来更为清晰的歌声，不是 CD 卡槽里面的哼唱，而是真实的存在。有一辆小皮卡从他们旁边经过，缓慢地往公园的方向行驶，车顶安着一对小小的喇叭，一个平凡的年轻女孩站在那里，对着麦克风唱动听的粤语歌。音响很差，声音迅速在湿热的空气中散开，不知道她在唱的是什么，是从没有听过的歌。但是过分动人。大家都静止不动，像是在楼宇间等待飞船经过。过了好一会儿，警察回过神来，敲敲车窗说："同学，记得早点回家啦。"

致远搭第二天早晨的飞机回到北京。他在机场的便利店买了几份早报。昨晚的香港平平静静，没有任何不好的事情发生。

二〇一一年，致远妈来到北京做胃部切除手术，之后终于回到县城继续化疗。她没有住在自己家里，而是和母亲住在一起，经常吵架，并不太开心。但是直到致远离开北京之前，她都住在那里。尽管她的人生遭遇重创，爱过她的人全部离散，她却没有失去天真的热忱，依然激烈地反抗家人，善良多情，在一切地方担当不合时宜的角色。惹人讨厌，也令人同情。她并不需要致远，她反复在电话里对致远说算命的说她还会活着，并且有一段不错的婚姻，但是她也不怕死，可以死去就死去好了。总之她不需要致远回来，甚至表示有点烦恼，但是致远回来了，她也不得不接受。而且致远使她摆脱了母亲那里亲情的羁绊。接下来，他俩恢复了一部分旧的日常，但谁都不急着应对现实，后来生活非常自然地铺开，也没有出现什么大的问题。致远回到国营书店上班，在办公室里重新获得一个职位。他回来以后，过了几年，单位才又招聘了一些毫无才干的年轻人。

离开北京不是被动的选择，也不是厌倦或者失望，和雾霾更是没有一丁点关系。这是深思熟虑后的主动，但是致远可以对别人解释说他是被动的，他需要回县城去照顾家人，得知消息的人不知道该不该流露出同情，如何安慰才恰到好处，便不会质疑或者劝阻他的决定。

搬家的时候他尽可能地扔东西，看到自行车的时候又涌起一点伤感，这么多年过去，这辆车风雨里来去一直没有被偷掉，之后不骑了也放在房间里，成为理所当然的存在。但是轮胎都坏了，无法修补，不得不放弃。他想象自己将展开一段更为严肃的人生，甚至卖掉了游戏机。离开北京的前夜，致远和约好来取游戏机的男孩在家附近的操场见面，两个人坐在操场边喝着水，交流了游戏经验。致远顺手把带着的滑板也送给了他，并且教他在水泥地上玩了一会儿。男孩跌了一跤，两个人都哈哈大笑。男孩问他为什么要卖东西，他说他要离开北京了。男孩也不是北京人，但是他耸耸肩，站起来拍拍裤子上的灰，大概年纪小小的时候，觉得来来去去都不是什么了不起的事情。

洲在此之前已经出了第二张唱片，名字叫《基本美》。封面上是一张拍摄于十年前的黑白照片，团体合影，便是致远在三里屯第一次见到洲的那个晚上。谁拍的照片，致远完全不记得，他自己却在照片正中间，手肘撑在小桌上，认真地听旁边的洲讲话。照片里面还有小马，老冯，其他年轻人。每个人姿态都不一样，提供着很多故事线，之后确实都朝着不同的地方走去。不可避免的事情也都会如期发生，比如说洲真的开始秃头。

唱片里收录了十首歌，大多和北京相关，或者确切地说和致远相关。有关香港的歌只有他们坐在吉野家里等朋友时的那场对话——这里的吉野家味道到底和北京有没有两样。洲也好，致远也好，都没有说清楚。洲的歌又踩破了界限，变成了叙事，却也没有诗性，几乎就是他自己的博客。给业内人士一种他是在恶意玩笑的不良印象。导致刚刚发行的时候，致远在北京的那些旧同事，都有些愤怒，认为他要不是极度傲慢，要不就是极度狡猾，对音乐性的无视更加不可原谅。而且他们纷纷认为那根本不是北京的青年生活，真实的生活更复杂和动人，而洲所概括的只是肤浅的伤感。

当时致远已经和洲中断了联络。因为没有任何具体的事情发生，所以也不记得是从什么时候开始不再联系。在香港告别以后，两个人都有意识地想为友谊去做点什么，结果仿佛站在山头，面对低像素的海滩和灯塔，再也没有办法放下盾牌，坐下来吹吹风。他们就此也成为两条故事线上的人。然而致远在听到这张唱片时所感觉到的疑虑是独一无二的——洲复述的生活真的是他们经历的生活？那些对话被省略和更改之后表达的是原来的情境吗？他们之间是层层叠叠的误解，还是日常与虚构的河流？以及他自己，为什么有种难以描述，并且想要回避的愧疚。

批评和谩骂的劲头过去以后，这张唱片缓慢地红了起来。歌名被引用于各种杂志，代表着稍稍偏离日常的时髦和叛逆。歌词有种轻松的颓废，符合年轻人的自我映射。另外，那些低成本低像素的 MV 真的太棒了。像是最容易得到的幻觉或者美景，怀着无限的嘲弄和无限的浪漫。给人一种我也可以这样，这就是我的生活，或者接下来我一定要这样生活下去的感觉。

之后如前面所说，洲拿到几个了不起的奖项，又去了很厉害的地方演出。骂他的人纷纷沉默，却疑虑着究竟什么是时代精神，不过这种珍贵的自我审视消逝得也很快。紧接着腐坏的媒体闻风开始挖掘负面新闻，很快洲和男友在岛上冲浪时的照片被拍了下来。但其实照片非常可爱，洲变得比致远印象中更加健康，他和男友并没有什么不雅的举动，两个人穿着普通的T恤和短裤，站在小摊旁边轻松地喝着可乐，像放暑假出来的同学。这样的照片带来和报道的期望完全相反的效果，歌迷们也很想要学冲浪，或者在下沉的世界里拥有一段度假般的关系。

洲的博客在那段时间里关闭了。不是出于主观上的选择，而是整个博客平台在新一轮浪潮的冲击下被替代。所以继论坛之后，博客也消亡了，仿佛一场物理性的删除。大家抱怨挣扎了一会儿，便也高兴地去往了下一个时代。在洲使用的那个博客网站彻底关闭之前，致远用了两个晚上把洲在过去几年里写过的东西重新整理成文档，然而大部分的照片已经因为失效而无法保存。在他重新翻阅那些博客时，他吃惊地意识到洲在北京时的情绪是多么复杂，那些以沮丧为底色的快乐和平静，或者挣扎和呼喊，只有在时间过去很久以后才会露出痕迹。而致远自己在发泄着伤心和难过时，却有过一段真正的快乐，但快乐建立在无知和模糊上，也令人不愿意再提起。他同时也惊异于原来他们对于各种问题的看法是多么的不同，却被更动人的情感所驱使，一边忽视，一边构建。

有的时候致远认为洲所希望的那个未来和他一点关系也没有，他不想在那个未来里。有的时候他又认为自己正和洲一起迈向困境重重的自由。就是这样，一半是反对，一半却一致，中间掺杂着很多疑虑，沮丧和短暂的开心。他对生活的看法也好，对世界的想法也好，差不多也是这样，以后总归也会带着这样的心情继续活着。

致远妈在之后一年的年底去世。奇怪的是，她去世以后，那些爱她的人又都回来了，抛却怨念和彼此间的成见，非常自然地各自承担起她的一部分身后事，表现得仗义和热忱，使得一切都有序运转。而致远只是被督促着，完成自己的基本义务，再继续进行下一桩。等到追悼会的当天，大雪，致远爸终于搭上一班小巴。他们两个人反倒成为现场的局外人，甚至连悲恸都无须明确表达。所有人真切的哭声，百合花和冬青叶的香味，铅桶里焚烧的锡箔，完全已经变成老人的爸。奇妙啊！人生中真正重大的事情反倒像是超现实的梦。

晚上等到众人散去，致远去旅馆里见爸。他们泡了两杯茶，坐在床边，也不感觉拘谨，像两个关系疏远又互相尊重的成年人那样聊了一会儿。桌上摆着一叠稿纸，致远爸说他正在写作。

“地质学的研究吗？”

“不是的，我在写一个小说。”

咳。什么小说。爆破的烟雾啊，宇宙的秘密啊，致远一点也不想知道。

离开旅馆的时候雪完全停了，天空很暗，地上的积雪是黑的，路上偶尔出现的人穿着巨大的棉袄，缓慢挪动。致远想起和洲、小马、老冯一起开车从北京去天津玩。也是这样雪后的天气。道路中间的雪都被清除了，但是结冰，不得不把车开得很慢。那是老冯用来拉货的第一辆车，破破烂烂，取暖坏了，大家开心地挤在一起。本来想着要去天津听相声，结果也没有听，不知道玩了些什么，都忘光了。而途中的聊天和风景，却因为被洲写成了歌而得以被永远记住。现在致远就哼着这首歌，行走在黑暗的冰天雪地中，沿途有一些小旅馆，亮着破旧的霓虹灯。一片美学的荒原。无以描述的悲痛从四面八方涌来，他眼前发黑，不得不停下哼唱，在心里大哭一场。

人生的别离理应不是这样，但他又能怎么做呢，不还是如此，假装是一段游戏的存档，高高的山头，两个郑重的，挥手告别的朋友。

二〇一七年，哦不对。醒醒吧。这里已经是二〇一八年的世界。得知洲的最后消息的夜晚，致远登录了遗弃很久的游戏。游戏在几年前便不再接受新用户注册，也停止了地图的更新，但依然有人在做日常维护。想象孤单的服务器在那位程序员家里兢兢业业地运作，仿佛末日之后幸存着的场景。从某种意义上来说，这里是致远和洲最后见面的地方。当他们不再联络以后，偶尔依然会在地图上相遇，稍稍走上一段。很多 ID 已经永久退场，成为灰色，有时候只有他们俩，在这一边的世界里一个地图接一个地图地往下走，仿佛在另外一个星球进行一场没有头绪的冒险，给那个从一开始就不存在的精神世界抹上物质性的一笔。直到洲的 ID 也变成永恒的灰色，致远则从那时起，便被困在庞大的蚌类生物身体里寻找宝藏。没有头绪，也不得脱身。周围的湖泊和山崖都已寻遍，起初还能碰到零星的人，如今只剩下被机器控制的精灵在固定之所游荡，得不到任何线索。致远穿过一片丰茂的牧场，洲的马群还在那里安静地徘徊和进食。翻过跟前的山便是沙滩和灯塔的所在地，但是他停在瀑布下，那里住着高个子精灵。

“你好。好久不见。”

“夏天结束了。”

“最近见过我的朋友吗？”

“朋友啊朋友，彼此亲切，一旦离别也绝不惋惜。”

“还有其他人在吗？”

“年轻的勇者，不如去世界频道求助。”精灵和致远一起抬头，低像素的雨水——HELP。

（原载《收获》2018 年第 1 期）

小花旦的故事

王占黑

一

我攒了很多火车票。散在抽屉里的时候看不出，叠起来竟有四五副扑克牌那么厚。这就对了，上大学起，我坐过很多趟绿皮火车，从上海南站出发，开往广州的，深圳的，海口的，昆明的，每一个方向我都坐过，每一条线路上售卖什么商品，牙膏、毛巾还是火车模型，乘务员的普通话带着哪种口音，我都知道，可我从来没到过这些地方。我总是第一站就下车了。

十二块五，是上海到我家的距离。如果人们坐铁路也像坐飞机一样计算里程的话，那么我的就不值一提了。一个钟头，去远方的人一碗泡面还没排队煮上，我就到了。我总想着，哪次能忍住不下车，一路坐到终点站，补完票出来，先给小花旦打个电话，喂，猜猜看，我在哪里了。

小花旦肯定会笑上一阵，细姑娘本事大啊，寻只茅坑，蹲下来摸摸看，屁股上是不是生满坐板疮了，讲完又笑一阵。

这是我和小花旦的约定。那时他一边往头上擦摩丝，一边讲，你要是敢坐到底么，我就出钱给你买三九皮炎平涂坐板疮，车钱也算我。

口说无凭，我讲。

小花旦从挺括的夹克衫里掏出车票，每趟去上海，他必定挑一件派头大的穿，配一双擦亮的尖头皮鞋。又问我讨一支笔，在右上角写了999，一笔连到底下的名字。画完，继续打理自己的发型。他的刘海卷卷的，垂落几丝，余下则统统往后梳，左边的朝左后拢，右边的朝右后拢，撇出一个爱心型额头，金光锃亮。轰隆一声，火车到站了，小花旦朝前冲了冲，手上的摩丝擦了个花边球，四六开的头路也撞坏了，变成乡下的虫马路，一歪一扭的。

赤×，火车开得来好比拖拉机，卵蛋都要震碎了。我们出了站，便去坐地铁，一路上他继续收作他的头。

并没有人说过，地铁站不只是等地铁的地方，它还有长长的过道，四通八达的出口。各式各样的店面围在其中，人们进进出出，随时都能停下来买点什么，吃点什么。这明明是个很有花头的商场呀。平时要进大厦才能买到的高级运动鞋，那时只与我们隔着一堵玻璃墙，它穿在模特的脚上，就像穿在路人的脚上一样寻常。我和小花旦走得很慢，与一个个模特或路人擦身而过，还是来不及看。

我问，这么多店，生意都做得出吗。

小花旦讲，怎么会做不出，有人开店么，总归会有人去。

那你讲，到底是先有人开店还是先有人要买呢。

小花旦顿住了，我们停在一家美珍香门口对望着。这个问题我老早就问过了。那时我还小，他还没下岗。老王在打麻将，叫小花旦带我去吃中饭。我们走在小区外面的马路上，我说，路上开了这么多小店，怎么不倒闭呢，每一爿都有人去吃吗。

小花旦说，肯定呀，有人开么，总归有人会去的。世界上有交交关关人，人家在做啥，欢喜吃啥，你一个人是想不通的。

我没听懂。

他讲，好比你养一只鸡，就会得一窝蛋，你有蛋了，就能孵出小鸡来。

那你讲，到底是先有鸡还是先有蛋呢。

小花旦卡住了，在一爿面馆门口愣了很久。他朝里望了望，转而问我，想不想吃鳝丝面。于是我们叫了三碗，多一碗带回去给老王。

这次小花旦还是没答上来。他同美珍香的促销店员并排站着，听到人家喊试吃，上前戳了几片猪肉脯，又戳了两片给我。

还有吗。我觉得味道很好，不好意思自己去要。

怕个屁，免费的呀。小花旦握着用过的牙签，又去戳了好几片。店员却翻了个白眼，端着盘子走进去了。我们只好平分手上的，边走边吃。

小花旦突然讲，细姑娘，你看这个地铁站，像我们小区吗。

我吓了一跳。地下广场多高档啊，我们小区算什么。

小花旦指着麦当劳，这个么，就是毛头的臭豆腐摊。又指着便利店，这是闵珠杂货店。再过去是怪脚刀的棋牌室，阿宝的修鞋摊。他指着远处的游戏机，旁边坐着卖玩具的人，蛇皮袋铺了满地。还有贴膜的人摇着屁股底下的小板凳。被他这么一说，我倒真觉得像起来了。我们小区的房子，二楼才住人，底下都是车棚。如此一来，发大水了，也不至于叫家具浸烂在水里。十来坪的地方，面朝马路，做做小生意正好，许多人家便把车棚租出去了。于是早饭铺啊，租书屋啊，剃头店啊，一爿爿老鼠打地洞似的开起来。整个小区像个吊脚楼，地面上到处是小店，单元楼前后畅通，走来走去，闭着眼睛也能到。这些店有的白天开，有的在夜里，办了执照还是三无，搞不清。可什么店里有什么人，倒是固定的，绝没有哪一处冷冷清清。我问的问题，小花旦答不清楚的道理，兴许就在这里。

我们边走边看，给每一家店找到小区里对应的位置，车棚找完了，就去外面马路上的店找。馄饨对馄饨，小炒对小炒，服装店对缝纫摊。快到出口了，小花旦忽然大步朝前，跑到一家美发沙龙门口，三色灯管在身旁转个不停，映亮了他的夹克衫。

小花旦伸开双手向我介绍，你看，此地就是我的店面了，派头大不大。他身后响着吹风机和流行歌曲的混杂声音。

小花旦叫我帮他在店门口拍个照，我说这样不好。他讲，有啥不好的，快点拍一个。

迎宾小伙子用怪异的眼神盯着我们。我赶紧接过小花旦新买的诺基亚按了一记，人影很小，店面很大。他眯着眼看了一歇才讲，嗯，大归大，生意还不如我那好呀。这话说得梆梆响。

小花旦点开相册，往前翻几张给我看。照片里一个大大的油头，顶着“巧星美发屋”的红字招牌，上面露出一截楼上人家晾下来的短裤和胸罩。

我比了比两张照片，朝他望了一眼。不像，不像。

小花旦讲，没办法，人嘛，到了洋气的地方，肯定就要变来洋气一点。细姑娘，你慢慢也要洋气起来了。他提手抄了抄我的短头发。及耳，及额，及头颈，大人称之为游泳头，下水了也不会变形。背后看过去，男生女生是一样的。

我的游泳头从小就是小花旦剃的。小花旦是我们小区的剃头师傅之一。

二

我们小区虽小，理发店从来不会少。我读小学的时候，地面上竟同时开出了三家，哪一家都不缺生意做。东边便民理发店的阿姨戴一副酒瓶底子厚的眼镜，人们就叫她眼镜。眼镜的车棚因是自家的，价钿便宜，老年人去得多。西边惠民理发店的阿姨年纪稍轻一点，但块头大，人们叫她阿胖。阿胖开店的头两年，整个人像发糕似的发开来了。可她替人刮胡子刮出了名气，去过的都说适意，吸引了一帮男客。还有一爿开在小区门口的香樟树底下，不叫理发店，叫作美发屋，就是小花旦的地盘了。巧星美发屋店面不大，客不多，谈山海经的人倒是常来常往。路过不细看，只当是老年茶室。

眼镜和阿胖作为竞争对手，时常隔空传话，相互抹黑几句，眼红几句，小花旦却从没人同他吵过。一来，小花旦讲，好男不跟女斗，二来，小花旦讲，我同人家做的不是同一趟生意呀。

我说，那你同外头的美容店是一桩生意咯。我指的是对面马路上一些粉红色的铁皮屋。日光灯管拿彩纸包起来，叫人看着昏沉，几个皮松肉散的外地女人躺在沙发上，或坐在店门口，大冬天也要露胸脯，露大腿，三伏天还要擦厚厚的白粉。她们也叫美容美发。小区里哪个男人路过多瞄几眼，就要被老婆骂了。我放学走过也偷偷看，总想着这店里冷冷清清，如何开得下去呢。后来想明白，也许做的是夜生意，我看不到罢了。

小花旦瞪大眼睛，朝水泥地板狠跺一记脚，细姑娘不要瞎讲哦！人家卖人肉包子的，同我有啥关系！下趟走路不要东看西看，当心自家绊一跤。他拿起给客人喷头发的香水，先朝我脸上胡乱喷了几下，气味发冲。

小花旦的生意，同谁都不一样。他讲，五块十块的剃头生意，我不稀奇的。碰到老王这样的老相邻，旧同事，隔月去剃个头，不算数的。小花旦手脚快，三下五除二搞定，从没收过一分钱。巧星美发屋，专门做的是阿姨们的生意。小花旦讲，别说小区里，就是老远八只脚的老太太要烫头，要焗油，都情愿穿过大半个城来找我。

小花旦走的是一条龙服务。

老太太们要出客，要上台，想甩甩浪头了，早几个礼拜就要来巧星美发屋报到。小花旦先问好，穿什么，再定头型。人家若想不好怎么穿，索性全托给小花旦，一手包装。永红丝厂里跑了几十年销售，小花旦对穿着打扮颇有研究，真丝棉麻，料作款式，怎么显身形，怎么衬肤色，脑子里清楚得一塌糊涂。衣服还没做，小花旦上上下下一比画，一形容，老太太仿佛仙袍上身，头颈伸长，腰板笔挺，旁边的小姐妹齐齐叫好。然后小花旦再同人家细细讲，去哪里选料作，寻裁缝，不合身了找谁改合算。做这种事体，小花旦本身就很来劲。老太太自然一百个放心，过几天，衣服乖乖拿来，排队等做头发，店里闹猛得不得了。

小花旦讲，人家给老人烫头，好比工厂流水线一样，烫一个，走一个，走出来都是一式一样的，有啥意思，人老了就不要寻开心了吗。小花旦就舍得花时间，给老人研究头型，好好烫，细细弄，走出去有样子，扎台型。久而久之，妇女队伍里传来传去，小花旦就做出了名堂。三五结伴而来的，从头到脚问一遍，一个烫，几个在边上看，蜜饯咬咬，闲话讲讲，也问几句自家等会儿要怎么弄。小花旦确确有这样真本事，一边干活，一边服侍看客，聊得人家开开心心，服服帖帖。

要论保养么，阿姐比我有经验呀，讲穿了，皮肤同钞票一样，多拿出来摸摸，就不会皱。

大家有缘做几十年小姐妹，为一桩事体吵相骂有啥好处呢。老来不比美，要比大方。

阿姨勠气，媳妇么，讲究一个以静制动。你不骂，人家也不会主动吵上来。一样的道理，你不下指标，人家反倒不好意思，屋里生活就做起来了。

老太太纷纷点头。她们讲，哎哟，巧星这只换糖嘴巴，真真是甜的来。跑一趟巧星这搭，比寻个老娘舅还灵光呢。

巧星美发屋和保健品是一种道理，老年人里有口皆碑，正经人则视之为脓疮毒瘤。社区干部讲，人家东西两爿店虽说是小本生意，到底规规矩矩，有营业执照，有卫生许可的。你看看你这个地方，胡来。

进去检查，小花旦店里处处都是危险动作。电是从楼上接下来的，热水是煤球炉现烧的，烫头罩子万年不洗，各式药膏也没明确的来路，更不必说保质期。今朝用过了放进抽屉，下次再拿出来挤一点。小区每搞一次文明建设，巧星美容屋就面临一次严打。停停办办，实在撑不住了，有一天小花旦也搞了张营业执照，裱起来，挂在店门口叫大家来看，法人代表阮巧星，交关神气。谁晓得这个阮巧星仍是假的，是打给电线杆上的办证电话打来的。小花旦一边烧水，一边说给老太太听，两百大洋，给社区里买个放心。

小花旦讲，我做生意是做给客人的，又不是做给工商局的，要伊拉满意做啥。

老太太们听得有理，巧星美发屋便照开不误。她们不是不晓得安全问题，只怪小花旦的推销实在做得太好。人家店里贴了明星照，发型图，他这里专程有阮家阿婆做活体模特。

小花旦绝非每天都肯开店的，钓鱼要去，舞厅也要去的。他店门口贴着告示，一份令人羡慕的工作时间：下午 12:30—5:30（星期四休息）。但实际操作从不按纸上来办。但凡营业的时候，起来做的第一个头就是阮家阿婆的。吹好弄好了，叫阿婆往店门口的树底下一坐，蒲扇一摇，人们就走过来看了。

哟，阮家阿婆，今朝漂亮来！

三

巧星美发屋门前有一株老樟树，是小区还没造的时候就长起的。

每到夏天，树上的知了脱过壳，一下就活络起来了。知了的脚明明抓在树上，耳朵却生在小花旦的店里。小花旦同客人们呱啦呱啦讲话的时候，知了只听，不响。小花旦的吹风机一开，知了就跟着叫起来了。它们越叫越响，盖过吹风机的动静，盖过店里的讲话声，还带动起远处的知了。整个小区上空好像有一个巨大无形的吹风机在运转，到处荡着回响。等到小花旦的吹风机一关，知了晓得了，便识相地跟着停了下来。

有时若不识相，影响了小花旦谈生意，阮家阿婆就拿起手里的拐杖敲一敲香樟树，敲一敲，知了就不敢再叫了。

我讲，阿婆，知了是你养的啊。

阿婆胡乱点点头。她讲，虫么，侪是空叫叫，胡叫叫，吓一吓就好了。阿婆的耳朵不好，坐在树下从不觉得吵，可她仿佛也另有一副耳朵，时时刻刻按在墙上，听牢店里的客人是不是叫树上的客人抢去了风头。

她总是比小花旦更关心小花旦的生意。

阮家阿婆活着的时候，只要不下雨，常常搬一只骨牌凳坐在树底下，有时起身扫扫地，张望张望马路。阿婆若走来走去，就是走给人家看的。人家看到阿婆的头发挺括，心里便有数了，噢噢，小花旦今朝出来做生意喽。三个两个围上去摸一摸，感觉好，再进店里去问问。

阿婆一看到来生意，就高兴了，朝楼上大喊，阿星啊，客来喽。

阮家阿婆生得瘦小，皱皮躬背，一头白发却长而浓密。小花旦隔一阵学来了新发型，就先给姆妈做一个。网兜子罩住的，油光光贴着头皮的，盘起来的，蓬开来的，各有各美。有时也回归老法的麻花结，马尾辫。人家都讲，阿婆这张面孔，一看就晓得，年轻辰光不要太漂亮。

阿婆不自夸，她只夸小花旦，吾阿星手巧嘛，一只死老太婆，做出来也好看呀。

或是一并夸赞丈夫和儿子，阿星爸爸当年样子神气，吾阿星也神气的。阿星爸爸做事体细摸细想，全传给吾阿星了呀。

阮家阿婆平时话不多，一旦张了口，就是吾阿星，吾阿星。好像小花旦是个太阳，阿婆每天绕着他转似的。可实际上，丝厂的人都晓得，小花旦从小到大，无不是他围着阮家阿婆转的。

小花旦是阿婆的末子。

小花旦的大名，正是不识字的阮家阿婆取的。她讲当年自己预备同丈夫养十个小囡，当上光荣母亲，就能去天安门见毛主席了。丈夫进步，国家造卫星，他也想了个“造星计划”，要按太阳系十大行星（他以为）来取名，搞得有文化一点。水金地火木土，养到第七个，丈夫在睡梦中暴毙。阮家阿婆讲，我又不懂天文地理，只晓得光荣妈妈当不成了，日脚也度不下去了，管伊第七颗叫啥，索性就叫个星。于是阮巧星成了阮家七大行星之末，同六个兄姊围着姆妈转。

阮巧星虽是离得最远的一颗星，却跟得最紧，转得最快。

阮家阿婆当了一辈子的湖丝阿姐。她讲，好茧子泡在滚水里，要伸手进去，一边洗，一边剥。机器比不得人手，手抽的蚕丝不会断，出来的才算好货。我懂，这和做肉饼子，滚刀切的总比摇肉机摇出来的鲜，道理是一式一样的。

可是城里稍微有点关系的，谁会跑去做这种生活。两只手伸下去，再缩不回，木掉了呀。半天浸下来，十根指头肿得像胖大海一样。阿婆摊开手，缫丝工的手掌，到老来仍比平常人的厚很多。她讲，冬天蛮好，热烘烘的。倷就看，谁从来不生冻疮的，十有八九就是老阿姐了。到夏天光，真真下不去手。皮泡软，烫开，一抽就是一条口子，嘶一记，痛到心肝里。下了班，两只手通通红，好比木头砧板，上面全是印子呀。

我听了，吓得不敢回话。阿婆却讲，哎哟，出好物什嘛，肯定要吃苦的。

湖丝阿姐苦，阮家阿婆又是其中顶苦的。一人拉扯七子，三个上班，三个读书，还有一个背在身上，每天带到厂里来养。阿婆抽丝，小花旦在背上看抽丝。阿婆吃饭，先往背上的嘴巴塞几口。我插嘴，阿婆，你的背脊是背小囡背弯的吗。阿婆不回，只管讲，人家看不下去，就省一点给我们吃，空下来帮我领小囡。

阿婆又笑了，吾阿星真乖呀，不哭不闹，车间里人人待伊好。老话讲，遗腹子隔着肚皮听到姆妈哭，还没养出来就决心要待姆妈好了。吾阿星不单晓得肚皮里的苦，还晓得车间里的苦。三四岁已经端着搪瓷杯走来走去了。读了书，放学先到车间来。早班送饭，夜班来接，从来不肯同我分开的。人家讲，我好比养了个管家公呀。

一直跟到阮家阿婆退休，小花旦书不读了，顶职上岗，成了厂里唯一的男缫丝工。小花旦一上来，已经熟练得像一个老工人了。

男人做湖丝阿姐，到底上不了台面，下趟老婆也讨不好。后来我托关系，叫吾阿星转到销售科去了。

阮家阿婆讲丝厂旧事，每每讲到小花旦转科室，就打住了。她说，一个人嘛，早前苦够了，老来就有的甜了。阿星爸爸生眼睛，晓得我命苦，派阿星来待我好。阿婆顶着时髦的头发，坐在店门口笑。

不讲了，不去想了。她摇起自己那双厚大的白手，上面泛起密密的黑斑，像摇一串熟透了的香蕉。

细姑娘，倷大起来，要同阿星叔一样，待姆妈好，晓得吗。我点点头。只是阿婆口中的阿星叔，让人产生一种怪异的陌生感。我实在难以把孝子阿星和店里边剃头边陪客聊天的小花旦联系起来。照平常来看，阮家阿婆和小花旦并不多话。开店的时候，一个做头，一个看店。一个谈天，一个听听不响。关了店，一个出去白相，一个就呆在楼上。小花旦钓了鱼回来，阿婆就烧鱼吃。小花旦跳完舞，空了两只手回来，阿婆出去买点挂面和熟食。怎么看都是阿婆在照顾小花旦。可是听大人讲，阮家阿婆自从守寡，到死没离开过小花旦。这些年她只跟着小花旦住，小花旦结婚，也是带上姆妈一道进的新房子。

我想来想去，还是名字的问题。阿星是阮家阿婆的阿星，小花旦是大家的小花旦。这是两个人。尤其在阿婆这里，她容不下第二种叫法。人家若讲小花旦怎么样，阿婆就要动气了。这个名字，阮家阿婆不喜欢听的。谁不识相，再讲，阿婆就要翻面孔，下逐客令了。

可是除了烫头的老太太称呼他巧星师傅，我们小孩子叫他剃头阿叔，小区里的大人都喊他小花旦，丝厂的人也是。这从来都不是一位耳朵不好的老太太能阻挡的事。

小花旦自己倒是不介意的。

四

小花旦这个绰号，早在缫丝车间就有了。并非喜欢唱戏，只怪生了一副太监喉咙。照理说，高大的人声音浑厚，小花旦却不是。他的声音细细尖尖，却不如小姑娘的软糯，反有一种中年妇女的锐利和响亮。激动的时候，语调一升高，像铜炉里烧开了水，涩涩的刺耳极了。动起气来，又变成木锯子拉在生锈的铁皮上，磨人心肝，好在这种时刻是少有的。小花旦更多的是放声说笑。他一开口，脏话不断，倷个赤 ×，伊个赤 × 的，同他的细喉咙很不般配。小时候我质问他，你怎么老是骂人。他却说，这怎么叫骂人呢，这叫口头语，懂吗。小花旦把所有不文明的词语都称为“口头语”。他聊起天来，一个句子里的口头语比主谓宾还多。

后来我知道了，厂里面人人都讲口头语，开心不开心都要讲的。上班了，口头语在车间里飞来飞去，下班了，口头语在小区里飞来飞去。上下班的马路上，口头语要更生脆些，才能互相听到。

小花旦，去寻死啊！

赤 ×，迟到了要！

更可怕的是，小花旦在小学附近也离不开口头语。老王上夜班的时候，常常叫工友送我去读书。轮到小花旦，他送我到校门口，突然大声喊，细姑娘，进去先撒泡丝噢！值班的高年级同学和老师都笑了。这份旧账我长大后跟他翻过不下一百遍。从此我同小花旦约好，送到校门口不准讲话。他仍坚持要对口型，两只细脚杆趴开，同校门外的栅栏重合在一起，栅栏尖上戳出小小的头，两片薄嘴唇放慢了速度扭来扭去，像一个滑稽演员，故意要逗笑值班的同学。

小花旦长长的腿，长长的身体，连到长长的脖子，不知怎么生出一个短小扁平的头来，头上的眉眼是细窄的，嘴巴狭长，像粘了几条被甩软的挂面。说起话来，眼皮上面，眉毛底下，都是微妙的小动作。好在他皮肤黑黄，鼻梁高挺，现在回想，小花旦四十岁以前，侧面还有一点模特的英气。

可他走起路来全无模特的利索生风，做贼似的半吊着手，两只脚软绵绵的。小区里的人讲，说难听点，女人堆待久了，翘根兰花指剥茧子，总归有点阴阳怪气。

阮家阿婆必定深谙这个道理，才大费气力帮小花旦换了工种。然而人们早已叫惯了，小花旦去了新科室，或出厂跑外勤，还是小花旦。他自己并不反驳。

只有阮家阿婆从不满意，她讲，瘦长条子么，叫秀才不是蛮好，做啥要取个娘娘腔名字，吾阿星气力不要太大，身体不要太好噢。又说，巧星年轻的辰光，往蚕种库门底一走过，多多少少小姑娘盯牢伊看。伊是眼界高，一个看不上。

但她并不提起小花旦后面的一桩婚事。

小区里的人都晓得小花旦结过婚，却不知全。只见小花旦带姆妈去新房住了三年，又带姆妈悄悄搬回来了。人们估计，是婆媳之间出了问题。而后阮家阿婆要把房子专留给小花旦，六颗行星跑过来吵过多少次，总算拗断，留下两人清静度日。人们便一口咬定，若不是当初逼得小花旦离婚，阿婆何苦千方百计保他。至于小花旦的老婆是谁，在哪里，没人问过。

直到暑假的一天，做头发的队伍里来了一个新面孔。这位客人听说城东有个蛮好的烫头师傅，就跟过来看看。到了才发现，是老熟人了。小花旦特意找出茶叶罐头，拍拍围裙上的灰尘，客客气气喊了一声，姆妈。这不大不小的一声，把树底下的阮家阿婆引过来了，两个姆妈在巧星美发屋的招牌底下碰面了。

丈母娘讲，阿星啊，还没讨好老婆啊，光杆司令准备当过去看了噢。

小花旦笑笑不响，招呼客人们一一坐下，自己上楼去泡茶了。丈母娘在店里走来走去，冷箭频发。

天天蹲在这种地方，搞这种娘娘家生活，哪个女人看得上么，也是笑死人了。

阮家阿婆的耳朵不好，可是她想听什么，总是能听到的。

她讲，有种人在外头胡来来瞎搞搞么，覅讲二婚头，三婚头四婚头也是省力的呀。吾阿星家教好，做不出这种事体。

丈母娘跳起来了，倷宝贝阿星稍微争气点，玲玲会得逼出去吗。阮家门不要后代，我屋里厢还是要的好吗。

哟——要后代不要面孔喽。

好嘞，覅讲了。老客人想劝一句。

要面孔，哈哈哈哈，大家听听看，娘娘腔不来事，还讲得出要面孔。

丈母娘比阮家阿婆年纪轻，块头大，喉咙响，这么一笑，店里鸦雀无声，我看呆了。只剩小花旦踢踢踏踏冲下楼来，轻轻说了一句，好嘞好嘞，覅吵了。老底子没吵够，过掉十多年还要来寻气吗。

他扶阮家阿婆上楼休息，叫丈母娘在店里等一歇，马上就来。又关照我把茶分给客人。

丈母娘却讲，哼，等啥等，要晓得是伊开的店么，我绝对不会来的。转而对着客人，大家晓得吗，当初看伊一表人才，好说好话，心想有点娘娘腔也不搭界。想不着是只软脚蟹，真真苦了玲玲，不好讲出去。丈母娘推开我的茶杯，像一只憋足气的青蛙，冲着楼上提高音量，我么，这辈子见都不想见到伊，还要叫伊来帮我做头发，真笑死人。

楼上传来一阵骂，老赤 × 棺材，死远点，一只嘴巴吃糠不清不爽，乌龟外孙还不晓得啥地方落的种！

我从来不知道阮家阿婆的耳朵这么好，喉咙这么响。我也从来没听过，小花旦天天讲的口头语会从阿婆的嘴巴里一个一个跳出来。小花旦却像被抢了台词一样，并不开口。

一个在楼上骂，一个边走边骂，于是那天下午的生意全都跑光了。小花旦倒不动气，他下楼收拾，把没人喝的茶都喝了，还提前给我剃了头。剃完头他提议去游泳，我们就去了旧厂边上的水池。他看起来心情不坏，游了几圈，买了棒冰，语气也比平日里温柔了一些。甚至让我觉得，结了婚又离的人是两个姆妈，而不是小花旦和什么玲玲。

晚上回到饭桌，我问，软脚蟹是啥东西。

妈妈说，小囡问这种怪搭搭的问题做啥，吃饭。老王说，哎呀，不大巧，现在不是吃蟹的季节。

我就不问了。

五

印象中，阮家阿婆到死只吵过这么一次架，可是那次之后，小区里有些人看小花旦就不一样了。阿婆恢复到往日的温和，常常坐在树底下自说自话，哎呀，人生得好看么，就会叫人家讲闲话，阿星爸爸老早也被人家欺，后来同我结婚，不是照样很好嘛。我知道，阿婆是专程讲给那些走来走去的耳朵听的，寄希望于他们的嘴巴能在菜场里，麻将室，或回到自家的饭桌上，把这些话慢慢说开去。

小花旦仍旧不响。就像从不介意自己的绰号一样，他也不介意这桩被曝光的旧婚事。小花旦的口头语骂天骂地骂工厂，偏偏在这件事上从不使用。这也愈发让一些人坐实，问题出在小花旦身上。大家都相信，理亏的人才会沉默。

小花旦的客人渐渐少下来了。并非外头的风言风语影响了妇女队伍里的口碑，她们受过巧星师傅的恩惠，绝不说半句坏话。而是阿婆病了，严格地说，是阿婆老了。她生了七颗行星，末一颗都转了四十多圈，阿婆自己就转不动了，她的轨道上沾满了往事的灰尘，它们缠住她的手脚，要把她也变成灰烬。

直到小花旦每日驮着眼神呆滞的阮家阿婆进进出出，我才懂得那位反复出现在阿婆口中的阿星的存在。他把阿婆背下楼晒太阳，又背回楼上睡觉，在大树和美发屋之间的晾衣绳上撑开了尿湿的床单和绒裤，我想起阿婆说过的那个在充满水蒸气的地方，由大人背来背去的小婴孩，车间雾蒙蒙的，蚕丝白乎乎的，他的小眼睛看到什么了吗。

后来，阿婆转不动了。和徐爷爷一样，在这个小区里，任何老人的离去都是惊不起水花的小事。人老了，人死了，不是再正常不过了吗。走来走去的耳朵们，更愿意去关心谁家新降临了小生命，这关乎一族的延续。至于将要垂落入土的家庭的枯枝，就由它去吧，谁没有那么一天呢。

然而没有延续的小花旦却很少开店了。楼上的灯也不常在夜里亮着。他睡觉了，他去钓鱼，还是去跳舞，阿婆走了，没人知道他的动向。我读寄宿学校，我也不知道了。只是一个月剃一次头的惯例还没变。我发了短消息，上楼从他家空置的奶箱里拿了钥匙，下来开店，然后回家喊老王过来，我们家的头，在我离开家之前，从来都是一起变长，一起变短的。

小花旦收到短消息，过一会儿就回来了。

赤 ×，又一个月头过去了！他的细脚杆像两根高跷，从不知何处踩回来了。

这些事是近来才想起的。我在上海住了八年，地铁站走了无数回，早已不觉得地下广场像小区。香樟树，阮家阿婆，巧星美发屋，连同整个小区，都成了昨日的世界。

火车票里，年份久远的，字迹都褪去了，只剩下一片片浅蓝色，或者更早些，粉红色的纸。写着我名字的，叠起来有四五副扑克牌那么高，还有薄薄的一沓，是别人留下的。这时我才发现，头几年来上海找我最多的，不是家人，也不是中学好友，也许是这个叫阮巧星的人。他的身份证号码还模模糊糊地印在上面，1967，他和我一样，属山羊。

阮巧星，小花旦，小花旦，阮巧星。小花旦是老山羊，我是小山羊。可是这只老山羊从不喜欢蓄胡子，他的下巴总是亮光光的，和他的头发一样，精心打理过，如同公园里那些跳交谊舞的人。

老山羊同我去本地的人民公园玩，总是我先陪他看小树林里的人跳舞，然后他才答应请我去淘气堡玩。我又问那个奇怪的问题了，你说，人民公园里下棋也有，遛鸟也有，吃茶也有，为啥每个地方都不会缺人呢。

小花旦还是那个经典的回答，各人各欢喜，有人来白相么，就有人过去看呀。

那你为啥不去看下棋。

细姑娘，你看看下棋的人，啥样子。

我看了一眼坐在树墩上的老头子。

你看看跳舞的朋友，哪一个不是头面清爽，衣裳挺括。你再看看我。

我点点头。那你为啥不去跳舞，要同我一起白相。

你看我是啥。小花旦假装捋胡子。你是啥。

我们是老山羊和小山羊。小花旦教会了我这个道理，我却在很久以后才懂了物以类聚，人以群分这个成语。那个时候，他已经在上海的人民公园跳舞了。

六

和小花旦打赌坐板疮的那一年，是我离开家的头一年。家里忙，没人送，小花旦关了店，自愿陪我去了。

我们穿过长长的地下广场，坐上轻轨，换了公交，两个钟头后总算挨到了学校宿舍。我惊呆了，原来从上海的这一处到另一处，比从我们那到上海远得多。好在一路上有的看，并不无聊，只是辛苦。小花旦拖着我的行李箱，夹克衫甩在肩上，汗出得快要融化他黑亮的油头。他把蛤蟆镜推到前额，在即将开口“赤×，这爿天热死人”之前，我先和他讲定，进了宿舍绝对不能讲口头语，绝对不能。

不要紧，这什么地方啦，大学呀，天南地北的人都有，人家又听不懂的喽。他讲，细姑娘，进去覅忘记先撒泡——我打断他，听不懂也不能说！小学校门口那种事，再也不能重演了。何况我早已不是喜欢憋尿的小朋友了。

不过很快的，就像服侍店里的老太太一样，小花旦趁我上厕所的工夫，已经和一楼的宿管阿姨攀谈上了。他并不说自己是谁，只管用一种假装客观的语气评点人家的打扮，暗暗戳中对方的心意。只听他说，这条裙子噢，面料服帖，也好，也不好。腰身稍微粗一点的人，穿上就不好看了。阿姨笑了。他转而又讲，美中不足是发根同烫过的颜色不搭，要补一补，两只手一摆弄，我就知道他又在习惯性地捞客人了。

我走过去，阿姨问，你女儿住几楼呀。我脱口而出，他不是我爸爸，是……我一下子不知道怎么介绍小花旦。他是老山羊？他和我爸爸下岗以前在同一爿厂？他家和我家住同一个小区？他是从小帮我剃头剃到大的……师傅？他给我买过几十个鸡蛋煎饼，上百只奶油棒冰？我突然发现一个很熟悉的人，如果没有血缘关系，是很难形容彼此之间的关系的。而这种无法形容的关系，我后来才发现，是很容易断掉的，无论是被时空扯远了，还是故意疏远了。

小花旦见我答不上，宿管阿姨又面露异色，就主动模仿上海口音，阿拉侄囡儿呀。我笑出声了，兄弟高瘦，侄女矮小，实在不像。小花旦却很入戏，在登记表上写了个“王巧星”，搬起我的箱子上楼去了。我们找到房间，小花旦为我整理各种东西，床单，被子，台灯，衣架，他好像在叔叔的角色里沉迷了，一边收作，一边像模像样地关照我，毛巾不要滴滴答答晾出去，茶杯每天洗干净才能喝，好像他自己的生活十分清洁似的。我听得极为专注，生怕他一不小心又蹦出几个口头语，叫我被人嘲笑。可是他很留心，小花旦一开国语腔，浑身透露出一股后妈的做作感，高声换低语，引得几位室友的妈妈都回过头来看。又不得不承认，小花旦做起后妈来，有条不紊，正如小区里人说的那样，女人家的味道十足。他细长的手指一遍一遍拧着擦桌子的毛巾，脱了尖头皮鞋爬上去帮我铺好床具。我感到很惊奇，一个熟悉的人面对另一个人，在不同的环境里竟然能表现出一个天一个地。对我来说，那个时刻，我的那位走在路上和熟面孔互甩口头语的小花旦朋友完全不见了。

各位妈妈整理完，陆续走了。小花旦作为男眷不能久待，他也下楼了。临走前关照了十几句日常起居的话。我真吃不准，是我妈教他说的，还是他自己想出来的。总之和我妈能想到的一样周全。我没心思弄明白，忙着和我的新朋友们去办饭卡，买二手脚踏车，然后相约食堂，每件事都新鲜而急迫。一回头，却发现小花旦还在楼下，他正和傍晚新调班的宿管阿姨攀谈。攀谈是小花旦的专用语，他总是说，不认得嘛，攀谈攀谈就认得了。攀的意思其实是拍马屁。小花旦一个劲地夸人家头发灵光，又讲究，又不显得刻意。他夸得很到位，确实，我所见到的大多数宿管阿姨都和我们小区里的妇女不一样，她们看起来像是刚从巧星美发屋里走出来的人，要去参加亲家的寿宴，或是老同学聚会。尽管她们只不过是来查房和收信的。而我们小区里的阿姨，烫得再挺括，第二天还是会变回鸡窝头。我和小花旦打了招呼，匆匆走过传达室，如同以往路过巧星美发屋，接着拐出小区一样自然。学校里天快黑了。我突然意识到，自己完全没有要带他一起去食堂的意思，而他也似乎并没有买好返程的车票。

我回头看，小花旦把夹克衫搭在肩上，朝我挥挥手。

我就走了。也许小花旦不仅仅是来帮忙送我开学的，他的心思大了，要和各式各样的人攀谈。他和我一样，想在小区之外的地方看一看，多停留一会儿。

七

小花旦在上海的时候，去过哪儿，我并不全知。有时他会发一张带照片的彩信给我，起初里面永远是一个地标性的建筑加一个叉腰的人，他从不买票进去，只在门口作八十年代风范的合影留念，两条细长的腿摆出一个工整的“八”字。彩信里不写字，我懂他的意思，这里很好玩，你也去一下。确实，几幅眼熟的背景，我在头半年的周末也一一去过了，只不过没舍得花钱发彩信给他看而已，可我却舍得花那些门票钱。唯一发过的，是一张中国馆的照片，因为小花旦一直没有去。后来世博会结束了，很多展馆随意开放，我一下收到了好几张小花旦的照片。大大的房子，小小的人。我懂他的意思，看，我也去过了。

后来，小花旦叉腰留念的地点变得陌生，或说普通了，有时是一个公园，有时是一个商场，它们可能会出现在这座城市的任何一个角落，我猜不出是哪里，我也不感兴趣了。年轻人总是这样喜新厌旧，我飞快接受了现代都市的一切并融入其中。小花旦并不是，老山羊年纪大了，消化时间比小山羊长久些。每次来学校找我，他必定要打开手机相册，一张张翻过去，这是什么，那是哪里，下趟预备做点啥。而我则不再细听，只顾着打开他的行李。

小花旦大概隔三四周来一趟学校。每次碰面，我妈会托他带些吃食和衣物给我，再叫他回来讲讲我的近况。要知道刚读书的半年，我就像个出了笼的小鸡，从没想过回家。大人上班忙，巧星美发屋可有可无，于是小花旦主动充当跑腿的，十二块五，说来就来了，通常乘的是周末趟的早班车。我刚起床打水，他已经在楼下和阿姨攀谈了，脚边堆着大包小包。一看便知，我妈又塞了些我早就不想穿的旧衣服。而小花旦呢，他好像从不担心自己的一身行头会过时，永远衣裳挺括，头路清爽，阴天晴天，蛤蟆镜架在前额。

细姑娘，长远不见！

我上大学之后，小花旦开始用大人的语言和我打招呼了，放在从前，见我经过巧星美发屋，他向来说的是，细姑娘，到啥地方去野啊？后来我想，也许是出于牢记我们关于不说口头语的约定，他要在阿姨面前格外表示出对我的文明礼貌。要知道，他停停歇歇跑过来，我们从不是长远不见的人。

我和小花旦长不长远，看我的头发就知道了。从小就是这样。头上鸡毛乱窜，不用家里大人关照，小花旦见我回来，就会捉我进他店里修理一下。走出来，又是一只清清爽爽的短毛小鸡。小花旦就像放自家刚洗完澡的宠物出去溜达一样，苦心叮咛，细姑娘，下趟自觉点过来！

小鸡去外地了，小花旦仍然任务在身。分享完他要分享的，关照好我妈要他关照的，小花旦还要完成常规动作，给我剃个头。游泳头剃起来很省力，洗不洗都无所谓。他带一把推子，我搬一个凳子，我们找块宿舍后面的空地，再披上一条围裙，就开始了。几条我从小所熟知的路线，从头颈一直往头顶走，从耳根一直往太阳穴走，像小区里定期会来的割草机，匀速而连贯地在耳边呼喊着前进，呲——呲——呲，留下坦荡的表面。再修一修刘海，刮一下汗毛，半包洋葱圈还没吃完，围裙已经取下来了。按小花旦的话来说，你这个头，老子眼乌珠闭牢也能剃出一式一样的来！

却每次都要骂几句，小棺材，头发生得这许快！又毛又兴，野狗草也比不过你！然后数落我的身高，头发生得快，个子倒上不去了，哪里像个大学生样子！

我要还嘴，可是剃头不能乱动，这是从小教过的事，只好干忍着。

剃完他又要苦心劝谏，人到了上海么，行头也要洋气起来，啥辰光肯变一下啦。

我说不要。心里却暗暗想着，如果我也有微卷的短发，或者大波浪的长发，不知道会是什么样子。可我又总害怕洋气到了我身上，会变得半人半马，不土不洋。

小花旦剃头手脚快，嘴巴也快，尖细喉咙一出来，宿舍楼里很多人都站到窗前看了。长头发的看两眼就走开了。几个外地的同学，和我一样剃短头发的，围着站了好久，终于派了个代表过来问话。

代表用北方口音说，师傅，绞头发不。

小花旦愣了一下。

噢——绞呀，绞呀。来来来，三天五学雷锋，剃学生头不出钞票了哦。小花旦师傅反应过来，将围裙一抖，示意我走开，立刻邀请下一位客人入座了。

于是三四个长短不一的游泳头就站在草地上边看边等。小花旦和他们聊天，你家在哪里呀，今年几岁呀，学什么专业呀。小花旦和年轻人说话并不用原来那套攀谈法，而是换一副女亲眷的口气，细细过问，认真点头。最不正经，也无非是模仿一句对方的家乡话，引人发笑，还要问，标准吗，以博得三五寸的亲近。然后全身心投入我的叔叔这个角色中，打听大家的生活，关照大家好好相处，不要打相打——他想不出吵架用普通话怎么讲。我心想，这楼里住的又不是你店里的客人，哪来这么多口角。后来才发现我错了，不管什么年纪的人，聚到一起总会吵架的，幼儿园里，养老院里，吵架的理由总是比相安无事的多。等到不吵了，就分崩离析了。

小花旦给别的同学剃头要稍微慢一点，以示认真。剃完了，围裙利落一甩，引导人走到窗户前看个正面，再看个侧影。

焐心吗，焐心下趟再来！

我听呆了。这句经典的收尾词竟然被他从小区门口照搬到了我宿舍楼后面的草坪上。我突然发现，这也许是离开小城后为数不多的还留在我身边的东西。

游泳头，喜欢的书，睡觉要抱的熊，小花旦，以及小花旦的一部分。余下的，都没有随我来到上海。一切都是新的。

有了第一次学雷锋，就有第二、第三次，往后楼里几个人听到传达室有小花旦的声音，隔一会儿就往草地走过来了。他的生意一度拓展到隔壁几栋男生楼。毕竟寸头比游泳头更好剃。虽说省力，有时一开工就是半天，客流不断，小花旦的嘴巴也停不下来。老板拒不收钱，客气的同学就送一点家乡特产来。小花旦激动得不得了，话更多了。有时竟然同别人讲我小时候的事，我很生气。本来自己剃完就犹豫着要不要先走，这下挪不开脚了，天晓得我不在他会瞎说些什么。只好留下来当一路陪客。

小花旦很来劲，索性问我能不能去更闹猛的地方摆摊，反正不扒分，不会被赶走的。

我讲，你不扒分，人家学校里的剃头店还要挣钱的，到时候你生意好了，人家倒要上门朝我寻仇来了。

小花旦只好继续打快闪。他多了一个来上海的由头，听大人说，小花旦那几趟出门前总对小区里的人大喊，走咯，去给名牌大学生剃头嘞！他得意极了，好像巧星美发屋在上海开了个分店似的。而我被指定为店里的接客小妹，负责提前一一通知各位回头客，以免有需要的朋友错过这个难得的机会。

那个冬天，小花旦的推子，剪刀，木梳，乱七八糟的喷雾，围裙，整日放在我书架的最上层，和床板顶在一起。同学过来借书见到了，也会顺口问一句，你叔叔什么时候来呀。大家都晓得我有个剃头阿叔。有时夜里翻身动静大了，某样东西就会咣当一声掉下来，抖落些细碎的头发在桌面上，还得爬下来收拾。我很纳闷，小花旦的吃饭工具都交代在此了，小区里的店还要开吗，老阿姨生意不要做了吗。

我甚至做过一个可怕的梦。小花旦在给老客人做头，白发一簇一簇剪下来，掉在地上却是噼噼啪啪地响，踩上去像瓜子壳一样，又脆又硬。再回头，后排几个熟悉的女人面孔，正围坐着边聊天边吃白头发，嘴里发出嗍粉丝的声音。

后来我讲给小花旦听，他站在宿舍后面的草地上，笑得死去活来，腰都快折断了。好不容易缓过来，他说，细姑娘，你晓得吗，年轻人嘴巴挑，到了老太婆嘴里，吃头发同吃瓜子是一样味道的呀。

说着自己又笑起来，并不提店里的生意。我想他的客人要是知道了，恐怕气得再也不会来了。

再后来，有同学过来借书，发现剃头物什不见了，就问，你叔叔很久没来了呀。

我说，他不来了，回家做大生意去了。

八

若不是我的缘故，小花旦的生意也许会在宿舍后面的草地上长久地做下去。可是他带我去了那个奇怪的地方，我就再也不要他来剃头了。

一月是我的生日。小花旦不知从谁那里听说我有个很要好的男同学，千方百计要帮我促成约会。他不给我剃头，反叫我留长一点，到时候改个样子，变漂亮点。我坚决不肯。小花旦的本事我有数，做惯了老阿姨生意，他给所有人烫头都会烫出老阿姨的风采。我绝不想把自己送去巧星美发屋那只脏罩子底下蒸两个钟头，端出一个又香又臭的钢丝球来。那种小孩面孔戴一顶假发套的滑稽感，几乎就在眼前。为难的是，我更舍不得花钱到外面的美发店去，只好一路拖延，头发越来越长。

直到小花旦再怂恿我，我冲他喊，我不想叫你弄呀，你弄得太老气了！

小花旦沉默了一会儿，他不生气，好像承认自己手艺老气似的，转而安慰我，细姑娘，我又没叫你回家弄咯，我们在上海弄，洋气一点，好吗。

小花旦伸手去掏皮夹克，我以为他要给我钱，结果是在翻手机，他讲，这种事情么，要找熟人呀。我不来塞，人家来塞呀。

于是小花旦带我去了一个我从来没去过的叫定海桥的地方。它比学校更偏僻，这地方一点都不像上海，电视里没有这样的上海，世博会海报里也没有。

那天下着雨，有些阴冷。我们坐了很久的公交，最后在一条狭窄的旧马路下了车。街上除了全国各地的小吃，什么商店都没有，小吃摊又因为天气而各自收进了。两边的矮棚棚掉落着檐头水，敲打在支起帐篷的石砖上，大大小小的盆罐张着脸迎向顶上密集的漏缝。风一起，雨水依旧能打湿关不拢的香烟玻璃板，手推车上的毛笔字菜单，还有靠墙竖立的折叠餐桌。我们走过一条卖水产的小马路，腥臭飘满前后，装着鱼虾贝壳的水缸，浴盆和塑料板侵占了大半的过道，脚底下不是泡沫，就是闪着彩虹的油光。生意受阻的人们自顾自关起门来吃饭，打牌，说闲话。马路像一条小溪缓缓流向各条支弄，流出不大不小的声响。

我们就在其中穿来穿去，绕过几个看上去差不多的公共厕所和出来倒马桶的睡衣阿姨，在一个三岔口拐进那条弄堂。我有些眼花，如果不是墙上的残留的海宝贴图，我大概会以为自己回到了从前放学必经的那个有美容店的地方。而小花旦看来是很熟悉这里了，就像熟悉我们小区一样。他快步走在前面，雨声大得我们无法说上半句话，我只好心虚地追随着他伞底下两条微湿的细脚杆，它们掀起的泥水不时淋溅到我的裤子上。

终于收了伞，小花旦引我进一栋稍许高些的，没有招牌的房子。

鞋都湿完了，我有一种想回学校的冲动。

越走进去，室内的音乐显得愈发清晰，脚步声也密集起来了。黑暗中挂着一个闪动的迪厅灯光球，底下是年轻的面孔，各种发色，各种方言。小花旦叫我站着别动，他钻进人群，从里面带出一个年轻的男人。小花旦说，细姑娘，这是小彭。伊比我洋气多啦，懂门道。叫小彭来弄，肯定没问题。

还没从舞池缓过神的小彭说了几句被周围杂声淹没的自我介绍，我隐约听出了四川话的气味。他的刘海遮住了半只眼睛。

我不知道怎么回应。也许小彭已经知道我了，一个想变好看又没钱又不要剃头阿叔帮忙的小姑娘。他带我们走出房子，周围的人好像都认识小花旦，他们经过，喊他巧叔。我和巧叔、小彭拐进另一条弄堂，几番逶迤，已经身处另一个有点像巧星美发屋的房间了。潮湿，杂乱，周围因为雨天而显得昏沉。沙发上散落着一些衣服，我隐约觉得那是小花旦的。

那是一个比此前的噩梦还恐怖的下午。我不明白小花旦为什么要把我交到一个陌生的小彭——也许是小鹏——的手里。小花旦一定也感受到我的紧张了，他宽慰我，不要紧的，有我在，怕啥呀。还让我和小彭讲，想要什么样的发型，直接说。我哪里开得了口。小彭问了一些，我不记得自己答了没有。

我们洗了头，涂了一些药膏，然后僵硬地坐下来。陌生质感的围裙把我牢牢压制在皮椅中，我感觉自己倒不如店里的老阿姨，她们至少可以热烈地讲话嗑瓜子，我却什么都不敢，只听到自己的头发咔嚓咔嚓被剪下来，闻到一些温热又刺鼻的气味。房间太暗了，我看不清镜子，也看不清沙发上的小花旦。我终于还是不可避免地戴上了那个半透明的头罩。和我预想的差不多，那里面闷热，叫人晕眩，就像过年前的公共澡堂。多年后我才发现，与它的窒息感更为接近的，竟然是上午八点半的地铁一号线。

结果是可想而知的。我就像墙上贴着的很夸张的非主流青少年一样，变成了一个看起来丝毫不是我的人。小花旦对小彭说，蛮好，蛮好。

可他一定也感觉到情况不妙了，匆匆和小彭打过声招呼，拉着我走出去了。雨停，天色亮起来，他看着我，面色十分尴尬，小声说，过几天，过几天长长就好了，头发么，总归要慢慢顺起来的。这话太耳熟了，从前在他和老阿姨的对话里，我听过多少遍呢，大约就是我所见证过的生意的总数减去听过的另一句“焐心吗，焐心下趟再来”，所剩下的时候了。

小花旦要请我吃饭，他说附近有一家定海炸猪排很好吃。我推说晚上有课，压着伞冲回去了。

那一路是怎么回去的，回去之后有多少同学带着惊讶或忍笑的语气向我打招呼，由于过分恐怖而全部忘却了。只记得我没去上课，守着浴室开门就冲，拼命洗头吹头，却怎么也弄不回去。小彭的手艺，比我想象中的小花旦的手艺更糟糕，更顽固。好心的本地室友问我发生了什么。听我说到定海桥时，她的梅花色指甲油都涂歪了。

你去那么偏的地方做什么！那里很乱的，都是外地人呀。这种事情，怎么不找你叔叔呢？

我解释不清，那个房间所带来的压抑和阴影还没消散，小花旦成了除口头语大王和做作后妈之外的第三个角色，一个我不明白的人。

我第一次主动给小花旦发了短消息，下趟你别来了。然后把书架上的工具都收了起来，扔进放鞋的抽屉。

第二天我拿着几乎半月的生活费，跟着室友去理发了。那里的店不叫店，叫沙龙。也不开在马路上，而是商场的顶层，紧挨着在玻璃橱窗内跑步的人群。洗头和剃头的小哥是分开的。我再也不用靠热水瓶里的水来冲洗泡沫了。一个小时，长胡子的理发师和室友聊着天，把卷过的和染过的痕迹差不多去除了。定海桥的迷乱终于离开了我，可我还是认不清我自己。

后来头发长到脖子了，贴着耳朵和下巴，我看起来竟然有点像小姑娘了。生日到了，和要好的男同学出去玩，他说，听人讲你换了很夸张的发型，我做了好久心理准备呢，这样很好呀，很可爱。他摸摸我的头发，于是我开始了第一次恋爱。带着这个被解构，被重构，又自然生长的自己的头，渐渐地，走在学校里，坐在图书馆，有人会给我递小纸条。这是很不可思议的事，小花旦给我剃了十几年的头，我当了十几年的学生子，从来没有人这样说过。我想不明白，只好把问题归结于我那个模糊性别的头，现在，我把它抛下了。

同时也把小花旦抛下了。

然而小花旦并不抛下我，那天他照例发了彩信，是在麦当劳的窗外拍了别人的生日气球。他还是没打字，我懂他的意思，细姑娘，又大一岁啦。他没忘记，他没忘记。

九

读大学的头一个寒假，我终于回家了。家里和从前没有一丝一毫的变化。也许在这个收藏了你全部的过去，又难以随着你前行的空间，别说三四个月，即便是三四年不回，一旦进入旧地，它也能在一瞬间把你拉回无比熟悉的气氛与情境中，变回原来的那个人。比方说当我听到楼上楼下照旧为了浇花而饭前一吵，爸妈照旧因为家庭开支而争嘴，而我默不作声地待在房间里假装看书时，我清楚地意识到，自己仍是那个一无用处的游泳头。如果这时我走出去，说个理，大人会说，小孩瞎管啥！走开！

小花旦也还是原来的样子。小花旦回到小区里，仍然是那个在妇女队伍里出了名的嘴里灌了蜜糖的烫头师傅。

年底了，巧星美发屋里闹猛得很。一个老阿姨静候小花旦打理拨弄，三四个阿姨坐在后排细细观赏，诺基亚铃声不时响起，新生意又来了。门敞开，招牌歪斜，大树底下晾着几块湿嗒嗒的洗头毛巾，那只阮家阿婆坐过几十年的骨牌凳还在旁边，只是上面坐了另一位常住小区的阿婆，或许她也是当年的湖丝阿姐之一。这个位子不好坐，人们从不敢乱坐。常坐的老人，没有谁能熬得到来年开春。而敢于上去的，多半也知道自己日脚不长了。这一位，恐怕也是铁了心的。天越来越冷，她的眼神愈发渺远，而店里的生意愈发兴旺。这些熟悉的场景叫我感到安定，又莫名袭来一阵心慌。那两个从舞厅灯光球底下钻出来的男人，时不时地浮现在我眼前。

我和小花旦快一个月没见了。我的头发第一次斗胆冲出了他的管辖范围，却没有惨遭他的训斥。路过店门口，小花旦朝我眨了眨眼睛，细姑娘，样子好来！大家看呀，上海回来的就是不一样。他好像完全忘了那天从定海桥落荒而逃的我，头上是什么样子。

老阿姨们一齐转过脸来。我走进去，踩着软绵绵的头发丛，把那包弃置已久的工具放到他桌上。

早晓得你有好几副吃饭家什，我就直接扔掉了。我好像还很记仇似的，讲话硬邦邦。

哪好扔掉呢，那副是配给二十岁美女用的，这副么，我是专门给十八岁美女用的呀。此话一出，店里的十八岁美女们都啧啧啧发出了哄笑。我知道，小花旦又戳中她们心怀了。她们的心荡漾的时候，身体也会跟着前仰后伏起来，像一排种在河边的柳树，重心不稳，风一吹就扭啊，扭啊。而小花旦坐在岸边树下钓鱼，从来不为所动。他只关心他的鱼。

腊月里的巧星美发屋日日开张，高朋满座。人家都讲，剃头匠一年就靠两趟黄金生意，一趟在腊月里，一趟在二月里。这和浴室老板的生意经是一样的。靠近年关，每个人都要从头到脚弄得清清爽爽，好像除夕一过，好坏清零，大家又是全新的自己了。年复一年，小区里每个人都这样想，阮家阿婆也这样说过。

她讲，我一觉醒过来，一看，吾阿星又大一岁啦，享清福辰光又近一点啦，多少开心呀。于是她撑过了一年又一年。

可是正月十五一过，人们发现隔年的坏事并没有停止堆积，就像持续长长的头发一样，越来越密，越来越乱，于是大家又急着来剃掉烦恼丝了。

唯有正月不剃头，正月成了剃头匠的白相日脚。巧星美发屋大门紧闭。小区里另外两家呢，眼镜早就搬走了，阿胖的店还开着，她说刮脸生意不分日脚都可以做，别的女人却说她掉进铜钿窟窿出不来了，也有人说她勾引男人成瘾，一年到头还不肯松手。剩下的小花旦师傅，人们从不晓得他去了哪，也不挂心他的归期，一来他毕竟是神龙尾巴，二来，开春的生意，任谁都不会错过。可是谁也没想到，我也没有，巧星美发屋居然同店门口的老太婆一样，还没熬到开春，就永远停在了辛卯年的正月里。

没有社区改造，也没有工商局查岗，而是阮家阿婆生下的六颗行星不让他做了。

六颗星忍了几年，不能忍了。他们找来律师，说阮家阿婆的遗嘱没经过正规的公证，是立不住脚的。照理，这套房还得交给七颗星平分，绝不可由小花旦独占，哪怕他是唯一一颗没有卫星环绕的孤星。

小年夜，老五阮巧木跨过大半座城，站在店门口讲给大家听，巧星不要老婆，我儿子还等着出钱讨老婆嘞。

可是不到六十平方米的两室一厅，在这样的小城，卖了又能分到多少呢。老大阮巧水就说，巧星想住，不是不可以，要么出钞票买下来，要么交房租，楼上和楼下都要交，当作补贴。

小花旦两样都不肯，没几天，六颗星就派人把他踢出轨道了。

这是一桩相当省力的事情。年初五迎财神，小花旦放过零点的鞭炮，自管做夜游神去了。天未亮，路灯也还没暗下去，楼上已经悄悄地换了锁。车棚全数被清空，那个多年前用红油漆手写的巧星美发屋的招牌也摘了下来，拗成错误的两段，一半“巧星美”，一半“发屋”，像个被打成残废的人平躺在地上，身下粘满了血迹似的火红的炮仗屑。环卫工还没来清场，假营业执照的玻璃渣子碎了一地，楼道散发出一股烫头药膏的气味，那只脏到不透明的蒸头罩子就堆在杂物的最上面，底下也许藏着我刚还不久的剃头工具。这一夜，小花旦的地盘上，唯独树下的骨牌凳毫无变化。和死亡沾边的家什，人们不敢触碰。

我路过的时候，六颗星早就走了。这天上午，小区里所有早起的鸟儿几乎都在大树底下集合了，没人敢坐下来。大家望望楼上，又望望楼下，不敢说话，干等着小花旦回来。我看到那块木头牌匾，想起九月里，我们在上海南站的地下广场，他拿给我对比的那张手机照片。油头，红字，顶上悬着人家晾出的短裤和胸罩。我心中仿佛有个人伸过一只粗暴的手，把照片撕碎了。

小花旦迟迟不来，早起的鸟儿便各自飞散开去了。我走过去，把巧星美发屋捡起来，一手一片，像在机场迎接贵宾一样，站在小区门口，等牌子上的名字回来。初春的清晨，路上人影零落。小花旦吃着鲜肉大包，跨着两条细长的腿从雾里走来，整个人单薄得如同被三夹板压过一样。他看到我手里的牌子，却好像早就料到了似的，吊着细长喉咙说，细姑娘，下趟阿拉上海见啦！

小花旦什么也没带走。也许他有了照片，再无需什么身外之物了。我从他的遗产中拣了几样工具，连同那块招牌，一起藏进了自家的车棚里。

还有那只蒸头罩，原来当它被拆离机器的时候，单独戴上去是很美的，仿佛一个宇航员戴上他的吸氧头盔，就同时拥有了里外两个世界。小花旦摘下它，从此不在原来的世界。

十

小花旦去哪了，住什么地方，小区里没人知道，也不关心。人们感兴趣的是那套房子，会怎么分，会卖给谁，新来的住户是什么样的人，至于那些走了的，就像死去的一样，人们概不闻问。也许只有阿胖会对小花旦的离开产生一点反应，她很得意，谁笑到最后，谁笑得顶开心，被女人们指指戳戳十来年，阿胖终于做起了一家独大的剃头生意。

阮家阿婆的房子，在小区唯一一家中介店的黑板上挂了好久，名字惹人发笑——二〇二（含美发屋），好像小花旦的车棚不是车棚，只能作店面用的。人们走过看一眼，又看一眼，二〇二（含美发屋）从第一档划到第三档，划到最低档的时候，总算被擦掉了。

新房东说，六颗星的老大关照他，要以各种方式转达小区里的人，他们一旦联系到小花旦，就把七分之一的钞票还给他，也算手足情深，互不亏欠了。然而房东只采用了最僵硬的方式，他每认识一个新邻居，就迫不及待地讲起这件事。这反而引起大家的厌恶，他们说阮巧水太贪心，又要做坏事，又要当好人，不作兴。大家也不喜欢新房东。他姓赖，人们叫他赖屁股，因为他一同人聊天，就赖在人家门口不肯走了。而赖屁股说这些话的时候，拍拍胸脯，十分自豪，意思是，我这房子没什么纠纷，买来放心，住得舒坦。

可是他不晓得，有一件事，六颗星欺骗了他。他们告诉赖屁股，家中老人是死在医院里的。实际上，阿婆正是在赖屁股和他老婆每天躺着的大房间里，一个十分闷热的夜里，悄悄睡过去了。这才是房子长久卖不出去的原因。老话说，死人最喜欢去他死前最后一个地方白相。这话在小区的嘴巴之间传来传去，最终还是传到了赖屁股老婆的耳朵里。他们睡不着了。赖屁股扬言要找六颗星算账，甚至不惜打官司。

他对邻居讲，想骗人，骗人噶好骗的啊！

六颗星上门好几趟。最后的退路是，赖屁股收到一笔赔偿金，不再说话了。好像收了钱，就换了个叫人安心的房间似的。他很自豪，对大家讲，蛮好蛮好，楼下车棚白送我啦！

人们背地里说，赖屁股骗骗自家倒是省力来兮呀。

那笔赔偿金，据赖屁股称，刚好是房钱的七分之一。

大概半年以后，我把这些后话讲给小花旦听，他对于小区里的烂污事体，总是能笑得死去活来。可那次他非但没笑，反而皱着眉，抿紧两片扁扁的嘴唇，对赖屁股表示出极大的同情。他说，这个老赖倒是蛮惨古的噢，姆妈天天捉牢伊。

老赖，听起来好像赖屁股是他的要好熟人似的。

有啥惨古，无非自家吓自家。

真的呀，老早我在屋里困觉，姆妈常朝来寻我的。小花旦的脸上闪现出难得一见的正经，或许这个天大的秘密，他从没和人透露过。

可我做了大学生，是毫不相信这些的。我说，你讲讲看，梦到阿婆做啥了。

没啥，就是两个人一道吃吃饭，看看电视。姆妈洗衣裳，晾出去，再收进来，铺好被头，喊，阿星啊，好困觉了，同平常一式一样的。

戆大。这是因为你想阿婆了，不是伊来寻你。

小花旦立刻露出凶相，他变得很警惕，像一只被踩了尾巴的草狗，眼睛一拎，不是的噢！我小辰光，姆妈讲过的，上半夜梦着谁，是你想伊了，伊就过来。后半夜梦着谁，就是伊想你了，要来看看你。姆妈老早就专门在后半夜碰到爸爸。唉，走得太早的人，心里恨啊，只好常朝回来看看。讲到这，小花旦的脸色又衰暗下去。

好比我，搬到外头去了，还是会碰到姆妈，不用讲，肯定是伊想我呀。

我一时说不出话，做梦的道理，我听过不少，却从没有人这样解释过。

老赖就不一样了，伊肯定是心里虚，越怕，姆妈晓得了，就越要作上去。不相信你回去问问看，两个人是不是上半夜见面的。

我才不会去问，这样的说法，赖屁股如果晓得了，恐怕更加寝食难安，要闹天闹地了。何况我对这话半信半疑，很快也就忘了。这个世界上的人死了，会去哪儿，会不会回来看看，大部分人是不会去细想的，我们没有这样的机会。一旦有了，就会像小花旦一样，长远地，笃信地想下去。

直到几年后，我总是梦到老王，梦到我坐在他的电瓶车后面，我们去菜场里买菜，到小区后门吃早饭，在巧星美发屋轮流剃头。然后就醒了。我终于又想起来小花旦说过的这番话，想起他当时一本正经的样子。我有点明白了，是老王想我了。先走的人在那边想着谁，就回来看看。小花旦的爸爸想阮家阿婆，阿婆想着小花旦，老王过去了，老王就想着我。他们在那边的生活大概有些寂寞，只好每天想一想，哭一哭，笑一笑，同这边的人一样。

小花旦告诉我这个道理的时候，我们正在闸北区的一爿小店里吃鳝丝面。那是他被赶出小区以后，我们头一次见面。而我快要升大二了。

前一天晚上我刚考完试，回到宿舍，收到小花旦的彩信。他已经很久没联系我了，我也没联系过他。小花旦离开之后，我开始学会两地生活。十二块五，说回就回了，和高中同学见面，去长辈家吃饭，听大人日常吵架，那半年，我渐渐适应周末通勤的节奏，尽管心里仍然更偏爱新地方的一切。巧或不巧，家中无须小花旦来跑腿了，我也找到了固定的理发店来维持自己的形状，那根曾经十分紧密的绳索，一下就被松开了。在小区里，我们走来走去，不过相隔五百米，而在上海，我无从想象小花旦流落在何处，何况每日新鲜的大学日常让我渐渐疏忽他，淡忘他。小山羊和老山羊，好像并没有谁缺不来谁。

久违的彩信，是一张小学生放学的照片。我懂他的意思，细姑娘，放假了吗。

我回他，明天放假。

明朝会，好伐。小花旦难得打字，打出来都是口语的味道。

哪里见？

哪里人在哪里见。

这是小花旦的暗语。第二天上午，我们在虹口区的嘉兴路碰头了。

十一

在小区以外的地方见面是一件很放松的事情，我和小花旦是小区里的两个人，却先后跳出了小区的围墙，现在我们说什么，做什么，不再收揽于小区人的眼皮底下，这是一种奇怪的自由。

而我们来到嘉兴路，这又是一种奇怪的亲切，好像重新回到小区里，站在自己的地盘上。所以当小花旦大笑着向我打招呼，细姑娘，长远不见！我丝毫没有感到被时间拉长的陌生。尽管他的样貌发生了一些变化，头发长了，人瘦了，打扮时髦一些，发亮的衬衫拴在紧身裤里面，底下配一双底很厚的球鞋，看上去脚杆更长，却并没有使他显得更后生。老山羊到了年纪，总归变老了。我冲向他，就像小时候冲向他手里的棒冰。

嘉兴路是一条又小又破的老马路，在上海这么多马路里，它恐怕是不值一提的。你问南京路，人人都晓得，你问嘉兴路，人家就要把问号甩还给你了，有这样一条路？

这就对了，一条马路和一座小城一样，在这么广阔的地方，不值一提。

可我们走在嘉兴路上的每一步都劲头十足。出于阳光，或出于它的名字，我比参观任何沪上景点都要兴奋。而小花旦来过很多趟了，他的眼睛望来望去，自然而坚定。什么地方平常会有些什么，一一讲给我听。我们仔细看每一爿店面，每一扇二楼窗户里探出来的衣服和拖把头，好像这一切都仅仅因为门牌而与两个路人产生了深邃的联系。如果说电视广告与海报中的上海是一类，这里（后来加上定海桥）是另一类的话，我情愿走在另一类中，它让人平心静气，借由自己的记忆仓库对陌生的事物投射出莫名的信任感。我们再一次玩起在上海南站的地下广场玩过的寻找对应游戏，闵珠的杂货店，阿宝的修鞋摊，老蔡的粮油米店，这里都有，连同马路外的一条河，也和长水塘取得了表面的一致，细缓，闪银光，有人在岸边淘米洗脸盆，唰——唰——唰。

支弄的拐角有一间剃头店，小花旦停了下来，他说，你猜是我的还是阿胖的。

我说，阿胖的。你还在困觉。

我们探头进去，我猜对了。一个女人正在给一个男人剃头，她手上的推子发出再熟悉不过的呲呲声，与天花板上的吊扇节奏类似。

小花旦说，气杀人啦，到处都是阿胖的市面。

不不不，你去钓鱼啦。我安慰他，目光转向河边，堤上有个鸭舌帽。他坐得很高，白线拉得老长，深深垂入水里，毫无动静。我们走上去，不说话。小花旦讲过，钓鱼等于在练功，不好打扰的。围观的人，望望天，望望树，望对岸的高房子，都可以。若看一眼水里，看一眼钓鱼的人，就要看坏了。人和鱼的对峙，哪一方都承受不起多余的分量。小花旦晓得我吵，从不肯带我去。

我们在鸭舌帽旁边站了一会儿，悄悄走了，就像从没来过一样。我问小花旦，钓鱼好白相在哪里呀，不许说话不许动，像个木头人一样。

好就好在，不用动嘴巴呀。

你不是顶欢喜讲闲话吗。

我哪里欢喜，讲话么，都是做戏呀。

什么不做戏。

钓鱼不动嘴巴，不做戏。跳舞也不做戏，懂吗。

我不懂，可我突然发现，小花旦并不适合小花旦这种唱戏的绰号。

那天阳光正好，梅雨过完，天气清爽起来。我们在嘉兴路上来来回回走了两遍，看奶箱，看报箱，看路边的盆栽，有老人或空着的藤椅子。中途我问小花旦，要不要帮你拍张照留念。

不要不要，自家门前有啥好留念的呀。

你不要我要的。我站到嘉兴路 225 号的米店门口，叫小花旦帮我按了一张照片。米店的招牌，和巧星美发屋一式一样，粗糙不平的白漆木板，上面是红油漆手写的两个大字，米店，笔势细软，挂起来有点歪斜。我的头也跟着歪斜了一下。

小花旦说，细姑娘，下趟我们就在这爿米店门口碰头。

我说好。米店外面有条长板凳，先到的人可以坐着等。

后来我在那条长凳上坐过好几趟，从没有碰到过小花旦。再后来，米店拆了。

小花旦说，走，我们到小区外头去白相相。于是我们走上吴淞路，穿过海宁路，又借道乍浦路和昆山路，去看苏州河。小花旦告诉我，过了河，对岸还有无锡路，宁波路。只是看上去近，走起来还要费点工夫。我们干巴巴望了一会儿，继续朝前走，终于转进了浙江路。小花旦不时拿出手机来拍，我不清楚他在拍什么，也跟着乱拍。我很后悔，当时为什么不拍一张他的照片，再不至于往后常常想不起他细长的身体上，到底生出了一个怎样的脑袋。也许我被新鲜的困惑包裹了，比如为什么海宁路看起来比浙江路还宽阔，比如我们明明游走在南方小城之间，怎么老会不小心撞上哈尔滨、山西、天津、四川这些遥远的地方。小花旦也不知道，他像在赶路一样，只说，快点跑，快点跑。这些并不影响我的心情。边走边看，我高兴得全然不觉得累，也全然忘了要问他，这半年住在哪里，做什么生活，过得怎么样。我就像丧失了对过去的知觉，只顾眼前的乐趣。

在浙江路桥上，小花旦说，他听人家讲，上海还有一条嘉善路。我们不愿错过，继续往前走，可这一路上，远方的地名愈发密集地出现了，嘉善路还是没影。直到在地铁站的露天标识牌上，我发现嘉善路竟然在另一个方向。小花旦气极了，赤 ×，上海人会不会取名字啊。嘉兴到嘉善，还没有嘉兴路到嘉善路远呢。他愤怒地拐进路边一爿小店，老板，两碗鳝丝面。

我太饿了，只顾着吃。坐下来，还是没问小花旦这半年的情况。

那天我们最终没能去成嘉善路。小花旦问了老板，老板讲，嘉善路啊，哈远，走过去一个多钟头嘞。正午过后，太阳毒辣得叫人吃不消，我们只好作罢，转而进西藏路，往人民广场的方向去了。这一路像是预演过的，小花旦消化掉嘉善路的遗憾，边走边介绍，对附近了如指掌。我问，到哪里去。

这个地方嘛，我们有，上海也有，全国都有的。

什么地方？

于是他带我去了人民公园，这个他最常去的地方。

十二

每座城市都有一个人民公园，如同每座城市都有一条中山路，一所光明小学和若干间便民理发店一样，它们是自己城市里的基本元素，就像人缺不来肝肺心脾肾一样。人民公园就是一个肺。所有人都可以走进来，在公园里畅快地呼气，吸气，把阳光和四季轮换的花的香味吞进去，吐出口香糖，塑料垃圾袋，狗粪和隔夜老痰。人民多的地方，人们的吞吐量大，人民公园就要相应地大。上海的人民公园，按小花旦的话讲，是全世界顶大的人民公园。

这么大的地方，小花旦却表现得熟门熟路。从花展、儿童乐园，到野餐和放风筝的大草地，哪块地上不干净，哪片人少好走，他都有数。小花旦的厚底球鞋在前面啪嗒啪嗒地响，隔几步，响声换作拉警报，当心脚底板！我就晓得腻腥的物什又要来了。而传说中的人民公园相亲角，小花旦头也不抬，带我远远地绕过了。我依稀看到站着的人托举牌子，向走过的人招呼着，女人多，男人少，像菜场，也像房产中介，只不过他们不卖货，卖的是人头。小花旦灵活地在冷清与热闹之间穿梭，中途逗留了一个吃茶的走廊，不知从何处取回自己的茶杯，又在另一个打牌的地方得了包香烟，我没留意是谁给的，公园大得我来不及看。一歇工夫，我们就走到了假山后面。朦胧的乐声袭来，角落里有一团密集的人头正在上上下下地轻微颤动，像是没风的时候，一簇簇平稳的火苗。

和定海桥不一样，这里的舞蹈舒缓一些，大概是交谊舞的某种，人们的面孔也更老，有人在跳，有人在学。没有迪斯科灯光球洒下的碎屑魅影，这里太阳照耀，每张脸上泛起大片小片的炽烈的亮斑，更显得头路清爽，油光满面，正是小花旦从前和我说过的，跳舞的人该有的样子。而树荫下的脸则为树叶的影子所遮挡，透露出一种毫不黏腻的快乐感。夏天的颜色是鲜亮的，人们穿得再红再绿也绝不显得笨重，反有一种适时的轻盈。即便是女人的花裙子，花头巾和图案繁复的紧身裤，也是分明的，好看的。

音乐停滞，几秒后换成稍轻快些的舞曲，火苗就像起了风，忽然间参差不齐地蹿动起来。花衣花裤忽飘忽停，酿成更多的花，晃了眼睛。我走近看，花丛中以男人居多。再看，发现穿紧身裤和裙子的，好像也是男人。

小花旦带我走入其中，火苗们胡乱跃动着同他打招呼，他们喊他阿巧。在小区里，我从没听过谁这样称呼他，可是没错，一连几个走过来的人都喊，阿巧啊，阿巧。阿巧则回以对方的昵称。一个用红头巾蒙住眼睛的男人跳到我们身边，他停下，阿巧来了啊！结果抓到的是我。他摘下头巾，一双大小眼瞪着我。没办法，放在剃游泳头的过去，我或许能浑水摸鱼，可那时候不行了，及肩短发，细长的脖颈，我是个实打实的小姑娘，人群中唯一的女性。

小花旦对红头巾说，阿拉侄囡儿，名牌大学读书的噢。

红头巾转而笑了，频频点头，结棍，结棍。他拿头巾擦了擦脸上的汗，又扎回额头，转向不远处大声招呼。又有几个人围拢过来了，有木墩模样的，也有像吊长丝瓜的，他们说话的时候并不停下自己来回的脚步，高兴中显得有些喘。最后出现了一个纤细的葫芦，身材凹凸有致，皮肤保养得很好，叫人猜不出他的年纪。他走过来，身上飘散着香味，一双细长眼睛望向我，像两盏灯闪着流转的光，照得我暖融融的。我突然觉得，跟他一比，小花旦实在有点愧对他的名字了。真小花旦拉着我的手，用与我平时听到的完全不同的，像汤圆里流出来的细豆沙一样温润甜糯的上海话，不知是朝着小花旦还是朝我讲，侄囡儿会得跳舞吗，来，一道白相相。

真小花旦教我跳起慢三步，我却总是抢拍了。一低头，二错步，三就撞到了他身上。葫芦上身的凸处被我撞瘪了一半，显得异常尴尬，我努力忍住不笑。他反倒毫不动气，也不紧张，像发现头上停了只苍蝇一样稀松平常，慢慢走到树下弄好，挺着胸回来，仍是那种温婉的语气，小姑娘，覅急呀，一步一步一步，哎对了，一步，一步，一步……他的口令细细地渗入我的毛孔，害我出了很多汗。真小花旦又说，眼睛呢，覅盯牢脚，脚板上寻不着舞伴，要到眼睛里厢去寻。于是我抬头去迎那两盏发亮的灯，看到他白净的脸上也印出汗珠来，透明的，细细的，像荷叶上的水滴，轻轻晃动却不落，毫不显得油腻。我想，电视广告里的人不就是这样的吗。

几曲慢歌告终，坐着的换了一拨站着的，风一起，火苗又烧旺起来。这么热的天，三步舞也是费气力的。我坐下喝水，小花旦走过来，他讲，细姑娘，今朝运道好啊，人民公园的华尔兹女王亲自来教你哎，下趟毕业了，上班了，绝对要去出出风头，晓得吗？名师传高徒，腔势不要太好噢。他刻意的上海话带着还没褪色的口音。

真小花旦在旁边擦汗，拿的是一块方格纹素净的布手帕，他忍不住笑了。阿巧啊，人家是舞池里厢跳，地方大，衣裳漂亮，阿拉水泥地皮里瞎踏两脚，有啥面孔讲出去噢。

真小花旦讲起道理来，假小花旦接不上话。

我转而问小花旦，你平时就在此地白相吗。

哦哟，白相的地方多呀。和平公园，曹阳公园，徐汇那边植物园，啥地方有场子，阿拉就到啥地方去呀。他讲得大声，掀起后排休息的人的笑。

上趟的地方呢？

你讲爱国路啊，我难得——

这时，那张熟悉的，实际上又很陌生的面孔走过来了。它理应拖着一个挥之不去的潮湿、灰暗和不愉快的长长的影子，再次与我相见，可是它并没有。

小花旦说，细姑娘，还认得吗。

阳光下的小彭和那个雨天里很不一样。他看起来要老很多，寸头，黑色紧身短袖，有一点胡楂，更显出沉稳。他大概有三十岁，或许不到一点，总之绝不是携带杀马特气质的我的同龄人。太阳照下来，他的影子是很短促的。站在细长的真假小花旦旁边，他的身体也成了一个短促的倭瓜，敦实有力。

小彭讲，小姑娘，好久不见噻，越长越漂亮喽。他的四川口音送进我耳朵，我发现自己毫无恐惧。那个昏暗的屋子我忘了，这一年，头发长了，剪了，长了，剪了，定海桥的一切早就烟消云散了。我像一个全新的人，和他展开自然的对话。

小彭讲，他和小花旦准备在上海开一家舞厅，位置就选在虹口或杨浦，再往里就租不起了。他说到时候开张了定要喊我来捧场。我推说不会跳舞，去了很尴尬，小彭说，怕啥子，叫巧叔教你噻。

小花旦说，什么话，华尔兹女王在此地，还轮得到我来教什么教。真小花旦听了，直拿手帕捂着嘴笑。小彭也笑了。小彭笑起来，嘴角两边不断晕开小括号形状的褶皱，一对，两对，三对，这让我相信，他超过三十岁了。

于是真小花旦又带着我跳了一轮，他的汗迹被风干了，留下那张毫无瑕疵的荷叶面孔迎向我的眼睛，五官始终透露出无懈可击的端庄神态。原来比起乐声，我更容易从他翻动的睫毛中找到一种微弱的节奏，一步，两步，三步，走。小花旦和小彭也跳了起来。比起我和华尔兹女王的笨拙，他们看起来老练而默契，似乎故意在我的四周游走，打转，带着一种展示而非挑衅的得意。任何东西，风，日光，树叶，都无法拨乱他们稳固的发型和笑容。小花旦跳舞的时候，长久地持有一副标准到僵硬的笑容。这看上去很假，谁灵活的身体上会生出这样一个半开半闭的固定表情呢。可是看久了，又会觉得他是真的在笑。也许整个舞池里，在人们标准的笑容背后，都有另一个真的嘴巴在开怀大笑。它们高兴死了，笑得停不下来。而标准正是出于对大笑缘由的敬重。乐声四溢，盖过蝉鸣，盖过四下其他角落的吵嚷。这个角落不说话，显得单一而齐整。火苗窜动，移步，转身，晃头，每个人搭着舞伴的腰肢和肩膀，安静地离开了燥热的地面，正在缓缓上升，上升。

我有点明白不做戏的好玩了。

我也有点明白，小花旦刚来上海时，那些叉腰的照片是谁拍的了。

十三

后来几年，上海的各个公园里，我再没见过那样一个安静得只剩音乐在响动的角落。人们跳舞的时候，往往交混着谈天，吵架，打电话，随音乐大声哼唱，像任何一个聚众晨练或打牌的地方，唯恐不够闹猛。再后来，广场舞席卷了所有可见的地盘。而人民公园的假山秘地，我再也没有找到过。也许那个地方根本就不存在，也许它需要信使的引领。而我一旦离开了小花旦，就永远无法获得那条曲折的路线，进入其中。这件事的神秘，就像小花旦本人一样，如果他不来找我，我就永远找不到他。

那天傍晚别过，我又失去了小花旦的消息。给他发过几次短消息，没有回音，打电话也是。我去公园，怎么也找不到那个地方。天渐冷，他和夏天一起消失了。几个月之后，我穿过黄兴公园，在一个男女混杂的集会中望见一个眼熟的身影。我本记不住他，不过那块在人群中窜动的红头巾，让我立刻想起来了。

可是他并不记得我。他没有蒙住眼睛，而是将之扎在头上，气质大变，像一个唱山歌的人。当我问起小花旦的消息时，他立刻弹出那双大小不同的眼睛，像一头被触怒的野牛。

迭只宗桑，侬寻着伊，叫伊拿老子五千大洋还出来！

红头巾并不说小花旦去了哪，也不说人民公园的场子，只留下这大为光火的一句。我无法再问下去。也许当他回忆起我是小花旦侄囡儿的那一瞬间，他就决定好要把怒气撒我身上了。我甚至觉得，如果我看起来不那么穷酸干瘪，他恨不得让我代为把钱交出来。

他像是晓得自己因为红头巾而被认出来了一样，奋力将红头巾解下来，塞进裤袋，自顾自跳舞去了，留我在他愤怒的残云里。

吃了闭门羹，我脑海里那个跳舞的烈日少许黯淡下来。原来舞者的情谊，和小区里的人没什么两样，一旦关乎钱，说断就断了。钱最伤感情，这个道理是小花旦教给我的。即便上了大学，小花旦也不准我付吃面的钱。他讲，细姑娘记牢，万事覅讲钞票，钞票一讲出来，人就尴尬了。小花旦怎么会去做这种尴尬的事呢。然而，红头巾绝没有说谎，这一点我敢肯定。那个冬天，小花旦唯一一次来学校找我，也是为了借钱。

那时我已搬到大二的宿舍，离原来的住处挺远。而正巧我骑车经过老宿舍的时候，在大门口看到了小花旦。湿冷入骨的阴天，一个穿得如此单薄的人，太容易被注意了。宿舍换了一拨学生，也换了宿管阿姨，没人为他开门。小花旦几乎成了一根剥皮的白甘蔗，在外面荡来荡去，我远远地感受到了他的瑟瑟发抖。

他也看到我了。

细姑娘，长远不见！搬家了啊！

我生气地直接发问，跑到啥地方去了，消息也不回。

他并不讲，只问我，一个月生活费有多少，这个月还用剩多少。这种单刀直入的聊天方式，在我和小花旦身上可能是头一次出现——在老山羊所能开启的无数种话头里，钱是最少出现的一个。我立刻感到他的窘迫，于是我们向校园里最近的取款机走去。

我取出仅有的五百块。太单薄了，五张纸的厚度，和一张纸有什么差别呢。小花旦的脸上写着失望，手插在干瘪的裤袋里不肯伸出来。我坚持让他拿着。

五百块省一点，也可以撑一段日脚噢，我讲。那时我竟以为他和我一样，这点钱只是用来吃饭和坐地铁的。

小花旦收下了。他摸摸我的头，细姑娘，样子越来越好喽，身边飞来飞去的屎苍蝇肯定交交关呀。招男朋友，眼乌珠要亮一点，晓得吗。他冷得跺了跺脚，后半句话伴着嘴里的白气一同呼出来，人大了，自家要当心，老山羊帮不来你啦。

我想知道的事，他什么都不说，偏偏无关紧要地来了这样一句，却几乎要逼出我的眼泪来了。我感到一种告别，老山羊对小山羊的最后关照。他踩着两只细长的高跷往回走，我什么都没问到。

我突然反应过来，大喊，房子！七分之一的钞票，要不要讨回来！

小花旦甩了甩手，走远了。就像上一个冬天，他甩手走出小区大门一样，他走过了我宿舍区的保安亭。我懂他的意思，这种钞票，不稀奇！似乎又回到从前那种轻蔑的语气。

返回室内，我才看到一个多钟头前的彩信，旧宿舍楼的照片。也许太冷，小花旦拍得急了，半个手指印还留在左下角。在我经过之前，小花旦站了多久呢，他有没有企图和新的阿姨攀谈，有没有去后面那块剃过头的草坪上看看，为什么不打电话呢，这些我猜不出，也不敢猜。人一旦进入室内，就无法体会外面的温度了。我只是很后悔没有追上去多问几句，没有带他去食堂，坐下来好好说一说。我所后悔的事情太多了。大人们没有把我当大人看待的时候，我也忘了要主动去做一个大人。

后来人们开始用飞信，然后用微信，发照片不要钱了。拍一张，点一下，就送出去了。好几次走在路上看到什么，我想送给小花旦，他的电话已经成了空号。

十四

小花旦剃的游泳头，在我十九岁的时候离开了我。他的剃头家什在我二十岁的时候，被六颗星当作垃圾掩埋了。如果说前二十年，小花旦是一只同我形影不离的，持续发出叫声和臭气的老山羊，那么后来，老山羊所留给我的，只剩下一个渐趋想不起的身影，和某个微小的器官——他在我身上留了一只眼睛，带我去看上海的另一个部分，电视新闻和海报里并不常有的部分。

没课的时候，我养成了在外面乱走的习惯。每一条路的地名，让人错以为走在其中，是走在某种比例尺下的城市模型里，尽管明知它们之间并没有直接的相干。嘉善路我去走过了，它比嘉善新得多，洋气得多，体面或不体面的店铺总是相互夹杂着出现。我拍给小花旦看，并没得到回复。宁波路和无锡路，我也到过了，那里人多路小，闹猛得很，若是雨天，地上的垃圾就像生了发亮的眼睛似的，牢牢跟着来去的脚底板走动。苏州河南北两岸的各个街道，我一一去过了，站在低处望高处，或是登上高楼看对面低矮的棚户，竟是天差地别。再去些更远方的马路，或是与地名无关的马路，走得越多，越发现很多地方是去一次少一次的。旧马路上的建筑，就像它们各自的路名所代表的城市，正进行着新一轮景观更替的建设，矮房子下去，高楼起来，隔几周去看，脚手架严密包裹着旧房，像白绷带包裹着一个重度烧伤的病人，再隔几个月，病人植了皮，变成面目全非的样子了，也许能参加选美，跻身第一种上海的名录。我开始跟上小花旦的脚步，快点跑，快点跑，为了看到更多即将消失的地方。

奇特的是，定海桥成了最让我放心的一处。也许因为它的偏僻和干瘪，还没有人相中它的价值，给它改头换面的机会，连旧主人也弃之而去了。只有鱼货市场和全国小吃仍持续涌进来，扎根，聚集，只有通往复兴岛的小路仍散发着废工业的金属气息。新人们接管了漏风漏雨的店面，维持着与这座城市不太相称的物价水平。油盐门市里，狗还是狗，小孩仍是小孩，一切来不及进化为城市的宝贝。我好几次路过那栋高房子，大门紧闭，里面安静极了，透不出任何声与光。窗户太高，我看不见，只听人说拿来作仓库用了。也许入了夜，对侧的卷帘门一拉，送货卡车就进来装箱了。那是另一种不眠不休的灯火通明。这就对了，定海桥从不是一成不变的，这里的人来来往往，只是不被留意罢了。几年前蹦迪的年轻人，必定和小花旦一样，继续逗留在上海的某些角落。

嘉兴路没有拆，但也经历了修整。后来的嘉兴路为人所知，多半是因为星梦剧院。每周固定几天的夜晚，宅男洗过澡，带着钱、欢脱的心和应援棒从家里出来，在此地甩下两个钟头的汗水和呼叫，又带着浓重的体臭和不肯洗掉的手心满意足地归去。嘉兴路成了少女的象征。地上的垃圾从空瓶硬纸变成了抠去照片的唱片壳子和海报。而那个碰头的米店，后来拆掉了。牌子没了，我和小花旦像两个单线特务失去了联络地点，再见不到了。

和消失的旧马路一样，有些人若不常去看看，也快要见不到了。老王的身体越来越差，像上海的老房子，叫人一边高兴地看，一边心酸地扳手指头，不知还能来几趟。我的火车票越攒越多，去昆明，去广州，去海口的，我都乘过了，第一站下来直奔家里，或者医院。病房里的人一拨换一拨，小区里却没有太大的变化。它老了，新陈代谢慢下来，少量的人搬进去，少量的人老死去，余下的一切照旧蠕动着。

赖屁股也住成老面孔了。他退了休，在巧星美发屋的原地开了一爿杂货店，这是堂而皇之地要和闵珠抢生意做。他地段好，进门头一家，多少不缺客人，却被一些古旧的居民骂得抬不起头。他们讲，人家闵珠一个寡妇带了儿子，就靠一爿小店度日脚，这样轧道抢生意，不作兴噢。赖屁股却说，这叫市场竞争，越竞争，生意越好，晓得吗。他搬出一套一套的大道理，什么双赢呀，客流量呀，要秀一秀从前在办公室的厉害，可是小区里谁听得进，大家只晓得，先来的总比后到的正义。

赖屁股在小区各处侃侃而谈，他总是有分享不完的道理。唯独那件事，人家戳他，他只能笑笑了事。时间无法改变这种无端的心慌，也许对赖屁股来说，鬼是没有新旧之分的。每到清明、冬至和七月半的夜里，夫妻二人就亮起楼上所有房间的灯，裹着被子缩在楼下店里，天亮了再扛着被子回去。被邻居笑惯了，赖屁股索性把这种季节性的避难叫作开宾馆。他说，宾馆里回来啦！老太婆，这趟旅游适意吗！当他拿自己开玩笑的时候，别人便不再去笑他了。然而大家知道，赖屁股害怕夜里，是永远不可改变的了。

曾经有好事者告诉赖屁股那只骨牌凳上的定理，吓得他当天就举起来扔河里了。从此再没有老人可以坐在树下乘凉。可人们又说，阮家阿婆在树下坐久了，树上的知了都听她的，赖屁股便恨极了那棵树。每次小区里有卫生检查，赖屁股就引人到家门口，以声音太吵或遮挡太阳为由，要求工人把树砍了。可是这棵树实在太老了，老到进入了文物保护的范畴。人们打赌说，就算赖屁股死了，这棵树也死不了。

时间就是这样硬气，无需阮家阿婆或环保部门的庇佑，这棵树足以牢牢站在大门第一栋楼的左边。哪一天它不见了，必定会有很多居民以为自己走错了小区，绕道重来。地标的消失是需要适应的。我曾以为巧星美发屋也有这样的本事，可是当我看多了赖明生超市的招牌，我才意识到自己和小区里的人一样，渐渐忘了那个白底红字招牌下的面孔。一个小小的脑袋，油亮的头发，可是脸，我想不起。从小灵通换到诺基亚，再到智能手机，我发现自己竟然没有他的照片，一张也没有。

最为接近的，只能是那些跟在他屁股后面拍的视角类似的上海。很久以后我才发现，小花旦从来不是乱拍，他的每张照片里，都有一个共同的主角。

十五

再碰到小花旦的时候，我快要大学毕业了。那是在舟山路的一个舞厅里，确切地说，是集舞厅、卡拉 OK 和洗浴中心于一身的综合服务场所。定海是舟山的一个区，舟山路自然与定海路相隔不远，小过道，旧店面，气质多有类似。当我抬头看到那个招牌少许褪色的天天见舞厅和它门口的艺术字海报，我确有那么一秒想过，如果小花旦和小彭开了店，会不会就是这样的呢。然而我并非进去找人，只是走到半路尿急了，找个厕所解决一下。

如果说公园是城市的肺，那么厕所是马路上一个微妙的器官。对某个地方的认识，无论如何不能漏掉对它的拜访。这和与一个人交心必要同他吃酒是一个道理。例如经过陆家嘴的写字楼，静安寺的商场，我会跑去上个厕所，豪华的，温暖的，或看似豪华温暖实则简陋的。若是普通的马路，就去网吧、酒店或行政部门找，实在没有，只能去公共厕所了。看看里面有没有值班的，收不收钱，卖不卖五毛钱一包的卫生纸。可我在舟山路上，甚至连公厕都没找到。依靠杂货店老板娘的指点，才走到了天天见舞厅门口，据她说，这里有整条街上唯一的排泄口。

没想到排泄口里人多得几乎要倒灌出来。洗脸的，补妆的，穿衣服的，个个人高马大，堵住狭小的通道。没有灯，黑暗中亮着几根烟芯，我闷头往里挤，耳边充斥着粗细不一的喉咙，练唱，或是对着手机骂娘。在一路香粉味和屎尿味的混杂中，我蹲下，手抵着关不住的门，总算迎来了放松。

走出来看，柳暗花明，大厅里灯光闪烁，一副九十年代的舞美效果。台上有人唱歌，台下悠悠地跳。歌手一身暗红拖地长裙，胸脯雪白，头发盘起，仍是九十年代婚纱照风格，唱的是《女人花》。她声音低沉，和梅艳芳有七八分相似。

若是你

闻过了花香浓

别问我

花儿是为谁红……女人如花花似梦

曲终，后排几位白衣伴舞甩着水袖撒下塑料花瓣，落入前台，观众起哄。灯光聚焦，歌手用温柔而低沉的上海话讲，噶冷的天，谢谢大家来捧场，接下来有请阿拉咪咪演唱，《爱你在心口难开》，大家白相来开心。我忽然感到耳熟，感到自己曾经紧张地盯着鞋子发呆，而这个声音叫我抬起头来。我在人群中踮脚，抬头，仔细望去，正是人民广场的华尔兹女王。我忽然明白了刚才厕所里的身影为什么这么高大。

光线转亮，伴奏响起，台上华尔兹女王变成了穿露脐装和皮短裤的咪咪，台下的人也匆匆换过一拨舞伴。节奏加快，咪咪踩着粗高跟，唱起上海话味道的英文。

Oh Yea Yea ... I love you more than I can say

舞池里黏腻的人们忽然像活虾倒入了油锅，伸手伸脚，纷纷弹动起来。场子沸了，噪声四溢，我往外围走去。只听前面有人喊，快点呀！阿巧！上去了呀！才看到门口有个抽烟的人，他一回头，脱下刚才的白衣，露出黑西装，拼命往人群中挤，像一条洄游的鱼。阿巧跳上台，和咪咪对跳起来。底下一片呼声。两个人像两块同极的吸铁石，靠近了，又弹开去，靠近了，又往后移。那身笔挺但布料劣质的黑西装配上白袜子，细长的四肢随太空步晃动起来，有点 MJ 的意思。舞台灯照下来，他满脸堆笑，抖着肩膀，肩膀抖落下细密的光亮。

我挤到前排入口，等着一曲结束。灯光连续强闪，他下来了。

阿叔。我叫不出剃头阿叔，我太久没有找小花旦剃头了。

他看到我，愣了一下。许久才说，细姑娘，长远不见嘞。这话我听不清，周围太吵了，可我看懂了他的口型，分明感到他稍显激动的嘴角。很多人涌上来了，要签名，要挂历。阿巧被围堵在台边，他忙起来了。

舞池里有人喊安可，华尔兹女王返场，唱了一首叶倩文的粤语歌，深情而怀旧。后面屏幕放着盗版的音乐录影带，池中仿佛长起了一片细软的水草，随着忽高忽低的声音摇摆。我走出来，四面墙上贴着台柱的新年海报，红艺人咪咪，萧人，华尔兹女王叫白玉兰，还有一个阿巧。海报里的他梳大背头，叉着腰，半身金色西装马甲，端正地笑，像酒店里的大堂经理。他胖了，脸上肉多起来，我窥探到一丝衰老的痕迹，带着一种接近阮家阿婆的神情，安静，温和，眼里饱含着要同你说话的意思。回头望去，阿巧仍在人群中，签着自己的年历纸，他本人比照片里更圆润一些。

阿巧卸了妆，换好衣服，变回小花旦。羽绒服加窄脚裤，粗毛线围巾，显得愈发臃肿。再仔细看，他确实老了，胶布一样细长的五官，走到边缘就往下垂了。小花旦说实在对不住，叫我等这么久，要请我吃饭。这天风不大，我们一路走到提篮桥。在一家他常去的店里，小花旦叫了一碗菌菇面，一碗大排面。我说，我也要吃肉。

他讲，就是给你的呀，我吃素。

我吓了一跳，你信佛了？

小花旦摇摇手，老来肉头松了了，再不减肥，紧身衣裳就穿不进去啦。

我说，相当有职业精神嘛。

肯定的，我现在也算个明星了，多少要注意点。

我对着如此自律的小花旦竟说不出话来。

小花旦先问我，侬哪能，屋里厢哪能了。他的上海话很自然了。我说自己在找生活，还没头绪，又说了老王的情况，他沉默了。点了一支烟，回头招呼，老板，再来一碟现切牛肉。

我说，你怎么破戒了。

给你的呀。跑来跑去交关辛苦，多补一点。

我有点要哭。尽管早就习惯了这种提着心两头跑的日子，可毕竟还没有谁这样说穿过。大排和牛肉，我飞快吃完了。小花旦只咬了几口面，又点一支烟。我劝，少抽点。

我这种命，不搭界的，无牵无挂。倒是老王，伊等了享清福的，香烟覅碰。话说到此，他大概也发现自己说坏了，老王哪里还有时间呢。他沉默了，转而问我，在哪个医院。

我们加了微信。小花旦换了号码和手机，壳子带钻，时髦得很。他的微信名叫巧巧美神仙，头像是在台上跳舞时一回头的特写，眼里有光。

我讲，舞厅开来蛮好嘛，还做大了，一条龙。你不睬我，我只当你到啥地方讨饭去了。

小花旦讲，我哪开得起舞厅，打打工的呀。

我未料到。又问，小彭呢。

伊啊，伊前年子就回老家去，开剃头店了。小花旦讲，也好。大家侪出来打工，老家倒反缺人才了，这辰光回转去开店，生意正好。

我竟接不上话。这些年借的钱，怎么借的，去了哪里，被他这么一讲，我半句都不用问了。

小花旦像是看出了我的尴尬，又说，啊呀，我又不要紧的咯。现在这爿店么，大家侪是来看我的呀，等于是我开的呀，哝，外国人特为跑过来同阿拉拍照片的，勠太出名气噢。

小花旦打开手机相册给我看。几个白皮肤的客人同穿着粉色西装的小花旦、一身白裙的白玉兰站在一道，白玉兰穿了高跟鞋，比外国人还要高，还要显白，像一个走红毯的电影明星。小花旦立在当中，凭借一只鸡冠头勉强和周围人站齐，保持着当年舞池里的标准微笑。

我看了看照片，又看了看餐桌前的小花旦，皱皮耷眼的，不像，不像。小花旦生气了，大叫，赤 ×，侬看电视里的明星，不化妆走出来，个个吓死人噢！还是这个磨人心肝的高音喇叭，只是长久不磨，稍钝了些。

我说，明星还可以讲口头语啊。

啥口头语，这叫地方文化。阿拉要发扬光大，传到外国去的，晓得吗。于是又把手机相册翻出来，一张一张细讲，自己去过哪里哪里演出，受到谁人谁人的欢喜。

怎么不回去演。

这种小地方，只晓得吵相骂，有啥去头。伊拉不懂，伊拉懂个卵。小花旦显得愤愤，又说，细姑娘，侬也千万覅回去，回去没出山日脚，晓得吗。

下趟再不回去了？

去做啥。不去。

我就没由头再讲小区里的事给他听了。

那天送我回学校的路上，小花旦像个导游似的，到处问我这个要不要吃，那个要不要买，我说又不是来旅游的，不要不要。他看上去有些急躁。要进站了，他忽然提起这个月演出费还没到账，只好先还我两百块钱。我才明白他的不安。

我说，谁人开了店，做了生意，叫谁来还呀。他摇头，同小彭不联系了。我又问，红头巾的还了吗。他说钱攒不够，没面孔还。于是我们约定好，一笔一笔攒，按数目大小来还。我是最后一个。

小花旦很高兴，他讲，有道理，钞票还清爽么，朋友就回转来了，对吗。他夸我脑筋灵光，像个大人了。

地铁上，我给巧巧美神仙发了两张拍他跳舞的图。他回了我中老年专用的谢谢表情。我总算有小花旦的照片了，也能传给他看了。只是这样的照片，若是给别人看，小区里的人，六颗星，宿舍阿姨，他们还会认得出吗。

我不知道。我倒是希望红头巾能忘了他，也忘了那令他大为光火的五千块钱。

十六

一个多礼拜之后，我去医院，小花旦已经在了。他正要收拢一张护工用来睡觉的折叠椅，预备给老王剃头。术后的老王取掉一块头骨，脑袋再没有平坦的路线了，推子走上去，就像割草机从平地忽然陷进了沼泽，每一步都是危险动作。剃头的担不起这个责任，老王的头发也越蓄越长了。可巧这关头小花旦来了。隔出几年，他的手仍然这样熟悉老客人的头。小花旦的围裙甩出去，一把兜住了老王极为瘦小的身体，手上的推子发出令人安心的平稳的叫声。我坐在旁边，老王望着我，对小花旦讲我的近况。我只对他讲好消息，他能讲给小花旦的也尽是好消息。小花旦连连点头，结棍，结棍。这一切让我感觉回到了那间小小的美发屋里，老阿姨的生意做完了，小花旦空下来，剃掉一大一小两个游泳头。

老王讲，细姑娘又考头一名啦！

小花旦就讲，结棍，结棍，下趟要读名牌大学啦！

我坐在旁边，嘴里含着一粒阮家阿婆给的话梅糖。

只不过病房里的小花旦戴上了一副老花眼镜，他要把脖子伸得远远的，才能看清楚在头上移动的推子。那副椭圆的黑框眼镜架在他椭圆的脸上，显得脸更加长了，长到和他的眉眼、嘴角一样，正在垂落下来。羽绒服，窄脚裤，一双看不出真假的带 N 的球鞋，这些都无法遮盖，小花旦变成中老年的事实了。

老王很高兴，许久没有这样适意地剃过一次头了。小花旦说，焐心吗，焐心再来刮只面孔。于是拿出小刀，端整好毛巾、面油和热水来刮脸。老王的脸很瘦，两颊深深凹陷，和少了骨头的脑袋一样，时常让小刀刮在空气里。老王憋足一口气，鼓起脸，努力让自己的皮碰到刀片，胡楂成屑，热毛巾一敷，他快活地翻动着两片浑浊的眼白，大喊，适意，适意！他放松下来，转而问我，细姑娘，这腔小区里有啥事体呀，讲给我和阿叔听听看。此前一个月，因为回不了家，老王拒绝收听任何小区新闻。

我看了一眼小花旦，他并没露出抵触的神情。我就讲，禁了烟火，赖屁股的炮仗生意做不下去了。春光关了店，天天在外面帮人家修冻住的水管。后面一幢有个老人，昨天——我没说出来。

老王被赖屁股的惨状逗笑了，小花旦却说，迭个老赖啊，真是作孽，自从搬到姆妈房子里，一路触霉头没停过。

老王讲，管伊呐，要是剃头店一路开下来，多少好呀。小花旦现在店开来啥地方？他似乎认定了，这些年小花旦手里的推子没有闲过。

我啊，开来杨浦区，侬下趟过来白相，到上海来剃头。

小花旦说得自信极了。他晓得老王不会来了，这个谎话永远不会被戳穿。他没听到，此后老王同这里的人反复提起，我有个朋友，手艺相当不错，剃头店开到上海去啦。老山羊和小山羊都在上海，这是一桩令老王骄傲的事。

那天走的时候，我问小花旦，要不要回小区看一眼。

有啥看头，还不是同老早一式一样，没劲道。

又补了一句，看到老赖帮我同伊讲，心里覅吓，姆妈不会做害人事体。

他先乘火车回去了。住在哪里，我没问。

就这样，在老王的最后一个冬天，我和小花旦又开始一道乘绿皮车来回了。他大概两周来一次，下了车直奔医院，给老王刮个脸，也渐渐在这一层做起了剃头生意。轻松和气，永远都是那一身羽绒服，一包剃头家什。这些东西，是他撒了谎以后特地重新收集来的。

小花旦一到，隔壁几个病人就醒转来了，他们头发乱乱的，倚在门口等。小花旦在走道尽头的半封闭阳台上摆了摊，一个一个剃。此后几趟，愈多人涌过来，连护工也排上队了。他们有手有脚，却难得出门。小花旦一进门就响起了高音喇叭，今朝剃头不出钞票了哦！各层便顶着杂乱的头发出动了。

上海的剃头师傅来嘞！大家奔走相告。

小花旦讲，侬这帮人啊，有气力的，自家先去汏个头，没气力的，寻护工帮忙汏个头，汏到精光滑溜再过来，阿拉清清爽爽剃，好吗。

于是一只只耷毛老鸡在走廊上排起长队。小花旦挨个问，老底子是啥样子呀，牢监头，三七分，还是艺术家腔调呀。前排围拢聊天，后面就竖起耳朵听，彼此间说的，莫不是当年的形象，入院前的威风。

这一层的人，住进来了，都是出不去的。肿瘤把大家绑架在这里。手，脚，头脑，等到五脏六腑都被绑架了，就要叫一部特别的车来接出去了。轮替勤快，床位总是满的。上周走了几个，下周又有来补位的了，进来的无不是面色蜡黄，浑身精瘦。稍住上几天，就能看清楚自己的将来了。而小花旦却能为大家讲出一个更远的未来，这些年，他边剃头边聊天的本事从没生疏过。

他讲，下趟出去了，阿拉到咖啡店里吃咖啡去，好伐。要顶苦的咖啡，放交交关白糖，吃回本来。

他讲，等到出去了，钞票千万覅省，自家吃吃用用，留给后代做啥。儿子养孙子，孙子养儿子，啥辰光是个头啊，对吗。

他讲，马云弄的网购会吗，学会了网购，覅讲一辈子蹲医院里厢，跑进山洞做人也好买衣裳，买小菜呀。

听者认真点头。

剃完头，耳朵好的人，听小花旦讲上海是啥样子，南京是啥样子，广州是啥样子。记性好的人也回几句，广州我老早出差去过的，男人女人时髦来。小花旦讲，香港衣裳么，肯定是时髦的。一群人就讨论起距离此时的病房万分遥远的事情来。

眼睛好的人，等小花旦拿出手机，点相册来看。明明是城市风景，小花旦却叫他们看出一惊一乍的哄笑来。评论的声音忽有忽停，引得护工也围过来了。

一阵沉默之后，有人大喊，啊！这搭这搭！

紧接着又有高呼，噢哟，还是伊眼睛尖。

一阵沉默，有人大喊，寻着嘞！

又有高呼，啊呀，叫伊寻去啦。

一阵沉默，小花旦伸手一点，大家发出哎哟、哎哟的恍然。

我才明白，一群人眯着眼睛在找什么，而小花旦从前在拍什么。

路边杂货店的冷饮柜上，茶室里面的立式空调上，摆在弄堂口的椅子背上，怎么也擦不掉印记的社区宣传墙上，某户人家的玻璃窗上，电线杆上，小汽车的雨刷底下，垃圾桶里，城市规划馆旁边，每张照片里都有一个蓝色的身影，他伸开双手，保持绅士的笑容，一会儿大，一会儿小，忽隐忽现，小花旦叫大家一道来寻。

世博会过去快十年了，海宝长到十岁，人们渐渐把他忘了，小花旦却从没有过。从繁闹的市区到落魄的周边，有些地方面目全非，有些还是老样子。这个曾经被高挂在大街小巷里的过气的明星，如今隐藏在被人忽视的各个角落，而小花旦把他一一找出来了。他又带着一群寸步难行的朋友，眯起眼睛，在被人遗忘的医院里，满世界找着另一位被遗忘的知心老朋友。城市是万分陌生的，大家努力搜索某个熟悉的身影。他们看到了海宝，发出惊喜的呼叫，海宝朝他们笑，他们也便笑了。

这是周末必玩的游戏。玩久了，小花旦成了病房里的熟面孔。人人都晓得，老王有个剃头朋友，也时常托他从上海带点东西来。香烟也好，糕饼也好，一切从外面进来的，都和小花旦一样受到欢迎。隔壁病房有个安徽来的护工，年纪不大，他说自己曾在上海当过护工。因为照顾一个老头子，没能及时安排子女见上最后一面，被投诉了，才辗转调到此地。两个人对上海都有些熟悉，便常常坐在一道说话，小花旦邀请他再回去。护工看了小花旦剃几趟头，说也想要试试看。于是小花旦教了几次，又把东西放下，让他有空自己练练。再来的时候，几层楼的生意已都给这位护工做去了。

小花旦有点不开心，要把剃头家什拿回来，没想到那位护工抓起包裹就扔到地上，他喊给大家听，不正经的人的东西，白送我都不要。

护工剃头的时候，把小花旦同他讲过的事情都讲出去了。他也在护工之间骂，他算什么剃头店老板，娘娘腔，变态。护工们听了，把控着各自手里的病患，渐渐没有人去找他说话了。

小花旦坐在老王的床头，我们三个聊聊天，讲讲厂里的事，我小时的事，不讲小区。老王的身体越来越差了，讲一会儿，嘴巴干了，就讲不动了。他睡着了，我去办公室找医生，只留小花旦悄悄坐着，独自翻看手机里的海宝。他还没醒，小花旦就悄悄地回去了，留下一点舟山路买来的糕饼。

后来，小花旦再也没来过。发微信也没有回音。我特意去了一趟舟山路，很多人正要大包小包回家过年。天天见舞厅也关门了。没说停业，也没说搬迁，只是不开了，一条龙服务落得不剩只毛片羽。我问杂货店的老板娘，她说不清楚，语气里却透露出对这个地方的讨厌。她讲，伊拉这种生意么，老里八早好关门了！

冬天到春天的拐弯口，忽冷忽热，头发像草一样飞长，人却渐渐熬不住了。楼层里走了一个，两个，又补进来一个，两个，哪一间病房都没有常胜将军。黏稠的雨季过去了，天气总算回暖，趋于稳定，老王说，差不多了，我也要回去了。

十七

在老王的灵堂里，我给小花旦发了一张照片，小区相邻过来折纸元宝。这次小花旦回我了。一条语音，细姑娘，自家当心点，老王来寻我白相了，侬放心。

这以后，小花旦常常给我发语音，一讲就是好几条六十秒的。有时他离话筒太近，录下的全是粗重的喘息，有时又充满四周的杂音。我隐约听明白了他的一些事情。

他说他在广州了。那里也有人民公园。广州的人民公园不大，但他很喜欢。南方没有冬天，三月份也可以穿短袖子到露天来跳舞，这好极了。因为短袖子买起来便宜，一件羽绒服的钱可以买很多短袖子，每天都换不一样的行头。

他说他经常出国演出，南边那几个小地方，他都去过了，还发了照片给我。有一张穿着半透明的白细纱长衫，隐约露出两只细脚杆，头发留长一把扎，像个道士，脸稍微有些晒黑了，他和几位台柱站在一群矮小的客人旁边，神气极了。小花旦问我，我这件演出服，挺括吗，漂亮吗。他说南方人长得粗糙，过得也粗糙，他们选不来料作，而他作为丝厂里出来的人，眼光是很独到的。后来这张照片就成了他的新头像。

小花旦有了新的艺名，他不叫阿巧了，到了广州，他叫上海宝贝。我知道，他是希望人家简称他为海宝。白玉兰也改名了，因为南方的观众觉得他像王祖贤，干脆就叫作王祖贤，咪咪还是咪咪，也有人叫他夏威夷辣妹，他的裤子越来越短了。他们和东南亚人合照，显然他们更美一些。照片总是带来一种距离，隔着屏幕，我感受不到小花旦的衰老。白玉兰更是不老神话。也许南方湿热的空气能叫人老得慢一点，看起来轻盈一些，就像很多年前，上海的人民公园里那个燥热的下午，人们怎么穿红花绿叶都不为过。

小花旦并不提上海的事，我问他，舟山路还来不来。他说，下辈子吧。

每次说完一堆话，末了他总会补一句，细姑娘，有空过来白相。阿叔带侬白相。

我有些羞愧，老山羊的心这样野，去了更远的地方，小山羊却还困在原地。那时我开始工作了，每天朝九晚九，挤地铁，吃外卖，加班，昏睡整个周末。这样也好，没有时间去细尝生活中没有老王的味道了。然而我还是会在夜里梦到他，几乎每一个夜里。老王下了夜班，跑进门喊，懒虫，一只冰冷的手指伸到我被子里来。他在厨房里杀鱼，洗鱼泡泡。他在楼下晒太阳，脚边躺着别人家的狗。我也常常梦回到小区里，我们在巧星美发屋等小花旦回来剃头，镜子里是两个年轻的游泳头。

在一个异常闷热的雨夜里，我梦到自己坐在车上，一路经过小区，那是一种我从未体验过的视角。每栋房子的窗户都成了乌黑的方洞，每个门牌上都写着某某之墓，赖明生，沈春光，我看到了一排排熟悉的名字，河水倒流，知了叫得发疯，我吓醒了。小区死了吗，小区里的人死了吗，是哪个弥留之际的老人给我发射这样的信号，我不知道。我想讲给小花旦听，不过他是不会感兴趣的，在他心里，小区早就和阿婆一起埋进了她的坟墓里。

小花旦从不回去看，他只在梦里和阿婆碰面。如今我也变成这样了。

阿婆会跟着你去南方吗？我在微信里问他。

他回我，我吃饭，伊也吃饭，我在啥地方，伊就跟到啥地方呀。我忽然觉得阿婆就在小花旦的背上了。

我问他，阿婆欢喜看你跳舞吗。

小花旦就不回我了。

毕业前搬家，我整理了所有的火车票，粉色的，蓝色的，许多都褪了色。其中一张皱皮的，上面残留着一点圆珠笔划过的痕迹。三九皮炎平，一个箭头。这像是一个魔法，我把这张纸藏起来，再找到它的时候，画箭头的人已经在这趟列车的终点了。

下个假期是五一，我准备买一张火车票，上海南到广州，从头坐到尾。我上车之后，一定会很快听到，亲爱的旅客朋友们，嘉兴到了，请在嘉兴下车的旅客朋友们提前做好准备……而我和我的行李将安坐在原位不动，静静望着在这一站上下车的人们，企图分辨出，哪些长久住在古旧的小区里，哪些将要走进小区里的廉租房。这一路上，我会吃好几碗泡面，泡面会因为急刹车而溅到我的衣服上，头发上。我会很多次地生发尿意，但我不会忍着，耐心地在厕所门口排队，等那个不锈钢的蹲坑，被细小的水流一趟一趟冲刷。我会反复听到列车销售员的高声推销，一包蓝莓干果、日用品，或是列车模型。如果是吃的，我就买两包，吃一包，留一包。如果是玩具，我就买一个，塞进包里。我还会拍很多照片，沿途的田野，房子，还有数不清的电线杆。尽管我知道，离开始发站后，就再难看到十年前那个蓝色的过气明星了。他正在人们所想不到的这座城市的各个角落里，笑着迎向每一个将会忽视他的路人。你若是正眼看了他，他就要哭了，太久没人看过他了。可我一定要离开，一定要坐到最后一站，带着我生了一屁股的坐板疮，油腻的头发，疲乏的眼睛，走出人满为患的火车站，打个电话，给我的老山羊，我的上海宝贝。

我会对他说，南方真热，给我剃一个游泳头吧。

（原载《山西文学》2018 年第 6 期）

白

陶丽群

一

她说她已经五十六岁，退休一年。她身上有种和她的年龄极不相称的特别气息，拉丽一时无法形容那是什么。直到杨老太（拉丽在心里这么称呼她）说她没结过婚，孑然一身，拉丽才知道那气息该是清爽劲儿，一个单身而理性的姑娘身上特有的清爽劲儿。很显然她已经不能称为姑娘了，但并不妨碍她依然保有姑娘的特性。她身材纤细，四肢匀称，脑袋不大，五官也是小巧的，笑起来眼角有些细碎的皱纹交错。她看什么眼光都是安详的。拉丽有种感觉，假如杨老太朝那些满腔怒火的人瞧上一眼，估计火就噗地闷掉了。拉丽不知道是不是她特殊的工作造就她这种特性，还是与生俱来。简而言之，她对杨老太是相当放心的，也颇有好感。

杨老太端坐在一张竹制的背靠椅里，背后垫一个淡紫色抱枕，身板挺得很直。她发现这个老妇人偏好淡紫色，软底淡紫色居家布鞋，淡紫色棉麻沙发套，淡紫色窗帘，当然，这些物品上的花纹不尽相同。她的房子很小，是套五十来平方米的老房子，两间鸽子笼般小的房间，拢着房门，一个没有茶几的整洁小客厅。拉丽面对客厅的阳台而坐，一眼看见阳台挤满花草。可真不少，并不杂乱，几个隔层铁架子一、二、三层架住那些花盆。初春午后软嫩的阳光照拂在深绿色的花草上，没有什么花开。拉丽不认得什么花草，她的生活缺乏种花养草这种需要情调和闲心的事情。

总之是一个相当不错的小家。

“情况就是这样，也许我说得不够详细！”拉丽有些沮丧地说，她庆幸没穿那件鲜红色的外套来，那外套着实和这个家里的摆设、氛围都不搭调。她穿一件蓝色外套，袖子上套两只起装饰作用的短短的淡蓝色防护袖套，防止袖口弄脏。

杨老太点点头，若隐若现的笑容挂在脸上，“以后慢慢了解，你有什么要问我吗？”

拉丽摇摇头，“我知道您是特校老师，退休了，而且，您不收钱！”她不想隐瞒经济上的窘迫，实际上她挣得不算少，但真的存不下什么钱。

杨老太瞧了上善一眼，她一直纹丝不动坐在沙发上，离她们稍远，弯着细小的脖子，像一个认真的聆听者。拉丽知道她其实什么都听不进，也有可能听进去了，这一点她从来都不能确定。她不会对你的话做任何反应，薄嫩的嘴唇仿佛不屑般紧紧抿着。她有自己的世界，一个拉丽完全陌生的世界。她时刻沉浸在自己的世界里，没人能走得进去。多半时候，拉丽甚至都不知道她在想什么，这一点常常让拉丽在黎明醒来时惆怅万分。

“你要不要看我的身份证和工作证？”杨老太把目光从上善身上挪开，和善地瞧拉丽。

“不用了，”拉丽慌忙说，“我信任您！”

“这就好！不过你还是看一看吧，这样对大家都好，”杨老太说，“特校，你知道吧？就在三马岭，你应该知道的，那地方风景很美。我在那里工作了一辈子，退休金也在那里领。”

拉丽点点头，她知道大致的方向，但没去过。她瞟了一眼小矮凳上的身份证和工作证，没动那些证件。

“明天你带上善过来吧，我今天要把房间整理好。你不必担心，随时欢迎你过来看孩子！”杨老太说。

“好的！只是，真的不需要付钱吗？”拉丽小心翼翼地问，她还是有点儿不相信。在拉丽的有限的生活经验里，没有什么是容易得到的，这些不容易多半都和钱有关。

“假如这让你不安，你看着给吧。不过，我本意并不愿收你的钱。”杨老太思忖着说。拉丽有一刻觉得自己的脑袋一片空白，想不明白人和人的活法为何天差地别。她真希望自己能和杨老太掉个个儿，一个人，口袋里除了吃喝的钱，略微有点儿剩余，在拉丽看来这就算是体面的生活了。她觉得累，这样说好像也不太准确，那是一种和累有关的沉甸甸的情绪，时刻笼罩在她的身心。

“那可真是太感谢您了！不过，您若是觉得太辛苦，我可以适当支付费用，但不会很多，比如支付上善在这儿吃饭的钱。您知道，我们，生活不太宽裕，我只是一个家政服务工。”拉丽说。

“你放心吧，我并不缺这点钱！”杨老太依然微笑，但她说话的语速变得快了。她们交谈将近两个小时，她一直挺直腰板坐着，也许有点儿累了。

拉丽开始帮上善戴上手套，把她的头发盘起来塞进帽子里，往脖子上缠绕暗红色羊毛围巾。在上善的穿戴上，她一直是不吝啬的。杨老太一声不吭地瞧她像包个见不得人的东西把上善包起来。

母女俩和杨老太告别，拉丽没叫上善和杨老太说再见，她知道上善宁愿挨巴掌也不会出声。杨老太抓了几颗淡绿色的薄荷糖想放进上善的口袋里，她忽然惊恐地向后退，但她并不像别的孩子本能靠向自己的妈妈，她退到一边，和拉丽保持先前同样的距离。那几颗薄荷糖落到了地上。拉丽很尴尬，迅速捡起糖，朝杨老太抱歉地笑笑。

屋外阳光很好，路上并没什么行人，这个地方相对偏一些。在很久以前，这儿可算是城中心，后来城市渐渐往前扩建，这儿逐渐边缘化了。城市的外围是一片稻田，秋收后农民们喜欢种油菜。周末天气好时，很多年轻妈妈带着年幼的孩子，穿梭在黄灿灿的油菜花中拍亲子照。她瞧了一眼像条小尾巴般紧紧跟随自己的上善，阳光照在她白得透明的小脸蛋上，每次眨眼睛都非常用力，仿佛耳边突然遭遇一声巨响袭击。拉丽知道这种阳光会使她受不了，她会流泪，也会被晒成皮炎。她叹了口气，在包里摸索出一把防晒伞，嘭地打开。那是把儿童雨伞，比一般的雨伞小将近一半。她塞到上善手里，又摸出一副儿童墨镜，架到她的鼻梁上。

“我知道你其实都明白我说的话，但我不知道你为什么一声不吭，你不聋也不哑。你长着耳朵和舌头干什么呢？你长这么大，能有吃的穿的，有房子住，你知道这些是哪里来吗？你知道的，这些都是我给你的。我像个保姆伺候你，可是倒在地上的拖把你连扶都不帮我扶。我做好了饭，你会拿起筷子吃，吃完了你垂头坐着，你像个菩萨一样！不，你这德行哪能和菩萨比？菩萨普度众生，你是给我带来磨难，不，你本身就是磨难，大磨难！难道我说错了吗？你尽管装聋作哑好了。我觉得你是知道好歹的，不然你为什么跟着我？你知道只有跟着我才能活命！说真的，你到底是个什么怪物？长这么大，没叫过我妈！你觉得我是个有义务养你的陌生人？嗯？我想分一半你的苹果，你死死攥着，你像个仇人瞪着我，好像我会咬你一口！”

拉丽一边走一边说。上善撑着防晒伞，戴着墨镜，样子古怪紧紧跟随。她总能和拉丽保持差半步的距离，不会跟不上拉丽。只要拉丽步伐稍微大些，她那双小脚就颠得更快，总也不会和她的妈妈平行走。

“你会笑，你会对小猫小狗笑，但你从不对我笑，你其实就是个自私的小孩！”拉丽最后像下了决断般说道。她突然悲从中来，腿像灌了铅，一屁股坐在路边的花圃上，嘴角抽动起来。她哭得无声无息的，泪水快速滑落，她把哭声全闷在心里了。她常常这么哭。上善撑着雨伞站在她脚边，小小的脸被墨镜遮去一半，看不出什么表情。

拉丽哭了一阵子，深深叹口气，双手夹在两个膝盖中间，脸上还淌着泪水，肿胀的双眼木然盯住地上一群蚂蚁。

“好了，刚才我和杨老师说的事情，你都听到了。你也别怨恨，我知道你一定怨恨我！没人愿意把你生成这模样，其实更苦的是我。杨老师是个特别好的人，有本事让你过得更好！我并没扔掉你，你只是去和杨老师住一段时间。”拉丽轻声说。她看见上善穿着驼色布鞋的右脚轻微挪动了一下，把一只蚂蚁踩到脚底下，使劲碾轧。拉丽一阵惊愕，她突然想起一位信奉基督教的主顾跟她说的话：“这世界人人戴罪而生，人若戴罪而活又不自知，死了之后就会下地狱。上帝是来拯救人类的，他会帮你认清自身罪恶，救赎你堕落的灵魂，死后才能回到上帝身边，成为上帝的孩子。”她循循善诱，希望能把拉丽拉进基督教队伍里。

假如真有上帝存在，拉丽想，上善一定是被上帝遗忘的孩子。她站起来，她们又重新往家的方向走去。这个地方离家稍微远，步行至少得四十分钟。

就在她们快要越过一个公交车站时，拉丽忽然怒火涌起。不，她肯定不是存心的，在前一分钟她也没想这么做，但这个念头像魔鬼一样倏然蹦出来。她在公交车站猛地停住脚步，上善想不到妈妈会突然停下来，她迈出的脚想停下，两脚互相打架，给她一个结结实实的跟头，鼻梁上的墨镜和手里的遮阳伞被摔出去了。她没哭，膝盖被厚厚的裤子裹着，手套保护她的手掌心，头没碰到地上。她只是摔了，并没摔疼。拉丽不动声色瞧着她，上善一声不吭爬起来，膝盖和身体的右侧沾满白色的灰尘，她也不拍掉，任由雨伞和墨镜躺在地上。拉丽强忍胸口涌动的怒火。公交车来了，她快速跳上去。你最好别跟上来，永远也别跟着我！拉丽想。上善被妈妈的行动惊吓了，她张着嘴巴，然后也上了公交车。雨伞和墨镜依然躺在地上。车上座位全坐满了，拉丽投了钱币后迅速向后门走去。车开动时，上善只来得及上到车上站稳，车子摇摇晃晃开动后，她就近抱住车杆。现在，母女俩拉开一段不短的距离。

拉丽身边一位长头发女人侧出身子看上善，而拉丽前面的人则回头瞧她，想弄明白上车的一大一小是怎么回事。拉丽扭头往窗外望，上善紧紧抓住车杆，瞪着拉丽的目光执拗而冷淡。

“唉，这么大怎么还尿裤子了？！”上善旁边座位上的一个女人叫起来。

拉丽不用看也知道，她知道会这样，但她还是回头迅速望一眼。她看见孩子黄褐色的裤子两腿内侧颜色变深，深色阴影不断向下蔓延，越来越大。上善依然一动不动地站着，好像并不知道自己尿裤子了。

“这孩子，是怎么了？”那女人扭头望向拉丽。拉丽直直瞪着她，“我也很想知道她是怎么了。”她说。女人只好扭回头，拉丽又往窗外看。还有差不多三十分钟才到家，她目前也毫无办法，她又累又沮丧。上善只要觉察到众人注视的目光，便会尿裤子。

而她天生就惹人注视，她是个患有白化病的孩子，“酪氨酸酶缺乏，或功能减退引起的，一种皮肤及附属器官黑色素缺乏或合成障碍所导致的遗传性白斑病”，这是上善出生时，医生面对这个通身（没错，通身！包括脑门上稀稀拉拉的毛发以及短小的眼睫毛）呈现乳白色的婴儿下的结论。拉丽觉得是医生在给她的一生下结论，残酷的结论。另外，她三岁后，就不爱开口说话了，她的唇舌只发挥最基本的作用，吃饭喝水。最常见的表情是面无表情，像雕塑般一副僵硬的面孔。她在十五个月时会叫妈妈，三岁后拉丽没听到她叫过妈妈。

路边有一对情侣在吵架，女孩一边吵一边往嘴里塞剥了半截的香蕉，气急了，她把半截香蕉连皮摔到男人头上。

拉丽扭回头，深深注视那张惨白的小脸，想从上面找到，给了她这个孩子的那个人的一些蛛丝马迹。然而那白过于强大，掩盖了所有痕迹。那六岁的小身躯里，大概是充满怨恨吧，不然何以长成这样毫无表情的脸和冷漠的眼神？

二

“你介意她的……肤色吗？也许我这样问不太合适。”杨老太说。她好像一夜没睡好，脸上有淡淡的倦态。

“医生说这不会影响她的寿命，她会像正常人一样生活，当然，生孩子可能会遗传。”拉丽说。朝房间里看一眼，上善似乎很喜欢杨老太收拾出来的那间屋子，屋子的墙纸和被服全是淡蓝色的，床上有一只巨大的粉嫩狗熊。杨老太说是从特校拿回来的。每年特校都会清掉一些玩具，旧了一点，但已经洗干净消毒了。上善坐在床上，手耷拉在狗熊身上，长久盯住狗熊那对软塌塌的黄色耳朵。

“我是说，”杨老太说，“你对她的皮肤，有什么看法？”

“她和别的孩子不一样，谁会认为她和别的孩子一样呢！”在杨老太执拗的目光下，拉丽无可奈何地说。除了医生，她很抵触和别人讨论上善的肤色。没人能理解她的心境，看着粉白的孩子，两片嘴皮一翻，永远是那句，这孩子怎么白成这样，得了什么病？上善三岁后，拉丽就很少带她出门了。那些貌似同情的语气，多半只是好奇和鄙视——你缺了多大的德，生出这么个怪物。

“而且她还像个哑巴，不说话，冷漠，这在社会上没法活，我不可能养她一辈子！她必须学会独立，会挣钱，可她连别人的目光都受不了。她像个机器人，不，她连机器人都不如的……有些禁忌，比如不能晒阳光，会患上皮炎，眼睛视力也会受损。请放心，这病不会传染！”拉丽语无伦次，极力抑制内心激动的情绪，她担心自己会突然流泪，她为这孩子已经流太多的泪了。

“我知道，”杨老太说，“我们特校以前也有过这么一个孩子——我是指白化病孩子，不过他挺开朗的，常常帮助别的孩子叠被子。在特校，所有孩子都不正常，也都正常，我是指，我们以平常心态看待他们。后来那孩子去美国了，据说他的姑妈在那边，美国白人多。”

拉丽朝房间里望了一眼，上善没那么幸运，她只有一个做家政服务的妈妈，很可能她也不喜欢这样的妈妈。

“你有没有想过，上善这性格，也许跟你教育她的方式有关？”杨老太说。

“不知道，我没那么多时间陪她！”拉丽说。

“我们也许可以试试把她当正常的孩子养。”杨老太说。

分别没有任何伤感，像托付一个可靠的熟人帮带两天孩子。拉丽在女儿身边沉默地站了一会儿，然后走了。上善也一样，她一直坐在房间里。这不是她们第一次分别，上善两岁半时，拉丽曾送她去托儿所，两个星期后，老师建议她把孩子领回家。据说其他家长反对自己的孩子身边有这么一个“怪物”。领回家后，拉丽清空一个小房间，真正的空，只有地板和墙壁。每天出工时，她把上善锁在这个四壁徒空的小房间里，给她两个毛茸茸的没有任何能伤害到她的可能性的布娃娃，她甚至把布娃娃那两颗硬眼珠子都抠出来了。吃的喝的她不会给。她和朗山夫妇合作搞完一套一百二十平方米的房子的保洁，要两个小时多一点，特别脏的房子也不会超过三个小时。她觉得三个小时不会饥渴坏了上善的。回家时，多半是上善倒在地板上睡觉，毛茸茸的小白脑袋搁在毛茸茸的布娃娃身上；或者在哭，哭的时候通常是尿湿了裤子，她会难受得细声细气地打哭嗝，两只小拳头捏得紧紧的。后来渐渐习惯了，很少哭了。四岁后，拉丽就不再锁她了，上善对任何东西似乎都毫无兴趣，屋里任何东西都不让她动心，她喜欢坐在阳台上透过栏杆往下望。能有什么可看的，她们的阳台面对一片长满难看灌木的小山坡，春天也没几朵花开，净是些带刺的矮植物，偶尔会有只什么鸟儿从灌木丛里扑啦啦飞向天空。四岁后她懂得自己上卫生间，再也没在屋里尿过裤子。她哭的时候很少，说话的时候更少。医生说她可能患有相当程度的自闭症，以及自闭症导致的情感冷漠，医生建议拉丽多带孩子出门和人接触。拉丽带上善出去了，却发现她在人多的地方会尿裤子。

没有人喜欢不幸，而不幸，似乎已经成为拉丽生活里的常态了。整天面对一个冷冰冰的奶白色孩子，只有她自己知道那是种什么滋味。

拉丽走在回家的路上，早春明亮的阳光把一切都照得明晃晃的，她觉得刺眼，对于一切白的东西，她心里本能抗拒。她觉得她的生活真像一个白色的谎言，而这谎言是她自己撒下的。

拉丽不知道那算不算爱情，那“爱情”给她带来了这个白色的孩子。她常常记起那人身上的力士香皂味。他洗澡只喜欢用力士香皂，甚至用力士香皂来洗衣服，极少让拉丽帮他洗衣服。在九个月的快乐时光里（她从不否认那快乐），拉丽给他买了无数块力士香皂。她有时候会羡慕那些香皂，可以变成气味二十四小时依附在他的身体上。那气味会使她莫名其妙地用双臂抱紧自己，打一个寒战般的激灵，她便会无比地渴望他。二十四岁的拉丽在超市里当了三年的导购员后，经过三个月培训，进入如家家政公司当一名家政工。她一向把这个活儿做得兴致勃勃的。这活儿不需要动脑子，手脚干净和仔细认真就是这行的过硬技术和口碑，收入也算不错。如家家政公司人不多，一对常州夫妇经营，有九个员工，分成三个小组。收入四六分成。拉丽一向和朗山夫妇配合。干了一年后，朗山夫妇说服拉丽离开家政公司，他们三个人单独起灶。他们在给家政公司服务时，认识了不少客户，出来单干后，报价比家政公司稍低，很快就拉到不少业务，每人每月能稳稳地拿到四五千元收入。尤其临近节假日，大家都想在干净整洁的家过一个愉快的节，那时候他们天天从早忙到晚，每月七八千块的收入也是有的。经常有些人在家宴请客人后，打电话给他们，过去收拾一顿晚餐后留下的狼藉。相对做整套清洁工作来说，这是零散活儿，服务费五十到一百。朗山夫妇一般会把这些零散的额外的活儿给拉丽做。他们三人曾差一点散伙，朗山的母亲是个六合彩迷，把家败个精光，天天有人堵家门索债，朗山的老婆绿妮一气之下离家出走，两年多后又回来，三人得以继续合伙干老本行。拉丽的事情就出在那两年多的空档期里了。

拉丽不是一个喜欢动脑筋的人。假如可以，她能把家政这活儿干一辈子，把脏不拉几的房子擦抹干净的过程，她觉得很享受。她十八岁高中毕业就没再读书。学过一阵子美甲和文身，后来不喜欢闻指甲油刺鼻的化学味儿，把技术荒废了。不过，她倒是学会了一点儿绘画的皮毛，对一幅画能讲点儿什么。人生的所有际遇，都不是偶然的。假如拉丽不做家政，就不会去碧桂园做保洁，假如她对绘画一窍不通，就不会在擦地时走了神，立在老方的油画前若有所思。

“你能看懂？”老方身上一片色彩斑斓，从卫生间探出半个身子。他正在清洗一只颜料碟，一根湿淋淋的扁嘴笔搁在右耳上。她发现老方的右耳长着一颗小肉瘤，若隐若现遮掩在细软的披肩发之下。

“懂一点儿！”她臊得满脸通红。

老方从卫生间出来，拉丽闻到他身上一种暖烘烘的香味，后来她在他的卫生间里发现那块奶白色的力士香皂，是老方身上香味的来源。老方认真看她一眼，用眼神示意她手里的抹布。“会这个，干吗来干这个？”他问。很难看出他确切的年龄，三十岁肯定有，到底三十几？拉丽有些模糊。在判断人的年龄上，朗山的老婆绿妮是个权威，误差不会超过三个月。

他有张近似瓜子的脸，上面有长期睡眠不足和不规律饮食导致的倦态，但，还是很好看的。“不干这个，干什么？”拉丽重又蹲在地板上擦地。她在参加培训时，培训导师告诫：拖把好用吗？好用，站着拖拖就好，省力；如果我们为了省力，家政这碗饭就别想吃了；蹲下来，用抹布一寸一寸擦，干不干净在其次，主人看到的是你诚实的劳动态度，这样的姿态好看，能不干净吗？

“干什么都比干这个好。”老方说，湿漉漉的手往后脑勺拢了一下头发，这个动作差点让拉丽笑起来。

“我觉得这个比哪个都好！”拉丽说，他们打暗语般对话。

“这个有什么好？”老方不屑地说。

“水桶、毛巾、洗衣粉、木地板专用清洁剂、厨房油烟去污灵、洁厕灵，力气，是我们挣钱的全部成本。还有比这成本更低的活儿吗？”拉丽认真解释。

“我觉得你这个年纪不应该干这个！”老方也是认真的。

“干这个并不分年龄，我并不嫌弃。”拉丽说，她已经开始擦到老方的脚跟前了，老方后退几步，他退她进。

“我猜你妈妈也是干这个的。”老方叼着杆褐色的烟斗，但他并不点烟。他早就戒烟了，只是爱叼烟斗。

“不，”拉丽抬头瞥了老方一眼，“我妈嫁人去了，过她吃香喝辣的好日子去了。我只能给你这样的富人擦地换口饭吃。”拉丽半真半假地说，朝老方认真地眨眨眼。

老方顿时语塞。这个脸上有两块淡淡高原红的姑娘，手指关节粗大，可能是常年擦地深蹲的原因，臀部很结实，翘而饱满，这是她身上最动人的部分。

“那个……你妈嫁人多久了？”老方又退后几步，她把他逼近了沙发角。

“我高中毕业她就嫁了，嫁到外地去了，天要下雨娘要嫁人，说的就是我。”拉丽说，忍不住笑起来，她脸上的高原红更红了。

“你……”老方拍了一下他的灰色沙发，他被逼得无路可退，抬脚跨过沙发，细软的头发被带起的空气飘拂了一下。拉丽又闻到那缕力士香皂的味道，她打了一个激灵，一股暖洋洋的感觉迅速蔓延她全身。

“你真是个特别的姑娘！”老方大喘了口气。

“哈，是吗？！”拉丽直起身，她觉得老方挺特别的。姑娘？他怎么还会用这词儿，如今对女人的称呼不是老少通用美女吗？

“我要是有钱，就娶你这样的姑娘！”

“呃，你不会的，一个画画的怎么会娶一个给人擦地的保洁员，你开玩笑吧？”她白了他一眼。

这不是玩笑，拉丽给老方做第二次保洁后，老方就收拾他边角有些破损的皮箱，以及一大捆画布，离开朋友借给的房间，住进远嫁的妈妈留给拉丽的一小套旧房里，他成为她的第一个男人，她二十六岁。她瞧着她上方的老方，发现他短小的睫毛浅黄得近乎白色。

“你的睫毛和别人的不一样！”她说。

“不仅睫毛，我和所有人都不一样！”老方气喘吁吁地说。

她闻到他的汗水也有力士香皂的气味。拉丽想抓住这个长发飘飘一心梦想当画家，不屑于出门挣钱的男人。他身上让她神魂颠倒的力士香皂味道，他永远主动认错的好脾气，他脸上淡淡的倦态，像一个巨大的旋涡，把拉丽深深吸进去了。半年后，拉丽把一根验孕棒捏到他跟前，她说她二十六岁了，是个老姑娘了。他可以继续画画，不用出门，她可以养活他们仨，而且不会很吃力。老姑娘拉丽幻想着三口之家的温馨画面，她太渴望这样的家庭氛围了。拉丽对自己的父亲没有任何印象，父亲是死是活，全凭妈妈高兴。她高兴了，拉丽的父亲就活着，在很遥远的地方挣钱。她不高兴了，父亲就“听着，别在我面前提这个蠢货（有时是畜生），他早就死掉了，你连他的骨头渣子都不会见到，你最好别见！”。

拉丽模模糊糊记得，她的父亲似乎是个瘸子，而妈妈非常漂亮，但心里充满了不为人知的怨恨，怨恨情绪和漂亮的五官组成一副刻薄相，妈妈总是叫她“磨人的小妖怪”，这可不是爱称，她的妈妈似乎不会开玩笑……

拉丽觉得她所欠缺的，她的孩子应该替她过回来，好脾气的老方应该是个好父亲。然而老方对她可怕地咆哮起来，要她立刻“做”了这孩子。他愤怒地撕掉他所有的作品，称拉丽是个阴谋家，他是不会和她结婚的。然后又抽自己的脸，自己不该像个吸血鬼一样吃她住她还骂她，求拉丽原谅，但孩子一定不能生。拉丽说，孩子在自己的肚子里，她会自己做主。老方骂她蠢，一怒之下连破损的皮箱都不要了，消失在拉丽的生活里。拉丽觉得孩子在，老方一定会回来的。直到她生下奶白色的上善，想起老方淡得近乎白色的睫毛，拉丽就知道老方再也不会回来了。

时光慢慢地磨，一天一天地磨，磨她的心。如今，上善快满六岁了，她也三十三岁了。六年，那是怎样的岁月啊！她看见眼角细微的皱纹慢慢变得深了，她那双经年累月操劳的手指关节像男人一样粗大。相比于上天给她的这个奶白色的孩子，这些都不算什么。拉丽从未嫌弃过她的工作，也没觉得谁小瞧过她。她心疼过上善一阵子，是自己把她带到这世上，给她这副异于常人的模样，将来孩子因为这副模样吃苦受罪，也得算到她身上，这是她欠孩子的。孩子给她带来过一阵短暂的快乐时光，上善会翻身坐起，会满地乱爬，会口齿不清叫妈妈，清亮的口水流到绣花兜肚上，摇摇晃晃给她拿拖鞋，拉丽会跟随她的每一点变化而高兴。自从上善变得渐渐不苟言笑，打骂无动于衷后，拉丽就开始讨厌这个白色的小孩了，她觉得她是上天派来惩罚她的，惩罚她的轻率和幼稚。但她始终无法怨恨老方，就像她始终迷恋力士香皂的味道。

她何尝不愿意把她当正常的孩子来看待？但上善不愿意。她尝试过不止一次，上善对她的努力和善意都无动于衷。她曾经把她脱得精光，让她光着身子待着，上善就这样呆坐在床上整整一个上午，拉丽最后绝望得好像光身子的是自己。

她走了将近一个小时才到家，脱掉外套时，闻到外套干爽而温暖的阳光味道。自从有了上善后，她已经忘记春天的味道了。上善常常坐在小阳台上望向那片长满灌木的矮山坡，她坐的小马扎依然摆在那里。拉丽坐了上去，只能透过被雨水沤得霉迹斑驳的水泥栏杆往外望。那片小山坡敞在午后的阳光下，驳杂，绿得发黑，有几条并不明显的踏痕。远远的边上开着淡粉色的野蔷薇。一只鸟儿也没有。上善到底在望什么？坐在这里她想什么？拉丽做完保洁回来，总看见上善坐在这里，空空的两只手。五岁后，她就很少玩玩具了，她的小床上有一只会转眼珠子的猴子，有时她枕着那只猴子入睡，淡灰色的枕头被她扔到脚边。她听见身后的开门声，便垂下头，显然她正在出神凝望着什么，被身后的开门声打断了，这是少数时候她会对拉丽的行为做出的反应之一。到了入睡时，她会在卫生间里等拉丽来给她洗澡，除此，拉丽在她眼里似乎不存在。拉丽每次回到家里，会觉得更累，那种沉甸甸的、压抑的累。

拉丽在阳台坐了一会儿，一种空旷的宁静慢慢侵入她的身心。她给大力打电话。

“不去！”大力说。

“不，我要你过来。”拉丽不容置疑地说。

“唉，我怕那只小白鼠！”只要拉丽的口气稍微显硬，大力便会叹气哀求。

“她不在！”拉丽说，她很反感大力称上善为小白鼠，但她不愿和他计较。

“不在？……去哪儿了？”大力犹疑起来。

“这你别管，我要你过来！”拉丽有些凶巴巴的。

“好吧，不过你可别对我撒——谎！”大力似乎躺在床上，挺身而起时把“谎”说得很带劲。他是个长途客运司机，过着昼夜颠倒的生活，工资却并不高。他比她小四岁，他和老方有一个共同特点：不管对错，只要拉丽生气，就主动道歉和好。拉丽有时候分不清到底是真喜欢这个小男人，还是喜欢大力和老方酷似的脾性，也许都有。他给了她一张出勤表，她知道他今天休班。他很少来拉丽这里，一次，还是两次？两次！拉丽思忖着。每次她都把上善关在她的房间里，把孩子的衣物和几个玩具也收起来。大力知道她有孩子，仅仅如此，并不知道孩子在哪里，也许他会认为她离婚了，孩子跟着爸爸。大力第二次来时，正在忙活，突然感觉到有人在门边望着他们，回头一瞧，吓得从拉丽身上滚下来，挪到拉丽身后。拉丽她记得他那顶住她的硬挺部位迅速疲软下来。那次她很伤心，她觉得这辈子只能和这个奶白色的孩子一起生活了，没有男人会接受这么一个孩子。她每个月会主动给他钱花，一两千，她觉得亏欠了他，也不知具体亏欠什么，也许是他比她年轻，他们在一起一年多了。

拉丽开始洗澡，老方走后，她也开始用力士香皂了，不知道她要怀念什么，也许只是一种习惯，人走了，习惯还在，这是幸还是不幸？她黯然神伤起来。

大力从留着没锁的房门外探进上半身，小心翼翼往屋子里瞧，拉丽包着浴巾正好从卫生间出来，她把他从门外拉进来，一只脚把门踢上，整个人立刻贴进他的怀里，她闻到他身上暖烘烘的汗味。春天的味道，到处是春天的味道。大力犹犹豫豫着，不敢抱她，他的目光在两个房间搜寻着。

“她不在了！”拉丽说。

“你真送去了？”大力抱住她。

“这不是你希望的吗？”她嗔怪道。

“哪儿，我觉得她是真有病，你这个小脑袋为什么总不愿意承认呢？这样其实对她更好。”大力说，把拉丽身上的淡蓝色浴巾扯下来。外边春光灿烂，屋里还是挺冷的，他立刻摸到她身上争先恐后冒出的鸡皮，于是把她抱到房间里。拉丽闭着眼睛，脸埋在大力的胸口。这样多好，她想，只有她和他多好！

“好了，醒醒，别睡着了！”大力要把她放到床上，她两只胳膊却依然吊在他的脖子上。

“我不用洗澡？”大力疑惑地说。每次她会要求他洗澡，她去他那里甚至会带力士香皂去，要求他用力士香皂洗。对于拉丽的要求，大力笑话她像吃奶的婴儿，即便断了奶，也要叼个奶嘴。他从不问她为什么养成这习惯，假如他问，拉丽也许会把和老方的事情告诉他。

他们耐心细致地把那事情做完，她趴在他的胸口，头发覆盖在他的脸上。

“你今天从哪儿回来，小姑娘？”大力闭着眼睛问。

“你怎么知道我刚回来？”她抚摸他胳膊上鼓出来的结实的腱子肉。老方瘦而轻盈，冲击力不大，但他能准确捕捉到拉丽的任何细微反应，总能让她心满意足。拉丽酸溜溜地称他是“老司机”。他说拉丽是他一手“开发”的产品，对自己的“产品”当然熟悉。大力就是一身持久蛮力，年轻人的朝气蓬勃也让她欲罢不能。

“你的头发上有阳光的气味。”大力说。

“到你告诉我的地方去了。”拉丽说。

“人怎么样，你觉得可靠吗？”大力把手指插进她的头发里。

“挺好的，是个好人，比我好！”拉丽轻声叹了口气。

半个月前，大力有些耳背的母亲在做饭时跟已经出嫁了还带孩子回娘家蹭饭吃的女儿嚷嚷，她晨练时遇见一个退休的特校老师，人家可不得了，练瑜伽的，五十几岁的人能徒手倒立，就是一只手倒立，一只手！她挥着胳膊比画，“这位老师想找个不正常的孩子，她研究出一套针对自闭症孩子的治疗法，可惜她退休了，她那套治疗法无用武之地。人家不收钱的，真是菩萨心肠。她的瑜伽练得绝了，劈叉就跟我们拿筷子一样，毫不费劲！”

大力和他母亲要了那位特校老师的地址给了拉丽。拉丽想了想，决定带上善去试试。杨老太和善的面相让拉丽决定把上善托付给她。从这一点来看，拉丽觉得大力还是挺关心她的，至少对她有好处的事情，他有心替她留意。

“为什么不能只有我们俩？这样真好哇！”拉丽说，像只猫拱进大力怀里。这像偷来的时光，她很久没有属于自己的时光了。

“好，把小白鼠送给那菩萨得了。”大力抚了一下她的猫脑袋。

“她不是小白鼠，你这个杀千刀的！”拉丽掐他紧实的大腿肉一把，他连哼都不哼，已经在手机上开始打游戏，空出来的一只手在她的胸前忙活。他说她的两半球长得很好。

三

拉丽上工时间并不固定，有时从早忙到晚，要做好几套房子的保洁。周末，她的工作时间相对少些，雇主们都想待在家里睡个懒觉，不喜欢被打扰。雇主们一般利用上班时间约她和朗山夫妇去做保洁。这是建立在户主和保洁员相互信任的基础上，一般都是熟客。户主家里有现金、首饰、贵重书画和装饰品，一不小心就会出事情，这是干这一行的大忌，必须相互信任。上工一般都是朗山夫妇电话通知她，拉丽带上保洁工具直奔各式各样的别墅区或普通小区。

朗山夫妇的家简陋逼仄，他们不是本地人。他们是为摆脱败家成性的婆婆从泉州来到这里，在城市的郊区租住在进城农户的房子里。可是婆婆又投靠而来了，在朗山夫妇家白吃白住继续败家。绿妮离家出走后，朗山把老娘扫地出门。那两年多时光，朗山做过垃圾运输工、快递员，下班就酗酒，差一点成废人……直到离家出走的绿妮回来后，三人又一起做保洁。

三个人的这两年，各有各的辛酸……

对拉丽和朗山夫妇而言，需要保洁的房子面积越大收入越多，两百平方米的房子肯定要比一百二的收入高。他们一般现场收款，干完活收钱，三人平分，各自回家，从来没让大家的钱在谁的手里过夜。有些户主一时身上没有现金，朗山夫妇也会先垫付给拉丽。他们是外地人，不喜欢生事，能当场结清的事情当场完结。这是拉丽喜欢和朗山夫妇合作的原因之一。大家都是靠体力吃饭，没必要装清高，这是一寸一寸擦洗地板换来的汗水钱。

朗山常常开玩笑说，虽然我们自己家像鸽子笼，但是没关系，我们其实整天都住别墅呢，你想啊，我们干活时夏天有空调，屋里那些妖精似的兰花，上万块钱一盆，看得最多的也是我们。朗山的幽默，常常换来绿妮的耻笑。绿妮离家出走两年多后回来，拉丽发现原来还算恩爱的朗山夫妇变得彼此生疏起来，眨眼就能当着拉丽的面吵架。说彼此生疏似乎也不对，拉丽一直觉得绿妮哪儿不对劲，吵架总是绿妮先挑起来，嫌弃朗山“穷幽默”，还有朗山身上有烟味，朗山擦洗过的玻璃窗有水渍，各种嫌弃。朗山在拉丽面前磨不开面子，一句一句顶回去，接着就吵起来了。

“真有本事！男人的力气不是拿来挣钱养家，是拿来和老婆顶嘴吵架的，我就知道那死婆子养不出什么好货！”绿妮的这句话，最终把朗山的怒气推向烈火烹油的境地。朗山把抹布一扔，袖套一甩就走人了。绿妮就开始哭了，边流泪边把活儿干完。

“我也不想这样，就是忍不住，煎熬的！”绿妮说。

她受什么煎熬？绿妮离家出走归来，朗山十年怕井绳，家里钱财尽数由绿妮把着，和母亲保持着距离。拉丽跟朗山开玩笑，搞不好下次绿妮携款出走，你喝凉水的钱都没了。显然朗山并不这么想，他觉得女人多半在意钱，这没什么不好，只要不是贪得无厌就好。人如蝼蚁每天忙忙碌碌，还不是为了多挣俩钱。女人天生缺乏安全感，感情这东西又看不见摸不着，见天嘴上说爱，可爱得表现在具体行动上，不是随风飘散的漂亮话。要怎么表现，血汗钱给你把着，尽你花着，朗山觉得最大的爱莫过于此。

绿妮回来后，朗山就把酒戒了，说戒就戒，这一点让拉丽很佩服。他烟抽得并不凶，喜欢在干活时叼一支，抽完了叼着烟屁股，纯粹就像婴儿喝饱了奶，习惯叼个奶嘴。但这支烟总是能燃起绿妮的火气……拉丽觉得有时候确实是绿妮小题大做了。被人问起离家出走那两年时的情况，绿妮总是毫不犹豫地说："能干吗，到发廊去当按摩女去了，哪儿都捏，客人觉得哪儿舒服捏哪儿。"口气很硬。人家反而没把她往坏处想，无非就是在外面混得不好，在饭店当刷碗小工什么的，受尽了委屈。

有时候绿妮对朗山又很好，给朗山买热气腾腾的老公包蛋。那是种东北食物，一个壮实得似乎能活到两百岁的东北大妈做的，在城里某个路口支起三轮摊子。东北大妈说她是随远嫁女儿来南方的，她说她长得比女婿还高大，哪能好意思在家里吃白食。她是这样做鸡蛋圆饼的：在小平底锅上打两个鸡蛋，撒上葱花，摊成一张面饼，熟后放一根火腿肠，两片生菜叶子，炒熟的土豆丝、绿豆芽，把鸡蛋饼卷起来就成了。

"给，老公包蛋！"这是东北大妈给鸡蛋卷起的名字。绿妮的好心情，不知是由"老公包蛋"引起的，还是好心情给朗山带来了"老公包蛋"。刚刚又吵了一架，朗山摔门回去了，"老公包蛋"还热气腾腾包在纸袋里来不及吃，油渍浸透大半个纸袋子。

他们这次到御苑山庄做保洁，一套两层别墅，三个大阳台，三个客厅，五间大房间，四个卫生间，外加顶楼。差不多三百平方米。

“姑奶奶，我们得把腰累断了才搞得定这房子！”拉丽愁眉苦脸地说。

绿妮扯了条卷纸捂住鼻子，竟然抽抽搭搭哭起来。他们才把一楼搞得差不多，前后两个阳台和厨房还没搞好，厨房一向都是朗山搞的，抽油烟机和橱柜必须蹬上架子才能擦洗得到，那里油烟污渍重。朗山一走，厨房就得拉丽上了。绿妮是个瘦筋筋，头发有点儿发黄的小个子女人。那两年多的离家出走，似乎她真的吃了不少苦，整个人缩了一圈，动不动就恍惚走神。

刚才朗山说了句狠话：“总这么挑剔，还不如别回来！”绿妮一直忍着，直到朗山摔门而去，她才开始呜咽。她连哭都不想让朗山看见。

绿妮比拉丽还小一岁半，她个子小，如今还瘦，像个未发育完全的小女孩。拉丽有时候特别羡慕她，虽然朗山是个干保洁的，一个大男人整天擦窗抹地着实有点儿不着调，可他是个可以让女人依靠的男人，这就够了，还想要什么？她不知道绿妮是怎么想的，她觉得绿妮和上善一样，都不是她所能理解的。

“你到底怎么了？过日子可不能这么折腾，不烦死也会累死！除非你不想过了。”拉丽说。她很担心，绿妮再这么折腾，他们三人迟早又得散伙。

“你生过孩子吧？”绿妮不回答，却爆出个这么令拉丽吃惊的话题。

“你怎么……会这么想？”拉丽吃了一惊，她低下头，害怕绿妮看见她虚软的目光，她差点没说“你是怎么知道的”。

拉丽以为，朗山和绿妮是不知道自己有孩子的。绿妮出走的那两年多，她和朗山没见过面，朗山喝醉时会给她打电话，说些“不如我们凑合过算了”“我保证让你生儿子”之类的酒话。拉丽觉得好笑，好像绿妮是因为他“不能生儿子”而离家出走似的。那时候拉丽正在哺乳期，没时间和他啰唆，潦草地挂了电话。后来朗山对她说，你真是个好女人，晓得“朋友夫不可用”。拉丽差一点告诉他，假如那时天杀的老方没出现，等绿妮回来时基本没她什么事了。

“女人怀孕九个月，怎么可能没有留下一点痕迹呢？！”绿妮若有所思地说。她瞧着灰蒙蒙的客厅落地窗，左边那扇窗有只大头苍蝇，总是往透明玻璃窗上撞，当的一声又撞去，撞晕了头，掉到玻璃窗下了。绿妮又说：“你看看你的胯，明显的，以前你可不是这样子的。”

拉丽走到门后，那儿有一面椭圆的镜子。她背朝镜子，从肩膀上扭头往镜子瞧。

绿妮又说：“别装了，我看得出来！”

拉丽有些气恼：“瞎说，我生没生孩子你能懂？”

“哼，你不承认就算了。可我生了，你知道吗？”绿妮走过去，捡起那只苍蝇，一下子扯掉它的两边翅膀，扔在地板上，看着断了翅膀的苍蝇扑棱着。

拉丽心悸了一下，想起上善狠心碾死的蚂蚁，突然有种奇怪想法，她们是不是被某种焦灼情绪折磨着，导致非要通过残忍折磨毫无反抗能力的小动物来缓释？

“你还是多想想怎么和朗山把日子过好吧！尽想这些没用

的。”拉丽说着，拿起油污净瓶子，打算开始清洁厨房。

“还能怎么好，我扔不下自己的孩子哪！”绿妮说着，哭了起来。

拉丽吃惊地望着她，绿妮的泪水从长着淡淡的黄褐斑的脸上迅疾地落下来。“你有孩子了？在你出走那两年？”拉丽觉得生活太过于戏剧性。

“女人生孩子，天经地义！”绿妮说，把痛苦扑腾的苍蝇一脚踩死。

“可是，和谁？”拉丽盯住她，她觉得今天的活儿肯定要干很久。

“以前认识的，在朗山之前。这两年我们一直在一起，在我们那边！”绿妮说，似乎因为说破了心里的纠结，她变得平静下来，要彻底和拉丽把事情说清楚的样子。

“那两年多你是回老家去了？”拉丽说，她看着绿妮开始忙起来，她要做客厅阳台的卫生了。

“我能去哪儿！但不是我老家那里，离我们老家远着呢。”绿妮说。开始搬动那些花盆，她连手套都没戴，那些花草有些是长刺的。拉丽放下油污净，打算和绿妮一起清洁阳台，她套上黄色橡胶手套。

“那时很烦，你知道的。我婆婆把家里的钱折腾光了，一分不剩，我们整天吵架，我是说我和朗山，那时我们回家吵，我们怕你笑话。为了朗山的妈妈，我们没少吵架，总之很烦。”绿妮说。她开始清扫花盆下枯黄的落叶，把它们堆积起来。以前她会把落下的新鲜花瓣捡出来，带回去晒成干花，装在棉布袋里挂在房间里，说那是天然的香水味。她其实是个挺有生活情趣的女人。

“孩子是男还是女？”拉丽问她。绿妮捡拾好花盆下的杂物后，拉丽就开始拿湿毛巾擦拭干净地板。

“男孩！”绿妮直起腰，眯着眼睛说，“很健康的男孩，怀他的时候我几乎天天吃泡面，你知道的，我喜欢吃泡面，放上点咸菜，那孩子被泡面和咸菜养得白白胖胖的，我差一点生不出。”她的脸上有种灵魂出窍的恍惚表情。

拉丽沉默了。她怀上善时，老方其实已经离开。老方是外地人，至今她仍不知道他老家具体在哪儿。她一直坚信老方会看在孩子的面上重新回到她身边，她希望能生下个漂亮孩子，男女都行。怀孕时她吃很多平时舍不得吃的东西，天天吃苹果和酸奶，据说这两种东西会让孩子的皮肤白里透红；还有煲猪蹄花生汤，她希望坐月子时有足够的奶水。后来孩子是白了，没有透红，白得瘆人。泡面是个什么东西，绿妮一个瘦巴巴的女人，吃那东西怎么能生出健康的孩子？拉丽有点儿心酸，绿妮总是比她运气好，不知道让她怀上孩子的是个什么样子的男人。

“他嘛，”绿妮说，“很喜欢孩子的，他也像个孩子。”

“可你回来了，你为什么还回来？”拉丽的语气有些酸不溜秋的。

“我以为，你知道的，以为能放得下那边，我和朗山，毕竟十来年了，”绿妮说，“但回来后不久我就知道了，孩子是另一个你，你能和自己分开吗？”

拉丽沉默着，她想回答“也许能”，但她什么也没说。她问自己，能离开上善吗？有个她不愿面对的铿锵声音在她内心回荡，她觉得她不配做个母亲。

“离开了就抓心挠肺的，你想一想，我这些年过的，孩子快六岁了。”

是的，拉丽想，上善再过四个月也要六岁了。

“那你打算怎么办？”拉丽问她。

绿妮沉默了，她们没再交谈。绿妮似乎因为难以启齿的心事得到倾诉，干活变得轻松起来，她们忙了整整五个小时，才做完这套别墅的保洁工作。

“你为什么要告诉我？”她们干完活儿，拉丽问她，“朗山知道吗？”

“我不知道。”绿妮说，她好像卸下包袱般轻松。拉丽看了她一眼，有时候她也很堵心，也想向谁说点什么，不是吗？

四

抓心挠肺？拉丽怎么会抓心挠肺？上善到杨老太那里去整整两个星期了，拉丽过的每一天都像是偷来般珍惜。大力像个男主人，倒班时都住在拉丽家里。至少到目前为止，她没想过去看上善。杨老太在上善去一个星期后给她打过一次电话，她打算给上善小剂量地服用一种叫氟哌噻吨美利曲辛片，别名为黛力新的药物，主治轻、中度抑郁和焦虑，神经衰弱、心因性抑郁，抑郁性神经官能症，隐匿性抑郁，心身疾病伴焦虑和情感淡漠。想征得她的同意，拉丽犹豫了一下，答应了。她问杨老太需不需要给她送去医药费，杨老太谢绝了。“并不贵。”她说。迟疑了一下，她又说：

“若不忙，可以来看上善，不会有什么影响的，上善现在很好。”拉丽答应了，但她一直没去。

她仿佛又回到了和老方两个人生活的那段日子。上工，买菜做饭，吃饭，和大力在床上待着，做些事情，说些毫无意义却温情脉脉的废话。老方以前会提议去看电影，也带她去看过两次。她觉得电影院里的空气糟糕透了，皮椅散发出来的沉闷气息，看电影的人脱掉鞋子的脚味，吃东西散发的异味，每次都让她头昏脑涨。后来老方租了几张碟子，带她到朋友借给他住的地方放碟子看。拉丽记得看过一个叫《圣殇》的电影，讲述一个冷血无情的男人，他的工作是替人收债，把那些借了高利贷还不起的人弄残废，以他们的保险金来还债务。他遇见了一个中年女人，自称是他的母亲，他不相信，很残暴地对待那女人，但女人还是一如既往对他好，男主角渐渐打开心扉并最终信任了她。为了这个母亲，他准备辞掉这份残忍的工作，就在这时，母亲突然不见了，他四处焦急寻找，寻找中得知女人并不是他的母亲，而是一个被他残忍迫害至自杀的一名男子的母亲。男主角逼死了她的儿子，她为了让男主角尝到失去亲人的痛苦假扮他的母亲。品尝到了母爱，又失去了母爱，男主角痛不欲生，最后选择自杀了。那个暮春夜晚，下了场很大的雨，拉丽记得看完电影，老方依偎在她的怀里，手探进她蓝色毛衣下，揉捏她柔软的乳房，在越来越沉静的雨声中渐渐睡去。

在拉丽还不算漫长的前半生中，有过几个让她感到无底深渊般深沉的孤独时刻。一个是她读小学四年级时，有一天放学回家，她被几个高年级女生莫名其妙堵进一条偏僻巷子里。她们嘲笑她的裙子，羞辱她稍微显得肥厚的下嘴唇，朝她身上吐唾沫，让她品尝她们的拳脚。拉丽紧紧靠在墙角，面对拳打脚踢时，她没感到多少惧怕，只是觉得这世上站在她这边的只有身后那堵墙，她孤单无助地面对整个世界对她施与的辱骂和拳脚，孤独战胜了惧怕。另一次是她高中毕业时，妈妈远嫁了。她记得那个初秋，混沌的早上，有淡淡的薄雾，她帮妈妈把一顶系着黑色丝绸蝴蝶结的遮阳帽拿下楼，妈妈扛一个巨大的行李箱，那里面有她一年四季的衣物和廉价的化妆品。她扔掉好几双半新不旧的粗跟皮鞋，她的行李箱连一根头发都塞不下了。她哀哀地叹息，说她最喜欢那双浅红色的皮鞋了。妈妈从没告诉她她要嫁的人是谁，只说是在北边。她一想到北边，脑海就出现一片宽广无垠的土黄色，光秃秃的，灰尘漫天，偶尔有枯死的树木站立在旷野。拉丽不知道妈妈为什么要嫁到“北边”去。拉丽告诉她，她安顿好了，给地址可以帮她邮寄这些鞋子过去。妈妈摇摇头，毫不犹豫地把那几双鞋子扔进垃圾桶里，像扔掉她过去的日子。拉丽明白了，妈妈是担心她去找她。她站在楼下望着妈妈渐渐陷入初秋的薄雾里，回头看看身后黑洞洞的楼梯口，有一种前行后退都是绝壁悬崖的孤独。那天早上，拉丽攥着妈妈留给她的五百块钱，在楼梯口坐到薄雾散去，当刺眼的阳光穿透薄雾而来时，她的泪水才渐渐渗出来。秋天已经来了，接下来她将一个人迎来寒冷的冬天……那天晚上，老方蜷在她的怀里睡去时，雨声带来了那种蚀骨的孤独感。她望着沉睡中的男人，有一刻觉得这个男人既熟悉又陌生，她的生活变得虚幻而模糊不清起来。

……

“我挺喜欢这孩子的。”杨老太在电话里告诉她，“她很聪明，已经开始认字了，能记住些字了……她没你想得那么糟糕，你只是缺乏和她相处的技巧。”杨老太的声音清晰而纯净，听不到任何其他杂音。拉丽把手机紧紧贴近耳朵，希望能听到点别的声音，比如说话的声音、笑声、吃东西的声音、走动的声音、搬动东西的声音，但很安静，让人觉得只有杨老太一个人。

“我希望她没给您惹麻烦！”拉丽喃喃自语般地说，“您不知道，我为她操心死了，睡前发愁，醒来发愁，做梦都发愁。我妈妈在我十八岁时嫁人走了，但我过得好好的。我和我妈都各有各的活路。上善这个样子，我没有一点儿活路，我的路全是死路，她离开我怎么活……我希望她将来能独立。”

拉丽沉浸在诉说的难受劲里，“我不想去，我是不想去的，我吃了很多苦头，我想安安静静待几天，让那些愁人的事情消停消停……”拉丽呓语般地对着手机说，好久才发现她们的通话其实已经结束了。她害怕接到杨老太的电话，杨老太的电话打得很有规律，一般在周日早上九点过后。拉丽告诉过她，她的保洁工作没有休息天。杨老太还是固定在周日早上给她打电话，告诉她一些上善的事情。这样的电话拉丽接了五次，或者六次了，上善已经离开一个多月了。有一次，杨老太让上善和她说两句，她听到电话给别人接去的声音，但却没人说话。杨老太在那头温和地说：“和妈妈打个招呼，小天使！”然而这是一个沉默的“天使”，最后杨老太放弃了让她们通话的打算，告诉她，上善有时候会和她对上几句话，事情正在朝好的方向发展。

正在朝好的方向发展！拉丽闭上眼睛。

进入五月后，天气开始渐渐转热。这座城市冷不会很冷，热也不会很热，像一个好脾气的人。拉丽把上善夏天的衣物收拾出来，打算等杨老太来电话时，告诉她，她打算给上善送夏天的衣物过去，她已经有差不多三个月没见上善了。然而拉丽等了两个星期，依然没接到杨老太的电话。

有一天早上，大力夜班车回来，带给她一个消息。他的妈妈说杨老师不知道从哪儿弄来一个外国孩子，天天带着在火车站对面的小广场上画画。外国的孩子真是好看，粉白粉白的，连睫毛都是白色的。大力哈哈大笑，拉丽觉得这个小男人有点儿不知好歹，她开始忧虑起来。她总是活在忧虑之中。

拉丽在午饭后去了火车站。

相对于整条南昆铁路来说，莫纳站只是一个过路小站，每天有五六趟火车来往，匆匆来，放下一些人，匆匆去，带走一些人，火车咆哮着奔跑，对谁都不留恋。这个站前的小广场，其实没发挥它“让旅客落脚歇息”的作用，沦为大妈们早晚跳广场舞的场所。广场两旁是一溜专等挣乘客钱的、愁眉苦脸的小卖部和快餐店。附近的老头老太们来这儿遛鸟，遛孩子，下棋，聊天上地下的事，谈黄昏恋，人倒也不少。

拉丽不知道上善在这地方待着，得尿湿多少条裤子。

她很快就找到她们。她们在一个蘑菇亭下，面前摆着两个画架子，画着看起来“相当体面”的火车站大门。上善穿一条浅蓝色短袖纱裙，白色的长蕾丝袜裹住她强壮的小腿，脚上穿着和裙子一个色的小网纱靴子，头上戴着一顶淡黄色遮阳宽檐帽子，白色的头发被扎成小辫子，小巧地垂在她的脖颈上，发梢扎了个鲜亮的蓝色蝴蝶结。毫无疑问，这身装扮是杨老太自己掏钱给上善买的。

她似乎长高了一些，看起来像个白人洋娃娃。杨老太坐在一个小马扎上，对上善的画进行详细指导。上善站得笔直，杨老太朝她望时，上善与她对视，露出清浅的笑容。拉丽站在围观的人群里，她发现上善笑起来居然有一对深深的酒窝，挂在她奶白色的脸上。拉丽吃了一惊。三岁之前，上善会笑，那时候拉丽并未见她有这么一对让人心疼的酒窝。酒窝是什么时候长出来的？她还记得她爱吃放了白糖的豆腐脑，颤颤巍巍抓着小勺子向她的嘴巴伸过来，请妈妈吃一口。放了红糖的豆腐脑就让她生气了，她磕磕巴巴地说豆腐脑被弄脏了。如今她还爱吃吗？她还记得她们之间有过的短暂快乐时光吗？三岁之前，拉丽也给她买过几个漂亮的蝴蝶结，她们真心实意地爱过彼此，也许她早就忘了……

拉丽魂不守舍地站在人群里，上善不仅会笑了，似乎也不尿裤子了，杨老太轻轻抚她笔挺的后背，鼓励她画站前的杧果树，她拿笔的细小手腕灵巧扭动起来。她画画很奇怪，先画树的叶子、枝条，最后才把躯干画上去，她把杧果叶子上成了红色，躯干是棕色的。杨老太捏了她的小胳膊，叫她仔细看看，围观的老人们笑起来。上善扔下水彩笔，捂住脸笑得两个小肩膀不断抖动。

才三个月，不，还差十天，她就会笑了。拉丽嘟囔着离开小广场。她给杨老太打电话，告诉她明天过去看上善。第二天一早，拉丽起来时，大力伸出胳膊一把抓住她的脚踝。她知道他喜欢在早上折腾，他会把自己绷成一张弓，肌肉和骨骼蓄满力量，她喜欢摸他胳膊上隆起来的肌肉腱子……拉丽掰开他的手，她的脑海总是浮现出上善奶白色脸上的酒窝。在路上，拉丽拐进超市给上善买了一个旺旺大礼包和一箱纯牛奶，她喜欢喝牛奶。给杨老太买两包绿豆马蹄糕点和两瓶蜂蜜。她第一次去杨老太家时，注意到角柜上有瓶已经吃了一半的洋槐蜂蜜。到那里时，杨老太和上善刚吃完早饭。拉丽看见上善攥着两双筷子站在桌边，显然在帮杨老太收拾饭桌。她细软的白发扎成丸子头，别着一枚亮晶晶的发卡。以前拉丽总是给她剪锅盖头。这孩子打扮起来，还真是挺好看。上善看见拉丽，她的鼻翼骤然张开，瞪着拉丽的瞳孔瞬间扩大起来。她一下子捏紧筷子，仿佛在抓一根救命稻草。杨老太叫她和妈妈打招呼，她一直低头，拉丽朝她走过去，站在她面前时，上善的身体害冷般轻微打了个寒战，接着，从她的裤裆上淅淅沥沥滴落下液体，她又尿裤子了。拉丽愕然望着杨老太，杨老太神色严肃地看她一眼。

“上善，没事的，每个人都会犯点儿小错误，你觉得对吗？奶奶昨天打碎了一只碗，还把上善的遮阳伞忘在小广场了！”杨老太温言安慰她，“上善能自己处理好这件事的，对吗？”杨老太蹲下来，把筷子从上善手里掰开，“对吗，上善？现在我们应该去把裤子换掉，对吗？”

上善轻微点一下头，慢慢朝房间走去。她的拖鞋沾了尿液，在地板上踩出湿漉漉的鞋印子。她进了房间，轻轻合上房门。

“你坐！”杨老太温和地招呼拉丽。

“杨老师，这是……怎么回事？”拉丽几乎要哭了，她养育她差不多六年，她却把灿烂的笑容给了一个只相处三个月的人，而回报给她一地尿。

“你先坐，别急！”杨老安慰道，她拿来拖把，拖干净地板，“要不你洗一洗我们的锅碗吧。”杨老太见她手足无措，给了她放手脚的活儿。拉丽很快进入窄小而干净的厨房，平时很可能是杨老太做饭，上善在一边递给她盛菜的碟子，杨老太教她哪种碗叫碟子，哪种碗称盆子，饭勺和汤瓢又是怎么回事，拉丽的心隐隐作痛，揪起来。今早她们吃麦片粥和煎鸡蛋，凉拌黄瓜丝。拉丽通常会给上善买包子和一盒牛奶，冬天把牛奶放进热水里温一温。无论谁都不能说她不是个称职的妈妈。至于麦片粥和煎鸡蛋，精细的凉拌黄瓜丝，她觉得一辈子都没法做这样的早餐，不是钱的问题，而是她们对生活的态度和要求不一样。

“我实在不知道怎么回事。”干完活儿，两个人坐在客厅里，拉丽黯然神伤地说，她瞥了一眼上善合上的房门，“我辛辛苦苦生养她，她却连句话都不肯和我说。”

“她没跟我说任何关于你们生活里的事情。”杨老太说。

“我不是这个意思，我并不担心她说什么，我们的生活也没什么不可说的。”拉丽说。

“孩子是会说的，假如她感到快乐。”杨老太说着，给她倒了杯水，里面有一些晒干的陈皮丝，被开水冲出一缕淡淡清香。

她的生活真讲究，拉丽暗想，盯住那些在水杯里舒展的陈皮丝。

“你喝得惯吗？初夏喝一点陈皮好，上善会放两粒冰糖，她喜欢喝。”杨老太说。

“没关系，我不讲究的。您是说……上善和我在一起不快乐？”拉丽有些迷茫。

“你快乐吗？你和孩子在一起的时候。”杨老太反问她。

“小时候，三岁之前，还好的，她不爱说话以后，就……”拉丽说。

“你的感觉就是她的感觉，情感是相互的，就像力气一样，你觉得一个人在对你使力气，其实你也在朝对方使力气。”杨老太说。

“可是她还那么小。”拉丽说。

杨老太往上善的房门瞧一眼，“孩子其实比我们大人敏感。我们总是觉得生养了她，她就该按我们的意志去做每一件事，其实不是这样的。是父母带孩子来这个世界，而不是她自己要来，对吗？假如孩子能选择，她一定也会选择那些她所喜欢的父母，而不是你这样的，或者我这样的，总之是她喜欢的人。你说是吗？”

拉丽有些愕然，她从没从这个角度考虑过。她辛辛苦苦生育她，她需要她应该有所回应，比如爱妈妈，对妈妈笑，和妈妈说话，懂得体谅并感恩妈妈的付出。她觉得这些是应该的，这难道不是普天下父母所想？而且她比别的孩子更让当妈的操心。

“也许你觉得我说得不对，你仔细想一想……父母都觉得养育孩子辛苦，其实多半的父母都是自私的，养育孩子是当父母的需要，因为你想为人父母，想家庭周全，生与不生决定权在父母，而不是在孩子，中国的孩子一生都是父母的私人财产，很少能为自己而活，孩子其实比父母更苦。”杨老太盯着拉丽的目光依然和蔼，但说话的口气似乎变得硬了。

拉丽沉默着。确实，老方当初极力反对她生上善，是她一意孤行，想用孩子来留住她想要的周全。当初，是的，当初，孩子只是她的筹码，她的初衷带有很强的目的性……

“假如你把孩子也理解成为你的私人财产，我也可以理解，毕竟生养孩子不容易……这些天我一直带她往户外去，我们去看油菜花，去人多的地方，超市、火车站、汽车站、广场，坐公交车。

她已经不怕别人盯着她了，她甚至在汽车上会给老人让座，她进步很快。”杨老太看起来很欣慰。

“可是她，”拉丽舔了舔嘴唇，水杯香气袅袅在她的手上，她忘了喝，“我应该是她最熟悉的人，她为什么还尿裤子？”

“也许你觉得你是她最熟悉的人，但她不这么认为，她的种种不正常的举止，也许是来自你给的压力，或者说打击。”杨老太说。

“压力？打击？”拉丽惊讶起来，“我怎么会给自己的孩子压力和打击？她一天什么都不做，衣来伸手饭来张口的。”

“她从没要求过吃什么，穿什么，对吗？”杨老太问。

拉丽沉默了，确实，她没太多心思等着上善选择，她对她们的生活从来都是一刀切，她觉得她还是个孩子，自食其力才有权力对生活做出选择。

“自食其力才有权力对生活做出选择，对吗？”杨老太笑着说。

拉丽吃了一惊，她是怎么看透她的心思的？她笑了笑，有些不好意思。

“上善，你爱穿哪条裤子就穿哪条，奶奶觉得你穿哪条都好看的！还有，你忘记把湿裤子放进卫生间了！”杨老太朝上善屋子喊。

上善的房门一点点移开，她换了条淡绿色的裤子，从渐渐打开的房门低头走出来，手里攥着那条被尿湿的裤子。

“这，裤子真好看！”拉丽差一点叫起来，绿色裤子配紫色上衣，活脱脱的烂牛肉色，也只有孩子才会这么穿。

上善把裤子拿进卫生间，出来时，手里多了一把小小的淋壶。

“今早奶奶忘记浇花了，谢谢上善！”杨老太赞许她，她经过拉丽身边时，对杨老太羞怯的笑倏然隐去，怯生生看她一眼，拉丽像被烫着一般。

“孩子其实没多大问题，也许我们需要改变自己……你叫她小白鼠？”杨老太盯住拉丽。

“小白鼠？没有，有谁会……这么叫自己的孩子。”拉丽说。她突然想起大力曾经戏称上善是只小白鼠，该死的只会使蛮力的牲口，拉丽在心里暗暗诅咒。

“孩子很敏感，也许我们是无意的。”杨老太说。拉丽点点头。阳台上的上善弓着细小的腰肢在淋水，她拨开叶子，把水淋到花根下。她在家从没这么细心做过一件事，拉丽觉得她除了张嘴吃饭，什么都不会。吃完饭她板板正正坐在饭桌边，拉丽叫她走，有时忍不住叫她滚，她才像个机器人般僵硬地离开饭桌。她一直以为她什么都不会，至少不会主动。实际上她什么都会，她在拉丽面前隐藏起真实的自己。她想起她在她面前独白式的唠叨，实际上她都听进去了，并且像只浑身是刺的刺猬般记仇。

可是，哪个孩子不被自己的父母责骂和讨厌过？她的妈妈曾骂她好吃懒做，将来只能靠卖皮相混饭吃。

从杨老太家出来时已是正午，刺眼的阳光照在她略显倦态的脸上。上善的变化让她高兴，上善对自己的态度让她感到彻骨伤心。肯定不会那么糟糕的，她安慰自己，杨老太只用三个月就改变了她，而她生养了她，小家伙应该不会那么狠心的，她得努力一把……大力，至于大力……电话这时候响起来，她觉得应该是朗山夫妇找她做保洁。昨天他们做了三套房子，做到最后一家时，两口子又拌嘴了，朗山一气之下朝绿妮屁股踢了一脚，然后叫她滚蛋。绿妮一直默默流泪，直到把活儿干完。拉丽夹在夫妻两中间，无奈而尴尬。她觉得绿妮肯定是晕了头，和朗山夫妻那么多年，无一男半女，出去眨眼的工夫，跟别人儿子都生了。

拉丽掏出手机，果然是朗山的，她摁下接听键，朗山在那头撕心裂肺号啕，把她吓一跳。“拉丽，拉丽，你知道……她为什么要走吧？我不知道她是想走，还是想回老家，我待她不薄啊，昨天我踢那脚根本就没使劲，我哪儿舍得呢！”朗山哭诉起来。拉丽还没见过一个男人哭得这么凄惨，声音像被抽打似的一颤一颤着。

“她又走了？喂，你能先消停消停吗？怎么回事？我事先一点儿都不知道，她没跟我说什么，她是什么时候走的？也许只是去哪里逛了。”拉丽安慰他。

“早上，我不知道，我早上出去游泳，回来就不见了。车祸，你知道吗？车祸，死了两个人……我昨天踢她根本没使劲儿。”朗山语无伦次起来，拉丽打了个激灵，车祸？死了？

“什么车祸，你说清楚，你哭什么！把话说清楚，坐班车？她要去哪里？福建？她……你现在在哪儿？好的，我过去。”拉丽挂了机，使劲闭上眼睛，她感到一阵眩晕，捧住头，站片刻后睁开眼睛，拦了辆的士赶往医院。

绿妮已经被盖上白布了，白色的床单有一片被血浸透的污痕。拉丽有一瞬间感到天旋地转，她希望眼前的一切只不过是她疲劳产生的幻觉。朗山坐在床边的椅子上，头几乎埋到膝盖里，交叉的十指神经质般轻微颤抖。

“朗山……”拉丽过去碰了碰他。

朗山抬起头，脸上有种麻木的平静，泪痕未干。他瞅了眼床上，又看拉丽一眼。他给她递了张被卷成一根小棍子的纸条，拉丽展开一看是张车票。

“一会儿汽车站的人要来。”朗山说，嗓子像被人捏住似的，“车刚出了城就出车祸了，他们在她的电话里找到我，她连行李箱都带走了。”朗山斜眼床下，拉丽发现一个蓝色拉杆布箱，很干净，旁边地上放着绿妮常穿的透明塑料凉鞋。

“都是我的错，”朗山揪住头发，他干号了几声，只是干号，“女人受了委屈喜欢回娘家，她一定是想回娘家了，可她以前不这样的。她像变了一个人，我越来越不了解她了。”他终于哭出来。

拉丽没说什么，她实在不知道该说什么。绿妮对她说在外生了孩子的事时，她就知道她会再次离去，她想不到她会走得这么彻底。朗山是个高大的男人，从此再也没人依靠他了，也许绿妮从来没想过要依靠他。她只想让她的儿子有依靠，一个女人想让自己的孩子有依靠，这没什么错，假如这是错的，那什么又是对的？

拉丽过去轻轻掀开白床单，绿妮的头部好好的，一枚浅红色的发卡熠熠生辉别在她有些散乱的细软黑发上。她的脸色很平静，嘴角正溢出一些小血泡。据说一根钢筋刺穿了她整个心脏，她不敢将床单再往下拉，迅速盖好床单。

“司机也死了。”朗山说，“和一辆载满钢筋的加长货车迎头相撞，车头完全毁了，她坐在前位上。她那么迫切想回去，为什么一定要坐在那里呢？”朗山揪着头发，好像头发里藏着答案。

拉丽一直陪着朗山，后来汽车总站的领导和交警来了。一直到下午，绿妮才被推进太平间。

拉丽回到家时已是霞光满天。初夏的傍晚暖洋洋的，空气中飘浮杧果花淡淡的香味，美好得好像什么都没发生过。可是绿妮已经真的没了，变成一具冷冰冰的尸体。昨天她和她还在一起，她看见她脸上滑落的泪水，她强忍着泪水干活的模样回想起来让拉丽心碎。可是人就这么真的没了啊，这世界真是太匪夷所思了。

拉丽进了门，蜷进沙发里发怔，然后她摸出手机，打了杨老太的电话，她请上善接电话。那边安静了，她知道上善在听。

“上善，”拉丽拖着哭腔，“上善，”她哭了出来，“你听着，你听着，妈妈爱你，听到没有？妈妈爱你！”然后她挂掉了电话，蜷进沙发角里像只受伤的小兽哀哀哭起来。

她没注意到大力在房间里，他从里面出来，摸摸她的脑袋。

“滚，你给我滚，越远越好！”拉丽尖叫起来。

“怎么回事？”大力盯住她满脸的泪。

“我叫你滚！”她扬起她的包朝他砸过去。

五

五天后，绿妮火化了，已经冰凉的躯体被翻来覆去检查数次。朗山不断被叫到医院，每次他都受不了，他总是揪自己的头发，捶打自己的脑袋。那几天他的牙床肿得老高，脸都变形了，说话颠三倒四，胡子拉碴头发凌乱，看起来像个随时会朝什么人挥拳头的人。其实他几乎什么都不能做，像个神志不清的醉鬼，所有事情都靠拉丽帮忙，他在需要签字时才动动手。火化那天，绿妮的家人来了，她的弟弟和妈妈木木站着，他们甚至都没哭。她的妈妈反反复复说，她离开快十年了，她离开快十年了。好像这是个不伤心的理由。朗山把绿妮生前戴的几件金首饰交给她妈妈，他说会有赔偿，他会把赔偿款交给他们，她的妈妈才呜呜咽咽哭起来。她戴着一只看起来质地像塑料的玉镯子。

绿妮的事情处理完后，朗山简直成了拉丽的影子。他需要不断干活，和拉丽在一起干活，干着干着，便蹲在地上抱脑袋哭起来。拉丽不得不安慰他，他便抱住拉丽哭，像一个被亲人遗弃的孩子。没活儿干时，他不断给拉丽打电话，早上，中午，黄昏，半夜，颠三倒四说些关于绿妮的话：她带走了他们一半的存款，她好像不是要回娘家，她为什么不全部拿走？他宁愿她全部拿走了。他们的存款他一分都不会给绿妮的妈妈，那是个重男轻女的自私老女人……他们其实一直没领证，他后悔干吗不叫她去领个证呢？女人在意这个，是不是，拉丽？

拉丽不知怎么回答。只好对他说，一切都过去了，一切会好起来的。

拉丽也不断打电话，早上，中午，黄昏，不过她从来不会超过晚上九点给杨老太打电话。每次上善都不说话，拉丽就给她讲她三岁以前的事情。她会翻身了，坐起来了，然后会站，她的牙龈变得硬了，常常咬她黑莓似的乳头。接着长牙齿，她一直吃奶到十一个月，若不是她把她的奶头咬得太狠，她打算让她吃到满岁的。她的奶水特别旺盛。上善喜欢喝牛奶，她不喜欢酸奶，给她酸奶她就像个碰到麻烦事的大人紧着眉头，也许她不记得了……

她连续几天去看望上善，她从没这么迫切地需要这个奶白色的孩子，好像孩子是她的救命稻草，好像上善随时会离她而去，她甚至提出要把上善接回家，不管她变成什么样子，她只想和她的孩子待在一起。上善垂着扎麻花辫子的脑袋，她又在她面前尿裤子了。拉丽想给她换裤子，上善哭了起来。杨老太安慰她不要着急，孩子在慢慢变好，需要一点时间，一切会好起来的。

会好吗？拉丽自言自语。她突然想起老方，那个有一副忧郁面孔、会画画、老想着突然有天爆红的男人。除了有妄想症，其实他人一直很好，从来不对拉丽说不字，从不顶撞她，除了在生孩子这件事上，他们没红过脸吵过架。他会摸着她的头发叫她戴珍珠耳环的姑娘，那时候他卖了一幅画，给她买了一对淡粉色的珍珠耳环。她一点儿都不怨恨老方，不，从来就没怨恨过，干吗要怨恨呢？孩子是上帝给的礼物……她记得那位基督教主顾对她说过的话。

她在步行街遇见大力，她从来没见过他这副样子，两条光膀子刺着左青龙右白虎，黑色的棉背心让他看起来……朝气蓬勃，他的头发披到脖颈上，在后脑扎成一绺小辫子。大力一直喜欢飘柔，而拉丽总是强迫他用力士。她有差不多两个月没见大力了，他的左耳上还戴一只金色的耳环。这时，她突然发现大力不是一个人在走，一个眼圈抹得乌青皮肤瓷白的女孩吊在他的胳膊上，短小的蓝色亮片 T 恤露出一片白生生的胸脯和穿了孔的肚脐眼。大力很大方，搔了搔头发，对女孩说这是他……远房的姐。拉丽竟然无波无澜，她觉得大力的胳膊上应该吊这么一个嫩生生的女孩，而不是一个整天替人家擦洗厨房和卫生间的女人。

对于大力，拉丽极少有幻想，不是不可能，而是完全不可能，但她不能因此忽略掉他给她带来的紫云英蜂蜜般滑腻的甜美。她对女孩笑了笑，新潮女孩看起来不像她的外表大胆时尚，腼腆地低头一笑。拉丽觉得这女孩子还是挺纯良的。她对大力说：“可别……欺负人家姑娘！”就这样要擦肩而过时，大力转过身对她说：“有事情需要帮忙。”他做了一个打电话的姿势，深深看她一眼。那一刻，拉丽觉得有一种混沌的疼从心里泅出来，她点了点头。年轻人的每一天都很宝贵，而他把宝贵的一年多时间给了她，她不能再有所抱怨了。她知道他们之间不再可能了，假如老方回来，他们之间也不可能了。他给她留下一个足够改变她一生的孩子，而多半时候，她并不怨恨他，大概是爱得不那么深吧。

拉丽有些伤感，离开她的每个人都那么平静而决绝，老方，绿妮，大力，没有任何回旋余地。

上善……她再也不能让她离开了。

还好，他们的保洁工作没受多大影响，只要有工，朗山便会给她打电话，有时候会到离她家最近的路口等她。他的摩托车上挎着水桶、洗涤用品、毛巾，连绿妮的那份也带来了。拉丽犹豫着告诉他，这些该扔掉了，尘归尘土归土，离去的就不要再念想。朗山不吭声。拉丽叹了口气，建议朗山多找一个人，两个人一天做几套房子，不仅慢，体力上也吃不消。朗山却跟她谈论绿妮赔偿的问题，他说大概得十三万，一条生命，他不知道保险公司是怎么算的。但他不打算找他们理论了。人都没了，大概绿妮的妈妈也不会去纠缠的，她只在意一捆钱什么时候到她手里。她天天打电话来询问，绿妮的弟弟快要结婚了。后来朗山把车站、交警以及保险公司的电话给了她，她才消停。

“假如绿妮生过孩子，我是说，她出走的那两年，她在外边生了孩子，你会知道吗？”拉丽试探着问，话一出口她便后悔了，干吗要去翻一个死人的旧事？

朗山沉默起来。也许他什么都知道。拉丽想。

朗山几乎每天晚上临睡前都会给她打电话，有时候说着说着便沉默了，两个人都听到从电话里传来对方的呼吸声。拉丽大概明白朗山的意思，而她什么都不能想，至少现在不能，她得把全部的心思放在上善身上，她得让上善变成一个会说会笑、会爱自己妈妈的孩子。

拉丽依然天天给杨老太打电话，一般是晚饭后。她会问上善晚饭吃什么，今天帮奶奶浇花了吧，她分辨清楚绿色和蓝色没有，今天杨奶奶教了哪几个字，假如上善愿意，她打算送她去上学，她会有很多同学和朋友。七月十三号的傍晚，上善在电话那头说了句：“绿的是叶子，蓝的是天空！”拉丽攥着手机，她听见自己的心脏急促的跳动声。

“上善，你再说一句，跟妈妈说点什么，你喜欢什么，妈妈有，都给你，你怎么又不说话了？”她语无伦次起来，而上善再也不肯出声了。

两个星期后，杨老太邀请拉丽前去看望上善，她有两个星期没去看望上善了，杨老太建议：“要给孩子时间！”

上善一直盯着她，她看起来似乎又长高了些。在没有她陪伴的日子，她悄悄成长了，拉丽感到内疚。她应该在她的眼里一点点长起来的，她该准确知道她每个月的体重变化，然而她什么都不知道，她忽略她太多了。拉丽带来的礼物她连看都不看，她只是盯着她。不，上善并不是盯着她的双眼，她一直盯着她的……肚子。拉丽伸出胳膊想要抱住她，她的身体一挺，浑身变得紧绷绷的，使劲闭起双眼。孩子面对突然而至的恐惧，通常是这副模样。上善到底没有逃避，也没再尿裤子。拉丽抚摸她僵直的后背，小巧的脖颈，她闻到她身上薰衣草般淡淡的清香，那是她细软的白发散发出来的洗发水香味。哦，她终于让她接触她的身体，终于不再逃避她的怀抱。上善什么都没说，只是直挺挺地让她抱住，直到杨老太叫她去给妈妈倒杯水，拉丽才放开上善，湿漉漉的目光跟随她小小的身影在房子里走动，她去拿杯子，踮起小脚尖拿饭桌上的茶壶倒凉白开水，她瞧她小心翼翼把水杯递给她。拉丽急促地吸着鼻子，这是她多少次盼望的，回到家里，乖巧的女儿给她端来一杯水……拉丽接过水杯，她依然直直站在拉丽面前，盯住她的……肚子。

“我可能疏忽了一个问题。”把上善打发到房间里给画好的花草上颜色后，杨老太有些担忧地轻声说。

“什么？”拉丽望着房间里的孩子。

“我给她看了女人生产的过程，”杨老太说，“我是说，我给她看了女人剖宫产的过程，是影印资料，特校里有这类片子，属于教学资料。”她朝房间望一眼，“剖宫产后，肚皮上是会留下疤痕的，我忽略了这个。后来我又找了顺产的影像给她看，可能剖宫产对她影响太深，她觉得顺产是假的！我解释了，但她一直拒绝相信。你是，顺产？”杨老太问她。

拉丽点点头，“她一直盯着我的肚子看，是因为这个？”

“是我疏忽了，我想让她知道妈妈是怎么艰辛地把孩子生下来的，每个孩子来到这个世界都不容易，我可能过于求成，误导了她。”杨老太说。

“您的意思是，她很感兴趣看我的肚子上有没有那道生产她的疤痕？”拉丽有些吃惊。

“很可能是这样。这几天她睡觉时一直轻轻抚摸我的肚子，我没生过孩子，这她知道。”杨老太说。

“假如她看到我的肚子没有那么一道疤痕，可能她会认为我不是生她的妈妈？”拉丽问。

“目前她会这么认为，所以，我还得想办法让她相信，并不是每个生了孩子的妈妈都会在肚子上有道疤痕。”杨老太说，“是我的失误！可能需要一个相当长的过程，你知道，这孩子性情有些执拗！我花了好多心思才让她相信‘小白鼠’是一种‘爱’的称呼，昵称。她好像很在意这个，她认得老鼠吗？我这里很少有老鼠。我们去菜市场和家禽市场，我教她认识各种小动物，但没有老鼠，我不确定她是否认识老鼠，她认识老鼠吗？”

拉丽点点头，她想起曾经在房间里恶毒诅咒过闯进她们房间的老鼠。有一次她下套子抓到一只肥硕的老鼠，把它关在笼里，放在阳台上，让它慢慢饿死以杀一儆百。老鼠后来真的饿死了。上善会不会认为拉丽也会这样对她这只“小白鼠”？她在她的心里种下了恐惧和恶的种子。她沉默起来，内心充满刺痛和愧疚。

“这孩子，其实没多大毛病，她常常一个人待在家里——这是她自己说的。她还非常害怕独处时有老鼠进来，晚上也害怕有老鼠。你和她过早分床睡了。”

“是的，是的……她三岁就开始自己睡觉。说起来也许您会笑话我，有时候我早上醒来，转个身，碰见这么个发白的孩子，我自己都怕。我没想到她也会怕，这是我疏忽了。”拉丽说，她觉得她快要哭了。三岁，四岁，五岁，六岁，上善独自害怕地熬过多少个夜晚？！

“我们一直睡在一起，她睡觉很安静。那间房子，”杨老太朝上善待的房间望去，“只是放她的衣物，有时候我们也会睡在里面。”

拉丽点点头。

“您为什么不结婚？”拉丽突然问道。

杨老太似乎面对这类提问太多了，很安详地笑着，“你为什么想知道？”

“我只是好奇，也许您和上善一样，受什么影响了。”拉丽说。

杨老太笑起来，“我的父母，没有一天不吵架的，我父亲甚至会砸东西，我妈妈常常离家出走，有时半个月，有时整整一个学期，他们从根子上败坏了我对婚姻的向往。我还有一个姐姐，结过两次婚，都离了，没有一男半女，人也已经去世了。她一辈子活在恐惧中，总是担心她的丈夫会随时离去……我觉得我适合一个人过，我对婚姻没有足够的信心。”

拉丽惊愕万分，她没想到杨老太会这么坦诚，她觉得她这性情应该是应对万事万物都游刃有余的，没想到她也有无法克服的心理阴影。

“但您是特校老师。”拉丽说。

“特校老师也是人，”杨老太说，“而且，那时候我还小，小时候落在你生命里的阴影很可能会伴随你一生。特校老师这个工作，给我的好处就是能够让我正视内心的阴影，选择适合自己的生活方式。”杨老太站起来，到小饭桌上给自己倒了杯水。

拉丽沉思着，从来没人这么有启发性地和她谈话。杨老太睿智、理性，假如她是一位妈妈，无疑会教育出很出色的孩子。没想到小时候的遭遇，让这么美好出色的女性也有无法克服的软弱。她的上善，她还不到六岁的上善，以后会成为什么样的人？拉丽深深忧虑起来。

屋内的光线不知什么时候暗下来了，上善从房间里走出来，手里拎一把蓝色雨伞。拉丽和杨老太才发觉天似乎要下雨了。杨老太微笑着把上善拉进怀里。

“要下雨了，是给妈妈的吗？”杨老太摸摸上善的辫子，“我们的上善知道关心妈妈了。”

孩子显得有些羞涩。

“是给我吗，上善？”拉丽朝她伸过手，上善松开雨伞，目光划过拉丽的腹部。杨老太忧虑地看了拉丽一眼。

“上善，你不愿不愿跟妈妈回家？”拉丽问道。

上善一下子紧靠到杨老太怀里，两只胳膊抱住杨老太的手臂，仿佛拉丽此刻就会把她强行带走。刺痛从拉丽心底蔓延上来，她几乎要哭了。

从杨老太家里出来不久，雨就下了。拉丽一直攥着那把蓝色雨伞舍不得打开。她湿漉漉地上了公交车，在城中的环球超市站下来。她在超市收银台处花了两块钱买了一把飞人牌刀片。会有点疼，她想。但还有什么比得上生她那时候疼？那种疼就像二十四根肋骨同时折断了。造成一条疤痕的疼，应该要比生她那时的疼轻得多，应该要缝针的，必须要缝针，就当是重新再生一回吧。

哦，亲爱的上善，只要你肯相信妈妈是爱你的，什么疼妈妈都能忍受。她想着，剥开刀片的包装纸，薄薄的刀片看起来并不锋利，闪着乌黑的光泽。

（原载《青年文学》2018 年第 7 期）

多普勒效应

王威廉

一

他不知道什么样的人会住在这样的地方。他有些后悔。虽然现在走还来得及，但他仿佛受雇于那个执念，一定要探询下去。他放下行李，愣在原地，床铺还算干净，但这种地方一定不会勤洗勤换，只要视觉上没有脏污的感觉，用到朽烂都不出奇。除了两张床，什么也没有，显得空荡和寂寥。这两张不洁的床都属于他，真是滑稽。这里的商品不是“房间”，而是“床”，你要独占一个房间，就得为房间里所有的床买单。幸好这间房只有两张床，而不是三张四张，甚或五张。

“生意好吗？”刚才，他戴着墨镜问。

“越来越差了。”小孙的鱼泡眼愈加鼓胀了，右脸多了一道疤痕。

“以后怎么办？有什么打算吗？”他没有掩饰自己的嗓音，

有些忐忑，怕被认出来。

“还能怎么办，靠你们这些老板多来帮衬呀。”小孙笑了起来，慈眉善目的，仿佛在这个位置上守了一辈子了。

他也笑了笑，感到一阵悲哀，不免有些恍惚了，自己真的认识小孙吗？

火车来了，老远就发出吃力的呻吟声，随后，窗台上的茶杯盖震颤起来了，像是寒冬的牙床，可现在，早已是春天了。因此，他感到火车带来的震颤，更像是发春后的战栗。火车的声响达到一个最高峰后，一下子低沉远去。

多普勒效应。

他准确找到了那个尘封的物理学命名。

高三的时候，他曾给小孙补习物理，小孙一下子就理解了多普勒效应，而且运气不赖，高考正巧就有这道题。在考后的聊天中，小孙对他高兴地提到了“开普勒效应”……一字之差，天上人间。从此，他和小孙相别天涯。他去北京读梦想中的大学，而小孙死守原地，那是个没有手机，网络也不发达的年代，两个人便失去了联系。

他大学毕业后，回到了本省的省城，考公务员进入了市政府工作。而就在那一年的八月，在小城政府部门工作的父母也调到了省城。父亲用将军般的口吻对他说：

“好儿子，这是双喜临门呀，咱们在省城会师啦！”

他倒是没有太大的成功感，许多同学都留在首都工作了，再不济，也都去了上海、广州、深圳等大都市，他回到西北内陆的一个省城，算得了什么呢？他没有把这种想法告诉父母，那对他们将会是不小的打击。他们有着西北内陆人的老实本分，觉得能端一个铁饭碗，还是省城的铁饭碗，已经很知足了。他们现在觉得他的人生大事已经完成一半了，剩下的就是结婚生孩子。他在大学期间处过一个女朋友，是湖南株洲的，白白净净的皮肤，身上肉乎乎的，带着自然的喜气。大三暑假的时候他还带她回来旅游了一番，其实是应父母的要求，带回来给他们看看的。父母倒是挺喜欢那个女孩。女孩吃煮鸡蛋的时候，把蛋壳里残留的蛋白也小心翼翼地用手指挑了出来，放进了小嘴里。母亲因此觉得那是个会过日子的好姑娘。父亲尊崇左宗棠、曾国藩和毛泽东，因此也很满意，说湖南人好，能成大事。他想调侃下父亲，能成什么大事？婚姻大事罢了。他终究什么话也没说，觉得父母满意就好，他当时也是满意的。但是，事情很快就起了变化，女朋友考上了研究生，还要在北京继续深造三年，她说这三年她是不考虑结婚的事情的。他一方面表示理解，一方面觉得那话怎么听都像是某种借口，他于是干脆利落地分了手，回了省城。他本以为父母会接受不了，但实际情况是，他们一家人“会师”的喜悦，远远冲淡了那个湖南女孩的身影。父母都是一个腔调，不愁，不愁，就在咱这儿找，好女孩多得是。

他是真不愁，不是对自己有什么优越感，而是对这件事完全不放在心上。自他有过一次失败的初恋之后，他对感情的态度变得有些漠然。曾经的幻影总是在潜意识里持续折磨着他，他在很长一段时间里边有些惧怕女人。湖南女孩的出现，让他好不容易从那种负面的情绪里走出来，但随着这段恋情的结束，女孩的身影越来越模糊，变幻成了一团梦中的白雾。但正是那团白雾不再消散，让他变得困惑和迷茫。他记得那一年的冬天格外冷，积雪最深处达一米，城市的交通完全崩溃了，这也算是新闻吧，新闻联播提了一下，然后他收到了湖南女孩发来的慰问短信，还和他开玩笑说，当年不该听他的夏天去，应该冬天去，她已经深深爱上雪天了。他说，北京一样有雪。她说，不一样，没有你。他不知道该怎么回复，他使劲分析，她只是一时感慨，还是怀有某种和解的试探？他没有回复，想等一等。就在那天深夜，他躺在床上还在思谋着那句暧昧的话，父亲接了一个电话，大吼了一声：

“天啊，发生矿难了！”

“哪里？爸你说清楚。”他跳下了床，跑到父母卧室门口，他看到父亲的脸都青了。

母亲哭了起来，父亲愣怔在那里，不住地叹气。他长这么大，还没见过这样的场景，也被吓蒙了。待父亲缓过劲来，才声音颤抖着说：“就是小城的露天煤矿发生了滑坡坍塌，九个人被埋，其中有一位是我的同事老黄。以前都是我去那里监测的，要不是我调走了，被埋的人就是我。”许久没喝酒的父亲，一个人喝起了闷酒。

他第二天才从同学ＱＱ群（他和小孙都在ＱＱ群里，但两个人彼此都没有添加，两个人也几乎从不在群里发言）得知，被埋的人里还有小孙的父亲。小孙很小的时候，母亲就改嫁到新疆去了，他是被当矿工的父亲给拉扯大的，这下小孙便成了孤儿。他很想给小孙打个电话，安慰一下，但除了过去那些放不下的复杂情愫之外，还有一种说不清的歉疚。比如他父亲是幸存下来了，但父亲曾经所在的部门，要不要对这起事故负责呢？进一步深想，小孙会不会连他也恨上了呢？各种思绪，有的没的，都在他脑海里翻滚，导致他一夜未眠。他大清早昏沉沉去单位的路上，忽然很想和湖南女孩通个电话，聊聊那句话的含义。

电话通了，两个人太久没说话了，气氛非常客气，后来，她小声对他说：“我和我男朋友在一块呢，现在不方便说话，你有事的话我等会儿再打给你？”他说：“不必了，我只是突然想问候下你，希望你一切都好。”典型的电视剧的陈词滥调。她说：“放心，我都好，你也好好的。”他挂了，突然下定了另外一个决心：绝不能给小孙打电话，绝不能打。打了就好像是他做贼心虚似的。因为，你永远也无法确定别人的想法，你极有可能只是一厢情愿，让自己掉进尴尬的夹缝里。

听同学说，小孙在父亲死后，把家变成了旅馆。在那之前小孙是做什么的，同学也都说不清。按理说，小孙没上大学，应该很早就出来工作了，但小孙的过去似乎变成了谜团，那个人也就变成了一个愈加陌生的人。

他没有把同学的父亲也在罹难者里边这件事告诉父亲，他不想增加父亲的心理压力。父亲的高血压犯了，头昏脑涨，躺在床上，脸部红彤彤的，看上去倒是一副喜庆的样子，显得诡异极了。他只得扭过头去，不看父亲。他坐在书房里，用电脑搜索着那个矿难的后续信息。但信息少得可怜，那个天高皇帝远的地方，很快就被世界遗忘了。那座高原小城，因为煤矿的开发而鼎盛，也因为煤矿的无序开发而凋敝。那次惨烈的矿难发生之后，国家便关闭了当地全部的小煤窑，查禁了黑煤窑，怀揣资本与苦力的各色人等一哄而散，只剩下了一家国有企业。小孙在这样的时机开旅馆，能维持得下去吗？他觉得这不是个明智之举……

多少年过去了，小孙居然维持了下来，他觉得不可思议。也许是小城的生存成本很低的原因吧，他只好这样去揣测了。现在，他心中叨念的却是一件微不足道的事：当年小孙能迅速弄懂多普勒效应，原来只是因为住在火车站附近，每天必须接受一次又一次的多普勒效应。这个想法像一把鱼钩，将他的记忆迅速地拽入纵深，仿佛直抵另一个人的少年。那个每天都置身多普勒效应中的少年。那个少年，在他的记忆中只剩下了一个模糊的场景：矮个子的少年小孙戴着老式的黑色瓜皮帽，脖子上挂着那种厚厚的不分指头的大手套（左右手套之间是用一根布条绑在一起的，那根布条挂在脖子上）；少年小孙脸蛋红红的，围着他问各个科目的作业题，他尽力解答着，作为回报，少年小孙在余下的时间里会给他乱讲一通天南海北的趣事，他被逗得哈哈直笑。看来那个时候的小孙还是很会讨好人的。笑话的内容自然不可能记起，但他还记得有一次小孙送了他一个打火机，上面粘着一幅画，是一个穿白裙子的女人，当打着火之后，随着温度的升高，那女人的白裙子居然逐渐消失了，露出了裸体。他惊呆了，小孙站在一边嬉笑着。那时，他还没有看过女人的裸体，便一遍遍点着打火机，直到用尽了里边的燃气。

二

他刚刚一出现，我就认出他来了。这人不是夏阳吗？当然，我的确先怀疑了一下，因为太久没见了，但他跟我一说话，我就确定是他百分百没错了。一个人再怎么乔装打扮，他的音色和他的指纹一样，是不会改变的。夏阳居然连这么简单的道理都不懂，他还是高才生呢，真是为他感到好笑。话说他为什么要这样干呢？他肯定是有目的而来的，看他紧绷的脸部后边隐藏不住的嘲笑，就知道他是认识我的，就知道他是专门为我而来的。为什么端端选的是我？我有什么值得他探究的？没错，有一段时间，准确地说，应该是考试前，尤其是高考前，我经常凑到他身边，问他各种题。我也想上大学啊，最普通的大学都行，这点理想觉悟我还是有的。说起来，他是个有耐心的人，会给我一一解答。但我们算朋友吗？我不能确定，他这个人表面随和，但内里的心高气傲是掩饰不住的。我那会儿就知道，我和他以后不会是同一个世界的人，因此，当他如愿考上北京的大学而我名落孙山之后，我就主动不再联系他了。曾听人说他想找我，但我依然不为所动，我不想联系他，我不想再和他有任何的关系。不，我并不讨厌他，我遇到事情的时候还想起过他，我只是不想反衬出自己的卑微。我不喜欢那种感觉。

夏阳的这副打扮真是太滑稽了，像个特务。我看着他的背影差点没笑出声来。鬼鬼祟祟的样子，还以为自己神不知鬼不觉。他应该是来看我的笑话的吧？看看我今天混得有多惨，才能让他更加体会到一个成功人士的幸福。他一定不知道，这么多年来，现在是我最幸福的日子。想起高考失败的那年，那才真叫苦。我想补习一年的，毕竟我离分数线不算远，再努力一把，也许就有机会了。但是，我的父亲，那个黑着脸的老矿工不愿意，他说我知道你小子跟你爹一个德行，不是读书的料，死了那条心吧。我说：“爹，你让我再试一年，就一年，万一我考上了，我以后就能当个干部啥的，让您老过上好日子。”我爹吐了一口痰在地上，这可是在家里，又不是在矿上，他就那么吐在了家里的水泥地上。他说：“小子，你补习一年，再读四年大学，加一起五年，你爹的身体快扛不住了，你来接爹的班吧。”我爹的嗓门很大，震得我头皮发麻，像是不容怀疑的圣旨。我一百个不愿意，但我知道他的身子已经垮了，他吐的痰都是黑的，跟沥青似的。我没再说什么，过了几天就跟他去矿上上班了。

据说阴间有地狱，但我认为地狱也比不过矿洞。那个露天煤矿，经过长期的开采，表面的煤已经挖得差不多了，需要下到深坑里继续挖，巨大的打钻声让你的太阳穴突突直跳，黑色的煤尘让你吸了第一口就感到胸口发闷，胆汁上涌。我浑身发着抖，像个马上就要挨枪子的死刑犯，就差没尿裤裆里。我一点一点往矿洞里挪，里面开始变得湿漉漉的，污泥越来越烂，每走一步，我的胶鞋都要被粘在地面上，我要耗很大的劲儿才能把脚拔开。班长知道我是我爹孙大炮的儿子，对我还算仁慈，他指着一块地儿，让我抱紧了钻头往前使劲。“这就是战场，你是拿着钢枪的战士，一定要把枪拿稳咯！”他大声在我耳边喊道，像是一把钢针捅进了我的耳朵眼儿。我这才总算明白我爹的耳朵为什么像个奇怪的聋子一样：我和他小声说话他完全听不到，他要把电视的声音开到最大，在叽里哇啦的噪声作为背景的情况下，他反而可以听清我说的每一个字。我知道自己完了，自己的耳朵早晚也要变成那样，要靠着噪声当扶手才能去分辨别人说的话儿。我开动了电钻，我感到自己随时都有可能被喷出来的这些碎块给埋了。没错，我去那里干活的第一天，我就知道这里早晚要出事。这不需要多么艰难的专业知识，这是秃子头顶的虱子，明摆着的事情，只不过没人在乎罢了。那些过来检查的办事员，谁会来到这么深的洞底？都是下到一半随便看看就上去了。而周围的老矿工们，已经习惯了这种恶劣的环境，谁去嚷嚷这个，嚷嚷那个，反而会被别人觉得娇气和多事。这就像是在比赛运气，谁摊上倒霉的事情谁就认命。

可我从没想到摊上倒霉事的是我爹。我第一天从矿上下班，整个人差不多快垮了，我对我爹说，我不去，真的不去了，那不是正常人干的事。我爹发火了，朝我吼吼，声音太大，我反而听不清楚，我发现我的耳朵木了，听什么声音都多了嗡嗡的底音，好像忘关矿钻了。我瘫坐在沙发上，我爹坐到我身边，安静了一会儿，说："我还有四年就能提前退休了，就四年，到时咱们都不干了，咱爷俩到时投资做点小生意去。这两年咬咬牙，坚持下，多赚点本钱。"听我爹这么说，我哭了，似乎我不听他的，生活就要结束了。我爹说："四年后，你才二十二，日他娘的，到时你就和他们大学生一样一样的岁数。可那个时候他们大学生有啥？啥也没有。可你呢？到时你已经有了钱。有钱了你就去创业。爹看好你，支持你。"这话听得我很舒服。四年后，眼看还剩一个月我爹就退休了，可是他头顶的那截矿洞塌了，他被埋在里面了。等他被扒拉出来的时候，他的鼻孔和嘴巴里塞满了黑煤，五官走了样，看上去像是烧焦的泥人。我敢打赌，如果给他做尸体解剖，他的五脏六腑一定也是黑色的。我没有哭，我忽然想到，我爹应该早就料到了这一天，因为他的肺早就纤维化了，像两条用来洗碗的干丝瓜瓤。他不想死在家里，更不想死在医院里，只有死在矿上，才是死得其所，才能榨干这具身体的最后一点儿价值，我也才能获得一笔像样的抚恤金。

这笔抚恤金加上这几年我和爹的积蓄，大约有个二十几万。对煤老板来说，这简直不是钱，但对我来说，是一笔让人心跳的巨款。不过我真的不知道自己接下来可以做点儿什么。我爹让我创业，我脑海里空洞洞的，一无所长，我能创什么业呢？能活下去都不错了。这个时候，我居然想到了夏阳。我已经好多年没想起过这个人了，可这个时候，我想起他来了。他在城里，听说是在政府里担任什么要职，我想找他问问，我应该怎样投资，怎样创业，他平台大，见识多，一定有办法。大不了到时给他分点儿钱。分多少好呢？五千。估计不够，舍不得孩子套不到狼，那就一万吧。我到时拿着一万块钱人民币贿赂他，最好叫他能把我弄到什么部门去，挂个闲职。我挂着闲职，领着一份保底的工资，再去投资。那样的话，就算是投资失败了，我也不怕流落街头当乞丐了。

说干就干，我很快就要到了他的电话号码。我拿起手机，忽然感到嗓子眼儿像着火了一样。我咳嗽了几下，喝了一杯水下肚。这也是我当矿工留下的后遗症，一紧张，咽喉就发痒疼痛。医生说是器质性病变咽喉炎，我说能不能治好，他说没问题，就是需要的时间较长，可以先给我开一些药调养。我一听就算了，肯定是想着花样骗钱的，我的病我自己知道，都是煤尘惹的祸，我现在永远告别了煤矿，一切都会慢慢好起来的。可我拿着手机，像老人那样咳嗽着，就是说不出话，我不知道为什么自己这么紧张。成就成，不成就拉倒，有啥好怕的？夏阳这狗日的，上了大学我们就再没联系了，变成咋样的人了？要是翻脸不认人咋办？我越想越犹豫，干脆上街溜达溜达，散散心，想清楚。可没想到，这一上街，阴错阳差的，就走上了另外一条道。

三

这次他回这儿是因为一次公差，事情并不多，开完一天的会基本上就没什么事了。那些考察活动，他申请不参加了，因为他对这儿实在是太熟悉了。同事建议他再走走看看，“这个地方变化很大呢，恐怕早已不是你当年认识的老样子了。”话说得很对，但这样其实更没意义了。如果这儿变得连他都不认识了，那他更没必要去参观。一个和自己丧失了关系的熟悉地方，还不如一个纯粹的陌生之地。他宁愿在心底保持着过去的美好。

同事们去考察了，他甚至都没问他们去哪儿了，他对自己的漠然都有些暗自吃惊。他不怀疑自己的这种冷漠，这是装不出来的，更是骗不了自己的。常年的政府公务工作，似乎耗尽了他的好奇与耐心。他躺倒在床上，打算好好睡上一觉。他很快就睡着了。他并不是一个拥有良好睡眠的人，这种状态属于意外。等他睡醒后，他也为自己的快速睡眠感到惊喜。他看看表，发现他实际上只睡了十分钟，但就深度而言，感觉上至少有一个小时。他又闭上眼睛，还想再睡，但睡意像泄气的轮胎一样迅速瘪了下去，他只好一动不动，享受着那种睡眠的余韵带来的平静。

睡意彻底失去了，意识得到滋养后，开始活跃起来。过分的健康可不是什么好事，他这么想着，不得不睁开了眼睛。在这一瞬间，他忽然觉得自己看到了二十年前的过去。这么说也许不确切，与其说那是一种视觉，不如说那是一种感觉。他并没有看到什么触动记忆的媒介，比如房间里根本不存在过去的老照片——就像有些宾馆喜欢弄的那样。这个宾馆是全新的，据说是这里最好的，因此也和任何城市的标准房毫无二致。

那是一种什么样的感觉呢？他觉得那就像是时间的涡流倒转，在那一瞬间，他被带回到了过去，然后，他看到了过去的时间。是的，视觉上看上去什么都没有变化，但是时间恰恰是看不见的。

他坐起身来，望向灰蒙蒙的窗外，在那些新建高楼的缝隙里（正是那些新建的高楼混乱了他的记忆），残存的低矮平房，脏污的小路，人们那种说话走路的神态，慵懒的花斑土狗，还有更远处的那座形似骆驼的小山，它们开始在他的脑海里自动拼接起来，生成了另外一个世界的画面。虽然模模糊糊，但“过去”呼之欲出。他忽然意识到，时间并非持续向前的东西，时间分明是静止不动的东西，是外物在时间的涟漪中增多或是减少，只要有一点点事物从涟漪中传递过来，与之相关的时间便可以从中抽取出来。即便是事物消亡了，消亡的也只是事物与时间之间的联系，那有着关联的时间本身依然完好如初，带着对事物的记忆，只是无法再破译。这么说来，时间也有类似的开普勒效应，你迎上去，过去的一整个世界包围了你，你逃开了，过去也遽然而去，仿佛从不存在。

这些想法，让他感到有些烦乱，他走到窗前，打开窗，那种淡淡的烧焦的气息（采煤厂的设备更新换代多少茬了，奇怪的是，这种气息还是没什么变化），冲进他的鼻腔，启动他的嗅觉细胞，他甚至战栗了一下。他感到恐慌，过去并不是记忆中残破的样子，过去完好地封存在时间当中。而他，此时孤独一人，过去那个世界正在蠢蠢欲动，准备将他彻底吞噬。

他被这种奇异的感受驱动，走出宾馆，来到户外，发现车站就矗立在这条街道的尽头，这是他来的时候没有留意到的。车站早已重建了，似乎想设计成贝壳的形状，可那些拼接起来的一块块玻璃幕墙，跟龟壳一样，远远望去，车站就像趴着的一只大龟。这就是他害怕故地重游的原因，过去的一切在记忆中都被美化了，而现实的一切，多半会成为荒腔走板的滑稽戏。就像这座车站。记忆中的车站是一幢中规中矩的红砖大楼，楼前的小广场上竖着一位飞天女神的石雕，尽管女神的胸部被无聊的男人们摸得透亮，无端地有了色情的意味，但现在他却强烈地怀念起了那位女神，觉得那女神的优雅神态不逊于他亲眼见到的美国自由女神像。

就是在这个时候，他想起了荔蜜，他的初恋，他曾被她的那双眼睛深深迷惑，他想不通她的眼睛为什么那么漂亮，那么清澈，还会发射电流，尤其是她微微一笑的时候，那双眼睛便弯成了月牙，让人顿时感到无比的可爱和亲近。他不知道这只是自己的审美，还是符合每个男同学的审美，他和任何人没有交流过，成了一个秘密。他在多年以前乘火车离开这里去北京上学的黄昏，独自一人在候车室里望见的，就是那座飞天女神的石雕。他当时望着望着，恍然间，那石雕分明就是荔蜜，他的泪水朦胧了视线……二十年过去了，他听说荔蜜嫁给了小孙，他的第一个感觉是，荔蜜已经沦落到了这样的地步。也好，她和小孙在一起才是合适的吧。

他沿着街道继续向前走去，离车站越来越近了，车站的陌生感也越来越巨大，他这才意识到他似乎是在寻找着什么。看来，他之前的麻木心境也是出于对这种寻找的逃避。他站了下来，茫然四顾，高原上的天空格外苍茫，和他的心境一样。也许，他想寻找的，便是类似荔蜜的眼睛那样的存在，他只是想再看一眼，一眼便足够。他记得微信群里曾有人说过，小孙开的旅馆在车站附近，这里的旅馆屈指可数，他一定可以找到的。他从来不在那个同学群里说一句话，但他们的话，他都会逐一浏览。某些信息，他会过目不忘。现在看来，那都是为了有一天——比如今天这样的情况而做的准备吧。

进站的火车发出巨大的轰鸣声，等他走到车站前，十几个在这儿下车的人已经拖着行李走了出来。人太少了，豪华的车站显得大而无当。他混迹在这股小小的人流中走了一段，看到了那家小旅馆，没有任何特征，甚至连名字都没有。他能确定那旅馆，完全是因为坐在门口柜台处的小孙，他记得那张脸，尽管那张脸的上方已经完全没有了头发，反射出了一小片油滑的铮亮。衰老的变化尽管令人害怕，但同时，还有那种久违的亲切感。他发现人对于自己过去交往过的人有一种“逆想象”的成分，时间越久，这种想象成分越大，大到似乎什么也没有改变，时间被搁置了。就像他看出那是小孙以后，他从那张脸上看到的分明是中学时代的那个少年。

他想接近那个人。怎么接近？就这么扮作大大方方的样子走上前去，用那种久别重逢的笑容向对方介绍自己吗？他觉得自己似乎无法做到。倒不是他已经丢失了真诚，而是正好相反，他觉得那种方式太过夸张，需要扮演的成分过多，反而失去了真诚，失去了心底真正渴盼的东西。

于是，他想到了伪装。

四

夏阳现在干什么呢？我很有兴趣知道，而且，我也有能力知道。我用左手托起手机，先暂停热播的反腐电视剧，然后从手机界面中找到监控的APP，手指轻轻触碰，我就看到他了。他坐在床沿上，百无聊赖的样子，过了一会儿，他站了起来，望着窗外。像个雕塑一样，一动不动。他一定是怀着什么不可告人的目的而来的，别的房客住下之后，都是打开电视，然后舒舒服服地躺在床上看电视，很多人鞋也不脱就那么躺在床上，让人非常讨厌，但我又不能指责他们，毕竟，我不能说我是亲眼所见的，等他们出门以后，我拉开他们的行李箱，把脚踩进去，我心里就舒坦多了。可夏阳，这个省城里来的干部，总是若有所思的样子，肯定会搞什么幺蛾子的，我得小心为上。

一开始的时候，我哪里会想到我后来会干这样的事情。我拿着手机，想找夏阳，却怎么也开不了口，我出去散心，跑到离家不远的火车站广场上溜达。我特别喜欢在这里听到火车由远及近开进站的声音，那汽笛声越近便变得越尖细，我都会想到多普勒效应。我自以为对这个物理学概念的理解是烂熟于心的，但是高考的时候，我照样答错了。我写成了开普勒效应。那是宇宙天体的规律，一字之差，天上人间。从此，每当我听到火车的汽笛声，我都会感到忧伤，为我不济的命运忧伤。这个时候，我觉得自己脆弱得像个早恋失败的中学生，而不是个挖煤的矿工。

那天，我在广场上溜达，不知藏在哪儿的喇叭放着《今天是个好日子》这首歌，我耳朵里钻满了喜气洋洋的女中音，就像是有人硬挠你的胳肢窝让你笑，那种难受劲比待在矿里还别扭。我站在飞天女神的雕塑下面，与面前这座小火车站对望着。我甚至有一种冲动，冲进去坐上车随便去什么地方好了，去他娘的夏阳，老子在哪不能活。我怀疑自己身上有着老娘的那种疯狂基因，就是瞎子一样的逃跑，不管跑去哪里，离开这里就好了。说起我老娘我还是会难过的，但我不准备联系我老娘，告诉她我爹死了，没有必要，在她心里，我爹早就死了。我爹也真是该死，他以前对我娘动手也忒狠了些。我娘不跑，估计也被我爹给打死了。我想帮我娘，我爹给我一巴掌我就倒在沙发上爬不起来了。我想杀了他。可我娘就那样突然跑了，连我也不要了，我只得跟着我爹过日子。所以我恨她，恨她的自私，我希望她也早点死了吧。唉，我要不要找到我老娘，分点钱给她？我不确定。就在这时，我看到有个年轻的女人从站里走了出来，她穿着黄色的连衣裙，拖着一个粉红色的行李箱，看上去像省城的女孩儿。我盯着她看了一会儿，忽然觉得那张脸好像在哪儿见过。我朝她慢慢走了过去，我东张西望，装作不经意的样子。那女的心事重重，走得很慢，我很快就走到了她身边，然后我超过她，回头望了一眼，发现的确有点像以前的同学荔蜜。那女的见我看她，忽然站住了，说了句："我们……我们是认识的吧？"听她这么说，我直接问你是荔蜜？她点点头，有点儿无助地看着我。我自我介绍了下，她想起来了，哈哈笑着说："你变化好大，我差点认不出你来了。"变化能不大嘛，他妈的过了四年老鼠打洞的日子，能活着站在这里已经很不错了。可我什么也没说，只是呵呵笑着，问起她的近况。

我以为她在省城工作了，这次只不过回来探亲，但她说不是的，她是去省城参加了一个美容培训班，回来打算自己创业，开个美容院。我对创业太感兴趣了，我就多问了几句。荔蜜看我这么感兴趣，有些意外，有些飘飘然，也开始说起了自己的宏图。她手舞足蹈起来，说别小瞧了小城的女人，无论哪儿的女人，女人的爱美之心都是一样强烈，一样不可抗拒。小城的审美观太老土了，女人们素面朝天，连化妆都不会，她有信心在小城掀起一股时尚的潮流。我当场就快被她说服了，倒不是她的话多有道理，她的话一板一眼的，明显是刚刚从培训班学到的。她能说服我的不是嘴巴，而是眼睛。她的眼睛太漂亮了，我记忆中的荔蜜已经模糊掉了，我不记得她原来有这么漂亮，只记得她是个玩世不恭的小太妹，被社会上的混混搞大了肚子。现在我发现她竟然是这么漂亮，这么漂亮的女人不做美容，还能做什么？我觉得她一定行。我差点就直接说出我正在寻找创业的机会，我咳嗽了下，问她有没有投资的本金，她说她有办法，她会说服家人支持她的。

“你呢？现在做什么呢？”终于轮到荔蜜问我了。我不想说我刚刚做了几年矿工，让她看不起，我便说准备去省城闯闯。她的神情明显愣了下，我说的话超出了她的预期，但她仍然用不在意地口吻说：“省城车多人多，烦死了，我有许多机会能留的，我都不想留。你去省城具体做什么呢？”我犹豫了下，还是说了我的计划。我说我打算去找夏阳，让他帮我拿拿主意。

“找他干什么？他混得很好吗？”荔蜜的眉头皱起来了，我这才想起来，传说夏阳追过荔蜜的，可荔蜜把他写的信撕成碎片，丢他脸上了。我当时也没好意思问夏阳这事儿，我当时还想，假如那是真的，那我真替夏阳不值。那个瞎混的小太妹，没有哪个正经人会喜欢那样的货色。

“你不知道吗？！”我故意用夸张的语调喊道，我想看看她的反应，“夏阳人家现在可是省政府的干部，你在省城没见到他吗？”

荔蜜抬手把眼前的几缕刘海向耳后捋去，鼻翼微微翕动了一下，声音有些沙哑地说：“我找他干吗，他跟我们不一样，从一开始就不是一个世界的人。”

我听荔蜜这样说，我就知道夏阳追过她的事儿是铁板钉钉的，我对他们之间的细节没什么兴趣，更何况，我觉得荔蜜的话说得很有道理。我之所以不敢给夏阳打电话，还是因为自己和他是两个世界的人，我去打这个电话，哪怕他并没有帮到我一丝一毫，我也会感到憋闷，感到不自在，感到没面子。哈，虽然我是个没什么面子的小人物，但我对自己拥有的那点点小面子格外珍惜。我的这点小面子就是用来对抗那些成功人士的大面子的。也正因为如此，荔蜜这样说一下子就拉近了我和她的心理距离。她居然说“我们”，也就是把我和她看成是一类人，尽管这是她下意识随便一说，但一定更加真实。我抢过了荔蜜的手提箱，帮她拉着，我咬咬牙，说：

“你说得对，我们和他是两个世界的人。那我们合伙一起干吧。”

“你？”

“我这几年四处打工攒了点钱。”

“你有多少？”

“不多，”我扭头看着她好看的眼睛说，“也就几十万吧。”

荔蜜的眼睛释放出了柔和的光芒，眼角也有了弧线，像一对漂亮的月牙。“太棒了！”她喊道，“没想到我刚回来就拉到投资了！”她笑了，大张着嘴巴笑了，红润的嘴唇肉乎乎的，里边整整齐齐的牙齿像白色的玉石。我在黑暗的矿洞里待了四年，从没见过这么美丽的事物。我的世界里从来都没有女人，我的渴望几乎跟死了一般。现在，欲望被瞬间唤醒，我两腿间的那玩意儿忽然硬得像根铁棍。我是个男人。我是个男人。我快步快前走，走到她的前面，我相信她肯定没有发现这个尴尬的情况。

五

窗外不远处就是铁路，每当火车驶过，他都情不自禁地走到窗前，一动不动地望过去。火车因为刚刚启动，开得并不快，他可以看清每一节列车上挂的牌子，上边用红色的字体写着是从哪里开到哪里的。后来，竟然有一列运煤的火车驶过，他赶忙打开窗户，盯着看了好久，他觉得也许这正是自己等待的。在他的印象中，似乎客车和火车行进在不同的轨道上，现在看来，这个印象是错误的，它们只是时刻不同，但行驶在同一条铁轨上。

当运煤的火车驶过之后，他忽然感到了茫然。他小小的冒险似乎获得了暂时的满足，他住进了小孙简陋的宾馆里，体验着另一种生活。似乎几十年的光阴，经过自己的这个举动，得到了很大程度上的弥合，他也获得了某种想象中的满足。接下来，他开始越来越强烈地渴望见到那个人了，那个和小孙生活在一起的女人。她应该变成灰头土脸的本地妇女的样子了吧？那双迷人的眼睛也失去了大部分的魅力吧？他回想着刚才在街道上碰见的女人，她是不是也和那些女人的装扮差不多？

就在这时，他忽然听到了楼道似乎有什么动静，他侧耳倾听，发现有人来到了他的门前，他悚然心惊，该不是小孙认出他来了吧？他迅速寻找着一个能为自己行为辩解的理由，但大脑却是一片空白，只能随机应变、胡言乱语了。门缝下边有什么东西塞了进来，然后他听到脚步声快速离开了。那是什么？小孙写给自己的纸条吗？他疑惑地走上前去，发现的确是一张纸条，是对折着的。他拿起，打开，上面是一串电话号码，后面写着：小姐。原来如此。小孙的小旅馆能经营到今天，原来靠的是这个。他完全没有想到。他不是不知道许多旅馆搞的这一套，只是他无法把这种事和小孙，尤其是记忆中的那个少年形象关联到一起。刚才，塞纸条进来的人是小孙，还是跟小孙合作的皮条客呢？小孙的可能性还是更大，皮条客似乎没有必要连这点小事都要亲力亲为。他脑中浮现出小孙蹑手蹑脚来到他门前，蹲下身，塞纸条的样子。如果恰是那个时候他打开门，就能和小孙四目相对，不过他是俯视的，可以看见小孙光滑的秃顶；在那种情况下，小孙仰起脑袋，认出他来，会是怎么样的表现？

他不敢继续想。有种说不清的残酷在其中。他坐在宾馆的床边，有些焦虑，将那纸条捏成了一团。

荔蜜曾把他写给她的情书，揉成了一团，然后微笑着递给他。她的笑容看上去还是那么天真无邪，好像是在说，别再犯这种小错误了，我原谅你了。他的心感到疼痛，但是在荔蜜那美丽笑容的照耀下，他不知道该怎么表达自己的疼痛。他已经被明确拒绝了，却还依然担心自己的表现够不够格，会不会被扣分。最终，他只得对她也微笑了一下，这就是所谓的风度吧。她说，这件事就算过去了。说完她就走开了。她后脑的马尾高高扎起，一甩一甩的，像是涌动的海浪。前一天晚上，她也是以这样的姿态离开他的。当时，他和荔蜜还有好几个同学，听说小城的溜冰场开业了，也来凑热闹。他以为这是他走近荔蜜的一次好机会，想象着他能牵着手和荔蜜一起滑旱冰，他激动得手心湿漉漉的。他对她预谋已久。在教室里，荔蜜的位置正好在他的前边，他只要一有时机就和她搭话，时间久了，他们自然而然地熟悉了起来。荔蜜的成绩并不好，经常完不成作业，他想帮助她，耐心给她讲解，可她没什么耐心，抓过他的作业本就是一通抄。他对这样的女孩儿本是不该产生感情的，但他难以抑制，甚至她越是表现出这样的特质——和他完全不同的两类人的特质，他越是情难自禁。他认定她的心灵是自由的，乃至狂野的，蔑视世俗的，而不再是老师和家长眼中一个管不住自己的坏女孩。就这样，他经历着自己的初恋。她让他第一次体会到为另一个人魂牵梦萦是什么感受。

旱冰场那种地方他只在电视上见过，眼下这个实实在在的地方与想象中的出入很大。拥挤的人群，大多数人面色冷漠，流露出蔑视一切的样子。男人留着长头发，女人留着寸头，肩膀和手臂上的各种图案的文身随处可见。巨大的音响放着震耳欲聋的音乐，那种音乐节奏强烈，呼喊的声音支离破碎，充满了暧昧、挑逗、邪恶，但是能让你感到亢奋和刺激，感到所谓的“潮流”“时髦”就蕴含在这种玩意儿里面。但“潮流”究竟是什么呢？他直到几十年后也未曾把握到，只觉得那是商业营造出来的一场幻觉罢了，太多人却被那个虚无缥缈的空壳子所笼罩。他当时就对这样的东西感到了抵触，但为了荔蜜，他穿上了散发着别人脚臭的溜冰鞋，像个蹒跚学步的胆小孩子，双手紧紧抓住场子里的围栏。荔蜜的状态比他好不了多少，但她高兴极了，她甚至大笑了几声，他从未见她那么开心过。她那天穿着一件黄色的连衣裙，在彩色射灯释放出的那些令人不安的光斑的昏暗空间中，像是一团璀璨的焰火。他距离焰火的距离只有一米远，他试图挪到她的身边，保护她。就在这时，一个留着精致胡子的家伙出现了，他看上去很强壮，身上的文身比其他人的都大，似乎是那一伙人的头，当他溜的时候，其他人都退后给他腾出位置。诚实地说，他溜得确实棒极了，先是快速地转了几圈，然后又背着身子转了几圈，接下来，更是花样百出，很多人呼喊，吹起了口哨，然后，他溜到了荔蜜的身边，像是很熟悉的老朋友一样，牵起了她的手，荔蜜先是惊讶了一下，然后就欢笑起来，将另一只手也搭在了他的肩上，他带着她，滑动了起来，不时传来荔蜜的尖叫声和大笑声。他望着他们，心中满是酸楚，为自己的笨拙感到气恼。散场的时候，荔蜜的脸蛋红扑扑的，额头上全是汗，他叫她回家了，可她说你们先回去吧，我和奎哥还有点儿事。没等他说话，她就扭头跟胡子男走了。她后脑的马尾高高扎起，一甩一甩的，像是涌动的海浪。

情书便是他的主动出击。他知道，他的机会不大了，但这已经是他的最后机会了。他想象了各种情况，但就是没想到荔蜜会当着他的面，把那两页情书揉成一团。他想到这里，似乎感到了心脏被揉捏的疼痛。那是记忆中的疼痛，早已遗失又被唤醒的错觉。

他站起身来，再次来到窗前，此时外面没有火车，只有一片灰褐色的旷野，还有远处朦胧的山峦。他曾经那么痛恨这片旷野，这些荒凉的山峦，他发誓要离开这个地方。他第一次萌生如此强烈的念头，是在那天上午的课间操上。那是溜冰事件过后的三个多月，已经是冬季了，初雪已经下过，很多的地方的积雪还未消融。那是耻辱的一天。那几天荔蜜一直请了病假没来，他还感到担心，然而那天他才知道她怀孕了。她的闺密在帮她筹集打胎的钱，说荔蜜不敢告诉家里，是住在她那儿。还说，那个男人玩完就不管了，荔蜜可怜得很。学生们也没什么钱，这个五元，那个十元……他掏出身上全部的钱，也才十八元，全部给了出去。他听到有人说，叫荔蜜这种名字，一听就是不正经的，是勾引男人采蜜的。可他知道，这个名字是荔蜜的父亲起的，源自那篇“以小见大”的课文《荔枝蜜》。他还记得荔蜜眉飞色舞地对他说：“我爸爸说，虽然没见过荔枝，但知道那是很好吃的东西，是杨贵妃爱吃的东西，更何况是荔枝的蜜呢？”他感到眼睛模糊了。他赶紧起身，一个人来到操场上，寒风钻进领口，他反而感到受虐的舒服。他望着远处的旷野和山峦，流下了蓄积已久的泪水：耻辱的泪水。他为她感到耻辱，也为自己感到耻辱。他不想知道这种耻辱的内涵，他只想早点逃离这种耻辱。

这时，手机响了起来，他一看，是同事打来的。同事急切地问他去哪儿了，怎么连行李也不见了？他淡定地说：“唉，没办法，还是被当地的朋友给发现了，非要拉走，去他家里住，这是这边的风俗，不住的话会被认为是看不起老朋友了。”同事听了，只是笑着说：“男朋友还是女朋友啊？”他说：“当然是男的，我倒是希望有个女朋友在这儿候着我。” 同事嬉笑了起来。他让同事不要管他，有什么事情再联系好了。两个人又贫嘴了几句，便挂断了。

暂时没什么后顾之忧了，他是不是该放手做点儿什么了？做什么呢？他想找到荔蜜，看看她现在的样子，看看她的衰老，看看她的憔悴，看看她那双明眸变成了怎样的黯淡。她是不会有孩子的了，那次的打胎，是在一家没有资质的私人小诊所做的，她的子宫受到了永久的伤害，再也不能生育了。她没有再来学校，她的父母终究知道了这件事情。据说她的父母试图让她转学，但她死活也不愿意，还想跟那个狗屁不通的奎哥一起做生意（天知道什么鬼生意）。这样的结果便是，把她当荔枝蜜一样呵护的父亲重重打了她，然后把她像囚犯似的锁在家里。从此，关于她的消息，几乎就绝迹了。他最后一次见她是在街上的偶遇。那天下午放学他一个人慢慢在街上走着，忽然发现荔蜜和她妈妈迎面走了过来。他感到紧张，有些手足无措，甚至想一躲了之。但他看到她已经看到他了，她低了下头，过了一会儿又抬了起来，他看得很清楚，她在对着他微笑。他几乎要哭了，不自觉地停住了脚步。荔蜜望着他微笑着，那笑容很单纯，没有任何鄙夷、刻意或是自卑。她一直走到他身边，略微低下了头，没有再看他，但依然保持着笑意。他什么话也说不出来，她也没有说话的意愿，他们就那样擦肩而过。他记不清那天她穿了什么颜色的衣服，什么样的发型，甚至胖了还是瘦了，他能记清的，只有那个微笑，那个眼神。直到他离开这座小城的时候，那个微笑，那个眼神，还在陪伴着他。

他戴上墨镜，向外走去，他不能在这里浪费时间，也许小孙等会儿去吃饭，荔蜜就会来换班呢？他打算找个可以持续观察的地点。他打开门，刚刚来到楼道，转身回来，打开行李箱，拿出一顶棒球帽戴上，他绝对不能让小孙认出来，绝对不能。他走到旅馆门口的时候，故意装作要打电话的样子，他看到小孙看了他一下，便继续低头看手机了。小孙应该在看电视剧，那手机发出很嘈杂的声音。

尽管快六点了，外边的阳光还很耀眼，高原就是这样，让你顿时明白黑夜不过是浓重的阴影罢了。在这么明亮的地方，找个隐蔽的点还真是比较困难的。他只得装作散步的样子，向车站广场的方向走去。这个陌生而又熟悉的地方，更加卖力索取着他的回忆，过去和今天的对比变得强烈，让他愈加伤感。他竟然能离开自己长大的地方足足二十年也不回来看看，如今想来自己也不免太狠心了。这是自己的根，就算这个根再贫瘠、再丑陋、再麻木，也还是自己的根，这是无法改变的。自己便是从这样的根中开出的花，能好到哪里去呢？可他与这里完全失去了关系，成了这个子宫的陌生人。他应该摈弃心中混乱复杂的情感思绪，去和小孙开诚布公地聊聊天吗？还有荔蜜，事情过去那么久了，还有什么放不下的呢，说说当时为什么要那么残酷地拒绝他，应该是让大家哈哈大笑的有趣往事了吧？可能吗？是什么阻碍了他们？时间？地域？社会身份？还是别的什么东西？

他曾经发誓要逃离这里，他成功了，但他现在却怀念起了那时候的日子。都说怀旧是人之常情，可他感到他对这个地方的怀念与众不同，这里似乎打开了心底一块尘封已久的老世界。那个老世界与他如今置身的那个灯红酒绿的世界有着完全不同的逻辑，但是依然真实存在，像山脉一样有力存在，让他觉出了自己的渺小，以及虚妄，奇怪的是，同时也令他感到心安。一个被他摈弃的地方让他感到心安，没什么比这更荒诞的了。他站在一棵白杨树的后面，盯着小孙的宾馆，时间一分一秒流逝，阳光开始变得有气无力，然而那宾馆没有任何人进出，黑洞洞的门口像个肮脏的嘴巴不肯闭上。

六

不知道夏阳这小子在床上表现怎么样，看他那青年干部志得意满的样子，没准还能像条发情的公狗一样勇猛。权力是最好的春药，我知道这句名言。我看了太多人上床的样子，快要对那事失去兴趣了。但是，我对夏阳还是很有兴趣的，而且，我要有了他的视频，以后找他办事就不用思前想后，而是大模大样了。虽然我也不知道要找他办什么事，但他是当官的，总有事情要找他办的。我从抽屉里掏出一沓纸，轻轻揭起第一张，放在桌面正中央，我拿起笔，郑重其事地在上面写下了电话号码。我脑海里想着的是小青，小青真年轻，奶子跟屁股都跟排球似的，咬一口能出水，夏阳一定过不了她那关。领导干部见多识广，我一定要拿出这儿的头牌。我拿着纸条上楼，走到一半忽然有些犹豫，万一我塞的时候他打开门，那我该怎么办？那肯定是很没面子的时刻。但一定不会的，我从没遇过那种情况，人们对这种事情心知肚明。

我塞进纸条便迅速离开了。我打开手机屏幕，看到他惊慌失措的样子，差点笑出声来。看来他高档酒店住惯了，对这种本土方式一无所知。他小心翼翼捡起纸条，那表情像是捡到了什么宝贝，他打开纸条，愣在了那里，过了一会儿他坐在床沿上，把那纸条揉成了一团。这个没艳福的夏阳，怎么就那么干脆利落地揉了呢，来这里的单身客从没有这样的，他们都是看了又看，看了又看，仿佛通过反复的观看，女人就会自动到来似的。有些人会手指哆嗦着打电话，有些人会掏出手机犹豫来犹豫去，当然，还有那种傻 ×，他们依然看了又看，直到最后，他们还是看了又看。

夏阳这个狗杂种肯定怀有不可告人的目的，他一定是为了荔蜜来的。我一开始就怀疑这点，但我一直在猜测，不敢确定，现在他竟然这样草率地就揉掉了纸条，我可以百分百确定了。只有心里有了特定的女人，才会这样无视别的女人，这是真理。就像我明明知道荔蜜不会生孩子，还要和她结婚，不也是因为爱情吗？只是我不好意思说自己的感情是爱情，好像我不配有爱情似的。动物都有爱情，我凭什么不能有？我为什么这么自卑？我为什么这么自卑，因为荔蜜没有把同样的感情回报给我，她只是在利用我，我像个傻子一样给她利用。

荔蜜从省城培训回来之后，我还没来得及打电话给她，她就先打给我了，还没说话，就听见她号啕大哭。我问她怎么回事，她哽咽得说不出话来，我以为出什么大事了，赶紧问她在哪儿。她说她过来找我，我说好，赶紧告诉她我的地址。没一会儿，她来了，她说："我从此是个没家的人了。"原来，她和她家人闹翻了，她说她爸不准她开美容院，说那是婊子才开的。她就和他吵了起来，然后他打了她，这是他第二次打她。我不用问就知道她第一次挨打是为了什么。这个女人真不让人省心。她说能不能暂时住在我这儿，正好可以一起研究下美容院的事情。我说你都跟你家闹翻了，还是算了。她不算，她说怎么能算了呢，她更要开，还要开出个名堂，证明自己。她说这话的表情，忽然让我觉得自己爱上她是一个无比正确的决定。于是，我让她睡在我爹那屋。突然多个人和我一起待在房子里，我睡不着。我翻来覆去，下边硬得像根铁棍，我犹豫了好多次，要不要过去把她给干了，像她这样已经堕过胎的女人，应该不会拒绝我的。但我终于忍住了，倒不是我良心发现，而是我想起奎亮，有些恶心，有些惧怕，心中的那团火逐渐地熄灭了。我有些懊恼，给自己平白无故地找了个麻烦。早知如此，还不如当初鼓起勇气，给夏阳打出那个电话。

第二天，荔蜜早早起来做了早餐，放在茶几上等我起床。我有些受宠若惊，她说这是奖励你的。我轻描淡写地说："你说住在这儿的事？不必那么客气，谁还没有落难的时候。""不是，"她说，"昨晚你是个君子。"我一听，脸红了。她说："我昨晚是穿着衣服睡的，你要是进来，我就跟你拼了。"我一听这话，庆幸我自己没有轻举妄动。我对荔蜜的好感更多了，我没想到她不是那种随随便便的女人。之前应该是我看错她了。我们吃完早餐，开始认真研究美容院的事情，然后便是选址，购买设备，我们还签了一份合同，我是董事长，她是总经理，我拥有股份的百分之七十，她拥有股份的百分之三十，我每个月还得发给她三千元的薪水，我觉得可以接受。刚刚开业的时候，门可罗雀，我们不得不自己制作传单，去大街上发，晚上的时候，荔蜜的父亲追到我家来，冲着荔蜜喊道："你不要再给我丢人现眼了！"荔蜜吓得躲进里屋，向我求救。如果让她爹抓她回去就会把她锁起来，连个囚犯都不如。我挺身而出，荔蜜她爹根本不把我放在眼里，说你是哪根葱，我今天要打断你的腿。我二话没说，一拳打在了他的脸上。他以为我很好欺负，可我毕竟是在矿上干过的，有一股子蛮力，他被我打惨了，直到荔蜜出来求情我才停手。我猜要不是她阻拦我，我可能就把她爹给打死了。我打到后来已经忘记了自己为什么要打这个人了，我只是一个念头就是要打他打死他。想起来我都感到后怕。从此，荔蜜的父亲和荔蜜脱离了父女关系，并在八年后的一个深夜死于酗酒引起的心肌梗死。无论如何，我和荔蜜的美容院生意算是做成了。那些传单起了作用，有些中学生跑来做美容，我真想赶走这些正在上学的孩子们，但我为了钱忍住了。荔蜜很认真地对待她们，给她们护肤，给她们化妆，教她们穿衣打扮，生意一下子好了起来。

有一天几个小混混进来，说是要收保护费，没想到这世上真有靠这个吃饭的人，以前只在香港黑帮片里见过。我对这种人一万个瞧不起。荔蜜问你们老大是谁？他们说关你屁事。就在这时，奎亮进来了，不用荔蜜介绍，我就知道那是奎亮，他留着小胡子，胳膊上全是蓝色的花纹。“奎哥。”荔蜜叫了声，语气平和，仿佛早在预料之中。奎亮也不说话，大大咧咧坐在一张美容椅上。他抽了一根烟，半晌指着我问：“那是谁？”荔蜜说：“我的老板。”“狗屁老板。”奎亮收回了目光，不看我。我捏紧了拳头。“荔蜜，我最近手头有点紧，借我点。”“这儿也刚开业，哪有钱！”荔蜜不看他，抬头甩了甩头发。“不借是吗？”奎亮笑了起来，仰头吐了口烟圈。“你要多少？”荔蜜用眼角扫了一眼奎亮。“说得你多有钱似的，一千，有吗？”奎亮一笑，露出里边的黄牙，牙床都是黑黄色的。“没有，只有三百。”荔蜜掏出钱，递了过去。

奎亮借过钱，打了个响指（指头是焦黄色的，肯定是个烟鬼），说："乖，改天一起溜冰去。"荔蜜的表情有些复杂，奎亮伸手把她的头发弄乱，带着那两个小混混走了。

我发火了，他们走了我才发火，我很鄙视我自己。因而我的火气更大了，为了刚才的羞辱，也为了现在的自己。我不明白荔蜜为什么要借钱给他，先不说荔蜜有没有钱，我觉得荔蜜就算是把那三百块钱丢给乞丐都不该丢给那个畜生，他对荔蜜做了禽兽的事情，居然还可以如此理直气壮，我也见识到了人性的恶心。荔蜜为什么要屈服于这样的人？难道她喜欢这样的人吗？我直接问了她。她捂住脸，只是哭，逼得急了，才说了句："我也是鬼迷心窍了。""你还喜欢他吗？""不，不，我不再是过去那个傻乎乎的中学生了，我长大了，知道是非了。"她这样说，我的心又软了。但是，第二天，荔蜜却真的去旱冰场找奎亮了，我偷偷跟踪她，看到奎亮去搂她的腰，她挣扎了一下就屈服了。我对荔蜜彻底绝望了。这是个婊子。我在心里狠狠骂她，我没法制止她，因为我不是她的什么人。我们只是合伙人关系。只要她能给我赚钱，她哪怕去卖我也管不着。

但那天晚上荔蜜主动来找我聊天，说她去找奎亮了，没别的意思，就是想和过去告个别，跟他好好聊聊，让他以后不要再来烦她了。

"我看见他搂你了。"

"我懒得理他，不然他只会更过分。"

"你怎么会和他有过一腿？"说完，我觉得自己的话有些难听。

"唉，你都不知道他溜冰的时候有多帅，我就是因为那个才鬼迷心窍的。”她没有生气，只是这样解释道。

“帅个屁，这个县城最烂的人就是他了。”我借机一吐心底的怨愤。

“是的，烂人。大烂人！人渣！行了吧？！”

听荔蜜这样说，我的心情又好了些。但奎亮阴魂不散，并没有像荔蜜说的那样，从此井水不犯河水，他依旧厚着脸皮隔三岔五来变着花样要钱。有一次我实在忍不住了，抓起一把剪子就往他脸上扎去，荔蜜扑过来抱住我的胳膊，奎亮才逃过一劫。荔蜜事后解释说为了那样的人害自己去坐牢，不值得。我觉得她说的自然在理，但第二天，我还是偷偷买了一把猎枪和一盒子弹，我决心总有一天我要让他死在我手上。就在这个想法产生的一周后，却传来了奎亮被捕的消息。他在溜冰场打架，拿刀把对方捅成重伤了。我心里一阵后怕，我觉得那个伤者原本会是我。后来，法院判了奎亮有期徒刑十年，我大大地松了一口气。我和荔蜜之间终于摆脱了那块臭石头了。旱冰场也被查封了，小城里再也没有给混混们装腔作势自以为是的表演提供道具的可笑地方了。

奎亮入狱的第二年，小城的大妈们终于决定赶时髦了，美容院的生意更上一层楼。我趁机向荔蜜求婚，我说我们好好过日子吧，她几乎不假思索地答应了。而后，她第一次非常认真地看着我的眼睛，说：“可惜我不能给你生个一儿半女的，你能接受吗？”我有些想哭，我说：“我们的爹妈不负责任，才让我们活得这么鳖孙，我可不想再干同样的蠢事了。”荔蜜抱着我，哭了。那晚，我在荔蜜的身子上折腾到了天亮，她隐忍着，没有一丝半点的拒绝。我对她说我爱她，愿意为她去死。她说我不要你死，我们好好活着。

漫长的日子开始了。小城里出现了第二家美容院，然后是第三家，第四家……小城的人都是一根筋，觉得什么生意好便一拥而上，完全不管什么市场饱和不饱和的，几年下来，我们的收入刚刚能维持成本。我们为了挣钱甚至把两个房间隔离出来，变成一个小旅馆，我和荔蜜就挤在我爹的那间小卧室里。我爹的痕迹已经随着时间流逝只剩下一点儿蛛丝马迹了。我们挤在小房间里，像一对住在窝棚里的牲口，荔蜜开始愁眉不展，一点小事便对我找碴发火。我对她也觉得不再新鲜，尤其我看到别人带着可爱的小朋友，我会感到强烈的难过，后来，我在荔蜜面前也不再掩饰这种难过。

七

太阳落山后，黑暗像蚯蚓一样从四周爬过，天边形成不规则的光影，只有头顶正上方能看到太阳的余晖，但很快，那点余晖也消失了，就像墨汁洇满了整张白色的宣纸。他靠着树，快要变成树的一部分了。街道两侧的路灯没有亮起，与他生活的省城完全不同，这里的黑暗似乎有种更加坚硬的质地，不像省城的黑暗似乎轻飘飘的，可以轻轻松松就被灯光给赶得远远的。他被这种变硬的黑暗给压迫着，有些慌乱，旅店的门口黑得像一块打开的黑布。小孙怎么不知道开灯呢？就那么黑灯瞎火地坐在原地不动吗？难道是为了省电？世上有这样开旅馆的吗？他有点儿心浮气躁了，骂人的冲动频频涌出。

终于，旅店门前的灯亮了，像是揭开了黑色的门帘，他可以清楚看到内部的情形了。坐在那里的人影似乎变成一个女人了，那浓密的头发在灯光的照耀下像是闪着光泽的煤，如果是小孙，脑袋一定会像瓷器一样闪着亮光。那个女人是荔蜜吗？他的心猛然跃动，像是被缠着脖套的狼狗忘记了锁链而用力跳跃，然后脖颈被拽得生疼，差点儿窒息。他之前幻想的思绪忽然面对着真实的世界，他感到虚弱，仿佛幻想变成了现实，而自己变成了幻想。他蹲了下来，两条腿因为久站而麻木，他焦虑地揉捏着小腿，希望能快速恢复体力，还有智力。他必须有个决断了，要不要联系荔蜜，还是就像对待小孙一样，扮成陌生人好好看上一眼就足够了？

忽然，电话响起，他一看原来是小璐，他的妻子。他在这一瞬间产生了极为复杂的心情，他在这天的冒险行程当中竟然可以完全忘记了自己是个已经结婚的人，他对此深感疑惑。他甚至在此刻开始怀疑自己到底有没有结婚，到底有没有一个刚刚上幼儿园的儿子，如果有的话，为什么他可以忘记他们这么长时间。他接通了电话，妻子小璐问他在干什么，他说没干什么在外边散步呢。小璐说："儿子说想参加乐高班，你觉得呢？"他不知道那是什么东西，小璐解释说那是一种积木玩具，可以跟其他孩子一起搭积木玩。他有些生气，不大理解搭积木还要参加兴趣班。

"多少钱？"他耐着性子问。

"不贵，一堂课八十。"

"这还不贵？"

"你知道一套乐高游戏多少钱吗？四千元！"

"他不可以自己玩普通的积木吗？"

“那不一样，乐高玩具可以从小培养孩子的科学能力。”

他把电话举在半空，小璐的声音变得很细碎，像是电路板故障的杂音。小璐在教育局工作，他们是相亲认识的，当他得知小璐是湖南人的时候，对她的好感一下子多了起来。对曾经那位湖南女孩的记忆已经稀释得没有什么滋味了，但是她给他形成了一种情感惯性。他对此有着清醒的意识，可他不为这点感到焦虑，反而当作是一种补偿。一种岁月产生的循环往复的补偿。但这种补偿事后看来是得不偿失的，他们在性格上有着极为鲜明的不同，隔三岔五都会因为很小的事情大吵起来，每一次吵架，都让他积累着分手的勇气，但到了他快要下定决心的时候，她怀孕了。他只能继续忍受，能让他忍受的不是她变成了一个笨拙的需要怜悯心的孕妇，而是源于他对她腹中孩子的好奇。他想见到自己的孩子，他被想当父亲的情绪所羁绊。一晃，这么多年过去了，这些年来他可曾想到过荔蜜？那是很少很少的，做梦倒是梦见过几次，梦见的都是不开心的瞬间，荔蜜冷冷地看着他，把他的情书揉成了一团，仿佛那其中有一种仇恨。荔蜜恨他吗？如果恨，为什么恨？他们曾经那么要好，那么聊得来，难道那些欢乐都是虚假的吗？他摇摇脑袋，这些问题就变成碎片消失了，潮水一样的生活重新拍打过来，他像一条灵活的鱼，游向了快乐多彩的地方，他觉得很多时候自己是真真切切乐在其中的。

“喂，你在听吗？”

“在听，”他把手机放回耳边，“那你先带儿子去上一节课体验下，其他的等我回去再说吧。”

“如果我觉得不错，就报了啊，现在报一学期有折扣。”

他最讨厌小璐的就是这点，他已经让步了，可她对他的话却置若罔闻，继续自行其是，他觉得自己婚姻不幸福的根源都来源于她的这种性格。他无法进一步爱上她，他觉得她的本质庸俗不堪，缺乏情趣。他唯有把自己的心思全都花在仕途上，他原本并不喜欢那样的东西，但是他尝到了权力的滋味就欲罢不能。最近距离的体验来自小璐的父亲，居然正好在他下属的一家事业单位上班，他年纪轻轻的却成了自己岳父的上级。岳父作为老一代人对权力更是顶礼膜拜，因而对他这个女婿的态度也是赞赏有加，如果他和小璐的争吵闹到了岳父那里，挨训的总是小璐。娇生惯养的小璐很不习惯这样的转变，为此哭过好多次。慢慢地，他们吵起架来他越来越占据上风，看到小璐可怜的样子，他又心软了，他开始学着克制。他不想把自己惯坏了，变成一个蛮横无理的人，变成一个自己讨厌的人。但他还是无法原谅小璐，她把生活完全变成了漫长沉重的煎熬。但是，荔蜜不同，因为荔蜜的性格是模糊不清的，也是不用在意的。荔蜜只是荔蜜，她是一个远方的女人，一个记忆中的女人，一个带给自己深深痛苦的女人，一个漂亮到了抽象的女人，一个可以召唤回过去时光的虚构的女人。他现在就要去寻找这个女人，他现在就要不顾一切地召唤回一个已经逝去的永远不可能回来的过去。他觉得如果自己再不任性一回跟一个稻草人有什么区别。

“你随便吧。”他挂了电话，还不解气，直接关了机，觉得这个世界终于回归了宁静。他终于摆脱掉了那些看不见的重负，只身来到了此时此刻，一个陌生却奇妙的时刻。他觉得自己是活着的，觉得生命的感觉充满了自己的每一个细胞，这样的感觉似乎有些久违了。

他戴上墨镜和帽子，向旅馆走去，他还没有想好以怎样的方式来接触荔蜜。小城入夜之后，街上几乎没什么人影和车辆，像是一座废弃的遗址，他盯着那旅馆传来的昏黄灯光，觉得亲切起来。但他越往前走，越是觉得那光似乎是有弹性的，每走一步都要费好大劲去推开那光的压力，才能挤进那光里边去。等他走到旅馆门口，整个人都气喘吁吁，大汗淋漓了。

他一眼就认出那个女人，正是荔蜜。这么多年过去了，小孙的头发已经脱光了，但是，荔蜜还像个少女似的，保持着少女的体态，尤其是她的肩膀，还是那么瘦弱，令人怜惜。她穿着粉红色的短袖，淡蓝色的牛仔裤，白色的旅游鞋，再普通不过的装扮。就是这种普通，凝滞了时光，似乎什么也不曾改变。她的脸居于光线的中央位置，过于明亮而看不清五官的细节，但她的轮廓真的没有丝毫变化，她没有随着时间而变得臃肿，她仿佛就是过去的那个她，只是时空错位，她出现在了这里。他被震撼了，他完全没有想到会是这样的情况，他以为他要面对的是一个小城的怨妇，他要透过那层衰老的镀层才能看到过去的那个人。他几乎一步也走不动了，他站在旅馆的门口，像是一个一无所有、精疲力竭的乞丐。荔蜜抬起头来，望着他。这时，他看清了她的五官，尤其是她的眼睛。最让他念念不忘的那双眼睛完好无损（他心中念叨的就是这四个字）地望着他，他感到的是锥心的绝望。仿佛这奋斗了二十年的光阴忽然在这双美丽眼睛的注视下失去了重量，变得像是天边飘过的几缕云彩。这其中也包括仕途上的各种春风得意，那些权力的快乐似乎短暂得不值一提，甚至在这双眼睛的注视下变得虚弱无力，犹如一头巨兽被掏空了全部的内脏，四肢只能颤抖着轰然倒地。他没有想到事情会变成这样，他准备好面对各种情况，唯独没有想到的就是眼前这种状况。他感到了慌乱和懊悔。

他摘下墨镜，叫了声：“荔蜜。”

荔蜜认真看着他，持续了足足有二十秒，然后略显平静地说：“夏阳，你来了。”

“你还好吗？”

“就这样，你都看到了。”

“你几乎没什么变化，还是那么年轻。”

“你很老吗？”荔蜜微微笑了下。笑的时候眼睛成为一对月牙，和记忆中的一模一样。

“不敢说老，但也不敢说年轻了。”他斟酌着说。

“你是住我们这儿？”荔蜜不加掩饰地笑了起来，类似知晓了什么秘密的那种笑。

“哈，是的，住你们这儿，为了找你。”他觉得不需要再找什么借口了，便直率地说道。

“找我做什么？”她说完嘴角微微向下撇了下。尽管荔蜜的样子变化不大，但是她的声音还是有了点儿沧桑，语调也多了从社会摸爬滚打后的调侃。

“还能做什么，聊聊天呗，那么久没见了。”他干脆也用一种轻松的语气去应对。

“听说你在省城混得挺好的。”

“哈，谁说的，就那样，马马虎虎。”他笑了笑，身体往前倾斜了点，右手撑在了桌子角上。荔蜜这样说，让他的心情稍微平复了一下，那过去二十年的重量能恢复点儿了。

“小孙呢？去哪儿了？”他警觉地问道。

“他？回家了吧，我们是轮流值班的。对了，你今天不可能没见到他啊！”

“嗯，”他含混了一声，说，“没想到你和他结婚了，做梦都想不到啊。”他感慨道，直截了当。

“谁能想到呢，我自己也想不到。”荔蜜看着他，眼睛里流露出了真诚。那双眼睛让他的二十年重新失去了重量。在这一瞬间，他甚至觉得是自己对不起她的，但他转眼就记起来了，当初是荔蜜残酷地拒绝了自己，她现在所承受的这一切和自己毫无关系。他是自作多情地想拯救她吗？这样的意愿来自快被遗忘的初恋，还是别的什么情愫？他无法理清楚。

“想不想散散步，聊聊天？今晚有风，还很爽快。”他觉得他站在她面前，她坐在那张可笑的桌子后边，是没办法进一步聊下去的，他们被自己的姿势和位置给束缚住了，他觉得散步是最舒服的运动，是最自由的方式，可以让他们从那些束缚中解脱出来。他们走累了，还可以找到一间咖啡店——如果小城晚上没有类似的地方那就去烧烤摊都行，喝上两杯啤酒，什么都会变好的。

“夏阳，”荔蜜看着他，“回去吧，这不是你该来的地方。回去吧，现在就回去，不要让大家难堪，不要把这一切弄得可笑起来。你现在上去收拾行李，我可以送你去车站。回去吧，回省城去。”

他没想到她会说出这样的话来，这样的场景和当年揉皱情书的残酷如出一辙，她为什么总是要这样对他，他想大喊大叫，他想把面前这张丑陋的桌子掀翻在地，他想把她拉过来抱在怀里盯着她的眼睛在她的耳边质问她这一切究竟是为什么。然而，他只是站在原地，当年他都可以镇定应对，更何况是二十年后的今天，二十年的岁月钻进了他的身体，渗透到了他的骨骼和灵魂，终于发挥了作用，他觉得自己竟然还微笑了一下，不知道她有没有看到，这个微笑从遥远的记忆里浮起，绽放在此时此刻他的脸上，在一秒钟后归于无限的沉寂，永远也不会再回来了。

“也好，那我先上去。”他点点头，走上楼。当他背对着她的时候，他感到那光的压力又出现了，只是这一次是从背后推他，他都感觉不到自己的腿在使劲就已经登上了二楼，他掏出钥匙，打开房门，赶紧钻了进去，把那光挡在门外，整个人才松弛下来。有什么好收拾的呢？只有一个提包孤零零地躺在那里，像一条被遗弃的黑狗。这时，又一列运煤的火车驶过，窗户产生了共振，开始了诡异的颤抖。鸣叫的汽笛音在变得尖细后降落下去，像是从空中往下跳伞，一直向下降落，一直向下降落，不知道会降落到哪里，不知道要降落到哪里，心里实在揪得难受。地面在哪里？人不能和地面失去联系。

八

你看着夏阳觉得这个人变化很大，他曾经是个腼腆的人而你不喜欢腼腆，他的腼腆已经变成了一种深不可测的城府。你曾经特别想激怒他，想看看他生气发火的样子，但你没能成功。你也不知道为什么你对他会有这样的心理，你对其他任何人都不会有这样的心理，你有些害怕他，你似乎想逃离他，尽管你和他待在一起曾经有说有笑也挺开心，你也知道他有多么喜欢你，但你还是想逃离他。那么多人喜欢你可你对别人却没那样的想法，这也是奇怪的事情。他是个优秀的人，在人群中显得与众不同，他的成功是不用怀疑的，他以后还会有更大的成功，你向往那样的成功吗？也许是的，但你似乎更怕那样的成功，那样的成功让你感到不踏实，仿佛是站在云朵上，一不下心就会掉下来给摔得粉碎。你活在离地面近的地方觉得踏实，只是你在这个世界上太孤独。你当然知道你是个看上去傻乎乎的毁了自己生活的女人，但没有人知道你是被那个畜生给强奸了，你没法跟任何人去说这样的话。说这样的话就是被无数的人再强奸一遍，你只能装作是心甘情愿的样子，别人也就不好说什么了，如果再勉强自己往那畜生身上投射一些幻想出来的情感，那样强奸也就不再是强奸了。其实你的人生无所谓毁不毁，你最讨厌的是你的这张脸，你知道这张脸有多么漂亮，这让你在这小城里太过突出，而你并不是个愿意突出的人，你愿意像尘土那样很低很低地活着。直到今天你重新看到夏阳才想到如果你站在夏阳身边那你的这张脸应该就显得没那么突出了，你之前怎么没想到呢？如果当年答应了夏阳的感情，自己真的可以做他这个太阳身边的尘土吗？你之所以没有答应，难道是因为自己并不真的愿意做尘土，即便做尘土也要做尘土里闪闪发亮的沙金？你有什么资格做沙金？你唯一的亮点不就是你的这张脸吗？可这张脸是来自遗传从本质上跟现在的你关系并不是很大尤其是你跟给予这些基因的人已经没有什么关系了。因此你是不看重自己外表的人，尽管你从事美容行业，天天在自己脸上捯饬，让自己的脸变得更加突出了，可你没有丝毫的成就感。是的是的，你显然失败了，那些曾经的开心现在想起来都觉得让人害臊，因此你也很少去想了，你也没有任何希望了，不抱希望也就没什么失望，也许这才是最好的选择。曾以为十年比一生还长，但发现十年就像是十天。奎亮为什么又被释放出来了，为什么不直接枪毙了他呢？如果没有奎亮，你一定会生活得比现在更好。如果没有奎亮，你一定会生活得比现在更好吗？你怎么敢有这样的勇气说话？你未必会比现在生活得更好，因为没有他那样的肮脏和丑恶，你就不会彻底窒息你就依然还会向往夏阳那样的光明，而那是注定要失败的，是要承受更大的不幸的。如果向往光明而无法得到光明或是被光明丢弃，那就像是从深渊里掉落，一直掉落，没有尽头。那比强奸更残忍。不如就直接生活在谷底哪怕变成丑陋的苔藓也是踏实的。人，不能和地面失去联系。什么也无法改变了，你希望你死在这座小城，夏阳不该来这儿，他来这儿太可笑了，他竟然是为你来的，你被他搅扰得心神不宁，你完全想不到他这样做的理由，你几乎没有想起过他，他不属于你这个世界，他应该赶快回去，回到他的世界里去。至于你自己，宁愿就这样死在这座小城里，这个归宿看得清清楚楚的心里也踏实。人还能有什么更高的指望吗？奶奶笃信佛教，每天念经向往西天极乐世界，但你念不进经文，也信仰不了神仙和上帝，你只能像昆虫那样活着，然后像昆虫那样死去。你只有俯首认命，甘心情愿，有没有来世都无所谓了。

九

我早就料到夏阳这狗东西会有所图谋的，没想到他这么快就行动起来了。他又戴上了棒球帽和墨镜，一副神不知鬼不觉的傻样。他走过我身边的时候，我看了他一眼，他脸后边掩藏的笑意没有了，是一种害怕和慌乱。他太明显了，他不是一个好演员。按道理，他在官场上混得不该这么逊，喜怒不能形于色这个简单的道理连我都知道。除非，除非这家伙要干的事情太猛了，已经超出了他能忍受的范围。他究竟要干什么呢？这个问题让我焦虑，我盯着手机屏幕，电视剧里的人吵来吵去，我一个字都没听进去。我不断地抬眼望他，他装作散步的样子，走得很慢，但我一眨眼，再看，他还是不见了，不知道去了哪里。我没有勇气去寻他，我怕他只是躲藏在哪儿偷看，那样的话我匆匆忙忙去寻他就会被他立刻识破，那么他肯定会另做打算。我是有点儿害怕他要干的事情，但是我更好奇他会干些什么，二十年了，这样的一个人重新出现，你无法不产生好奇，即便你知道这种好奇很有可能是会要命的。

荔蜜等会儿就要来换班了，然后我去吃饭和休息一两个小时，一般情况下我都不会让她坐在那里抛头露面太久，她的那张脸总是让那些猥琐男的目光扫来扫去没完没了，甚至还有男人以为她也是做那个的，电话打到前台找她去房间，这种尴尬倒是没什么大问题的，我所担心的是万一她哪天真的上去了呢？哈，这种想法是有多么卑鄙无耻我是永远也不会让她知道的。可我没办法，我对她有一种根深蒂固的怀疑，她可以跟奎亮那种烂人鬼混在一起还有什么事情做不出来呢？尽管我现在做的事情也上不了台面，在客人眼里我也许是个不折不扣的皮条客，但我还是有基本的尊严和底线，那就是自己的老婆可不能陷进这个泥塘里边变成一只鸡，那样的话我觉得自己这辈子就彻底毁掉了，这比现在赚不到什么钱要可怕得多，这是我心底的噩梦。

我看到荔蜜从美容院的方向走过来了，自从本地高中部搬去了邻市，那里的顾客越来越少了，来的都是上了年纪不会打扮自己的乡下人，她们跟着挖煤的男人来到这座小城，也想努力变成个城里人。可是她们兜里没几个钱，也知道自己的男人挣的是血汗钱，想从她们身上抠出一点钱来可真不容易。有些美容院招了年轻小伙子给大妈做暧昧按摩，有些美容院引进了高级仪器给有钱人做各种调养，我们还是原封不动的样子，用的是荔蜜十几年前从省城学来的那套玩意儿。我们尽管会因为生意的不景气吵架，但我心底并不真的气愤，吵架就类似一种酒鬼的发泄，吵完就好了就舒服了。

奎亮出狱后，剃了个光头，从一个小混混变成了地道的犯罪分子形象。他又来找荔蜜，不过他这次表面上客气了好多，他建议我们把美容院改造成一家休闲会所。

“什么休闲会所？妓院吧？！”

荔蜜大声喊道，我从没见荔蜜那样生气过，她的脸扭曲得吓人，她几乎像个失控的洗衣机那样浑身上下震颤个不停。喊过之后，她对奎亮说的话我一个字都听不清楚，她嗓子沙哑得跟临死的鸭子似的。奎亮那孙子欺软怕硬，真被荔蜜给镇住了，脸上露出猥琐的笑容像是在死命掩饰自己是一个草包的事实。我拿定主意我总有一天会一枪崩了这个狗日的东西，像这样的东西，难道还有资格存活在世上吗？从那天开始我见到奎亮一点也不怕他了，我之前的确是个懦夫，是荔蜜给了我勇气，所以我打心眼里感谢这个女人，这个女人就算有很多问题，但那都过去了，她身上有我敬重的地方，但我一时半会儿还想不清楚那究竟是什么，那不单单是对奎亮发火这么简单，我觉得她比我对活着本身更有想法，我和她过日子，还是会觉得比和其他任何人待在一起要踏实得多。如果下次奎亮还敢那么在荔蜜面前嚣张，那么我绝不会让荔蜜冲在前面，我一定要做一回男人，我可是在煤矿里玩过命的人，像奎亮这种人怎么和我比呢？他对生活到底有什么了解？我越想越觉得他令人可笑和恶心。

会有送他上路的那一天的，还没到时候，还没到时候……唉，但鬼知道怎么回事我不仅没有杀他还和他开始了“共事”。所谓鬼迷心窍就是这样的吧。奎亮在荔蜜那里碰了一鼻子灰，没想到他把主意打到我这儿来了。说实话，我和荔蜜那会儿已经入不敷出了，眼看着我们就要走到绝境了，我甚至想我是不是又得回到矿上去挖煤了，但荔蜜对我说：“我们还是应该把旅馆做好，咱们这儿靠近火车站，地段没的说，就是太小了。我和隔壁邻居们聊天，没谁喜欢住在这里，太吵了。咱们不如借点钱，全部买下来吧，实在不行租都行，做成一个醒目的大旅馆，也许才有救。”我想了想觉得这个主意不错，我说：“主意很好，但去哪儿找钱呢？”荔蜜说：“你别管，我来凑。”我便不再多问，几天后，她真凑来了钱。就这样，我们一点点将整栋小楼都租了下来，入住的客人是比以往多了起来，但能住这里的都不是有钱的人，谁能指望靠一张床铺一晚上几十块钱发财呢？我们只是做到了不会被立马饿死，但离攒点钱做一点自己喜欢做的事情这么简单的目标都还很有距离。奎亮有一天趁着荔蜜不在来找我，我看见他感到巨大的恶心，尤其是那泛着黯淡蓝光的文身，像是市场上出售的猪排，我真想用刀子把那块东西给割下来。

奎亮神神秘秘地说介绍一个小妹给我认识，然后果然有一个年轻丰满的小妹从他身后跳了出来，好像变戏法似的。“友情价，很便宜！放心，这是男人的事情，我会保密的。”他笑眯眯地看着我，努力做出友好的表情。那个小妹穿得极为暴露，白花花的肉像一大片强光照得我几乎失明了。我除了荔蜜从没碰过别的女人，因此我当即被欲望烧昏了脑袋，像发情的公狗那样什么都不管不顾了，我甚至都没看清那个小妹的五官，抱着她沉甸甸的胸部就和她滚到了床上。完事之后，我清醒过来，才感到了后悔。我赶紧掏出钱递给他，希望他可以遵守诺言，替我保密。可他居然不收，还和我称兄道弟，推心置腹，提出了想和我合作的计划，那就是在旅馆里增加一项服务项目。他说：“这就是第三产业，很常见的，你肯定没去外边住过旅馆，现在哪个旅馆没有这项服务呢？”我的确没出门住过旅馆，我曾经差点去找夏阳，如果那次成功的话我肯定就住了旅馆，就能够判断奎亮有没有骗我，可现在我没办法判断，我只能相信他，我觉得这应该算不得什么大事。他掏出手机，用计算器跟我算了一笔账，吓我一跳，这样好的收入要不了几年我就不用和荔蜜像牲口一般挤在一起了，我就能做我想做的事情了。虽然到底是什么样的事情我还没想好，但我朦朦胧胧地感觉，我应该离开这个鬼地方一段时间，去其他地方走走看看。不用说，在这个计划里，一定少不了荔蜜。

那件事只能放手让奎亮去做，因为那件事做起来毕竟还是脏兮兮的。人有人道，鼠有鼠道，需要老鼠做的事情只有老鼠才能做好。可意想不到的是，奎亮变本加厉，没经我同意就在每个房间安装了针孔摄像头，他说他不是变态而是为了生意，这些视频可以卖到国外的色情网站去赚钱，到时会给我提成。我搞不懂这个，只能由他去了，反正我觉得这事也挺好玩的，不然我的生活也太没意思了。谁没有偷看别人的欲望呢？只要不伤害别人只是那么安安静静地看看我想应该是没什么问题的。这些事我一直不敢告诉荔蜜，寻思着以什么方式让她容易接受，但我还没准备好，就被她发现了。她说："你在鬼鬼祟祟地搞什么呢？"我赶紧一五一十地告诉她，做好了她会暴跳如雷的准备，谁知道她只是冷笑了下，说："真变成婊子窝了。"然后任我再说什么她都一言不发坐在那里，以这种沉默的态度接受了事情的发生。我无法真正理解她，我猜测她之所以能接受的根本原因不仅仅是因为婊子可以赚钱，而是因为她并不爱我，因此我的所作所为她不想去搭理吧。她这样的态度像烧红的煤炭灼伤了我的心，如果她能大喊大叫起来，也许我会立马跪在她的面前，恳求她的原谅。但她如此冷漠，和当初奎亮想改造她的美容店时的反应落差太大，于是，作为报复我和这里的每一个婊子都上过床。不过这种报复并不奏效，因为在此之前我和荔蜜过上一段时间还是会做爱的，但在此之后，她拒绝我碰她，好像她已经知道了我的丑事。我只能继续找那些小婊子满足自己，这样干的后果是反而让我发现自己越来越爱荔蜜，因为我感到我的心越来越难受。

荔蜜正在走过来，我生活中唯一有价值的东西都在她身上，我每次看到她走向我都会感到非常幸福。她向我走来，而不是向别的什么人走去，这比嘴巴上说出的爱更加直接，我坐在这里像条看门的狗一样百无聊赖，每天的最大希望似乎就是在等待着这一刻的到来：她向我走来。虽然她看我一眼之后就不再看我，不知道她在看着什么、想着什么，但她依然向我走来，像是走在我的心上，我的心被她的脚步一下一下踩着，我觉得特别踏实，如果时间可以像电脑视频那样操作，那我就把这段时间设置成循环播放，然后不吃不喝死在这段时间里边也甘心情愿。

今天荔蜜穿了一件粉红色的短袖，下面是淡蓝色的牛仔裤，白色的旅游鞋，再普通不过的装扮。幸亏不是裙子，她有一件吊带的花裙子，穿上之后我的眼光就像被胶水给粘住了一般，无法从她的身上挪开。她幸好没穿那件。如果穿了那件我一定会找个借口让她离开，我不会让夏阳那个小子见到她的漂亮的，我当然知道“风韵犹存”会让男人重新疯狂起来。今天她这么普普通通的样子在夏阳这个省城的国家干部眼里一定算不得什么，夏阳看到曾经喜欢过的人变老了、变丑了、变得毫无光彩了，也就不再惦记着了，这对大家来说都是一种解脱。

荔蜜站在我面前，看着我，那眼神命令我赶紧离开，要在以往我马上就离开了，我打骨子里希望顺从这个女人，但今天不同，今天夏阳这个龟孙子不知道怀揣了什么鬼主意在周围转悠着呢，我的嘴巴在荔蜜的注视下张开，动了动，说出了无声的话语。我很想告诉荔蜜，夏阳来了，但我不知道这样做的后果，我是个保守的人，我不想自己在里面起到什么作用。也许我什么也不说，当荔蜜突然看到夏阳的时候一定会感到惊讶和害怕，从而会非常讨厌夏阳，要是我说了，反而让她有了心理铺垫，或许还有了别的什么心思。这么一想，我打定了主意，赶紧闭上嘴巴，缓了口气，像往常一样，望着她笑笑，问她今天好不好，晚饭吃的是什么。她用几句话打发我，语气平淡，但也谈不上厌恶。我看她坐在那里，双手托着下巴，一副出神的样子，便悄悄走开了。

我当然没有去吃饭，这可不是吃饭的时候。我绕到了不远处的铁路大厦，我认识那儿的门卫，我跟他打了个招呼，说想上楼顶透透风，抽支烟。“把烟头带下来。”他瞪着眼睛说。像这么认真负责的门卫如今真是太少了。我乘电梯来到楼顶，这楼并不算高，只有九层，但站在这里望着我的小旅馆还是非常清楚的。我看见夏阳从一棵树后面突然出现，我就知道这个该死的家伙一直藏在那里打着坏主意，幸亏我当时没有跟出来，不然被他一早发现了。我看到他像一只老龟缓慢朝荔蜜走去，他没有戴帽子也没有戴墨镜，他已经卸下了伪装，准备去和荔蜜见面了，我的猜测真是一点儿也没错。他来到门口，站下来，看上去不是一个人，而是一道不规则的阴影，要消失在这夜晚里边了。我看不见荔蜜，就算能看见，我也看不清她脸上的表情，我还没那么好的视力。我应该准备一架望远镜带上来，可我完全没有时间去准备这个了。过了一会儿，啊，不知道是不是过了一会儿，因为我的心里乱得已经没有时间概念了，也许他们聊了很久，不论如何，夏阳忽然上楼去了，荔蜜一直站在那里，像是在等待着什么。果然，没过多久，夏阳带着行李下来了，荔蜜跟他一起走出了旅馆。他们并排走在一起，夏阳外侧的那只手提着行李箱，他内侧的那只手看不到，但能感觉到他们挨得很近，也许手牵着手。他们向火车站的方向走去，看上去就像是一对去远方旅游的情侣。那正是我心里盘算着想做却还没做成的事。

他们绕过那棵树，走进了火车站广场，走出了我的眼睛。我的眼前只剩下黑暗和荒凉，我的心里也是一样。我开始后悔刚才竟然给他们创造了见面的机会，但是，如果他们是提前约好的呢？看他们自然顺溜的样子如果说他们已经为此精心准备了很久很久那是一点也不出奇的。那样的话我还有什么后悔不后悔的。我此前经常会担心奎亮会把荔蜜从我身边抢走，可我发现荔蜜其实并不爱奎亮，她和奎亮有过那档子事完全是她年少无知造成的，有些女孩子纯真无邪可就是会突然间喜欢上一个烂人，以为那样放荡不羁的世界很精彩，最后才发现那个世界充满了可笑的愚蠢，可这个时候时间已经不能倒流了，那种可笑的愚蠢就会跟鬼魂似的待在她们记忆里让她们开始没完没了地嫌弃自己。我想荔蜜就是这样的。我是多么理解她，可我无能为力，我所能做的都已经为她做了。夏阳还可以为她做更多的事情吧？那是确定无疑的。但我自己该怎么办，荔蜜离开后，我的眼里和心里都是黑暗和荒凉。

我吸了一根烟，想到了我为奎亮的最终结局所准备着的那把猎枪，那就像是黑暗中的一个把手，虽然不知道会通向哪儿，但好歹是一个把手，握着它会感到有所心安。我没有把烟头带下去，而是直接从楼顶丢了下去，结果是一样的吧。我转身下楼，向家也就是旅馆走去。我脑袋里满是对荔蜜和夏阳在一起的各种想象，我以为我的脑袋早就跟混凝土一样迟钝无感了，可现在这种丰富多彩的想象让我的脑细胞变得异常活跃，那些戈壁滩样的麻木开始松动起来，我在被这种想象压垮的同时也变得像个真正的人那样深邃起来，仿佛一下子悟到了人活着的最本质的那些道理。我竟然还想起了中学时语文老师在课堂上讲的几句话：当星星在高处闪耀时，蚯蚓却在底层悄然泯灭；可星星的光芒，也曾照耀过一条微不足道的蚯蚓。我不能肯定自己的记忆是否准确，尤其是第二句，充满了失败者的自我慰藉，很可能是我自己的潜意识杜撰的，但管不了那么多了，我百分百确定自己就是一条匍匐在地的蚯蚓。我想钻进地下去。我第一次意识到曾经采矿的黑暗地下原来才是最宁静的。

只要，你不再心存幻想。

十

那就这样走吧，在这刚刚结束的黄昏，在这肆意铺展的夜晚。他站在窗前，看到运煤车呼啸远去，黑色的车身完全融入进了夜色之中。他打开窗户，向远处尽力望，想看见远处的山峦，但是除了一团团的黑暗，什么也没看到。过了一会儿，几点移动的灯光出现在黑暗中，那是汽车还是火车他无法分辨，他只是觉得那黑暗仿佛很黏稠因而阻力很大，灯火移动得相当慢，和他此刻的心情一样。就这样走了吗？空气中怎么充满了黏稠的滞重，让他连一个转身都变得如此困难？他深深呼吸了一口充满着煤灰气息的空气，仿佛把这里残留的记忆通通吸进了身体里打包带走，然后，自己与这里便再无关系。

他提起行李，向外走去，好像把自己硬挤进什么看不见的陌生东西里去。他来到楼下，看到荔蜜站在那里，而不是坐着，她一直站在那里等着他，想到这点他的心觉出了一层温暖。她看到他下楼来了，甚至还冲他微笑了一下，仿佛他们是约好一起去什么地方旅游。这样的想法让他非常乐意离开这个破旧却充满了象征的小旅馆。他们一起来到街上，两个人什么话也没有说，便向火车站广场走去。他不知道该说些什么，也不愿说些什么，努力保持着那种一起去度假的幻觉。他故意和她挨得很近，胳膊都触碰到了一起，但她并没有躲开，任他们的身体紧挨在一起，他想牵住她的手，却一直犹豫着没有行动。

“去省城的车很多的，这里有百分之九十的车都会路过省城。”荔蜜像个导游一样向他说道。

“是的，我知道。”他这样说完有些后悔，他应该让她继续说。

“我曾经在省城上过美容培训班，还想找过你的。”荔蜜不看他，看着候车室的方向。

“我完全不知道，”他抱歉地看着她，“要是知道的话我肯定去找你了。”

“你找我干什么？”荔蜜依然没有看他。他们并排站在候车厅门口的一侧，有了送别的氛围。

“找你……都是老同学，为什么不能去找你？”他有些尴尬。

“我那样伤害过你，你为什么还要找我？”荔蜜回过头来看着他，他看到她的眼睛里似乎蓄满了泪水，亮晶晶的，但周围光线比较昏暗，他不敢确定。

“那都过去了……是的，是有些伤害的，但是，我总会想到你，觉得你那样做也许有别的什么原因吧。”他想找个台阶，让大家都下去。

“没有什么别的原因，我自己都不知道什么原因，也许……也许我觉得你太好了吧。”

他觉得眼泪就要掉下来了，他觉得自己心底隐隐的一种感受终于得到了证实，那就是荔蜜并不讨厌他，甚至还认为他太好了，他有些喜出望外，就像是含冤监禁多年的囚犯终于看到了平反的希望。他一时不知道说什么，只是上前一步，想要轻轻抱住她。

但她推开了他，说：“不过，你的好跟我没什么关系。”

他愣了下，沉冤得雪的希望瞬间面临破灭，他无法甘心，感动与愤怒夹杂在一起终于使得眼泪掉了下来。这让他看上去有些伤心欲绝。

“这么多年过去了，我还想着你呢。”他用力盯着她的眼睛，如果那双漂亮的眼睛里真的有泪水，那么他觉得自己的目光就会像电流一样进入她的心底。

“说真的，我倒是没怎么想起过你，”荔蜜扭头不看他，她看着大厅里边，“我有我的生活，你也都看到了，虽然就这么回事，但毕竟是我的生活，我得度过里边的每一天。”

“那你过得开心吗？我觉得你并不开心。”他听出了她的软弱，就像登山找到了突起的石台，他要踩着它乘虚而入，让她不得不更多地敞开自己。

“让你看到我这样，你应该会高兴的，当初我那样对待你，现在是这样的下场，你这次回来就是寻思报复的吧？我觉得你的目的达到了，看到我可悲地还活在这个鸟不拉屎的小地方，你满意了吗？”荔蜜再次盯着他看，眼睛里的泪光没有了，因为流了出来，脸颊上湿漉漉的一片，她也并不拭擦，似乎对哭泣毫无感觉。

他右手紧攥着提包，全身都绷得紧紧的，像一把直立的弓要把自己弹射出去。他已经判断出荔蜜的这些话只不过是一些自怨自艾，这样的情绪她肯定已经压抑了太多年了，他的到来是为她提供了一个发泄的舞台，每个人都需要这么一个舞台，这个舞台将会成为一种记忆的节点，在未来的岁月中聚集各种各样的细节与想象，从而构成了一个人记忆的结构，也就构成了一个人的本质。因此这个眼下这个时刻对于荔蜜来说太重要了，他看着她无比美丽的眼睛简直要为她悲悯得大声哭泣了。

“对不起，我绝对没有这样的意思，如果你说的可悲生活是贫穷的话，那么我的确不算太可悲，但生活不仅仅是富有和贫穷，还有更多更重要的东西，比如说，比如说我的生活中就缺少了你的这双眼睛，这是任何财富和地位也不能弥补的。”他觉得自己的话太文学了，像是夸张的台词，但这反而是他最真实的想法，是他今天第一次见到荔蜜时便升起盘旋的念头。既然这个时刻会成为最后的告别，那么他为什么不把心底的话说出来呢？他早就发现人最在意的并不是日常的吃喝拉撒，人最在意的其实是自己的想象。为了想象的实现，人愿意付出在别人看来完全不值得的甚至荒诞的巨大付出。他不就是这样的吗？他清楚地意识到这一点，并为此感到了一种恐慌。

“我知道，我的这双眼睛是很漂亮，但总有老的一天。”荔蜜一直盯着他的眼睛，不再回避，她的软弱也就不再是软弱，而是一种看破红尘的洞彻。

“二十年了，它都没有变。”

“再过二十年，它一定会变。”

“不会的，”他又加入自己的想象，“当然它会衰老，但它最本质的东西不会变，那就是你看着这个世界的眼神。”

他以为荔蜜会笑话他的酸腐，但她没有，看来女人面对甜言蜜语总是会失去理智。但谁又能指责他说的不对呢？他是真心实意地那样说，就像他已经看到了那双眼睛的衰老，那些鱼尾纹，那些细微的斑点，但他在意的依然只是那双眼睛的美丽，那种美丽肯定不是一种机械的组合，那其中的的确确是有着说不清的生命奥秘，那种奥秘随着年岁的增长其实更加丰富了，似乎在鼓励着他去慢慢接近和探索。

“不说这些了，还有什么意义呢？你回去吧，我去看看车次。”荔蜜转身走进候车厅，里边零零散散坐着不多的人，她跟检票口的工作人员打了声招呼，看来他们是老熟人了。那个工作人员蓄着大胡子，有些凶神恶煞，显然注意到了他，朝他投来了一束含意不明的目光。他尽量表现得平静，让对方的目光如一粒石子掉进湖水中。荔蜜跟大胡子说了几句话，大胡子点点头，又看了他一眼。荔蜜走过来对他说：“十分钟后就有一趟车去省城的，我帮你打好招呼了，你等会儿直接上车，在车上再补票。”

他除了说声谢谢还能说些什么呢，他觉得自己很无力，顺着荔蜜的意志被安排却无法做出丝毫的反抗。他应该反抗吗？怎么反抗呢？告诉她他现在还不能走，同事还在等着他？告诉她他并不是一开始就存心来找她的而是缘于一种怀旧的思绪？告诉她他也不知道事情会弄到这一步该如何收场这是他毫无计划的结果？他们一前一后走到离检票口不远的一排椅子前，并排坐下，大胡子站在不远处，用眼角的余光扫视着他们。荔蜜坐得端端正正的，目视前方，反而格外充满了送别的凝重。他们之间这种古怪的氛围是一定会引起旁人侧目的，他觉得他们更像是一对生活多年终于离异的夫妇。

“都会过去的，”荔蜜把双手放在膝盖上，像是忽然间感到了抱歉，她扭头微笑着望着他，“你想啊，距离我们上次说话，都过去二十年了。”

“二十年发生了多少事情，数都数不清，但现在好像那些事情都没发生似的。”

“我也有这样的感觉。”

“时间像是停在某个地方，并没走，”他也回望她，笑了笑，“下次你来省城，记得找我吧，我请你吃饭。只是吃饭，老同学之间的请客，不用担心。”

“好的。”她点点头。

任何人在这样的环境下都会这样说的，仿佛那是一场牢牢约定的盛宴，而不是一种想象中的客套说辞。

“奎亮呢？在做什么？”他的嘴巴仿佛忽然失去了控制，居然问出了这么一句犯忌的话。也许是因为他看到荔蜜移开的脸上惶然的表情知道未来的那场饭局只是语言的泡影了，他的难受劲又浮了上来让他做出最后的挑衅。他迅疾感到后悔，因为他看到荔蜜听到这句话之后浑身颤抖了一下，就像睡熟的人在大冬天突然被揭开了被子，她的双手更紧地握住了自己的膝盖，仿佛只要保护好那里那么身体其他的地方就不会着凉就不会受伤。

“你问他干什么？他死了。”荔蜜说完这句话，站了起来。

“啊？！”他一愣，瞬间明白这是一句极度愤怒的气话，赶紧站起身来拉住了她的袖子。她抬起胳膊想要挣扎，但他顺势握住了她的手。他紧紧握着她的手，她反而冷静下来了。这时火车进站了，候车厅看上去不多的人们聚集在检票口的时候竟然还显得有些拥挤，他顺势拉着她的手排在了队伍里边。大胡子显然注意到了这一幕，但是人群像洪水那样冲断了他目光的栅栏，他不得不频频低头验票。荔蜜想挣扎着甩开他的手，他伏在她耳边说："就再送送我吧，不知道什么时候再见了。"荔蜜便由着他往前拖拽，路过大胡子的时候，他用提包挡在外侧隔断大胡子探询的眼神，荔蜜朝大胡子喊了一句："我送送他。"大胡子点点头。他们顺着人流很快就走到了车厢门口，荔蜜说："好了，夏阳，放开我，你回去吧。""你先送我上来，我有东西给你。"荔蜜迟疑地望着他。"很快的！马上！"他几乎吼叫了起来。她被他的气势给震慑了，愣怔了一下，在这瞬间，他用力一拉就把她也拉上了车。他们一起站在车厢的连接处，荔蜜焦急地说："什么东西？你怎么刚才不给，眼看车就要开了啊！""等等！"他把包丢在地上，然后张开双臂像头大棕熊一般将她紧紧抱住了。"放开我！你这个混蛋！"她这是真的发急了，他并不意外，这是搁谁身上都得发疯的事情。他把头埋在荔蜜的肩膀后边，任她如何打骂就是不放手，他听到荔蜜哭了起来，哭得很大声，他有些慌乱，很怕有人上来干涉，告他拐卖人口，但就在这时，他和荔蜜一起感受到了一阵巨大的晃动，然后脚下的地面移动了，并开始了有节奏的震动。他抬起头来，看见车站正在窗外缓慢退去，站台上的灯光像是有人按着开关似的，一下一下把光打进来。大胡子追着车跑了一会儿，然后大张着嘴巴像雕塑一样凝固在站台上。荔蜜的哭泣声已经不知不觉停止了，她泪眼蒙眬地也扭头望向窗外，眼睛里充满了茫然无助的情绪。他感觉到荔蜜的身体松软了下来，几乎完全沉入自己的怀里了，他们看上去完全是一对紧紧拥抱在一起的情侣。很快，他看到了小孙旅馆的那扇窗口，他曾长时间站在那里看火车，而此刻他却站在火车上望着那扇窗户，他知道在夜晚从那扇窗可以清清楚楚地看到车厢内的一切，因此，最残酷的事情发生了，他看到那扇窗户的后边站着一个人影，那个人影一定是小孙无疑。小孙手里端起了一根沉甸甸的条形物体，似乎是一把枪，荔蜜显然也看见了，她的手像动物的爪子样紧紧抓住他的背，嘴巴张得大大的，嗓子眼里却发不出一丝声音。这时，火车拉响了刺耳的汽笛，开始了加速，那扇窗户从视野的一侧很快滑到了另一侧，随后他们看见了绚烂的火花，紧接着听见了受潮的鞭炮般沉闷低沉的爆炸声，那声爆炸被火车甩在了身后，回声变得越来越低沉，像是向下渗入到了泥土深处。——他的脑海里居然又想到了那个物理学名词：多普勒效应。

“多普勒效应。”他脱口而出。

“你说什么？”荔蜜惊魂未定地望着他。

“刚才……真是特别典型的多普勒效应。”他嗫嚅着说，并不觉得自己说这话有些前言不搭后语的荒唐。

这时火车已经离开了小城，本就不多的灯火遽然远去，窗外沉入了荒凉的黑暗。车内的灯光也无法穿透那无边的黑暗，只能反射回来，这样便形成了镜面效果。他看到黑色的镜中他和荔蜜搂抱在一起，荔蜜有些迷惑地看着他，这样反而让她显得更加楚楚动人。接下来该怎么办他一点想法也没有，他的思维甚至都不敢触碰他闯下的这场大祸。但他此刻认真望着镜中的倒影，忽然觉得心满意足，仿佛这就是他预谋已久的计划终于成功了。他在那黑色的镜中看到了自己的另一重人生，尽管只是这么惊鸿一瞥，他也感觉到了巨大的满足。那正是他认为的作为人的本质的那种想象力的满足。他扭过头来，发现荔蜜还是一脸迷惑地望着自己，他不再犹豫，附身吻到了那半开的嘴唇上。令他没有想到的是，那嘴唇并没有拒绝他，反而热烈地迎接着他的到来。

现在，火车钻进了山洞，像是钻进了时间的某个隐秘的拐角，他们得赶快利用这世上难得的差错做出正确的行动。

（原载《江南》2018 年第 3 期）

枪墓

班宇

一

肖雯给我打电话时，刚过中午十二点，出版社的午休时间，她没下楼吃饭，而是往上走两层楼梯，在一条陌生的走廊里跟我通话。她先是告诉我，面前的窗户关不严，凉风直往她脖子里钻，又说，此时此刻，脚边有一盆君子兰，估计已被遗弃，肥厚的叶片上散满烟灰，她准备抱回办公室，用湿抹布擦一擦，自己养起来，最后说道，房子已经租好，立水桥南，八十五平方米，两室两厅，屋内装饰极少，南北通透，采光很好，一个月五千五，押一付三，不含水电。我还没睡醒，停顿了几秒，想起来龙去脉之后，对她说，很有行动力。肖雯说，别废话，你抓紧起床，晚上带你去看房子，王沛东也去，到时你别乱讲话。

我洗了把脸，抽了两根烟，打开电脑，看了几篇社会新闻，然后又倒在床上，想继续睡会儿，但却怎么也睡不着。枕边有一本《遥远的星辰》，上次跟刘柳去书店时买的，她当时推荐说，这个人写得好，她最近非常喜欢，南美瘦人，波拉尼奥。我说，什么尿？刘柳有点生气。我说我是真没听清。刘柳说，波拉尼奥，智利作家，蹲过监狱，后来流亡海外，四十岁开始写小说，他的全部写作都是献给那一代人的情书或告别信。我说，代笔呗，那跟我基本属于同行。刘柳说，滚蛋吧你，我走了。我连忙哄她说，开玩笑呢，我买一本，回家研究一下。

我躺在床上，翻开《遥远的星辰》，开篇讲的是大学里的两姐妹，跟诗社里的英俊青年交上了朋友，所有人的名字都比较长，同一个人好像还拥有不同的名字，我读得有点累，便起身去厨房烧了壶水，期间无事可做，便立在一旁，想象着自来水的升温过程，直至壶内沸腾乱响，水汽冲出来，我赶紧拿出玻璃杯，里面放几片干燥的茶叶，又倒入热水，杯中的叶片逐渐舒展，以一种奇异的姿态。

肖雯和王沛东在地铁口等我，我刚一出来就看见他们了，两人都很高，所以比较显眼。我假装没看见，低头对着手机一通乱按，直到听见肖雯喊我的名字，才又抬起头，朝着他们挥挥手，然后走过去会合。

王沛东有一米八多，肖雯也将近一米七，我穿上鞋的话，一米六五，也比较瘦，他们俩一左一右，我夹在中间很有压力，从后面看，颇像是他们俩的孩子，这让我觉得尤为不适。迈开几脚后，我便刻意跟他们保持一定距离，肖雯吃力地探着脑袋跟我说话，问我书稿的进展情况，我说，还可以，有三四万字了，能按时交。

其实我一个字儿也没写呢。

王沛东本来说要吃涮羊肉，去他在几年前吃过的饭馆，据说麻酱小料是一绝，味道醇厚，回味无穷，结果快走到时才发现，那家店已经拆了，只好去吃旁边的家常菜馆。虽然正是晚饭时间，但里面却没什么人，落座之后，王沛东举着菜谱问服务员，你家是什么菜系？服务员说，啥菜都有。王沛东又问，有什么特色？服务员说，看你想吃啥。王沛东说，我们这里有位东北朋友。我连忙说，我吃啥都行，不用特意照顾我，别太辣就行。服务员说，东北菜，有，萝卜丸子汤，炸茄盒，大拌菜。王沛东说，行，就这三个菜，另外再来一瓶白牛二。

菜端上来之后，王沛东先给自己倒一杯，然后问我，你喝点不。我说，喝不了酒，过敏。王沛东颤巍巍地举着满杯白酒，我和肖雯举着饮料，三人碰杯，王沛东说，祝你们的事业一帆风顺。我说，谢谢，借你吉言。王沛东说，你上次给出版社写的，讲民国时期的名人爱情，那本我看了。我说，我都不知道已经出版了。王沛东说，故事虽然有点老套，不过你的文笔不错。我说，都是别的书里扒下来的，我就是换几个句子，重新改写一遍，也有的是我自己瞎编的，不要当真。王沛东说，有点才华，能看出来。我说，攒的稿子，不值一提。

肖雯胃口极好，大概是中午没吃饭的缘故。白酒还剩下小半瓶时，菜便已经吃光了，王沛东眼神发直，肖雯去前台结账，我上了个厕所，回来时发现服务员正在收拾桌子，两人都不见了，我犹豫着走出去，发现他们正在路灯下等我，王沛东抽着烟，我也点了一根，肖雯带路，我们向着无光的前方走去。

两侧都是平房，生锈的铁架横摆在地上，偶尔有骑电动车的从身边经过，悄无声息，王沛东搂着肖雯走在前面，我走在他们身后，盯着肖雯的屁股，被牛仔裤紧紧包裹，来回扭动，又性感又可笑，看了一会儿，眼睛发花，许多光斑在眼前飞舞。王沛东说话声音很大，酒后的山东口音，更加难以辨认，走着走着，他忽然回头，斜着脑袋，望着我发笑，然后又瞟了一眼肖雯，说道，原来你才二十五啊。我说，对，虚岁二十六了。王沛东说，真年轻啊，我比你大一轮，在东北，你得管我叫啥。我说，叫王沛东。王沛东说，不可能。我说，那你说叫啥。王沛东想了想说，反正你说得不对。

肖雯带着我们走进小区，门口原本是景观设施，有喷泉和水池，可惜由于天气渐冷，怕被冻住，所以水都被抽掉，只剩下一道水泥壕沟，看着还比较深。四面都是高楼，且少有人住，没几户是亮着灯的，我们在里面转了两圈，又给房东打了个电话，才确认我们所租住的那幢楼。走入电梯后，灯泡一直在闪，像恐怖片里的场景，王沛东靠在角落里，问我怕不怕鬼，我说不怕，我问他怕不怕，他说怕，怕鬼也怕黑，但喝完酒，就什么都不怕了。我们上到十二楼，出了电梯左转进入二单元，肖雯掏出钥匙，拧开最里面那间的房门。

屋内装修的味道还未散尽，闻着头疼，阳台上摆着一套塑料桌椅，窗户半敞着，王沛东坐在椅子上，望向窗外，又抽起烟来。肖雯带我看房间的格局，介绍道，这是主卧，以后在这里谈工作，这是次卧，样书、资料和打印机放在这里，这是客厅，以后你们办公主要在这里，这是洗手间，干啥的不用我说了吧。我说，你也能干房产中介。肖雯白了我一眼，说，我看了很多房子，就这个比较合适，没有多余家具，周围也比较安静，适合攒稿。我说，我能住这里吗？肖雯继续说，美中不足的是，这个厕所是花玻璃拉门，没有锁，外面看着朦胧，以后有女员工的话，可能不太方便。然后又补充说，全凭自觉吧，我再找房东商量商量，争取给换个门。我说，不用换，这种就挺好，脱完裤子，外面能看见虚影儿，白花花的一片，有冲击力，刺激创作。

我坐在次卧的窗台上，肖雯坐在桌子上，跟我说，明天去办宽带，然后配电脑，你写个公司简介和招聘启事。我说，这就要开始了。肖雯说，对，写得恳切一些，体现出求贤若渴的感觉。我说，员工什么待遇。她说，正要跟你研究，我想的是，底薪一千八，按工作量绩效，当然也得考虑稿件的操作难度与做出来的质量。我说，这个比较复杂，需要摸索。肖雯说，是，你也做一个大致的方案。我说，现在咱们手里总共几个项目。肖雯说，三本书吧，你在写的这本，还有一本段子里的简明中国史，模仿余世存的笔法，另外还有一本历史人物传记，另类读史，这个社里可以签版税，卖好了兴许能赚。我说，这次写哪个历史人物。肖雯说，张居正，大明首辅。我说，不太熟悉，就知道他的一条鞭法。肖雯说，不难，你肯定有办法。我说，尽力而为。

外面传来王沛东的呼噜声，曲里拐弯，声音很大，我跟肖雯相视无言，屋内灯光幽暗，我从窗台轻轻跳下来，俯下身子，伸手去握她的脚踝，踝骨很硬，皮肤冰凉。她一边警惕地回头，一边抬腿将我踹开，力道很足，咬紧牙小声说道，你要疯是咋的，几次了都。我没有说话，被她一骂，也有点泄气。她从桌子上下来，走回客厅里，我跟在她身后，王沛东仰倒在塑料椅子上，手臂下垂，姿态难看，睡得极熟。我又问一遍，我以后能住在这里吗？肖雯说，不行，这是办公室。我说，那我以后能加班吗？肖雯说，那可以。我说，那我能每天都通宵加班吗？肖雯没有说话，从壁柜里拿出一柄绿色的扫帚，递给我说，这几天一直开着窗户，进了不少灰，从里到外，好好打扫一遍。

第二天早上，我躺在床上给刘柳发信息说，我的公司马上开张了，在立水桥，环境优雅，风光秀丽，周边设施完备，随时来玩。直到下午，刘柳才回我消息，总共就三个字，恭喜你。我觉得有些失望，便在床上继续翻波拉尼奥的那本小说，又看了十几页，接到肖雯的电话，问我是不是干过编剧。我说，干过一阵子，但是——肖雯不等我把话讲完，便说道，那我帮你把这个活儿接了，价格不错，不妨一试，现在做出版利润不是很高，但影视行业不错，我们也要多条腿走路。我说，还没开业，就要转型。肖雯说，少废话。我问，到底是什么题材呢。肖雯说，也是历史剧，王阳明的故事。我说，这个真不懂，心学，深了。肖雯说，你就按照历史小说的套路写，查查资料，通过更好，通不过也没啥损失。我刚想拒绝，肖雯却已经将电话挂掉，我再拨回去，她也没接。

在此之前，我确实做过一段时间的编剧，事实上，编剧还是我的本职专业。刘柳以前就总问我，你这文凭到底是真的吗。我说，千真万确，全日制本科，教育部认可，音乐学院，戏剧影视文学专业，比较稀少，总共就两届，我是第二届，再往下就招不到人了，统招调剂的也都不来，直接复读。刘柳拍拍我，说道，对你们表示同情。我说，其实也还好，还有个什么经纪专业，我入学那年刚创立的，说是练习眼神儿的，毕业后能当星探，结果就只有这么一届。刘柳问，那他们都当星探了吗？我说，当个屁，都在活动策划公司上班，负责搞路演，卖洗衣粉，联系野模，充话费送豆油。

刚毕业时，我揣着这张文凭四处面试，总是碰壁，甚至有的公司负责人见我是音乐学院毕业的，让我当场唱一首歌，我还以为是什么性格测试，虽然五音不全，但想了想，还是鼓起勇气，在他的办公室里唱了一首齐秦的《大约在冬季》，比较难听，中间还忘词了，他提醒了我两次，我勉强唱完，他听后点了点头，客气地将我送出门，从此再无联系。

毕业之后，我一直没有回家，在外面租房住，大概过了三四个月，基本弹尽粮绝。也是在这个时候，政府颁布一项政策，要建设动漫产业基地，投入资金，扶持行业发展，霎时间，新公司如雨后春笋，各方面人才紧缺，于是我在动漫公司找到了第一份工作，负责给动画片写脚本。老板姓张，我叫他张总，他摆摆手，说，叫老师就行，张老师。入职之后，我问他，张老师，我们要做一部什么题材的动画片。张老师说，按照我的设想，应该是有正派和反派，他们之间有不间断的斗争。我说，明白。张老师说，要一集讲一个故事，不需要有太强的连续性，每集都要解决一个问题。我说，明白。张老师说，还要体现出团队力量，一个主角，带着几个性格各异的配角，共同克服弱点，排除万难，通力合作，对抗敌人。我说，明白。张老师说，还要插上想象的翅膀，小孩儿嘛，就喜欢幻想故事。我说，明白，张老师，我们是要拍《西游记》吧。

公司的办公地点本来说是在二十一世纪大厦，但由于里面租金较贵，张老师只租了很小一间，用来注册。事实上，公司里的大部分员工，都在姚千地区的一套农家院里工作。姚千，全名姚千户屯镇，距离沈阳市区三十公里，往返有长途，农家院是张老师亲戚家的，门口有一条年迈的狼狗，没精打采，毫无攻击性，平时都不拴链子，张老师的亲戚每天负责照顾我们的起居，非常仔细，无微不至，按照张老师的意思，这样就可以方便我们将全部身心投入到创作之中，抓准时间节点，争取一天出一集。张老师每周会来开一次会，查看进度，验收工作，晚上再喝一顿大酒，坐在炕上跟大家畅想未来，像一位返乡的亲戚，功成名就，为我们带来城市里最新的变迁讯息。

我在姚千待了十几天，就有点坐不住了，趁着午饭时间，总拉着同事出去转悠，这个地方比较野，人少风大，杂草疯长，空房无数，满地烧废的玉米秆，像微小的新冢，纸钱纷纷，全部渗在泥里。旁边还有一片荒废的别墅区，始建于二十年前，碎玻璃满地，绳索电线缠绕，白天房间里摆太阳能唱佛机，循环播放《大悲咒》，晚上四处有鬼叫，无论何时，走在路上都提心吊胆。

我在南屋工作，睡在北屋，卧室紧邻精密仪表厂，已经废置多年，厂区的围墙上还扎着玻璃片，看着相当锋利。开始几天，我睡到半夜总会醒来，恍惚间听到仪表厂里有枪响，而且不止一声，还有人在喊，在奔跑，像是在打仗，场面混乱，而某一瞬间，又全部安静下来，这些声音令我十分恐惧，难以入眠。第二天中午，阳光猛烈，饭后，我走到仪表厂门口，发现大门仍旧紧闭，锈迹斑斑，没有生命活动的迹象，透过门缝往里看，也只是一片无尽的杂草，绿意汹涌，与乱石和狭长的苍穹结合在一起，回忆昨夜的声音，宛如一幅幻景。

有一次，张老师喝多了酒，跟我们说，我们这个动画做完之后，肯定会大获成功，风靡全世界，到时候，我们要转型实体产业，在这边建一座大型魔幻乐园，比肩迪士尼，以《西游记》为主题，九九八十一难，门口就是一座火焰山，真烧，二十四小时点火，模仿奥运会；然后还能让你家孩子飞，迪士尼让他飞十米，我让你家孩子飞上去二十米，三十米，四十米，你们说，有意思不。我们没人说话。

我在姚千待了将近两个月，写了三十集的内容，车轱辘话儿来回讲，每天脑袋里都是小动物干仗，濒临崩溃，但动画组那边，连一分钟还没做出来，举步维艰。这样一来，我的时间变得较为宽裕，正好在网上看见有人招募图书写手，稿费还可以，千字六十，但要得比较急，因为是要追一本畅销书，我发去邮件联系，按照给过来的资料，熬了一个星期，将初稿做完，对方看过后表示满意，打来电话，沟通细节修改，我才知道她名叫肖雯，在南方一个出版社的北京分社上班，之后她又发给我一部书稿，是要写袁世凯，这个人物我比较熟悉，从前看过不少资料，也有一些自己的想法和见解，顺利完成之后，她把两部书稿的款项一并打来，又问我目前从事哪一行。我说，编剧行业吧。她说，好做吗。我说，不太好做。她说，那不如来北京，我们一起成立工作室，做好稿子卖给出版社，买断也行，签版税也行，我这边都有资源。我没有立即答应，挂掉电话之后，想了两天，之后准备拖着箱子离开这里，因为没签合同，也不想惊动其他同事，所以我是半夜走的，按照预计行程，我沿着丹霍线步行，在天亮时，正好能赶到汽车站，然后坐第一趟车回到市内，从而逃离姚千，稍晚一点也没关系，车有的是。当天半夜，我悄悄出门，走出一段距离后，便听见身后又传来几声枪响，这次也像是孤零零的鞭炮声，我索性坐在地上，面朝着仪表厂的方向，风很大，天空沉寂而高阔，我仿佛置身荒原，在等待着冲天的火光，但在远处，却往往只是一闪，便又迅速消逝，只剩下如谜的黑暗。

二

我查了半天王阳明的生平资料，还是理不出头绪，他的人生经历不算曲折，故事性不强，亮点全在于思想，比较难写，正在发愁时，收到刘柳的信息，问我晚上有没有空，我回消息说，是不是要来看我的办公室，欢迎。刘柳说，没有兴趣，又说如果有空的话，可以陪她去看一场地下演出，顺便喝杯酒。我说，我对演出也没有兴趣。刘柳说，机会难得，不来别后悔。我想了想，斜挎着背包出了门。

刘柳原籍齐齐哈尔，在秦皇岛的海边长大，我跟她是在网上认识的，当时我还没毕业，假期比较有空，乱写过几个短篇小说，贴在某个网站上，讲的都是发生在北方的故事。第一篇讲的是一位出租车司机，外号老顽童，开白班，驾龄较长，经验丰富，人缘也不错，还是某电台的路况报道员，忽然某天，在毫无征兆的情况之下，连人带车一起失踪，全城热心司机都在帮忙，发起寻找老顽童的行动，每天挂着手台来回呼喊，不放过任何蛛丝马迹，行动负责人二十四小时开机，分析线索，逐步排查，失踪一周之后，车在内蒙找到了，已被焚毁，面目全非，最后是通过发动机编号确认的，紧接着，人也找到了，在附近的一口枯井里，已经死亡多时，被荒草和积雪覆盖，头颈有多处利器袭击伤痕，案子到最后也没有破，所有人都非常失落。第二篇讲的是一对夫妻，都是变压器厂的，女的看库房，男的开叉车，双职工家庭，有个十几岁的儿子，在读初中，两口子感情很好，很少吵架，总是结伴上下班，对同事也很礼貌，乐于帮忙，生活虽清苦，但也令人羡慕，有一天，他们的儿子提前放学回家，看见父母一个躺在床上，一个瘫在沙发上，神情怪异，餐桌上摆着几只空针管，儿子吓得冷汗直流，拿起电话想联络亲戚，其父神志不清，误以为他要报警，上去将电话夺过来，双方一阵厮打，最后，夫妻二人合力，将亲生的儿子勒死，第二天还给老师打去电话请病假，近一周后，实在瞒不下去了，他们才决定去派出所自首，那天跟往常一样，两人衣着素朴、干净，赶在上班时间，与所有人一起推着自行车走出院门，浓雾从远处的烟囱里散出来，遮蔽部分天空，他们跨步上车，一前一后，骑得很慢。

这两个故事结构比较松散，没头没尾，并没有引起广泛关注，但刘柳是为数不多的在文章底下留言的人，写了很长的一段，我没有太看懂，但大意是觉得第二个故事很好，让她想起曾经的邻居，我发去邮件，跟她讲，我写的就是我曾经的邻居，他们的儿子是我同学，我住二楼，他们住三楼，那天学校并没有提前放学，是我拉他一起逃的学，在外面玩腻了，于是提前回家，他死之后，有一段时间里，我也很自责。刘柳回邮件说，那第一个故事呢，原型是谁，感觉没有结尾。我说，没有原型，幸存者很失落，他们已经很疲惫，但不得不打起精神去提防黑暗；没被抓住的凶手也很失落，他本来短暂的一生，将会因此被抻得极长，直至无限，这就是所有人的结尾。刘柳说，有点意思，我在北京，甜水园图书市场里上班，当出纳，平时爱看书和演出，喜欢摇滚，也想自己写小说，但总写不好。我说，我也写不好，有机会一起探讨。

我来北京的第二天，便来跟刘柳见面，她跟照片上几乎没有区别，长得很白，看着不太健康，头发像只碗一样扣在脑袋上，唇下有痣，眼神发钝，跟我一样，也是深度近视，披一件黑色的短夹克。我提着一口袋水果，对她说，不知道买啥，给你买了一盘香蕉，两个火龙果。刘柳说，我还以为你要去看望病号呢。我说，都是热带水果，营养丰富。

刘柳带我去吃一家羊蝎子，说是北京特色，结果全是骨头，根本啃不下来什么肉，我没吃饱，但也不好意思说，席间她喝了两瓶啤酒，一瓶凉的，一瓶常温，掺着喝，喝到后来，酒撒在衣领上，她用手擦掉，显得有些狼狈，但也可爱，我假装没看见，趁她去卫生间时，顺手把账结了。饭后，我送她回家，走到她家楼下时，我说，你家里有刀吗？她很警惕地说，你要干嘛。我说，没别的意思，就是想尝尝火龙果的味道，一直没吃过。刘柳说，我吃过几次，也没啥特殊，不香不臭。我说，是吧，我还是有点好奇。刘柳又说，那你上来吧，这东西剥皮就行，不用使刀。

刘柳是跟朋友合租的房子，她住北屋，南面是一对在附近超市上班的情侣，我们蹑手蹑脚地回到她的房间里，她拉开灯管，满屋子都是书，很多都还没拆封，我随手拾起几本，说道，这么多书，没有想到。刘柳说，赚的钱都买书了基本，看书也慢，越攒越多，现在就怕房东忽然涨价，搬家实在是太麻烦。我说，借我几本看看。刘柳说，抱歉，从不外借。我说，行吧，那有机会给我推荐几本。刘柳掏出一个火龙果，对我讲解，看见没有，火龙果的脑袋上有个洞，这是它的致命弱点，你把手指伸进去，找好发力点，往外使劲，就能把一层层的皮全剥下来，剥开之后，像一朵绽放着的花，特别好看。我咽了咽口水，一把将刘柳拽过来，她飞快地挣脱掉，笑着说，你要干嘛啊。我起身再次将她抱住，她忽然变得一脸严肃，推开我说，今天不行，生理期，你冷静一些。我忽然觉得也很没意思，便将她松开，她整理好衣服，打开电脑，放了一首极为沉闷的曲子，夹杂着淅淅沥沥的雨声，我们互相都没再讲话，只是坐在床边，花了很长时间，终于将那两个火龙果吃完了。

我在图书市场闲逛，等刘柳下班，顺便翻翻各个摊位上的书，还看见了我写的一本，封面上署的都是假名，我问摊位老板，这本卖得怎么样。他说，你是出版社的发行吧。我说，是。他说，刚开始卖，不知道好坏。我说，什么样的书卖得好呢。他说，啥书卖得都不好，没人愿意看书了，都在看手机。我说，也是。他说，但是地图卖得还可以，总会有人来买地图，销量不断。我说，什么样的人群呢。他说，说不清，有老有少，就爱看地图，地图册和挂纸都买，世界地图，中国地图，外国地图，各省市地图，青藏高原地图，四川盆地地图，洋流图，航海地图，有啥买啥，来者不拒。我说，买回来干啥。他说，那我说不清楚，收藏，搞研究吧或许，还有的在上面摆小人儿，用圆珠笔画行军路线，今天攻占大西洋，明天解放匹兹堡。我说，厉害，军事家。他说，也不排除有人就是爱看地图。这样的我也听说过，盯着地图发呆，眼睛都不眨，一看就是一整天，坐地环游八万里。

刘柳穿着一件十分宽大的橘色防晒服，风吹过来，她的后背上鼓起一个大包，看着像动画片里的人物，我们在图书市场对面的韩味餐馆吃饭，刘柳要了一杯米酒，我尝了一口，难以下咽，她喝完一杯，又要一杯，我很不理解。刘柳夹起一筷子炒米条，问我，波拉尼奥看完了吗？我说，没有。刘柳说，那么薄的一册，还没看完，我本来还想跟你探讨一下呢。我说，看了一部分，最近在忙新公司的事情。她说，飞行员。我说，什么？她说，小说的主角，那个连环杀手，也是飞行员，开着战斗机，在太阳底下穿梭而过，用白色的尾迹写诗，它们像云一样，挂在半空里。我说，还没读到这里，但能想象得到，在沈阳的法库县，每年都有国际飞行大会，全是飞机拉线，五颜六色的，有机会带你去看看，比较壮观。刘柳放下筷子，说，有时候我觉得跟你真是没法聊。我说，你再给我一点时间，最近我的脑容量比较紧张，每天想的不是王阳明就是张居正，装不下外国人名。

饭后，我们步行到亮马桥附近，刘柳说，这边有个汽车电影院。我说，啥意思，在汽车里也能看电影。刘柳说，差不多，我也没看过，好像是坐在自己的车里看，车内的音响调到一个频段收声，透过挡风玻璃看大屏幕，我猜是这样。我说，真不如去电影院，这又要擦玻璃，又要调收音机，刮风下雨什么的，估计还会影响效果，简直脱裤子放屁，多此一举。刘柳说，你这就不懂了吧。我在等着她接下来继续反驳，但过了一会儿，她又说，其实我觉着也是。

刘柳带我去的酒吧就在汽车电影院内，我们刚从漆黑的水潭转过去，便看见几簇零散的灯光，三四十人正在亮处逐渐聚拢，相互谈笑，有人弓着腰，用毛笔蘸足墨水，在门口的桌子上写字，姿态夸张，宣纸拉起，挂在门口的栅栏上，上面四个大字：门票五十。刘柳掏出一百元，买了两张门票，我们在酒吧里等候，我要了一罐可乐，打开折叠椅子，靠着暖气坐下来。刘柳拎着一瓶啤酒，来回走动，神态兴奋，偶尔会跟我说，这个是谁谁，玩硬件噪音的，那个是谁谁，什么独立厂牌的运营者。我说，这些人想不想找个工作呢，底薪一千八，绩效另算，创业公司，氛围单纯。刘柳先是哈哈大笑，然后又说，滚吧你。

当天晚上总共三个人演出，第一个人，登台之后，也没说话，打开笔记本，开始放歌，吱哩哇啦，毫无旋律，我十分不解地看着刘柳，但她却不看我，专注于那些收废品一样的声响；第二个人，长发垂肩，拿着一把吉他上场，前后跳跃，像是在施法，音量很大，我坐在椅子上都要被掀翻，实在撑不住，于是跑出去透气，门外是一片草地，有人支起炉子烤羊肉串，我闻着很香，很想过去买几串吃，却又觉得不够严肃，于是作罢。第二个人演完之后，刘柳出来找我，问我为什么不继续看演出，我说，理解不了这种音乐，没调，呜哩哇啦，太吵，都是噪音。刘柳在台阶上坐下来，掏出手机找出一篇文章，告诉我说，你看看这个，别人写的乐评，关于刚才演出的那个吉他手，你试着通过文字理解一下。我接过手机来，读道，东海之外大壑，少昊之国。少昊孺帝颛顼于此，弃其琴瑟，《山海经》，卷九，大荒东经。刘柳说，功底不错，这一段里，好几个字我都不认识。我说，以前做过一本关于《山海经》的注释，边做边查，记住不少生僻字。她说，你接着看。我继续读道，山无棱，天地合，肉身坠海，性灵游弋，悬崖景深万丈，斯人流连忘返，只待纵身一跃，便可羽化成仙，抑或陷入万劫不复之地，这一次，他把吉他当成爱人，把演奏当成了一场交媾，披荆斩棘，浊浪排空，魂飞天外，尘世里魔怪纷扰，我们黄泉路上见。刘柳说，怎么样，写得挺炫吧，作者跟你一样，好像也是沈阳的。我说，这里面有一句是人话么。

演出结束时，已经差不多晚上十点，刘柳又交到一位新朋友，留着长须，脑袋上盘着发髻，一身长衫，有点像道士，他给刘柳买了一杯啤酒，之后就一直站在吧台旁边聊天，连说带比画，眉飞色舞。我看着有点来气，便从侧面走过去，拉了下刘柳的衣服，告诉她说，我有点事先走，你自己回去时，注意安全。屋内放的音乐声音很大，刘柳好像没太听清，我也没管，直接往外走，出了院门，走到水潭附近，刘柳从后面追上来，气喘吁吁，拉住我的衣服，跟我说，你没生气吧。我说，没，看你们聊得挺好，就先不打扰了。她说，还是生气了。我说，真没有。她说，我又没说不走，你等我回去上个厕所。

我点了根烟，望着刘柳折返的背影，雨丝落入水潭里，荡出一圈轻微的波浪，相互侵扰，不断变幻；我闭上眼睛，听见歌声从狭窄的远处传来，低沉的呢喃，铃鼓与提琴，有人喊起口号，几句铿锵的外语，其中又夹杂着尖锐的枪声。刘柳的脚步走远，随后又逐渐接近，我在木桥上，听着她一步一步走过来，在我身前停下，抬头望天，然后说道，什么星悄然坠落而无人见之。我说，什么星。刘柳说，不是问你，这是小说的引文，福克纳的一句话。

当天晚上，我们又走回图书市场，住在对面的客栈里，八十六块钱一宿，不贵，但条件一般，房间全是在地下，走进去像迷宫，转了好几道弯，才找到我们的房间，屋内挺干净，也算宽敞，但没有卫生间，这点不太方便，公共浴室也在屋外，走过去得好几分钟。刘柳让我先去洗，她打开电视，遥控器来回调台，我没直接去浴室，而是又转回地上，出门去超市买了两盒烟、一盒避孕套，还有两罐啤酒，回来开门，把东西扔在床上，刘柳半躺在枕头上，看起来十分疲惫，好像就快要睡着了，电视里还在播着新闻，我把她摇醒，又脱掉她的裤子，轻轻抚摸，她没有回应，但也没有拒绝，我爬上去做了一次，时间有点短，不太成功。做的过程中，她一直眯着眼睛，咬着嘴唇，表情有些不耐烦，刚开始时，我想把电视声音调大一些，她却示意我把电视关掉，于是我们只开着床头的暗灯，周围安静，呼吸声清晰可闻。做完之后，我们躺在床上，谁也没有说话，过了大概十分钟，刘柳说，有点想撒尿，憋得慌，但是不爱出门，还得穿衣服，懒得动。我从桌子下面翻出来一个脸盆，跟她说，往这里尿吧。她伸手关掉暗灯，跨过我的身体，光脚蹲在地上，撒了泡尿，黑暗中的所有声音都极为生动，不知为什么，我竟然十分紧张，心跳很快。尿完之后，她对我说，对不起，酒劲儿上来了，太困，于是又爬到床里面，脑袋顶着枕头，睡着了。我悄悄穿上拖鞋，拿着脸盆出门，长舒一口气，走到卫生间，将尿液倒掉，又冲刷几遍，顺便洗了个澡，回到屋子后，翻来覆去睡不着，于是打开床头灯，掏出包里的那本波拉尼奥，继续看书。

三

午夜时，书已经读过大半，情节紧张，我愈发精神，毫无困意。刘柳忽然醒来，问我几点了。我说，快一点了，你接着睡吧。她说，睡不着，后背怎么一直发凉。我说，不是你的后背发凉，是这个房间潮气太重，被单精湿，泛着阴气，使点劲儿都能拧出水来。刘柳说，浑身酸痛。我说，要不然这样，你先起来一下，我把外衣和衬衫都垫在被单上面，你再躺上面，多少能好一些。刘柳说，我好像感冒了。我说，实在不行，我们换个宾馆，我兜里也还有些钱，或者送你回家也行。刘柳说，算了，将就一宿，有水么，嗓子发干。我说，忘买了，只有两罐啤酒。刘柳说，来一罐吧，润润喉咙，兴许还能再睡会儿。

我伸手打开一罐递给她，她接过来，小口喝着，我将另一罐也打开，喝下一口。刘柳盯着我说，你不是不能喝酒么。我说，是，酒精过敏。刘柳说，那怎么还喝。我说，我也渴，整个晚上，基本没咋喝水。刘柳说，那你喝完酒后什么反应？我说，也没啥，头晕，脸发红，浑身起红斑，不好受，过一会儿能消下去。刘柳问我，那你现在晕吗？我说，本来不，你这一问，有点晕了。

刘柳喝完了一罐，我喝掉半罐，她把我的酒抢过来，自己继续喝，然后说，刚才我没做什么不好的事情吧。我说，没有。她说，是吧，当时有点醉，晚上喝的米酒，后劲儿挺大，我们好像做了一次，是吧。我说，是。她说，做完我就特想撒尿，每次都是，控制不住。我说，正常，生理习惯。刘柳看见我手里一直拿着书，问我说，这本书有意思吧。我说，写得不错，氛围恐怖，也像侦探小说。她说，对，你要继续看书吗。我说，看也行，不看也行。她说，不看的话，我们就再做一次，屋里怎么这么冷。我说，好。

开始做之前，刘柳有点不好意思地说，我能在上面吗，不想躺着，后背还是凉，于是我躺在下面，她骑在我身上，掌控节奏，非常投入，我的状态也比前一次要好些，但好像还是没能让她满意。做完之后，我们分别又去冲了个澡，然后躺在一起，把电视打开，她问我，现在几点了。我说，两点半。她说，我又有点困。我说，我也是，不然闭了电视睡觉。她说，别闭，有个动静，也许睡得更好。我说，也行。她说，再说会儿话。我说，说啥呢，对了，可以谈谈这本《遥远的星辰》，我马上就看完了。她说，不聊这个，说说你的作品，北方故事怎么不写下去了。我说，后来我就毕业了，找了个工作，去郊区写动画片，就没时间继续写了，再说，本来也是写着玩的，没有规划。她说，可惜了，那两篇都挺好看。我说，也就你这样认为吧，当时写得很草率，两个晚上写完，基本没改，就贴上去了，语病错字连篇。她说，这不要紧，主要是有一种很不同的气质，包括你后来写的几个随笔，回忆一些往事，我不知道怎么形容，说不清楚像谁，反正我觉得不错，就几百个字，但每篇都会看好几遍。我说，惭愧，谬赞。她说，北方故事还有吗，再讲一个。我说，没了，就这俩。刘柳说，你别不耐烦啊。我说，就这俩刺激的，剩下的都很日常，吃烧卖，喝羊汤，渍酸菜，涮火锅，北方美食故事。刘柳说，不要这个，要出人命的那种，冰天雪地，白茫茫的一片，总得有点不一样的色彩点缀。我说，没看出来，你的内心原来是这样的。刘柳说，是吧，不信你数一数，看看《遥远的星辰》里面死了多少人。我说，我没有这样的故事了。刘柳说，那你现在编一个。我说，编不了，从小不会撒谎。刘柳说，那得了，我还是走吧，退房，没意思，回家睡觉，明天还得上班。我说，这么晚了，还折腾啥，那我讲一个，我听说的，真假不知，现在头晕，不一定能讲好。她说，好，你说，我闭着眼睛听，等我睡着，你就可以停下了。

我拿出手机，里面存着一篇故事提纲，很久之前开始写的，偶尔会翻出来，改几个字，但始终没有写完，我压低嗓子，盯着屏幕讲道：故事主角，年龄跟我相仿，名叫孙程。其父孙少军，年轻时下过乡，是七一届知青，在青年点与其母相识，回城之后，通过祖父的安排，同在线路大修段上班，随后两人结合，次年生有一子，即孙程，早产，体重刚过四斤，后虽精心照顾，仍瘦弱多病，不比同龄者。

八十年代末，其母托人调动工作，从此远离生产一线，转至附属医院的行政部门，较为忙碌，孙少军由于性格原因，在工作中常与领导发生争执，难以调和，遂申请停薪留职，坐火车去南方，学做生意，观察数月，背回来几捆皮鞋，回到沈阳时，正值冬至，走街串巷，一双也没卖出去，心灰意冷，之后染上麻将癖好，经常彻夜不归。偶尔也会出门赚钱，穿着崭新的皮鞋去蹬倒骑驴，在火车站附近拉脚儿，或去家具城对缝，赚到钱之后，除简单贴补家用之外，大部分都浪费在赌桌上。

三年之后，其母与一年轻医生交好，并再次怀孕，便与孙少军离婚，法院将孙程的抚养权判给孙少军，他开始跟着父亲一起生活，这一年里，孙程刚满七岁，默默目送母亲离开，没有叫喊，也没流泪。也是在此时，祖父双耳发聋，城区改造伊始，四面拆迁，他每日处于巨大的崩塌声响中，却置若罔闻，面容严峻，半年之后，祖父去世，葬礼冷清，悼者寥寥，火化前夜，孙少军彻夜赌博，输光现金，没钱买骨灰盒，只得从家中带去月饼铁盒，焚化过后，将其骨灰铲碎，再倒入其中，铁皮滚烫，盒盖上四字，花好月圆，孙少军捧着返程，狼狈不堪。

周围平房均已拆完，只有他们一幢矗立街边，从旁边的楼顶拉来一条长长的电线，在风雨里飘荡。父子二人相依为命，葬礼过后，孙少军痛定思痛，改邪归正，借遍故人，兑下来一家抻面店，开在卫工街的桥头，当时此地是铁西区的物流中心，跑车的司机、装卸的力工、养车的老板，都在此聚集，人声鼎沸，形似陆上码头。孙少军起早贪黑，苦心经营，一年下来，收入颇为可观，家庭经济状况有所缓和，但仍住原址，没有搬迁，旁边的高楼在一夜之间站立起身，庞大坚固，遮住全部阳光，如巨人一般，日夜俯视着这间旧屋。

经营饭店期间，孙少军与外地女服务员吴红产生感情，搬至一起生活。好景不长，夏季某日中午，两方物流人员，同在他的饭店吃饭，发生冲突，互不相让，发生激烈争斗，打完一场之后，又迅速集结人员，再战一轮，警车鸣笛，一哄而散，只留几人倒在血泊之中。其中一位伤者被砍十三刀，没抢救过来，孙少军也受到牵连，不得不将店关掉，从长计议，又回火车站拉脚儿。

拉脚儿也分帮派，东西南北，各有势力，孙少军性情愈发孤僻，不愿加入任何一方，只在周边拉些零碎的活计，三五块钱，积少成多，回家悉数交给吴红。吴红也出去打零工，她年龄不大，但幼时吃过苦，为人勤快，懂得节约，规划合理，所以日子得以维持。

一九九六年的春节，整个沈阳都极为萧条、冷清，没有一丝过年气息。早在几个月前，政府颁布禁放令，限制极为严格，周边各大鞭炮厂早已停止生产，市民没有合法摊位可以购买鞭炮，只有零星的私人爆竹厂还在运转，吴红当时在一家这样的工厂上班，每日隐蔽生产，产量小，销路堪忧。临近除夕，厂长宣布由于销售情况惨淡，产品积压过多，提前放假，工资只发一半，至于另外一半，或以鞭炮等值抵还，自寻销售出路，或等来年境况改善时，厂里再弥补回来。

吴红回家与孙少军商量半宿，决定还是要鞭炮，卖一分钱是一分钱。次日凌晨，两人头顶大雪，蹬着倒骑驴，拉回一车鞭炮，火药味道极为香浓。当天下午，吴红与孙少军分头行动，各自提着皮箱，箱里装满各种鞭炮，在市集的角落处贩卖，半天下来，吴红拖着空箱归来，鞭炮售空，神情兴奋，而孙少军只卖掉一捆闪光雷。吴红问他，卖得如何。孙红军骗她说，虽然没你多，但也不少，明天拉脚儿回来，我再继续去卖。

朗月当空，吴红与孙少军历尽疲惫，很快入眠，孙程却悄无声息地起了床，他其实一直没睡着，眼瞪天棚，内心兴奋。起床后，他披一件外套，又从抽屉里取出一盒火柴，拖着孙少军的皮箱，只身出门，绕到屋后，将箱子打开，划亮一根火柴，就着火光，开始翻捡鞭炮，他挑出一些不会发出大的声响的，逐一燃放。孙程又紧张又兴奋，先是将数支呲花插在雪堆里，间距平均，形成一排，按顺序从尾部点燃，星火绽放，大地开花，连成一片，十分壮观；再点燃几个纸蜜蜂，旋转上升，照亮空中的烟雾，又跌入到黑暗里；

最后放的是细长的魔术弹，他夹在栏杆上，小心点着，然后手持尾部，斜射入空，一颗颗魔术子弹，冲得极远，在空中绽放又消逝。放完这几只鞭炮，孙程又将剩下的整理好，重又拖回屋中，蹑手蹑脚，上床睡觉，闭上眼睛，光的魔术仍在他眼前浮动。

火灾发生时，孙少军和吴红还都没有起床，外面烟雾极大，但不见明火。孙少军闻到烟味时，叫醒吴红，两人一起望向窗外，没发现任何异常，再穿上拖鞋转向屋后，发现未竣工的大楼里，某层烟尘滚滚，孙程此时睡得正熟。他住在里屋，隔音较好，所以消防车来时，没有吵醒他，后面的警车赶来时，他也还是没有醒。

刘柳轻微的鼾声响起后，我仍未停止自己的讲述，尽量维持着平稳的语调，我说得口干舌燥，伸手拿来刘柳身边的啤酒罐，可惜里面已经空了，只剩几滴，我将最后几滴倒在舌头上，放平枕头，也沉沉地睡了过去。

第二天早上起来时，刘柳已经从外面买好早餐回来，几个包子，两杯豆浆，她穿着整齐，还简单化了妆，跟我说，不知道你爱吃什么馅的，随便买了两种。我说，都行，不挑。刘柳又问我，你等会儿去干吗？我说，看你安排。她说，别看我，我得去上班。我说，那我吃完也走，公司刚开，很多事情要处理。她说，祝你顺利，有件事情，咱们还是说清楚为好。我说，什么事情。她说，昨天晚上，我有点喝醉了，所以我们发生的事情，不可能变为常态的，希望你理解。我说，行。她说，我觉得我们还是当成普通朋友相处，这样比较舒服，我这个人吧，对进一步的关系比较惧怕，你别怪我，这是我自己的问题。我说，不怪你。她用吸管扎开豆浆，一口气喝掉大半杯，最后说道，你吃吧，吃完可以再休息一会儿，我得先去上班了，中午十二点前退房就行，这你都知道吧。

刘柳离开之后，我想来想去，心情愈发糟糕，饭也没吃，蓬头垢面地出门退房，然后坐上地铁，回到肖雯租的办公室里，趴在桌子上睡觉。中午，肖雯打过来电话，问我王阳明的剧本写得怎么样了，那边十分着急。我说，还没写完，时间不够。肖雯说，梗概总有吧，大致内容先发给对方看看，要快。我说，梗概也没有，他的生平也不复杂，几句话就讲完了。肖雯说，你要是这个态度，咱们没办法合作了，我真的很失望，昨天你一直也没在办公室。我说，那是特殊情况，我现在就写，你别急。

挂掉电话之后，我开始整理资料，参照相关书籍，撰写内容梗概，一口气连写两集，然后将文档传给肖雯，不知不觉，已是傍晚，光线垂落，我下楼准备吃饭，忽然刘柳又打来电话，我犹豫了几秒钟，还是选择接听。刘柳说，下班了吧，今天忙完没有。我说，暂时告一段落，正准备去吃饭，要不要一起。她说，不要，我今天忽然想起来，昨天后半夜，你是不是给我讲了个故事。我说，是。她说，好像还挺有意思，但我听到一半睡着了。我说，你听到哪里。刘柳说，好像是有个小孩，半夜出门放鞭。我说，后面我还没讲呢。她说，那我就放心了，有机会把故事讲完。我说，不讲了，后面没意思。刘柳说，爱讲不讲，也没求着你。我说，也不是这意思，你要非得听，那改天我就继续讲。刘柳说，写出来也行。我说，真没时间，欠了一堆稿子。刘柳说，不说这个了，昨天的演出你觉得怎么样。我说，听不懂，又乱又吵。刘柳说，实验音乐，其实是很讲究结构性的。我说，理解不上去。她说，你不是音乐学院的么。我说，是，但我学的也不是音乐，平时也不怎么爱听歌，听也是流行歌曲，或者电视剧插曲。她说，什么电视剧。我说，很多，小时候看《倚天屠龙记》，马景涛主演，里面的歌就都不错，滚滚啊红尘翻呀翻两翻，天南地北随遇而安，这剧里面，我最喜欢光明左使杨逍，武功高强，却甘愿为情所缚，看完之后，对孙兴这个演员也很有好感，后来他还演过一个喜剧，太白金星，叫什么来着，对，《春光灿烂猪八戒》，主题曲也好听，好春光不如梦一场，梦里青草香，你把梦想带身上，蓝天白云青山绿水，还有轻风吹斜阳。最后一集，小龙女死了，一生坎坷，总共没过几天消停日子，最后还要奉献自己，家人朋友都在哭泣，十分惋惜，却也无能为力，后来响起主题歌，唱得真好啊，相聚短暂，人来又人往，轻风吹斜阳。

四

我连续工作赶稿，只能睡在办公室的沙发上，周日早上，还没睡醒，肖雯便提着几个箱子闯进来，箱子里装的都是办公用品，笔记本、打印纸和各种颜色的笔，大概是从出版社顺过来的。她看着我的眼神，解释道，我们刚创业，资金有限，得省着来。我说，收到应聘简历了么。她说，公司没注册，招聘信息不让发，不过从出版社的邮箱里挑出来几份，已经打电话让他们过来面试。我说，今天面试？她说，对。我说，不早跟我讲，怎么也得换件干净衣服。她说，记住，我们招人不容易，不管来的人怎么样，一定要先把他稳住。

肖雯在上午总共约了三个人来面试，结果只来了一个，男的，比我大八岁，讲话口齿不清，简历后面附上小学征文大赛的复印件，告诉我们，正是这篇获奖征文，让他决心要走上文学之路。我说，我这边不提供走上文学之路的途径，事实上，我们只需要能干活的，逻辑清楚，文字通顺，有基本的语文能力，会改写，把一段话的意思，用另一种表达方式讲出来，使其不涉及版权问题即可。肖雯赶走这个应聘者后，表情失落，问我，怎么我们要做的就是这个事情么，我还以为可以改变产业模式，成就一番新事业。我说，怎么可能呢，按照现在的趋势来看，这个事情做起来，只会越来越难，这个你应该比我清楚。肖雯说，现在想想，有点后怕，对形势判断有些失误，之前谈了一个系列的历史小说，王沛东写的样章，对方很满意，昨天忽然打电话说这条产品线不做了。我说，王沛东也会写书啊。肖雯说，会，他以前还攒过几本畅销书的稿子，我就是跟他约稿认识的，只不过现在不怎么干了，只想写自己的作品。我说，写出来了吗。她说，还没有。然后又说，我最早找你合作，就是因为觉得你跟他有点像，但见面发现不一样，你比他更踏实一些，他现在还写诗呢。我有点不服，说道，我也写啊。她说，真的假的，背一首我听听。其实我从来也不写诗，她让我背时，我脑子一片空白，忽然想到波拉尼奥书里的那位杀手的短诗，便稍加修改，背给她听：死亡是友谊——死亡是成长——死亡是爱情——死亡是洁净——死亡是我心——拿走我的心吧。肖雯听后愣了一会儿，回味许久，然后说，行啊你，写得不错。

我们点了一些外卖，在办公室里吃午饭，饭后，肖雯说有点困，想眯一会儿，便脱掉鞋子，回到里屋，倒在新买的简易沙发上。

我在电脑前写文，状态不错，期间喝了一大杯浓茶，上了两次厕所，从门外偷看肖雯几眼，发现她还没醒，睡得很香，我虽有些心神不宁，但还是忍住冲动，没有进去骚扰，继续回来工作。下午三点多，门铃响起，我打开门，发现王沛东在外面，拖着行李箱，他问我，肖雯是不是在这里。我说，在里面睡觉呢，你快进去看看，好几个小时了，别再醒不过来。

王沛东悄声进来，把箱子放在门口，坐在阳台上的塑料椅子上抽烟，跟那天晚上的姿态很像，我过去把窗户嵌开个缝，他也递给我一根，我在对面坐下来，闻见一阵酒气，便问他，喝了多少。他说，半斤多一点儿。我说，提着箱子要去哪。他说，要回老家一趟，跟肖雯道个别。我说，回家有事情？他说，女儿的事情，老毛病，又住院了，回去照顾一段。我说，不知道你们还有个女儿。他说，不是肖雯的，是跟我前妻生的，小学三年级。我说，学习不错吧。他说，数学不行，勉强及格，语文那是没得说，每篇作文都要上墙，这点随我。我说，听说你在写自己的作品。他摇了摇头，说道，别提了，没写出来。我劝慰说，别灰心，慢慢找状态。这时，肖雯从里屋走出来，眼神惺忪，看见我们坐在阳台上，眉头一皱，没有说话，径自走回屋里，王沛东连忙跟上，肖雯想从里面关门，王沛东在外面推门，僵持一阵，王沛东还是进屋了，两人关门说话。屋内隔音不好，我在外面偷听，好像不太礼貌，于是我将烟灰倒在外卖袋里，又下楼扔掉垃圾，在小区里转了十几分钟，才又上楼，听见两人好像在屋里争吵，我戴上耳机，继续工作，半个小时后，他们从屋里出来，王沛东拖着箱子离开，肖雯眼睛肿着，跟他一起下楼，没多大一会儿，又回到屋里，坐在电脑前，用外接音箱看综艺节目，音量很大，十分嘈杂，我完全没法工作，心神不宁，只好挎上背包，直接出了门。

我在地铁站里给刘柳发信息，问她在干吗。刘柳回复我说，跟朋友吃饭。我说，我能去吗。她先是说不太方便，然后又说，你来吧，其实我没跟朋友吃饭，自己在家呢。我从超市买了一条鱼，又凭记忆走到她家附近，但记不清具体是哪座楼，给她打电话，说已经到楼下了，但找不到具体是哪里。刘柳说，对不起，现在又出门了。我说，没关系，今天本来是想把故事给你讲完。刘柳说，什么故事，噢，半夜出去放鞭的那个。我说，对。她说，电话里说行么。我说，不太方便，有点长，那还是下次。刘柳说，别动，我看见你了，你手里拎的是什么。我说，一条鱼，准备蒸着吃。她说，上来吧，看见我没有，我的窗户开着呢，在这里。

鱼在超市已经收拾利索，我在两面抹好盐，准备上锅蒸熟，我问刘柳有没有葱姜，可以切一些放上面，去腥提味，她说从来不在家做饭，连盐和酱油都是隔壁那对情侣的。蒸好之后，我们回到她的房间里吃鱼，腥味很重，我有点吃不惯，刘柳也觉得难以入口，问我这是什么鱼，我说，鲈鱼，她说，我看着怎么不像，我说，这是花鲈，相对少见一些，背鳍有黑色斑点，斑点随年龄的增长而减少。她说，你怎么什么都知道。我说，我以前在超市打过工，负责水产部门，每天称鱼喂龙虾。刘柳说，经历挺丰富。我说，你呢。她说，没啥经历，在河北读书，三流大学，毕业后因为喜欢文艺，爱看演出，来北京随便找了个工作，已经快两年了。我说，准备一直在北京么。她说，不知道，想出去旅游，但没有钱，你的故事没有讲完呢。我将手伸过去，抚摸着她的后背，说，要不然，完事再讲。刘柳甩开我的手臂，又跑去电脑前，背对着我，不再说话。我掏出手机，倚在床上，叹了口气，屋内安静得让人无法适应，我清清嗓子，刘柳也没有回头，我继续为自己讲述。

外面传来一阵响动，孙程在梦里听得并不十分真切，他翻几个身，继续睡觉，再醒过来时，孙少军已经被带走调查，连同那些没卖掉的鞭炮，一并清缴。吴红抹着眼泪烧煤炉，面对孙程的询问，无法开口，似乎觉得这场大祸是因自己而起，她默默做好早饭，在桌上摆好两副碗筷，自己没吃，然后出门蹬上倒骑驴，独自去车站拉脚儿。

在这一天里，以及接下来的几天里，孙少军和吴红都没有回来，孙程在同学家吃了几天饭，又从炕琴里翻出几十块钱，买了数袋速冻馄饨，每天早上煮五个，中午十个，晚上八个，馄饨几乎没什么馅，姜味极重，汤料里都是味精，吃到后来，喉咙极为不适。第六天时，已经是腊月二十九，孙少军放回来了，案件基本查清，烟花爆竹引燃楼板上的油漆和装饰材料，没有人员伤亡，损失不算惨重，但加上非法经营贩卖违禁品，数项并罚，家底几近掏空。

孙少军回家之后，吴红仍未归来，又去报案找人，春节期间，相关部门放假，直到大年初七，各部门正常运转，孙少军才得到消息：吴红在火车拉脚儿期间，正逢年关，收容遣送站来查三证，凡是不全者，一律拉走，装上轻货，去郊外自留地里干活，吴红解释不清，又有抵抗情节，被直接拉走，进行劳动改造。

家中少人，没法过年，孙少军心神不宁，孙程战战兢兢，二人将吴红接回家时，已经出了正月。父子进站领人，满屋都是信纳水的味道，进门处挂着工作人员名单，由于日光长期斜照，照片已经泛白，但看来更为苍凉、恐怖。在九十年代，收容遣送站有执法能力，抓放一套系统，抓吴红的是副站长杨树，位于名单的第二行，戴着眼镜，五官模糊，脸颊上的肉往下坠。孙少军一直等到当天下午四点，杨树才回到站里，满身酒气，语气不耐烦，本要在上面签字时，几番犹豫，孙少军上前，递烟赔笑，好话说尽，杨树抬着眼睛问，吃喝拉撒都在我这里，怎么一点表示也没有。孙少军刚缴过罚款，倾尽口袋，不过几张毛票，攥着堆到杨树面前，杨树看着孙少军，嘴角一歪，大手一横，将毛票掸在地上，起身反手又抽孙少军一个耳光，响亮无比，绿门大敞，声响回荡，然后他缓缓坐下，盯着孙少军看，孙少军捂着半边脸，不敢发作，杨树低头划拉几笔，签下名字，说了一句，滚。孙少军拿着单据，扭头走出两步，又转回身来，低头仔细收好满地毛票，孙程此刻就在门外，呆立半晌，不知所措。

三人头发蓬乱，眼眉挂霜，从东陵骑回铁西。吴红坐在板车后端，神情呆滞，已无人样，讲话反应极慢；响亮的耳光仍回荡在孙程耳畔，他似乎深陷于时间漩涡之中，那一幕在其脑海反复播放，生动而清晰；孙少军满眼血红，呼吸粗重，似发怒之虎，在冰面上奋力蹬车，经转弯处，轮子打滑，车身倾斜，三人全部滚落在地，黑雪沾身，满脸印痕。回家之后，孙少军生火烧炭，炉膛滚烫，红光映照，三人坐在桌边，吃光最后一袋馄饨，家中从此一无所有。

收容遣送期间，男女混杂，疯者无数，日夜颠倒，吴红受到数次侵害，有苦难言，随后一段时间里，精神虽恢复不错，但有些妇科疾病，难以治愈，吴红时常因此饮泣，几欲自杀，孙少军反复劝慰，出门借钱，带她去医院检查，由于费用高昂，治疗时断时续，始终未见好转。同年六月，孙程参加小升初考试，成绩中上，缴纳九千元便可去读重点中学，但这笔钱对孙少军来说，的确很难负担，亲朋已经借遍，其生母当时下海经商失败，又再度离异，只身带着女儿生活，对此也是无能为力。

隔壁情侣下班回来，脱掉鞋子，互相说着话，有来有往，像是在争吵。刘柳转过头来，跟我说，嘘，不要让他们知道你在这里。我说，好。她说，我放个音乐吧。我说，别了，不想听。卫生间传来一阵水声，我说，他们在洗澡吧。刘柳说，对，他们总在一起洗，很长时间，特别不方便，有时候还在里面弄一次，声音很大。我说，那我们出门走走。刘柳说，也好。于是我穿好衣服，轻手轻脚，跟着刘柳来到门外。我们悄悄往楼下走，我在前面，她在身后，走到二楼时，感应灯忽然灭掉，一片漆黑，我的脖颈上感受到她的呼吸，她几番跺脚，大声咳嗽，但灯仍未亮，我默默向后伸出手去，她在黑暗中抓住我的手，小心前行，在走出楼洞的一瞬间，又松开了。我们走在路灯之下，光线昏黄，路上来往的行人车辆很多，我们一起向地铁站走去，路上遇见水果店，我买了两个进口苹果，红得不像话，递给刘柳一个，她简单擦了擦，张嘴便咬一口，声音清脆，风吹过来，我们走得愈发轻快，像在水里穿梭，空气波荡，景物漂浮，这样的夜晚我已经很久没有经历过了。

一九九六年七月八日，沈阳卷烟厂发工资，早上八点三十分，司机艾晓峰，保卫干部刘国喜，女出纳员彭璐，开车去附近银行提款，共计二十一万五千元。回程途中，始终有辆出租车紧随其后，红色拉达，辽A牌照。早上九点，提款车开进厂门，拉达在厂外急刹车，跳下来两个人，戴着前进帽和白口罩，身披蓝大褂，掏出改造后的猎枪，大步上前，将艾晓峰和刘国喜当场打死，然后去后车厢里拎钱，抢得巨款后，临走之前，又将自制猎枪从车窗伸进去，照着脑袋又补一枪，逝者满脸铁砂，不成人样。二人随后跑出厂区，直接回到出租车上，迅速逃离现场。案发后一小时，在铁西区重工街的居民区发现歹徒丢弃的出租车，车的后备厢里发现出租车司机尸体，经勘察系被尼龙绳勒死。

孙程去学校报道那天，骑的是二手山地车，孙少军从滑翔二手车市场里收过来，二百六十块钱，骑着很沉，但可以变速，孙程一路来回调节挡位。孙少军没跟他一起，自己坐着公交车来的，他穿着以前的工作服，站在教室外，跟其他家长一样，望向室内，报道当天不必上课，每个人要做个自我介绍，孙少军侧耳倾听，孙程的介绍非常简单，显得有点没信心，他站起身来，红着脸，支吾着说，我叫孙程，没啥爱好，希望在未来的三年里能跟大家成为朋友。

一九九六年十月十五日，早上八点四十五分，一辆取款车停在皇姑区敏江街的华山信用社门前，迎面驶来一辆天津大发面包车，辽A牌照，在两车相距五米之时，面包车上突然下来两名蒙面歹徒，戴着前进帽和白口罩，身披蓝大褂，手持猎枪，将取款车司机和押运员逼住，随后将装有二十七万元现金的皮包抢走，动作极快，前后过程不足两分钟。当天，警方在铁西区德工街附近楼群里发现歹徒抛弃的面包车。随后，又在于洪区的苗圃里发现面包车司机的尸体。

吴红的失踪非常偶然，没有任何征兆。孙程骑车放学回来，便看见自己家的屋子塌掉一半，烟囱已经倒在地上了，他进屋一看，吴红并不在家，而这几天，孙少军正去外地帮朋友忙，孙程联系不上，于是他只好住在剩下的半间屋子里，天气很冷，他睡不安稳，夜晚能听到砂土下坠的沙沙声响。孙少军出门回来后，见此情况，父子二人在附近租了一套房子，将屋内的摆设逐一搬入，孙程举着吴红的病历，问还要不要，孙少军叹了口气，说，先留着吧。搬完家后，孙少军掏出两千块钱，交给孙程，说省着点花，自己还要出去一段时间，你照顾好自己。

一九九七年三月九日，沈阳阀门厂经销部主任姚远帆，欲购入一台轿车，其妻子上午去机动车交易市场看好一台，并与卖车人到银行取得十三万元现金，送回经销部，之后又转去另一家银行取钱，两名歹徒从银行尾随而来，先是以买阀门为名，进入销售部，查看情况，并未引起当事人注意，随后，两名歹徒又戴着摩托车帽再次来到经销部，姚远帆见势不妙，将一袋现款全部倒在地上，歹徒举枪打到了姚远帆的左肋，然后持枪胁迫卖车人，让他将钞票从地上一一拾起，作案时间较长。然后，两名歹徒骑上一辆红色摩托车逃离现场，行驶至泵业市场附近，与一辆正常行驶的厢货相撞，两名歹徒均受轻伤，提着钱袋，准备逃脱，未遂，被逮捕归案。据调查，两人本是兄弟，名为肖知仁、肖知礼，肖知仁原为线路大修段职工，后因单位精简人员而下岗，在南站拉脚儿、打零工，肖知礼原为五金商店售货员，后商店关张，他开过几年出租车，现无业。

吴红失踪之前，有一段时间在家休养身体，附近有个十三路教堂，毗邻菜市场，有一次，吴红买完菜后，随着人群进入教堂，尖顶高窗，有专门人员发饼干，吴红攥在手里，汗水浸透，也不敢吃，场地宽阔，琴声抚慰胸怀，有人站在讲台上，给大家讲道理，声音洪亮，像晚会歌手，有的道理吴红能听懂，有的听不懂，但去了一次，还想去第二次，后来变为常客，别人唱歌，她不唱，听完道理，提着菜回家，复述给孙少军父子，她说，少军，耶稣今天讲，你必忘记你的苦楚，就是想起来，也如流过去的水一样，你在世的日子，要比正午更明，虽有黑暗，仍像早晨。孙少军说，一句没听懂。吴红又说，不要含怒到日落，太阳下山了，只有你一个人还在河边，抽打水浪，徒劳无功，风总会将水面抚平。孙少军想了想，说，耶稣没认出我来，河边的不是我，我在水底。

审讯过程中，肖知仁、肖知礼对犯罪事实供认不讳，并由此引出“七八”“十一五”两个案件，同时，他们也交代出另一位犯罪嫌疑人，肖知仁曾经的同事，后来的同行，下岗职工孙少军。隔天，警方将孙少军在家中抓捕。前两次案件抢劫所得，孙少军基本作为家用，另一部分存在炕琴底层，用报纸包着捆好。肖氏兄弟两次作案得手之后，逃去南方，很快挥霍一空，回来之后，来找孙少军策划下一次行动，孙少军拒绝参加，肖氏兄弟手里握有猎枪，三番五次以家人作要挟，并雇人将孙少军家的平房凿得半塌，此后，孙少军为防备起见，联系上另一条通路，出门去买枪，他并不想杀谁，只是为了能对肖氏兄弟起到一定的制衡作用，但在外被卖家蒙骗，付款之后，却没有买到枪，失望而归，这是他在提审时所讲的话，警察去家里搜，翻天覆地，脏乱一片，也确实没有找到任何可疑物品。

孙程坐着公交车去德胜火葬场，花一千块钱买了个骨灰盒，黑檀木制，四壁盘龙，典雅大气，回来准备将月饼盒里的骨灰换到新的骨灰盒里，他抬起沉甸的月饼盒，用指甲扣开月饼盒，相当吃力，打开一看，发现里面不只有灰烬、碎骨和泥土，在最下面，还埋着一把枪，新五四式，旁边还有一个小塑料袋，拉着封口，里面装着五颗子弹，他看了半天，将枪放在新骨灰盒的下方，让灰烬、碎骨和泥土洒落覆盖其上，严密盖紧，又以红布包裹几层，放在皮箱里，出门坐车，去跟他的生母一起生活。孙少军被枪毙之后，孙程想去取回骨灰，孙母始终没有同意。此时，孙母又另组家庭，生活不便，孙程放弃读书，开始四处打工，自力更生，开始在超市打工，后来换在新华书店理货，每月工资一千二百块，他在附近租一间四百块钱的单间，剩下的钱基本用来买书，堆在地上，彻夜阅读。刚上初中时许过的愿望并未实现，他没有跟任何人成为朋友，性情愈发内向，工作之余，与同事少有交集，基本只在看书，有以前的同学来逛书店，见过他几次，举手打招呼，他却避到一旁不理。次年冬天，他所租住的房间暖气漏水，十分严重，他回家推门，满地散发着白色热气，那些书在锈水上漂浮，像一艘艘搁浅的船只。

五

我退掉临时租的插间，彻底搬到办公室来住，黑白颠倒，凡是醒着的时候，都是一边抽烟一边干活。肖雯来看过我两次，第一次来检查进度，跟我说，现在不好招人，让我自己多做一些，尽快出活；第二次来的时候，我打印出来一摞稿件，准备让她带走，交稿审核，另外又做出几个新的选题，肖雯简单翻两页稿子，坐在凳子上，跟我说，能不能研究个事情。我说，啥事情。肖雯说，王沛东回家照顾孩子，这次情况不太好，需要一笔治疗费用，我的钱都投在这里了，实在没了，最近社里还有一笔稿费，我催一下，应该很快会开过来，你看如果方便的话，能不能先借用几天。我想了想，说，倒是可以，但能不能也稍给我留一些，最近手头也不太宽裕，其余随便。肖雯听后很高兴，说，那是一定的，等我消息吧，谢谢，谢谢。

肖雯说完刚要走，我站起身来，上前一步，拉住她的手，笑着说，要不别走了，等下一起吃饭。肖雯看着我的眼睛，说道，都什么时候了，还有这心思。我说，实在是太无聊了。肖雯一脸苦相，说，求求你，别添乱了。我叹了口气，便松开她的手，独自下楼散步，肖雯在屋里，不知道在给谁打着电话，临走之前，电话接通了，她开始说一种我完全听不懂的方言，语速很快，像在吵架，我轻轻把门关上。

我已经很久没有跟刘柳联系过了，自从上一次她把我送到地铁站后。第二天，北京下过一场大雨，水淹低地，我们从此失联，我发信息她不回，打电话也没接，连续两天，我便放弃了，想起曾经在一起的数个夜晚，仿佛梦境一般，潮湿而黏腻。那天在地铁站分别时，刘柳说，我有一种感觉，孙程这个人，好像也认识，怎么好像你故事里的人，我都认识。我说，不必这么跟我套近乎吧。她说，不是，是真的，从前你写失踪的出租车司机，前几天我妈打电话，也讲了个类似的事件，不过是发生在我们老家，齐齐哈尔，司机失踪，全城寻找，最后也是枯井里发现，不过最后警方鉴定为自杀，种种迹象表明，他是自己投的井。我说，你信么。刘柳说，当然不信，怎么可能啊。我说，我信。刘柳说，别打岔，这个孙程，我总觉得也很熟悉，上次你讲完，我还梦见过一次，跟我一起困在湖底，我们想上岸，但却不知该往哪里游，湖面结冰，太阳照在上面，金光折射，但里面却依旧很冷，四处都找不到出口。我说，最后一趟车要来了，你们慢慢找，我先走一步。

我独自在外面吃过饭，又回到办公室，肖雯已经离开，我坐在电脑前，想把给刘柳讲的故事写出来，却不知从何开始。只有一辆红色出租车，不停地在我脑海里闪过，拉达，手动挡，辽A牌照，从巷口拐出，开得飞快，两边灰尘都扬起来，里面坐着三个人，坐副驾驶上的人，满头大汗，将车窗摇下一半，朝着我这边看，我骑着山地车，与其并行，风将我们身上的汗水一并吹干，我看见他张了张嘴，却始终没有说出话来。

几天之后，我接到一个陌生号码，挂掉两次后，还在不断打来，我只好接听，发现居然是刘柳，她在电话里问我在哪里，我说在办公室里，立水桥附近。她解释说，这是她老家的号码，前段时间，刚回了趟老家，家里有点事情，回来之后，发现租的房子漏水，没办法住，跟房东吵了一架，随后退房，现在没地方住，能去你办公室对付两天么。我说，不太方便吧。她说，好，那我再想想办法。我犹豫一番，又说，要不你过来吧。

刘柳来找我时，我已经很长时间没出过门了，这几天里，我在尽量减少开销，在我的银行卡里已经取不出来整数时，肖雯打来一千块钱，我拨去电话，本想让她多打一些过来，毕竟前一部的书款，再加上接下来这本的预付款，总数应该有近万元，但肖雯没有接电话，晚上我又打，还是没接，于是我发了条信息给她，措辞半天，想让她尽量照顾周全，我这边也比较为难。我躺在沙发上过夜，第二天早上醒来，翻开手机，发现肖雯还是没有回信。

第一个晚上，刘柳睡在屋里的床上，我睡在沙发上，她洗漱时，神情犹豫，动作有些警惕。我说，你放心休息，我现在没有多余的想法。刘柳说，不是这意思，我没有要防备，不然我就不来找你了。我说，你洗完好好休息，我继续写稿。刘柳说，这次回家，其实是去处理我爸的丧事，烧百天。我说，节哀。刘柳摆摆手，说，我跟我爸没啥感情，很小的时候，他跟我妈就离婚了，我一直跟着我妈过，这次又去烧我爸生前的一些东西，发现许多火车票，从齐齐哈尔到沈阳的，临住院之前的一段时间，他往返许多次，我没想明白，他去沈阳做什么呢，我家在那边也没有亲戚。我说，这我怎么知道。她说，想不通，唯一我想到的，就是许多年前，也是离婚之后，他去沈阳打过两年工，在建筑工地，说是在郊区盖别墅，但那也是二十多年前的事情了。我说，别墅的名字叫什么。刘柳说，记不住了，就知道旁边有座山，有一张我爸的照片留念，站在山底下，背后的山有两峰，并排矗立，酷似两个耳朵。我说，那可能是马耳山，在沈阳南郊，我也去过。刘柳说，现在是什么样呢，以后也带我去看看。我说，开发成种植园了，可以采摘草莓，一百一位，进去了草莓随便吃，吃多少都行，能管饱。

次日中午，我还没醒，便传来一阵急促的敲门声，刘柳跑去开门，进来一对中年夫妻，我勉强打起精神，问他们是谁。他们说是房主，准备来收回房子，提醒我们要尽快搬走。我说应该还没到期吧，押一付三，这个房子刚用没几天。他们说，房子是肖雯租的，她昨天打来电话，说家里有事，急需用钱，房子暂时没办法继续租了，押金可以不退，但希望我们把付过的租金还她一部分，我们今天过来收房，她没跟你说么。我说，没有，你等一下。我又给肖雯拨去电话，还是没接。刘柳站在一旁，看着我，我想了想，对房主说，给我一天时间，明天我就搬走。

房主走后，我跟刘柳说，要不要出去找房，我们合租一间，节约成本，但也难办，我的钱被肖雯借走一部分，所剩无几。刘柳说，她是还有一些钱，但是不多，不过要再考虑一下，目前没有住处，工作也已经辞掉，这样的情况，继续留在北京，意义也不大，不如回老家休息一阵，再从长计议。当天晚上，我取出最后的一千块钱，本想请刘柳吃一顿好的，结果她说不饿，只在楼下超市买了几袋零食和啤酒，她躺在沙发上，我在网上找房子，她跟我说，这次回来时，发现房间漏雨，满屋潮气，墙壁挂着水珠，当时想起来你讲过的孙程，由于暖气漏水，他家的书都被泡在水里。我说，对。她说，我的书虽然没那么严重，但有一些也已经变形，我打开门，看了一眼，一本都没拿出来。我说，书湿后，先将水擦干，再放在冰箱里的冷冻室里，几个小时后取出，这样就不会产生褶皱，生活小窍门。刘柳说，孙程的那些书，放在冰箱里了吗？我说，没有。刘柳说，那些后来怎么处理了。我说，晒干之后，卖给废品站，一本不留。我关上电脑，点了根烟，继续为她讲述。

孙程从书店辞职后，买来一张假文凭，文科专业，较难识别真伪，之后去各中小公司面试，撰写药品和保健酒的宣传文案，轻车熟路，无奈后来公司倒闭，他又去动漫企业面试，开始创作动漫脚本，撰写梗概，也帮忙划定分镜，工作地点本来说是在浑南，老板提出集体创作概念，包吃包住，待遇优厚，孙程没有犹豫，整理行囊，坐上客车来到沈阳南郊村落，背靠山峰，在此安营扎寨。

他们住在一户大院内，主人是老板的亲属，一对老年夫妇，退休后来到这里，养一条狼狗，在后山也有菜园，这对老年夫妇负责员工饮食起居。第一天晚饭之前，张姓老板介绍说，这是我老舅，姓杨，从前是国家干部，也有点文化水平，大家以后叫杨老师就行。孙程也跟着大家叫杨老师，杨老师举起酒杯，站起身来，对大家说，别叫我老师，不敢当，我比你们大一个辈分，本名杨树，大家叫我杨叔就行，以后有问题尽管找我，别客气。孙程遥远而模糊的记忆，被一点一点唤醒，响亮的耳光，从前反抽过去的肉手，如今正举着酒杯，神态拘谨，目光慈祥。他看着眼前这张脸，想道，原来这么多年，自己真的活过来了，辍学之后，无论在哪里工作，浑浑噩噩，每一天过得都像同一天，他想起孙少军说过的话，生活在水底，如今他好像有了一个浮上来的机会，这一瞬间的想法，使他打个冷战。杨树喝完半杯白酒，晃晃悠悠地坐下，沉默不语，不再刻意维持笑意，脸上的肉耷下来，布满褶皱，看着很像一条年迈的狗。

孙程被苏醒的一刻所震慑，无数念头持续上涌，他开始竭力去躲避，每天辛勤工作，查看资料，撰写脚本，尽量让自己不去想过去的仇怨，但在夜深人静之时，他还是控制不住，他曾读过一本小说，其中的一段对话在他的心里无尽地重复着：

甲：您最好别杀了他，这种事会毁了我们的，您和我，再说也没必要，那个家伙不会对任何人造成伤害了。

乙：这事不会毁了我，相反，会给我带来资本。至于说他不能再伤害任何人，我能对您说什么呢，事实是我们不知道，也无从知道，您和我都不是上帝，我们只能做力所能及的事，仅此而已。

几个月后，公司经营不善，没有持续的投资进入，张姓老板决定就地解散，由于事先跟职工没签合同，所以他只赔付极少一部分，作为众人的酬劳。大家相当失望，孙程也是，他徒步走向长途公交车站，回到市内，在宾馆住了两晚，看了两天电视剧，在第三天重又出门，打起精神，整理背包，像要进行一次远行。

孙程返回沈阳南郊地区，那附近有一片废弃的别墅区，由于资金链断裂，已经荒废近二十年，破败不堪，罕有人迹，有的只打了桩，有的盖起二层，孙程选择其中一间，爬上二楼，连住两天，白天睡觉，晚上仔细勘察，他回到杨树的院子附近，找到一个隐蔽的入口，进入北面的废弃厂房，从前在半夜，这里总有莫名的声响，但这次他没发现任何动静，只有无数深坑与废井，随后，他返回二层的别墅里，从骨灰盒里掏出那把枪，装上子弹，来到野外，朝着黑暗放了一枪，以证明这把枪还可以使用。第三天夜里，十点左右，他揣好枪，轻装上阵，再次返回到农家院，风声割裂山谷，他走到门口，顶着大风，不顾嚎叫，将那条老狗打死，然后迅速离去，他想，如果杨树看出这是枪打的，想起应是曾经的仇家，一定会落荒而逃，在余生的每一天都心惊胆战，那样他的目的就达到了。

枪声在山谷里回荡，他在月光之下爬回废弃别墅的二楼里，点起一堆火取暖，睡到半夜，他听到下面有响动，于是十分警惕，将枪揣在裤兜里，屏住呼吸。借着火光，他看见有影子持续闪动，于是提声问道，是谁。那个声音说，兄弟，没别的意思，外地的，路过，外面看见有火光，过来取取暖，我有白酒，一起喝点儿。孙程没有答话，那人一步一步迈上来，边上台阶边咳嗽，上到二层后，孙程借着火光看他，消瘦而憔悴，衣着干净，他坐下来，吸几下鼻子，双手靠拢火堆，来回搓动。孙程问他，从哪里来的。他回答说，北边。然后从背包里掏出一瓶白酒，递向孙程，说，来一口，北大仓，酒厂里出来的。孙程摆摆手，他便自顾自地喝起来，咳嗽得越来越凶。孙程问他，来这里做什么。他没有回答。孙程便不再说话，躲在角落里，半闭着眼休息。那人走到窗边，透过水泥窟窿向外望，自言自语道，别墅区总共一万一千亩，长城式围墙，曲折延伸三十二华里，现在总共有二百七十五幢残缺不全的撂荒别墅，很多别墅只打了个桩，其中铺好水泥楼梯的二层别墅，不超过十栋，这是其中之一，也是最偏的一处，兄弟，你在这里做什么，我不便多问，但你很会找地方。孙程说，你到底是谁。他说，谁也不是，二十年前，我在这里工作，负责监督施工。孙程说，回来干啥？他说，出来工作之前，我已离婚，女儿当时还不知道，她吵着要来看我，老婆带着她过来住了半个月，回去那天，工地突发情况，我没来得及去送，她们便消失在去车站的这条路上，从此再无音信，我找了很多年，什么办法都用过了，至今还没找到，别墅项目后来废掉了，但我每隔几年都会回来看看，偶尔还能梦见她们，在梦里，她们哪也没去，还困在这里，走不出去，像是在湖底，所以我要回来看看。

孙程不再说话，天亮之后，这个男人先一步离开，孙程也收拾东西走掉，整天在山谷里游荡，密林交错，他躺在树下，闭目养神。刚一入夜，他再次回到农家院时，发现里面仍旧亮着灯，并且有杨树的说话声，他觉得非常失望，预期效果并没有达到，杨树并没有落荒而逃，他正准备离开时，杨树的妻子正推门走出来，端着脸盆，与孙程对视，在那一刻，孙程本来可以低头走掉，但他没有，他选择抬起头来，直视院内炽烈的白光，选择进入其中，回到记忆的某个刻度里，即便他还没有完全准备好。孙程的个子很矮，但走进去时，影子却拉得很长，他双手插在口袋里，想起昨夜的那个男人，困在湖底的母女，以及那部小说里的另外一段：

乙：你最好别插手这事了，我很快就回来。

甲：我坐在那儿看着漆黑的灌木丛，枝条随风摇摆相互缠绕交织出了一幅画。脚步声逐渐远去。我点了根烟，开始想些无关紧要的问题。比如时间，地球变暖，越来越遥远的星辰。

刘柳说，后面肯定是你编的故事，这两段出自《遥远的星辰》，我印象太深了。我说，全部都是我编造的，从头到尾。刘柳说，孙程杀死杨树了么。我说，不知道，可能杀了，也可能没杀。刘柳说，孙少军算得很好，五颗子弹，试枪一颗，打狗一颗，复仇两颗，最后留一颗，用于自杀。我说，简直异想天开，不是的，没人会给自己的儿子留一颗子弹，没人会那么做。刘柳说，最后出现的那个男人是谁呢。我说，他说他是谁，他就是谁。刘柳说，孙少军说他沉在水底，吴红岂不是比他更要艰苦。我说，吴红有人拯救，她离开之后，会艰苦，但也有希冀与喜悦，虽有黑暗，仍像早晨，但孙少军没有，至始至终都没有，孙程可能有，也可能没有，帷幕拉开，他的眼前就是那道白光，他必须要走进去，才能看见光里有什么。

白天里，我们已经收拾好各自的行李，将钥匙交还给房东，肖雯的电话依旧打不通，我发信息告诉她，我走了，记得管房东要回剩下的房租。我和刘柳买了一辆长途客车的车票，傍晚时上车，去往更北的北方，午夜时分，我给刘柳讲完整个故事，她靠在我的肩膀上睡着了，夜海磅礴，贫瘠的山峰隐藏在月影里，恰如礁石，一闪而过，到下一站时，有人下去抽烟，舒展身体，刘柳皱着眉头醒来，拉着我的手，又睡着了，我也很疲倦，但却始终无法安眠，我轻轻亲吻她的头发，然后抽出手来，提着背包走下车。在公路边，我看着客车缓缓开走，刘柳枕在车窗上，呼出均匀的白气，将其遮蔽，愈发不真实，接着便消失在前方的黑暗里，仿佛从来没有存在过。我打起精神，继续前行，我知道，在所有人醒来之前，还有很长的一段路，只能独自走完。

（原载《山花》2018 年第 10 期）

图书在版编目（CIP）数据

城与人：风景这边独好 / 青年文学杂志社编 . --
北京 : 中国青年出版社 , 2021.4
ISBN 978-7-5153-6331-8

Ⅰ . ①城… Ⅱ . ①青… Ⅲ . ①中篇小说－小说集－中国－当代②短篇小说－小说集－中国－当代 Ⅳ . ① I247.7

中国版本图书馆 CIP 数据核字 (2021) 第 052518 号

书　　名：城与人：风景这边独好
编　　者：青年文学杂志社

策　　划：皮　钧　李师东
责任编辑：张　菁
助理编辑：赵志明
书籍设计：尚书堂
出版发行：中国青年出版社
社　　址：北京市东城区东四十二条 21 号
邮　　编：100708
编辑中心：010-57350357
印　　刷：山东新华印务有限公司

经　　销：新华书店
开　　本：880 × 1230 1/32
印　　张：15.875
印　　数：1-5000 册
版　　次：2021 年 12 月北京第 1 版
印　　次：2021 年 12 月山东第 1 次
定　　价：65.00 元